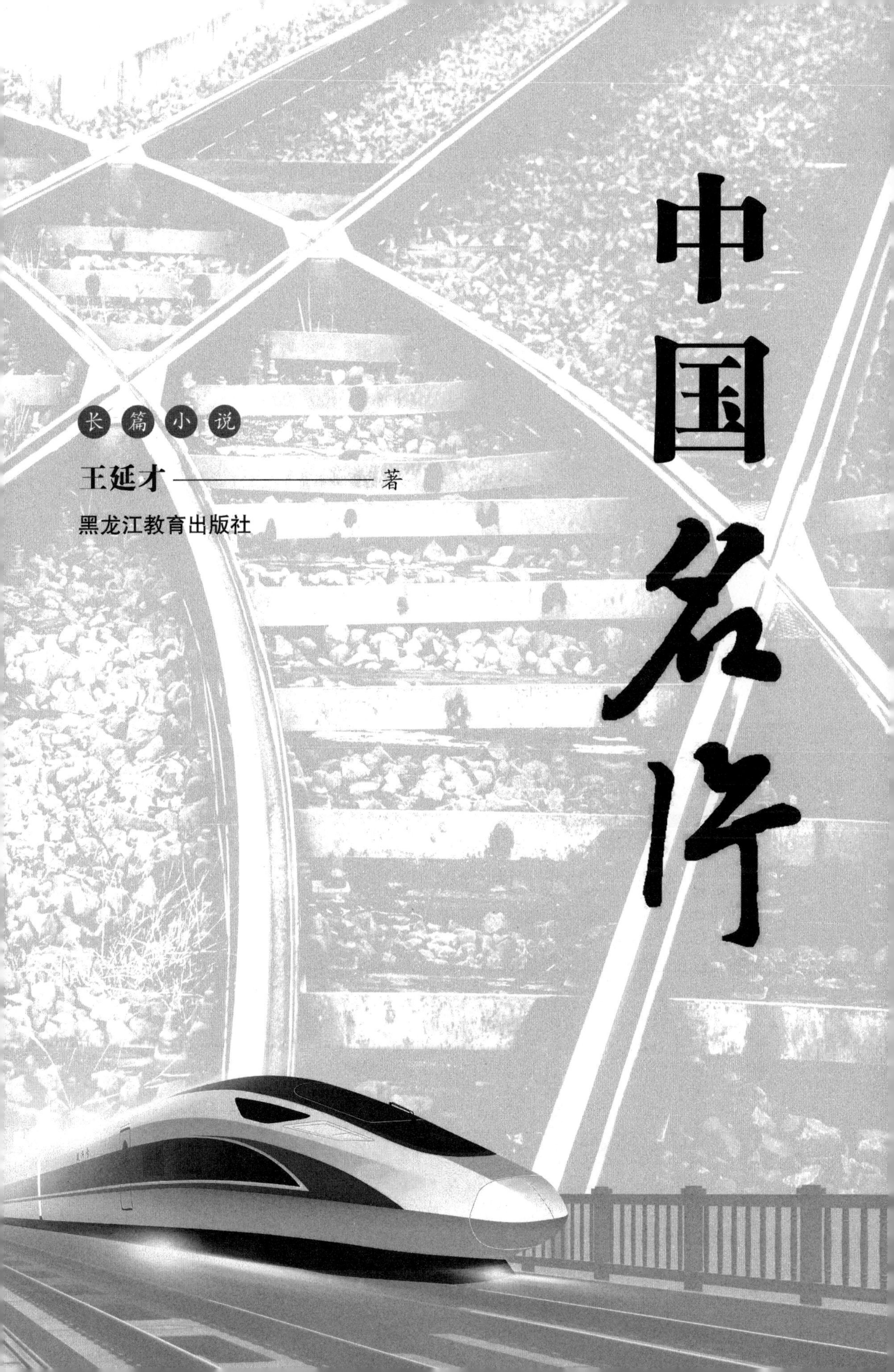
中国名片
长篇小说
王延才 著
黑龙江教育出版社

图书在版编目（CIP）数据

中国名片 / 王延才著. -- 哈尔滨 : 黑龙江教育出版社, 2022.12
ISBN 978-7-5709-3551-2

Ⅰ. ①中… Ⅱ. ①王… Ⅲ. ①长篇小说－中国－当代
Ⅳ. ①I247.5

中国国家版本馆CIP数据核字(2023)第009845号

中国名片
ZHONGGUO MINGPIAN
王延才 著

出版策划	张立新 侯 擘
责任编辑	侯 擘 梁 爽 马丽娜 张 鑫
封面设计	书道问美
责任校对	李永红
出版发行	黑龙江教育出版社 （哈尔滨市道里区群力第六大道 1313 号）
印　　刷	哈尔滨博奇印刷有限公司
开　　本	787 毫米 ×1092 毫米 1/16
印　　张	28
字　　数	580 千
版　　次	2022 年 12 月第 1 版
印　　次	2022 年 12 月第 1 次印刷

书　　号 ISBN 978-7-5709-3551-2　　**定　　价** 68.00 元

黑龙江教育出版社网址：www.hljep.com.cn
如需订购图书，请与我社发行中心联系。联系电话：0451-82533097　82534665
如有印装质量问题，影响阅读，请与我公司联系调换。联系电话：0451-51789008
如发现盗版图书，请向我社举报。举报电话：0451-82533087

序

在这里我感受到工人的心跳

贺绍俊

将近十年前，我读到王延才的小说《王破烂》，这是他写的第一部小说，我也是第一次认识了王延才。他不是专业作家，但他对文学的感悟力丝毫不逊色于专业作家。更重要的是，他有丰富的生活经验，他的第一部小说就是以自己的亲身经历为素材写出来的。正是通过这一部小说，我对王延才有了深入的了解，并对他充满了敬佩之情。王延才在一家国有企业当工人，但他写小说的时候已经是一名下岗工人了。《王破烂》中的主人公王正民就是一名下岗工人，他因生活所迫，只好去收破烂。但他放得下面子，挑得起重担，凭着自己的热诚和信誉，终于闯出了一条生路。市委书记也赞赏他的闯劲，亲笔为他书写了“下岗废品站”的牌匾，在这面大旗下，王正民带领着一批下岗员工，蹬上“倒骑驴”，开始了新的生活。我由此敬佩王延才，倒不是觉得王延才在现实生活中有过收破烂的经历，而是从小说中我强烈感受到一种工人阶级的风骨和傲气。当时我还没有与王延才见面，我想象他一定是一个身材魁梧的东北汉子形象，待我见到他的时候，才发现真实的王延才与我的想象完全不符，他并不魁梧，面带微笑，有着一种儒雅的神情。

又过了几年，王延才的第二部小说《厂魂》出版了。小说写的仍然是工人的生活，写的仍是国有企业的困境。与第一部小说所不同的是，这回作者的重点是放在写国有企业的突围上。东北某市的松江纺织印染厂在进行改革的过程中一波三折，但有正义感的工人们终于团结起来，以壮士断腕的勇气，从旧体制的窠臼中冲决出来，让工厂获得了新生。小说塑造了一个对国企改革有着清醒认识和理想信念的工人形象王毅光，无论在印染车间当主任时，还是当厂长担当起工厂改制的艰巨任务时，他始终有着一腔热情，以个人的人格魅力和执着的信念唤起工人们要做国家主人翁的自觉性，团结一致，终于迎来工厂扭亏为盈的曙光。这部小说因此也被称赞为“工人阶级的雄壮乐章”。

经过数年的精心构思和反复打磨，王延才又写出了第三部小说《中国名片》。

这是一部以中国高铁建设飞速发展的现实为背景的工业题材小说，松江市华龙机车车辆厂凭实力拿下了作为中国铁路制造首批技术引进国产化动车组的项目，全厂的科研人员和工人们共同努力，生产出了中国一流的动车组。小说的主人公是20世纪80年代从交通大学毕业的年轻人王华山、萧蓝，他们把自己的青春和汗水都挥洒在了华龙机车车辆厂，经历了工厂改制的艰辛和痛苦，也为生产一流动车组做出了巨大贡献。有意思的是，小说特意写他们当年是坐着绿皮火车来到松江市的，而几十年后，王华山被选为党的十九大代表，他是坐着自己工厂制造的“复兴号”动车组去北京参加党的十九大会议的。

当我把王延才的这三部小说放在一起时，发现这完全可以称得上是国有企业的三部曲。尽管每一部小说的故事和人物并没有关联，但小说的内在精神却是一脉相承的——这就是中国工人阶级自强不息、坚韧不拔的精神！它构成了三部曲的总主题。三部小说在表现这一主题上又各有侧重，《王破烂》是沉重的，《厂魂》是悲壮的，《中国名片》是激昂的，从沉重到悲壮再到激昂，恰好又画出了国有企业改革发展的一张曲线图。

我从王延才的创作中看出，他始终是把为工人说话、替工人撑腰作为自己的写作目标的。他要把工人最真实、最珍贵、最可爱以及最有价值的一面通过自己的小说充分表现出来，让更多的读者了解工人、体谅工人、尊重工人。在王延才的小说里，我真真切切地感受到了工人的心跳。他小说中的主人公基本上都是代表着工人阶级本质的工人形象，如《王破烂》中的王正民、《厂魂》中的王毅光、《中国名片》中的王华山，他们虽然有着不同的故事，有着不一样的脾性和爱好，但他们身上都具备了现代大工业精神，在他们的血管里流淌着工人阶级的鲜血。今天我们已经很少提“工人阶级”一词了，但从王延才在三部小说中连续不断地塑造的人物形象中，我们可以感觉到，中国工人阶级的传统精神并没有流散掉。只不过在一个崇尚资本和财富的时代，我们的社会逐渐把他们遗忘了——也包括当代文学，因此我们特别应该感谢王延才，他一而再地为我们书写真实的工人形象，他仿佛被一种强大的使命感所驱动，要以这样一种方式与社会遗忘进行抗争，也要以这样一种方式弥补当代文学的缺失。

我还想说说王延才在写作中的身份认同。所谓身份认同，是指个体对自我身份的确认和对所归属群体的认知以及所伴随的情感体验及行为模式进行整合的心路历程。身份认同是对主体自身的一种认知和描述，它包括很多方面，比如：文化认同、国家认同。作家进入写作时便面临一个身份认同的问题，他要在自我身份与所归属群体的认知之间进行调整和取舍，身份认同的问题处理得是否妥当，关系到一个作家的主体性能否在写作中得以充分彰显。王延才在写作中的身份认同非常明确，他是将自己视为工人群体中的一员，他以工人的身份进入写作情境之中，他写的是工人，他感觉自己就是其中的一员，所以他的叙述是一种与人物处于融洽状态中的叙述，是一种自我参与其中的叙述，而不是站在局外的旁观叙述。更多的时候，他还把自我投射到人物身上，将自我与人物融为一体，这突出表现在几部小说中的主人公身上。王延才是以工人身份而自豪的，这使他在写作的身份认同上更加理直气壮，因此他的小说具有强烈的工人意志，抒发着浓烈的工人情感。王延才对工人以及工人在国家和社会中的位置和作用有着自己的理解，当他带着明确的工人身份认同进行写作时，就会强化自己对工人的理解。比如，在《中国名片》的结尾，他反复渲染工人的奉献精神，多次出现工人加班太多，以致晕倒、病倒等情节，读到这里的时候，我有一种心疼的感觉，中国工人身上的拼搏精神是西方国家的工人难以比拟的，但越是这样，我们越要保护好他们，珍惜他们的身体和生命。小说写到一个外国专家向工厂领导提意见，认为要保障工人休息的权利，我支持这个外国专家的意见，恨不得在他的意见书上也签上我的名字。尽管会存在强化过度的问题，我还是要为王延才的工人身份认同点赞、叫好。在工业题材小说日益边缘化、文学中的工人形象越来越模糊的当下，如果有更多的作家像王延才这样以明确的工人身份认同来进行写作，就一定会带来一片当代文学的新景象。

目录

CONTENTS

引　子

沧桑的铁路编组场，密密麻麻的铁轨像条条蚯蚓。

一台蒸汽机车牵引着长长的运煤车喘息着铿锵有力地开来，风尘仆仆的铁皮煤斗仿佛排列有序的队伍绵延经过。一列绿皮车进站，轮轨发出咣当咣当有节奏的响声，站台上人山人海……

原始的火车是蒸汽机车。

当时人们赞美它风驰电掣，现在看来则是气喘吁吁、缓慢吃力……驾驶室里司炉不停地挥汗加煤，以使车头下面涂着红色的一排大轮子奋力向前转动；车顶上的烟囱不断向空中喷着滚滚浓烟，汽笛在飞扬弥漫的烟雾中不时发出紧迫悲壮的吼声。

交通大学毕业生王华山、萧蓝当年就是乘坐蒸汽机车牵引的绿皮车满怀憧憬地奔赴华龙机车车辆厂的。火车在广袤的大地上奔驰，车厢中同学们意气风发，他们后来为国家轨道交通车辆制造事业和高铁梦想毕生奋斗，也交织着一辈子的爱恨情仇。

时过境迁，仿佛白驹过隙。

蒸汽机车没了踪影，古老的火车头只有在铁路展览馆里才能一见真容。乘车难、货运难，中国铁路不堪重负的历史已经翻开了新篇章。全国星罗棋布的高铁枢纽站编组场上，整装待发的动车组如条条银龙有序排列，蔚为壮观；神州大地纵横交错、四通八达的高铁线路上，无数动车组在风驰电掣地来往穿梭……

不要说快速、静音、平稳、舒适、豪华，单就流线型的车头、洁白典雅的身姿，就让第一次见到动车的旅客惊呼：这是火车吗？

从“和谐号”诞生到“复兴号”惊艳世界，中国高铁由追赶者变成领跑者，成为举世瞩目的“中国名片”。

伟大辉煌的背后，必然是筚路蓝缕的岁月和无数人的殚精竭虑、艰苦卓绝……

01/ 第一章

20 世纪 80 年代末。

入秋的松江市绿意阑珊，各种树的叶子五彩斑斓，似乎好看，却不再生机盎然。路边曾疯长的蒿草也告别茂盛，转眼一派颓萎的景象。气温渐低，风中有了些许凉意。

孟志下班回到家中，发现家里多了一个小男孩，三岁的女儿珍珍正和这个稍大些的小男孩玩“过家家”。他在门口悄声换着拖鞋，好奇地看着他们。

“这是我的布娃娃……”珍珍紧抱着布娃娃不想分享。

小男孩窘迫，后倔强地撑开短裤：“我有小鸡鸡，你没有！”

珍珍失落，好奇窥探……

孟志看到这一幕，情不自禁地笑了：“真是两小无猜、青梅竹马啊！”

妻子姜晓妍从厨房出来笑说：“以后轧亲家……”

孟志笑道：“谁家的小男孩？挺帅的。”

“萧蓝家的孩子。”

“啊？”孟志听了立刻变脸，吼道，“把他弄咱家干吗？”他白净的脸因愤怒而扭曲，升腾着火焰。

两个孩子被惊到了，不知道发生了什么事，愣怔地望着突然失态的大人……屋里的气氛一下凝固了，仿佛从温暖的春天骤变为寒冬。

贤淑漂亮的姜晓妍有几分尴尬，像做了错事似的解释：“萧蓝家邻居老头病了，就是那个外号叫‘张劳模’的，她下了班要先去医院看病人……”

孟志不容分说：“她家还有别人嘛！”

“王华山忙……”

“他忙谁不忙？在华龙厂，他一个车间主任有我副厂长忙吗？”孟志激愤中透着傲慢。

“你不就是到点下班吗？萧蓝说王华山天天都是起早贪黑的，指不上……好了好了，都是一个办公室的姐妹，我说去幼儿园顺便帮她接孩子……六点给她送到楼下，她来接。”妻子息事宁人，“你看……他俩在一起玩儿还是个伴！”

孟志气焰不减地嚷：“有的是孩子，干吗非得跟他家的是个伴啊？上梁不正下梁歪，有其父必有其子！这么小就知道耍流氓……”

姜晓妍惊讶：“你怎么能这样说人家孩子……”

惊愕的小男孩懵懵懂懂觉得这个大人的凶恶与他有关，吓哭了。

姜晓妍生气，走过去蹲下抚慰：“孩子别哭……”又回头埋怨丈夫，“你干吗呀？人家多好的孩子啊！你至于吗……刚才还说轧亲家呢……”

“哼，他想得美！”孟志悻悻去了卧室，把门摔得山响。

姜晓妍强忍怒火，给小男孩擦拭眼泪，安慰说：“孩子别怕！叔叔不好……多好的孩子啊！”姜晓妍欣赏着小男孩，又忍无可忍地冲着卧室嚷起来：“我告诉你孟志，你已经结婚了，我都嫁给你了……以前你那点破事还不翻篇，小肚鸡肠，不是爷们儿！对我也不公平！”

卧室里，孟志站在窗前，望着窗外心潮难平，数年前的一列火车在他的脑海中浮现……

那是一列蒸汽机车牵引的绿皮车，喷着浓浓的烟雾，呼啸着奔驰在祖国的大地上。

车厢中三个风华正茂的大学毕业生兴高采烈地陶醉在列车播放的《年轻的朋友来相会》的歌声中……王华山眉眼俊朗，气质庄重，望着窗外初秋的原野，豪情满怀；旁边的女同学萧蓝，五官标致，出众的漂亮，样子聪慧，充满热情，她正随着车厢里的歌声怡然吟唱；坐在对面的孟志，英气机敏，想入非非，不时望一眼美丽的萧蓝。

“这火车太慢了！”孟志百无聊赖地抱怨，也有几分故作矫情。

“等将来我们也有了像日本的新干线高速铁路就好了。”萧蓝意气风发。

孟志撇嘴：“做梦吧……”

“这难道不可能吗？”萧蓝质疑。

“日本从有了第一条铁路到建成第一条高铁，用了近百年的时间啊……”孟志暗恋这个女生，有意卖弄。

萧蓝不以为然：“我们从詹天佑修京张铁路至今也快80年了，难道再有10年、20年，中国就不会有自己的高铁吗？”

“不可能！差得太远了……日本的新干线时速200多公里！可我们现在这车，还是冒黑烟的蒸汽机车，时速平均才50公里……这个现状你提高铁不是天方夜谭吗？”孟志不容置疑地看着萧蓝。

“你才天方夜谭呢……”萧蓝不服，“我们是干什么的？我们去干什么？我们是交通大学毕业生，我们有责任为实现高铁梦想去创造！为理想而奋斗！”

孟志不屑，更想征服这个女同学：“理想很伟大，现实很残酷。我们把现有的铁路机车、客车、地铁车造好了就不错了！况且现在铁路是‘夕阳产业’，美国都没有高铁，而且人家已经在拆铁路了！”

萧蓝一时窘住，不知如何回答，她忙搬救兵，碰了一下旁边的王华山：“听听班长怎么说……”

王华山听到了他们的谈话，中肯地说：“国情不同。美国铁路最多的时候超过40万公里，而我们的铁路总量现在还不到 10 万公里。美国地广人稀，铁路在高速公路和航空运输业的竞争下出现亏损，所以不得不减负，拆除部分冗余铁路。而我们中国不一样：地大物博，人口众多，铁路超负荷运输仍然旅客滞留、货物积压，乘车难、货运难问题十分突出。尤其到了春运，火车站人满为患，一票难求。因此，我认为铁路在中国是'朝阳产业'，大力发展铁路事业，包括未来发展高铁，是大势所趋！"

孟志刚才让萧蓝一时无语，正心生得意，现在听了王华山的一席话顿感不爽，坚持说："高铁是尖端技术，深奥复杂，不是想发展就能发展的……"

萧蓝反驳："你不想怎么能发展？"

王华山充满信心："中国高铁梦想的实现不会遥遥无期。据我所知，改革开放以来，中国铁路科学界已将发展高铁提上议程，希望我们能赶上和参与高铁的制造，有幸成为中国第一代高铁人！"

孟志敷衍："但愿如此。"

"好！"萧蓝欣然伸出手指，"来，为我们成为第一代高铁人的梦想拉钩！"

王华山和孟志响应着伸出手指，三个同学愉快地笑着将手指连在一起……他们正在奔赴新的工作岗位——松江市华龙机车车辆厂，此刻更是心驰神往，因为那里是他们选择实现人生理想的地方。

火车在奔驰……

厂职工医院，张劳模在输液。

"张劳模"是老工人张恒义的外号，他因是厂里的老劳模而得此名。华龙机车车辆厂很少有人知道他的名字，但"张劳模"却名声响亮，无人不晓。时间久了，叫习惯了，外号"张劳模"就成了他的名字。

张劳模跟王华山、萧蓝家是邻居，住一个单元楼还是对门，关系亲密。萧蓝听说张劳模生病住院了，下班后就买了水果去医院看望。

张劳模的三儿子张万军发现萧蓝进了病房，惊讶地说："哎呀，萧工！你还来了……小毛病！"

"张师傅平时身体挺棒的呀！您怎么还病了呢？"萧蓝亲切地走近张劳模，她热情爽快的话语和美丽大方的气质让病房陡然显得明亮起来。

"这……你……"仰靠在病床上输液的张劳模坐了起来，孩子般不好意思地笑着，"还劳你跑过来……没啥事，上点火，就是血压有点高……"他花白的头发，黑红色的脸膛，显得质朴硬朗。

在张万军的礼让下萧蓝坐在床边的凳子上。"怎么还上火了？"转头问张万军，"你气的？"

张万军笑着摇头，朴实无华中透着精明强干。

"孩子呢？你来……谁去幼儿园接孩子啊？"张劳模关切地问。

"别人帮我接了。"

“中民那孩子我喜欢!”张劳模脸上满是喜悦之情。

“没少麻烦您帮着照顾……”萧蓝心怀感激。

“对门住着,远亲不如近邻!我就跟他亲爷爷一样……”张劳模诚挚地说。

萧蓝:“那当然!”

张万军玩笑:“本来想认您当干爷爷,可好,您也不客气,一步就整到位了!”

大家都笑起来。

萧蓝说:“孩子亲爷爷早就不在了,您就是他亲爷爷!”

“我也没拿自己当外人。”张劳模说后哈哈大笑。

“张师傅,您这退休清闲了,儿女们也都优秀不用操心……您上啥火啊?”

张万军揶揄:“我爸是人退心不退,退休回家了还闲操工厂的心!最近是吃不好睡不好的……”

“哦?”萧蓝疑惑。

张劳模默认,也有不服,对萧蓝说:“虽然退休了,可我还是华龙厂的人啊!不可能一刀两断啊……藕断还丝连呢,是吧?”

“那当然。”

“人老了有退休这一说,你听说工人阶级有退休这一说吗?”他问萧蓝。

“没有。”萧蓝摇头。

张劳模得意:“这不就结了。”

大家笑。

“哦,我明白了,”萧蓝说,“张师傅是为我们华龙厂上火啊!”

张万军:“是!一个退休老工人,却操着厂长的心!”

“说归说,笑归笑,华龙厂现在不景气了,遇到困难了,我能不上火吗?机车、客车、地铁车我们也没少生产,那时候加班加点地干。市场经济了,怎么就不行了呢?”张劳模忧心忡忡。

萧蓝也忧虑起来:“我们确实遇到了困难,形势不容乐观。以前计划经济是国家下达生产计划,我们按指标生产,而现在市场经济是市场说了算了。”

“是,以前我们只管完成任务。工厂是国家的,产品是国家的,连我们人都是属于国家的!”

萧蓝:“现在经济体制改革,逐步市场化,企业要自己面向市场了,而且外国的产品也要进入中国市场,要靠竞争了!”

张劳模琢磨着:“噢……就像一个家一样,原来在一起吃大锅饭,现在放开了,都要自己顶门立户过日子了……八仙过海,各显神通!”

萧蓝:“是这个意思。”

“以后不好干了……”张万军消沉。

张劳模不满儿子的话,情绪激昂:“华龙厂没有克服不了的困难!当年扩建新厂,正是三年困难时期,国家没钱,华龙人硬是靠肩挑人扛,边基建、边试制、边生产,自力更生,创建了一个新华龙厂。”

张万军一本正经地对萧蓝说:“我爸又开始‘开会’了!”

萧蓝会意地笑。

张劳模身上有鲜明的时代烙印,他习惯言传身教,尤其爱给青年后辈讲理想信念,于是“开会”就成了张劳模的标签,也成了儿子恭维调侃老人的代名词。

“不‘开会’行吗?”张劳模一脸严肃地怼儿子,甚或有训斥的口吻,“就你学技术这事,我一再说吧,现在怎么样?实行市场化了,产品靠竞争了,没有技术支撑能行吗?产品的竞争说到底是靠技术!当工人就得把技术学好,干出绝活!”

儿子认可点头,不是敷衍。

“真佩服你们这劳模之家!万军已经很优秀了,是焊接车间的尖子,上次全市技术比赛拿了第一,不简单了!”萧蓝感慨。

张劳模自豪:“这不就是我‘开会’的结果吗?”

萧蓝笑:“那是肯定的,再加上他个人的努力。”

“他不努力不丢我的脸吗?我是连续八年的市劳模……”

张万军劝阻:“爸!这个别说了,全世界都知道。您除了外号‘张劳模’,已经没有名字了。”

张劳模不高兴:“这是我吹的吗?这是大家公认的,是我干出来的!”

“有其父必有其子啊……”萧蓝赞赏道,“万军今年也评上市劳模了!”

张万军抖机灵,重复父亲的话:“这不就是‘开会’的结果吗?”

大家笑,张劳模也笑了。

“万军也该结婚了吧?”萧蓝关心地问。

张万军不好意思:“快了……”

“听说是和你一个车间的,也是电焊工,一定很漂亮吧?”

“没有姜晓妍漂亮,但比姜晓妍可爱!”张万军笑着说。

“哦,还惦记人家姜晓妍呢?”萧蓝惊异。

“不惦记了,姜晓妍她瞧不起工人,看不上咱……”

张万军以前的梦中情人是姜晓妍,他对她曾经很痴迷,也有过接触,但因差距太大,张万军剃头挑子一头热,后来又有孟志强势介入,最后宣告终结。

“你女朋友怎么比姜晓妍可爱啊?”萧蓝感兴趣地问。

“我女朋友叫董玲,她不矫情、不小资,也不能说会道,但特别通情达理、温柔善良,工作上更是埋头苦干,从不计较,在车间跟谁都能合得来,谁都说她好,尤其不涂脂抹粉成天打扮,电焊把脸烤得脱了皮,她毫不在意,就那样素面朝天地微笑着,让你觉得她是那么的阳光和纯粹。用我们车间‘秀才’的话说,就是……她身上散发着美好的女性光芒!”张万军兴奋,说起来有点喋喋不休、滔滔不绝。

“哇,让我崇拜!”萧蓝被感染。

张劳模听不下去了,斥责儿子:“少说那酸溜溜的话,整点正能量!”

张万军和萧蓝笑。

“再说了，你在萧工程师面前夸你对象，这不是班门弄斧吗？华龙厂的女同志，漂亮优秀有比过萧工的吗？”张劳模认真地说。

萧蓝不好意思：“哪里哪里……”

张万军羞涩：“那我能不知道嘛！萧工好比是月亮，我女朋友顶多也就是一颗明星。”

大家笑。

苍茫大地，一座烟囱林立的工业城市，气势雄浑。

在一个突兀的高烟囱下，簇拥着一片鳞次栉比的厂房，仿佛无边无际。古老庄重的厂办公大楼坐落其间，门口“华龙机车车辆制造厂”的牌子饱经风霜，泰然自若。这个中国轨道交通车辆制造业的主力厂，规模宏大、技术全面，创造过辉煌，现在也面临着新的挑战。

此时厂办公大楼小会议室里正在召开会议，七八个厂领导分坐在两边的沙发上，茶几上的烟灰缸里堆满了烟头，室内烟雾弥漫。

“大家如果有更好的人选可以提出来……”厂长郑清儒在讲话。如他的名字一样，郑清儒温良儒雅，灰白头发，眼角处的皱纹里总是充满了习惯性的微笑。

会议气氛沉闷。

中心位置的沙发上坐着大块头的厂党委书记贾昌浩，他头仰在沙发上，似睡非睡地闭着眼睛。旁边的茶几上有电话和台历。台历上放着一支粗铅笔，记事栏上写着“装配车间主任”字样。台历的年份——1987 年。

厂长郑清儒：“王华山大家是熟悉的，交通大学毕业，在几个车间都实习工作过，这几年当了车体车间的主任，把落后的车体车间变成了先进车间。实践证明，这个同志有魄力，领导能力强，是个管理人才。”

孟志淡漠地听着，不时附和地点点头，时而又向两边扫一眼，观察与会者的反应和态度。之后他很用心地说：“王华山，我们是同学，他的能力应该没有问题，但装配车间不同于车体车间，工作性质更复杂，管理难度更大……”他西装革履，样子不俗，因为是副厂长，心里自然有几分年轻有为的自豪感。他对王华山的情况比较留意，尤其关注和在意他的职位升迁，于是他试探地质疑。

“我看没问题，相信他会努力适应和胜任这个工作。况且现在装配车间的当务之急是把管理搞上去，管理搞不好，一切都无从谈起。”郑清儒力挺。

孟志不好再说什么，其他人都是一副事不关己无所谓的样子。

党办主任钱斌戴着一副精致的眼镜，跷着二郎腿，嘴里不时喷着烟雾，使镜片后面那双机敏莫测的眼睛时隐时现。他浅笑着若有所思：“我跟王华山接触不多，知道他是技术科萧蓝科长的爱人。据说他很有个性……”

有人回应地笑了一下。

郑清儒肯定地说:“王华山主任专业知识强,一心扑在工作上,真抓实干……”

这时外面走廊上传来吵嚷声,一个办公室人员进来说:“贾书记!那些要房子的人闹事,非要见您!说什么也不走,上楼了……”

贾昌浩不耐烦,又无奈地起身走了出去。

厂里新建了两幢住宅楼,完工很长时间了也没有分下去,成了全厂棘手的问题。住房历来就紧张,大家好多年才等来一次分房的机会,于是结婚多年没房子住的,老少三辈挤在一起的,够条件的和不太够条件的都红了眼似的盼着分房。这种情况下,有人挖门打洞托关系也在所难免。此前厂里已经公布了一榜分房名单,但意见很大,民怨沸腾,不少人去质问和理论,搞得房产科不敢公开正常工作,只能另找地方秘密开会……终于公布了第二榜分房名单,公示栏前又风起云涌,不满的、有意见的职工吵吵嚷嚷,最后他们一呼百应地奔向厂办公大楼,非要见党委书记贾昌浩不可。

闹房的一群人被厂保卫科人员堵在办公大楼三楼以下的楼道上。

贾昌浩跟随办公室人员从走廊里走出来。他身材魁梧,方脸盘,大背头,样子冠冕堂皇,自带威严,很有气场。

贾昌浩居高临下望着回旋的楼道上密集的抬脸向上仿佛嗷嗷待哺而又愤然的人群,生气地说:“又是为了房子!”

站在前面台阶上的一个人说:“贾……书记!按综合条件打分,我们 16 分的第一榜公布有房子,第二榜又没了,房子到……到哪去了?”这个挑头说话的人有点口吃,他叫潘富,装卸队的工人,是这起闹事的带头人。

“就是,为什么没有我们的房子?得给我们说清楚!”也是领头人之一的矮个胖子义正词严地附和。

众人七嘴八舌。

贾昌浩沉默了一会儿还是没忍住发了火:“你也要房子,他也要房子,厂子哪有那么多房子!领导有领导的安排,聚众闹事是不允许的!”

大家失望,面面相觑……

潘富一听贾昌浩说这话,觉得房子没什么希望了,就气急败坏地豁出去了。可他越生气越结巴,憋得脸红脖子粗:“哼……不允许,不允许的事……多了!不允许搞……搞破鞋,你,怎么还……还搞?”

众人起哄……也有人为破罐子破摔的潘富捏了一把汗。

贾昌浩惊讶、尴尬,暴跳如雷:“胡说八道……诬陷!”他命令在场的保卫科人员,“……给我收拾起来!”

潘富被扭往保卫科,众人也不欢而散……

贾昌浩情绪不佳地回到小会议室,嘴里嘟囔着:“这些人想房子快想疯了……”坐下之后家长似的问,“怎么样?有没有什么不同意见?”

他对郑清儒关于王华山任装配车间主任的提议不反对,但也不是非常合心意,所以就开了这样一个会,如有异议就另说,如果没有意见也算是发扬民主了。一直以来,他给了车间书记夏森机会,可装配的情况始终没有好转,他也就无奈了。

参会的人没有提出反对意见,贾昌浩拿起电话拨号:“车体车间吗? ……你们王主任呢? ……噢,在车间里。通知他,马上到党委小会议室来一趟!”

这个王华山本来就是个雷厉风行的人,听到“马上” 的通知,不知道发生了什么事,急匆匆地奔向厂办公大楼,风风火火的样子像是去跟人打仗似的。

党委小会议室的门被急速推开,王华山喘息着问:“……什么事?” 他面容俊朗,表情凝重,灼灼目光中充满急迫和忧患的神情。

会议室在座的人都诧异地笑了。

“华山! 快来坐下。” 贾昌浩笑着打招呼。

王华山释然,坐在离贾书记不远的沙发上不好意思地笑着:“一听说领导叫,就想是不是哪方面出了问题,工作是不是没干好……”

大家被他率真的性格所感染。

贾昌浩递上一支烟,王华山不会抽,谢绝了。说话间,厂长郑清儒倒了一杯水递给他。

“华山啊! 你把车体车间搞上去了,成为先进车间,很有成绩,党委向你表示感谢!” 贾昌浩郑重其事地说,他往烟灰缸里弹了一下烟灰,“今天找你来,是通知你一项新的决定,让你转移阵地,继续攻坚。装配车间是我厂的‘老大难’单位,问题很多,现在主任空缺,当前又面临改革的严峻形势……郑厂长推荐你,大家也都一致同意,觉得装配车间主任非你莫属啊!”

“这……我对装配车间的工作不是很熟悉……” 工华山感到突然。

“装配车间现在的关键是加强管理,你去了首先要把管理抓上去……生产业务方面,相信用不了多长时间你就会熟悉了。” 郑清儒因提议成功而特别满意地微笑着。

总工程师姜克选一头白发,手里不离一副老花镜,智慧的眼神里充满疲惫,样子未老先衰却仍然透着英气。他鼓励说:“华山! 没问题,你肯定行!”

王华山犹豫后,决然庄重地点了头。

大家欣然鼓掌。

“王华山同志,谈谈你的想法吧,表个态!” 贾书记说。

王华山激动地站起来,神情严肃,两眼光焰灼灼:“没说的……党委和领导们这样信任我,我要坚决把装配车间搞上去! 如果三个月没有成效,撤我的职,处分我!”

他像临阵受命的军人,义无反顾的坚贞气概让在座的人表情惊异,由衷钦佩。

散会后,厂长郑清儒、副厂长孟志和王华山三个人留了下来。

“明天完成车体车间的交接,后天到任!” 郑厂长交代。

“华山! 你这……高升了,是不是得请我们喝酒啊?” 孟志阴阳怪气地说。

王华山爽快:“喝! 不过这不是高升啊……”

孟志："不是高升也是重用！"

郑清儒满意地笑着说："这次工作调转，算不得什么高升，实际上是让你去堵枪眼！这样……我请吧！"

"哪能让您请呢！我请我请……我让萧蓝晚上炒几个菜，我还有一瓶好酒呢！"

"好！"郑清儒和孟志欣然。

萧蓝事先让对门张劳模帮忙去接孩子，自己下了班赶紧回到家里操持。郑厂长第一次来家里吃饭，而且是他们敬重的领导，怎么也得弄得像样些，不能太简单了。她计划做六个菜，多数是买现成的熟食，好在中午已经做了一些准备，晚上炒个鸡蛋，再拌个凉菜就齐了。

出乎萧蓝意料，最先登门的竟是孟志，她原以为他会不好意思，可能会是最后一个到场。注重仪表、西服革履的孟志今天又披了一件外套，俨然绅士状矜持而得意地笑着站在门口。

萧蓝客气道："欢迎！欢迎！"虽然在厂里经常见面，甚至不屑，可今天情况不同，她面对的是上门的客人，不能失礼。

孟志今天也别有用心，他揣测王华山不会按时回家，可借机冠冕堂皇地先来会一下萧蓝……心底的怨恨没有改变，但却强烈地想说点什么，因为他觉得自己今非昔比，过去的龌龊和屈辱已被现实改写了，这是一次难得的表达和找回尊严的机会。

"华山请我来喝酒……"孟志洋洋得意的样子，精心装扮的外表与他虚荣的内心相得益彰。但面对这个让他刻骨铭心、又爱又恨的女人，他的心里仍然震颤，不无柔情，同时也莫名地有一种崇高之下的卑微感。

身为工程师和技术科科长的萧蓝是华龙机车车辆厂公认的美女，不是那种刻意打扮、花枝招展的女人。她五官标致，面容清丽，平时穿着并不华丽，样子优雅大方，气质卓然超群，透着非凡的天然和修养之美。

"孟副厂长！请进……"

"不厚道！"

"怎么了？"

"我虽然是副厂长，可大家都叫我'孟厂长'，你非在前面加个'副'字，不别扭吗？"孟志亦庄亦谐。

萧蓝故作奉迎："哦……孟厂长！失敬，失敬……"

孟志笑："老同学，不必客气。"他优越感十足地进了门，在走廊上换着拖鞋："华山还没回来？这个拼命三郎够累的！"

她听出了孟志话中的傲慢，回应："没有你运气好啊……"

"咳，差不多。"孟志虚情假意。

客厅里陈设简单，墙上挂着一张王华山和萧蓝的结婚照，还有一纸横幅；窗台中间一盆君子兰正开着鲜艳的花。

萧蓝陪孟志走进客厅，给他倒了一杯茶水。

孟志凝视了片刻王华山和萧蓝的合影照，微微叹息地坐到沙发上：“孩子呢？”

“在对门他张爷爷家呢。”萧蓝陪坐在另一个沙发上。她在家里穿着随意，秀发也略显蓬松，使姣好的面容更具一种休闲的美。

“我们的校花还是那么美！”孟志无所顾忌地注视着萧蓝。

“老了！”萧蓝回避。

“没跟我，后悔了吧？”孟志狂妄地直奔主题。

她诧异，轻蔑一笑：“当了副厂长就觉得有炫耀的资本了？”

“我混得就是比王华山强啊！”

“现在还不到盖棺论定的时候……”

“大势已定，没啥变的了……”孟志现在虽然有优越感，但也难掩内心的自卑，“当年在交大，都知道我追你。毕业的时候康哲、蒋厚生他们还问我，校花追到手了吗？填分配志愿表的时候，听说让你留校，我也决定在上海不走了。可当我在校办公室里看到你的表上第一志愿是华龙机车车辆厂，第二志愿还是华龙机车车辆厂时，我惊呆了，马上又把自己表上的‘上海’画掉，填上了跟你一样的华龙机车车辆厂……”

萧蓝笑：“当年华山就是这样填的，我是跟他学的。”

孟志不堪回首的样子：“我当时不知道你追王华山……蒙在鼓里，鬼使神差地跟着你们坐一趟火车跑到这艰苦的华龙来……”那列记忆中的火车喷着烟雾在孟志眼前又浮现而过。

萧蓝调侃：“这也很好啊，你现在是副厂长了，应当感谢我……”

孟志摇头叹气：“你知道吗，男人一生最大的悲哀就是傻傻地追一个女人而不得，可最后这个女人却被别人轻而易举地得到了……”

萧蓝反感，而又不想使其难堪：“过去的事……算了！你先坐，我厨房还忙……”说着友好地起身向外走去。

孟志忘情地注视着萧蓝的背影，满眼往昔的烟云……那列奔驰的列车又浮现在脑海中，高亢的汽笛声犹然在耳，仿佛是他发出的痛苦郁闷的吼声。

那夜，车厢里一片睡态。

孟志一觉醒来，揉揉惺忪的睡眼，他突然愣住了……对面座位上的两个同学都仰在靠背上睡着了，萧蓝的头歪斜在王华山的肩上，像一对有情人，也俨然天生的一对……而此时的自己似乎是个毫不相干的多余人。孟志呆视着，突然心生疑惑，一脸如梦方醒的惊疑……

他一直慕恋着萧蓝，也向她表白过，但遭到婉拒。可他痴心不改，最终义无反顾地追随她上了这趟命运的列车。他知道班里的男生都喜欢萧蓝，而王华山似乎无动于衷，自己也没有发现两人之间有暧昧关系，他也觉得王华山虽然品学兼优，可情商很低，甚至怀疑王华山不会谈情说爱，也觉得萧蓝不会看上王华山。现在想来，毕业报同一个志愿难道是巧合吗？而且同行中发现他俩思想吻合、价值观相同，上车后也总爱坐在一起，这一切他觉得肯定不是无意识的……孟志断定王华山和萧蓝之间一定有他不知道的“秘密”……望着他俩相互依偎、天真无邪的睡态，他明确了一个事实：萧蓝已心有所属，王华山是他的情敌！

那一刻，孟志呆视着，痛苦万分……他不愿相信这是真的，心有不甘，更无比嫉妒……仇恨的烈火在他胸中燃烧。他暗暗下定了志在必得的决心：萧蓝是我的，萧蓝一定是我的！

敲门声结束了孟志的思绪，他站起来端详着王华山和萧蓝的结婚照，心里隐隐作痛，又看了一眼墙上王华山写的“建功立业”的书法横幅，然后轻蔑地笑了。

门口走廊上传来萧蓝和郑清儒的说话声，孟志迎出，笑着提醒：“有门铃……”

“不习惯，感觉还是敲门来得直接。”郑清儒笑着走进客厅。

萧蓝热情礼让：“郑厂长！快请坐……”并倒了一杯茶水。

“主人还没回来呢。”孟志汇报说。

萧蓝：“我已经打电话催他了！”

郑清儒：“他工作要交接，事多……”

孟志恭敬地请郑厂长坐，并递上一支烟。

萧蓝放好了桌子，摆上菜盘碗筷。王华山进门，萧蓝嗔怪：“才回来！”

“要不是郑厂长和孟志来，我现在还回不来呢……”

郑清儒理解地笑着。

萧蓝调侃：“我们这位啊，天天忙得跟厂长似的……”

“华山本来就是厂长的料嘛！”孟志恭维。

“我只有出点力气了，当厂长是没我的份了，你孟志已经捷足先登，我是一步赶不上，步步赶不上啊！”王华山说后哈哈大笑。

大家也一同笑起来。

孟志：“不一定，不一定……”

菜上齐了，萧蓝拿来一瓶好酒，三人开心地围桌而坐。

带头“闹房子”的潘富，敢跟厂一把手叫板，说了那么极端的话，被关进了保卫科，一时轰动全厂，成了这个万人企业热议的“名人”。尽管潘富有些口吃，尽管他在装卸队是个吊儿郎当的工人，可这不影响一些人在心目中把他当成一个人物。兔子急了还咬人，潘富虽然其貌不扬，但被利益逼到墙角，也是个有些心计和胆量的主，什么事也都能做得出来。可是做任何事情都是有后果的，也是要付出代价的。

“就你这样的还想分楼？你做梦吧！你连平房都别想……你知不知道诬陷是什么后果？”保卫科于科长脸很黑，严厉地训斥潘富。

潘富尿了：“这事……大家都这么说，我也是听别人说的……你们没听说吗？”

“瞎说！……贾书记搞破鞋你看见了吗？”

“没看见。”

"没看见就是造谣!"

潘富理亏无奈。

最后潘富承认了错误,在材料上摁了手印,也愿意接受组织的处理,晚上就放他回家了。临走,于科长又黑着脸对潘富说:"这个案件性质严重,影响恶劣,贾书记非常生气,组织上一定会对你做出严肃处理!究竟是拘你还是开除,你等待结果……"

虽然从保卫科放出来了,可"诬陷"不是个小事,"听候处理",潘富觉得贾昌浩也不能轻饶了他……他有些绝望,仿佛到了生死关头。抵赖不过去,也无力扭转,潘富一筹莫展,如案上的羔羊任凭宰割又心有不甘。思来想去,与其坐以待毙,不如一不做二不休……他相信贾昌浩搞破鞋确有其事,无风不起浪,不就是没有证据吗!他想,如果能抓到他贾昌浩的把柄,就能消灾免祸,甚至回头再敲他的竹杠因祸得福也是有可能的。这样想来,潘富心情开朗,两眼放光,于是下了铤而走险的决心。

厂招待所是个老旧的二层小楼,拱顶翘檐,绿树掩映下也算造型别致。贾昌浩家住市内,老婆又经常出差,所以他就时常以工作的名义不回家住在厂里,招待所里自然有了他下榻的专用房间。除了住宿,那个房间也成了贾昌浩午休、消遣、会客、开小会的场所。所长善解人意,安排了年轻漂亮的服务员刘娜为其专职服务,于是时间久了就传出了绯闻,据说只要贾书记住厂,刘娜必定值班,或者刘娜值班,贾书记一定住厂。

潘富像个间谍打听到了许多招待所有价值的情况,知道了贾昌浩住 201 房间。潘富又实地观察,发现招待所后院灶房的烟囱上有引风机,烟囱上立着个高梯子,潘富眼前一亮,打定了主意……

家属区万家灯火。

王华山家的餐桌上,三人边喝酒边聊着工作……

"装配这两天的情况怎么样?"郑清儒问孟志。

"您交代的工作不敢怠慢,我每天都去一趟车间……装配还是老样子!车间书记夏森抓得似乎也很严,可就是没有效果。"

郑清儒感叹:"装配车间主任空缺很久了,我跟贾书记多次建议过……贾书记的意思是想给夏森一个机会,因为老夏快退休了,想借机独当一面干出点成绩来,好光荣退休……"

"看来车间没有主任还是不行。"孟志说。

"有了主任也不是一定就行,以前装配车间也没少换主任。"郑清儒悲观。

孟志马上说:"华山是郑厂长的一张王牌,再难的摊子也会马到成功!"说着举起酒杯。此话未必真,但也不虚,可从他嘴里说出来则不是发自内心的,主要是为了恭维郑厂长。

王华山冷静地摇头。

郑清儒跟着举起酒杯,对王华山说:"装配如何加强管理,你去了自有主张。只要科学管理、真抓实干,相信没有克服不了的困难!"他性格温和,说很重的话也不声色俱厉，即使有时发脾气也不会暴跳如雷。

王华山举起酒杯，激动地说："我就不谦虚了，也不是酒壮尻人胆，一个字，就是'干'！"

三人碰杯，一饮而尽。

王华山认定的事就不会退缩，而且他有不怕任何困难的魄力和勇往直前的精神，也正因如此得到了厂长郑清儒的赏识。

"转向架车间的管理不能放松，对质量标准和技术规范一定要严格要求！"郑清儒嘱咐孟志。

孟志认真点头。

萧蓝进来说："孟副厂长，晓妍来电话，说你家来客人了……"因为讨厌孟志，她没有上桌，刚才在卧室的书架上为丈夫翻找有关装配方面的书籍，接到了姜晓妍打来的电话。

"噢……"孟志对郑厂长和王华山说，"那我告辞了，先走一步。"说着站起来。

"慢！"王华山也站起来，又给每个人的杯子倒满了酒，"再干一杯！"

三人站立对视而笑，一饮而尽。

孟志放下杯子，当着郑厂长的面握住王华山的手："华山！我们是老同学，党委和郑厂长分工我主抓生产，今后，别的车间我多跑跑，装配这边我就拜托你了！"

王华山用力地摇动着他的手："放心吧！也请你多支持……"

"那肯定……"孟志向外走，阻拦王华山，"别送！郑厂长你们慢慢喝……"

王华山："好，让萧蓝送你。"

孟志在走廊穿上鞋出门，萧蓝跟出："孟副厂长，你慢走！"

孟志回身，忘情地注视萧蓝，萧蓝垂下眼帘，关上了门。

郑清儒和王华山意犹未尽，继续喝酒，萧蓝也上桌吃饭相陪。

郑厂长望着墙上王华山写的"建功立业"的字幅感慨："华山！我欣赏你，人正派，有能力，仰望天空又脚踏实地，有不把工作干好誓不罢休的信心和勇气！华龙厂如果都是你这样的干部就好了……"

"谢谢郑厂长夸奖！您一向看重我，以前还曾提名我为副厂长第一候选人，我心里一直很感激……今后我会更加努力工作，争取做出更大的成绩！"

萧蓝心有不平："结果人家孟志托了市里谷仲秋的关系……辜负了郑厂长的期望。"

郑清儒略显无奈："车间主任也是用武之地，像装配，就是我们厂的关键车间，对整个生产起着举足轻重的作用，搞不好就会拖全厂的后腿，担子很重啊！"

门铃响。

"张叔送孩子……"萧蓝说着放下碗筷去开门。

王华山告诉郑清儒："对门张师傅。我孩子认他当干爷爷了，经常在他家。"

"张劳模？"

"对！"

门口传来孩子的声音:“妈妈我回来了!”

萧蓝:“张叔您进来!”

“我不进去了。”

郑清儒冲门口喊:“张劳模!来来,进来!”

王华山起身去迎:“张师傅!快来……”

张劳模走进来:“郑厂长,你好!”

郑清儒已起身等候:“张劳模,你好你好!来来上桌。”

“我喝过了。”张劳模犹豫。

郑清儒:“再喝点!难得碰到你。”

王华山:“张师傅,坐坐……”

萧蓝拿来了杯子和筷子,王华山斟酒。

三人举杯。张劳模:“听说华山又高升了,祝贺!”

“高什么升啊,用郑厂长的话说是让我去堵枪眼!”

三人笑着碰杯而饮。

“我姑娘就在装配车间,搞核算的。你乍去,有啥事可以找她。”

“叫啥名?”

“张万红啊!”

王华山笑:“好,这回有熟人了!”

“郑厂长!听说咱厂以后日子不好过了?”张劳模关心地问。

“改革了,由计划经济向市场经济转变,会有一些新问题……”

张劳模充满自信:“没事!我们大风大浪都过来了。当年是要啥没啥,我们克服了难以想象的困难,造出了新中国第一台蒸汽机车,又生产铁路客车,研制出地铁车,说起来真自豪。那时候多不容易啊!”

郑清儒:“是,当年在那样困难的情况下,我们创造了令人难以置信的奇迹。记得厂里第一台机车试车的时候,当机车开动了,很多人都激动地流下了眼泪。”

“是……”张劳模深有感触,眼睛湿润了。

“目前看,我厂的产品结构一应俱全,铁路机车、铁路客车、地铁车样样都干,可贪多嚼不烂啊。”郑清儒冷静分析,“现在市场经济了,要保持竞争优势,应考虑有所取舍,扬长避短,根据市场前景来确定企业的发展方向。比如舍弃机车,让更专业的厂家去生产,如东方机车厂。我们集中精力和技术生产铁路客车,主攻我们的强项地铁车,进而研发高速列车!”

王华山赞同:“嗯,主攻地铁,瞄准高铁,这个发展战略好!我们也要追赶世界先进企业!”

“就得吃一望二眼观三。”张劳模欣然举杯,“走一个!”

三人共饮,深沉的夜晚,星斗璀璨。

02/ 第二章

下午，王华山完成了车体车间的工作交接后即匆忙告辞，同事们簇拥着，依依不舍地送他出了车间门口。

“大家回去吧！我也没离开这个厂，就是换了个车间……”他挥手告别大家，即大步向装配车间走去。

其实是明天到任，可王华山忍不住，着急要先去装配车间看一眼。他对新的工作岗位充满憧憬，想尽快了解和熟悉车间，心情有些迫不及待。

车体车间，顾名思义，就是把车厢的车框加工组装成型。车体的下一道工序是涂装，打磨、喷涂颜色之后进入装配。装配车间就是为空壳的车体安装上门窗、电器、管路等各种所需设备和转向架，使其成为能运行的车。

王华山对装配车间并不陌生，也基本了解现在的情况，可此时走进这个车间，他的关注度和心情截然不同，因为这个车间未来的命运与他紧紧联系在一起了！

车间冷清，人气不旺，待装车辆不多。经过涂装车间喷漆上色后的车体有了绿皮车的模样，分散在各处的装配台位上。王华山走着，冷静地观察着，关切地皱着眉头。

在一辆车体旁的角落里，围坐着几个小青年在打扑克。旁边看热闹的瘦青年警觉地发现了走过来的王华山，但并没有吭声。

“工作时间怎么能打扑克？”王华山口气严厉。

大家抬头奇怪地看着他。

“你谁啊？”打扑克的一个挺壮的青年不在乎地说。他叫葛强，样子顽劣，神情却沉稳老练。

“别管我是谁，工作时间可以打扑克吗？”王华山很生气。

葛强狡辩：“没有料，我们等料呢。”转而又不满地向站在旁边的瘦青年说：“猴子，不是让你看着点儿吗？”

“猴子”磨叽：“当官的我都认识……他，我以为是参观的呢。”

葛强顽固地打着牌，疑惑地问：“你到底谁啊？来唬我们。”

“赶快回到各自岗位！再废话我开除你！”

葛强见势不妙慌忙收起扑克牌，大家四散溜走。

不远的墙角处几个女工正聚在一起说笑，有的手上在钩织毛线活，见有生人经过，赶紧收敛观望。

车厢下，一个时髦的小姑娘坐在高凳上给配电箱接线，不时看一眼手上的书。王华山走近说：“边干边学？”

小姑娘不好意思地笑了。王华山拿过书看，恍然：“是小说……一心不可二用，这样会出差错的！”

“最后还要检查核对呢……”

“收起来！”王华山严肃，小姑娘顺从地点头。

通过扶梯，王华山登上安装操作平台进入内装的车厢。两个工人在端墙处接线，车厢里躺着一个人在睡觉，打着呼噜。

王华山见状问：“怎么回事？”

“他中午在外面喝多了。”其中一个女工说。

“谁是班长？”

“班长去材料库领料去了。”

“去多长时间了？”

“有一会儿了。”

男工对女工说：“是不是跟刘燕跳上了？”

女工有意回避地笑：“别瞎说！”

王华山走到睡觉的工人身边，推了一下：“喂！起来起来。”

睡者未动，咕哝：“我再睡一会儿。”

王华山怒吼：“起来！”睡者激灵坐起，惊醒地揉着睡眼……王华山怫然而去。

材料库在车间南侧，门上有标牌，门关着，隐约有舞曲传出。王华山敲门，内有女声问：“谁啊？领料啊？”

门开了，材料员刘燕疑惑地看着，觉得来者不善。里面的男工陶醉在舞曲中，还欲罢不能地张着双臂在移步比画着，回头发现情况不对，马上关了舞曲。

“太不像话了！你是班长吧？”王华山气愤地走进去。

男工点头。王华山：“撤销你的班长职务，留厂察看！”

班长呆傻，虽不知道他是谁，但断定这是个硬茬的领导。

王华山面向刘燕厉声说：“今后工作时间，材料库的门永远要开着！”

刘燕低着头：“是！”

“以后你可以去打扫厕所，那里可以放舞曲。”

刘燕吓得脸变了色。

离开材料库，王华山在车间的另一侧找到了工长室。工长室的门敞开着，气氛悠闲，一个女工在给工长看手相。

“哎呀妈呀……工长啊！你这手相真好，两个斗！一斗穷，二斗富……你以后能发财啊！”

“拉倒吧，发啥财？改革了，竞争了，企业不景气了，能开支就不错了，发啥财啊！”工长样子长得有点蠢，心宽体胖地笑着，手任女工摆弄着。

看手相的女工有几分妖娆："工长！那不一定啊！一不小心摔了个跟头，捡了100万，一不留神中了500万大奖！"

工长开心大笑："这有可能，这有可能……"

这时，王华山气冲冲地走进来："谁是工长？"

工长急忙把自己的手从女工手里抽出，站起来说："我是……"

看手相的女工略显紧张，又多嘴："他是我们田工长。"说后觉得不对劲就溜走了。

"我叫田丰。"

王华山按捺地踱了几步："田工长！我问你，你想不想华龙厂好？"

"当然希望华龙厂好……"田工长嗫嚅。

王华山训斥："怎么能好？你工长都这样吊儿郎当，那工人怎么干？"

田工长灰头土脸："我知道，您是车体车间调来的王主任！"又不解，"说是明天到任啊！"

王华山转身向外走，又回身吼道："这样混下去，华龙会垮掉的！你还不如到大街上去摔跟头玩儿，碰巧还能捡到钱！"

田工长呆若木鸡，王华山愤然离去。

在车间门口一侧的墙上，几块黑板一字排开，黑板上写满了粉笔字，全是处罚决定；旁边的墙上也贴满了罚款通告，新纸压旧纸，层层叠叠。王华山停在那里，关注着。

厂长郑清儒走进车间，发现了王华山："车体车间那边交接完了？"

"交接完了，憋不住，先来看看！"王华山情绪不佳。

"我去车体车间了，就知道你来这儿了。"

王华山面对黑板深有感触："我看到了装配车间管理的中枢神经。"

"主任空缺，车间书记夏森主持全面工作，他罚得挺狠。"郑清儒略显无奈。

王华山沉思："罚款不是万能的！"

两个人出了车间沉默地走在厂区的路上，王华山边走边解开衣扣。

"晚上凉了，别感冒了！"

"我现在心里闷，真想站在高山顶上大喊几声！"

郑清儒笑："好啊，电站高！走吧，正好陪我一起去发电车间看看。"

电站的立体式高大厂房拔地而起，是厂区的最高建筑，墙面像刀切的悬崖峭壁。墙上一道蜿蜒曲折的悬梯，直至顶端。

郑清儒带着王华山进车间检查了一下工作之后，两个人真就上到了发电车间建筑的平顶上……

放眼望去，夜色空蒙，厂区一片灯光闪烁。

王华山："登高望远，心旷神怡！"

郑清儒观望着："居高临下，厂区夜景多么美好！"

两个人都沉浸在一种宏大的情绪中。

"身临其境，我想起了范仲淹的《岳阳楼记》：先天下之忧而忧，后天下之乐而乐……”郑清儒感慨。

“我想到一句诗，”王华山激昂吟诵，“会当凌绝顶，一览众山小！”

“华山！到装配车间看了，感想如何，有没有后悔啊？”

“应该说，我非常感谢您！”

“哦？感谢我？”

“是啊，感谢您和党委又给了我一次建功立业的机会！”

郑清儒欣赏地握住王华山的手……

第二天，装配车间会议室。

主席台上，拼接的长桌后面坐着厂长郑清儒，他两边分别是党委办公室主任钱斌和新上任的装配车间主任王华山。王华山旁边是个刀条脸、年龄快六十的装配车间党支部书记夏森。

夏森一只手扶在前面的麦克风上，表情有些不安，不时看表，看会场上的人数，眼睛紧盯着会议室门口，盼望着来人。会场上有七八十人，似乎还不够理想的人数。

两个人从门口走进来，经过两边是座位的中间通道，径直走向主席台。前面白脸的人是车间团支部书记赵君，两手端着四个白瓷茶杯，笑眯眯的，一副阿谀之态；后面的人年龄大些，是车间工会主席吴长顺，抱着一只红色暖水瓶，神态恭维随和。他们把杯子分摆在主席台每个人面前，倒满茶水。

陆续有人进来。

夏森转头说：“郑厂长，差不多了，开会吧？”

郑清儒点了一下头。

夏森把麦克风拉近，干咳了一声：“现在开会了！今天召开车间全体职能人员和班组长以上干部会议。这个会，对装配车间具有转折意义，是承前启后、继往开来，谱写改革新篇章的会议……下面请党委办公室钱主任宣布党委决定。”说完递过麦克风。

钱斌打开公文包，从里边拿出一份文件，伸手扶了扶镜框，扫了一眼会场，念道：“中共松江市华龙机车车辆厂委员会文件：关于任命王华山同志为装配车间主任的决定。目前，企业面临改革大潮的冲击，装配车间又是我厂的老大难单位，为了迎接市场经济的挑战，在改革中求生存、求发展，根据厂长提名，经党委研究决定：调王华山同志担任装配车间主任。本任命自公布之日起执行。”

郑厂长微笑着带头鼓掌。

王华山起立，微红着脸向会场点头致意。

郑厂长讲话：“王华山主任是个有能力的主任，他工作过的车间成绩显著。我相信在大家的配合和努力下，装配车间是大有希望的！下面请他本人讲话。”

全场响起一片掌声。新主任昨天私访在装配车间引起了不小的轰动，也树立了威信，会场上热烈的掌声不是敷衍的，说明了人们对他的欢迎。

“刚才郑厂长对我过奖了。我这个人性子急,缺点不少,请大家今后多多指正。”王华山激动得索性手拿麦克风站了起来,“党委和厂部派我到装配车间来,我有决心和大家一道把车间搞上去!如果装配上不去,就开除我党籍!处分我!”他情绪激昂,两眼闪着灼灼的光焰。

全场再次响起热烈掌声。

“华龙厂有着光荣的历史,我们厂造出了新中国第一台蒸汽机车,生产出最早的地铁车,还生产了无数的铁路客车!老一代工人阶级为国家建设和民族工业的发展创立了丰功伟绩!我们厂的‘张劳模’就住在我对门,他已经退休了,可最近因为华龙的生产不景气,他竟然上火病了一场——这是何等的情怀啊!昨天我来车间转了一圈,真是触目惊心啊!当时我甚至想,华龙厂会不会垮在我们手里?我们不能再这样下去了,日本铁路已经有了新干线,如果我们不迎头赶上,还算什么泱泱大国?还算什么中国工人阶级?”王华山说得情真意切,慷慨激昂。

全场振奋,掌声雷动。

散会后,王华山提议顺便开个座谈会,请大家围绕车间生产畅所欲言、各抒己见,找原因、提建议。

他坐到大家中间,却冷场无人发言。

夏森无奈地站起来说:“我们都是车间职能人员和班组长,都要发言!我先说,然后挨个发言。”他慢慢坐下来,一脸忧虑,“我在装配车间当了好几年的书记了,对装配的情况应当说是很了解的,但车间到了现在这个样子,我也弄不清楚究竟是什么原因。前一段没有主任,我是又当爹又当娘,管理也是很严的,可是效果不是很好。我认为主要原因是现在的青年工人素质太差,跟过去的老工人比差远了,让这些人去搞生产能有好吗?再一个,我们的干部和办公室职能人员,对自己要求也不严,在工人中影响不好,没有起到好的带头作用。我认为,今后还要狠抓一个‘严’字,加强纪律,严厉处罚,不把管理搞上去决不罢休!”他像个败下阵来的将军,无力回天,但也心存不甘。

“该我了吧?”一个朴实的中年人左顾右盼后说。

夏森给王华山介绍:“他叫徐臣,副主任。”然后又对大家说:“发言时先做一下自我介绍,让王主任认识一下。”

“我认为,生产、技术固然重要,但目前车间的最大问题是管理问题。为什么管理上不去,原因很复杂。我是抓生产的,不是推脱责任,我感到力不从心。这回王主任来了,我一定配合你工作!”副主任徐臣说得很实在。

王华山思索着徐臣含有无奈和抱怨的话。

“我是车间工会主席,吴长顺。”吴长顺向新主任恭维致意,“我认为,装配的主要问题,不是领导不力,也不是管理不严,而是工人素质太差。装配扩产时,进了一些其他车间的甩包袱人员,又从社会招工,进了一些不良青年,使得我们车间的工人成分复杂，素质严重下降。这些年，夏书记不怕得罪人，废寝忘食、呕心沥血，做了大量的工作，使一些劣迹青年得到了及时应有的处理，对车间的不良风气形成了极大的威慑。现在，王主任调到装配车间，我代表车间工会非常欢迎！听说王主任是个很有魄力的领导，我相信，装配车间在不久的将来就会出现一个新局面！在原有基础上锦上添花！说完了。”吴长顺谦恭而满意地笑着。

“王主任您好！我是车间团支部书记，叫赵君。装配的工人太次这是个事实，还有就是装配这边的工作对人的强制性不大，比较自由，所以工人养成了散漫的习惯，不好管理。确实，这几年如果没有夏书记的敢抓敢管，装配车间就更不像话了。现在的青年不靠近组织，不要求上进，团组织开展工作很难。王主任调到装配来，我们热烈欢迎！团的工作也会百尺竿头，更进一步！”赵君说完，微笑着，又有些不自然，觉得没有吴长顺说得好。

“我是一区工长李建刚。现在车间一塌糊涂，工人有问题，楼上的人员也够呛，上下都是稀里糊涂。工作像是挺严，其实没抓到正地方。我不怕得罪谁，实际情况就是这样。”

夏森面露窘色。

“我是二区工长田丰。现在的工作难干……反过来说，就是我们在下边拼命干，也干不出名堂来！”王华山对这个“看手相”工长有印象。

“我是三区工长赵佳林。生产上经常出现一些这样那样的问题，可是车间对这些问题说不准、叫不硬，拿不出准确有力的办法来，又指挥下边这么干那么干，来回折腾，缺少一竿子插到底的人。”

王华山沉默地听着，忧心忡忡，昨天目睹的车间情况又历历浮现在眼前……

夏森带领新主任去车间办公室，一路也顺便向王华山介绍了些车间的情况。装配车间办公室在车间南侧的楼上，进一个过道门，是走廊，然后上楼梯。楼梯处迎面的墙上挂着一幅“金鱼戏水”的镜画。

主任办公室宽敞整洁，显然被精心布置打扫过，一套新领的工作服工整地放在桌上。

夏森程序性地把王华山领到他的主任办公室就告辞了，随后王华山听副主任徐臣介绍车间的生产情况。

这时桌上的电话响了，是郑厂长打来的。

“……有一件私事忘了跟你说。我那个小儿子小龙，这两年有点学放荡了，我忙也疏于管教，很替他操心！他背着我已经调转了好几个车间，而且到哪儿都干得不好，给我这老脸抹黑……这回我打算把他交给你了！”

王华山笑了：“交个烂摊子还嫌不够，还要把儿子交给我？”

“替我管管！派个艰苦的活儿，相信你不会像别人那样姑息迁就他。”

王华山只能答应，也觉得义不容辞：“好！让他来吧。”放下电话，他对徐臣说：“徐主任，你给郑厂长的儿子安排个工作。”

徐臣愣了一下：“……他想干啥呀？楼上办公室虽然都超编了，但也不差他一个。”

王华山摇头：“他没啥技术，找个生产一线苦脏累的活儿！”

徐臣诧异：“王主任，你这不是坑我吗！”

王华山理解地笑了：“你就说我安排的。”

徐臣疑惑又为难地点了点头。

徐臣向新主任汇报了装配的具体生产情况，之后又被要求到车间里逐个工序地转，介绍设备和生产流程。

郑小龙找来。

“王主任，我爸让我来找您……”他二十出头，咧嘴笑着，眼神机灵，有点流里流气、吊儿郎当的样子。

王华山认识他，点了点头，然后严肃地正视着他：“告诉你，我可不是个客气人，不好好工作，我要收拾你！厂长的儿子绝不能高人一等！在这里，你是我的工人，我不但是你的主任，我还有替你爸爸管教你的权力！”

郑小龙诧异得脸红了，又反窘为笑，顽皮地说：“王主任，您放心！我一定干好工作，为你们老一辈无产阶级革命家争光！”

“我不老！工作我已经给你安排好了，去吧！跟徐主任走。”

徐臣客气地带郑小龙走了。

王华山继续在车间转悠，不时向工位上的工人询问了解情况。

工长李建刚经过，王华山喊住了他：“李工长啊！新来了一个工人叫郑小龙，安排在你们工区了。”

“我知道了，正好地板班缺人手。可他是郑厂长的儿子，怎么让他干这个呢？”李建刚有些不解。

“别人的儿子能干，厂长的儿子就不能干吗？”

“我是说，领导的子女都在办公室，没有干这种工作的。”

王华山笑：“那是你有偏见。”

李建刚半信半疑地走了。

一个女子走到旁边，虽然穿着统一的工作服，看上去却比岗位上的女工整洁清雅，她愉快地笑着，样子热情带有几分羞涩：“王主任您好，我是张万红。”

王华山欣然：“你好你好，我听张师傅说起您了。”

“是，刚才我爸给我打电话了，说您新来乍到，让我关照关照您……我爸他真逗，您是主任，应当关照关照我才对。”

两个人笑了起来。

家住近处的工人中午下班回家，但多数人还是带饭，有的也去食堂吃。地板班的人聚在车体旁开始吃饭。王华山走来。

“王主任还没回去吃饭?”班长李祥热情地打招呼。他外表朴实,体态微胖,比小青年多了几分历练的样子。

“不回去了。”王华山问郑小龙:“你带饭了吗?”

李祥:“大家都带得多,一起吃!”

“别……”王华山说着掏出钱来交给郑小龙,“你去食堂买两份饭,你一份我一份。”又对李祥说:“今天我跟你们一起吃!”

“我有钱……”郑小龙不接。王华山:“拿着拿着!”郑小龙顺从地接过钱走了。

“你是班长? 座谈会没发言啊。”王华山和蔼地看着眼前这个敦厚的年轻人。

“嗯,我叫李祥。我们是干内装的地板班。”李祥笑着。

王华山俯身望着他们中间由饭盒堆聚在一起的饭摊子:“呵,味道不错啊……”

李祥指点着:“带饭,在车间汽锅蒸的,有菜有汤,里边都有肉,又香又鲜……”

王华山笑了:“你这一说把我都说馋了。”

李祥递过来一把勺子:“您尝尝。”

王华山接过小勺,舀了点汤放到嘴里:“嗯,是不错,有味道。”

“我们在车间里吃饭,比在家里有胃口。”李祥边吃边说。

“你们的工作也很辛苦啊!”

旁边一个工人不以为意地说:“咳,工人嘛,就是干活儿的……”

王华山几分诧异地笑了。

李祥顺便逐个介绍说:“他叫黄广厚,是我们班组的工会小组长。他叫林凯。那一位都叫他‘小不点’。郑小龙是今天新来的。两位美女,她叫李丽,另一个叫朱平。”

“小不点”因个子小和调皮而得名。他嬉皮笑脸地插嘴说:“她俩是我们车间最时髦的姑娘,尤其爱好跳舞……”

两个姑娘急了,挥动着筷子小勺回击,“小不点”招架嬉笑着:“听说有一天,在舞场上转晕了,舞伴问她姓啥,她想了半天没想起来,回答不知道……”说完大笑起来,大家也都笑得前仰后合。

李丽和朱平羞恼地向他进攻:“胡说八道……”“你死了得了!”对他又拍又揪……

李祥:“我们组还有三个人在给别处上料没回来呢……”

王华山对两个正发作的姑娘说:“算了,我替你们出气,罚他跑一趟腿。”又对“小不点”说:“去! 叫那三位回来一起吃饭。”

“小不点”站起来,又嗔又笑地说:“王主任,您不能偏向啊!”

“傻瓜! 我这是替你解围呀。”王华山乐呵呵地说。

“小不点”鬼笑着走了。

一个老工人端着一个大茶缸子经过。李祥打招呼:“师傅,吃了吗?”

“吃了吃了。”

黄广厚:“‘老报告’,再吃点儿?”

“不啦不啦。”老工人向王华山打招呼：“王主任您好！”

“您好您好。”

被称“老报告”的工人走过去，又返回来对王华山说：“王主任，得好好管管，现在干活太不讲究，料件随便放，工具到处扔，责任心不强，得好好管管……”说完感叹着走了。

王华山严肃地答应：“好！”

“这是我师傅，快退休了。工作兢兢业业，认真负责，老先进！”李祥说。

王华山好奇地问黄广厚：“怎么叫‘老报告’呢？”

大家笑。黄广厚笑说：“外号……老工人都那样，爱管事，瞅着不对就向领导反映，所以大伙都叫他‘老报告’。”

王华山敬重地望着“老报告”远去的背影：“好啊！老工人……”

同组的几个人走来。

李祥指着前边那个高个儿、文质彬彬的青年对主任说：“他叫吴建华，是我们班的政工班长。”又指着另一个显得粗犷的青年说：“他叫大涛，后边那个是小刘。”

吴建华笑着向新主任点了一下头，坐到旁边打开自己的饭盒吃饭。

“小不点”嚷嚷：“要饭的来了啊！”

黄广厚招呼：“大涛啊，来一起吃吧！都带得多。”

李祥告诉王华山：“大涛离婚了，带个孩子，又不善理家务，有时上班不带饭，饥一顿饱一顿的。”

大涛带着一丝讪意，不客气地凑上去，顺手拿起一只勺子吃起来……又气“小不点”说：“这叫共产主义生活！”

大家哈哈大笑。

“利用大家吃饭的时间，咱们聊聊天。”王华山对大家说，“我叫王华山，是新调来的主任。为了把车间搞好，欢迎大家多提建议。”

老实巴交的黄广厚说：“王主任，久闻你的大名。”有人笑了。“真的，我们敬佩你。你没有架子，头一天到装配车间上任，就深入一线，为车间着急。我们工人没说的，换谁当领导我们也是干活。不过，换了好领导，我们干得来劲儿，卖力气！”

王华山鼓励说：“工人是企业的主人，不但要干好活儿，还要积极参与管理。”

大涛怨气十足地接茬：“王主任，你能提到这一点，我们就感谢了。现在是，车间不好了，楼上怨工人；有了奖金了，楼上比工人多拿好几倍。工人有点毛病，又取消奖金又罚款；他们多罚多得，所以越罚越来劲。现在楼上人满为患，起码能减掉三分之一，都是有关系的，或花钱送了礼的。我们工人又苦又累地干，他们坐办公室的却像贵族一样……”

王华山表情严肃。

黄广厚有些惊骇，用胳膊肘捅了一下大涛。

“小不点”戏谑说：“王主任，大涛离婚之后心理变态，对社会不满，如果车间分给他个媳妇，他啥说都没有了。”

又是一阵笑声。

郑小龙买饭回来，王华山和大家一起吃饭。

李祥说：“铁路客车、地铁车是我们厂的主打产品，可国内也不是就我们一家，我觉得要不断提高品质才会有竞争力，还要研发新品种适应市场需求，因此抓技术进步是关键！否则，麻木不仁、不思进取，那将来就危险了……”

王华山点头：“是啊！企业靠的是产品，没有高质量的产品，在未来的市场竞争中企业就难以生存！”

郑小龙时不时地瞟一眼李丽，他没想到装配车间有这么漂亮的姑娘。

吴建华有感而发：“车间现在这个样子，我看主要原因是改革没有与时俱进。领导官僚僵化，加上外行无能，用罚款代替管理，车间思想政治工作没有了，主人翁意识淡薄了，甚至干群对立，工人对生产不负责任。这样的状况，生产怎么会振兴？”

王华山感慨地点头。

“小不点”对主任说：“有才，报纸发过稿！”

王华山对吴建华刮目相看：“业余时间还学习？”

“我正参加高等教育自学考试，已经通过了两科。”

“哦，好！好好学。”王华山赞赏。

“一定！”吴建华样子清瘦，一脸英气。

车厢里，李祥在给地板打磨，粉尘飞扬。郑小龙躲避跑出车厢，工作服兜里揣着一本女明星封面的刊物。他走下平台的扶梯，坐在台阶上顺手把杂志拿出来翻看。

夏森巡视车间，身后跟着车间团支部书记赵君和车间工会主席吴长顺。他阴郁的脸上没有一丝笑容，车间这种状况他也笑不起来，且内心的失意和不满加剧了他整治的决心。他威严地在车间溜达，一双机警的眼睛捉贼似的搜寻着可能违规和犯错的人，以满足他的领导欲。夏森一出现在车间里，气氛就会紧张起来，工人们无不规避躲闪，像老鼠见了猫。

初来乍到的郑小龙不知道情况，也无所谓。当夏森发现竟然有人工作时间看闲书时，立刻愤怒地走过去把书抢下来，吼道：“工作时间看书？你好大的胆子！”

郑小龙惊到了，不满地站起来，回怼：“不让看就不看，还想吃人哪？”

夏森惊诧，车间里还没有人敢跟他顶嘴，于是火冒三丈：“你还横，我罚死你！”

郑小龙不能忍受，对吵：“我看你活够了，老东西！”

夏森暴跳如雷，吴长顺劝阻夏书记。

赵君劝说郑小龙：“小龙！他是车间夏书记！”

郑小龙肆无忌惮，指着夏森：“夏书记多个啥？厂长都没什么了不起的，你车间书记有什么了不起！……”

“放肆！”此时王华山路过，见状非常气愤，挥手给了郑小龙一个耳光。他是个暴脾气，看到郑小龙如此骄横也是忍无可忍，甚至觉得也有一份义不容辞的责任。

郑小龙惊怒，在华龙厂没有人敢打他，仗着是厂长的儿子，他也没怕过谁。暴怒之际，他看到王华山脸色威厉、两眼冒火地正视着他……郑小龙怒火冲天的气焰没有爆发，心有不甘地忍住了，他想起这个主任说过："我还有替你爸爸管教你的权力。"

吴长顺推走生气的王华山。

赵君伏在夏书记耳边说："他是郑厂长的儿子，郑小龙。"

夏森听了心头一紧，现出后悔的样子，随后走到郑小龙面前，把那本刊物插到郑小龙工作服的兜里，搭讪着说："咳……不知道你是小龙啊！我根本不认识你呀……"

挨了一巴掌正在难堪中的郑小龙得以释放，恼怒地吼叫："滚！"

"你……这孩子！"夏森尴尬，被赵君推劝着走了。

焊接车间的厂房举架高，空间也宽广，虽有强力的排风设备，但整个车间始终烟雾蒙蒙，顶棚在长期的熏染下也是一派灰暗。几条甬道的两侧高高低低有序地摆放着车体行走部位的各种横梁、侧梁的焊接部件。焊接工人们因为跟烟尘和铸件打交道，都戴着防尘口罩和厚手套，穿的工作服也是脏兮兮的，工作时脸上还要扣上电焊帽子。

张万军在焊活，车间各处的工位上也都弧光闪烁，烟气升腾。

不远处的女工停下焊枪，仔细看了看自己的焊活，然后走到张万军身边。张万军停下。

女焊工俯身看了一下张万军的焊活，拉下口罩说："我还是没有你焊得好！"

"那是当然，要不我怎么是师傅呢！"张万军摘下口罩喘息，得意地笑着。

女焊工撇嘴："嘚瑟。"

她叫董玲，是张万军的徒弟，也是女友。

"跟家里商量了吗？"张万军问。

董玲调皮："忘了……"张万军挥了下拳，她笑着躲闪。

董玲长得胖乎乎的，样子憨厚，性格开朗。她工作努力，一脸灿烂的笑容洋溢着青春的气息，让人觉得她是那样的美好。

"你就知道催，光想着自己，年轻轻的着什么急啊？我倒觉得你应该首先考虑给你爸找个老伴。"董玲天真无邪地说。

张万军愣住："我妈有病刚走没两年，他都那么大岁数了，还找啥了。再说，我这么大个儿子还没成家呢，他能好意思找老伴吗？他不能找。"

"就你能找……老爷子身体多好啊！老来伴老来伴，有人八十了还找呢。"

张万军讪笑，心中感动："以后有你这么懂事孝敬的好儿媳妇，他也算有福了。"

"两码事。要不这事以后包在我身上？"董玲诚挚地表示。

张万军琢磨地笑着："别说，要真找老伴还真不好找，我爸以劳模自居，没当过劳模的他肯定相不中，不门当户对啊！"

两个人笑。

“不过，我从小到大就是受了我爸的影响。”张万军感慨，“他们是铁人王进喜‘拼命也要拿下大油田’那一代人。以前每当他评上劳模戴着大红花回家，就是我们家的盛大节日，我们哥几个就抢着轮流戴他的大红花，美得不行！因此我从小就有了长大一定要当劳模的愿望……”

董玲听得入神，灿烂地微笑着，样子痴迷。张万军注意到董玲的脸，心疼地说：“你要小心啊，脸上又烤脱皮了！”

“没事……”

张万军怜惜地看着，揶揄：“这张老脸……”

董玲瞪他，他马上改嘴：“绽放着迷人的光彩……”

董玲笑了，脸庞美得像一朵花。

张万军坚定地说：“你擦什么牌子的？我给你买化妆品！”

董玲率真：“抹那玩意儿有什么用，钱留着结婚用吧。干活！”说着走了。

张万军心里甜滋滋的，拿起焊枪，弧光闪耀。

装配车间，葛强拿着扳手在车下拧螺栓，“猴子”经过叫他。

“干啥？”

“走啊，上厕所。”猴子叫张斌，长得瘦弱机灵，外号“猴子”。他跟葛强关系亲密。

葛强摇头：“不去。”

“嘿，以前说走就走……”“猴子”理解，近前诡秘地说，“新来的主任挺凶啊！连郑小龙都敢打。”

葛强提醒：“你注点意，让他逮着没好！”

“猴子”不屑：“还不是和夏书记一样装腔作势……”

“不一样，我看他是个正派实干的主任。”

“猴子”靠近嘀咕：“不过郑小龙挺色啊，刚来就盯上李丽了，这你不能答应啊！你不是在追李丽吗？”

葛强沉默：“李丽看不上我……”继而隐忍大度地说，“咳，都是哥们儿，无所谓……再说，人往高处走，郑小龙他爸是厂长……”

“猴子”也显出无奈。他突然警觉地望着远处：“那边有人喊失火了……”

葛强走出看了一眼：“走！去看看！”

两人跑去。

装配车间存料区失火了，烟火升腾，一片呼喊声，人们从各处奔来。

存料区堆放着内装用的地板、装饰板、胶和其他物品。火在边缘处燃烧着，正向存料区内蔓延，情况危急。

一些人跑来了又不知所措。吴建华和郑小龙他们五六个人手忙脚乱地在扑打。

王华山等人赶来也冲了上去。

葛强和“猴子”手提灭火器跑来,冲到料区里面,迎火喷射,扼住了火焰……大家共同把火扑灭了。

王华山急切地问旁边的吴建华:“怎么回事?”

“我和郑小龙来领料赶上了。这地面有油污,也有洒的胶,可能谁不小心扔了烟头引起的火。”吴建华说。

王华山严肃地对徐臣和大家说:“厂内禁止吸烟,要严格执行!”他转身看到了郑小龙,拍了一下他的肩膀,赞许地对他笑了,郑小龙也不好意思地笑了。

王华山走过去与“猴子”和葛强握手致意,问葛强叫什么名字。上次他们打扑克对他有印象。

葛强满脸污渍,羞涩而顽皮地笑着:“我是落后典型,叫葛强。”

王华山诙谐:“你很先进嘛!”

大家笑。

晚上下班很久了,王华山还在办公室里翻阅装配车间的有关资料。他突然想到一件事,心里不舒服起来,当时在气头上打了郑小龙,现在想来有点过意不去,他拿起了电话。

“郑厂长……我就知道你不能回家,开会呢?”

“没有,在跟姜总商量技术研发的事。有事啊?”

王华山不无歉意地说:“小龙跟你说了吧?”

“说什么?我没回家还没见到他。怎么了?”

“我打了你儿子小龙一巴掌……”王华山羞于出口。

电话那边郑清儒显然是愣了一下,接着传来惊讶兴奋的声音:“啊……好啊!终于有人替天行道了!我有时恨得牙直痒痒,就是下不了手啊……太好了!不教训他不行啊……谢谢你!”

王华山皱起眉头:“郑厂长,我听着咋这么别扭呢,你这有点借刀杀人的意思啊。你们父子情深,我得罪人……”

“哈哈哈……”郑清儒在电话中大笑。

王华山也释然地笑了。

太阳快落还没落的时候,霞光明亮。厂部小车库门前,一辆黑色奔驰轿车格外醒目,司机在精心擦洗。谁都知道这是贾昌浩的专车,据说市里的领导都没有坐“奔驰”的,在全市企业一把手中更是绝无仅有。

这时潘富幽灵般地出现了,上前搭讪:“师傅,我帮你擦……擦啊?”

司机傲慢地看了潘富一眼,没有理他。司机本身就牛,给领导开车的更是牛上加牛。

潘富热情不减："我没事路……路过，闲着也是闲着……"说着就有想上手的意思。

司机不耐烦地出手制止："用不着！"同时觉得这个人有些莫名其妙。

潘富没有离开，笑着继续搭讪："太羡慕你了！不瞒你说，我的人生理想就是给领导开轿车……结果是现在连自行车都骑不好。"

司机感到好笑地看了他一眼，冷漠地问："你是干什么的？"

"在装卸队，今天休班。我这个人跟谁都自来熟……"他的故事这两天在厂里传得沸沸扬扬，但司机并不认识他。

潘富趁热打铁，掏出烟来殷勤地递上一支："师傅，歇一会儿，抽根烟，好牌子的……"

如此诚意，司机不好意思拒绝，再说也习惯了被阿谀奉承，就接了烟。潘富赶紧给点了火，顺便问了句："今天怎么没送贾书记回家啊？"

司机懒得搭理地回了句："……不回去了。"

潘富窃喜，等的就是这句话，然后镇定地也点上烟吸了一口，说："帮不上忙，就不打扰了。"说完便告辞了。

晚上，厂招待所后院，一个黑影跃上墙头，跳入院中。

招待所一楼的窗户都亮着灯光，安着铁栅栏，阵阵说笑声从一个开着的小气窗里传出。潘富戴着大口罩鬼鬼祟祟地来到餐厅窗前窥探。

餐厅里贾昌浩正和一桌官样的客人喝酒，菜很多，场面热闹。那个叫刘娜的女服务员正在给桌上的人倒酒，甜甜地微笑着，像蜜月中的新娘。

潘富断定今晚肯定有戏。他毅然搬动立在灶间烟囱上的高梯子，把梯子对准二楼南侧的窗口，放好后他平稳了一下情绪，心一横，开始慢慢往上爬……

秋天的晚上凉气袭身，他却出汗了，有些紧张，腿在抖，但心里暗暗发誓："我豁出去了！抓住了贾昌浩的把柄，他就治不了我，我还要住上楼房……"

潘富爬到了窗台上，他贴扶着窗户慢慢站起来，掏出螺丝刀别开小气窗，伸进胳膊拉开里面的插杆，打开了外面的一扇窗户。他可站立的面积大了，也牢靠了，然后又推开了里面的小气窗，伸进胳膊拉开了里面的插杆，推开了第二层窗户。他打开手电往里照了照，之后轻轻地跳了进去。

车间办公室里，王华山拿着一张纸反复在看，认真思考着……电话响，他拿起话筒。

"华山，这么晚了还不回来？"传来萧蓝的声音。

"孩子睡了吗？"

"睡了……"

"我在看一份建议，是个叫吴建华的工人写给我的，非常好！工人中大有人才啊！我给你念念。”王华山说着，一手拿话筒一手拿着建议读起来：

一、车间楼上人浮于事，宜核编精简；办公室人员要加强为生产服务的思想，并定期进行评议考核；管理人员要分工清楚，权责明确。

二、加强管理。制定和规范岗位技术操作规程，建立生产责任制；加强工艺研究、技术指导和质量检查工作；车间各组织要配合生产充分发挥作用；重视和开展思想政治工作，发扬主人翁精神。

三、应开展岗位考评活动，让比、学、赶、帮、超在车间形成风气。

“怎么样?”王华山读完问道。

“一个工人有这样的认识不简单。”

“是啊!”

萧蓝抱怨：“华山，你不要一干工作就没黑天没白日的……”

“新到装配车间，要了解情况，掌握生产，熟悉工人……我马上就回去了!”

招待所201房间里漆黑沉寂，只有门缝处能看见从走廊里透进来的一丝光线。

过了很久，从外面走廊的楼梯处传来楼下嘈杂的说笑声和“休息好”“明天见”的道别声。杂乱的声音消失后，隐约听见有一个人的脚步声传来，声音越来越近，在门口停住了。

一阵钥匙的哗啦声，房间的门开了。开关啪嗒一声，屋里豁然明亮。房间里设施一应俱全，红底暗花地毯、高档沙发，可谓富丽堂皇。

贾昌浩在门旁脱下皮鞋，走到窗前，拉上了海蓝色的金丝绒窗帘，回身坐到沙发上，剔着牙，怡然自得。

他侧脸看了一下房门，心神不宁地起身在地毯上来回踱步，之后走到门口打开房门，把门锁的探头拧回去，轻轻地把门虚掩上。回头又关了大灯，打开壁灯，房间里的光线变得清晰柔和，然后贾昌浩耐心地坐在沙发上……

外面的走廊上很静，一点声音都没有。

不一会儿，门无声地开了，刘娜闪进来，反手又慢慢地把门锁上。她转过身来靠在房门上，甩掉软拖鞋，大喘了一口气，羞笑着望着贾昌浩……

她只在外面裹了件服务员的白大褂，像夏天的连衣裙，前摆对襟处露着白皙的大腿；她披散着头发，化了淡妆，双手抱胸，三分冷意，七分娇情。她无声地闪进这个房间，像天使，也似幽灵……

藏身在钢丝床下的潘富，紧张得有些发抖，几乎尿了裤子……他从床单离地毯三寸宽的缝隙中向外窥探。

他看到一双女人的秀脚从门口走向沙发旁的那双男人的脚，两双脚到了一块，混乱在一起。不一会儿，那双秀脚突然不见了，只有那双宽大的男人脚在地毯上原地转动，然后笨拙地移向床边。那双大脚在床沿下停住，离潘富的鼻子不到一尺远，他闻到了一股脚臭味。后来，那双臭脚也抽上床去不见了。随即，一件白大褂抛在床前的地毯上，不一会儿，一条尼龙黑三角裤又落下床来。

上面的钢丝床因超重和激烈运动，发出吃力而急剧的响声。潘富欲出来捉奸，转念又宽容地不动了，轻蔑而得意地向上望着床底……虽然在床下憋屈得难受，但他如愿以偿了，像猎人捕获了猎物，像渔夫抓到了大鱼，感到满足和自豪。于是，对囊中之物有了宽容之心，不想让他们从情峰上突然跌落下来，像对马上失去自由的人再给他一会儿自由，像对临刑的犯人再让他吃一顿饱饭一样。

夜色中王华山走出厂大门，张万军从后面赶了上来。

“王主任才回家?”

王华山回头：“万军，加班啊?”

“多干了点活儿。”

两个人走在回家的路上。

“现在活不紧啊?”

“是不紧，可车间现在缺人，有几个硬手跳槽了，被私企高薪挖走了，现在干活儿的人手不够，我就加班多干点儿。”

“没有人挖你啊?”

“有，挖不动。再说了，我要走了我爸不打死我啊！从小他就教育我们爱厂如家……”

两个人笑起来，他们的说笑声在夜晚显得特别响亮和悠远。

招待所 201 房间的钢丝床风平浪静了，床下潘富的眼睛由向上转为从缝隙中向外窥探。

那一双秀脚又出现在地毯上，分别停在痰盂的两边，一阵很响的小便声，伴着吃吃的轻笑……刘娜坐在痰盂上的声音：“哎，贾书记，听说以后要实行厂长负责制了！那你书记还有权吗?”

“噢，宝贝！你真关心我……放心，我不会亏待你的！”贾昌浩在床上的声音。

“人家不是这个意思嘛！”刘娜带着一种嗔嗲矫作的腔调上了床。

一声男人粗犷恣意的吻，不知在刘娜的哪个部位爆响。

潘富开始行动了，慢慢地向外爬……他从床下探出头来，大喘了几口气。

床上两人还在缠绵……运动后的贾昌浩裸露着半身散热，侧身向内搂着刘娜，刘娜的头脸被大块头的身体遮掩了，只有一条白白的胳膊搭在贾昌浩臃肿暗黄的身躯上……

潘富突兀地立在地毯上，穿一身旧工作服，一个大口罩吊在胸前，手里握着一个手电筒，表情冷峻，牙关紧咬……此刻，看着床上这一幕，作为男人，他忘记了房子问题，想的却是自己的媳妇像个丑八怪，凭什么你贾昌浩就有如此艳福？不由得妒火中烧，悲愤交加。

最先发现潘富的是贾昌浩，他惊恐得像突然被烧红的烙铁烫了一下，条件反射地推开刘娜，激灵地抬起身子望着潘富。突然的惊惧慑住了他，没有了呼吸，停止了心跳，两只眼睛睁到了极限，圆圆的黑眼仁儿在大大的白眼珠上惊呆地定住了，一动不动。

刘娜抬起头来像看到了魔鬼，那诱人的小嘴突然张大，发出了“啊——”的惊叫，两眼聚缩着，充满了万分的恐惧。

几秒钟的呆傻之后，失魂落魄的两个人又本能地畏缩、掩护着自己，一条缎被在慌乱中被拉扯着……最终还是雄性占了上风，缎被胡乱地几乎全盖在贾昌浩身上，可怜的“宝贝”只缩进了缎被的一角，身子无情地暴露着，像猛兽身边蜷伏着一只大白兔。

潘富立在红地毯上，显得十分高大，他得意地蔑视着贾昌浩的窘态，像胜利的将军面对拜倒在脚下的俘虏。最终，他对刘娜产生了近似于保护弱小动物的恻隐之心，拾起地毯上那件白大褂，扔到床上。

刘娜裹着那件白大褂，心有余悸地背靠侧墙；贾昌浩披着上衣，胸毛袒露，懊丧胆怯地靠在床背上。两人交叉坐着，身上盖着那条共有的缎被。

潘富坐到沙发上，像讯问犯人一样，口吻悠闲而威慑地说：“贾书记！这不是诬……陷吧？”

贾昌浩卑怯地急忙说：“不，不……潘富啊，这事我求你了，千万别张扬出去，求你了！……你房子的事好说，包在我身上，一定让你住上楼！还不行吗？……以后有什么困难，我也一定尽力帮忙！”他一脸苦相，大背头有些蓬乱，期盼地望着潘富。

潘富故作矜持：“厂保卫科有值班的，我看还是给他们打、打个电话，让他们来……做个见证吧。”说着，顺手拿起了茶几上的电话，房间里立刻响起了电话的蜂音声。

贾昌浩紧张得两手乱舞，嘴里支支吾吾地说不出话来。

刘娜踉跄地从床上扑下去，跪在潘富面前，白大褂拖在身后的地毯上，像飞行员跳伞后的降落伞。她双手捂脸，泪水从指缝里流出来，呜咽着哀求说：“大哥！放过我们吧，求你了！”

潘富放下电话：“这样吧，不找保卫科……可以。”他从兜里掏出一个破旧的红色塑料皮小本和一支圆珠笔，“但必须把今天的事写在上面，”潘富把小红本和笔放到茶几上，“免得日后贾书记说我诬……陷。”

刘娜抬起头来，泪眼蒙蒙，一副哀怜相，毫不犹豫地在小本上写了几句话。

潘富看后，点点头，又递给刘娜：“让贾书记签……字。”

刘娜走到床边，把小红本递给贾昌浩。

贾昌浩凝视良久，手哆嗦着不得不签了字，然后把小红本递过去，困惑不安地望着可怕的潘富。

潘富看后把小红本珍重地放进内衣兜里，然后傲慢地在地毯上来回踱步……最后，他望着两个卑恭的人，说："今天冒犯了！虽然我有你们的字据，但你们不用担心害怕，这事就咱们仨知道，只要你贾书记对我够……意思，我潘富也绝对讲、讲义气，请你们放心！"

潘富走向金丝绒窗帘，开窗后便消失了。

贾昌浩和刘娜惶惶不安地看着这一切……

清早，装配车间主任办公室。

轻轻的敲门声之后，赵君和吴长顺走进来，一人拿着笤帚，一人拿着拖把，都笑容可掬地点头问候："王主任来这么早！"寒暄后便埋头又扫又拖起来。

在领导面前表现都不甘落后，于是两个人达成默契，谁也别抢着出风头，早晨上班后一起给书记和主任办公室打扫卫生。

王华山默不作声地看着他俩，心里不舒服："你们各司其职，没有给我扫地拖地的义务。"

赵君、吴长顺："应该的，应该的……"

"到此为止，以后我自己来！"

两个人干完活儿，有些不自在地退出去了。王华山喊住了吴长顺，把一张纸递给他："我让吴建华写了篇稿子，你马上写到黑板上。"

吴长顺高兴，似乎受到了特别的重视，拿上粉笔到楼下车间，把稿子写在了墙上的黑板上。

灭火带来的启示

昨天下午，存料区突然失火，区内存放的各种内装材料都是易燃品，情况危急，如不及时扑灭，必然形成大火并殃及附近的车体。大家奋不顾身地投入灭火战斗，尤其葛强、张斌、郑小龙三人，他们迎火而上，临危不惧，表现突出。身在现场的王华山主任深有感触地说："这件事对我触动启发很大，我们应当改变对青年，尤其是对后进青年的看法，要加强思想工作，引领广大青年成为'四化'建设的生力军！"

黑板前围了很多人在看，青年们面色兴奋，有人读出了声。

王华山看了一下表匆忙走出办公室。走廊上陆续有迟到的人，他顺便推开一个门看了一眼，大多数人还没有进入工作状态，几个年轻人在争抢一本什么书："他看完了我看！""我先说的……""咱仨'石头、剪刀、布'。"他又推开另一个门瞧了一下：女办公室人员有的在兴致勃勃地谈论昨晚的电视剧，有的拿出毛线活……

书记办公室的门半开着，赵君正跟夏森嘀咕："黑板报说我们不重视思想政治工作……"夏森脸色阴郁。

王华山走进来，赵君忙笑着打招呼向外走。

王华山喊住了他："赵君啊，你把楼梯口迎面墙上那幅金鱼戏水的镜画撤下来，换上一幅大字，写上：为生产服务！"转向夏书记，"我想，这能给我们楼上办公室的人员一个警示。"

夏森："嗯……好！"

赵君答应着麻利地出去了。

王华山坐下来："夏书记，楼上人员是不是超编？"

夏森愣了一下，无可奈何地说："超……"

王华山口气坚定："那我打算把超编人员一律撤下来！"

夏森吃惊，上任第二天就要精减楼上人员，这让他目瞪口呆，可王华山的锐气又势不可当。他心里当然不舒服，因为这些超编人员大多是他经手所办，裁减本身就是打了他的脸。刚才赵君说黑板报上提出加强思想政治工作，他已经心里不痛快了。

夏森沉吟片刻，表情复杂："难啊！也是为了工作，不得不照顾一些关系……对你的做法我不反对，支持！"

"请你给我列出超编人员的名单就行……这个工作得罪人，我来做！"

"一切工作你就看着办吧，不用跟我商量。最近，我的冠心病又犯了，今天我去医院看看，然后就休息一段时间。以前装配车间没主任，现在你来了，我也能脱身了……"夏森不无哀怨地说。

曾希望在装配车间没有主任，自己一手遮天的情况下干出点成绩来，退休前弄个功德圆满，结果回天无力，最终还是灰头土脸。新主任来了他仍想借势而为，没想到王华山如此锋芒毕露、离经叛道，让他心里不舒服，甚至产生嫉恨。于是，夏森怀着复杂郁闷的心情，在去过医院之后，便开始在家病休了。

王华山拿到名单后召集十多名超编人员在办公室开会。

"……现在办公室超编，人浮于事，降低了工作效率，影响了工人们的生产积极性，滋长了不正之风……精减下来的人员，充实生产一线！"

与会超编人员惊讶、沮丧，有两个女的不满地翻白眼噘嘴。

"可能有人说，这里不养爷还有养爷处，那好，想转走的我放你！"

之后，主任办公室里又举行了第二场会议。屋里临时搬来了许多椅子，坐满了人。

王华山："……刚才给大家念了工人吴建华的建议，相信同志们都有感触和启发，请大家认真对照思考。布置一个作业：要求每个人结合自身的工作写一份自己的想法或建议，要讲真话！生产组的交给徐主任，工艺技术组的交给组长关工，也可以直接交给我。"

徐臣和关工点头。

"今天召集你们生产组和工艺技术组开会，是要落实一件重要的事情，那就是——建章立制！"王华山表情严肃，"我注意到我们车间的规章制度残缺不全，而且也没有得到有效的遵守和执行，有的已过时。生产组要把车间所有规章制度清理一遍，该废除的废除，没有的要建立健全，重新把各项规章制度完善起来；工艺技术组要把装配车间的各道工序、各个岗位的操作规程和技术质量标准，不留死角地建立健全起来。这项任务一周内完成，然后交由车间职工代表会议讨论通过后，公示上墙，形成车间生产和管理的规章，并不折不扣地执行。今后车间所有生产和管理必须有章可循，必须规范地、科学地严格照章办事，要致力于培养和树立爱岗敬业、钻研技术、攻坚克难、精益求精的工作品格。”

大家听得认真投入，赵君虔敬地做着记录。

会后不久，党办主任钱斌打来电话，口气温和亲切，似乎能感觉到他的笑意。“王主任啊，刚上任就要起大刀来了？”

王华山有些不好意思：“你侄女告诉你啦……”他从夏森口中已大致清楚了这些超编人员的背景。

厂办公大楼办公室里的钱斌听着电话皱起了眉头，心想：“你知道是我侄女，还如此下手，这是没把我放在眼里啊！看来多说也没什么意思，再说也没必要求你，换个车间不就完了嘛。”

是的，别说在华龙厂自己的天地，就是在市里钱斌给侄女安排个工作也不是什么难事，因为市政府副秘书长兼经委主任谷仲秋是他姐夫，只不过他不想太张扬。

“钱主任，对不起了。”王华山歉意地说。

钱斌心想：“你小子真是有眼不识泰山！”可嘴上不得不说：“没什么，我批评了她！改革嘛，就得大刀阔斧，我赞成你的做法！”说完挂了电话。

紧接着，销售科曲科长又打来电话。

“王主任你好！我是销售科的曲金昌……”

“你好，曲科长……”王华山知道他打电话的意思。

曲金昌善谈，也不直奔主题，而是先由外而内地进行铺垫：“你不知道，这些年用户没少挑你们装配车辆的毛病，都是销售科给你们化解了，我没少帮你们装配车间的忙……王主任你原来在车体车间，跟我们销售没什么关系，现在不同了，你是装配车间的主任了，是跟销售直接打交道……难道你王主任以后就用不着我老曲配合你工作吗？”

王华山赶紧说：“当然当然，生产和销售是分不开的，我们装配车间当然离不开销售科的配合与支持啊！”

“那……我小姨子在你们办公室上个班怎么还给裁了呢？人都混熟了，她还不愿意走。给个面子，能不能给恢复啊？”曲金昌最后直言不讳。

王华山为难：“超编人员都不简单，如果对您网开一面，这个工作就没法进行了，曲科长您门路多，就再想想别的办法吧！”

“够绝的，好吧！”曲科长那边生气地挂断了电话。

王华山有思想准备，也客气应对，想尽可能让别人理解，但他决不会退让妥协。

这时赵君进来，恭敬地说：“王主任，参加座谈会的人到齐了。”

王华山起身和赵君一起出去了。

装配车间会议室里聚集了三十多个小青年，乱哄哄的。吴长顺坐在一边。

王华山走进来，后面跟着赵君，屋里马上肃静了。

葛强站起来说："王主任，你来装配车间后，对我们很重视，又专门召集大家开座谈会，我们很感谢！但是，工会主席吴长顺说这个座谈会是劣迹青年座谈会，团支部书记赵君说是后进青年座谈会，我们难以接受……"

王华山听后笑了，激励道："好，你们有自尊，都是男子汉！"

大家高兴。

王华山商量："如果改成先进模范座谈会，你们能接受吗？"

现场鸦雀无声，有几个人不好意思地摇头。

"说你们是劣迹青年这不全面，说你们是后进青年又太消极了。"王华山态度中肯，"那么，我看今天这个座谈会，就叫——淘小子座谈会吧。"

少顷，立刻响起一片赞同的欢呼声……

第二天，这个会议室又召开了一场更大的会议，座无虚席不说，门口和走廊上也都站满了人，规模和气氛可以说是车间历史上的第一次。

主席台上方是"振兴装配动员大会"的横幅标语。王华山在发表类似于施政演说的讲话，会场上不时响起热烈的掌声，人们的脸上洋溢着希望和振奋的光芒。新主任的务实态度和强烈的进取精神，让职工们为之振奋，尤其是他正派、奋发、雷厉风行的人格力量，给大家以极大的鼓舞和感召力。车间在每个人的心中又燃起希望的熊熊之火……

车厢里，郑小龙跟李丽学铺地板，他心情愉悦，手脚勤快。两个心有灵犀的青年男女在一起工作，是一件幸福的事情。

"大家对你的评价不错，也有人说你是'特殊工人'，在这里长不了……"李丽漂亮又聪明热情，此时显得格外楚楚动人。

"老爷子把我安排在王主任手底下不好说……没办法。多少人劝他有权不使过期作废，在职时把子女安排得好好的，可他就是老脑筋，总是跟我讲什么自立啊、真才实学啊……其实我也用不着他，现在哪个当官的不势利眼啊？只要我说一声调工作，都乐不得地给我办。可现在老爷子把我看住了……"郑小龙嘴皮子好，边说边用手比画着。

李丽鼓励："那你就好好干，干出个样子来！"

"这些天我干得很愉快，也跟遇到你有关……我以前处了不少对象，但觉得你是最漂亮的。"郑小龙直截了当，无所顾忌。

李丽心里兴奋，羞笑着望着郑小龙："你爸是大厂长，我怎么能高攀得上你！再说……"她犹豫着，吞吞吐吐，"你害怕张三吗？社会上的，在这一片很有名……"

郑小龙立刻变脸，凶恶起来："怎么？他怎么你了？你说！"

李丽吞吞吐吐："是在舞场上认识的，他没完没了地纠缠我，还威胁我。如果你真心跟我处，张三那边……”

“张三算个屁！”郑小龙不可一世的样子，“在华龙厂地界，哪个不知道我郑小龙啊？从厂保卫科到派出所都跟我是老铁！社会上的哥们儿更是一呼百应。只要你说‘我是郑小龙的对象’，谁也不敢动你一根汗毛！”

李丽含情脉脉地笑了，她相信他说的话是真的。这么大的一个华龙厂，厂长儿子的身份是显赫的，即使他自己不骄横，别人也会敬他三分。

班长李祥进来，检查地板的平整度并打磨不合格处，粉尘弥漫。郑小龙没有躲避，主动接过电刨打磨，木屑飞扬中他显得英勇而顽强……

王华山在车间里巡视，工会主席吴长顺和团支部书记赵君跟在后面。

一幅大字标语横空挂在车间：凝心聚力，装配奋起！墙上的几块宣传板也面貌一新，标题依次是：“关于加强管理、提高质量的若干规定”“关于合理化建议的奖励办法”“加强思想政治工作，发扬主人翁精神！”车间到处都是忙碌的景象，没有生产的人也在搞卫生。

“王主任来了没几天，车间就焕然一新了！”赵君献媚。

吴长顺不甘落后：“装配将开始一个新纪元！”

“工会和团的工作你们落实得怎么样了？”王华山问。

赵君抢先说：“王主任，我这就向您汇报！我准备召开车间团小组长会议，并成立帮教对子。这是我的工作计划。”说着他掏出一沓纸递给主任。

“呵，这么多。”

吴长顺紧接着诚恳地说：“我们总结了前一段工作的不足，认识到调动工人的积极性，工会能起很大的作用，我们准备开展一系列活动。”

这时工艺技术组长关工急急忙忙地找来。他五十多岁，个子不高，秃顶，总是若有所思的样子。“王主任，有一种配件还没到货，影响后续生产，装配可能会因此停工！”

“什么配件？”

“客车的座椅。我们也催供应科了，供应科说厂家还没到货。”

王华山皱起眉头：“为什么不早计划、早采购？这样耽误生产啊！”

关工怨气十足地说：“供应采购慢，因配件短缺影响生产的事常有。”

王华山忧虑起来：“这样生产太被动了。你去找一下张万红，她爱人崔浩不是供应科负责采购的吗，看能不能让他帮上忙，快一点！”

“好。”关工答应着走了。

徐臣又找来：“王主任，厂部来电话，让你马上去参加党委召开的紧急会议。”

“好！我正想去找他们呢。”王华山说着急切地奔向厂部。

03/ 第三章

厂党委召开紧急会议，贾昌浩郑重宣布：“接到上级通知：铁道部下放采购权，今后铁路局将成为采购主体。车辆将由以前的执行国家计划、按下达的指标生产，转为面向各路局，即实行市场化。就是说今后国家对我厂产品不再实行计划收购了……”

与会的各车间主任和各科科长或惊讶或茫然，面面相觑。

孟志叨唠：“虽然早有舆论，也有过渡，但还是让人难以接受……说变就变了。”

“改革嘛！”钱斌态度有些不恭。

“大家知道，铁路系统特殊，算是慢的，别的行业早就市场化了。”姜克选不无忧虑，“市场开放，国外的车就会进入国内市场，尤其会对我国地铁产业形成冲击……某一天‘狼来了’，不是危言耸听！”总工程师的身份和他因殚精竭虑形成的一头白发，表明了他的资深和权威，大家对他的话深信不疑。

王华山的心情尤其沉重，近期的努力让装配车间焕发了生机，但也发现了很多体制上的问题需要厂部协调解决，可更大的危机又像洪水般袭来。

“按部就班的日子过到头了……”大肚弥勒佛似的销售科长曲金昌感慨，又悲观地问，“我们今后怎么办？”

所有期待的目光都不约而同地望向厂长郑清儒。

“是的，我们习惯了计划经济体制下的生产和管理……尽管对变化不适应，但我们还是应当欢迎的，因为这是流通体制的重大改革，是计划经济向市场经济迈出的关键性一步。”郑清儒迎着大家的目光说，“今后工厂要直接面向市场了，企业能否生存将取决于我们的产品是否好、是否具有领先优势。因此，我们必须致力于提高生产质量，开发新产品，以增强竞争能力。对此，我们要进行专门研究。眼下，一方面我们要把现有计划内生产任务保质保量地完成好；另一方面，由于这一销售体制的变化，今后‘以销定产’成为关键，因为没有订单就谈不上生产，所以产品推销工作是我厂目前的首要任务。销售科责任重大……”郑清儒看了一眼销售科长曲金昌。

曲金昌赶紧点头，并忙不迭地掏出小本子虔敬地记录。

郑清儒强调说：“一、面对市场，我们要马上组建销售队伍，对接全国各路局和主要城市交通部门，打通销售渠道，形成自己的销售网络。二、立即着手筹备召开面向全国各路局和主要城市交通部门的产品展销会，推销我厂的产品。”

夕阳西下，下班的工人潮水般涌出厂门。

郑小龙和李丽相伴而行，在人群中显得特别出众。一方面是李丽的漂亮，另一方面是郑小龙的身份。他们明确关系后格外引人关注，所有的目光和窃窃私语都投向他们，在浩荡的人流中或在人们的意识中都成了关注的焦点。

张三是在社会上混得不大不小的痞子，他盯上了李丽，纠缠她、讨好她，还对她许愿。李丽风流，但也不是乱来的姑娘，她瞧不上张三这样的社会混混，但也不敢得罪他，于是无奈地应付着。张三听说李丽被郑小龙"霸占"了，心里不服气，他也知道郑小龙势力大，但还是想较较劲。

张三等在厂门口，身边还跟着一个小弟。他拦住了李丽。

"干啥?"郑小龙气势强硬，"张三我警告你！李丽现在是我对象!"他直视着张三。

张三与郑小龙对视，最后也没敢吭声。

郑小龙一揽李丽："走!"傲然而去。

钱斌来到招待所 201 房间，他先敲了一下门。

"进来吧！你骗不了我……"里面传来刘娜的声音。

"啊，是钱主任呀！……我以为是贾书记上来了呢。"刘娜的笑脸现出惊讶，"快请进!"

钱斌在意地跺了一下脚。

"外边下雪了吗?"

"嗯，天是小孩的脸——说变就变。"

刘娜热情让座，倒了一杯茶水，又从茶几的果盘里拿起一个橘子，剥了递给沙发上的钱斌。

"贾书记还没吃完？有客人?"

"嗯。贾书记要是喝出情绪来没完没了。您有急事吗?"

"不急，谈点工作。我等他。"

"我去告诉一声，就说您来了。"

"也好。"

刘娜出去了。

不一会儿，贾昌浩打着饱嗝儿用牙签剔着牙，晃晃悠悠地进了房间："噢，钱斌来了。"

钱斌给贾昌浩倒了一杯茶水。

贾昌浩没有马上坐下来，而是走到窗前看了看，又回头俯身掀开低垂的床罩，看了一眼床下。上次潘富夜潜招待所让他至今心有余悸，虽然命令将梯子加了锁，但还是心里敏感，忍不住检查一番。

钱斌有些莫名其妙。

"今天到市里参加了外地企业改革经验报告会。据我姐夫谷仲秋说，我市马上要在国有大中型企业中推行厂长负责制……”

贾昌浩坐到沙发上，还在用牙签剔着牙，偶尔咧嘴用力向外“哧——哧——”地喷气，冲击缝隙中的碎屑排出。

钱斌见贾昌浩无所用心的样子，着急地问：“贾书记，你有什么打算没有？”

“什么打算？”贾昌浩似乎不解其意。

“马上要实行厂长负责制了！你怎么还无动于衷呢？你在华龙厂当了十来年的一把手，今后你能甘心当个‘老二’吗？”

贾昌浩沉默了一会儿：“看来，实行厂长负责制是大势所趋了。至于我厂怎么安排，那是上面的事，我们又有什么办法呢？”一副听天由命状。

钱斌说：“郑清儒虽然是元老，但他毕竟是给你跑龙套的，现在却反过来要坐到你头上了，你能忍受吗？你原来就是厂子的一把手，难道实行了厂长负责制，你就当不了一把手了吗？”

贾昌浩：“现在的一把手和今后的一把手不同，今后的一把手即厂长，强调专业化、知识化……”他知道自己是机关出来的干部，只会政治，不懂生产。

钱斌：“下边还有副厂长嘛，具体生产由副厂长负责，你怕什么？”

贾昌浩沉默着，若有所思。

“为这事，我这些天都没睡好觉！你的一把手位置总不能这样就丢了呀！现在正处在关键时刻，如果你认了，郑清儒就会顺理成章；如果你不认，我有办法！问题是看你拿什么主意。”

“你有什么办法？快说！”贾昌浩急不可待的样子。

钱斌充满谋略地说：“要从两方面着手。一方面，让我姐夫谷仲秋在市里发挥作用。另一方面，由于市场化改革，国家停止采购，我厂正处于青黄不接的调整过渡期，这是个有利时机，可以说是天助我也！但现在火候不够，要阻止郑清儒的努力，不能让他走出困境，要造成厂长无能的局面，为他下台提供口实。一旦时机成熟，你就可以出头组阁当厂长。现在厂内的关键是销售……郑清儒正忙销售，疲于奔命。我们也要抓销售……”

贾昌浩很有把握地插话：“曲金昌是我的人！”

钱斌：“让曲科长在销售方面按兵不动，拖！跟郑清儒周旋……”

贾昌浩从沙发上站起来，情绪不安地来回走动。他是个权力欲很强的人，之前认为厂长上升是改革的必然，自己争厂长似乎先天不足，钱斌的一番谋略让他看到了希望，心绪由迷茫变得明朗而坚定起来。他拨打电话：“喂，曲科长，我是老贾。你在玩麻将？我听到了哗啦哗啦的声音。别玩了！你马上到招待所来一趟。”

钱斌由此感到欣慰，为自己在紧要关口扭转乾坤的智慧充满自信和骄傲。他是靠写稿子起家的，并仰仗在市机关发迹的姐夫谷仲秋的关系，得到了贾昌浩的提拔重用。钱斌机敏好学，读了不少书，有几分韬略，贾昌浩也得益于他的出谋划策，遂将钱斌当成心腹。在实行厂长负责制的关口，钱斌觉得保住贾昌浩的一把手位置，就是维护自己的权益，他甚至想得更远，贾昌浩当了厂长后，自己争取一下书记这个位子也是有可能的。

一股西伯利亚的寒流挟风裹雪肆虐着这个城市的夜空，气温骤降，寒风呼啸。深夜，华龙厂招待所楼上的一个窗口，透过金丝绒窗帘仍然亮着灰暗的幽光。

装配车间交车线上，大家把最后一辆装配完的客车顺着轨道推进调试车间。这是交车的专用通道，众人返回车间，然后把门关上。

不同于以往的交车，今天大家送走这最后一台车心情异样，像是告别一段历史。车间空荡荡的，工位上没有了装配车辆，整个车间从来没有如此空旷和寂静。大家心情落寞，不由自主地聚拢到主任身边。

王华山鼓励说："车间没有订单是暂时的，我们停产不停工，利用这个机会开展学习、练兵，进行技术比赛……"

工人们积极响应，车间为此也制定了方案。

王华山还是忍不住去了厂长办公室，郑清儒正在批评曲金昌，他便等在一边。

郑清儒神情疲惫，脸上没有了往日的笑容，很生气地在地上来回走动："现在全厂看销售，销售工作关系到全厂的命运！"

曲金昌坐在一边的沙发上沉默着，不卑不亢的样子。

"到了孩子掉井火上房的时候了，销售科却拖拉扯皮，没有积极有效地开展工作。组建的销售队伍没有进行培训，到现在还没有具体的行动计划，订货会也没有着手筹备……"郑清儒踱了几步，命令道，"务必要在三天之内对推销人员开展完业务培训并把人派出去！"

曲金昌点了一下头。

"马上筹备展销会！首先向各地发函，这事我责成副科长李守成去办。"说着，郑清儒拿起电话。

曲金昌起身告辞，态度积极地说："郑厂长，你放心去开会吧，我一定抓紧办！"说完走了出去。

"李守成副科长，请你马上起草一份邀请函，发给全国各铁路局和有建地铁意向的城市交通部门，邀请他们参加我厂定于 12 月 20 日召开的车辆展销会。马上办，尽快发出，不得延误！"

郑清儒放下电话才腾出空来问王华山："什么事？"又看了一下手表，"我得赶火车，咱们边走边谈……"

"装配停工了……什么时候能生产？"

"看采购订货情况……只能等订单，没办法！"

两个人一起下楼，他们的心情都不轻松。

"困难是暂时的，是体制转变的过渡期。市场化之后，地铁车可能会受到国外产品进入的冲击，但铁路客车这一块我们是有一定的市场占有率的，不会有大问题。当然，今后市场竞争会是激烈的，我们要意识到这一点。”郑清儒自信地说。

王华山点头。

两个人在办公楼前分手，郑清儒坐进了等在门口的轿车，奔向火车站。

招待所“捉奸”可以说是潘富人生中干的一件最精彩的事，由此带来的好处让他欣喜若狂，这些天他沉浸在绝地反击的胜利喜悦中。

闹房风波之后，分房方案照旧进行。

这天，厂俱乐部侧门通往二楼曲折狭窄的楼道上，自下而上站满了吵吵嚷嚷的人，有男有女，还有带着孩子的。

二楼的楼梯平台处，居高临下并排站着两个高大的人，封锁阻拦着楼道上簇拥的人群，把守着旁边一间会议室的门。

有人嚷：“潘富这小子怎么还不上来？”

关键时刻没有了带头人，大家心里不安。

有人说：“他在楼下门口溜边看热闹呢！是被保卫科整怕了吧？不像啊……”

“我去叫他！”上次那个矮个胖子急切地挤下楼去。

楼道里装不下，门口外面还有不少人，大多是等候的家属。潘富正若无其事地嘻嘻哈哈跟人闲扯。胖子从楼门里出来，急切地大声吆喝：“潘富，快来呀！你怎么溜边了呢？等楼上抓完阄我们就没戏了……”

潘富走近：“我不……参与了。你们闹吧，只有让他们抓不成阄才有可能解决问……题。”

“你咋的？没你的事啦？”胖子不解。

潘富探头，狡黠而得意地小声说：“我解决了，是……楼！”说完，他悠然地走了，“我上装卸队去一趟，找找我工资的事。”

胖子惊住……虽然不知道潘富用的什么门路和办法，但他不怀疑这是真的。他呆呆地望着潘富离去的背影，猛然醒过神来，像怕失去什么似的跑进楼去，内心激起一股无比的勇气和决心。

胖子攀着楼道上的扶栏翻到前面，一脸怒气，两眼通红，大声说：“今天我们豁出去了！决不能让他们在里面把阄抓成，我们一定要冲进去！”他手臂一挥，俨然指挥员发动进攻。

一呼百应，众人全力向上拥挤，整个楼道上波动起汹涌的洪峰。上面把守的两个人借助高势联手拼命抵抗着下面众人的合力，防线岌岌可危……

旁边的门里是工会一间空旷的活动室，房产科长刚向三百人左右的有房户宣布开始抓阄，门就被撞开了，人们潮水般涌进来……

要进行的抓阄中止了，现场秩序混乱，几个头头被吵吵嚷嚷的人群围在中间，他们无奈、尴尬又勉强微笑着。

工会副主席挥手说：“大家安静，有话慢慢说，慢慢说……”

一个冲进来的中年女工说:“这回分房意见这么大,厂工会却没有一点反应,连个答复都没有!”

“这个问题你们不是已经找过贾书记了吗?”工会的头儿推诿。

“那你们是摆设?”

胖子很有气度地挥动双手:“别扯远了!我们30多户,今天连老婆孩子都来了,就是为了房子,我们就说房子!”

“请问房产科:第一榜公布,我们16分以上的有房子,第二榜16分的又没有房子了,房子到哪去了?”胖子的话大胆直接,像一把明晃晃的刀子逼向对方。

现场安静,气氛紧张。房产科长强词夺理地说:“我们这么大厂,总得留点机动房啊!”

“留多少?”胖子追问。

房产科长语塞。

胖子的一双小眼睛红红的,像一头发怒的雄狮在做最后的拼搏:“明摆着!根据榜上公布,调房户137户,要房户16分以上的总共为198户,加起来是335户;房号呢?两幢楼是210户,137户调房户根据我厂规定调新交旧,这样总共就有347个房号。347个房号解决335户,富富有余,还能留十多户做机动。我们不明白,为什么没有我们这30多户的房子?那么多工人没有房子住,能留出四五十户空房不分做机动吗?机动来机动去,还不是让你们走后门,搞个人交易了吗?留的越多,你们捞的好处不就越多吗?”

一个工会女干部极力劝说:“算了、算了,别说得太难听,领导们会酌情研究的……”

几个头头儿默不作声,或扬脸或呆视某处,像几个毫无伎俩的困兽,样子难堪。

胖子继续强硬地说:“如果不给我们房子,那就必须给我们解释清楚……”

后来,党委不得不开会研究房子问题,使闹房的一拨人如愿以偿。胖子也继潘富之后成了一些人心目中的英雄。

俗话说“神鬼怕恶人”,潘富现在就尝到了这样的甜头。那天他没有再参与闹房的事,觉得跟他无关了。当时他告别了胖子去了工作的装卸队,虽然贾昌浩答应他上楼了,可他不满足,还想得寸进尺。潘富觉得自己有了“小红本”,在华龙厂就可以随心所欲,无所不能。

潘富到了装卸队,迎面从队长办公室走出来一位工友,对方惊讶地问:“潘富!这些日子你怎么没上班啊?”

“上班干啥啊?”

“嘿!不上班你喝西北风啊?”

“我喝酒!”潘富傲慢地进了办公室。

装卸队队长平时对潘富吹胡子瞪眼,没好脸,因为潘富干活实在不怎么样,嘴上还结结巴巴挺矫情，所以不太得意他。今天队长却笑脸相迎，还多了几分恭维：“潘富，你小子现在也不上班，听说……牛了！准备高升何处啊？”风言风语把潘富传得很神，队长摸不着头脑，也不敢小觑。

队长冷不丁的态度热情还让潘富有些不习惯，但他觉得也没必要不好意思，底气在那儿呢，于是便趾高气扬又颇具几分滑稽地说：“没有合适的工作。我现在在贾……贾书记那里等待分配！贾书记说了，在没正式调出之前，我的出……勤由原单位照划。谁不信可以去问贾书记……”

队长仗义地说：“潘富！有你这句话，没问题！”随后又客套，“以前没少罚你，对不住了，多包涵！”

潘富拿出大人不见小人怪的架势说：“没事……我吊儿郎当的，不……怨你！这一页就翻、翻过去了。”

队长释然地笑着：“好好……”

“无事不登三宝殿。队长，这次百分之三涨……工资，有没有我啊？”潘富大言不惭。

队长惊讶，无奈地说：“老弟啊，百分之三是奖励工资，一百个人才给三个人涨！我们全队六七十号人摊了两个指标，经讨论定了给老冯和大牛，他们两个干得突出。再说，名单已经报上去了呀！”队长一副遗憾的表情。

“贾书记手里指标有……的是，我不挤下面的指标。你给我补报一下就行。”潘富坚持。

队长为难：“可开会的时候大家根本没有一个人提你啊，你让我怎么办？”

潘富耍赖：“队长！有好事你总不能把我落下啊！那就麻烦你再开……个会，就说潘富这些日子没上班，在评选的时候是不是大家把他忘……了。如果没人提我就算了；有人提，你就给我补报上去，我也不占用咱队上的指标。行不行你给我报一下，就是上面不批，我也领……你的情！”

队长沉默后，嘴角浮起一丝讥笑，心想：“你也不撒泡尿照照自己，就是给你开会也不会有人说你好的。”便应付说：“那好吧！开会的时候我给你提一下，有提你的，我就给你报上去。你说的，不占用队上的指标！”

“那当然！我不能跟你们抢食吃。”

“好吧！开会要是没有人提你，那我可就没辙了。”

“好，非常感……谢！”

自己干得怎么样，潘富心里有数，可他也想好了，是有备而来。秦桧还有三个好朋友呢，他在装卸队也不是臭不可闻，况且闹房子敢怼厂一把手，让他一举成名，在装卸队也有几个不小瞧他的人。于是，他把“络腮胡”和“挤咕眼”请进了酒馆……

“平时我潘富对哥们儿够不够意思？”大家吃喝中潘富说。

有挤咕眼习惯的工友说：“还行。”

一脸络腮胡子的工友故作不满地嗔怪：“什么叫‘还行’啊？是相当行！”他喝了

一口酒，对潘富表示："你就说啥事吧，凭这顿饭我们也没说的。"

潘富："没别的意思，如果队长开会，就请二位说几句赞美的好话，替我忽悠忽悠。"

"挤咕眼"酒气十足地积极表现："这不算个事！"

"络腮胡"："就是把你吹成一朵花似的……"

潘富点头笑。

"万一你小子有道，工资真涨上了，还得请我们喝酒！""挤咕眼"强调。

潘富："绝对没问题！"

接站回厂的轿车开到了销售科门口停下，郑清儒拎着兜子下车，他没有回家也没有去办公室，而是直接来到销售科。销售科不在厂办公大楼里，而是设在跟供应科库房挨着的几栋平房里，自成一院。

副科长李守成发现郑清儒走进办公室，起身说："郑厂长开会回来啦？"

"嗯。"郑清儒把兜子放在桌上，坐下，一边解着衣扣一边看着两位科长。

"我已向全国各路局和主要城市发了邀请函。"李守成汇报说。

郑清儒点头，转向曲金昌。

曲金昌站起来不失恭维地说："推销人员业务培训基本搞完，展销会筹备工作马上开始。"

"按兵不动！"郑清儒压抑着愤怒，"你为什么这样不紧不慢？工厂在等米下锅呢！"

曲金昌想辩解，欲言又止，两手一摊做出无奈之状。

郑清儒不容分说："展销会筹备工作由李守成副科长负责，推销人员要马上派出去……我蹲在你销售科不走了！"

那一夜，销售科的灯光亮了通宵。推销人员召开会议、制订计划、落实任务，紧张忙碌、有条不紊……第二天，他们启程奔向四面八方。

张劳模家办喜事，小儿子张万军结婚，在厂职工食堂宴会厅举行典礼，亲朋好友来了不少，有十多桌，喜庆热闹。

台上有红色的横幅："张万军、董玲结婚典礼！"新郎新娘穿着礼服婚纱幸福羞涩地站在台上。刚时兴现代婚礼，让人觉得仪式张扬又新鲜。还有司仪，就是主持人，是个着装洋气的年轻男子。他仿佛主宰了现场的一切，拿着话筒，口若悬河地把婚礼主持得隆重热烈、有声有色……

"茫茫人海，芸芸众生，一男一女走到一起是缘分。下面就请新郎新娘给我们讲讲他们相识相知相爱的故事，让我们分享一下他们的甜蜜，同时也给像我这样还在单身的朋友指明前进的方向……请问，你们是怎么认识的？"主持人说完，手中的话筒快速伸向新郎。

张万军面对话筒笑着不知如何作答。新娘准备回答，主持人马上把话筒伸过去。

“我在技校的时候，万军去给我们讲过焊接课。”

“新郎下手够早的啊！”主持人逗。

新娘：“当时我们不认识。那次讲课他给我留下了深刻的印象……”

主持人：“为什么？”

新娘：“他说，要热爱自己的专业，要把技术学精。他还讲了他的经历：他技校毕业参加工作分到了水箱班焊火车上的水箱，苦脏累！当时有顺口溜说他们，远看像要饭的，近看像逃难的，仔细一看是水箱工段的……分来28个同学最后走得就剩下3个了。他也想调工作，可老爸教育说：脏活累活总得有人干啊！干一行要爱一行，三百六十行，行行出状元！所以他坚持下来，最后成为一名优秀的技术工人！”

主持人：“于是你就对他有意思了……”

新娘羞笑：“还没有……是在入厂成了他的徒弟之后……”

“这往下得由新郎交代！说说，你是怎么好意思对徒弟下手的？”主持人把话筒伸到新郎面前。

张万军脸红：“师傅拿不下徒弟还叫师傅吗？”

全场大笑，有鼓掌的，有叫好的。

主持人：“够狠，这是真师傅！以后我跟您学了。快说说你的心得体会。”说完马上把话筒伸过去。

张万军：“一个小伙子品行好，有技术，工作努力，没有哪个姑娘不喜欢！”

主持人：“好！看来我工作还努力得不够。请问，男生在追女生的时候有哪些注意事项？你是过来人了，有什么经验告诉正在恋爱和没有恋爱的男生。”

张万军：“别嘚瑟。”

全场笑。

主持人：“说我呢！好，我不嘚瑟了。各位亲友、各位嘉宾，让我们共同举杯！祝张万军、董玲一对新人幸福恩爱、白头偕老！也祝在座的大家身体健康！干杯！”

全场喜庆欢乐。

王华山赶来，酒桌上的张劳模发现后招呼：“华山！来来来……”

“迟到了，迟到了……张师傅！祝贺祝贺……”王华山歉意地拱手。

张劳模兴高采烈：“喝酒不晚就行啊！”

王华山刚要坐在萧蓝旁边，又说：“我先跟新郎新娘打个招呼。”说着走到远处向正给桌上客人敬酒的新郎新娘送上祝福，并喝了一杯他们敬的酒方才回桌。

张劳模向桌上的家人介绍王华山：“这是华龙厂装配车间的王主任。人正，实干有作为，是我看好的人……”

王华山向众人点头致意：“王华山……”

张劳模一指萧蓝：“他俩是一家的。萧工程师为万军结婚跑前跑后，没少忙活！”

萧蓝笑：“没干啥，张叔您客气！”

张万红：“远亲不如近邻！”

张劳模：“对门住着，跟一家人一样！华山，我给你介绍一下：这是我大儿子张万民，在长安铁路局，是个调度。”

“万民兄，你好！”王华山起身握手。

张万民：“你好！”

张劳模：“这是我二儿子张万力，中铁的，修铁路的，从青藏线上下来的。”

王华山：“你好！辛苦了……”

张万力质朴地笑着：“你好！不像以前了，就靠锹、镐、大锤、钢钎，现在修铁路越来越机械化了。”

“那太好了！”

张劳模继续说：“今天结婚的是老三张万军。我姑娘张万红不用介绍了，你们是一个车间的。都结婚了，我完成任务了！”

大家笑。

王华山举杯提议：“祝贺万军结婚和张师傅完成任务！干一杯……”大家欢悦举杯，尽饮。

王华山放下酒杯，对张万民说：“万民兄，你在铁路局，要能跟领导说上话，得帮帮华龙厂的忙啊……”

张劳模打断王华山的话：“你别说了，你想说的事我已经跟他说了……我让他回去就找局长，用咱们华龙的车！”

大家笑，碰杯……

在总工姜克选的建议和推动下，华龙厂地铁研究所成立。会议在技术科一间大的设计室里举行，气氛凝重。室内有很多桌位，墙上有图表，桌上有各种制图工具，也有几台“大屁股”电脑。三十多位工程技术人员，是厂里挑选出来的技术精英，他们随意地或坐或站地聚集在这里。在这样的工作场所就地举行会议，凸显了非常时期的仓促和困难，但这并不影响这次会议的严肃性和重要性。

厂长郑清儒主持会议，他说：“……实行市场经济，我们不可能再像计划经济时候那样四平八稳地过日子了。目前，市场带给我们的压力我们已经切实感受到了……怎么办？我们只有迎难而上、迎变而上。体制的变革必将带来生产力的解放，市场经济给企业提供了更大的发展空间和竞争舞台，是挑战更是机遇！天高任鸟飞，海阔凭鱼跃。这难道不是我们有理想、有雄心的企业‘到中流击水，浪遏飞舟’的好机会吗？”

因为危机，因为压力，郑清儒比以往显露出更大的激情，他的话打动了在场的人，大家欣然鼓掌。

郑清儒：“我们厂的产品结构大而全，机车、客车、地铁车，样样都干，太庞杂了。所以，根据市场前景我们必须有所取舍，扬长避短，比如可以舍弃机车，让更专业的厂家去生产，我们集中精力和技术生产铁路客车，主攻我们的强项地铁车，进而研发高速列车！”

大家赞同地点头。

郑清儒:“铁路客车,我们虽然占有一定的市场份额,但现在也面临着提高质量和创新品种的问题。地铁车生产是我们的强项,有一定的技术实力……可市场化之后,随着外国资本、外国产品的涌入,国产地铁将面临严峻的挑战……”

姜克选情不自禁地说:“国内一些要建地铁的城市,已经有意想利用外国贷款建地铁,如德国、日本、法国、英国等。外国车辆价格高,是我们地铁车的几倍、十几倍!这不但加大我国地铁的运行成本,以后还必须得用他们的配件,而且外国的地铁车一个国家一个制式,又各不相同。那样,对中国地铁产业将是毁灭性的打击……”

大家听得目瞪口呆。

姜克选是国内著名的地铁专家,所以尤其关心地铁产业和未来的发展。说到此,他抑制不住地站起来,悲壮激昂:“同志们,我们是中国工程师!我们绝不希望这样的现象发生。我们要加倍努力开展研发研制工作,要为中国地铁国产化而奋斗!”

萧蓝激动地带头鼓掌。

郑清儒:“面对严峻的形势,不进则退!所以我们决定成立地铁研究所,由总工程师姜克选同志担任所长,技术科科长萧蓝担任副所长,落实科目,开展对关键技术的研究和攻关。”

大家鼓掌。

郑清儒:“我们要向先进学习,努力追赶。为了技术进步,可以考虑购进国外样车,进行解剖研究;也可以搞技术引进、合资建厂……”

一位女工作人员进来小声说:“郑厂长,市领导到厂视察,让您去汇报工作。”

郑清儒对姜克选和大家说:“我去一下。”起身离去。

松江市的企业在经济体制变革之后普遍不景气,困顿挣扎,有的难以为继。华龙厂的情况目前看是暂时的,是过渡时期的问题,可来厂视察工作的市政府副秘书长兼经委主任谷仲秋很不高兴,特别要求厂长汇报工作。他戴着前进帽,冷颜沉默。

“……我们已派出推销人员奔赴全国各路局,也在筹备召开产品展销订货会……请领导放心,困难是暂时的!当然面对未来的市场竞争,我们会尽早应对,加强技术进步,为此我们成立了地铁研究所……”小会客室里,郑清儒态度谦恭。

“市里对你们厂现在的状况不满意……”谷仲秋一脸阴郁。

郑清儒:“我们很快就会打开局面!”

送走了领导,郑清儒心情压抑。谷仲秋的视察没有鼓励和支持,只有不满,这使他更有了紧迫感。他知道钱斌和谷仲秋的关系,但他没想那么多,也不会知道这是“逼宫”的前奏。

张劳模找来,给他带来了喜讯,随后郑清儒忙去找贾昌浩。

“贾书记,咱厂张劳模的大儿子在长安铁路局,张劳模让他儿子问局长了,他们正有采购一批铁路客车的意向。刚才张劳模来找我了,让我去一趟……”

"好啊,去吧!我们正等米下锅呢!"

"之后我想再跑几个路局,订单会有的!"郑清儒很自信。

"也好。"

郑清儒欲走又回头强调:"销售科的工作您督促一下……"

贾昌浩:"你放心吧!"

当晚,华龙厂的一辆黑色轿车把郑清儒送到火车站,司机拎着手提包一直把他送到车上。

火车远去……

装卸队队长很恼火,坐立不安,在办公室里不停地责骂。

"潘富这个混蛋可把我坑了,真不够意思!让我开会,我给你开了,也给你报上去了,说是不占用队里指标,结果你占用队里指标把大牛给挤下来了。老实肯干的没涨上工资,吊儿郎当的却奖励了一级工资。这叫什么事啊!我怎么给大牛解释啊……"

听到风声的大牛喝了闷酒,怎么也想不通,闯进装卸队办公室,一屁股坐到条凳上,委屈地看着队长。

"知道了?"队长只能面对。

"队长……"大牛说着哭了,憨厚的样子让人可怜。

队长也无奈,但也得把事圆了:"哭啥啊?没涨上工资就这熊样啊!像个娘儿们似的!"

"队长,潘富干得不如我好啊。"大牛不服。

"潘富干得是不如你,可他上边有人,你有吗?"

大牛傻眼:"……我大牛服从领导听指挥,积极肯干,任劳任怨啊……"

"你就一点缺点没有?"

大牛愣住:"啊……我干得多好啊!"

"你干得是不错,可也有不足之处嘛……"队长说着拿出工作日记找毛病,"今年你迟到过一次。"

"那次是半路自行车链子断了……"大牛解释。

"一次酒后上班。"

大牛不好意思:"家里来人了没办法,就喝了一杯啤酒,啥也不影响……"

队长严肃:"那也不行啊!没给你涨,说明你还有不足。要一分为二看待自己,端正思想,继续努力,今后争取!"

大牛有些理亏,心情平稳了些。

队长趁热打铁:"下次不给你涨,我这个队长就不干了!"

大牛感动,站起:"队长,有你这句话就行了。我继续努力,下次争取!"

"这就对了!"

大牛走了，队长坐下低头叹息……

曲金昌一个人坐在办公室里抽烟喝茶。一沓函件送来，他翻看了一下，迟疑片刻，然后放进抽屉锁了，拔下钥匙，起身离去。

他去了厂办公大楼，上到三楼，进了党委办公室旁边的门。

“来，曲科长！”钱斌打招呼。

曲金昌诡秘又紧张地对钱斌说：“各地推销人员发回的意向性订单我都锁到抽屉里了。抓紧哪！我要坚持不住了。郑清儒一回来，他肯定得撤我的职！20号开展销会，他19号肯定能赶回来。要务必在他回来之前啊！”

在此关口，销售是工厂的关键，同时也是扼住郑清儒命运的关键，这其中曲金昌发挥了至关重要的作用。压力大，心里也越来越恐慌，所以他忍不住来找钱斌问计求策。

钱斌笑笑：“别害怕，摘不了你的乌纱帽，我们是要摘他的。”

“不会有万一吧？”曲金昌顾虑。

钱斌自信：“没有万一。现在工厂停产了，据我了解，上面的领导对我厂已经形成了工作不力、厂长无能的共识。我看火候差不多了。这样，今晚咱们到招待所去，我再通知孟志……”

曲金昌：“姜克选参加吗？”

钱斌摇头……

晚上，贾昌浩来到招待所，进房间发现刘娜在。

“没回家？”

“所长通知了，等您啊！”刘娜一副嗔怨的情态。

“怎么了？”贾昌浩坐到她旁边，关切地问。

刘娜眼圈红了，噙满了委屈的泪水：“用人家的时候甜言蜜语的，过后就全忘了。”

贾昌浩莫名其妙，握住了她的手：“到底怎么了？”

“我听说不少人去了销售科当推销员，我也不想在招待所干了，没意思，我想调个工作……”

“哎呀！这算个什么事，想去哪儿跟我说一声不就完了嘛。”

刘娜破涕为笑：“我还没想好……我想干个自由的，还能到处溜达的工作。”

“行，想好了告诉我。”

刘娜高兴地撒娇：“我走了也会经常来看你的。”

贾昌浩把刘娜揽在怀里……

因为晚上有会，贾昌浩让刘娜走了。刘娜出了201房间的门，心情愉快，有个好工作是人生大事，贾书记说她想上哪儿就上哪儿，让她一脸春风得意，觉得跟着贾书记很幸运。

在楼梯口，她遇到了钱主任和曲科长，打过招呼后，她望着他俩走向201房间的背影，心想："他们又要开重要会议了……"

孟志是最后一个来招待所赴会的，身为副厂长他感觉到了厂里的诡异，也嗅到了幕后的气味，而谁当厂长都不会影响他副厂长的位子，何况他对郑清儒以前在副厂长提名问题上把他排在王华山之后至今还耿耿于怀呢！

小圈子的私密会议，主题心照不宣。

"现在我厂形势严峻，不能再这样停产下去了！我们要马上负责任地扭转这个局面。"贾昌浩认真严肃地说。

"厂里目前陷入严重困境，厂长却不在生产一线！"钱斌鼓惑。

"游山玩水去了。"曲金昌阴阳怪气地说。

钱斌："现在企业普遍都在实行厂长负责制，上面对我厂的改革也非常重视，已提上日程。我们要对工厂负责任！要选择一个好领导……"

"贾书记接任厂长，继续当我们的一把手，名正言顺！"孟志聪明地表态。他看到大局已定，自己顺势而为、积极站队是取悦贾昌浩的好机会。

曲金昌："坚决拥护！"

钱斌："根据大家的意见，党委立即给市里打个报告，请求尽快实行厂长负责制。"

几天后，三辆庄严的轿车开进华龙机车车辆厂，在办公楼门前停住，一行身份非凡的人骄矜地下了车，从容地步上台阶……

走在最前面的是个腆着将军肚的胖子，其后是市政府副秘书长兼经委主任谷仲秋等随员，还有一些新闻记者。

厂部会议室内，主席台上方"华龙机车车辆厂实行厂长负责制会议"的横幅格外醒目，中心位置上胖子端坐，桌上标牌写着"胡副市长"，旁边是谷仲秋。

会议室里坐满了中层以上干部，约六七十人。记者在摄像拍照。

坐在胡副市长另一边的是贾昌浩，他郑重诚挚地读着发言稿，声音洪亮，情绪激昂："华龙厂面对市场不迷茫，我们勇于改革向前闯，决心冲出低谷，再创辉煌！"

这个时候，郑清儒正在赶回华龙厂的火车上，他披着一件藏青色的棉大衣，在桌旁啃着面包，不时喝一口杯里的水。

对面下铺一个看上去身份不俗的六十岁左右的小老头在关注他，有时两人目光相对，微笑致意。他上铺一个年轻的女子在画眼描眉。

郑清儒吃完陷入沉思，他从电话中得知家里销售科不作为的情况，心情忧愤，也困惑不解。随后他从手提包里拿出纸笔，铺在桌上写道："厂党委：提议撤销曲金昌销售科长职务……"

写着写着，郑清儒手捂胸部，身子弯曲，表情痛苦……

"怎么回事？"对铺小老头关心地问。

“心脏不舒服……”

小老头紧急向上喊：“慧慧，快！把我的救心丸拿给他吃！”

上铺的慧慧急忙找到药瓶，下来将药倒在手里，直接捂到郑清儒嘴上：“含上……”

郑清儒把药含在嘴里，不住地点头致谢。

小老头姓黎，香港口音，普通话说得不好，带着特别的腔调。他是香港做实业起家的一个大老板，后出让股份改做投资公司。黎老板是来内地考察，寻找商机的。

装配车间，郑小龙和李丽在黑板前指点着看车间公布的技术比赛优胜者名单。李丽转头，发现张三领着几个人进了车间，她有些惶恐地告诉郑小龙：“哎呀，张三来了！”

张三到了跟前，郑小龙不卑不亢，双方怒目相对。

不同于上次，张三有恃无恐：“郑小龙！你已经没什么了不起了，你爸不是厂长了！”他瞅了一眼李丽，“是我先追的李丽。你仗势欺人，今后可要放明白点！李丽，出去咱们谈谈……”

郑小龙挺身挡住李丽。

张三不客气地当胸一拳，将郑小龙打了个趔趄，其他人上前控制郑小龙，郑小龙挣扎……

张三走向李丽，李丽气愤又害怕地叫喊：“你干啥呀？”

这时葛强经过，冲向张三：“你干啥？”

“处对象啊。”

“有你这么处对象的吗？强盗啊？”

张三不服气：“你管得着吗！”

“我管定了！赶快走！以后你要再纠缠李丽，我废了你！信不信？”葛强气势强硬。

张三不惧：“你谁啊？真能装……”

“我是你爹！”葛强勇猛地打向张三。

双方厮打，郑小龙也不服气地向前冲，又被按住。有人过来拉架，最后保卫科的人赶来，张三几个人跑了。

“工作时间，谁让你们在厂内打架？”保卫科的人扭住葛强。

“是他们来找碴儿！”葛强争辩。

“你是在保卫科挂号的，不收拾你没记性，走！”

郑小龙受了点伤不重要，重要的是他的尊严受到了致命打击，因而失魂落魄。他无奈地看着葛强被保卫科的人带走了……

薄暮时分，火车进站。

郑清儒拎着他的手提包，随着拥挤的人群下了火车。没有人在站台上接站，他走出出站口。

广场上停了很多接站的轿车、面包车、吉普车，还有一辆大客车。郑清儒张望了一下，习惯地向轿车群走去……

“郑厂长，郑厂长……”一个陌生的声音在大客车那边呼喊他。

郑清儒迟疑地站住，司机挥着手迎来：“郑厂长，我是来接您的……”他身后是一台挂有“华龙通勤”标识的大客车。

郑清儒疑惑不解地望着中年司机……

“厂里让我送完通勤顺便接您。”司机热情地说。

郑清儒呆住：“厂里知道我今天回来，难道小车都忙得没空吗？不会啊……”

司机见状：“郑厂长，您还不知道啊？”

“什么？”郑清儒不解。

司机：“厂里‘政变’了，他们把您撤了！”

郑清儒惊愕……

望着面前接他的通勤客车，他明白了……郑清儒呆视远方，茫然和失落感袭上心头。

西天边处，一片血红的暮色。

郑清儒突然感到饥饿和寒冷，不由自主地打了个冷战，之后木然地走向大客车。

这时，一辆黑色豪华轿车鸣着短笛驰进广场，在出站口处兜了半圈，停在了大客车旁。郑清儒正欲上车，回头看到市政府副秘书长兼经委主任谷仲秋从轿车上下来。

谷仲秋满脸堆笑，异乎寻常地热情：“老郑啊！听说你今天回来，特意来接你。”

“不敢当，不敢当，厂里已派车来了。”郑清儒感到蹊跷，也似乎明白了他的来意。

谷仲秋：“坐我的车，顺便到市政府，有事跟你谈。”

“好吧。”郑清儒无奈，在谷仲秋的礼让下坐进了他的轿车。

谷仲秋亲自接站是个人想法，也属公私兼顾，目的是在郑清儒回厂前就人事变动一事通知他、安抚他，以化解可能出现的矛盾，同时也表达自己关心同志、体恤下级的情怀。

一辆轿车后边尾随着一台大客车，行驶在去市政府的路上。

前座上的谷仲秋回过头来，笑容可掬地把一份《松江日报》递给后座上笼罩在困惑和失意中的郑清儒：“市里对你们厂的班子做了些调整，你先看看报纸。”

郑清儒接过报纸，头版头条红色的通栏标题赫然醒目。眉题是：“我市工业体制又一改革成果”；正题的大字是：“华龙机车车辆厂实行厂长负责制”；副题是：“贾昌浩厂长组阁扭转被动局面”。

郑清儒的面部神经痛苦地抽搐了一下，头仰在靠背上，闭上了眼睛。他脑海里交替浮现出贾昌浩酒足饭饱后剔着牙的脸，钱斌镜片后两眼充满计谋的脸，曲金昌笑中藏奸的脸……

谷仲秋下意识地回头看了一眼失意中的郑清儒，不无惋惜之情。或许是官僚主义，也许是不清楚华龙厂的内幕偏信了钱斌的谗言，总之让一个忠诚有为的厂长遭亵渎、被践踏，无论如何谷仲秋都不算是一个好领导。

天黑了，街市灯火璀璨。轿车停在市政府楼门前，谷仲秋和郑清儒下了车，走上台阶。

进了楼门，大厅豁朗庄重，几簇硕大的盆景春意盎然，水磨石地面闪着光亮。到了楼梯口，谷仲秋忽而止步说："算了，爬三楼，你挺累的，咱们找个方便处。"回头引着郑清儒进了旁边的传达室。

通勤车里烟头一明一灭，司机抽了两支烟后，谷仲秋送郑清儒出了市政府门口。

郑清儒下了台阶，上了等在门口的通勤客车。

夜晚的城市五彩缤纷，沿街楼宇上的霓虹灯争奇斗艳。大客车缓慢地行进在汽车、自行车组成的河流里。

只有一人的空旷车厢里，郑清儒孤单地坐在中部的一个座位上。车门很宽的缝隙透着冷风，他饥寒交迫地瑟缩着。刚才谷仲秋惋惜的话不时在他耳畔回响："你是个勤奋、内行、有成就的厂长，可在实行市场经济之后，你是怎么搞的嘛！"

前面有灯光晃过，照见郑清儒老泪纵横的脸。

客车驶进厂区，经过招待所，可见招待所灯火通明，所有的窗口都闪着兴奋的光芒，人影绰绰。招待所门口挂着一条横幅标语："欢迎光临华龙厂车辆展销会！"

郑清儒看着他的心血即将结出果实，兴奋地喃喃自语："住满了！住满了！……"欣慰之余，又别有一番滋味在心头。

郑清儒让车停到厂门口，他下车没走几步，就手捂胸口蹲在地上。刚要开车的司机发现了，急忙跳下车过来："郑厂长，怎么了？"

"心脏不舒服……"

"我送您去医院吧？"

"不用。"郑清儒说完站起来，"没事，你走吧！"

司机不舍，劝说："这么晚了……回家休息吧！"

郑清儒挥挥手，蹒跚地向厂内走去……

路两边是鳞次栉比连片的厂房，发电车间高大的建筑矗立在眼前，原料输送带仿佛是它躯体上一只伸展的长臂，凌空弯曲下来；笔挺高耸的大烟囱，插入深邃的夜空；不远处的凉水塔，热气从顶端升腾飘逸。

厂区中心的一块场地上，展放着一辆蒸汽机车，这个最早的火车头是华龙厂的历史和精神标志，像一座永久的纪念碑。

郑清儒停下脚步，凝神观望着。一时间，曾经的峥嵘岁月历历在目，从这里出厂到全国各地的无数轨道车辆似乎就在眼前呼啸运行。此时，偌大的华龙厂，铸造、机加、车体、转向架、装配等生产车间仿佛就簇拥在身边……记得从硝烟中走来投身新中国建设时，曾立志为国家轨道交通车辆制造业奋斗终身，如今这里记载着艰苦卓绝，理想和汗水已化为结晶！

渐渐地，一股欣慰的暖流从他心底升起……

王华山向厂里走来，发现了郑清儒。

“郑厂长，回来啦？怎么在这儿？”

郑清儒强颜欢笑：“转转，看看……”

王华山义愤填膺：“郑厂长！别上火……”

郑清儒知道王华山要说什么，摆手制止了他。

“您为工厂辛辛苦苦地干，可他们想的却是‘权’！”

“但我们终于摆脱困境了！”郑清儒欣慰，“我这次跑了几个路局，成果不小；明天召开展销会，我看招待所来了很多客户，据说外出推销拿回的意向性订单也不少。而且我这次在火车上又认识了一个香港的黎老板，他有投资意向，过些天要来厂考察……你这么晚了还来厂干吗？”

“要准备生产了，车间技术组、工艺组在加班研究新工艺方案，我来看看……”王华山又兴奋地一挥手臂，“我打算承包！”

“好！有气魄！”

“如果还像以前那样，按部就班、推诿扯皮，企业就没有生机！”

“可是，不容易啊……”

“困难不可怕！在干事业上，我还没有过失败的记录……”王华山自信激昂。

郑清儒感慨：“是啊，四平八稳混日子那不是我们的人生！干事业就不能总想着个人得失……我刚才就有点情绪低落，感慨万千……”说完自嘲地笑了。

两人握别。

“华山，祝你成功！”

郑清儒慢悠悠地回到家中，妻子于静惊讶：“几点的火车？这么晚……”她是厂医院的护士长。

“到厂里转了转。”郑清儒有气无力。

妻子嗔怪：“唉，你可真有瘾……”又疑问，“你难道还不知道……”于静面容憔悴地说。

郑清儒情绪不佳地喃喃着：“知道了，知道了……”

妻子急忙帮丈夫脱掉棉大衣，拿来拖鞋。

郑小龙从他房间里走出来，一只眼角有些青肿，刚喊了声“爸”，声音就哽咽了。

郑清儒见小儿子神色不对，忙问：“怎么了？”

“爸啊，你为什么不是厂长了？你好窝囊啊！我以前就说，别太死心眼了，现在你明白了吧？你不当厂长我也跟着受气呀！处个对象也被别人争，我不是厂长的儿子了……”郑小龙精神颓唐，孩子般的委屈，眼里噙满泪水。

郑清儒心生怜爱，但还是斥责道：“没出息的东西！”

儿子抹了一下眼睛回了自己的房间。

郑清儒进屋后便疲惫地半躺在床上。于静端来一盆热水，蹲下把丈夫的袜子脱了，把两只脚泡在水盆里。等她去厨房做了一碗荷包蛋端进屋来，丈夫已经睡着了。她把碗轻轻放在床头柜上，坐在旁边的沙发上。

房间静谧。两只脚在水盆里泡得有些红润，一丝微弱的水汽在脚脖边若有若无地漂浮着。他仰躺着，似乎从躺下就没动过，懒散而昏沉，鼾声轻畅，又像痛苦的呻吟……

望着此情此景，于静眼泪簌簌地流了下来。

"好了！我们终于摆脱困境了……"郑清儒含混地说着话，身子动了动，醒了，懵懂地抬起头，继而坐了起来，释然地摇摇头："做了个梦。"

于静擦了一下眼睛，拿来毛巾。郑清儒伸手："我自己来。"她径直蹲下，抬脸说："碗里……趁热吃吧！"

郑清儒端起了碗。

于静边擦脚边埋怨："你太书呆子了！就知道低头拉车……"

郑清儒不无悲壮地自我安慰："我无愧于事业！"

"不争权，不谋利，辛辛苦苦干了一辈子，到老却落个不明不白的下场，你不感到窝囊？你不感到憋气？"于静情绪难以控制。

郑清儒吃完放下碗筷，默默地说："我累了，想自己静一会儿。"说着起身去了他书房兼卧室的另一个房间，妻子关照地给他弄好床铺。

日夜兼程、风尘仆仆了很多天，这一夜如释重负，郑清儒睡了一个好觉。早晨起来不时咳嗽，望着墙上自己书写的"振兴中华"字幅，想到自己这个厂长被"罢黜"，心生感慨，遂铺纸研墨抒发胸臆，写下："春眠不觉晓，处处闻啼鸟。夜来风雨声，花落知多少。"

电话响，郑清儒忙放下毛笔接电话："喂……噢！钱主任……"

钱斌："你还不知道，我现在是党委副书记了，兼办公室主任……"

"现在生产情况如何？"郑清儒急切地问。

"已经开工生产了，形势喜人！"

"今天的车辆展销会，预计怎么样？"

"各地客户来了不少，订单肯定也少不了！"

郑清儒非常高兴："我这次跑了几个路局，敲定了几份合同。还在火车上认识了一位香港的黎老板，他对我厂有投资意向……"最后他情不自禁地大声喊起来，仿佛终于推掉了压在身上的大山那样兴奋，"好了，好了，我们终于摆脱困境了！终于……"说着咳嗽起来。

电话里钱斌口气婉转："郑厂长，你岁数大了，这一阵也确实挺辛苦的，先在家休息吧！从今天开始，暂时就不用上班了……"钱斌打电话就是通知郑清儒，意思是：没你的事了，在家里待着吧。

郑清儒急切而诚挚地说："不，不……"咳嗽着，"我还要向党委汇报……"
钱斌："不用！你跟我说过了就行了……"
郑清儒哑然，失意地放下电话。

04/ 第四章

人逢喜事精神爽，贾昌浩顺利完成了由书记向厂长的权力过渡，坐稳了一把手的位置，于是大背头打理得更加一丝不乱，看上去神采奕奕、精力充沛。而对生产和管理，他也比以往多了关注和热心。

“承包，在我们厂还是大姑娘坐轿——头一回！”贾昌浩坐在宽大庄重的办公桌前，看着左右两排沙发上的与会者。他现在习惯于在自己办公室里开会，觉得更有核心感。

两排沙发的上首，分别坐着副厂长孟志和副书记钱斌。

“王华山是很有勇气的！不过，我看了装配车间的这个承包方案，心里有点不托底……”贾昌浩看了一眼桌上的方案，“华山！你考虑成熟了吗？”

王华山坐在左边靠门口的沙发上，自信地点点头：“如果有不妥当的地方，大家可以讨论。”

贾昌浩一脸信不过的表情：“热情是可嘉的，但方案也要可行。比如，承包基数，每月完成利润 30 万元……”

钱斌：“据说装配以前的生产，核算成本之后利润很少，经常亏损，严重影响了全厂的效益。现在，希望不亏，要是能保证盈利就烧高香了！”

曲金昌旁敲侧击：“虽然现在提倡改革，但这可不是赶时髦出风头的事，最终是要兑现的。现在虽然有订单了，但不等于装配车间就财源茂盛了！以前装配也是天天干，没停过……”

面对不看好装配承包的冷嘲热讽，孟志笑着调和说：“以前是以前，现在是现在嘛！昨天我到装配去看了，车间的管理和工人们的精神状态都不错。虽然华山炮还没打响，但这不怨他，是体制转轨和市场问题使装配和全厂停了产。这回华山把劲憋在了承包上，大家可不要低估了他呀！”他想了想说：“我看就按照王华山的方案办吧。装配车间每月交付车辆实现生产利润 30 万元，厂部给每人 10 块钱基本奖。至于方案上说的超额部分……”孟志没有说下去。

王华山解释：“多为企业创收，个人也应相应多得，对完成承包利润后的超额部分……”

“还有超额部分？那，厂部分文不要！”钱斌现出少有的武断，认为这绝不可能。

贾昌浩笑，很大方地也似鼓励的口吻说：“超额部分车间全留，发奖金！怎么样？”

在座的人异口同声地表示："好！超额部分全留。"有人出于真诚，有人出于嘲弄。

"不！超额利润三七分成。厂七，我们三。"王华山坚持说。

钱斌质疑："不要光想好事，搞得引人注目，完不成指标怎么办？"

王华山："承包方案上写得很明确：上不封顶，下不保底。"

在座的人大多是撇嘴、蔑视、信不过的表情。

总工姜克选没有明确的态度，郑厂长的下台让他震惊和不满，心情一直郁郁寡欢，为工厂前途忧虑着。王华山提出车间承包的想法令他敬佩，但也不无担心……

贾昌浩息事宁人地问王华山："你还有什么问题？"

"供应和销售是生产的有机整体。装配承包后，离不开供应科和销售科这两个关键部门的配合。供应科要保证装配所需料件和其他生产资料的及时供应，销售科在与用户沟通和信息反馈方面大有文章可做……请你们为我们的生产服好务，拜托了！"王华山向两个科长拱手致意。

"好说，好说。"供应科科长陈赫不冷不热地回应。

曲金昌半甜不酸地说："服好务？承包了就是大爷啦？"

王华山："如果你们是大爷，我们的生产就没法干！"

贾昌浩摆手制止："我想，不论装配的指标能不能完成，承包只会有好处，不会有什么坏处。这是改革，我们都要支持！大家也理应向王华山学习，走在改革的前列。装配车间承包后的具体问题由孟副厂长负责处理。"贾昌浩喝了一口茶水，继续说道："今天，我代表厂部、党委，正式批准这个方案！先承包三个月，一月份开始！"

"好！我回车间了！"王华山霍地站起来夺门而去，仿佛已积蓄了无穷的力量，正等待这一声开闸放水，奔腾向前。

屋里的人望着王华山出门的背影，听着他匆匆的脚步在走廊上铿铿作响……

厂区西边的货场上，一条铁道线向外延伸。装卸队的部分工人正从停着的车皮里往不远的库房卸运料件。

"挤咕眼"放下手推车说："哥几个歇一会儿，抽根烟。虽说挣计件工资，也不能不要命啊！"

三人相继蹲到墙根处吸烟，用手捂着烟头。

大牛瓮声瓮气地说："前一阵闲得要死，现在忙得要命！匀乎匀乎就好了。"

"挤咕眼"摇头晃脑地说："老太太不吃肥肉　　你就来肝（干）吧！听说外出推销的和这次展销会的订单不少，据说郑厂长跑路局又拿回几个大单……"

"络腮胡"："上个月厂子趴窝，我以为完了呢，没想到，说扑腾就扑腾起来了！"他咧嘴笑了笑，又抽了一口烟，"这也怪事啊！听说郑厂长也没少辛苦，可人家贾书记一当厂长，马上'开和'……这玩意儿，当官也得讲运气呀！"

"挤咕眼"反驳："狗屁！"又摆出一副很神通的样子，"贾书记一当厂长，厂子立马开工，关键在哪里？"

大家不解地望着他，问：“在哪里？”

“挤咕眼”诡秘地招招手，几个人探头相聚，“挤咕眼”小声说：“关键是销售曲科长打开了抽屉！”

大牛寻思着，困惑地问：“那他为什么不早打开呢？”

“挤咕眼”：“早打开，郑厂长还能下台吗？”

大家唏嘘着：“噢……”

“嘀咕什么呢？”潘富穿着一件时兴的棉军大衣，戴着旱獭帽，一副悠然自得的样子走来，“这回哥几个可掏上啦！”

几个人对潘富刮目相看，都是普通人，别看平时互相抬杠斗嘴，真要是谁发达了，他们从心眼里羡慕。

“现在料件多，活忙，人手不够，你回来干吧！”“络腮胡”说。

“我干这个？”潘富不屑，说着掏出烟来分发，“抽我的，慰劳慰劳弟兄们！”

“挤咕眼”接过一支，看了看说：“好烟！”

大牛不情愿地接过来，没抽，别在耳朵上。

潘富看着大牛，不是心思：“大牛！你没涨上工资好像我对不起你似的。当时我是说不占用队上的指标，可涨工资批谁不批谁是当官的说了算，这事怨不着我！”

大牛不是心思地咕哝：“不怨你！怨我自己没能耐。”

潘富不以为意：“咳！就是早涨晚涨的事。这回给我涨了，下回涨工资肯定有你！涨不上你找我！不是哥们儿说大话，包在我身上！”

“挤咕眼”嘻嘻哈哈地说：“潘富，队长开会我们两个替你忽悠了，你工资也涨了，是不是还得请我们喝酒啊？”

“络腮胡”：“就是，你还没举行答谢宴会呢！”

“忘不了哥几个……今天我有事。哎，刘娜到货场来过没有？”

“络腮胡”问：“哪个刘娜？”

潘富：“就是从招待所调到供应科当材料员的那个女的。”

“络腮胡”：“偶尔来货场登记。”

“挤咕眼”逗趣说：“潘富，刘娜是你找的吗？你小子癞蛤蟆还想吃天鹅肉啊？”

“真有事……”潘富附在“挤咕眼”耳朵上小声说，“琢磨点儿来钱道……”然后高声对众人告别说：“走啦！”摆摆手，扬长而去。

“络腮胡”望着潘富的背影叨咕：“这小子突然神气了，让人纳闷！”

“挤咕眼”神秘地悄悄说：“听说他有秘密武器！只要‘小红本’从怀里往外一掏，没有不行的事。”

大牛傻乎乎地问：“什么秘密武器？”

“挤咕眼”掩饰地打住：“干活干活！”

几个人散了，开始把包装箱搬到手推车上运走……

潘富还是在供应科一个办公室里见到了刘娜。

她坐在桌前正对着小镜子照来照去，他装模作样地敲了一下开着的门。

“呀，潘哥！快来快来……”刘娜故作惊讶，一副格外热情的样子。一见到潘富，她内心深处就有一种莫名的羞惭和恐惧感，似乎他手里攥着自己的命脉。其实没那么严重，只要过得去，潘富也不是那么可怕的人。

“哎呀，刘娜，你可让我好找！”潘富笑着像亲兄热弟，然后回避地把门关上。

“贾书记叫我去，说是厂里要来个重要投资人，让我帮招待所忙忙接待和服务方面的准备工作……”

“哪来的？”

“香港的。”

“咳……也是中国人！”潘富不以为意。

“刚开放，我们厂还头一回来外面的人，大家还都好奇香港人长什么样呢……”刘娜心情愉快地说。

潘富笑。

“潘哥，坐！有什么事儿请指示。”

潘富坐下，体己地说：“比在招待所好吧？在这儿当材料员有权！”

刘娜满意地笑着：“还行吧。”

“这个位子，一般人干不上！还不是贾书记一句话的事……”潘富话里有话地动着心机。

刘娜脸红着点了一下头。

“无事不登三宝殿……”

“好啊，愿为潘哥效力！只要我能办到的。”刘娜爽快慷慨。

潘富倒不好意思起来：“嘿嘿，现在开放搞活，有能耐的都做点买卖什么的，我们也不能就靠这点死工资吃饭呀。真不好意思求你！嘿嘿……”

“潘哥！别拿我当外人呀。啥事，说吧！”

“咱厂生产的车，电缆电线用量挺大的。市里新星电线厂的产品不错……”

“可能不达标吧？”

“不合格能出厂吗？肯定达标啊！听说还获过什么奖呢！你刚来，不懂……为啥本市产品不用，舍近求远用外地的啊？都是这个……”潘富说着用手做了一个捻钱的动作。

刘娜犹豫……

“他们用外地厂家的产品，背后都有利益关系。你坐到这个位子了，干吗好处让别人得啊？我们用新星电线厂的产品不白用，他们给提成……”

“这么大的事，我先问问陈赫科长吧？”刘娜商量地说。

潘富一听没给面子，收敛了笑容，结巴也严重起来：“陈……陈科长听谁的？还不是得听贾书记贾……厂长的吗……”他佯装找烟，却将小红本掏了出来，一晃又迅速放回去，又从另一个兜里摸出烟来。

刘娜看到小红本，心头一颤，改口说：“潘哥……行！”

潘富心情平复，开导说：“有权不使，过期作废。我也不亏你，好处咱俩得……”

刘娜笑了。

“如果陈科长过问，你就说是贾厂长打的招呼。”

刘娜点头。

火车站长长的站台上，疏疏落落伫立着迎客的人。

华龙厂来了八九个人接站，显得人多势众。天气寒冷，轨道上和各处角落都是积雪。

刘娜手持一束塑料鲜花，瑟缩着来回磕着脚跟。

钱斌扶扶眼镜，疑惑地问：“卧铺车厢在前面还是在后面？”他一说话嘴里喷出一缕缕的白气。

孟志两手插在大衣兜里：“不好说，等火车进站再看吧……”

刘娜不无抱怨：“这个黎老板是干啥的呀？整那么大动静，像接外宾似的！”

钱斌：“据郑清儒说是香港的一个大老板，有民族情怀，改革开放后欲投资内地，尤其对轨道交通车辆制造业感兴趣，来我厂考察是有投资意向。”

孟志向刘娜补充说：“等于接财神！”

大家笑。

“那万一人家不投资，我们不白忙活了吗？”刘娜说。

钱斌：“这是市场经济以来我厂来的第一位重要客人，贾厂长说，不管怎么样，一定要营造华龙热情好客的氛围。”

此时，厂招待所也做好了迎接的准备，门口台阶自上而下铺了红地毯，两侧分别站着一排服务员。

贾昌浩站在台阶的红地毯上等候，心情愉快，踌躇满志的样子。他回头向上望了一眼低矮老旧的招待所，感到美中不足，心想：这样的招待所太寒酸了，不符合市场经济的需要，一定盖个高档的！只有把来厂的客户和上边的领导招待好，才能提高企业的知名度，树立良好的企业形象。

接站归来的六辆小汽车鱼贯而至，依次停在招待所门前。

钱斌下车趋前引见。贾昌浩走下台阶，热情地握住黎老板的手寒暄：“欢迎光临！欢迎光临！”

黎老板个子不高，不胖不瘦，谦逊地笑着，两眼透着精明，努力说着港味普通话：“贾厂长啊，你们这里天很冷，人却很热情哟！”

一片附和的笑声。

黎老板回转身从背后引过来一位华美矜持的年轻女子，介绍说：“贾厂长，这是我的秘书慧慧小姐！”

贾昌浩眼前一亮，只见慧慧小姐身穿一件华贵的白色貂皮外套，绒毛竖立的衣领里一副精明娇媚的脸庞，下着一双精致玲珑的红色长靴，肉色的体形裤看上去仿佛光着大腿，苗条丰润，透着异域情调。

对方礼节性地微笑点头致意。

贾昌浩来了泼性，一晃身子倏地抬起右手，又猛然伸到慧慧小姐的面前，挺胸昂头，很有气度地戏谑说："可否一握？"

一片笑声。

慧慧小姐失声惊叹："哇，北方男子的豪爽，您这一动作表现得淋漓尽致！"说着欣然伸手。

陡然间，那双白嫩的玉手就被贾昌浩的两只大掌饿狼捕到羔羊般地吞没了……黎老板在旁微笑着，心里不是滋味。

钱斌伸手及时引导："外边冷，快请进！"

贾昌浩呼应："是啊，别冻坏了慧慧小姐的腿。"

笑声中，这群人熙熙攘攘地拥进招待所大厅……

星期天，王华山去了拘留所。

葛强是个淘小子，那次在车间认识了打扑克的他，可在救火的时候他又是那样义无反顾，令人印象深刻，这次他被拘留让王华山心生惋惜。

葛强走进会见室很震惊，他没想到王主任会来这种地方看他，让他十分感动，也很惭愧。

"我不该在车间跟他们打架，破坏了生产秩序。"

"你挺身而出帮助李丽，有正义感，也有对的一面！"

"我被拘留过三次了，没有领导来看过我……"

王华山情感深重地说："我们车间承包了！有人说我们以前不但自己赔，还拖了全厂的后腿……我就不信装配车间搞不好！我就不信装配工人没有志气！"

"王主任！您放心，我以后一定好好干！"葛强发誓。

"家里我去过了。你母亲有病，车间工会已派人去护理，你妹妹也能脱身上学了……"

葛强哭了，激动地跪在地上："王主任！我今后再不好好干就不是人了……"

王华山急忙把他扶起来。

夜色中的厂招待所，门口灯光华丽，从餐厅里传出阵阵笑声。

招待所餐厅不大，但装饰时尚，在组合吊灯的辉映下显得富丽堂皇。低低的音乐声轻柔飘拂，墙上一幅字："有朋自远方来，不亦乐乎！"

酒桌上气氛热烈，酒兴正酣。

黎老板酒量不行，但挡不住热情好客的围追堵截，喝多了点，有些飘然肆意。

“我知道,您是一把手！是这个……”黎老板边说边对劝酒的贾昌浩伸出大拇指,又不解地问,“冒昧……问一下,贵厂是厂长大,还是书记大?”

贾昌浩自豪地笑着,情绪高昂:“黎老板和慧慧小姐此行正是我厂改革时期转折关头,之前是‘党委领导下的厂长负责制’,我是党委书记;如今是‘厂长负责制’,我现在是厂长。都是一把手!”

黎老板故作惊态:“一加一还等于一啊?”

全场一片笑声。

“我怎么没见到你们的郑厂长?他很辛苦哟……”黎老板询问。

贾昌浩:“这回不辛苦了。”

黎老板不解。

曲金昌揶揄地补充:“回家抱孩子去了。”

黎老板愈加迷惑。

“含饴弄孙。”钱斌手比画着解释,“就是……嘴里含着糖,逗孙子玩。”

黎老板还没太明白,就被一片笑声淹没了,他也被裹挟着笑起来。

“贵厂有多大规模?”

贾昌浩一挥手,很有气魄地说:“好大好大一片!”

黎老板懵懂:“我是说你们的生产能力,年产多少辆车?”

“很多!”贾昌浩气度非凡。

孟志赶紧补充:“最高时年产车辆达六七百台。”又恭维说:“我们在贾书记、贾厂长的领导下,刚刚走出困境,现在全厂形势喜人!”

黎老板不知所以地附和着点头。

钱斌对贾昌浩说:“新闻单位近日要来采访我们,听说市里要授予您优秀企业家的称号。”

酒后的贾昌浩满面红光,志得意满。

黎老板借机高举酒杯:“祝贺!祝贺!”

大家纷纷举杯,华灯下酒杯相聚,碰撞有声……

此时,郑清儒正在家里打着吊瓶,妻子于静守候在床边。他高烧不退,额头上覆着一块湿毛巾,闭着眼睛说着胡话:“我们摆脱困境了……我们终于摆脱困境了……”

招待所餐厅里,贾昌浩喝得舌头发硬,但还是一条好汉:“东风吹,战鼓擂,咱俩喝酒谁怕谁?……最后三杯!”

“不行了,不行了……甘拜下风!”黎老板舌头打卷,拱手作揖。作为客人,他已被礼让三分,加上认输耍赖,显然比豪爽逞能的贾昌浩少喝了不少,但也还是喝多了。但他对如此热情的待客之道还是乐于应付周旋……

钱斌意欲调和:“黎老板和慧慧小姐是远方贵客,今日光临我厂考察……”

贾昌浩挥手制止,指着满桌子的菜肴说:“面对现实!喝酒不谈工作……”

大家理解地笑。

慧慧小姐一边应付着刘娜的热情，同时留神着黎老板这边的酒阵，洞若观火，不露声色。她送给刘娜一管口红。刘娜如获至宝爱不释手，这是她第一次见到这么高级的东西，于是更卖力地劝吃劝喝，结果是自己喝了两瓶啤酒，客人却只喝了一小杯。

贾昌浩和黎老板纠缠，难解难分，一个攻势凶悍，一个难以招架。慧慧小姐见状说："贾厂长！不要欺人太甚哟。我替黎老板陪你三杯如何？"

"好啊！"贾昌浩兴致勃发。

慧慧小姐拿过酒瓶，毫不谦让，自斟自饮，连干三杯。

大家惊叹喝彩，贾昌浩目瞪口呆。

慧慧小姐放下酒杯，很有几分傲慢地伸手示意贾昌浩："请喝酒！"

贾昌浩心里打怵，转了一下眼珠子，讪笑："明天一定奉陪到底！今日握手言和。"说着滑稽地伸出手，那手掌像老虎钳似的张开着，贪婪地亟待着……

慧慧小姐挥手笑说："去，我的手现在还疼呢！上了一次当，我可不能再上第二次了。"

众人欢笑。

但她没忘正题，拿起自己的空杯向贾昌浩挑衅说："喝！是爷们儿就不能耍赖。"

贾昌浩没有退路，也不愿在美女面前丢面子，傻笑着在所不辞地连干三杯。

下属们鼓掌叫好。

夜晚，此时办公大楼里，厂地铁研究所的一个工作室安静无声。八九个人专注地在电脑前工作着，墙上贴着标语："为地铁国产化而奋斗！"

轻轻的敲门声打破了室内的沉寂，大家抬头望去，门口一个时髦的女孩正在张望。一个年轻的工程师迎了出去。

女孩走进来，充满委屈和抱怨："赵鹏，你真在加班啊？我以为你找借口不跟我处了呢。"说着忘情地拥抱。

年轻工程师不好意思地推止……

姜克选漫不经心地问："谁啊，赵鹏？"

赵鹏回头面向大家："我女朋友！"

"哦？欢迎啊。"银发烁烁的姜克选兴致地站起来鼓掌。

大家也跟随站起来鼓掌欢迎。

天真的女孩得到了鼓励，懵懂不解地问："你们在干吗？下班了为什么还不回家啊？"

大家都诧异地笑了。

姜克选童真地模仿女孩，一本正经地问大家："你们在干吗？下班了为什么还不回家啊？"

大家开心地笑起来，室内的气氛瞬间变得欢快活跃。

姜克选笑着命令说："回家、回家，既要工作，也要花前月下。"又催促："走走……"

大家各自关闭电脑，穿戴衣物，准备回家。角落里一个人喊：“头儿！我这个科目正关键，我再弄一会儿！我没有女朋友……”

姜克选：“笨蛋！找去……”

大家笑。

酒局结束，大家告别。之后慧慧小姐照顾着黎老板、刘娜扶着贾昌浩到楼上的会客室喝茶。会客室茶几上备好了茶水，摆着水果。

“四个人正好可以打一圈麻将。”贾昌浩醉醺醺地笑说。

黎老板刚落座，又忙起身向外走：“卫生间在哪边？”

刘娜紧跟着陪了出去，并一直在走廊上等到黎老板从卫生间出来。她想说什么又吞吞吐吐，黎老板感到莫名其妙，径直往回走……

“黎老板！我真有事请示。我问过贾厂长，他也拿不定主意，让直接问您……”

黎老板站住：“刘小姐！有事你就快讲嘛！”

“我负责你们的接待工作。房间早已准备好了，就是……您和慧慧小姐，是分开住，还是使用一个房间？”

“哎呀，你这个小姐啊！秘书也不是太太，怎么好住在一个房间里呢？当然是两个房间喽。”

“我听说你们老板和女秘书有的不单纯是工作关系，所以我左右为难……”刘娜解释，也下意识地认为自己的想法不会错。

黎老板不理会地往回走，他想休息了，也担心会客室里贾昌浩对慧慧小姐酒后胡言……

孟志回到家中，直接就进了卫生间，门没关严，传出呕吐的声音。

姜晓妍听到动静开了床头灯，她已经躺下，孩子在旁边的小床上睡着了。

“又喝多了？”孟志走进卧室，姜晓妍嗔怪。

“贾书记往死了喝，也苦了我们这些人。”

姜晓妍不满：“别人也没灌你，还不是你自己喝的！”

“官场上的事你不懂！”孟志不耐烦。

姜晓妍反驳：“有什么不懂？不就是对上奉承巴结，对下装腔作势。哼！那算什么能耐？”

孟志被自己的女人蔑视，心里不舒服，他色厉内荏地驳斥：“现在当官，不会当就当不了，这就是能耐！王华山怎么样？我们一起到的华龙厂，我现在是副厂长了，他干个小小的车间主任还拼命似的……”

姜晓妍倏然坐起来：“听说装配车间承包了？”

“嗯。”

“‘上不封顶，下不保底’是怎么回事？”

孟志有几分不屑:“就是完成定额后,超额分成,有多少给多少,不封顶;如果干亏了,自己兜着,连基本工资都不保。”

姜晓妍抱不平:“你们也太过分了! 万一干不好,这不是坑人家吗?”

“没人逼他! 这是他自己定的……哼,还不是想出风头,捞资本。”孟志冷漠。

“那……你说装配能干上去吗?”姜晓妍关切。

孟志沉默了半天:“我不怀疑他的能力,如果正常的话,有成事的可能!”

“还有什么不正常的?”

孟志一边脱衣上床,一边充满谋略地说:“如果供应和销售这两个部门配合不力,或者找他别扭,王华山就不好干。”说完,躺在床上。

姜晓妍不平:“好人干点事真不容易。再说,你副厂长是干啥的? 是看热闹的? 我告诉你,你们好歹也是老同学,是坐一趟火车来的,别因为那时候处对象有点隔膜,就老是在心里跟人家过不去。”说完怄气地躺下。

孟志酒醒了大半,沉思地睁着眼睛,妻子姜晓妍的话在耳边反复回响:“你们好歹也是老同学,是坐一趟火车来的……”

那趟火车又在眼前呼啸,勾起往事,孟志陷入回忆……

当年他们坐绿皮车来到华龙厂,孟志和萧蓝分到了技术科在同一技术室,王华山去了车间。

王华山来华龙厂是怀着“到祖国最需要的地方去”的一腔热血,立志干一番事业。在大学他就因为有高铁梦想得了个“梦班长”的绰号。萧蓝与他志同道合,也立志为中国轨道交通车辆制造事业奉献青春和力量。孟志则是因为暗恋和追求萧蓝来到了华龙厂。

后来孟志发现萧蓝倾心于王华山,感到极大的失落,也非常嫉妒,更不甘心! 怎么办? 他觉得他们之间还未公开恋情,感情尚不牢固,自己如果主动出击、努力争取,还是有希望和可能的,于是他想到去找王华山摊牌。

灰暗的机加车间,到处是待加工的铸造坯件,机器发出各种噪声,油腻的地面上布满铁屑。

王华山穿着一身脏工作服走过来,摘下手套,笑问来找他的孟志:“什么事?”

孟志羞于开口,沉默了半天:“华山! 我们是好同学,对吧?”

“是啊……怎么啦?”

孟志索性说:“我看得出来,萧蓝对你有好感,崇拜你! 我想知道……你们之间确定恋爱关系了吗? 你对她表白了吗?”

“这事啊……这……”王华山不好意思,不情愿地回答,“还没有……”

“噢! 那就好……”孟志如释重负,进而说,“华山! 实话实说,我早就暗恋萧蓝了,不怕你笑话,你来华龙是为了追求你的高铁梦想,立志在制造业干一番事业,可我不是,我是为了追萧蓝才来华龙厂的,如果我得不到萧蓝,我死的心都有……”

王华山疑惑地看着孟志。

“不是我计较，是我先追的萧蓝……”孟志抱拳作揖，“求班长、华山兄，能不能成全我！我会感恩你一辈子！”

王华山不知如何是好地笑了，半天没说话。

孟志期盼地望着王华山。

王华山摇摇头，想了想：“……孟志，你让我怎么说呢……我觉得你今天的话说得挺没劲的。咱们都是男人，理性地说，萧蓝爱谁不爱谁是她的事……咱俩说这事有意义吗？先不说公平不公平……是不是有点荒唐啊？”

孟志欲言，王华山制止：“我明白你的意思……这样，我可以告诉你，现在我们刚进厂实习，要做的事很多，我没有时间谈情说爱！短期内我也不想谈恋爱！”转身要走，又索性回头强调，“如果萧蓝对我有好感，我感谢她；你如果赢得萧蓝的芳心，我祝贺你！”

孟志满意地向王华山伸出大拇指：“好好好，够哥们儿意思！”

“我干活去了。”王华山悻然转身走了。

搞定了王华山，孟志整日在技术室里除了向萧蓝献殷勤就是动脑筋想怎么才能让萧蓝断了心思，使王华山永远脱离萧蓝，让自己无后顾之忧。

他终于在同一个办公室的姜晓妍身上打起了主意。

这个办公室有几张桌子，除了里面靠窗户的萧蓝的桌子，就是自己对面的姜晓妍的桌子。姜晓妍中专毕业，是技术科长姜克选的女儿，负责技术科图纸和资料方面的管理。

这天，萧蓝不在，孟志若有所思地看着对桌不知在忙啥的姜晓妍，在他看来，她不但出身不凡，长得也很漂亮。

“姜师傅……”

姜晓妍惊讶，娇嗔：“叫谁呢？谁是姜师傅啊？……虚伪了吧？”一个办公室已经混得很熟，平时有接触就直接说事，无须称名道姓，孟志今天是很正式地这样称呼她。

孟志笑说：“我是后来的，工厂不都是称先入厂的人为‘师傅’吗？”

“拉倒吧，论年龄你比我大，论资历你是名牌大学毕业的……叫我姜晓妍就可以了。”

“好好……”孟志漫不经心地问，“有对象了吗？”

姜晓妍瞥了他一眼：“也有人追……我不太同意。”年轻人之间谈这个话题有些敏感，容易引发联想，她好奇孟志为什么问这个问题。

“他是做什么工作的？”孟志问。

“说出来让人笑话……工人，转向架车间的焊工。”姜晓妍停下工作，有些郁闷地说。

孟志诧异：“以你的条件，老爸是工程师、技术科科长，你人又长得这么漂亮，怎么也不能找个工人啊！你爸、姜科长同意吗？”

“就是他同意的，说什么找个工人过日子踏实，是劳模之家、技术尖子，将来错不了……”姜晓妍逗问，“怎么，想给我介绍对象啊？”

“是啊！”孟志郑重其事。

“谁呀？”姜晓妍高兴地期待。

“我同学。”

姜晓妍兴奋：“你同学？是那个王华山吗？”

孟志奇怪：“你怎么知道是他？”

“一起来的大学生就你们仨，你的男同学除了王华山也没谁了……我陪萧蓝姐去他实习的机加车间找过他。”姜晓妍疑惑，“哎……是不是萧蓝姐对他有意思啊？你别搞错了！”

孟志否定：“绝对没有，我们就是同学关系！我昨天还问王华山呢，他说没处对象。”

“是吗？”姜晓妍喜悦，充满期待。

“我这个同学是我们班的班长，品学兼优。我就挺心高气傲了，可也不得不佩服他。你爸肯定也欣赏他，正直向上，有理想、有追求，是立志干一番事业的那种人……”

孟志的目的很清楚，就是围魏救赵，如能促成姜晓妍和王华山的关系，他以为萧蓝就属于他了。

星期天，精心打扮的姜晓妍在男职工宿舍楼门口等到了王华山。

她上前礼貌地打招呼：“你好！”

“你好！”王华山手里拿着资料，客气地说，“……什么事？”

姜晓妍羞涩：“是你同学孟志介绍我来的……”说着拿出一个信封递上。

王华山疑惑地接过，端详：“还是封着的……”他撕开，看信。

孟志在信中说：“华山！在对待萧蓝的问题上，非常感谢你成人之美的大度。姜晓妍很漂亮，可与萧蓝媲美，其父是领导又可仰仗。我已搭桥向她介绍了你的情况，希望你们能牵手……”

王华山心里不是滋味，表情不快，又意识到面前的姜晓妍，礼貌地说：“对不起！我刚入厂，工作学习上的事情很多，现在还没有时间考虑个人问题。孟志知道我的态度。”说完离去。

姜晓妍追上去拦住：“你去哪儿？”

“厂图书馆。”

“我陪你去吧？”

“不用，再见！”王华山决然地走了。

姜晓妍呆住，沮丧地喊：“我可以等你……”

王华山似乎没有听到，走远了。

宿舍门前是一片空场，被称为花园，有不少茁壮的杨树，灌木丛围着的草地中间是一个好看的“中苏友谊”六角亭。

林荫道上，王华山迎面碰到了萧蓝。“姜晓妍找你？”她看着远处姜晓妍离去的背影。

“碰到的。”

“又去图书馆？晚上看电影！”萧蓝说着掏出两张电影票递给他一张。

“几点的？我最近有点忙……”王华山犹豫地接过票。

“七点半。”

“我着急去查资料……”王华山把票揣起来，匆忙地走了。

“别忘了！”

王华山知道萧蓝对他好，可他们之间还没有捅破那层窗户纸。孟志找他摊牌之后，他理性起来，一是本着先事业后家业的想法不想过早恋爱；二是孟志志在必得地追萧蓝，他不想同学间拔刀相向。自己退一步，如萧蓝能接受孟志，也是成人之美，尽管他内心对萧蓝也是非常喜爱与不舍。于是他收敛心情，对萧蓝有所冷淡。

过了花园，拐过女职工宿舍楼是通往厂区的路。图书馆在厂俱乐部楼上。俱乐部很大，是厂里开大会、文艺演出和放电影的地方。

孟志从俱乐部那边走来，见到王华山，笑着迎上来：“见着姜晓妍了吗？我让她去找你了。”

王华山很鄙视地看着他：“孟志，你太有意思了。”

孟志有些猥琐地解释：“我不想亏待你……姜晓妍长得漂亮，不比萧蓝差。再说，她爸是姜科长，也是你将来发展的靠山……”

王华山厌恶：“停！”说完转身走了。

孟志尴尬，站在那里，后由衷地喊道：“华山！谢谢你！”

王华山走了没多远，忽然停住，踟蹰了一会儿又走了回来。孟志不知何事迎了过去。

走到一起，王华山看了孟志半天，思考犹豫之后从上衣兜里拿出一张票：“电影你去看吧，我没时间。”

孟志好奇地伸手接过电影票，王华山转头走了。

“跟谁啊？”孟志懵懂地追问。

“萧蓝。”王华山头也没回地说。

孟志惊呆了，望着王华山离去的背影，心里无比激动地喊道：“班长！我会永远感激你！”

他手里拿着那张电影票，一直望着王华山的背影进了俱乐部北侧图书馆的门。然后从口袋里掏出自己刚买的两张电影票，据说这是个很好看的爱情故事，孟志打算约萧蓝一起看这个电影。虽然不知道她能不能接受，但搞定了王华山，他想尽快攻下萧蓝。买完票正准备去女宿舍楼，没想到王华山竟把他的票送到了自己手上，孟志非常兴奋和感激，觉得真是天时地利人和都齐了。随后他快速返回俱乐部，把刚买的两张票退了。

晚上终于到了，快开演的时候，孟志才款款走进俱乐部，坐到等候的萧蓝的旁边。

“怎么会是你？”萧蓝诧异。

“王华山把票送给我了……”

“啊？”萧蓝惊疑。

孟志凑近低语：“他可能跟姜晓妍好上了，姜晓妍也挺漂亮，她爸还是科长……王华山说你们并没有确定恋爱关系。我告诉他了，我爱你！”

萧蓝沉默地看着电影，内心委屈，两眼泛着泪光……

孟志继续附耳窃窃私语：“你知道吗？我在大学就一直暗恋你，是因为你，我才选择到华龙厂来的……”

她没有心情再看下去，说：“对不起，我有事先走了。”离席而去。

第二天，萧蓝去了机加车间，泪眼蒙蒙地质问王华山：“你变了……为什么回避我、躲着我？我放弃了上海留校，追随你一起来到华龙厂……你不能这样对我啊！”萧蓝说着眼泪流了下来。

王华山沉默，他没想到萧蓝的反应如此强烈，感到痛苦和自责。他惭愧地解释：“孟志找过我……他说他爱你……”

“难道……难道你不爱我？王华山！你回答我……”萧蓝抬脸看着他，俏丽的脸上两行泪水宣泄着满腹的委屈。

王华山望着她，被她的真挚感动，眼睛也湿润了。

萧蓝抓着王华山的胳膊摇动，痛彻心扉地问道：“爱情是可以拱手让人的吗？”说后痛哭抽泣。

王华山为自己的疏忽深感懊悔和痛心，最后他坚定地拥抱了萧蓝，仿佛什么力量也不能将他们分开……

此后的一天，办公室里孟志不在，萧蓝和姜晓妍各自在桌前工作。

萧蓝停下手上的活儿，若有所思。最近她心情一直不平静，虽然她与王华山明确了恋爱关系，收获了爱情，可她不想让同学孟志因此在情感上受到影响和伤害，希望他能理解，大家各自安好，并且也想为他做点什么。

她向姜晓妍“哎”了一声，招了一下手。

姜晓妍走过来，玩笑：“萧蓝姐，有什么指示？”她们要好，已情同姐妹。

“给你介绍个对象啊？”

姜晓妍惊喜：“我最近交了桃花运了，怎么老有人给我介绍对象啊？”

萧蓝：“好事啊！”

“谁啊？”姜晓妍问。

萧蓝笑了一下：“我同学。”

“你同学？”姜晓妍惊讶，“你们交大分到咱们厂不就你们三个同学吗？”

萧蓝：“是啊……”

“谁？是王华山吗？”姜晓妍期待。

萧蓝摇头："是孟志，你对面桌。"

姜晓妍诧异："是他啊，为什么不是王华山呢？"

"王华山有什么好……"萧蓝不屑的样子。

姜晓妍不以为然，思索着说："王华山虽然给人很牛、不随和的感觉，但作为男人，他身上似乎具有一种'铁肩担道义'的魅力！"

"你还挺会评价。"萧蓝说。

姜晓妍追问："你说，是孟志好，还是王华山好？"

萧蓝搪塞："萝卜青菜各有所爱……"

姜晓妍威逼："你必须说，以你的标准衡量，你这两个同学谁好？"

萧蓝没有退路，停了片刻，郑重地说："王华山！如你所说。"

"好啊，王华山好，那你为什么不给我介绍王华山？"姜晓妍不满地向萧蓝进攻。

萧蓝笑着招架。

"是不是你看他好，把他留下了？"姜晓妍说后突然停止了进攻的动作，醒悟地看着萧蓝。

萧蓝笑着点头承认："是……在大学我就爱上他了，追随他来到华龙厂……心已签约，主权在我……"

姜晓妍嫉妒："我说王华山那么冷漠，原来他是你的菜……"两人笑作一团。

几天后，萧蓝约孟志来到厂区中心的老机车处。

两人围着火车头徜徉着，心情各不相同。孟志想得美，以为王华山没有赴约去看电影，加之告诉萧蓝，王华山说没有跟她确定关系，萧蓝就肯定会跟王华山翻脸，转而投入自己的怀抱。

"孟志！谢谢你对我的好感，但我早已心有所属。对不起，让你失望了，但我们还是好同学！"萧蓝友好地说。

孟志打断："约我来就是跟我说这个？"

"还有，你应放平心态。感情是两个人的事，是自愿的，不是个人单方面想怎么样就怎么样的……"

孟志不耐烦："还有吗？"

萧蓝笑了一下："晓妍这个女孩不错！我想把她介绍给你……"

孟志恼怒："你少给我扯！"他眼睛红了，之后委屈地流出泪水，执着道："萧蓝，我告诉你，我非你不娶！"

"孟志，别这样……"

孟志歇斯底里地叫喊："我比王华山爱你！"

萧蓝无奈，安静地站在那里，仿佛风轻云淡中的一尊美好塑像。

僵持无言，孟志自感无趣，悻悻走了，又回头发誓："萧蓝，我非你不娶！"

酒后口渴，孟志从回忆中醒来，他下床喝水。此时卧室温馨，妻子姜晓妍和孩子已安然入睡。

厂招待所走廊寂静无声，慧慧小姐从房间里出来进了另一个房间。

“那个郑厂长下台了……我看这个贾除了会喝酒是个不学无术的家伙，他要能把企业搞好才见鬼了！”

黎老板在房间踱步感慨，慧慧小姐坐在沙发上。不知是在卧铺车上睡多了，还是酒后兴奋，他们没有睡意。

“咱们来考察，在商言商，管他是郑厂长还是贾厂长呢。”慧慧小姐说。

“道理是这样，可我是基于对那个郑厂长人格的欣赏，进而对他的企业寄予希望……”黎老板说，“睡不着，走！咱们去他们厂里转转看看。”

慧慧小姐：“好！”

黎老板穿戴好走在走廊上，慧慧小姐穿着大衣从她房间里出来跟上。

他们溜达着走进了装配车间。

车间寂静，几台叉车穿梭着在给各处工位送料，以备明日生产。几个工人聚在一套设备前在研究安装……

黎老板和慧慧小姐站在不远处观看着车间的情况。

在现场的王华山发现了他们，走过来：“您好！你们是……”

“您好您好……”黎老板向前热情地伸出手。

王华山不好意思地示意手脏。

“我们是香港来的，我姓黎，进车间看看……”

“噢……是黎老板？我听郑厂长提过您。我叫王华山，是这个车间的主任。”

黎老板格外热情：“噢！好好……是值班吗？”

“不是，有个设备出了问题，我们在处理。”

“八小时以外算加班了！”黎老板幽默。

“天天都这样忙活！”王华山笑说。

慧慧小姐好奇：“那加班费一定不少吧？”

王华山：“节假日有，平时特殊情况，大家是自愿的。”

慧慧小姐不可思议的样子。

黎老板对慧慧小姐说：“这你就不懂了……社会制度不同，人们的价值观不一样……”

慧慧小姐似有所悟地点头。

“黎老板，你们随意……”王华山告退。

黎老板：“你忙你忙。”

他们望着王华山向机台走去，黎老板感慨：“我觉得，那个郑厂长和这个王主任才是这个企业真正的脊梁！”

这个夜晚，孟志失眠了。他口渴喝了一些水后躺下，仍然没有睡意，往事还是挥之不去……

当得知王华山没有兑现承诺，与萧蓝确定了恋情后，孟志绝望了，不甘和嫉恨也在他心里扎下了根。追不到萧蓝，他只好无毒不丈夫了……

后来王华山出事了。

萧蓝听说后闯进厂纪检办公室申辩："不可能！王华山不是这样的人！他是冤枉的……他工作努力，下班后又废寝忘食地查资料、搞研究，为车间解决了多项技术难题……"

一负责人不急不躁："你是……"

"我是他同学，我了解他，我以人格保证！"

"这不能感情用事……根据检举信，王华山玩弄女性，男女作风问题严重。我们进行了调查，认为情况属实。"负责人看了萧蓝一眼，继续说，"他跟技术科多名女性有染，脚踏两只船；在实习的机加车间，有多名女工给他写情书，而且车间证实在工作时间他还曾与一女同志搂搂抱抱……因此组织对王华山做出调离同时给予警告的处分是正确的、必要的！"

萧蓝不服，力争："我叫萧蓝，是他女朋友。这些都是假的！"

负责人不客气："在技术科，你萧蓝是他女朋友，可他还跟姜晓妍扯过；工作时间跟一女性搂抱，多人看到，车间有证言；有女工给他写情书是公开的秘密，哪一个是假的？"

萧蓝惊讶："这都什么呀？沾边赖……那个搂抱的是我，有女工写情书有毛病吗？"

"总之，这样影响不好！身为在校就入了党的高才生怎么可以这样呢？这是组织在帮助他、挽救他！希望他吸取教训……"负责人一副宽容的样子。

萧蓝无可奈何，感到委屈，坚持说："不是这样的，这是恶意诽谤！我想看一下检举信！"

负责人想了一下："因为是匿名信，可以给你看。"说后拿出一个材料袋，从中取出两页纸交给萧蓝。

萧蓝看后震惊，竟是孟志的笔迹！

之前对孟志执着地追求自己，萧蓝确有愧疚之意，可这一刻她突然看清了，这是一个多么丑恶的灵魂！

宿舍前的林荫道上，萧蓝与王华山并肩漫步，心情不爽。

"调我去铸造车间实习也好，我就从翻砂工干起，会学到更多的东西。"

"这事不能就这样算完，一定要找领导申辩！"萧蓝强调。

"无所谓！也没那闲工夫。算了，警告也不是多大个事。"

萧蓝："不行！这是名誉问题！别人会怎么看你？"

"时间长了，清者自清。你知道怎么回事，你知道我是什么人就可以了！"

萧蓝耿耿于怀："孟志诬告，他太坏了！"

"咳，他没有得到爱情，就搞点小动作出出气，可以理解，算了！"王华山大度地说。

这时身后突然传来孟志的喊声："华山！"

二人回头，惊异……

萧蓝："他想干什么？"

王华山叮嘱萧蓝："匿名信的事就装作不知道，就当没发生过。"

"你们去哪儿？"孟志赶上来。

"随便转转。反省了几天心情郁闷，放松放松……"

孟志煞有介事："我听说了，怎么会是这样？是他们搞错了吧？"

"没有没有，都是真的！"王华山说。

三个人心情不同地笑起来。

"这样，"孟志热情相邀，"难得今天星期天有时间，咱们聚一下！"

萧蓝抵触："算了……"

王华山爽快地答应："好啊！我请客！"

孟志："我请我请……市里有一家火锅不错，走！"

三人向公共汽车站走去……

孟志请客是真心的，一是他做了亏心事，想跟王华山套近乎，打马虎眼；二是从长计议，他觉得萧蓝虽然倾慕于王华山，但最后鹿死谁手还不一定。

可那次公交车上发生的一件事，又将王华山抛入了人生低谷。

当时车上人不少，萧蓝坐着，王华山和孟志站着。到站了，有人下车。突然，一个中年妇女大喊："小偷！我的钱包……"小偷下车逃走，中年妇女惊叫着："抓小偷……"追下车去。

王华山见状跟着冲下去，他越过中年妇女，在车尾处抓住了小偷。

萧蓝也随后追下车，孟志和一些乘客也跟着下了车。

小偷不服，反抗厮打，王华山还击给了他一拳。小偷被王华山按在地上，大家帮忙制服了小偷。王华山从小偷兜里掏出钱包，中年妇女接过失而复得的钱包，一再表示感谢！

警察赶到，给小偷戴上了手铐……

事情到此不仅没有结束，而且反转了。小偷进了派出所又被放了，王华山却被拘留了……

萧蓝到拘留所看望王华山。

"我去了派出所！……那个小偷翻供了，不承认偷钱，听说派出所教导员是他舅……关键是那个丢钱包的女的，虽然当时感动得要送你'见义勇为'的锦旗，可后来也不知怎么回事她说钱包在家里找到了，是误会了……而且你打小偷那一拳，说是把他眼角膜打坏了。派出所说虽然属于重伤害，但也算误伤，可以不追究刑事责任，但必须赔点钱……"

“小偷不服，打我，我还了他一拳。”

“要五千，我讲到两千。等我把钱凑齐交上，你就可以出去了……”

王华山沮丧，让萧蓝为自己担忧操劳感到难过。

“最可恨的是孟志！他打证言，承认是你打的，还说没看见小偷偷钱包……”萧蓝气愤。

“也算实事求是……”王华山息事宁人。

“什么呀！这是落井下石！”萧蓝陷入悲观，“唉……以后遇到这种事别管了！”

王华山仍是一脸执着：“光天化日之下有人干坏事……你也不管，他也不管，都无动于衷……那这个社会还有良心、还有正义吗？”

萧蓝看着王华山，眼里流出泪水，她了解他，也始终被他的精神所吸引……她坚贞地表示：“让我和你在一起吧！共同面对一切……”

王华山出事后幸灾乐祸的是孟志，他觉得是老天在帮他。听说是重伤害，于是去图书馆借了一本法律书回到宿舍进行研究。

仔细读完了关于重伤害的章节，孟志心情愉快，他放下书，兴奋地跳下床，换上一件格衬衫，在镜前精心地梳理了一下头发，兴高采烈地走出了寝室……

黄昏时分，孟志与约出来的萧蓝走在宿舍前的林荫道上。

“王华山可能一时出不来了，我想买点东西明天去看看他……”孟志试探地说。

萧蓝望着远方，面容憔悴：“你达到了目的，何必再发善心呢？”

“我……”孟志惊惶，“他是咎由自取！装什么英雄啊？小偷也没偷他的钱包，咸吃萝卜淡操心，怨不得别人……萧蓝！我们仅仅是同学，你何必……”

萧蓝愤然强调：“我与他不仅仅是同学……”

孟志受了打击，这是他最不愿意听到的，于是毫不掩饰他的气急败坏：“萧蓝！王华山有什么值得你痴迷的？况且他现在犯罪了！重伤害判个七年八年不在话下，甚至判十年都有可能……难道你能爱一个罪犯？愿意当犯人的老婆，跟他受一辈子罪吗？萧蓝！我们是好同学，我不忍心看你走向深渊呀！”孟志情绪难捺，两眼发红，脖筋凸起，有点声嘶力竭。

萧蓝在一棵大杨树下站定不动，沉默不语，白衣黑裙的她雕塑般高傲挺拔地望着远方，痛苦的神情，含着轻蔑，藏着愠怒……

孟志在她面前左右移动，力求说服她、打动她：“我的心你是明白的，在交大，我就深深地爱上了你！为了追求你，我放弃了留在上海的机会，跟着你坐一趟火车到这艰苦的华龙来！为了你，我可以献出一切、牺牲一切！如果得不到你的爱，我甚至无法活在这个世界上！难道我爱得还不够吗？还要我把心掏出来给你看吗？以前，可以理解，可现在王华山进了局子，一时半会儿出不来了……我的痴心能感动上天，却为什么得不到你的回应！再者说，论个人条件和家庭，我不比王华山差，只能超过他……”

萧蓝笑了："孟志！你说得太多了……"她向前走了一步，转回身，语气凌厉似火山爆发："王华山有一颗火热执着的事业心和正直向上的品格！"她缓了一口气，"这是一个男人最宝贵的东西！你有吗？"又充满激情地说，"我对他是从敬重到爱的，是精神的一致，是心灵的吻合！"

孟志傻了。

"爱情是高尚的，仅慕美而爱，那只是性别的爱、动物的爱。你虽然爱得发狂，却不真正懂得爱情，没有两颗心灵火花的撞击，只想肉体的获得和占有，是对人类爱情的亵渎。如果再不择手段、自私卑鄙，那爱情就更没有意义了。"萧蓝对孟志说，又像是自我独白。

"我爱王华山！他是我崇拜的男人！"萧蓝最后郑重地宣告，神圣高尚的感情淹没了平时脸上的羞涩。

孟志极度悲伤："萧蓝！我……"他声音哽咽，欲握萧蓝的手。

萧蓝转过身去，冷蔑地说："我们仅仅是同学。"然后毅然而去。

孟志像受了致命的打击，倒靠在身后的大树上，绝望地叫了一声："萧蓝——"

萧蓝回过头来，一字一板地说："我要结婚了！"

孟志眼瞅着萧蓝消失在暮色里……他瘫软了，身子顺着树干下滑，堆在了大树的脚下……

05/ 第五章

装配车间上空，旗帜般高悬着大字横幅：“我们承包了！”

各岗位的工人都在认真工作着，送料车来往穿梭，技术和管理人员奔走其间，气氛繁忙，欣欣向荣。

王华山迎面碰到了葛强，他满脸汗水，样子匆忙。

“干吗去？”

“郑小龙休病假了，我调到地板班了。我们料件要供不上了，我去让料区给我们送料……”

“你们一天能干几台车？”

“我们是保三争四，基本上都能完成四台！”

王华山高兴：“辛苦！快去吧……”

葛强笑着急匆匆地走了……

车间墙报前，张万红用粉笔写着各班组生产日报表，有几个工人在关注。王华山路过，一个工人好奇地问：“王主任，像这样干到月末，我们能得多少奖金？”王华山想了一下，挥手说：“50块钱打底！”大家听了欢欣鼓舞。

葛强返回工区时路过厕所，一个女清洁工紧急地边叫嚷边奋力用笤帚扫水。

葛强赶过去：“怎么了？”

“下水道堵了，冒水了……”

厕所门上挡着半截蓝色布帘，印着红色的“男”字。地面上水正从里边漫出来……

葛强二话没说，脱下上衣交给女工：“我来……”蹚水走了进去。

女工着急地呼喊着，几个工人赶来帮忙扫水。

“怎么回事？”王华山和徐臣赶来。

女工：“下水道堵了……”

“快打电话让人疏通……”王华山说后，徐臣急忙去了。

这时葛强在里面喊：“通了！”

女工拨开布帘，葛强憨笑着从里面走出来：“通了！”他穿着背心，裤腿湿了半截，胳膊上满是污渍，两手脏兮兮地张着。

地上水不外流了，多人合力向里扫水……

王华山笑着问：“怎么弄的？

“我用手掏的!”葛强说后在旁边水池洗了手和胳膊,接过女工递来的工作服擦着脸和手,满意地笑着走了……

王华山欣喜地望着葛强的背影,来到现场的吴长顺也感慨葛强变了,他还告诉主任,利用中午吃饭休息时间,车间搞了个演讲会,希望主任去听听。

“树理想、比贡献”演讲会中午在车间会议室举行。

第一个演讲的是女工李丽,她真挚动情,脸上不时因言辞生涩而现出羞红:“……装配车间地板工序苦脏累,打磨呛人,涂胶有味。我们的李祥班长不怕脏、不怕累,模范带头,冲锋在前。尽管他每天工作得一脸脏汗,浑身疲惫,可他对安装标准一丝不苟,对质量精益求精,为我们树立了榜样!我们要学习李祥师傅的主人翁精神、精细严实的工作作风、吃苦耐劳的优秀品质、努力向上的可贵意志,为装配生产做出我们应有的贡献!”

在热烈的掌声中,李祥也不好意思地拍着巴掌。有人还在吃饭,用勺子敲饭盒代替鼓掌。

吴建华上台说:“我演讲的题目是:献给我的青年朋友——葛强。”

年轻人发出一片欢呼声。

吴建华的演讲像朗诵:“你曾丧失了理想,熄灭了青春的光芒,也许你不甘于潦倒,但却越来越偏离了正确的轨道。最终,你在王主任的教育下醒悟,你懂得了青春年华该有一个怎样的人生!你做出了成绩,用突出的工作赢得了人们的赞誉。朋友,任重道远,‘四化’需要你!”

跟工人们一起坐在台下的王华山带头鼓掌,葛强不好意思。

吴建华激情继续:“你以前就像大海上一条失去航标的小船,在风浪中迷茫;如今的你,靠码头了,上岸了——正走在踏踏实实的路上!你是我们后进青年的榜样,我看到了你奋发向上的青春风貌,我听到了你咚咚咚的脚步声!”

掌声热烈,情绪沸腾。

团支部书记赵君上台演讲:“王主任一腔热血,激情似火,他一心想着报效祖国,干一番事业。他废寝忘食,起早贪黑地扑在工作上。他每天早来晚走,除了吃饭睡觉,其他的时间王主任都工作在车间里。我们装配以前是个亏损混乱的老大难车间,王主任来了以后,以他的英雄气概,带领全车间职工背水一战!现在我们车间,管理加强、面貌一新,工人们的干劲高涨!我们的产量,现在已超过了历史最高水平!”

大家兴奋地鼓掌。

赵君:“我们全体职工对王主任无比崇敬,他是我们心中的一座丰碑!装配任何时候都会铭记王华山这个名字,不会忘记他给装配车间创下的辉煌!”王华山在大家的鼓掌中不好意思地摇头。

赵君:“当然,每个成功男人的背后都站着一个伟大的女人,王主任的妻子萧蓝工程师,就可以和燕妮相媲美!”

王华山羞臊地探过身来对吴长顺说："太夸张了，我要坐不住了……以后不要讲我。"

"小不点"探头问前面的吴建华："燕妮是谁啊？哪个车间的？"

旁边的"猴子"说："你二姨。""小不点"报复地拍了他一下。

吴建华告诉他："燕妮是马克思的夫人。"

"小不点"："好家伙，扯那么远！"

工会主席吴长顺登台总结："我们车间有许许多多先进人物，像我们的'老报告'就是个敬业奉公的典型。我们装配承包后，形势喜人，干上来了！希望大家向先进人物学习，继续努力！下面请王主任讲话。"

大家鼓掌。

王华山从座位上站起来没上台，面向大家："我也不多啰嗦了，谈一点真实的感受。咱厂的张劳模住在我对门，每天上下班经过他门口，我总有一种敬仰和不安的心情，觉得和他的差距很大……榜样的力量是无穷的。我们要向先进学习和看齐，做优秀的自己！"

郑清儒大病了一场，是感冒引起的肺炎，心脏也出了问题，不过并无大碍，主要还是这段时间奔波操劳，最后又急火攻心，身体就吃不消了。可他忙惯了，在家里闲下来，心里闷得慌。

这天，姜克选来看望他。

两人身为厂长和总工程师，是华龙厂的顶梁柱，在一起工作了几十年，心往一处想，劲往一处使，也结下了深厚的感情。

在他的书房兼卧室里，郑清儒仰靠在床上输着液，吊瓶挂在旁边的衣架上。气质高傲的姜克选很随性地坐在床边的一把藤椅上。

于静热情地端来两杯茶水放在茶几上："姜总，您喝水！"

"好，谢谢嫂子！"

她观察了一眼输液情况，离开并关上了门。

姜克选忧心忡忡："国内十多个要建地铁的城市，据说都有意愿选择用国外贷款和外国车的建设途径，而我们作为地铁车辆生产的主力厂，已生产了500多辆地铁车，现在竟然几乎没有地铁订单了……"

郑清儒："改革开放带动了人民生活水平的提高，城市对'行'的质量有了更高的要求，加上国外贷款的各种诱惑，所以他们会把目光投向国外厂商……这样的话，我们可能会面临长期没有地铁订单的现实。"

"如果这样下去，失去了国内地铁市场，工厂被迫转产，专业人员改行，我国的地铁车辆工业就会前功尽弃。而且如果每个城市选择不同的外国厂家，将造成各个城市地铁车辆和配套设备的多样化，导致今后长期依赖进口的局面！"姜克选心情哀伤。

两个人心情沉重，无奈地对视着……

姜克选:"地铁客车研制我们积累了扎实的技术和经验,德国和日本等工业发达国家生产的变压变频车,我们也处在研究阶段。现在北京地铁日客运量达百万人次,事实说明我国的地铁车辆有较好的技术性能,经济实用,我们完全有能力继续研发生产出更好的地铁车辆!"

郑清儒点头肯定,也充满担忧:"可国外厂商对国内市场的冲击又似乎势不可当……"

"我们要力挽狂澜,保住我们的地铁产业!"姜克选激动坚定地表示。

郑清儒认同地点头,强调说:"为了赢得未来市场,我们厂的地铁研究工作不能中断,只能加强。还应抓紧购进几台外国样车,拆解分析,学习先进技术,也应考虑实施技术引进战略,可与国外先进企业合作办厂,以尽快提高地铁车辆国产化技术水平。"

姜克选赞同地点头,情绪激昂:"我们要埋头苦干!但也迫切希望政府有关部门给予足够重视,并采取措施,以利于我国地铁车辆工业的发展。我打算给上面写个报告,呼吁地铁国产化!"

郑清儒钦佩地握住姜克选的手:"忧国忧民!"

姜克选笑了:"当年在车间整风会上说的那句话我还记得……"他认真复述,"开展整风很及时,现在确有一些干部,脱离群众,贪污受贿,官僚主义严重。如不及时纠正这种腐败现象,势必影响第一个五年计划的完成和社会主义建设的进程……"

"肝胆相照啊……"郑清儒感慨。

面对严峻的形势和困难,两个人心情沉重,也悲壮地充满信心和勇气……

于静送水,端着茶壶在房间门口止步,她听到了屋里郑清儒和姜克选苍劲的歌声……

风在吼,
马在叫。
黄河在咆哮,
黄河在咆哮!
……
保卫家乡!
保卫黄河!
保卫华北!
保卫全中国!

晚风中飘着雪花,已近年底,远处偶尔传来一两声等不及过年的孩子们燃放的鞭炮声。

有人叩响了王华山家的门。

萧蓝去开门。

"萧科长,您好!我是装配车间的团支部书记赵君!"赵君谦卑地笑站在门口。

“噢，你好！王主任还没回来，你先进屋。”萧蓝热情招呼。

“都这时候了还没回来？他太辛苦啦！”赵君说着进门，把带来的一个包裹着的长形东西放在走廊上。

萧蓝问：“你这是……？”

“串门没有空手的，一点小意思……”赵君振振有词，又掩饰地转移话题，“萧科长，我很崇拜您，早就应当来看望您……”他局促不安的样子像小学生见到了校长。

“你太客气了！”萧蓝诧异地笑着把赵君让进客厅。

“萧科长，技术科一定很忙吧？”赵君坐下。

“是，地铁车在搞研发，铁路客车也要上档次，要做的工作很多。”

他第一次近距离地看到萧蓝，显得无比仰慕和激动：“真的，您美丽而富有才华，可以和伟大的燕妮相媲美……据说您为了事业和爱情，放弃了上海大城市的生活，和王主任一起到华龙厂来，为国家轨道交通车辆制造业矢志不渝地奉献了青春和年华，这能不令我们青年人敬仰吗？”

萧蓝摇头笑，问：“这次开支你得了多少奖金啊？”

赵君兴奋：“六十！我们平均都得五六十块，有的班组长达到八十多块，比基本工资还高。可王主任最累，却没拿最高奖金！”

“真替你们高兴！”

“萧科长，昨天开支的时候，我们车间像过节一样，大家喜笑颜开。下班后，厂门附近的饭馆全都爆满……装配一炮打响，得这么多奖金，一下轰动了全厂，甚至全市……”赵君不无夸张地眉飞色舞。

萧蓝叮嘱说：“你们还要继续努力！王主任脾气不好，缺点很多，你们要多帮助他……”

赵君的表情再次兴奋起来：“王主任真了不起，我非常崇敬他！”

“你这是拿的什么东西？”

“一条鱼。要过年了，不成敬意！”赵君流利地回答。

萧蓝礼貌地拒绝说：“这不可以！”

“我知道王主任是个正直的人，所以特别敬重他。我不是那种溜须拍马的人，就是崇拜你们！敬佩你们！如果您不收下这点小小的心意，就是把我当外人了，就是瞧不起我……”赵君表白的样子真诚得近似于痛苦。

萧蓝有些为难：“那我给你钱！”说完起身去拿。

赵君拦住萧蓝，并向外走。“萧科长，您别客气……”

萧蓝无奈，坚持说：“那就让王主任给你钱吧……”

在内装的车厢里，李丽和朱平检查铺好的地板布，在给边角处涂胶加固。

朱平：“你不想跟郑小龙处了？”

李丽闷闷不乐，失望地说：“其实郑小龙啥也不是，就仗着他爸是厂长，现在他爸也指不上了……”

“我看葛强对你挺够意思！因为你，他在车间跟张三打仗，还让保卫科拘留了……”

“是挺让我感动，够哥们儿！但我不想跟他处对象……”李丽犹豫着摇头。

“你漂亮、心高，想找个啥样的？”朱平关切。

“我命不好，我要改变命运。虽然才华我很看重，但我还是想找个条件好的，要么有钱，要么有势力……我不想过现在这样的生活！”李丽若有所思。

车外，班长李祥喊“吃饭了”，她俩走出车厢。

地板班的人从各处来到车旁，李祥高兴地吩咐：“‘小不点’，你跟李丽、朱平她们去取饭盒。今天带的都是硬菜！”对葛强商量说：“你去，看看能不能把王主任找来跟我们在一起吃！他说也带饭了。”

他们答应着走了。

饭盒取回来，李祥已在车旁地上铺了一块大包装布。王华山手里端着饭盒和一只保温杯兴致勃勃地跟着葛强走来，大家热情地打招呼。

王华山从兜里拿出一个大信封，高扬着说：“吴建华！你写咱车间的稿子在市报上发表了！这是报社给你来的信。”

大家兴奋地拥过来。

吴建华抢过信封，从里边抽出一张报纸，还没等他展开，报纸又被李丽抢去。李丽喊着：“别抢，我给你们念！”

大家都围着她，只见这篇稿子发表在头版显著位置上。

李丽清了一下嗓子：“亏损换强将，承包大变样。华龙厂装配车间主任王华山，带领全体职工背水一战，承包首战告捷，第一个月扭亏为盈，实现利润50万元……”

大家欢呼起来。

李祥招呼：“吃饭，吃饭！”

大家围坐，饭盒聚在一起，菜样各异，但都是好菜。虽然各吃各的，但也互相品尝。王华山也稔熟地和大家坐在一起吃起来。

“王主任，是不是缺点啥呀？”大涛诡秘地说，“我有个破格的要求……”

“有话快说！”“小不点”呛了他一句。

大涛从怀里掏出半瓶酒放在面前。

大家一时愣住了，望着主任……

大涛感情真挚地说：“我们车间有今天，应当普天同庆……大家相约带点好菜，我又多了个心眼儿带了半瓶酒，今天又恰逢我们车间的事迹上了报纸，太值得庆祝了……”

黄广厚说：“有规定，工作时间不能喝酒。”

大涛央求说：“就表示个意思，一人一口！”

王华山充满感情地说：“酒不能喝，就以茶代酒吧！”说着端起保温杯，“这是我刚沏的茶水。”

大家赞同，传递着茶水，开心地吃着。半瓶酒原地未动。

王华山：“我们承包第一个月就开门红，后两个月还会取得更大的成绩！”

大涛表示：“没说的！说为朋友两肋插刀那不恰当，说上刀山下火海也不现实……”

葛强抢话：“一句话，玩命干！”

“小不点”：“王主任，你放心，你打到哪儿我们就指到哪儿！”刚说完又羞急地说，“不对不对，说反了！”

大家哈哈大笑……

饭后，王华山和吴建华边走边聊天。

“你抽空去看看郑小龙，他没上班，很消沉，鼓励鼓励他……”

“好！正想去呢。”吴建华答应后，有准备地从兜里掏出一个鸭蛋大小的纸包，“王主任，我很敬佩你，所以把我珍藏的一样东西送给你……”

“过年了，也送礼？”王华山疑惑地笑着接过来，打开纸包，里边还包着一层红绸布，“什么东西纸包纸裹的？”

吴建华笑了：“很贵重，我去南京时带回来的。”

打开后，王华山喜欢：“我要……”

这时从车间那边转过来两个人，走在前边那个高个穿呢大衣的人气度不凡，像个领导，另一个穿黑皮夹克的像是他的随从。

那人步履沉稳、表情庄重，显然有几分新奇地左顾右盼，不时地点一下头。王华山感到这个人很面熟，忽地想起在电视上见过，惊疑地迎上去。

那人把手伸过来，热情地说：“你好！我叫李昆。”

王华山意外地有些不安：“李书记！您好您好！我叫王华山，本车间主任。”

叫李昆的人握着王华山的手惊讶而兴奋：“啊！你就是王华山？我看到报纸了……”

王华山指着旁边的吴建华说：“是我们这位工人写的。”又对吴建华介绍说：“市委李书记！”

李昆立刻伸过手来和吴建华握了一下手：“谢谢你！”

李昆回身又握住王华山的手：“市里刚开完了经济会议，顺便过来看看。你辛苦了！祝贺你！”

王华山激动木讷地笑着。

贾昌浩和钱斌闻讯仓皇赶来……

贾昌浩羞愧得像是负荆请罪：“李书记！失迎，失迎……先通知我们一声，我们好迎接您啊！”

“不必。领导干部去哪儿先下通知，不利于工作，也不自由啊！”市委书记李昆爽朗地笑着。

钱斌提议:“去招待所吧?”

“不用。在这里看看,和王主任聊聊,挺好!”李昆说着,面向王华山,“王主任,请你谈谈搞好一个车间的体会吧。”

王华山略想了一下:“建立岗位责任制,细化考核,加强管理。同时,弘扬和发挥爱岗敬业的主人翁精神,鼓励钻研技术。归纳起来主要是两个方面:一靠管理,二靠文化。”

李书记思索着点了一下头,继续说:“你认为搞好一个企业,关键是什么?”

王华山思考之后侃侃而谈:“这个,我说得不一定对。抛开国家的宏观改革调控和企业的外部环境不说,企业自身首先是要选好带头人。”他怎么想的就怎么说,甚至不考虑贾昌浩他们就在旁边。

李书记点头。

“产品是企业的生命。抓产品、抓质量是企业工作永远的重心。其中,技术的不断升级改造和研发创新至关重要。我认为,管理、技术、文化是搞好企业的三驾马车。科学的管理、先进的技术、优秀的文化,三者相辅相成,缺一不可。”王华山停顿了片刻接着说,“现在还有一个不可忽视的问题:实行了厂长负责制,不能削弱职工的主人翁地位。厂长、党委会、职代会三者要建立有效的制约机制,否则就会出毛病。”

李昆认同地频频点头,陷入思考。良久,他才转过神来,握住王华山的手,钦佩地说:“你是个管理人才啊!”

王华山不好意思地摇头。

贾昌浩附和说:“就是!就是!我们厂很重视他……”

李书记四处望了一下,把吴建华招到身边。“你回答我一个问题:你们王主任把一个老大难车间搞上来了,你认为,他与其他领导有什么不同?”

吴建华腼腆地笑着,沉思了一会儿,一字千钧地说:“王主任一有领导能力,二有人格力量!”

李昆赞赏地拍了拍吴建华的肩膀,感慨地大声对贾昌浩和大家说:“我们共产党的干部一个很重要的方面,就是人格力量!”

钱斌带头鼓掌……

他们身后和周围的车间景象,像一幅生动的图画,弥漫着光辉,大家仿佛是这画中的人物。

晚上,孟志失眠了。

他半倚在床头,烟头在黑暗中一明一灭……姜晓妍咳嗽了一声,开了床头灯:“别抽烟了,有孩子……”说着起来去打开了房门。孟志按灭了烟头。

“你怎么不睡觉啊?”

若有所思的孟志没有回答。

“我都知道你为啥睡不着……”姜晓妍躺下叨唠着。

“工作呗……”他叹了一口气。

姜晓妍不以为然：“哼，王华山承包没成笑话，反倒上了报纸，又招来了市委书记，你心里不舒服了吧？”

“胡扯！我是副厂长！在一个小小的车间主任面前，我居高临下的自信和骄傲还是有的。”

姜晓妍不屑：“哼，你这个副厂长还不是托了钱斌他姐夫谷仲秋的关系，顶掉了王华山才当上的，有什么了不起啊！”

孟志急了：“胡说！你怎么身在曹营心在汉，胳膊肘往外拐，向着别人说话？跟王华山有一腿啊？”

“是啊，不是你给我介绍的吗？当时你还让我拿了封信交给他，我到现在都不知道你里面写的啥玩意儿。”她认真的样子里隐含着怨气。

孟志哭笑不得，咬牙切齿：“我就搭了那么一次桥，你就以心相许了？我们结婚这么多年了，你还跟我三心二意……”说着隔着被子愤愤地掐了妻子几把，姜晓妍笑着躲开。

“说是说，笑是笑……我觉得王华山确实是个正派干事业的人！”姜晓妍说。

“谁不正派？谁不是干事业的人？我也是厂劳模！为了工作也是起早贪黑地干……”孟志据理力争。

姜晓妍不再理会，转身睡觉……

“明天星期天，让孩子去她姥爷家。我想请几个不错的人吃个饭，你准备准备……”

姜晓妍无语。

市委书记突然来装配车间视察，并对王华山大加赞赏，得知这个消息心里最不舒服的莫过于孟志了。作为同学，他深知王华山的潜力。这次车间承包，王华山一鸣惊人、声名大噪，那么未来升迁也自然势不可当，孟志意识到事情的严重性，甚至有了既生瑜、何生亮的感慨。这些年他满足于当上了副厂长，有了居高临下的权威和尊严，所以他更希望王华山永远跟他保持这样的距离。在华龙厂，孟志是绝不希望王华山追上和超过自己、对自己现有的地位构成威胁的。他必须未雨绸缪，因为曾经的怨恨，更为了现实的利益。

第二天，一场家宴在孟志家举行。吃过喝过之后，大家热情不减地接着玩起了麻将。

他们的话题有意无意地始终是装配车间的承包问题。

供应科长陈赫不服气：“没有我们供应科和销售科的配合，他王华山能干起来？我们为他服务，他却风光了。”

“王华山这小子现在一下子红起来了，上了报纸，出了名了……”曲金昌话有不恭。

钱斌满脸凝重：“市委李书记看了报纸上关于装配车间的报道，亲自来视察，还称赞王华山是管理人才呢!”

孟志表面平静,心里却风高浪急,他情绪化地每打出一张牌都格外有力,神色坚定。

曲金昌扔出一张牌,抱怨:“装配车间得那么多奖金,每人七八十块! 全厂意见很大……听说其他车间的工人要不干了……不能有撑死的,有饿死的!”

“确实,装配车间的奖金风波,影响了全厂大多数工人的积极性,对全厂的生产和工作都不利。我看,也会使王华山的个人主义得到膨胀。”钱斌阴郁地说。

孟志话不多,穿针引线,目的是调动大家的情绪,以形成共识,为他下一步的计划造势和打基础。最后,他摆出一副很中肯的样子表示:“装配车间奖金过高的问题,看来不能放任不管,这样下去不行。”

其他人一致附和赞同。

厨房里,忙了一天的姜晓妍还在处理残羹剩菜,刷洗堆积的锅碗瓢盆。她戴着围裙、挽着袖子,在水池边麻利地忙着,客厅里麻将的哗啦声和说笑声时时传来,不绝于耳……干着干着,她若有所思地停下了,从听到的他们的谈话中她突然醒悟:孟志今天设的局是针对王华山的……姜晓妍心情郁闷。

焊接车间,几个人面对着转向架垂向减震器座上的螺纹孔动着脑筋,这批返修的减震器座螺纹孔与工艺不符,位置有偏差,无法组装。

“是工艺问题还是制作问题,有待查清楚……现在关键是有没有办法解决?”车间罗主任四十岁左右,稳重朴实中透着学识和经验。

“报废损失太大了,可也没别的什么好办法。”车间聘请的一个外国专家摊开双手做出无奈状。

技术员用工具测量了一下螺纹孔:“直径 20 毫米,深 50 毫米……”

“把张万军找来,看他能不能在焊接方面想想办法……”罗主任琢磨着对技术员说。

“他在市里参加比赛呢!”

“把他找回来!”

技术员答应着急速地走了。

“松江市焊接大师争霸赛”正在市工人文化宫广场举行,临时搭建的主席台上红色的横幅赫然醒目,场地中很多选手在埋头焊接,一片弧光闪烁。张万军穿着工作服,身在其中。

比赛结束后,经过专家评审,台前的一溜长案子上摆放着获奖选手的参赛焊品,大家争相围观品评。张万军挤到前面,发现摆在前面的是自己的作品。

一个现场工作人员看他穿着工作服,其貌不扬,驱赶道:“看什么看,前面都是高手焊的,你到后边找去。”

张万军:“瞧不起我?”

工作人员不屑："你还有两下子啊？没看出来。"

"我就是来拿第一的！"张万军较劲。

"你吹吧！"工作人员轻蔑。

这时车间技术员找来，把张万军拉到一边。

"你怎么来了？"

"主任让你马上回车间。"

"怎么了？"

"出事了！有33个构架上的减震器座螺纹孔错了，与工艺不符，无法组装，要么就报废……让你回去看看有什么办法没有……"

"我打个招呼。"张万军转身去了。

这时主席台上宣布："经专家认真评比，华龙机车车辆厂的张万军，毫无争议地获得第一名！"

张万军走到刚才那个工作人员面前说："我就是张万军。"

工作人员目瞪口呆："你……"

"厂里有急事派人来找我，我先走了！麻烦你跟领导说一声。"张万军说完与车间技术员转身走了。

"你还没领奖呢……"那个工作人员诚恳地挽留他。

"丢不了！"

张万军赶回车间，认真琢磨了构件，对主任说："补焊不合格的螺纹孔，再重新上数控机床加工。"

外国专家说："补焊难度极大，如果内壁熔合不好或夹渣，就无法再加工出合格的螺纹孔。"

张万军说："电弧焊，用小电流分层焊接法。"

"可以试试！"罗主任看了一下表，"我先去厂部参加个会，已经迟到了！"说完着急地走了。

全厂中层以上干部会议在厂部会议室举行，贾昌浩正在讲话。

"……我厂的生产形势就讲这么多。关于铁路客车升级换型，大家的看法基本一致。关于地铁车，在目前市场受国外厂商严重冲击的情况下，是丢是保，看法有分歧，留待以后再研究。此外，今年我们还要进行两个重大项目：一是要建一个档次高、比较现代化的……就叫'贵宾楼'吧。今后工厂要直接与外商、客户打交道，并接待各方面的领导，我们现在的招待所很不适应市场经济的需要。二是要下大力气美化厂区，聘请高级园艺师，引进名花贵草，以办公楼为中心，把我厂建成花园式企业。"

"我厂将旧貌变新颜，真正成为现代化的大型企业！"孟志激扬地从旁恭维。

"需要多少资金？"财务科女科长提问。

贾昌浩笑："财务科长就关心钱的问题。"他轻松地回答："初步估算，'贵宾楼'

至少需要一千万，内部设施、装潢豪华些，造价高；‘花园工程’二百万以上。”

王华山举起了手。

贾昌浩点了一下头：“王主任有什么问题？”

“我有不同看法。”王华山停顿了一下，关切地说，“企业最终要靠产品说话……我们现在的招待所条件挺好的，我认为没有必要建所谓‘贵宾楼’。我们是搞生产出产品的工厂，不是宾馆服务行业，太奢侈了不合适。住的人能有几个？这会是一笔很大的浪费！美化一下厂区我赞成，搞搞绿化，改善改善环境。问题是不应过分花钱、太铺张、搞刻意雕琢。据我所知，我们厂的闲置资金并不多，银行也在收紧银根，贷款难，香港的黎老板说投资也没了下文……所以在投资方向上，我认为应分清主次，尤其不能在非生产性投入上搞超前消费……”

会场上的人们都屏住了呼吸，而后一片骚动，有人惊讶，有人点头，有人轻蔑……

贾昌浩的脸不由自主地变了一下色，大度地笑着：“哦……看来，我们的干部还有个转变观念的问题。这个……我今后尽可能给你们提供机会，多到南方沿海地区走走看看，开开眼界。社会在变，我们的思想也应当跟着变嘛！我们搞企业，应当破除过去小生产者的……什么……思维定式……”

有些人逢迎附和着：“就是！就是！”

王华山不为贾昌浩的话所动，继续陈述自己的主张：“今后市场是竞争的市场。企业没有领先市场的好产品就会完蛋！像我们的铁路客车，如不升级换型就会落伍，地铁客车更是面临外来冲击的生死挑战。而我们厂相当一部分设备老化，传统产品质量不高，技术升级迫在眉睫！所以，我们应该把有限的资金用到技术改造和创新、研发新产品上，给企业增加后劲，保持良性循环……”

曲金昌看不惯王华山违逆的思想，反驳说：“王主任，别唬我们了！搞技术改造也没啥标准，投钱也未必一时见效，是个无底洞……总之我相信一个真理，只要有铁路，我们客车厂就会有饭吃！”

钱斌用很权威的口气说：“为什么沿海地区搞得那么好？就是因为他们在思想上和行动上都比我们务实开放，能有效地吸引客商。我悟出一个道理：跟沿海地区比，我们的差距就在于软环境不硬！所以，我厂‘贵宾楼’和‘花园工程’的立项是明智的、有远见的。有了梧桐树，就会引来金凤凰，何愁没有订单？”

姜克选沉默着没有发言，内心却是波涛汹涌……如果是早年，他会站出来旗帜鲜明地赞赏和支持王华山的观点，抨击钱斌他们的外行、无知和可笑。可现在他觉得那样没什么用，不但使自己处于风口浪尖，也阻挡不了贾昌浩的得意忘形和胡作非为。他清楚，最好的方式是不受干扰、不为所动，埋头苦干，努力把自己该做的事情做好。

贾昌浩流露出不愿意再争论下去的表情，和解说：“当然，技术改造也很重要，可直接面向市场的大型企业，软环境硬也是必要的。尤其是目前我厂，就像一个突然要去舞场的女人，总得打扮打扮，尽量穿件好衣服，化化妆，使自己有一个漂亮的形象，才能有吸引力……有胭粉谁不愿往脸上搽啊！”

会场上很多人理解地笑了。

王华山显得痛心和无奈，揶揄地抗争："提到女人化妆，我倒想起一个笑话。说是有一个虚荣心很强的女人，有几分姿色，也非常爱美，但她同时又患有严重的痔疮。她并不富有，更舍不得花钱治病，因为她认为痔疮在暗处，别人看不到，花钱不值得。所以，她忍受疾患，把有限的钱用来买高档的衣服和昂贵的化妆品，打扮修饰自己，使其外表占尽了'美好'和'漂亮'。可最后，痔疮发展成直肠癌，成了不治之症……"

几个幕僚们交换着眼色，目光憎恶。

贾昌浩的脸沉下来，眼皮耷拉着。之前，虽然知道王华山是郑清儒赏识的人，但贾昌浩对他并没有什么大的成见，甚至在市委书记视察车间后对他还高看了一眼，可此时，从内心里他彻底反感了。

郑厂长下台后，王华山一直为工厂的前景担忧，他如此不计后果地建言犯上，不仅表达了对贾昌浩他们决定的不满，更是本能地在捍卫工厂的命运。

散会后，罗主任急忙赶回焊接车间。

外国专家迎上来伸出大拇指："中国工人了不起！"

"解决了？"

外国专家兴奋地说："33 个构件的 100 多个螺纹孔全部补焊成功，经探伤检测个个合格！"

罗主任高兴地与外国专家击了一下掌。

"功夫不负有心人哪！转眼成了焊接大师了……得让他回家休息休息！媳妇也快生了……"罗主任感慨着向张万军的工位走去。

装配车间一派繁忙的生产景象，操作台护栏上悬挂着的"创更大效益，得百元奖金"红色横幅，像一团火燃烧起人们更大的生产热情。

王华山匆匆走来，跟在身后的副主任徐臣埋怨着："供应科太不像话，他们是大爷！"

葛强在给车厢上料，被王华山招到跟前，他用工作服擦着脸上的汗。

"愿不愿意出差？"王华山问。

葛强惊奇："去哪儿？"

徐臣："大连。"

葛强欢喜，又马上冷静地问："干什么去？"

"去备料！有一种装配需要的小料件马上用完了，供应库里没货……"王华山说。

"几天回来？能不能去看看大海？"葛强憧憬地问。

王华山："下了火车直奔厂家购货，然后马上返回，家里等米下锅呢，越快越好！"

葛强坚定地回答："明白！"

张万红手拿报表赶来，等在旁边。

王华山对葛强说:“具体情况让徐主任告诉你。”

张万红把王华山拉到一边说:“坏了!这个月我们的奖金被厂部扣了!我们这表白做了……”

王华山吃惊:“谁说的?”

“财务科科长。说是孟副厂长通知的,装配车间这个月的奖金不能超过 30 元,其余截留。”

王华山震惊:“啊?这不可能,这不可能……”他身后不远处那条“创更大效益,得百元奖金”的鲜红标语格外醒目。

王华山气冲冲地去了厂部,闯进了孟志办公室。

孟志见王华山来势汹汹,心里明白,急忙热情相迎:“哦……来,华山!”并把屋里两个厂部办公室谈事的人打发走了。

“你为什么扣留装配车间这个月的奖金?”王华山开门见山。

“华山!坐下,咱们慢慢谈……”孟志非常客气,他知道王华山不好驾驭,但也希望凭借自己的身份能够说服和战胜他。

“不用,请你给我说清楚……”王华山立在那里,逼视着孟志。

孟志无奈自己坐下了,手里摆弄着桌上的一支笔,稍停了一会儿,为难地说:“装配车间奖金过高,影响了其他车间的生产情绪,厂部不能不平衡考虑……”

王华山反驳:“有什么影响?得奖金多,说明贡献大!”

“你是从本位主义出发,厂部考虑的是全局……”

“当初立会怎么定的?是有承包合同的!”王华山理直气壮。

“这我不否认。不过,厂部也有权对承包方案执行过程中不适当的地方做相应的调整!”孟志软中有硬,不急不躁,显得很有涵养、稳操胜券的样子。

王华山怒吼:“那承包合同还算不算数?还有没有信义可言?”

“华山!你冷静点!应当服从厂部的决定……”孟志保持着和蔼,内心却是得意。

王华山怒不可遏,上前扯住孟志:“你们不讲理!走,你跟装配车间的职工们去解释……”

孟志一挣,西装上衣的一只袖子从肩膀处被撕开。

这时贾昌浩严肃地走进来,见状后发火:“太不像话了!什么大不了的问题?”说完坐到旁边的沙发上。

王华山转向贾昌浩,气势不减:“贾书记、贾厂长!你认为这是小事吗?当初,你甚至表态:完成指标,超额部分全发奖金。可我们仍按规定完成定额 30 万,超出部分三七分成。厂部没有理由扣发装配车间应得的奖金!承包合同应得到尊重,不应当用权力粗暴地践踏它……”

“华山!不是我批评你,你太认死理了。一个厂内的承包合同,算什么呀?说白了,就是一种生产手段,目的就是让工人多干点活儿。”贾昌浩说。

“他们多干了!出了大力,流了大汗,承包合同却不兑现,这不是欺骗吗?你们根本没有把工人当作主人!”王华山据理力争。

贾昌浩愤怒:“王华山!你是党的干部,应当服从组织的决定!”

王华山诧异,跌坐在旁边的沙发上,陷入痛苦的困惑中,火焰升腾的双眼有些潮湿。他悲切地说:“以前,装配车间亏损,用你们的话说,不但自己亏,还影响了全厂的效益。现在我们承包,上不封顶、下不保底,是背水一战!大家共同努力,第一个月就盈利了50万,这个月盈利68万!职工们的积极性是宝贵的,应当得到保护和鼓励!按合同应得的奖金,是他们的辛苦钱!厂部这样做,我今后的工作还怎么干?我对不起他们……我请求厂领导亲自到装配车间去把这件事向职工们解释清楚。另外,工人们的积极性由此受到影响,生产形势出现波动,厂部应对此负责!”

“你不提这个茬我倒忘了,有一件事,我还要批评你!”贾昌浩严肃地说。

王华山茫然……

“销售科反映有一批车没有按期交货,客户要跟我们打官司,要索赔,据说是因为装配生产延误造成的……”

王华山霍地站起来:“谁说的?装配的生产从没延误过,按期交车,这是有据可查的!即使在供应科料件短缺的情况下,我们派人到外地去备料,也没有耽误过生产!”

贾昌浩问孟志:“是这样吗?”

孟志支吾:“这个事我也不太清楚。”

“算了,跟我讲的人可能没搞清楚。下一步工作你打算怎么干?”贾昌浩担心他闹情绪,影响工作。

王华山走到窗前,望着窗外,自语:“下个月,困难会更大……”稍后他转身倔强地说,“我要把这三个月承包坚持到底!”

出了孟志办公室,下楼时在楼道上王华山碰到了上楼的厂里聘请的法律顾问。

“老丁!我正想找你呢!”

老丁很胖,秃顶,活得很滋润的样子。

“哟,王主任!来来……到我屋里坐。从上次参加市工会的座谈会,有一段时间没见到你了。”老丁十分热情。

王华山随老丁进了他挂着“法律顾问”门牌的办公室。

“快坐!怎么了?脸色这么难看?”老丁坐到他办公桌前的黑色皮椅上。

“想找你打官司。”

“什么事?”老丁关切地问。

“我们车间承包了,盈利很多,厂部却不执行合同,截留了我们应得的奖金。难道厂内的生产合同就不具有法律效力吗?难道厂部随意不执行承包合同就是合理的吗?”王华山气愤而困惑。

老丁笑了,显出不愿听下去的表情:“王主任啊!我这个法律顾问是厂子聘请的,只负责工厂的涉外事务,厂内的事管不了。不过我提醒你,现在是厂长负责制,厂长有权对厂内的任何事情做出处理，包括你车间主任的职务……生产管理问题，属于厂长的职权范围，很难用法律去评判。”

“如果厂长的错误做法挫伤了职工的积极性，给生产造成损失，甚至亏损，怎么办？难道就没有法律约束吗？”

“这是个管理问题。严重的话，上级会考虑撤换厂长。一般情况，就像经商的老板，好了就赚了，不好就赔了——也属正常，没什么。”老丁轻松地说。

“老板赔赚是自己的事，厂长不好，赔的是国家，倒霉的是工人。”王华山情绪激动。

老丁劝：“哎，我说老兄！听我的话，学乖点吧！你一个车间主任，跟厂长作对不是犯傻吗？车间归谁领导？还不是得听人家厂长的嘛！厂长怎么决定，你就怎么执行，他给工人多少奖金就多少奖金。工人积极性怎样、生产亏不亏损，厂长不怕，你怕啥？现在别人都学乖巧了，你何必还要认真呢？现在不满意、发牢骚都是为了个人私事，谁还为公家的事动肝火？你放着省心不省心，不是自讨苦吃嘛！”

王华山无望地叹了一口气站起来：“真是听君一席话，胜读十年书啊！”

老丁谦虚：“过奖，过奖。”

王华山告辞，感慨：“没想到，搞法律的也是滑头。”

老丁一笑：“适者生存。”

在王华山的要求下，厂部就不兑现合同、截留奖金问题不得不到装配车间向工人们做出解释。车间会议室里，孟志和钱斌分别讲完了话，表情尴尬、强装自信地坐在台上。

台下群情难平，七嘴八舌：

“这叫什么承包？开玩笑？”

“你们嘴大，我们嘴小！”

“领导说话不算数，还有什么信义可言？”

“就是，真憋气！”

孟志继续安抚说：“大家对这个问题不要有想法，暂时截留你们的奖金，其实早晚还是你们的。装配万一有不景气的时候，用这些钱以丰补歉。”

有人不信：“肉包子打狗——有去无回！”

有人问：“既然‘以丰补歉’，那孟副厂长，你能不能给大伙下个保证，到装配亏损的时候，再给工人发奖金？”

孟志语塞：“这个……”

钱斌急忙说：“大家不要误解。‘以丰补歉’不是用来发奖金，是补车间没有完成指标的亏损部分。”

全场哗然，更加激愤。

“还想骗我们……”

“不把奖金还给我们，我们就不干了！”

有人说：“不听了，走！”

人们纷纷站立起来，涌向门口，椅子噼啪作响。

王华山从前边站起来，恳切地大声喊：“大家不要走！”

人们服从地站住了。

会议室里霎时变得十分安静，孟志和钱斌借机起身悄然溜走……

“同志们，对不起大家了！厂部截留车间的奖金，我和大家的心情是一样的……大家辛勤努力，我却保证不了承包奖金的兑现，感到愧疚……”王华山提高声音，感慨地说，“这两个多月，大家创下了车间效益的最高纪录，为装配争了光！华龙是我们热爱的赖以生存的工厂，车辆制造是国家的事业！厂部截留一次奖金算不了什么，我希望大家继续努力工作，把这三个月的承包进行到底！”

大家在沉默中仿佛经受了一次洗礼。

“王主任，我们不是针对你，也不完全是因为奖金，是这事不合理！”

“王主任，你当主任，没有奖金我们照样干！”

王华山感动得眼睛湿润，神情执着。

刚回到办公室，副主任徐臣和工艺组关工紧跟着找来。

“车厢卫生间的料件不全，其他料件也有短缺，座椅恐怕也供不上……”关工焦急忧愁。

徐臣无奈：“巧妇难为无米之炊！这不是我们的责任。”

王华山：“是，也不是我们能解决的问题。可我们承包了，我们是要完成指标的……有啥别有病，没啥别没件啊！”

大家沉默……

王华山对徐臣说：“你还得再去供应科催一下……”

徐臣点头：“好！”

“再去一趟销售科。他们向厂部反映了我们很多质量问题，你去听一听意见……”

“我们交的车都是检验合格的，他们纯属挑毛病、找别扭！”

“还是要虚心接受，有则改之，无则加勉。”

徐臣走了。

关工说：“前几天销售科的人打来电话，说洗脸池上边的镜子安歪了，我去看了，很正啊，没问题。原来他们检查的那个人那天颈椎不好歪脖子，看啥都是歪的……”

王华山苦笑。

市场经济取代了计划经济，商品大潮来势汹汹，传统观念受到冲击，人们的思想也出现了迷茫。装配车间三个月的承包正处在最后的关键期，厂部截留奖金，工人中又出现了消极情绪，王华山觉得有必要请张劳模给工人们上上课，讲讲厂史，以坚定理想信念。

喜欢给青年人开会的张劳模欣然接受了邀请。这天中午，他坐在了装配车间会议室的台上，激情感慨。台下座无虚席，门口也站满了人。

“……三年困难时期，国家经济严重困难，工厂扩建项目被迫停滞。当时，华龙人毅然决定，不能让铁路客车建设项目半途而废，要为国家排忧解难，决心自力更生建厂。这谈何容易啊！虽然华龙厂挺过来了，创造了奇迹，可当年经历了难以想象的千辛万苦。老厂长严华是有七年延安工作经历的部队转业干部，我们在他的带领下，自己搞基建、挖土方、盖厂房，肩挑人扛，边建设，边试制，边生产。那时候是一穷二白，缺这少那，要啥没啥啊！当时，挖铸钢车间的暖风沟，三米多深，一边挖一边抽水，脚脖子常常泡在泥水里，可是没有一个人叫苦喊累。那时候生活困难，粮食不够吃，车体车间有个工人叫国玉华，家里六个孩子，省吃俭用一个月还总有几天没粮吃，中午就带一饭盒炖白菜，有时带个很薄的玉米面饼子，吃完饭两个小时就饿了，就是这样他还拼命工作，年年被评为先进生产者。记得有个工段长叫蔡旭华，家里孩子多，吃不上饭，夏天中午带一棵大葱就来上班了，艰苦得很。那时缺粮食，人们发明了一种‘增量法’，其实就是把米用水泡了，膨胀了，好像多了些，可是不顶饿。很多人因为吃不饱患上了水肿病或肝炎……我当时就曾有几次中午没带饭，一起工作的姜广生师傅每次都把他带的一个窝头掰一半给我，在炉子上烤一下一起吃，我一辈子忘不了！回想起那时的情景，我感到精神层面的东西太重要了，是我们工作的动力！那时候物质很匮乏，加班干活根本没有报酬，人们也没有八小时工作的概念，别说奖金，加班能吃到烀土豆就是最好的了，可是人们的精神状态都非常好，工作努力，争先恐后，要求入团入党的十分踊跃。那时候冬天特别冷，三九天挖地基，地冻得很厚，先用大锤打钢钎，把冻土一块一块打下来再往下挖，晚上怕土冻了就用火烤，人就在旁边找个垫子，弄点干草，往那一窝，连打盹连看着，没日没夜地干。当年炼钢的时候，有个班长叫崔贺光，开誓师大会表决心说一周内出钢，他在炉前守了五天五夜，第五天早上铁水出来了，他就晕倒在地上了，党组织特批他火线入党。工具车间刨工组长叫张仲举，在会战中一连十几天不回家，孩子有病了捎信让他回去，他说任务没完成不能回家！有一个月因为电机检修，他的床子停了十多天，他起早贪黑，苦干实干加巧干，硬是抢回时间完成了全月的生产任务。他爱人生小孩，他就请了两个小时的假，完事就往车间跑，路上有人说已经下班了，他说要回去把刚才耽误的活儿补上……”

坐在前排的张万红起身笑着打断：“爸，到点了，就利用中午吃饭时间让您讲一个小时……”

张劳模点头，继续说：“那个时候，人人争先进，个个是劳模，形成风气。为什么都舍小家顾大家，无私奉献，努力拼搏？是因为有坚定的理想信念，是因为爱厂、爱国，都知道自己是国家的主人……好了，今天就说到这儿。华龙厂老一辈工人阶级的先进模范事迹举不胜举，我三天三夜也说不完……”

大家报以热烈掌声，坐在前排的王华山站起鼓掌，大家也都起立鼓掌。

厂办公大楼党委小会议室里，厂部领导在召开会议。其实这是由姜克选强烈要求召开的关于华龙厂地铁生产何去何从的会议，无疑也是决定命运的一次会议。

姜克选的发言充满紧迫感，也饱含激情。

“面对地铁市场受国外厂商冲击的严峻形势，我们不能坐以待毙！我认为应三管齐下进行努力：第一，在没有市场订单的情况下，我们更要加强地铁研究工作，技术研发人员不能减、不能撤。第二，积极向国家主管部门反映情况，呼吁地铁国产化，并建议通过多种渠道加强和提升国产地铁车的研制。第三，我们要走出国门，在更大的市场上寻找机会……”

孟志笑了，鉴于他们的特殊关系，很礼貌地说：“国内都没有出路了，国外就更没有机会了……”

贾昌浩、钱斌等也都感到可笑地望着姜克选。

“伊黑兰正在国际上招标地铁项目，”姜克选说，“我分析，虽然有德国、法国、日本、韩国等国的国际知名企业参与竞争，但我们的地铁车有劳动力成本低的价格优势，而伊黑兰又是发展中国家，他们也许会偏爱我们经济实用、安全可靠的地铁……所以我们应当尝试去参与、去争取！我建议成立投标组参与投标……”

与会者一片茫然。

后来，在姜克选的坚持下，华龙厂还是成立了伊黑兰地铁项目投标组。

中午，萧蓝抽空去看望郑厂长。

“你挺忙的，又来了……”于静接过萧蓝带来的水果。

“也代表华山……郑厂长还好吧？”

“冠心病，没大事。刚打完点滴，睡着了，我叫醒他。”

“别，别……让他休息吧！”

两人进了客厅，关上了门。

“大姐！您这个退休的护士长又派上用场了。”萧蓝拉于静一起坐到沙发上。

“我就是通过给他打点滴认识他的！”

“是吗？”萧蓝笑。

“那时候他刚来厂不久，生病了被人送来打点滴，我刚给他扎上不长时间，车间来人说生产出了问题，他听了拔下针头就走了。我寻思，这人为了工作连身体都不顾了，就对他产生了好感。”

两人笑。

又说了一会儿话，萧蓝告辞。于静送萧蓝到门口，叮嘱：“你忙，别来了，老郑好多了……让你们王主任也要注意身体啊！别太累了，这些男人们哪……”

傍晚，王华山和徐臣从车间回到办公室。

“你下班吧！张万红在做表，我等一下三月份的结果。”

徐臣走后，王华山伫立窗前，心情沉重地呆望窗外……窗外是发电车间一个很大的黑黝黝的贮煤场，峰峦起伏，空中点缀着白炽灯，像一幅矿山的景象。一台甲虫般的推土机，瞪着愤怒的双眼，正向输送带的方向爬坡推煤，吃力艰难地发出低喘急促的引擎声。

张万红走进来：“王主任，三月份的账结果出来了，盈利42万。”她把账本放到桌上。

“不多啊……”王华山不理想地望着张万红。

张万红：“现在厂内模拟市场转账结算。这个月供给我们的料件、生产用品等，供应科全部提价，这一块我们损失了不少。”

王华山吃惊：“啊！上次我们自己去备料，回来一算成本，费用就比供应科的低……他们又涨价了，简直是二道贩子！”

张万红疲倦地坐下，同情地望着这个处境困难而有魄力的主任，细心地说：“上面截留奖金，等于对装配釜底抽薪！好在职工们没有消沉，生产没受到大的影响。可供应和销售两面钳制，我们不好干……三个月承包结束了，王主任，装配今后你怎么打算？”

王华山冷静而肯定地说：“这样下去不行！改革了，正是打破束缚生产力发展的大好时机，下一步……”他默默地思索着踱到窗前，望着夜空，望着煤场上那台不断推进的推土机，呓语般地说，“我们应当走一条更有利于生产发展的路子……”

为了企业发展，经过深思熟虑，装配车间做出了新的勇敢的决定。

王华山神情庄严地走进厂办公大楼一把手办公室，坚定地说：“我们要继续承包！”

贾昌浩坐在高背皮椅上，看了一眼在场的孟志和钱斌。

“好啊！你来得正好，我们也在研究装配车间下一步的问题。”贾昌浩态度中肯，“总的来说，装配车间承包三个月是有成绩的，不但扭亏，还盈利160万……”

“不过，这个月不太好，明显下滑！”孟志阴冷地补了一句。

“是不理想，这正是我想说的问题。”王华山毫不顾忌，理直气壮，仿佛是在法庭上要打赢一场艰难的官司，“装配车间的广大职工已经尽了最大的努力，也克服了很多困难，包括厂部截留奖金，职工们的积极性受到挫伤这样的精神打击。但有些困难是我们自身没有办法解决的，那就是供应和销售与我们生产的配合问题。供应和销售是生产的有机整体，但各自为政，离心离德，不利于生产的发展。承包以来，供应方面料件经常短缺，没有积极主动服务生产，且厂内结算随意定价，挤压了车间的利润空间，影响了一线的生产积极性。销售科官僚作风严重，消极、内耗，与生产不配合、不协调……”

贾昌浩、孟志、钱斌皱眉听着，很不自在。

“发展生产，必须解决这些问题，必须加强管理，简政放权，进行体制改革……”他站立在那里，侃侃而谈，气势如虹。

王华山的想法出乎领导们的意料，贾昌浩和孟志、钱斌交换着眼色，不知所措……

孟志、钱斌琢磨着王华山的话。

贾昌浩想弄清王华山话中的含意：“王主任你坐下，谈谈你的具体想法。我是说，今后你上缴利润打算定多少？”

王华山坐下，沉默着。

“以前是30万吧？”贾昌浩提示。

似乎一种使命感又在血液中沸腾，王华山两眼燃起灼灼的光焰。

“每月完成50万！”

贾昌浩满意地点头，有些兴奋：“说！要什么条件？”

王华山：“上缴利润承包，产供销一体化，自主经营，自负盈亏。”

场面沉寂了，大家面面相觑……

孟志反感得几乎要跳起来：“我们是流水生产，你想自负盈亏就自负盈亏啊？”

王华山：“现在不是实行了厂内转账结算吗？按指标考核，是可以做到的。”

孟志继续嚷：“产供销一体化？你想得轻松！”

王华山也吼道：“各自为政，消极、内耗，就不利于生产！”但他很快平静下来，和缓地说，“当然，体制问题可以研究和探讨。我就是提出这样一个基本想法，目的是发展生产，提高效益。也许这不是最理想的方案，可以探讨，但这些问题是必须要解决的！因为这些影响生产的体制机制问题是我们回避不了的，是必须要面对的！”

场面又陷入沉默……

王华山：“或者厂内也可以考虑实行项目经理负责制，以项目为单元，垂直纵向领导，产供销有机统一，使生产运行更科学、更高效。”

几位呆住了……

王华山站起来：“请领导们考虑吧，我先走了。决定之后通知我！”说完走出门去。

现场沉寂……

孟志首先憎恨地说：“太各色！现在装配的效益严重下降，分明是对厂部截留奖金不满，耿耿于怀，搞对立情绪。身为主任，不服从厂部的决定，却笼络人心，工作消沉。没有批评他，他反而把责任推到供应销售上去了。什么产供销一体化，纯粹是争权夺利、有野心！”

钱斌：“王华山很受群众的拥戴，一个重要方面就是因为王华山吃了‘抗上’的甜头。他没把我们放在眼里，这个人要成了气候，很难驾驭！关键的问题是，我们不能软弱无力、一味忍让，而助长了他的个人主义。贾厂长，装配想这么搞，你同意吗？”

贾昌浩不假思索地说：“这不行！我们是统一的大型企业，是个整体，怎么好搞分裂呢？那样的话就更不服管了！”

“不同意怎么行呢？现在将着你的军呢！不同意就是不放权，不支持改革嘛。”钱斌说。

贾昌浩僵在那里，无言答对……

王华山提出的新承包方案和改革想法是难不住他们的，不知所措之后，一个一拍即合的对策脱颖而出。

夜色中，三个影子走出厂办公楼，上了候在门口的一辆轿车去往招待所，那里一桌可口的夜宵正等着他们……

几天后，装配车间接到通知，正副主任下午两点到厂部小会议室开会。

王华山和副主任徐臣提前来到厂办公大楼小会议室。“等一下吧！”王华山坐下。

徐臣坐下后疑问：“装配车间新承包方案，厂部能批准吗？”

“对生产有利，我想他们应该考虑，不知道他们具体怎么定。”

孟志和钱斌走进来。

“来啦？”钱斌热情地打招呼。

孟志坐下后瞥了一眼王华山，咽了一口唾沫，故作深沉地说：“对装配车间的领导班子，厂部有一个新的决定！”说完，转向钱斌点了下头。

王华山诧异……

钱斌在另一个沙发上漫不经心地从文件袋里抽出一份材料，照本宣科：“华龙机车车辆厂文件，第 13 号。鉴于近期装配车间领导不善，效益严重下降，厂部为遏制其下滑趋势，避免更大的损失，对车间领导班子做如下调整：免去王华山同志车间主任职务，主任职务暂由副厂长孟志同志代理……”

王华山惊呆……

徐臣按捺不住：“这个月我们盈利 42 万！怎么是严重下降呢？”

“跟上个月 68 万比呢？”孟志不急不躁地说。

徐臣：“这……”

如五雷轰顶的王华山站起来欲争辩，又气愤得一时不知道说什么好，最后无奈地倒靠在沙发上，痛苦地闭上了眼睛。

孟志叹息着卖关子：“挥泪斩马谡！厂部也是不得已啊……”

王华山镇定地睁开眼睛，无奈地望着上方，眼神里蓄满了悲伤、憎恶和不屈不挠，光焰灼灼……

06/ 第六章

震惊和愤怒的工人们吵吵嚷嚷地拥出了车间……

这支上访队伍还没有全部进入市政府一楼大厅，就被门口一个戴红袖箍的样子挺凶的人轰了出来，指给他们外边楼头的一个偏房。

这群人闯进市政府信访接待室，门外也站了不少人。

值班的接待人员是一位老头，显然快到了退休的年龄，他放下正看的报纸，口气紧急而生硬地对拥进来的人说："怎么回事？什么事？"

有人说："我们要见市领导！"

"你们哪个单位的？"

"华龙车辆厂的！"

"什么事？"老头皱着眉头。

众人互望了一下，知道他解决不了问题，可不说明又不行，就有人说："我们车间主任被撤职了！"

老头问："谁撤的？"

"厂长！"

"为什么？"

大家心里窝着火，一时不知从何说起，便你一句他一句地说起来：

"我们主任非常好，非常实干，非常有能力。"

"我们车间承包三个月，盈利了160万！"

"他和厂领导有分歧，厂领导瞅他不顺眼……"

老头制止："好了，好了……就是厂长撤销了你们车间主任，你们不服，是吧？"

大家现出默认的神情，有的点头。

老头端起桌上当茶杯用的大罐头瓶，喝了一口水，说："这个问题找任何领导也没用，我就可以答复你们。任何领导也解决不了这个问题，也不可能解决这个问题……除非问题严重到非撤掉厂长不可的程度，否则，没有用！"

老头的眼睛扫过每个人的脸，而后肯定地说："你们不懂政策。企业有自主权，上边对企业的内部问题一般不干预。现在是厂长负责制，任免车间主任，完全是厂长的权力，即使错了，甚至是排斥异己，也是没有办法的事……"

大家无奈地走出信访接待室，聚集在一起不肯离去，心情怨愤、沮丧、困惑……

像经过了一场秋霜，装配车间景象冷清，没有了往日的生机。

意外复活的竟是病休了很长时间的车间书记夏森，他在团支部书记赵君的陪伴下巡视着车间，恹恹的刀条脸上布满阴森，还有一丝不易觉察的轻蔑和得意。

赵君指着无精打采的工人们向夏森讨好："撤了王华山，就像他们死了爹似的……"

"你对王华山这段时间的工作怎么评价？"夏森问赵君。

"夏书记，你病休这段时间，我特别别扭，我一点都不赞成他！"赵君说着从兜里掏出一张准备好的纸交给夏森，献媚地说："这是我给王华山总结的八条罪状。如殴打工人、工作时间带领工人酗酒、收受贿赂、等等。"他掰着指头数着。

夏森看了一下，很得意，赞赏地拍了拍赵君的肩膀，把纸放进口袋里。他觉得这个材料很重要，出现得正是时候，不但能满足自己的报复之心，也是厂部领导十分需要的。之后，夏森向贾昌浩做了汇报，果然他们如获至宝，责成厂纪委调查核实。

夏森的办公室成了临时办案点。

郑小龙跟在赵君后面走在车间办公室的走廊里，一边走一边不满地嚷着："找我干啥？什么事啊？"

进了办公室，只见一胖一瘦的两个陌生人备好了纸笔坐在桌前。

夏森对郑小龙介绍说："这两位是厂纪委的同志，找你了解点情况。"

"什么情况？"郑小龙懵懂。

"王华山在担任主任期间，打过你一巴掌，有这事吗？"那个胖纪委问。

郑小龙明白了怎么回事，不恭地说："我愿意！你们管得着吗？他打得对，我感谢他！"

瘦纪委说："领导打人是错误的！"

郑小龙眼珠一转，嬉皮笑脸："他是我干爹！"

屋里的人交换眼色，夏森诧异："没听说过呀？"

"废话！这事我还用通知你吗？同样，你有没有干爹，我也不知道啊！"

郑小龙说完扬长而去，屋里一片尴尬。

吴建华跟着赵君进来，疑惑地坐下。

胖纪委和气而策略地说："没什么事，随便谈谈。有人看见你在上班的时候，送给王主任一样东西。"

吴建华像是突然想起来，爽快地回答："对，是有这么回事！"

瘦纪委惊喜："这很好嘛！你尽管说，不要有顾虑，你没有什么问题，我们是调查王华山……"

吴建华点头，一副感恩的样子："嗯嗯……"

胖纪委诱导说："听说是纸包纸裹的，一定很贵重吧？"

"是的！我认为是很贵重的东西！是我外出学习，从南京带回来的。"

两个纪委人员不约而同地把头伸过来问："是什么东西？"

吴建华向前探身，神秘地小声说："南京雨花台的雨花石！"说完起身走了。

在场期待的人都失意地陷入窘态……

"哈哈哈……"走廊上传来吴建华揶揄的大笑声。

葛强跟着赵君进屋后摆出一副无所畏惧的样子。

胖纪委："王华山曾在车间带领地板班组的工人一起喝酒……"

"放屁！谁说的？胡说八道！"没等对方说完，葛强火气很大，凌厉地反驳，场面一时哑然。

赵君打破僵局，气不平地说："这个问题属实！可以直接向他本人调查，我给你们往他家挂电话。"说着拿起桌上的话筒拨号，嘴里说着："是工人大涛带的酒……"

葛强气愤难平，用眼睛瞪着赵君。

电话通了，赵君傲慢地大声说："喂！老王在家吗？"

葛强忍无可忍，挥拳猛扑过去……

屋里哗然，纷纷上去拉住了葛强，斥责他。

赵君挨了一拳，嘴角流血，样子狼狈。

葛强怒不可遏地用手指着赵君："哼！王主任在任时，你崇拜得五体投地，嘴比蜜还甜。现在，'老王在家吗'，变色龙！"

不久，车间墙上贴出一张通告："关于对葛强开除厂籍的决定……"无人围观，车间弥漫着压抑的气氛。

每天上午厂部都在装配车间夏森办公室兴师动众地举行一场例会。

门敞开着，走廊上放了一些临时搬来的椅子，办公室门里门外坐满了人，是车间工长以上干部和其他相关部门的领导。

孟志坐在夏森的椅子上，一脸严肃地点名：

"供应科？"陈赫答应："到！"

"销售科？"曲金昌："来啦。"

"调度室？"有人答："来啦。"

"技术科？"有人答："来啦。"

"保卫科？"有人答："来啦。"

"锅炉？"有人答："来啦。"

"电气？"有人答："来啦。"

点完名后，孟志郑重严肃地说："贾厂长让我暂时代理装配车间的主任，就是怕装配搞不好。当然，作为副厂长，我还有更重要的工作，对装配只能做些指导和协调各部门的工作。今后装配车间的工作还是要靠各部门的大力配合和支持！每天要开碰头会，发现问题，该谁的问题谁解决！不等不靠不拖，保证生产！如果哪个部门影响了装配的生产，就追究哪个部门的责任！"

各部门的负责人和代表面无表情地听着。

孟志看了一眼夏森和徐臣："当然，装配车间的生产主要还是靠车间自身班子的努力。车间实行外部积极配合、内部强化管理的方针。要树立改革意识，也可以搞搞班组承包……总之，我相信，装配车间不会比以前差，只能比以前强！"他非常自负，信心满满。

王华山闲在家里愁苦不堪。

萧蓝出主意说："正好利用这个机会，你回老家看看咱妈。过年的时候你忙，还是我回去的……都八十了！"

"我父亲当兵负伤后去世早，是母亲操劳把我们养大，现在她老了也不幸福……"王华山感叹。

萧蓝忧虑："你哥和你弟弟也是，因为养老一直有矛盾，这个那个的……老人这么大岁数了还轮着吃……"

王华山："要不你回去把她接来吧。"

萧蓝："技术科正搞研发，我脱不开身啊！上回我就让妈来这里，她不来，舍不得离开老地方，还怕到这儿不习惯……还是你回去吧，顺便也散散心！"

王华山想来想去："以后再说吧！说不定哪天就给我安排工作了。"

华龙厂附近有一家很火的路边烧烤摊，搭着简易的棚子，里边吊着几个灯泡，白天晚上烟火不熄，人气很旺。

一个角落里，三人在喝酒，是吴建华拉上郑小龙一起请葛强。他们关系好，今天表面上满不在乎，心里却不舒服，被一种情绪压抑着……

"你们用不着安慰我，我被开除了一点都不后悔。为了王主任把赵君打了，值！这也可能是我一生最值得骄傲的事情！作为男人，仗义才是爷们儿！"葛强有一种无所谓的自豪感。

"那我们祝贺你！"吴建华诙谐地说。

三人举杯笑饮。

放下酒杯，吴建华问："打算干点啥啊？"

"干啥都能吃碗饭。"葛强充满自信。

郑小龙说："干烧烤吧？这个挺挣钱。"

葛强摇头："去南方……"

大家心情不佳地喝酒吃菜，沉默不语。

葛强举杯嘱咐郑小龙："小龙，你好好干！"显得有些语重心长。

郑小龙端杯相迎，心里难过，坚定地说："我也走！"

葛强有些吃惊地放下杯子："装配车间的工作还是不错的……"

"是不错，但也是我的伤心地。"郑小龙也放下了酒杯，忧伤地说，"李丽不理我了；

在车间跟张三打了一架，也挺没面子的；你葛强也走了，王主任也不在了……没意思了，我没有心思在这儿干了。我想换个新地方，重新开始！”

“调转工作不是容易的事，再说，你现在也不比从前了。”葛强提醒。

“是，我清楚。我爸不是厂长了，再转工作寸步难行！可我这次想去个容易去的地方……”

“你想去哪儿啊？”吴建华问。

“涂装。涂装车间整天刮泥子、打磨、喷漆，乌烟瘴气，又脏又累，是有害工种，听说始终缺员，没有人愿意去。”郑小龙说。

葛强不解：“你为什么会有这个想法？”

“现在我想明白了。”郑小龙有些悲壮，“男人，就得活出个样子来！像我爸和王主任他们那样的情怀，我可能没法比了，但像你们说的，血性是应该有的。我现在就想找个最让人不待见的活儿，别人能干，我也能干！”

吴建华感动：“你可想好了，调进去容易，再出来就难了！”

“君子一言，驷马难追！”郑小龙说后举杯干了杯中的酒。

吴建华和葛强对郑小龙刮目相看。

王华山被撤职后，夏森觉得这是自己难得的又一次机遇。有厂部的大力配合支持，他决心在装配车间一定干出点名堂来，为即将退休的自己赢得荣誉。

他策划了班组承包试点方案，决定搞改革试点。

班组承包会议在车间会议室召开。夏森在台上宣读完地板班组承包试点方案，要求大家签字。

台下班组人员骚动，小声议论。

班长李祥向台上的夏森说：“指标定高了。以前是一天保证 3 台车的产量，能争取干 4 台就不错了！现在定到一天干 5 台车，很难完成。再一个，每天都会出现生产问题，比如，料件供应不上影响产量，上道工序延误交车影响产量，电气故障影响产量，等等。这方面的责任都没有明确规定……”

夏森有些尴尬……

吴建华提议说：“这个承包方案太笼统，很多细则没有明确，完善之后再签吧。”

夏森没面子，有些恼火：“不行！今天必须签字。其他问题签完了以后再说。”

吴建华无奈地说：“这样签字……不是有点像杨白劳吗？”

台下发出笑声。

夏森不满，斥责：“现在你们学成什么样子了？越来越不服从领导，说三道四……马上签字！”

大家犹豫未动。

工会主席吴长顺拿着纸笔和印盒走到后面来，用央求的口气低声说：“别的试点班组都签了，李祥你们也签了吧！面子事儿，你们不签夏书记也下不来台啊。”

夏森坐在台上，向这边期待地望着。

“这不是谁下得了台、下不了台的事……指标定得高，完不成！其他问题稀里糊涂，根本就不像承包方案。我签了，我就必须得做到！”李祥说。

吴长顺小声说：“你何必较真儿呢？完不成也不能把你咋的……”

李祥：“承包方案本来就立不住脚，那干吗还签着玩呢？”

“改革嘛，都兴走这一步……你这个人为什么这么犟呢？签吧，不签犯毛病啊！”吴长顺商量。

李祥来了倔劲：“犯什么毛病？不合理我就不签！不签不等于我不干，我们照样努力！保证最高产量！”

吴长顺无奈地走回台前。

夏森非常生气地宣布：“地板班必须按车间制定的承包方案生产！班长李祥听候处理！”

大家惊讶……

第二天，刚上班的工长李建刚沮丧地来到李祥班组，把车间的调度票子交给李祥看：“昨天开班组承包会没签字吧？”

李祥看了调度票子，伤感：“工长，我请假回家！”说后便走了。

大家围拢过来，吴建华问工长：“怎么回事？”

“车间调度票子上写：撤销李祥班长职务，降一级工资，调离地板班。”

李建刚安排完工作走了，大家聚在平台上悲愤不平，无心干活。

“承包哪有强迫签字的？”黄广厚说。

大涛来回走动着：“把行政命令用承包的形式强加给你，还逼迫你说愿意……”

黄广厚：“关键是完不成啊！”

“小不点”义愤地表示：“我们抗议……”

黄广厚泄气：“抗啥议啊？没招！”

吴建华思考着，按捺不住情绪，对“小不点”说：“去，上车间哪个屋给我拿瓶墨汁来……”“小不点”理解地走了。

“小不点”弄回一瓶墨汁，吴建华用纸卷了个笔杆儿，蘸墨在找来的一大张白色材料包装布上开写……不一会儿，一块用包装材料写成的“大字报”面向过道挂在平台护栏上。

“车间对李祥的处理是错误的！地板班组承包方案脱离生产实际，从指标到细则均须修改完善，杨白劳式的签字让人难以接受！班长李祥踏实肯干，努力争先，为装配生产立下了汗马功劳，只因不愿违心签字，车间竟采取行政手段，滥施淫威，做出令人发指的处理，这必将给生产造成不可弥补的损失！吴建华。”

夏森闻讯匆匆赶来，工人们也从各个方向关注着他。

他看到了“大字报”，很震惊……粗略地浏览了一遍，气冲冲地高声叫：“吴建华！

你给我扯下来！反了你！”

吴建华从车厢里走出来，居高临下地看着，沉默不语。

夏森掉头走了，正好碰到走来的工长李建刚。在下级面前他更加暴躁，肆无忌惮：“李建刚！车间出了‘大字报’你知不知道？”

李建刚没说话，一副难言的样子。

“马上给我揭下来！拿到楼上去！反了呢！”夏森命令完悻悻地走了。

李建刚把“大字报”撤下来，卷好，拿到楼上夏森的办公室。他央求说：“夏书记，李祥的班长职务不能撤啊！撤了他，我们工区的产量就上不去了，整个车间的生产也会受到影响。他不签字，可他表示照样干好，为什么还要处理他呢？”

夏森仍然气愤难平，憎恶地看着李建刚……

李建刚也没在乎，又补了一句：“应该从生产考虑……”

“看来‘大字报’是你支持写的！”

“不是！”李建刚瞪大眼睛反驳。

夏森吼道：“起码你严重失职！”

李建刚绝望，掏出了准备好的辞职报告放到桌上：“我工长也不想干了。”

夏森愣了，但他马上气急败坏地叫嚷：“没那么便宜！你听候处理！”

李建刚无所畏惧地向外走去……

夏森喊了一句：“让吴建华上来！”

吴建华进来时，“大字报”铺开在办公室的地面上，夏森戴着一副老式眼镜坐在桌前，紧急翻看着一本法律小册子……

“知道吗？你违法了，而且性质严重！”夏森不看吴建华，仍然翻着小册子，很有威慑力，又漫不经心的样子。

吴建华不卑不亢地站在那里，不以为然地说：“内容也不反动，怎么就违法了呢？”

夏森啪地摔下小册子，猛地摘下眼镜，说：“大字报是‘文革’行为，本身就是问题！这是个严重的政治事件！”

“夏书记，你为什么不考虑一下‘大字报’的内容，却在形式上做文章？”联想到王主任被撤职、大家去上访，现在李祥又被武断地处理，吴建华愤然高喊，“不写‘大字报’，我们有理跟谁讲？”

“闭嘴！”夏森怒喝，“哼，我搞了一辈子政治，你给我写‘大字报’还太嫩点！”他起身去把地上的“大字报”卷了起来，夹在腋下，指示吴建华：“你和你们工长到楼上停职反省，承认错误，听候处理！”

吴建华走后，夏森腋下夹着“大字报”也出了门，去了厂办公大楼。

吴建华结婚后租住在厂东区，租屋是从一家房头上接出来的低矮的偏厦子（简陋小屋），很小，真正的蜗居，只有前面有个小窗户，屋里很暗，白天也得点着灯。

晚上，吴建华坐在小桌前看书，孩子在炕上睡着。间隔外的灶间里，锅碗瓢盆不时叮当作响，显然在刷洗的妻子情绪不佳。

媳妇刘玉霞是农村的，她文化不高，长相不错，于是不甘心在乡下，一心想进城。吴建华不世俗，没有城乡观念，加上家里弟兄多，也不富裕，女方又不要彩礼，经亲戚介绍两人就结婚了。

刘玉霞擦着手进屋，心里还别扭着，讥讽："哼！有出息了，混到楼上办公室了……"

吴建华转过身，不自然地笑了一下："没大事，也就反省几天，还指望我们干活呢。"

"地球离了谁都转。你们本来就不应该这么干！跟领导作对那是虎、缺心眼……"刘玉霞回怼。

"你知道啥啊！"吴建华不屑。

"我怎么不知道？我爹当了一辈子村干部，跟他别扭的就没有好果子吃。"

吴建华揶揄地笑说："你爹是土豪劣绅……"

"你爹才是土豪劣绅呢！"

吴建华继续看书。

刘玉霞上炕铺被，委屈地磨叨着："跟领导搞好关系，找找人给我在家属厂安排个好活……我虽然没城市户口，可在农村好歹也是上等人……"

"你爹当个村主任你就是上等人了？啥是上等人啊？"吴建华回过头来调侃。

"哼，啥是上等人？别人高看我一眼，我的眼光也比别人高，就是上等人！"刘玉霞自以为是。

吴建华笑说："那上等人看上我了，我更是上等人了呗？"

"哼！你要不是城市上班的，我能找你吗？别看我小学没毕业，我们村追我的多了……"

王华山在家待得百无聊赖，常站在窗前，望着厂区发呆，有时也难免生出"壮志未酬身先死"的感慨，虽然觉得不至如此，青山犹在，未来可期。

这时候他常会想到故去的父亲，内心愈加痛苦……

在久远的故乡，记忆中负伤后的父亲始终躺在土炕上，老屋的墙上贴满了自己得的"三好学生"奖状，中间是父亲的"荣誉退伍军人"证书。小时候，父亲常给他讲爷爷的故事。

早年，爷爷闯关东在铁路上当工人。那时候，铁路是外国人的，先是沙俄，后又归了日本，叫"南满铁路"。中国人给他们干活还受欺负。爷爷是个有血性的人，看着中国的木材、煤炭、粮食被火车运到外国去，看着中国人遭受凌辱，爷爷感到非常憋屈，所以他至死心里都有个愿望：我们中国什么时候能不被外国人欺负？我们什么时候能有属于自己的铁路和火车？

因为爷爷的这个心愿，尽管后来中国已经有了自己的铁路和火车，王华山考大学的时候，父亲还是让儿子一定报考交通大学，将来干铁路造火车。

想到此，王华山按捺不住地拿起电话，拨通厂组织部，焦急地对着电话喊：“我要干工作！”

他们说了也不算，只能应付说：“耐心等待……”或者调侃：“让你闲着，多好的事啊！”

急也没用，王华山最终无奈地放下电话。

吴建华和李建刚在楼上值班室停职反省了一星期也没有承认错误。吴长顺不时过来劝说几句：“你们认识不上去、顽固不化，没有什么好处啊……”

在夏森的鼓惑下，厂党委最终专门开会做出决定：撤销李建刚工长职务，吴建华记过处分。

夏森胜利般地回到车间，立即在办公室召开会议，趾高气扬地传达了厂部的处理决定。吴建华现场掏出一张报纸，说：“今天我有一篇稿子在市报上发表了，题目是‘莫忘依靠群众’。我给大家读一下：我们是社会主义企业，工人是企业的主人。只有十分尊重工人阶级的主人翁地位，依靠群众办企业，企业才能蓬勃发展。而我们有些领导却不是这样，他们错误地认为，实行厂长负责制就是领导说了算，因此在制定改革措施和承包方案时，听不进群众的正确意见，主观臆断……”

没等吴建华读完，夏森猛地站起来，顺手摔了一下桌子上的烟灰缸：“我就不信治不老实你！”说后怫然离去。

夏森去了厂保卫科。

“于科长！给我办件事。”

“什么事？”于科长跟夏森曾是保卫科的同事，关系不错。

“拘留我们车间的吴建华！”

于科长惊愕：“这个事党委不是已经处理了吗？”

“他不服，治治他……”

于科长沉默思考。

夏森态度坚决：“写大字报，这是个很严重的政治问题，拘留他没毛病！”

于科长犹豫：“这件事我还把握不准……这样吧，我们去市公安局请示一下。”

夏森：“也好！”

于是，一辆吉普车从华龙厂开到了市公安局。

他们敲门进了值班的副局长室。

主管局长着装，戴一副明净的眼镜，沉稳儒雅。他听了于科长和夏森叙述的情况，答道：“这属于言论问题，性质不反动，我看不适合拘留。”

回来的路上，后座上的夏森失望沉默，怏怏不乐。

前座上的于科长回头调解说：“便宜了这小子！”

“不行！我得找贾厂长，非治他不可！”夏森气愤难平。

吴建华上班走进车间的时候，赵君正往墙上贴着通告。

“地板工序吴建华目无领导，抵触改革方案，公然写大字报对抗车间决定，影响恶劣，且顽固不化，不思悔改。经厂领导批准，给予开除处分，特此通告。”

吴建华看后愣住了，上班经过的人也都很惊讶，有人问：“不是已经记过处分了吗？怎么又开除了呢？”

赵君发现了吴建华，走过来：“夏书记让你上去一趟。”

吴建华去了夏森办公室。

“写‘大字报’反动吗？”他忍不住问。

夏森坐在椅子上，态度强硬：“不管你反不反动，就是不行！”

“叫我来干吗？”

“没什么事，就是当面通知你，跟我对着干就没有好下场！”

吴建华无奈，担心地问：“我的活儿谁干？谁接手？”

“不就是个铺地板的内装工嘛，大涛……有的是人。”夏森不以为意。

“大涛工作稀里糊涂，平时对技术也不用心，他不行，干不好的……”吴建华忧虑。

“地球离了你照转，这用不着你操心了。”夏森傲视着吴建华。

吴建华无奈地离开，又想返回，可欲辩无言……

回到车间工位，吴建华失意、留恋地靠在工具柜前，大家沉默地围在旁边。

黄广厚说：“走了更好！落车工序那个叫‘三鬼’的，被开除了，人家现在做买卖发了……”黄广厚接替李祥，现在是代理班长。

李丽难过，眼睛湿润……

夏森、赵君、吴长顺巡视经过。夏森向上喊：“干活儿！干活儿……”又登上一半扶梯向黄广厚发火：“怎么还不干活儿啊？”

黄广厚应付：“等料。”

“完不成任务晚上加班！”夏森说完扭头走了。

大涛和小刘从别的工位回来。“吴师傅你别走。这不赶鸭子上架吗？我干不了……”大涛说。

吴建华不放心地问：“整对了？”

大涛没信心：“不好干……把龙骨固定在车体上，再把地板固定在龙骨上，看似简单，关键是安装是有工艺标准的。什么毫米、厘米的，我也头大。我就干粗活儿打下手行！”

大家笑。

大涛走近吴建华，关切地问：“开除了……以后打算干啥啊？”

吴建华沉默，一脸不甘心的样子，最后说：“我不走！”

大涛思索着，突然醒悟说：“那好！明天我不来了……”

吴建华：“咋的？”

大涛："我休病假。"

吴建华："你也没病啊?"

大涛神秘地说："给厂医院大夫买盒烟，能给开三天，就写痔疮犯了。"

厂招待所 201 房间里，贾昌浩写完一张批条递给潘富。潘富欣喜地看了一下，装进兜里。俩人已是非常熟悉和默契了。

一个四十岁左右的女服务员提着暖瓶没敲门就进来了，放水瓶时又碰倒了茶几上的杯子。

贾昌浩不悦地皱起眉头。

服务员出去后，潘富说："不懂礼仪，素质太差！贾厂长，招待所这么重要的地方干吗还要这些半老徐娘啊?"

贾昌浩感叹："自从刘娜去了供应科，招待所就没有理想的服务员……"

潘富说："我看贵宾楼马上要建起来了，应当选拔培养一批高级服务员。"

贾昌浩："我也有这个想法。上次去香港真是开了眼了，你看人家的服务水平，那真叫个好……"

"我们也能做……到！年龄、长相、身高、三围，严格挑选，然后进行专门培训……现在流行走一字步！在家是礼仪服务人员，拉出去就是一支'华龙职工模特表演队'，成为企业文化的品牌！那……我们的企业形象在全市就是这个……"潘富伸着大拇指。

贾昌浩兴奋，眼睛亮起来。别看他专业不行，可他善于搞形式、搞名堂那一套，喜欢"窗户眼儿吹喇叭——名声在外"的虚荣。他补充说："最好也会喝点酒！"慧慧小姐喝酒的场面在他眼前闪过。

"好姑娘有的是，不缺这方面的人才！"潘富自信地说。

贾昌浩赏识地望着潘富："你不是让我给你调工作吗？你就来当这个招待所的所长吧，现在的所长马上要退休了。"

潘富惊喜地望着贾厂长，感动得一时说不出话来。最后，他从怀中掏出那个小红本放在茶几上，翻开，从中撕下那晚捉奸签字的那一页，在与贾昌浩无声的对视下，把那页纸撕得粉碎，放进烟灰缸里。

两人无言，心照不宣地哈哈笑了起来……

被开除了，吴建华没有去上班。下午，他倒在炕上睡着了。

妻子始终愁眉苦脸，租屋本来就狭小阴暗，现在更显得沉闷压抑。

"给我装饭盒了吗?"吴建华突然惊起。

"装饭盒干啥啊?"刘玉霞不解地问。

"今天我们加班啊!"

刘玉霞没好气地说："你都让人家开除了，还加啥班啊?"

吴建华沉默……

“我在家属厂上班也不保准,说停工就停工。你这又让人家开除了,这日子以后咋过啊?”刘玉霞十分悲哀。

吴建华低头不语。

刘玉霞后悔地磨叨着:“原以为进城好,结果要吃不上饭了……现在人家农村富了! 老熊家的大龙当时追我,我还不干,人家现在开着大汽车收粮,还包了挺多地,趁老钱了!”

吴建华伤感地站起来,自言自语:“地板工序李祥下去了,本来就够呛! 我再离开……大涛又是‘二百五’,活儿肯定干不好……不行,我得去!”说着向外走。

刘玉霞诧异:“你被开除了! 人家不要你了……你有病啊?”

吴建华还是固执地出门走了……

装配车间更衣箱处,李丽和朱平在各自更衣箱前对着镜子精心化妆。

“听说张三‘严打’进去了。”朱平漫不经心地说。

“我也听说了。这次进去,恐怕出不来了……”李丽神态轻松。

“这下你放心了吧?”

“早就放心了,从葛强跟他打了一架之后,真没找过我……”

“其实你跟了张三,他也会对你好。”朱平说。

“地痞流氓,我怎么能和他们同流合污!”李丽心高气傲地说。

“都说男人不坏女人不爱,我看那些坏小子找的对象真就都是有模有样的好小姑娘。”

李丽不齿:“啥好小姑娘? 都是绣花枕头——外面好看里面糠……有文化、有素质的女孩谁跟地痞混?”

朱平:“可也是……你说郑小龙有意思哈,尿窝挪到屎窝,要转到涂装车间去。”

李丽感叹:“这回再立不起来,他人生恐怕没戏了。”

“跟葛强有联系吗?”朱平问。

“没有。听吴建华说他要去南方打工。”

“可惜啊! 吴建华被开除了,李工长也被撤职了。”朱平感慨。

黄广厚急急地来找人:“你们还想不想干了?”

“不想干了。”李丽不温不火地气他。

朱平告诉他:“赵君通知我们了,厂团委有活动,让我们俩六点去招待所参加舞会。”

黄广厚幽怨地走了,又回头说:“你们走了活儿没法干! 去陪那帮老头子跳舞有什么意思?”

李丽:“总比在车间干活儿好吧? 玩着,喝着不花钱的汽水,还给‘代休’。”

黄广厚无奈,悻悻地走了,正好碰上赵君也来催人。平时老实的他竟向赵君发起了脾气:“是生产重要,还是跳舞重要?”

赵君毫不示弱地说:“现在是跳舞重要!你一个班生产能创造多大价值?跳一场舞的公关效果可能要超过你几十倍,甚至几百倍……”

黄广厚瞠目结舌,说了句:“胡整!”愤愤地走了。

赵君来到正化妆的李丽身旁:“小姐们!走吧,快到点了!”

李丽不放心地说:“你告诉工长了吗?别不给我们画出勤!”

赵君:“你们田工长不在。出勤不用担心,谁敢不画?”他催促说:“走吧,走吧……”

三个人出了车间,外面已是傍晚时分。迎面碰到了车间书记夏森,东倒西歪地走来……见了赵君后握住赵君的手,醉眼迷离地说:“我喝多了,在市里北方大厦喝的,400块钱一桌的……”

赵君劝说:“夏书记,您回家休息吧!”

夏森摆摆手:“今晚我值班。”

赵君对李丽和朱平说:“你俩自己去吧,我扶夏书记回车间。”李丽和朱平走了。

“是协作单位请的……我们用他的产品,他感谢我们……”夏森一边走一边说着酒话。赵君很体贴地搀着夏书记,夏森有些感动:“现在上头强调培养选拔青年干部,听说咱厂有几个省干部进修学院的指标,学企业管理的,我想办法给你搞到一个。那可是大专文凭啊!有了它,你就是正式干部了,提拔也快,那就前途无量了!”

赵君激动:“夏书记,我永远忘不了您对我的栽培!这事要成了,我感谢你一辈子!”

两人走进车间,夏森见门口车体的工位上无人工作,大为不悦,招来班长,问:“怎么不干活啊?为什么停着?”

班长一脸诚恳地说:“没料,料还没到……”

夏森发作:“你糊弄洋鬼子啊!到处都是料,怎么能说没有料呢?我不管你怎么回事,必须给我动起来!车间要像个生产的样子……”是的,他对搞好装配的生产不无忧虑和恐慌,所以只有看到车间忙起来,大家都动起来,他心里才踏实。

班长听了目瞪口呆……

走在车间里,赵君对夏森说:“李丽她们去招待所参加厂里的活动了,回头我让工长给地板工序派人……夏书记您到楼上值班室休息吧!”

夏森突然惊愕地站住,指着工位问赵君:“那是不是吴建华?”

赵君细看:“是……他怎么还上班啊?”

工位上,吴建华将料件检查核对后搬进车厢。

夏森怒喊:“吴建华!你耍什么赖?赶紧给我走人!”

吴建华回了一下头,径直进了车厢……

“小不点”走出来说:“吴师傅走了活儿没法干!”

“那谁呢?……大涛呢?”夏森问。

“休病假了,听说痔疮犯了。”

黄广厚走下来站在领导旁边，央求："夏书记，吴建华走了地板工序就玩不转了，耽误生产……"

夏森气愤："你们少来这一套！别拿生产压我！这种害群之马不处理不行！最终对生产不利……"转身对赵君说："去楼上给保卫科打电话，让保卫科马上来人！开除了就不是厂子的人了，擅自入厂是不允许的！"赵君应声走了。

黄广厚讨好地说："夏书记，你没少喝啊……酒气挺大！"

夏森敌意："喝多少我也没喝你的！"

黄广厚笑着，不恭地说："不是说工作时间不能喝酒吗？"

夏森反驳："我这是工作时间喝的吗？"

赵君回来后挥手制止黄广厚。

不一会儿，保卫科的两个人赶来，在赵君的指引下，催促、推搡着把吴建华弄走了。

吴建华回头对夏森不服地叫喊："华龙是国家的企业，不是你们家开的……"

夏森解气而得意地说："我就代表国家！"

"我不是给你打工！我是工厂的主人！"

"我就是管主人的！"夏森霸道地说。

吴建华被弄走了，夏森头重脚轻，两眼迷离地由赵君照顾着上楼去了。

新调过来顶替李建刚的是那个田丰工长，他出去办了点私事，回来在车间门口碰到一个工人向外走。他站住了，打量着工人明显发粗的腰身，小声但严厉地说："你注点意……"说着掀了一下工人的工作服，露出里面缠身的电缆线。

工人一拍腰身说："没事！门岗整明白了！厂里用剩下的电缆一盘一盘地扔在那儿，老多了。这半年我至少也得弄个万元户啊！要不结婚指啥呀？"

田丰斥责："喝凉酒、花赃钱，早晚是病。我告诉你，干不好工作，我可罚你！"说完向车间里走去。

"田工长！你调过来我还没请你吃饭呢……你比李建刚有人情味儿，哪天我请你！再给你找个女的看手相……"

田丰："滚！"

工人笑着走了。

田丰进了车间，看到车体旁几个工人在嬉闹。班长拿着两个扳手在空中一投一接，交替进行，有人围观，也有人在模仿。

"干吗呢？杂耍呢？"

"夏书记值班，在楼上呢。他说让我们动起来。"班长亦庄亦谐地说。

"动起来？你咋不学驴叫呢？"

班长尴尬，说："我怕把狼招来……"

田丰忍俊不禁地走了。

在一台车体旁边的地上扔着好多工具，"猴子"没干活儿，却坐在地上专心致志地低头打磨一个用麻将牌做成的戒指，小锉、砂纸放在他的脚边。

田丰走到他身边，蹲下来伸手拿过他手中的戒指……

“猴子”发现是工长，吓傻了。

“用啥做的？”他端详着。

“猴子”不好意思：“麻将牌。送给对象……”

“工作时间要把心思用在工作上！”田丰欣赏地把戒指戴在手指上走了。

“猴子”呆住，他感恩工长没有处罚他，也心疼养个孩子让狼叼走了。

田丰走了两步又回头说：“明天做个小的，给我媳妇戴。”

“啊，啊……”“猴子”六神无主地应答着。

李丽和朱平到了厂招待所门口。

潘富在招待所门口的台阶上站着，穿着白衬衣，扎着红领带，像是刚从酒桌上下来，正在门口透风，一副得志逍遥的样子。他瞧见李丽，像发现新大陆似的瞪着苍蝇似的眼睛……

李丽瞥了潘富一眼，毫不在意地和朱平进了招待所。

潘富跟随着李丽她们进了大厅：“你好！你是哪个车间的？”

李丽停住，打量着对方，迟疑地说：“装配车间。”

潘富点了一下头，马上自我介绍说：“我是招待所所长，叫潘富。”

李丽马上逢迎着笑了：“噢，我叫李丽。”

潘富又围着李丽上下好一番端详。

潘富郑重地对李丽说：“我跟你谈件事！”回头打发朱平说：“你先上楼吧！”

朱平独自上楼去了，李丽不解地跟潘富坐到门厅里的沙发上。

走廊一头的餐厅里阵阵喧嚣，楼上的大厅里传来器乐的调试声，陆续有漂亮的女人进入招待所，穿过门厅，走上楼去。

潘富问：“你在装配车间做什么工作？”

李丽犹豫后说：“工人，干内装。”

“不会吧？”潘富疑惑地问。

“真的！现在还在加班呢……我们是从车间出来的。”李丽不好意思。

潘富惊讶：“你这么出众的姑娘当工人，太可惜了！”

李丽揣测着潘所长的意思，心动地说：“看来我今天遇到贵人了……”

可能是地位变了、心情变了，潘富现在说话似乎不那么结巴了，或者是有意地控制了自己，让话说得适当停顿，好像是节奏上抑扬顿挫。他对李丽表现出一副热心相助的样子：“到我招待所来吧！这里的工作就是跳舞、礼仪、服务，天天吃喝玩乐……”

李丽听了喜出望外，惊讶而失态：“真的？”

潘富点头。“你会喝酒吗？”

李丽毫不保留地说：“会点儿，啤酒能喝一瓶。”

潘富："知道咱厂的一把手是谁吗?"

李丽："知道,贾书记。郑小龙他爸下来,贾书记当厂长了……"

"等一会儿我把你推荐给贾厂长。改变你命运的时候到了,你要会来事!"潘富就像知心朋友一样为李丽谋划着。

李丽激动不已地点头,眼睛水亮亮地望着潘富："太感谢你了！我一定好好报答你……"

潘富不好意思地笑着："不用……"

这时,餐厅那边走出来一群大腹便便,看似身份高贵的男人,有的秃了顶……

潘富告诉李丽："上面来的检查团。"随后马上站起来,面向客人笑着,不时地点头,又恭维地向楼梯口伸手,示意上楼。

贾昌浩走在后边,潘富把李丽带到了他面前。

潘富极尽献媚地说："贾厂长,这是我给您选的服务员……"

贾昌浩扔掉手中的牙签,专注地看着李丽。

李丽高挑的个子,一身白色连衣裙,长发飘逸,面容俊俏,亭亭玉立,楚楚动人。

"嗯……"贾昌浩赞赏地点着头,脸上堆满了笑意,继而思索着低语："叫什么……"

潘富急忙说："李丽。"

贾厂长嗯了一声,继续思索着说："叫什么……噢,众里寻她千百度,得来全不费工夫……"

李丽笑着纠正："众里寻他千百度,蓦然回首,那人却在灯火阑珊处。"

贾昌浩哈哈大笑："差不多,差不多……"

潘富美言："人漂亮,舞跳得好,还有一个特长——会喝酒。白酒半斤,啤酒五瓶,还不上厕所。"

李丽不安地望了潘富一眼……

贾昌浩把一只粗大的手掌放在李丽半裸的肩上："好啊！我们招待所正需要你这样的人才!"

潘富说："贾厂长！舞会马上开始了,你们上去吧!"

"嗯,好！我们上楼去。"贾昌浩说着和李丽一起向楼上走去……

李丽陪伴贾昌浩上楼,回头感激地望了一眼潘富。

潘富正从后面欣赏她扭动着的苗条丰盈的身体,见她回头,赶紧弯着胳膊向她示意。

李丽心领神会,羞笑着伸出手臂,搀扶着似醉非醉的贾厂长走上楼去……

田丰给地板班临时调来两个工人,可黄广厚还是发愁活儿没法干。他说："缺硬手！没有明白人不行啊！我只能带一拨人干,人多了车厢里也施展不开。如果吴建华在,我们同时干两台车……"

田丰也无奈。

这时,吴建华走上平台。

“你又回来了?”黄广厚无比惊喜。

“给我整出厂外,我转了一圈又回来了。人齐了吗?”

黄广厚说:“工长派人了。”

田丰钦佩地拍了一下吴建华的肩膀,坚定地说:“先干……”

吴建华向两个工人一挥手:“跟我来!”带领着他们进了车厢。

田丰放心地离开平台,发现孟志从远处巡视着走来,他热情讨好地迎上去:“孟厂长!这么晚了还不休息?”

孟志皱着眉头:“装配这个样子,我能睡得着吗?”

田丰嘿嘿笑道:“宰相肚里能撑船……”

是的,孟志现在寝食难安。当初他主张撤掉王华山,现在装配车间又没有搞好,贾昌浩对他不满意。他想尽快撤出来,又难以自拔。

“生产情况怎么样?”孟志问。

田丰情绪低沉:“不怎么样……这不,地板工序才开始干!”

“怎么才干?”孟志严肃地问。

田丰发牢骚:“才干就不错了。有两个去招待所跳舞去了,班长李祥因为承包没签字被调离了,吴建华被开除了。现在没有硬手干活儿了!”

孟志诧异……

田丰一指内装的车厢说:“今天吴建华要不干,下道工序就供不上了,会影响整个车间的生产。”

“哦?”孟志不解。

田丰感慨:“吴建华因为写‘大字报’被开除了,可他担心车间的生产,还照样来上班,刚才保卫科来人把他整出厂了,他又返回来了……什么叫爱厂敬业?这才是真正的爱厂敬业!”

孟志疑惑地问:“没开除啊?”

田丰十分不满:“车间夏书记整的,说是贾书记批的……领导做得不对,就老虎屁股摸不得……把能干活儿的都整没了,我看生产还怎么搞!”

“让他留下继续干吧!就说我说的。”孟志说完走了。

田丰惊喜道:“哎!”

巨大吊灯下的招待所舞池中,贾昌浩和李丽执手勾腰,跳得非常默契和惬意。

“我做梦都想跳出车间,找个好工作,这个梦想终于实现了!”李丽的心声洋溢在脸上,她喜悦优美地舞着,天使般动人,飘洒的白裙子,在红地毯上,像一朵白莲花。

贾昌浩舞技娴熟,欢畅而富有激情。

“你家住哪儿?”

"市内。平时我在厂宿舍住。"

"以后就不用住宿舍了,招待所有的是房间。我的房间也经常闲着……"

音乐换了情调,灯光暗淡,曲子缓慢。贾昌浩搂着李丽仿佛沉浸在梦境中……

他耳语:"先熟悉熟悉环境和业务,过后你可以当这个招待所的副所长。"

李丽一脸幸福的"火烧云",眼光迷离……

夏森在值班室眯了一觉后,睡眼惺忪地下来巡视车间。

"小不点"心情不错地从车厢里出来搭讪:"夏书记,值班啊?您辛苦。"见夏森懒得理他,又改口说:"尿憋醒了,下来转转?"

夏森扭住"小不点"的耳朵。"小不点"咧嘴告饶:"好好,没尿、没尿……"夏森松手,顺便踢他一脚:"好好干活!"

吴建华从前面的车厢门走出来,取了些材料又忙碌地返回车厢。

夏森愣了一下,气呼呼地奔过去……

这时,田丰从车厢里走出来。

"开除了怎么还让他干活呢?"夏森吼叫。

田丰不急不躁:"不干,生产就停了。"

"生产停了也不能让他干!"

"刚才孟副厂长来了,他让干的!"

夏森惊呆了,怨恨可又无奈……

"小不点"从后面走到夏森身边,诚恳地说:"夏书记,回楼上休息吧!"说着将一个商标条悄悄粘到他的背后。

夏森怫然而去,"小不点"望着挂条的背影开心地笑着。

07 第七章

天还没亮，王华山就醒了，他瞥了一眼还睡着的妻子，尽量控制不动，郁闷地睁着眼睛。

“这样下去会憋坏的。早晨你可以出去锻炼，跟那些老头学学什么功啊拳啊……”萧蓝不知什么时候醒了，忧虑地睁着眼睛。

王华山沉默了一会儿，翻身起来说：“溜达溜达去！”

撤职以来他不愿出门，怕见到人，见了说什么呢？不好说。说厂部错了不好，说自己错了也不对。所以，他急切地等待新的工作。

清晨，漫步江堤，远处水天一色。

迎面跑过来一位长者，气喘吁吁，银发烁烁。

长者停住了脚步：“哦……这不是华山吗？”说着上来握住王华山的手，非常惊喜：“几年不见了……”

王华山也惊讶兴奋：“是老主任！您好！您好……从您退休还没见过您！”

“是啊！你看头发都白了，不过身体还好，天天晨练。我从华龙退休后就被聘到永泰机械厂当顾问去了……”老主任高兴地说。

王华山感慨：“我在机加车间实习的时候，您对我非常赏识和器重，我没有忘记……”

老主任：“当时你解决了不少生产和技术难题，是人才啊！我没看错吧。我听说后来你当了车体车间的主任，现在又是装配车间的主任，还上了报纸，我看到了。祝贺你啊！”

王华山摇了摇头：“我现在是免职待分配……”

“啊？怎么会这样？”老主任疑惑。

王华山苦笑了一下：“您现在的永泰机械厂情况怎么样？”

“咳，不景气，缺你这样的能人啊！虽然也给华龙厂做配件，但管理不行，亏损，工人开不出工资……”

王华山热血沸腾地望着老主任：“如果需要，我愿意去永泰工作！”

老主任喜出望外：“啊！那我们求之不得啊！区里正犯愁呢，正在四处招聘厂长……我了解你，知道你的能力。你去，永泰厂肯定有救了！”老主任又半信半疑：“你真的愿意去？人往高处走，那破地方没人愿意去……”

"啥是'高处'？能干事业，有用武之地才是高处！"王华山说。

老主任赞赏地点头，又疑问："能行吗？我认识区里管工业的领导老郑，调动的一切手续我可以帮你办理。问题是，华龙厂能不能放你？"

"我想能……我现在闲置，没事干，再说他们也不太得意我……"

"好！我听你的回话。有空你再到机械厂看看。"

王华山欣然："行！"

老主任看了一下表："我走了！"摆摆手，一步三回头地小跑着远去了。

王华山挥手告别了老主任，深吸了一口新鲜空气，也舒臂扩胸，不由自主地跑动起来……

回到家中，萧蓝看到王华山精神焕发，欣喜地说："溜达溜达是好吧？"

王华山朗声宣告："天无绝人之路，报国有门，我又有了一次机遇！"

"什么好事啊？"萧蓝高兴地问。

王华山激动地说："我碰到原来在机加车间实习时候的老主任了，他退休了在永泰机械厂当顾问，说那里正在招聘厂长，我打算去……是给华龙厂做配件。"

萧蓝进了厨房，摆放着碗筷说："算了吧！华龙早晚会给你安排工作。"

王华山跟进厨房："蹲着难受，直起腰来碰头，与其在这里窝窝囊囊地干，不如到机械厂伸直了腰杆儿干！"

王华山匆忙吃完早饭，毅然去了厂办公大楼，走进一把手办公室，开门见山地说："贾厂长，我想调走！"

"哦？去哪儿？"养尊处优的贾昌浩审视着王华山。

"永泰机械厂。"

"咳！那是个亏损的小破厂，快黄了……"贾昌浩轻蔑地说，又似乎不解地问，"为什么要走啊？"

"我待着太难受……"

"唉！休息时间长一点有什么不好？郑厂长不是也在家待着吗？"

"郑厂长得了冠心病，身体不好。可我……"

"着什么急呀？我们这么大个厂，别说养你一个王华山，就是养十个王华山也养得起啊！"

王华山殷切恳求："贾厂长，我想趁年轻多干点事，放了我吧！"

贾昌浩沉思了一会儿说："我们再商量商量。我个人真是舍不得放你走啊，你是一员强将，就是一时派不上用场，但也得以备不时之需呀！"

王华山痛心疾首地说："我不能再这样浪费时间了。"

王华山走了之后，贾昌浩打电话找来孟志，征求他的意见。

孟志想了半天，说："不能放！"

贾昌浩问："为什么？"

孟志思考着说：“放走王华山，万一他在别处扑腾起来，舆论会说我们让人才外流，不重视人才……”

贾昌浩顿悟，点头。

周日，萧蓝中午加班回来，一进门就惊喜地喊：“来信了！来信了！”

郁闷的王华山奇怪：“谁来信了？把你高兴成这样……”

萧蓝：“我在香港的舅舅！”

“哦？终于联系上了！”王华山也兴奋起来。

“名是我的名，但地址写得不准确……还好，收到了！你看……”

王华山接过信封，抽出信笺看。一个老者的声音似在空中响起：“蓝蓝！这么多年来，我一直牵挂着你，一直打听、查找你的去向。我相信苍天不负有心人，一定能帮我实现这个心愿……”

萧蓝掩饰不住兴奋的心情喃喃着：“父母牺牲后，这个舅舅还想着我，我们终于联系上了……”说着不由得泪光闪闪。

王华山感慨：“这多少年了……”

萧蓝情不自禁地诉说：“我外公是民族资本家，据说开着很大的工厂。抗战爆发后，为躲战乱，舅舅变卖工厂去了香港，我妈妈则参加革命去了根据地。新中国成立后，我刚生下来不久，妈妈和爸爸又一起参加了抗美援朝……我是跟姑姑长大的……”突然想起孩子，“孩子呢？”

“写完作业，跟他张爷爷学下棋去了……”

“华山！我们去香港吧，这是多好的机会啊！像信中说的，我们帮舅舅管理公司，将来继承部分产业，生活优裕，也有作为……”

王华山默不作声，思考着。

萧蓝坦率地说：“你要去永泰机械厂，华龙死活不放你，还有什么奔头？”

王华山沉默地踱步……好半天，他抬起头来凄然地问妻子：“你真的想走吗？”

萧蓝茫然地看着王华山，没有回答。

王华山站在窗前，向外望着，心情十分伤感。

萧蓝也踱到窗前，他们一起眺望着厂区……

“我们大学毕业来到华龙厂，那是怎样的热血和激情啊！这里是我们报效祖国、实现理想的地方！”王华山感情激动。

萧蓝默默流下眼泪，她为王华山的处境感到委屈和心痛。

“装配车间的情况是暂时的，华龙厂也不会永远这样！”王华山用手抹去萧蓝脸上的泪水，又把一绺垂下的头发捋上去，“……改革开放以来，中国轨道交通车辆制造业正处在新的历史发展起点上，相信新的快速发展期马上就会到来。因为我们清楚，全国有多少人在为它废寝忘食、殚精竭虑、埋头苦干！”

萧蓝点头：“我们技术科的研发工作已取得阶段性成果。尤其姜克选这样的老工程师，在加班加点地干，当我看到他的赫然白发在灯光下闪着银光，就仿佛看到了希望……”

敲门声。

萧蓝去开门，惊讶地叫：“哎呀，郑厂长！您身体恢复好了？”

郑清儒微笑着进门：“没死了，又活过来了。”他消瘦，气色不好，但精神爽朗。

王华山迎出来，愕然地望着郑清儒拿的渔具说：“郑厂长，您这是……”

郑清儒不进屋，站在门口说：“别闷在家里，今天是星期天，走！跟我去钓鱼。”

王华山大笑：“钓鱼？哈哈哈，我哪会钓那玩意儿。”

“我也不会，钓着玩嘛！走！”郑清儒不容分说。

萧蓝赞同催促：“去吧！跟郑厂长出去散散心！”

王华山妥协地笑着：“我的意思，不如让萧蓝买条鱼，咱俩喝点酒开开心……”

郑清儒反驳说：“咳！家里才多大的天儿啊……”指指拎兜，说：“酒、菜全带了。”

王华山跟着郑清儒来到江边。

水面宽广，平坦如镜。

俩人兴致勃勃地持竿垂钓。郑清儒自认为技高一筹地向王华山传授技艺：“鱼漂一沉下去，即有鱼上钩，赶紧拉竿。”后又说：“咳，姜太公钓鱼——愿者上钩，也不用老看着它……”

王华山笑着笨拙地模仿着。

最后，两根钓竿斜插在水边，俩人高坐沙滩，抒怀对饮。郑清儒灰白头发，穿半袖浅灰衬衣；王华山黑头发，穿白衬衣，挽着袖子。

“我到永泰机械厂一看，就憋了一股劲。我要去了，肯定能把机械厂搞上去……”王华山坚定地说。

“那个舞台太小了，华龙厂才是你真正的天地！”

王华山认同地点头。

“我有工作了！昨天找我谈的。”郑清儒喜悦地说，“一是让我当生产顾问，二是让我代理厂工会主席。交代了，啥也不用我管，下边有分工负责的副主席，我顶个头衔就可以了。不过，我琢磨也得管点小事，比如，搞好工人福利，组织技术比赛，提合理化建议，监督评议干部，等等。还要重新选举职工代表，由班组工人亲自选举产生的代表，才是真正的职工代表。现在的很多代表都是指派的，只替领导说话……”

“你要做的这些都不是小事！”王华山赞赏。

郑清儒举起啤酒瓶，向王华山示意：“喝！”俩人一手握瓶，一手拿着香肠。

“你也不用太愁，总不能老让你待着。”郑清儒喝后放下瓶子。

王华山悲愤：“太浪费时间了！想转走去机械厂，还死活不放。”

“装配车间这三个月，听说亏损了 150 万！”

“啊？”王华山惊骇地把酒瓶蹾在沙滩上，痛心地僵在那里。

郑清儒喃喃道:“你承包三个月盈利了160万,他们三个月亏损了150万……唉!”

王华山悲哀地望着苍茫的远方……

“这样吧,”郑清儒用心地说,“要不,你还是回装配车间吧!”

王华山颤抖了一下,两道浓眉拧成了疙瘩,呼吸急促起来,他粗暴地拉开前怀,又向高挽了挽袖子,举起剩下的啤酒,仰天而饮……

他们的侧影与江水融为一体,意境壮烈博大。

郑清儒走进贾昌浩的办公室。

贾昌浩打招呼,孟志也在。

“贾厂长,听说装配车间亏损,我有个建议。”郑清儒坐下后说。

“噢?好啊!快说……”贾昌浩表现出极大的渴望和重视。

“我看,还让王华山回装配车间当主任吧!”

孟志听了吃惊,这个提议如果实现,实在是打了他的脸。

贾昌浩也感到这个建议唐突,一时哑然。但他马上联想到:郑清儒在确定装配车间主任的党委会上力挺王华山;王华山在中层干部会议上反对贵宾楼立项;王华山不服厂部截留奖金,拽掉孟志西服的一只袖子……他寻思片刻,确定了自己的坐标点,阴阳怪气地说:“起初用他时,我心里就不托底。错一次,我不能再错第二次!”

郑清儒据理力争:“怎么叫错呢?王华山给装配车间创了纪录,做出了惊人的成绩啊!”

孟志说:“你让王华山重返装配车间,证明我们离了他不行。”

贾昌浩进一步剖析说:“反过来,王华山重回装配车间,又把车间搅和起来了,不更说明我们当初撤他是错误的吗?”他满脸看透一切的蔑视。

郑清儒忍受委屈,恳切地说:“为了生产,应当听听下面的反映,考虑一下别人的意见。”

贾昌浩正色道:“现在是厂长负责制!”

郑清儒无奈起身走了。

郑小龙执意要去涂装车间,不是破罐子破摔,但也绝对算得上破釜沉舟、义无反顾。

这个举动不但震惊了他身边的人,也让老爸对他刮目相看。报到那天,郑清儒陪儿子走到涂装车间门口。

“就送你到这儿吧,我不进去了。”

郑小龙不好意思地磨叨:“送什么呀,你非要送……上幼儿园、上学、参加工作你都没送过我,我这么大了还送我,真有意思……”

“你爸老了……”郑清儒感慨,“不过,你最终选择到涂装车间来,让我意外和自豪!你终于长大了,清楚用正确的思想决定自己的人生了。涂装是苦脏累和有害工种,是个锻炼和考验人的地方。在这个车间一线工作的,大多是共产党员和转业军人……”

“爸,你别说了,我明白。以前我经常换工作,在哪儿都没干好,没少给您脸上抹黑……这回您放心!涂装是我的最后一道防线,没有退路,选择它就是要干出个样子来!”郑小龙说后挥了一下手,坚定地向前走去。

郑清儒站在那里,感动地目送儿子走进涂装车间……

李丽从装配车间调到了厂招待所,连她自己都觉得像做梦一样。潘富让她负责201房间和领导的接待服务。终于如愿以偿有了这样体面的工作,她心情无比愉快。

这天,李丽在整理201房间,有人敲门。

开门后,双方都因为陌生而惊讶……

李丽问:“你找谁啊?”

来者二十几岁,气势傲慢:“我你都不认识?你谁啊?”

“我是招待所的……”

来者反客为主地问李丽:“你在这屋干吗呢?”

“整理房间啊……”

来者径直进入房间,李丽阻拦无效:“哎,你怎么还进来了?”

那人霸气地坐到沙发上,李丽忙打电话:“潘所长! 201房间来了个人……”

李丽听着电话,转头望向来者,惊讶地笑了,放下电话:“你是贾哥呀!”

来人也嬉笑地看着她:“我是贾波,你挺漂亮啊!”

李丽不好意思地笑着:“没有啊,就是一般般……”

“嘿,有意思!”贾波兴致勃发。

李丽告退:“贾哥,我走了。听说你是来相亲的,不打扰了。”

贾波:“别走啊!什么相亲,就是看一眼。曲科长,老曲给介绍的。我常来……你收拾你的,我这个人怕寂寞,没有人陪着聊天不行……”

李丽无奈。

“你新来的?原来是哪个部门的?”

“装配车间的。”

“下边车间的呀!我说我来相过不少对象,你怎么始终没有浮出水面呢……”

李丽脸红地笑着。

有人敲门,一个女孩出现在门口。

李丽立即起身向外走……

贾波制止:“你坐你的。”

李丽尴尬地站着没有走出去。

贾波看了一眼门口的女孩,不客气地问:“你谁啊?”

女孩不好意思:“曲科长让我来的……”

“噢，我知道了。你回去吧！”

女孩很没面子：“曲科长说让我们好好谈谈……”

贾波不高兴：“让你走，你就走得了！你没看我们正谈着呢吗？”

李丽惊愕……

女孩尴尬地走了。

贾昌浩回到招待所，在201房间门外听到里面谈得挺活跃，面露悦色，转念又觉得不对，就敲门进去了。

李丽忙打招呼，并赶紧出去了。

贾波不高兴：“爸，你工作时间老回招待所干吗？”

“我有事啊！”贾昌浩说着打电话，“孟副厂长，你到招待所来一趟，我明天出国考察，有些工作跟你交代一下……”

贾昌浩放下电话问儿子：“谈得怎么样？”

贾波眉开眼笑：“谈得挺好！”

“我是说曲科长介绍的那个对象……”

“噢，打发走了，一看就不顺眼。”儿子说得随意。

“这个不顺眼，那个不顺眼……我手下的人给你介绍的肯定错不了！不好，他们也不会给咱介绍……”贾昌浩生气，打发儿子，“好了，你该回去了，走吧！”

贾波起身：“爸！你别上火，华龙厂姑娘有的是。别人不行，你把李丽介绍给我吧，这个我肯定同意！”

贾昌浩窘迫：“不行！人家有对象了。”

贾波反驳：“她跟我说没对象。你啥意思啊？”

“你快滚吧！”贾昌浩难堪，轰儿子出了房间。

出了房间的贾波在走廊上喊：“李丽！贾哥走了，送送贾哥……”

贾昌浩在房间里咬牙切齿地骂：“这个混蛋！”

过了一会儿，孟志敲门走进房间。

几天后，一辆轿车行驶在市区路上。

孟志头仰在靠背上，愁思笼罩，贾昌浩不满的声音时时在他耳边萦绕：“当初你主张撤掉王华山，可现在，你身为副厂长却没有把一个装配车间搞好，这个副厂长你还怎么干下去？……”

装配车间一蹶不振让孟志身陷泥沼，贾昌浩失望进而想抛弃孟志的意思已经摆在了桌面上。最近孟志特别沮丧，甚至有些绝望，因为糟糕的局面让他感到无力回天。怎么办？他又不想被宰割……

市里召开企业安全防火会议，供应科是仓储单位，孟志点了刘娜一起参会，他似乎希望、也觉得能从她身上得到什么……

孟志回头对坐在后座上的刘娜讨好地说："刘副科长，到市里开完会，我请你吃饭！"

穿着华丽的刘娜笑着学广东话说："不好意思啦……"

会后，他们坐在了饭店里。

两人碰了杯，刘娜一饮而尽。孟志喝了一半，又分别倒满。

"你一个老爷们儿，还没有我能喝！"

"都说能喝酒的女人好交！"孟志奉承。

刘娜得意地说笑着："那当然！不过……"她放纵地望着孟志，"孟厂长请我喝酒，我有些纳闷……是不是贾厂长出国没在家，你要打我的主意呀？"说后又哈哈大笑。

孟志脸红："不不，你误会了……我一个副厂长，怎么敢打你的主意啊……"

"别说得那么低气，再混几年，贾厂长退休了，厂长还不是你的？"

孟志故作姿态："这话我爱听。我要当了厂长，首先……"

"打我的主意……"刘娜抢话后风情万种地笑起来。

孟志逢场作戏："那肯定！你现在是副科长，我要当了厂长，肯定提你当供应科的正科长！"

刘娜感动："这才是真正的老铁！干一个！"两人都干了一杯酒。

放下酒杯，她微醉地表示："我刘娜今后是你孟厂长的人！"

孟志感慨："性情中人！说这么掏心窝子的话，让我感动！你对我从来不装、不隐瞒，交你值！其实，我今天请你吃饭，就是想提醒你一件事……"

刘娜："什么事？"

孟志关切地说："你跟潘富合伙，有不正当的利益关系，他向厂里推销别家产品，你吃回扣；据说还改票据，套取货款。下面有反映，你要注意，我担心你出事啊！所以急着告诉你……"

刘娜一时怔住，脸上掩饰不住惊慌，更充满了感激，乱了方寸连声说："谢谢！谢谢你……"

孟志不再说什么，手握酒杯，用同情和期待的眼光看着她，他相信他的话会感动刘娜，或能让她敞开心扉……

刘娜稳定了情绪，很悲壮地干了一杯酒。放下杯子，玩世不恭地说："我弄个几万算啥呀！哼，我要掉到水里，他们就得掉到河里……"

"别人掉不掉到河里跟你有什么关系？关键是你不能掉到水里啊！你要掉水里怎么办？"孟志貌似关心，实则围堵驱赶。

"我要掉水里，贾厂长也不能不管我……"刘娜左右看了一眼，俯向孟志小声说，"咱俩不外，我告诉你：建贵宾楼的孙经理，他给贾厂长一拉杆箱钱。当初有几家建筑公司竞争……"

"瞎说！"

"真的！当时我在 201 房间，孙经理放下箱子就走了，他俩在走廊上嘀咕了半天，我在屋里好奇，打开箱子看了……”

孟志严肃地说：“这事咱们决不能对别人说！”

刘娜点头：“除了你，我跟谁也没说过！”

孟志晚上回到家中，经过思考，认为进攻是最好的防守，坚定了与其坐以待毙不如绝地反击的想法。于是台灯下，一封寄给省纪委的匿名信悄然而成……

201房间是李丽分管的工作区域，条件好，舒适，还有电视看，没事她总待在这里。所长潘富也常来闲坐，他说所长室的沙发不好，也没有电视。这天晚上，潘富来到201房间，他曾提出过让李丽教他跳舞。

李丽是个感恩的人，潘所长帮了她大忙，一直想表示谢意。李丽拿出准备好的1000元钱塞给他：“潘所长，钱不多，表示个谢意……”

潘富拒绝，撕扯中抓住了李丽的手：“我说不要就不要……”

李丽被抓住两手，忽生窘态，又不以为意：“我能进招待所，多亏了你！这么大个事，我怎么也得表示一下谢意啊！”

潘富松开手：“我现在有来钱道，在乎你这点钱吗？”

李丽拿着钱不知如何是好，两眼充满了难以表达的感激之情：“我是个知恩图报的人……”

潘富郑重地再次抓住李丽的手：“那好，交个朋友……”复杂的眼神和久久没有放开的手，意味深长……

李丽感觉到潘富的特殊意味，羞赧地低下了头，回避地坐到沙发上。

“你教我跳舞吧！”

“可以。”

潘富去开音响。

李丽有些不安：“声音别放大了！”

潘富说：“没事，今天招待所没有客人，楼下看门的老头已关门上锁。”

李丽起身到窗前，把窗帘拉上，之后坐回到沙发上：“听说贾厂长出国今天回来了。”

潘富：“是，下午的火车，孟副厂长和钱副书记他们都去接站了。又飞机又火车的折腾，得在家歇几天，怎么也得三天以后来厂。”

悠扬的舞曲响起……

潘富伸出胳膊：“是不得这样请啊？”

李丽笑：“你跳过吗？”

潘富：“一点儿都不会。再说，在装卸队扛包扛得都成了罗圈腿了，跳舞也不好看啊！”

李丽站起来：“这可费劲了，这样……”

李丽示范着，潘富兴趣盎然地随着李丽舞动。

“你舞跳得真好，能和你跳舞真幸福！”

两人随曲慢舞着……

潘富从来也没有和这么美的女子挨得这么近，一股魅惑的清香气息扑面而来，使他心慌，呼吸急促。

“跳舞思想要集中，不能有杂念。”李丽告诫。

“不可能，我控制不住自己……”

李丽停住，不跳了。

潘富抱住了李丽。

“潘所长，别这样……”李丽推开潘富，关了音响。

这时，走廊上响起了脚步声……

两个人警惕地坐到了沙发上。

脚步声停在了房间的门口，接着是钥匙插锁孔转动的哗啦声……

房间里万分紧张起来，两颗心都提到了嗓子眼儿。

潘富趴在李丽耳朵上小声说：“别怕，反锁了。”

李丽疑惑：“不像是小偷……”

“当当当”，响起敲门声。

潘富示意李丽发问。

“谁？”李丽问。

“我！”贾昌浩的声音。

李丽恐惧得两眼一怔，几乎晕厥过去。潘富猛然一惊像遭了电击一般，倏地站起来，接着冲到窗前，几下打开了窗户，跃上窗台，毅然跳下楼去。

李丽醒过神来，哆嗦着回了一句：“贾厂长！你等一会儿……”

她慌张地环顾了一下房间，觉得没有什么可疑之处，这才控制着情绪开了门。

贾昌浩望着李丽的神态笑说：“看把你吓得，我也不是老虎！”

听到贾昌浩这句话，李丽的担心释然了，向贾昌浩嫣然一笑。

贾昌浩不解地望着洞开的窗口：“开窗户干什么？”历史的一幕在他眼前闪过。

李丽低着头，掩饰着她的极度紧张，怯懦地说：“我在这房间里……您来了，我赶紧打开窗户，放放新鲜空气……”

贾昌浩笑了：“噢……不必那么细心。新鲜空气也比不上闺房的玉香啊！”说完他还顽皮地吸了两下鼻子。

贾昌浩放下手提包，脱下外衣，然后走到窗前，看了一眼黑暗的夜色，把窗户关严，拉上了窗帘，回身望着惊慌羞涩的李丽，欣赏而亲切地笑着……

李丽怀中像揣着个兔子，可一切已经化险为夷了，她舒了一口气，故作欣喜地问：“贾厂长，刚到家，不歇几天，怎么这时候又到厂里来了？”

贾昌浩坐到沙发上：“我老婆出差了，家里没人，很寂寞，于是到招待所来找你……就是陪我说说话也好啊！”说完，他拉李丽坐在沙发上。

李丽神情不安……

“这回出国大开眼界，还是外国开放！咱们中国人活得太累，尤其是传统的观念还在束缚着我们……”贾昌浩感慨虚妄地说。

“都去了什么地方参观考察呀?”

“欧洲的欧克尔、阿奇达斯公司，都是轨道交通车辆制造业的世界巨头……上面组织的。”

李丽聪明地笑说：“贾厂长，您旅途劳累，早点休息吧！改日您再给我讲外国故事，我很愿意听。”说完，站起来，做了一个笑脸：“不打扰您了，我也休息去。”

“李丽，我还有礼物没送给你呢!”

李丽只好逢场作戏地说：“太不好意思了……”

贾昌浩拿出一个精致的小盒，打开，提出一条黄灿灿的金项链。

李丽惊呆了，表情复杂：“啊！这太贵重了!”

“给你花多少钱我也不心疼!”贾昌浩把项链亲手给李丽戴到脖子上。

李丽不好拒绝，十分窘迫。

贾昌浩继续说：“你工作熟悉得怎么样了？让我什么时候任命你为副所长啊?”

望着贾厂长，李丽为难地笑着……

“丽！今晚别走了。”贾昌浩说着把李丽揽在怀里。

李丽恐惧地望着贾昌浩滑稽可怕的方脸和胸口上露出的胸毛，在他怀中艰难地挣扎着：“贾厂长！别这样，别这样……”

贾昌浩放纵肆意……

李丽挣扎无望，哀怜地说：“贾厂长！你听我说，你听我说……”

贾昌浩停止厮磨，李丽香艳的身子还在他的铁臂合围里。

李丽乞求：“贾厂长！贾波说相中我了……您对我有恩情，我可以做您的儿媳妇！您放过我吧!”

贾昌浩羞恼：“胡扯!”动作更加疯狂。

李丽绝望，泪眼汪汪……

早晨八点钟，华龙厂区上空飘荡着两只大气球。大门口横幅高挂，彩旗飘扬，锣鼓喧天，鞭炮鸣放，人山人海。

厂领导和各部门领导分列厂门两侧，热情鼓掌，欢迎上班的工人。硝烟弥漫处，贾昌浩豪情万丈地在接受记者们的采访，摄像机对着他，记者们有的举着话筒，有的在记录……

大家没经历过这样的阵势，一些女工走在欢迎的夹道中感到别扭。

“怎么回事?”在上班的人流中，李祥遇到了吴建华。

吴建华指着厂门口的横幅：“这不，写着呢：庆祝双过半，争创六好企业。”

李祥嘟哝了一句：“又整景!”

"张罗得挺大,听说还请来了大歌星,没少花钱!"

两个人说着进了厂门……

三个退休老工人在厂门口看完热闹离开,边走边议论着。

一个瘦老头说:"一个'双过半'搞这么隆重!其实就时间过半是实的,别的都是虚的!"

一个胖老头瞪着眼睛说:"外表花里胡哨,内里乱糟糟!据说供应库里物料都没什么货了……"

瘦老头:"造声势,好贷款啊!"

厂办公大楼自上而下布满了一条条五颜六色的写着口号的挂幅,楼前是一片人工雕琢的花园。

拄拐棍的老头指点着这浮华景象说:"往这上面肯花钱,咱们西区平房自来水失修,房子漏雨,胡同泥泞……"

"不说这个。"胖老头指着不远处完工的贵宾楼,"一个贵宾楼,能盖多少个家属楼?听说空调都是进口的……"

三个老头走在路上,招待所门口轿车成群。

拄棍老头触景生情地说:"那时候厂里就一台小车,老厂长从市里开会回来在道上遇到工人,就停车让上来,一路上拉满为止。而且干部都定期参加义务劳动,去干最脏最累的活儿……现在,听说贾昌浩自己进了一次车间,都走迷路了……"

瘦老头指着招待所门口台阶上的红地毯说:"你看,这帮败家子!那么好的水磨石台阶,还要铺上红地毯。"

胖老头:"工厂早晚得黄在他们手里!"

灯光球场里有人在搭台布置,晚上隆重的文艺晚会将在这里举行。

几个老工人愤愤不平地向前走去……

自从那天晚上发生了跟李丽的事情之后,贾昌浩沉浸在喜悦中,工作也心神不宁。这不,他又忙里偷闲地回了招待所。

走廊上,他惊异地发现走在前面的人是自己的儿子,厉声喊:"贾波!"

已到了201房间门口的贾波回头站住:"爸……你咋回来了?"

"你干啥来了?怎么没去上班啊?"

贾波有些不好意思:"来找李丽……"

贾昌浩严肃:"找李丽干啥啊?快回去!"

贾波诧异:"你不说让我主动处对象吗?"

"那也不能乱处啊!"

贾波不服:"没乱处啊!上回我问她了,她没有拒绝我……"

"胡说!不可能!"贾昌浩发脾气,又哀求许诺,"赶快回去吧!我让人再抓紧给你介绍个更好的,行了吧?快走吧……李丽没在这里。"

贾波不听:"我找了好几个地方了,别人说让我上你这屋来看看……"

贾昌浩挡住儿子:"别胡闹了,快走吧!"

贾波不肯,非要进屋:"我看看不行啊?"

贾昌浩坚决不让:"没在这儿!走!"

父子俩纠缠在一起……

这时201房间的门开了,李丽手拿电视遥控器出现在门口。

难解难分的父子俩愣住了。

"怎么了?"李丽问。

贾波:"你干啥呢?"

李丽:"看电视呢,咋啦?"

那天晚上的事情之后,李丽是痛苦的,她从心里厌恶和痛恨贾昌浩,可又得罪不起贾昌浩,自己身败名裂了也得不偿失。为了这份工作,而且又升了副所长,她只能忍气吞声了。

贾波诡异地看着父亲:"好你个老贾!经常不回家,骗我妈说工作忙……你这不就是金屋藏娇吗?"

"胡说八道!"贾昌浩声色俱厉。

李丽尴尬,把遥控器塞到贾昌浩手里转身离去。

贾波抓住了李丽的一只胳膊,向贾昌浩示威:"李丽答应跟我处对象了!"

李丽难堪:"我没有……"一甩胳膊扬长而去。

贾波一时呆住,稍后又去追李丽。走了两步回头,咬牙切齿地对贾昌浩说:"我非让我妈作你不可!"然后追去……

贾昌浩呆在那里。

下午,华龙厂在招待所为请来的歌星们举行欢迎宴会。

贾昌浩开席讲话,他端着酒杯站起来很恭维地说:"各位艺术家!你们从北京来,辛苦了!我这个人很崇拜明星,今日幸会,感到非常荣幸!我代表全厂万名职工,感谢你们为我厂'双过半'文艺晚会增光添彩!"

歌星们一行数人,雍容快乐地举起酒杯。觥筹交错,欢声笑语。

席间,潘富拄着一只拐杖进来汇报:"贾厂长!党办刘秘书来电话,说市委通知,让您和孟副厂长马上去市委开……会。"

潘富的形象吸引了嘉宾们的目光,破坏了气氛。贾昌浩皱着眉头,扫兴地对潘富说:"有事让李丽传达。"

潘富脸色讪然,拄着拐杖趔趄地向外走去……

没有人知道潘富的腿是怎么瘸的,他说是下楼崴了脚。

"来来来……我再敬各位老师一杯酒!"贾昌浩举杯,大家共饮。放下酒杯他感慨地对客人们说："忙啊！市委的通知不好推迟，我们先走一步，由我们钱副书记继续奉陪。晚上回来听你们优美的歌声！"

明星们鼓掌。钱斌笑意盈盈地招待客人，贾昌浩、孟志抱歉地离席……

贾昌浩用牙签剔着牙走出招待所，嘴里嘟哝："什么屁事……"孟志跟在他身后，也暗自猜测……

贾昌浩下着台阶，那辆黑色的奔驰轿车闪着幽光无声地开过来，停在他们旁边。

孟志恭维地为贾昌浩打开车门，贾昌浩用鄙视的眼光瞟了他一眼。他扔掉牙签，刚要坐进车又停住，一手扶着车门，面对孟志，表情郑重。

"贾厂长，您有什么事?"

"装配车间再这样下去说不过去了，拖了全厂的后腿！华龙厂效益不好，最后上面是要拿我这个厂长问责的！你这个副厂长我看就别干了吧？华龙中层以上干部中有能力、高学历的人很多……"贾昌浩说完上车。

孟志惊慌："贾厂长！我一定努力！……我有能力把装配车间搞上去，您高抬贵手，再给我点时间……"说着关照贾昌浩坐进轿车。

孟志从前门上了车，豪华轿车轻盈地开向市区……

夜晚，华龙厂灯光璀璨，人涌如潮，人声鼎沸。办公大楼、俱乐部、招待所等高大重要建筑的轮廓上都镶嵌了彩灯。

招待所的门楼上，无数条金灿灿的灯带，像辉煌的瀑布泼洒下来，又横空覆盖了门前的过道，一派富丽堂皇。

像赶庙会一样，厂门前的主路上人流如织，拥挤不堪。卖冰棍的商贩不停地吆喝着。

露天彩色电影正在小广场放映，一片黑压压的人。

灯光球场四周人山人海，水泄不通。内凹外高的扇面式场地，让外面的人只看到密不透风的人墙和场地中心上空放射出的灿烂光芒，还有飘动的彩绸。附近的制高点：墙头、房顶、树上都站满了人。

歌星在演唱……

"朋友多了路好走……"美妙的歌声在夜空回荡缥缈，整个华龙厂沉浸在喜庆微醺中……

深夜，孟志回到家中，开灯后欣喜若狂地伏在床边摇醒妻子："哎、哎……出大事啦！"

姜晓妍睡眼惺忪，惊疑地问："咋的啦?"

"你猜?"

"快说!"

"贾书记、贾厂长下台了……我现在是代理厂长！"孟志掩饰不住兴奋。

“啊！出了啥事啊？”姜晓妍惊坐起来。

“受贿！现在初步查明，他在配件采购和建贵宾楼过程中受贿达千万！下午，市委找我们去谈话，当场宣布他停职审查，决定由我暂时代理厂长职务，主持工作。明天省市联合调查组进厂……”

姜晓妍惊讶迷茫……

“我饿了，给我弄点吃的，喝点酒！”孟志兴致盎然地伸手拉起妻子，“太值得庆贺了！你现在是华龙厂‘第一夫人’了……”

姜晓妍从厨房弄来两个现成的菜放在茶几上，孟志拿出一瓶珍藏的好酒。

他欣然饮酒，陶陶自乐：“我现在是代理厂长，实际上已经是一把手了！老天对我不薄，我终于盼到这一天了！”

姜晓妍仰靠在床头，狐疑地问：“贾厂长这事怎么露的？”

“哼，只要有线索，跑不了！”孟志又自言自语：“想撤我，没那么容易！”

姜晓妍怀疑地看着孟志。

孟志得意地喝着酒，酒不醉人人自醉，失态地哼唱起了京剧：“几天来摸敌情收获不小，细分析把作战计划反复推敲。威虎山倚仗着地堡暗道，看起来欲制胜以智取为高。”

08/第八章

两周后，市委会议上。

市委书记兼市长李昆讲话："根据联合调查组的情况汇报，华龙厂的问题是严重的！除了贾昌浩的受贿问题外，华龙厂已陷入严重亏损状态，债台高筑，流动资金枯竭；工厂管理混乱，生产没有效益。作为管理者，不懂生产、不懂技术，却擅长虚报浮夸，欺上瞒下……这样的厂长竟然是优秀企业家！我们的教训是深刻的！当初让贾昌浩当厂长的时候，下面的反应就很大，我们却没有认真听取群众的意见……"

李昆目光犀利地望了一眼主管工业的胡副市长和经委主任谷仲秋。

"这几天，我收到了不少关注华龙厂长人选的群众来信，其中有原厂长、现代理工会主席郑清儒的来信。一个工厂搞得好不好，厂长很关键。任免厂长不应仅仅是上级的权力，同时也应得到广大工人的拥护和支持，具有良好的群众评价和信誉度。"

李书记停顿了一下，目光落在一个正在做记录、快五十岁的女同志身上。"市委已决定调宋敏同志，任华龙厂党委书记。"

女同志微笑着起身致意。

李昆："企业的问题，一是要深化体制机制改革，二是要选好带头人。这次华龙厂厂长的人选，我们一定要严格按组织程序和走群众路线，要选拔任用真正懂生产、懂技术、有市场眼光、有创新精神、会管理、能力强的实干家当厂长！也不妨搞一次民主选举……"

宋敏点头，迅速记录。

李昆强调说："这个问题由主管工业的胡副市长牵头，会同市经委和华龙厂党委、工会，共同落实好……"

总工程师姜克选的办公室在技术科旁边，和地研所挨着。除了回家吃饭睡觉，其他时间姜克选都是在这个办公室里度过的。办公室里满满当当，资料如山，他置身于此，仿佛一个白头翁跋涉在崇山峻岭间。作为国内地铁车研发的资深专家，他为市场化之后中国地铁的命运忧心，带领地研所的年轻人在埋头苦干。

电话响，忙于研究伊黑兰地铁投标新方案的姜克选接起电话："喂……"

电话里传出一个母亲忧虑的声音："是华龙厂地研所吗？我姑娘丁燕还没回来呢……我知道你们加班，可现在外面下大雪了，公交车都不通了呀……"

姜克选看了一眼窗外：夜色深邃，雪花纷纷……

他赶紧歉意地说："对不起！让您担心了。我一定让人把丁燕安全送到家，您放心！您放心……"

丁燕母亲："您贵姓啊？"

"我姓姜。"

丁燕母亲："哦，您是姜总工程师吧？我知道您是他们的头……您也加班啊？"

姜克选笑说："我是头，更应该带头加班啊！您培养了个好女儿，丁燕很优秀，她是我们厂最年轻的大学生工程师。"

丁燕母亲："她喜欢机车！从小别的女孩都喜欢布娃娃，她不喜欢，她爱车……"

姜克选笑："喜欢的事就一定能干好。放心吧！我会派人把她送到家。"

"谢谢了！"

姜克选："应当谢谢您啊！"

安静的夜晚，积雪很厚，大街上没有行人和车辆。城市万家灯火，仿佛童话世界。

五个人从厂里出来，有一个女孩，还有一人扛着自行车。因为大雪，他们心情怡然。

"赵鹏，你对象没来接你啊？"丁燕开玩笑说。

扛着自行车的赵鹏咧嘴笑了一下。

李海涛："丁燕你哪壶不开提哪壶。"

丁燕笑，又安慰赵鹏："无所谓，大浪淘沙……"丁燕不高不矮，不胖不瘦，是个聪明智慧、果敢漂亮的女孩。

到了路口，赵鹏扛着自行车向左走了。姜克选对右拐的李海涛和丁燕嘱咐说："海涛，你这个护花使者一定要把丁燕安全送到家啊！"

李海涛："放心吧姜总！"

"我得跟着，我对他不放心。"也右拐的郑凯说。

姜克选想起："对，你也是同路。"

李海涛说郑凯："郑凯，你能不能不当灯泡？"

大家笑。

丁燕回头招手："姜总，拜拜！明天伊黑兰一路平安，马到成功！"

李海涛和郑凯也挥手说："加油！"

"哪有那么容易！"姜克选挥了一下手，看着他们的背影，然后左拐向家走去……

电话相约，孟志晚上去了钱斌家。

孟志主持华龙厂工作后，钱斌对他多了几分尊重和热情。而孟志心里也更倚重钱斌，因为钱斌背后的靠山也是自己的靠山。

坐在钱斌家的沙发上，孟志充满忧虑："贾厂长下去后，我以为华龙厂这一摊就是咱哥俩的事了，没想到市委又派个书记来。我这代理厂长现在看来也不把握，说是要召开职代会民主选举厂长……”

钱斌很自信：“按理说是没有问题的，民主选举也就是体现一下群众路线，走走过场，不会有大的问题。再说厂级领导这一块，没有人的资历能超过你。你岳父姜克选就是个搞技术的，他当不了行政领导，也没那个野心。”

孟志疑虑：“王华山会不会蠢蠢欲动？”

钱斌摇头不屑：“他是个中层干部，而且还是在撤职期间。”

孟志深以为然地点头。

“你就把心放到肚子里吧！”钱斌安抚说。

“这事就仰仗谷副秘书长、谷主任那边了！批我副厂长的时候，就是你找的你姐夫，这回还得你跟姐夫多说说，还得靠他帮忙。”孟志样子诚恳，说着从怀里拿出一个厚厚的纸包，放在茶几上，“这个，你转给你姐夫谷仲秋。”

钱斌假装不满：“孟厂长，你还用得着这个吗？”

孟志：“表示个心意。”

钱斌坚定地说：“没问题，你放心！这事是你的事，也是我的事。选举前我们多方面做代表的工作，拉选票。也可以让仲秋出面与代表们座谈沟通，他们明白了领导意图，就都随大溜了。”

孟志许诺：“如果我这个厂长没问题，将来书记的位子早晚是你的。”

钱斌得意，也自以为是：“在华龙厂，上得了台面的除了你我，也没谁了。”

赵君在车间里碰到了从厂部回来的夏森。

“我费了很大的劲儿，终于在教育科给你争取到了这个名额。你小子要鲤鱼跳龙门了！”夏森递给他一张表。

赵君惊喜地接过“省干部进修学院录取表”，激动地端详……

夏森说：“填完表，到厂部找孟厂长签了字，这事就成了。”

赵君望着夏森，热泪盈眶：“夏书记，您是我的恩人！”

全厂热切关注和期待的重要会议，终于在厂俱乐部召开了。

主席台上方横幅庄严地写着：“华龙机车车辆厂职工代表大会。”

主席台前排坐着四位领导：左边厂党委、厂工会名牌后面坐着宋敏和郑清儒，右边是两位市领导。

党委书记宋敏讲话：“这次职代会民主选举厂长，是在市委、市政府的直接领导下进行的，并得到了广大职工的热烈响应。参加今天会议的领导有：市政府副秘书长兼市经委主任谷仲秋同志，市委组织部于副部长。这次选举，上下各方面推荐的候选人有十多名，经过反复酝酿，认真审核筛选，最后确定孟志和王华山同志为最终候选人。”

主席台后面有一排席位，是列席的其他领导。两个候选人孟志和王华山的座位挨着。

孟志大度、优越地笑着跟王华山打招呼："华山！在家待了几个月，也没养胖啊？"

"有钱难买老来瘦。"

孟志笑了一下，忍不住居高临下地讥讽："你当车间主任都没当到头，半途而废了，还有心思竞选厂长呢？"

王华山回敬："你连一个车间都搞不好，还有资格当厂长吗？"

孟志不屑一笑，轻蔑："好，机会难得！你努力争取。"

王华山表情冷峻："当然，这次选举关系到华龙厂的命运！如果参加竞选的是姜总，我会放弃，可我对你不放心。"

孟志一笑："当不当厂长无所谓，不过，我输给谁也不想输给你！"他心里发誓："我在情场上输给了你，官场上我是不会输给你的！走着瞧！"他觉得自己有靠山，也做足了功课，所以自信满满。

大会主持人郑清儒宣布："下面请候选人发表竞选演说。首先演讲的是孟志同志。"

孟志拿着很厚一沓纸，来到台前的发言席上。"各位领导，各位代表！在改革开放的大好形势下，在市场经济的大潮中，我厂面临新的挑战，也充满新的机遇。搞好华龙厂，我提出八项举措……"

此次选举厂长，不论是对工厂还是竞选者个人，都意义重大。这些天，王华山家里访客盈门，吴建华等工人纷纷期盼他参选，郑清儒也鼓励他："厂长非你莫属！"他心潮激荡，坚定了责无旁贷的决心和勇气。此时，作为正式候选人坐在主席台上，他表情庄重，两眼充满激情的光芒和必胜的信心。

孟志的演讲进入尾声："总之，我有副厂长的工作经验，当厂长一定能取得成功！一定能把华龙厂搞好！"台下响起掌声。

主持人郑清儒宣布："下面请王华山同志发表竞选演说。"

掌声中，王华山两手空空地走到麦克风前，一副不修边幅的粗犷形象。

会场上寂静无声。

王华山激动，神情忧伤："没想到我会有这样一次机会……如今我们的工厂严重亏损，如果没有银行贷款，已经难以维持正常的生产运转，可前不久还是歌舞升平的景象！假若我能早些时候站在这里，或者我早些时候当上厂长，我敢保证，华龙厂绝不会像现在这样！"

会场响起热烈掌声。

"我来自农村，恢复高考第一年上的大学，是党和国家培养了我。报考大学那年，病重在床曾经是军人的父亲执意让我报铁路机车专业，因为我的爷爷闯关东时曾经在东北的铁路上当过工人，经历过中东铁路、"南满铁路"，目睹了外国列强在贫弱的中国大地上的称霸和掠夺，饱受了欺凌和屈辱……爷爷至死都有一个期盼：我们中国什么时候能有属于我们自己的铁路和火车？尽管这样的心愿我们早已实现了，但我还是因为爷爷的这个期盼报考了交通大学，并热爱上车辆制造事业，把建功立业当作座右铭，并在大学光荣地成为一名共产党员。毕业后，我选择来到华龙厂，就是立志要实现我心中的‘中国制造’，直至高铁梦想，振兴中华！我曾在机加等多个车间实习、当技术员，后来当了车体车间的主任，又调到装配车间当主任。我和工人们一道，把落后的车体车间变成了先进车间，使老大难的装配车间扭亏为盈，承包三个月，盈利了 160 万元。最后我提出了深化改革的建议，把月承包指标由原来的 30 万提高到 50 万，却被撤职了……之后，令人痛心的是装配车间三个月亏损了 150 万！我在家里待了三个多月，要走不放，重回装配车间不准……这对于一个要干事业的人，是何等的残酷啊！”王华山情绪激动，热泪盈眶。

场上鸦雀无声，大家被深深地震撼了。

“今天能够进行民主选举厂长，这对于工厂的发展是一件意义重大的事情。如果我当了厂长，要把民主制度坚持到底，保证在我不胜任厂长，或有超过我的能人时，职代会能够把我选下去……”

台下响起热烈的掌声。

王华山强调说：“产品是企业的生命。我当厂长后，要用主要精力抓产品的更新换代，抓质量的提高，抓技术的不断进步和创新，弘扬工匠精神；要尽快完成铁路客车的转型升级，要加强地铁车技术的研发提高，抢占国内市场；着眼未来，开展高速列车的研制工作。华龙要努力争做行业的领先者，让‘中国制造’走向世界！同时，还要改革一切不利于生产发展的管理体制、人事制度、工资制度，不断提高工人的收入，搞好职工福利。”

会场爆发出振奋热烈的掌声。

王华山最后说：“我当厂长后，决不腐败奢侈！一定为华龙厂的振兴、为中国轨道交通车辆制造业的繁荣，鞠躬尽瘁！”

雷鸣般的掌声经久不息……

投票开始，会场上四百多位代表在各自的选票上落笔。主席台前设有投票箱，代表们依次有序投票，监票人站立旁边。

主席台上，郑清儒满意地微笑着。

谷仲秋城府很深，嘴角有一丝不易觉察的轻蔑。

孟志忧心忡忡，心里怨恨：“搞什么民主选举呢！”

验票计票结束，工会代理主席郑清儒手拿一张纸，在主席台上站了起来……

全场异常安静，都屏息凝神地期待着选举结果揭晓。

郑清儒目光深邃，迟滞良久，眼前仿佛群山巍峨，惊涛拍岸……他激动庄严的声音在会场内响起：“孟志，121 票。王华山，286 票！”

全场掌声雷动，欢呼如潮。

结果出乎谷仲秋意料，他敲桌子的声音通过麦克风在会场上发出很大的响声：“肃静！肃静！”

全场安静下来，代表们怔怔地望着主席台。

谷仲秋和缓地说："选举结束了，感谢大家的配合。这两位同志都受到了职工们的拥护，究竟谁更胜任厂长？根据民主集中制的原则，我们还要回市里，按干部的各方面条件，进一步研究决定。再次感谢大家！"转向宋敏："会议就到这儿吧。"说完，市里领导起身离席。

台下的代表们呆在那里……

郑清儒懵懂地坐在座位上……

走在后面的市委组织部于副部长向郑清儒小声透露说："市委李书记在省里开会，明天下午回来……"

一些代表追到俱乐部门外，拦住了要上车的谷仲秋。

吴建华问："我们的选举是不是白选了？"

谷仲秋手扶车门貌似耐心地解释："不能这样讲，群众的意见是我们决策的基础。"

有人说："这不是耍我们吗？"

市里的领导坐进轿车，两辆轿车开走了。

松江市东郊机场上空，一架飞机正在降落。

姜晓妍领着女儿仰望天空，珍珍欢呼："姥爷回来喽！"

……姜克选和女儿、外孙女喜悦地走出机场大厅。

"这次去伊黑兰谈得怎么样？"姜晓妍问。

"情况复杂，竞争激烈……"

"跑了好几趟了，投标方案也搞了几套，资料也准备了无数……不行就算了吧！"女儿劝说。

姜克选："这个地铁招标项目虽然伊黑兰方面意见还没统一，但还是有希望的。每次都会有新的问题、新的设想提出，方案就得不断修改、不断更新。谈判就是这样。"

珍珍说："姥爷！我爸要当厂长了！"

姜克选高兴地迎合："是吗？好啊！"

姜晓妍说："刚开完职代会，有两个候选人，据说王华山比孟志的票多很多……"

姜克选："噢，我也认为王华山更适合！"

姜晓妍诧异地点头。

他们坐上出租车。

夕阳西下，霞辉漫洒，江面恬淡。

萧蓝陪王华山漫步在江边……选举落幕，虽然结果扑朔迷离，但终于结束了。萧蓝极力劝说王华山出来散散心，以排解他的郁闷。其实，以王华山的身份能够参与厂长竞选，已经是很大的突破和肯定，但这构不成对他的安慰，他想的是华龙厂的命运和发展。

萧蓝："孟志会使尽浑身解数的……"

"人间正道是沧桑。"王华山心情笃定，充满自信。

两人坐在沙滩上，萧蓝挽靠着丈夫的胳膊，眺望江面。王华山不时地捡着身边的石子，很随意地向江中投掷。

"我在江边，就想起了我们结婚时的情景……"萧蓝转脸望着王华山。

王华山有所回忆："嗯，神圣而浪漫。"

两人会心地笑了，沉浸在往事里……

当年，王华山见义勇为，却戏剧般地进了拘留所，是萧蓝筹措了赔偿款把他捞了出来。因为认定了王华山，也因为厌恶孟志的追求，萧蓝毅然决定和王华山结婚。

王华山尚不知晓，当他有些邋遢地走出拘留所，很惊讶萧蓝的精心打扮和美艳：鲜红的裙子，嫩黄的绸衫，神情尤其娇羞妩媚，楚楚动人。

他赞叹："今天怎么穿成这样……像个新娘子！"

"特意来接你啊！"萧蓝羞笑。

王华山忧虑起来："谢谢你了萧蓝！真怕以后连累你……"

"别说了，跟我走，我带你去一个地方。"萧蓝挽起王华山的胳膊，偎傍着他前行。

王华山感动，也疑惑。

萧蓝带王华山来到华龙厂家属区北区，进了一家柴门小院。旁边的门房是一间沧桑古老的茅屋，小屋窗户上贴着鲜红的"囍"字。

王华山疑问："这是谁家？新结婚的？"

萧蓝声音激动地说："这家今天结婚，是我们的家！我租了这个小屋，把你宿舍的东西也都搬来了。

王华山吃惊……

萧蓝羞红着脸，顽皮地伸出一只胳膊，向惊呆的王华山做邀请的姿态说："新郎！请入洞房！"

王华山懵懂地进到里屋，白纸新糊的墙，看到自己的柳条包与萧蓝的两只皮箱等东西都放在了一起，炕上是花床单、新枕巾，还有自己和母亲的合影照片。

太突然了！王华山百感交集，情不自禁地发出"啊——"的慨叹。

萧蓝投进王华山的怀里，兴奋凄切地说："华山！我们今天结婚！今天结婚！"说着哭了……

王华山拥抚着萧蓝，热泪盈眶……

房东老太太六十多岁，从正房里出来，看到窗户上的红"囍"字，透过窗纱隐约可见两人在窗前相拥而泣，生出疑惑和同情，欲进去劝劝又觉得不便，于是在院子里转了几圈，最后叹息着回屋了。

萧蓝临时搭的饭桌是别人送的一块小面板，一头搭在炕沿上，一头垫上凳子，上面铺了张报纸。四个菜分别装在两个盘子、两个饭盒里：香肠、猪头肉、韭菜炒鸡蛋、黄瓜拉皮，还有一瓶酒。

房东老太太被请来坐在“桌”前，萧蓝、王华山分坐在南北两边。

王华山已经去洗了澡、理了发，换上了萧蓝给他准备的新衣服。

“大娘！您知道我们请您来干什么吗?”萧蓝说着瞟了王华山一眼，羞笑着望着房东老人。

“喝喜酒啊!”老人爽快地说完哈哈大笑。

两个年轻人笑着，羞红了脸。

萧蓝：“还要请您做我们的主婚人!”

王华山把一盅酒恭敬地捧到老人面前。

“又升一格！那好，你们的亲人不在本地，我就当你们的长辈了!”老人说着接过酒一饮而尽。

王华山、萧蓝站起来感激地给老人鞠躬。

吃完饭，送走了房东老人，王华山站在屋中端详着，陶醉在激动幸福的情感里。

萧蓝在厨房刷洗完，擦着手进屋。

“有笔墨吗？想写几个字。”王华山笑着。

萧蓝找出了笔墨和纸，没有桌子，便说：“想写，就直接写在这白纸墙上吧。”

王华山执笔蘸墨，酝酿了一下，笔走龙蛇，顷刻间，八个遒劲的字呈现在裱糊的白墙上——国家兴亡，匹夫有责!

小时候的家庭影响，后来的学校教育，铸就了王华山的报国志向。如今收获了爱情，与美丽的萧蓝组成家庭，作为男人，更增强了他的家国情怀。

萧蓝拿起一支小楷笔，欣然在下面画了一幅子弹头形的高速列车图，又写了一行娟秀的小字：“华山萧蓝新婚题记。”

两人相视而笑，拥抱在一起……

“我们出去走走啊?”王华山提议。

萧蓝说：“好!”

两个人刚走到大门口，房东老太太急急地从屋里赶出来喊：“天快黑了，别走了，有说道：结婚不能空房，还要点一晚上灯的!”

两个人笑着，答应着出了大门。

向北不远就是江边，江水像缎带似的展现在眼前，放眼望去，远处山峦起伏，尽在朦胧中。这时夕阳刚刚落下，天边嫣红，晚霞绚丽。

萧蓝一手拎着裙子，弯腰在水边寻觅着。

王华山伫立在水边，望着江面出神……江水流淌着，宽广浩瀚。

萧蓝拾了一只贝壳和几枚斑斓的玛瑙石，高兴地捧给王华山：“看，多好看！这贝壳，没了生命，却留下一片光明；这玛瑙石，透明，又含着血红。”

王华山欣赏地点点头，俯身拾起一个鹅卵石：“你喜欢鹅卵石吗?”

"……不喜欢，像某种人，有一种圆滑的感觉。"萧蓝说。

"也许它原来不是这个样子，后来在冲刷磨砺中变得圆滑了，因此也没多大用处，而一块方正的石头能做大厦的基石。"王华山说着把手中的鹅卵石抛向江中。

"我有了一点诗意，"萧蓝兴奋，若有所思，沉默了一会儿，"你听着——"

她望着辽阔的江面，像在课堂上朗诵课文：

一块方正的石，
擎起高楼大厦；
一尊品格的碑，
如风雨中的灯塔。
你是一块方正的石，
肩负家国天下；
你是一尊品格的碑，
为世界增添光华。

王华山欣赏地笑了，也被萧蓝的诗意感染了。他们挽着胳膊，漫步走向沙滩的一块高处。

洞房里开着灯，房东老太太坐在凳子上，手里拿着一支为防备停电找出来的红蜡烛，她心里一边埋怨着不懂事的年轻人，一边打着瞌睡……

王华山和萧蓝面江而坐，依偎在沙滩上。白亮亮的江水无声地在他们面前流淌着，宁静的夜空星斗渐显，玉盘似的月亮挂在天边。他们的背影凸立江边，在朦胧的美景中像一座雕塑，而他们的情话更像天籁之声。

"萧蓝，感谢你的爱！论美貌，论才华，论富有，你都是没比的，可我……"

"我不看重钱财，也蔑视华丽的行尸走肉。我要嫁给一个有高尚灵魂的人！——你是我的如意郎君！"

萧蓝激动地投入王华山的怀中，他紧紧地拥抱着她……

月夜沙滩，天高地阔，意境美好。

"王主任——"

他们的回忆被喊声打断。

远处，吴建华引着一个花朵似的小女孩玩耍着向这边奔来。

王华山挥手吆喝："吴建华——"

"王主任，你们也在这里啊！"吴建华兴奋喜悦地来到跟前。

"出来放松放松。"王华山愉快地说。

吴建华回头对喊着"爸爸"奔过来的女儿说："快问伯伯、阿姨好。"

女孩："伯伯、阿姨好！"

两人异口同声："好，好！"

萧蓝喜爱地问："你叫什么名字？几岁了？"

小女孩聪明伶俐："我叫小红，五岁了。"说完跑向水边。

吴建华坐下，担心地说："不知道最后结果会怎么样……不过，我不相信市里会把一个万人企业的民主选举推翻！"他向上拢了一下头发，清秀的脸上目光炯炯。

王华山感慨："民主选举是企业民主管理的重要内容，体现了工人阶级的主人翁精神，也会有效地遏制官僚腐败……"

吴建华："是的，早在 1945 年，毛主席同黄炎培就有过关于历代统治从艰苦创业到脱离群众的周期率问题的谈话。毛主席说，我们已经找到了新路，我们能跳出这周期率，这条新路就是民主，走群众路线。只有人人起来负责，才不会人亡政息。"

王华山："说得太对了！"

萧蓝饶有兴趣地听着他们的谈话。

"不论怎么说，今天的民主选举和选举结果，都令人振奋，让职工扬眉吐气！"吴建华兴高采烈。

小红跑回到他们身边，手里拿着几个好看的石子儿给大人看。

萧蓝抚摸着她的脸蛋说："幼儿园的小朋友，给我们唱个歌吧！"

小红天真地说："你们必须鼓掌欢迎……"

三个大人都笑着鼓掌。

小红认真地唱起来："我们是共产主义接班人，继承革命先辈的光荣传统，爱祖国，爱人民……"

暮色红霞，浸染了江面。沙滩上，在童稚嘹亮的歌声里，每个大人都表情肃穆地望着远方，一脸坚定……

晚上，姜晓妍领着女儿珍珍去了父亲家。

孟志独自在家，茶不思、饭不进，在客厅焦灼不安地来回走动……

有人敲门，来人是装配车间的赵君。

没有关乎切身利益的大事，以赵君的普通身份，他不可能也没有勇气来敲厂长家的门。赵君拘谨地说了许多客套话后，毕恭毕敬地把"省干部进修学院录取表"递给沙发上的孟志。

孟志接过瞄了一眼，又还给了赵君。

孟志阴郁地说："你们车间夏书记跟我说过……可我们厂现在都要停产了，工资难发了，如果贷不下来款，厂子就没辙了，哪还有钱供你上学啊？等等再说吧。"

赵君掏出一个装钱的信封放到孟志身边说："希望孟厂长能帮帮我！"

孟志不屑一顾："拿回去吧，现在确实帮不了你！"

赵君委屈恳切地哀求："孟厂长！这对我来说是一次难得的机会啊！它是我人生一个至关重要的转折点。您拉我一把吧！我不会忘记您的恩情，我会永远报答您的！"

孟志沉默了一会儿，口气轻松地换了话题："职代会刚搞完厂长选举，对这件事你怎么看？"

赵君无比诚挚地说："我真的不希望王华山当厂长，因为我知道他当了厂长肯定不会批准我到省城进修，我因为正直得罪过他。我真希望厂长是您！真的，这是我的真心话！"

孟志略有好感地望着赵君，叹气说："我现在正闹心，工厂也处在非常时期，确实管不了你们这些闲事了。"

赵君坚贞地表示："孟厂长！您有没有用得着我的地方？需要我为您做些什么？如果能帮上您什么忙，我会不惜一切代价！"

孟志笑了，轻蔑地说："我现在厂长难保，你怎么帮？你帮得了吗？"

是的，这件事像是让一个蚂蚁去背负一座大山，不沾边，也不可能。但赵君的眼神里没有表现出无奈，仍是执着地望着孟志……

"谢谢，你走吧。"孟志温和地下了逐客令。

夜里，下雨了，窗外电闪雷鸣。

清晨，客厅窗前，王华山两手叉腰，心情沉重地看着窗外的大雨……

传来敲门声。

一大早，还下着雨，会是谁呢？王华山去开门，萧蓝随后。

姜晓妍神色慌张地进来，雨伞湿漉漉地淌着水珠。她急促地说："王主任！萧蓝姐！定了……"

王华山："嗯？……"

姜晓妍："厂长定了——是孟志！"

王华山吃惊，不能自已地冲进客厅，站到窗前……窗外大雨正急，伴有雷声。

萧蓝陪伴着姜晓妍随后进到了客厅。

姜晓妍："昨天晚上，他几乎一夜没睡。我起来上卫生间，他正在接电话。之后对我说，市里昨晚就开会决定了，今天星期天打印文件，星期一正式宣布任命……我不知道如何是好，一早就跑来告诉你们，看还有没有什么办法。"

"市里定了，还能有什么办法？谢谢你了晓妍，难得你这样。"萧蓝说。

王华山感动也疑惑地走到姜晓妍面前："这个时候你不向着孟志，却跑到我家来……"

"我觉得孟志不胜任这个厂长，他没有能力把华龙厂搞好。"姜晓妍真诚地说。

王华山激动："这次如果是你爸姜总参加竞选，我举双手赞成！他是我崇拜的老一代知识分子……"

姜晓妍："又是地研所，又是伊黑兰地铁招标项目，他太忙了！虽然壮志不已，但毕竟年龄大了，身体也不好……"

"下这么大雨，你跑来……"王华山充满感激地看着姜晓妍。

萧蓝非常感慨地说："按常理你们是一家人，胳膊肘不能向外拐，你这样做绝对是义举！让我们惊讶和感动！"

王华山也附和着连连点头。

“是，我跟孟志是一家的，可同时我也是姜克选的女儿，是华龙人。谁当厂长不是一家的私事，这关系到工厂的命运！”姜晓妍说这话时显得那样无私和高大。

萧蓝感动地拥抱姜晓妍；王华山眼睛湿润，向姜晓妍举手致礼。

姜晓妍也泪目地望着王华山……

这时电话响，王华山回身去接电话。

“喂，郑厂长啊……”

电话里传来郑清儒清晰的声音：“华山！厂长定了……是孟志。”

“嗯，我知道了。”

“据说市里的理由是，孟志比你小一岁，更符合干部年轻化的要求。”

王华山伤感无奈地说：“噢，功亏一篑啊！算了……”

电话那头，郑清儒咆哮：“不行！我豁出去了！”

萧蓝送姜晓妍下楼回来，进门发现王华山手里拎着捆好的行李卷和装日用品的提兜。

他悲壮地对萧蓝说：“我走了！”

萧蓝惊呆了：“干啥去？”

“去永泰机械厂！”

萧蓝慌忙拦他说：“不行！今天是星期天，外边又下着雨……”

王华山执拗：“下雨算个啥，打个伞就可以了。”说着要去拿墙上的伞。

萧蓝不知所措地劝说：“虽然竞选失败了，可你不能就这样去永泰啊！总得有个说法……你的一切档案关系都在华龙厂啊！”

王华山两眼冒火，神情坚定：“永泰厂需要我！我豁出去了，这里的关系我可以不要！”

萧蓝拉着王华山的胳膊，身体不支地蹲下，哀求说：“华山！你今天不能走……改日我和你一起去好吗？”

王华山悲痛至极地向天吼叫：“我不能再这样待下去了！”

这时响起轻轻的敲门声，王华山去开门。

门外是一个穿雨衣、戴口罩，包裹严密的人，他突然向王华山的脸部抬起胳膊，手握针管向王华山的眼睛喷射。

王华山惊叫一声，抬手捂眼……

神秘人快速逃离。

雨中的火车站广场。

两辆大客车开进站前广场，并排停住，没有人上车，也没有人下车，在大雨中神秘地岿然不动……

铁路公安处的一辆挎斗摩托车开过来，绕着大客车转了一圈，停在了驾驶室窗下。司机摇下了玻璃。

两个穿着雨衣坐在摩托上的人问："你们是华龙厂来闹事的吧？"

司机："不是！我们接站，是来等市委书记上访的……"他是接过郑清儒的那个大客车司机。

挎斗摩托："那你们为什么不到市委去？"

司机："今天是星期天，休息。我们有急事又等不到明天，情况紧急，实在是没有办法的办法。"

挎斗摩托："我们是接到通知来驱逐你们的……"

司机："请你们放心！我们来的人大多是职工代表，而且是为了厂子的公事。我们一不闹事，二不截车。"

挎斗摩托警告："别闹事啊！注意影响！"然后理解地开走了。

葛强背着兜子，打着雨伞，一身出门打扮向火车站走来。走过大客车，他看了一眼是华龙厂的通勤车，便返回到车门处敲门，上了车。

大客车里，吴建华手拿包装布卷惊喜地问："葛强！上哪去？你怎么来了？"

葛强："上南方打工去，也是今天的车。我听说了，就提前赶来了。"说着望着车上满满的人，"我现在虽然被开除了，可我觉得还是华龙厂的人，尤其是王主任这样的领导，我非常敬佩他！"

郑清儒伸过手来，和葛强握了一下手，向他点了一下头。

葛强问吴建华："拿的什么东西？"

吴建华："横幅。"

有人惊叫："两辆轿车开进火车站了！"车上骚动，人们争望窗外……

吴建华问："郑厂长，几点了？"

郑清儒看了一下表说："还有10分钟火车进站。"

吴建华说："葛强，你走吧，别误了车！"

葛强："我赶趟儿，还有40分钟呢！"

雨越下越大，出了火车站验票口的旅客匆匆四散……，纷乱之后，人迹渐稀。

广场上矗立着一座毛主席的高大塑像，高抬手臂仿佛在呼风唤雨。

在塑像的西侧，通往市内的要道旁，约二百人的人群凛然伫立在雨中。葛强打着伞站在旁边。

他们面向车站，滂沱的大雨在他们头上肆意地泼洒着，湿透的衣服贴在身体上，骨肉真实，像一群雕塑坚贞兀立……

两辆轿车开出车站。

车中的市委书记兼市长李昆突然喊："停车！"他发现了雨中的人群。车窗上雨水迷蒙，视线不清。

市委书记猛地推开车门，下车站到雨中凝视，他被眼前的景象惊呆了。

十多米远处，一大群被雨水浸泡了很长时间的人们，脸色苍白，神情充满期盼，拥持着一条白布横幅，上面醒目地写着鲜红的大字："李书记，我们找你！"他们身后远远的背景，恰是广场路北市人大办公楼巨大的宣传板上赫然写着的宪法中的一句话："中华人民共和国的一切权力属于人民！"

李昆震惊至极。

有人在他头上撑开了雨伞，他愤怒地摆了摆手。

他抬步向雨中的人群急速走去……

最终，孟志没有如愿当上厂长。

王华山也未能坐到厂长的位置上。他住进了医院，眼部缠着纱布，半仰在床上输液。

市委李书记赶来看望，俯身握着他的手。

"华山同志！你是华龙厂当之无愧的厂长！你要好好养伤，尽快投入工作……"

"谢谢李书记来看我！我的眼睛……怕没有希望了。"王华山很悲伤。

离开病房，李书记和市公安局局长以及随行人员走在走廊上。女医生与他并行汇报着病情。

"硫酸烧坏了眼角膜，眼睛已经失明。"

李昆停住，沉重而茫然地问："就没有任何办法了吗？"

医生略做思考说："只能眼角膜移植。"

李昆一行走出门口。很多来看望王华山的工人们，心情沮丧地聚集在楼门外。

吴建华喊："李书记！我们要求追查凶手！"

李书记认出了吴建华，举了一下手致意，不停地向前走去。

医院外的轿车旁，李昆与公安局局长交谈。

公安局局长说："没有任何线索……从表面上看似乎与厂长选举有关，我们也把孟志列为重点调查对象，可是没有查到任何证据。"

李昆："要继续侦查！"

公安局局长："是！"

晚饭桌上，孟志苦闷地喝着酒，已喝了很多的样子。选举未能如愿，自然心情郁闷，但王华山出了事又让他心里有所平衡。虽然幸灾乐祸，可这事不是他干的，被人怀疑又觉着很冤枉。

姜晓妍吃着饭，又无心吃饭……

孟志感叹着申辩："到嘴的鸭子飞了……我恨王华山跟我争厂长，可我不可能去往他脸上弄硫酸啊，这绝不是我干的！"

姜晓妍："不是你干的，也跟你有关，搁谁也得这么想！"

"胡说！"孟志暴躁，"你现在为什么总是胳膊肘往外拐啊？"

"我劝你多少次了，厚德载物。你不适合当厂长，也没有能力当好厂长！"

孟志愤然："闭嘴！一个车间主任都可以竞选厂长，我一个副厂长难道就不能当厂长吗？我哪样比他差？”

姜晓妍怫然拿起自己的碗筷去了厨房。

孟志继续喝酒，歇斯底里地自我发泄着，也是说给姜晓妍听。

“是，他的票比我多，可市里定的是我当厂长！那帮人去市里一闹，市委书记回来后肯定了王华山……可最后呢，华龙还是我说了算！还得我这个副厂长主持工作！哼！想跟我争权夺利，老天都帮我！他王华山没有官命，今后没戏了……”

王华山要求出院回到家中。

郑清儒又来看望，坐在沙发上沉默不语，愁苦无着……

王华山眼睛缠着纱布，挺身坐着，咬着牙，一脸壮志未酬的悲壮和无奈。

萧蓝进来把一杯水放在茶几上：“郑厂长，您喝水！”

郑清儒应了一声，痛苦地低头叹息。为了华龙厂、为了王华山能当厂长，他和工人们不顾一切地冒雨到火车站等候市委李书记，本来扭转了乾坤，却没想到王华山又遭此不测……落空的希望和华龙厂迷茫的未来，煎熬着他的心！

09/第九章

孟志主持召开华龙厂中层以上干部会议。

“本来今天坐在这里给大家讲话的不应是我，应该是王华山厂长，可他出了事……大家也都知道了。所以，华龙还是我这个副厂长来主持工作。”孟志表现得很大度，虽然自己没有当上厂长，可王华山的威胁等于排除了，这让他心情舒畅，他没有理由不表现得宽容和大度。

“华山的眼睛已经失明了，恐怕今后不能再工作了……我真的为他痛惜！在这个问题上，有人传播谣言，甚至连我的家人也怀疑跟我有关，我很苦恼和气愤！借此，我谴责这种恶意诽谤行为，也盼望公安机关尽快缉拿凶手！”

“其实，我真不愿意当这个厂长。现在的华龙厂严重亏损，说它快倒闭了也不过分。可当面对责任的时候，我们不能退却，要勇于担当！振兴华龙，让华龙厂起死回生，我们责无旁贷，别无选择。”

孟志强调说：“我厂目前的工作，当务之急，一是要深化改革，要向管理现代化、规范化迈进！要首先对管理体制进行改革；二是要筛选干部，调整基层领导班子，对各车间部门的主要管理者，要引进竞争机制，优胜劣汰，能者上、庸者下……”

会后，孟志搬进了一把手办公室。贾昌浩原来的办公室，高档气派，是华龙厂名义上真正的一把手办公室。贾昌浩下台后，孟志认为：无论是此前的代理厂长，还是现在的副厂长主持工作，他实质上都是华龙厂的一把手了。此时，他坐在这个办公室的高背皮椅上，也觉得功成名就、心满意足了。

一个车间干部谦卑地敲门走进来，恭维地喊着：“孟厂长……”

“嗯，来。这次调整车间领导班子，你有什么想法？”孟志说。

干部到了桌前，忸怩地掏出一个信封放在桌上，小心地向孟志推过去：“孟厂长，您多照顾！”

孟志煞有介事：“干什么？胡闹！”

干部放下信封后向外退走。

孟志向干部喊道：“安心工作，好好干！”

干部吃了定心丸，感激地点头：“谢谢孟厂长！”

那人出门后，孟志拿起信封，从中抽出一沓钱，又放回去。然后拿起笔，在信封上写了：“机加车间刘二丙。”他打开抽屉，把这个信封放在一摞不同规格的信封上，又饶有兴趣地把它们都拿出来，依次摆放在桌上，嘴里念叨着每个信封上面的名字："轮轴车间李山虎，车体车间丁海水，冲压车间于亚男，动力车间……"

敲门声，孟志赶紧把信封收起放进抽屉里，说："进来。"

门开了，赵君走进来，他手里还拿着那份表，竟然不卑不亢的样子。他从容镇定地走到桌边，把表放到孟志面前的桌上。

孟志诧异地望着赵君，向后靠在椅背上，反感地皱起眉头。

赵君不语，在桌前踱步，稍后自语，也是说给孟志听。

"王华山眼睛失明了，他可能永远都当不了厂长了，你的对立面排除了……"说后转身直视着孟志，郑重地说："是我干的！"

"啊？"孟志惊讶地站起来……片刻后跌坐到皮椅上，用复杂不安的眼神看着赵君。

赵君坐到旁边的沙发上，若无其事地低头抽烟。

十秒钟的寂静后，孟志义无反顾地拿起笔，迅速在"省干部进修学院录取表"上写上"同意"，并加盖了公章。

他拿着表格从办公桌后走过来。

赵君从沙发上站起，伸手接过孟志递过来的表格。

孟志又伸出手握住了赵君的手，抖了几下，深切地说了句："你怎么能这么干！"

赵君木然地咧了一下嘴，忙不迭地看那张盖了大红章的表格，如获至宝。

招待所所长室比较简单，两张相对的办公桌，潘富和李丽隔桌而坐。旁边有两个沙发，中间是茶几，后加了一张床，是李丽晚上的住宿处。

现在招待所冷清，没什么事，李丽翻看着一本书，潘富嗑着瓜子儿。

"贾昌浩最少也得判个十年八年的。"潘富揣摩着说。

"罪有应得。"李丽神情淡漠。

潘富寻思地看着李丽，小心地问："贾昌浩咋的你啦？"

"没咋的啊！"李丽心虚嘴硬。

"没咋的，你干吗恨他啊？"

"他把工厂搞成这样，原来的繁荣都是假象，现在露原形了！"

潘富试探："那天晚上……"

"那天晚上你跳楼后，我就回这屋休息了。"李丽回答。

"外面传说，你跟着贾昌浩……肯定是胡……胡说八道！"

李丽惊讶，怔了半天痛苦地说："招待所把我害了！"

潘富半开玩笑："我的人情你还没还呢？我又为你跳……跳楼了……"

"跳楼是为你自己！"

潘富默认，又分辩说："我要不跳，贾昌浩也不能把我咋……的，可你就惨了，副所长干不上不说，恐怕还得从招待所走……走人。"

"回车间更好！我现在后悔了……"

潘富安慰："后啥悔啊？有一得必有一失，鱼和熊掌不能兼……得。"

李丽哀叹："怨我自己，怨我自己……"

潘富："据说车间以后要有人下岗了！"

李丽不搭话了，无心再聊天……听到外面有自己和贾昌浩的传言，她很在意，也入了心，加剧了她懊悔的心情。她似乎看清了自己，感到无比悲哀。

一辆奔驰轿车开到一幢大楼前，孟志下车，望了一眼银行的牌子，登上台阶，向大楼门口走去。现在华龙厂原形毕露，债台高筑，生产没有资金，当了一把手的他，只能自己"化缘"。

在行长办公室，孟志殷勤地给谢行长的杯子续了水。

"谢谢……你是步贾昌浩的后尘，又来叫苦来啦？真拿你们没办法！"谢行长六十不到，微笑着而又不失矜持。

孟志现出一脸苦相："谢行长！不是叫苦，是救命啊！"

"没门，见死不救！"谢行长明确地说。

"啊？见死不救，那多不道德呀，哪能见死不救呢……"孟志笑着故作惊讶。

谢行长："社会生活中见死不救是不道德的，可这是银行。华龙厂已经资不抵债，再救也是徒劳的，是对国家资金的不负责任，甚至是犯罪。"

孟志："我现在没有流动资金，生产进行不了，我贷了款企业就能活！"

"你们每次都这么说，你知道你们华龙欠银行多少个亿吗？还有脸跑来提贷款。现在银行是按市场规律运作了，不良贷款是不允许的！"

孟志始终讪笑着，调和说："咳，什么良不良的，钱是国家的，工厂也是国家的，都是公对公，何必较那个真儿呢？不说不说了……"他起身走向行长，伸手招呼着："走！这些年你也没少帮华龙的忙，咱们也算是朋友，喝一杯去！"

谢行长推辞："算了，算了！不去，不去……喝酒也贷不了！"

孟志几乎要去拉扯："走吧走吧！给个面子，不贷也得喝酒啊！"

奔驰车回来停在厂招待所门前，孟志与谢行长下了车，礼让着走进招待所。

事先有安排，招待所餐厅准备了一桌丰盛的菜肴。

孟志与谢行长喝着茅台酒……

"谢行长！我现在主持华龙工作，却还是个副厂长，我憋屈啊……"孟志可怜兮兮的样子，"华龙现在是亏损的局面，按理说就是维持，靠到哪天算哪天，可我不能，我得干一把，把厂子整起来！让上面看到我孟志行，他们才能把我这个副厂长扶正，我才能成为华龙名正言顺的一把手！如果华龙毫无起色，那我就没什么戏了。给我一个杠杆，我才能撬动地球！这个杠杆就是资金。"

谢行长无动于衷地喝着酒，他喜欢喝茅台。

李丽又端上来一个菜，并分别给两人斟了酒。

谢行长欣赏地看着李丽……

孟志看在眼里，介绍说："这是我们招待所的副所长李丽。"

李丽倒完酒欲走，孟志说："敬谢行长一杯酒！"

谢行长连连说："同饮同饮……"

"荣幸！"李丽说着斟了一杯酒，端起。

谢行长有些不好意思地要站起来，孟志伸手示意他坐下。

李丽羞涩地笑着面对行长："敬您！"又转头问孟志："说什么呢？"

孟志笑："你想说什么就说什么。"

李丽真诚地说："您是财神爷！您来了就是华龙厂来了救星！都说救人一命胜造七级浮屠，那么救厂一命，万八千人，胜造多少级浮屠？功德无量啊！这杯酒我敬您了！"说着把酒递过去。

谢行长高兴而意外，李丽的话打动了他，他接过杯："酒我喝，但爱莫能助啊！"说完一饮而尽。

李丽又给谢行长的空杯斟满了酒，动情地说："谢行长，我不喜欢您'爱莫能助'这句话，想陪您喝一杯！"说着给自己倒了一杯酒，举起酒杯……

谢行长犹豫后端起了自己的酒杯。

李丽由衷地说："谢行长，这旁边就是我们的工厂，可现在生产不景气，工人们停了工作，很多家庭也面临困难。此时此刻，我的心情很不平静。我读过法国著名作家莫泊桑的小说《羊脂球》，面对您，我想到了她。'羊脂球'以她的身体为代价解脱了同路人……她很伟大！我不是'羊脂球'，可谢行长您如果为华龙贷款，我愿意像她那样不惜一切代价……"她忍住泪水，与谢行长碰杯一饮而尽，点头致意后放下酒杯凛然而去。

孟志惊奇地望着李丽离去的背影。

她的表达出乎意料，让孟志震撼，也打动了谢行长。

谢行长放下酒杯后沉默不语。

孟志还沉浸在刚才的情境中："没想到，没想到……"

"有这样有情怀的职工，华龙厂是有希望的！"谢行长感叹。

孟志趁热打铁，探求说："谢行长，才搞改革，路不可能全堵死了，我想这事也不是绝对不能通融吧？华龙厂以前欠银行多少亿不是我的责任！再说也不差这一点儿……这也算是扶持企业改革嘛！您快退休了……老兄，不是我要赖，您无论如何，想办法也得帮我这个忙，拉华龙一把！"

谢行长思索了片刻："想贷多少？"

孟志："1000 万吧。"又小声说："这样，我回给您 50 万。"

谢行长看了孟志一眼，沉默了一会儿，为难地说："我看看吧……"

孟志高兴："谢行长，干一杯！"两人碰杯。

谢行长喝后放下杯子说："你得让市里哪个头头儿给我写个要求贷款的条子。虽然现在市场经济了,但我也得找个台阶下……”

“行行,没问题。”孟志答应。

谢行长心情放松地喝着酒,已有些醉眼蒙眬。

“今晚别走了,我们这里条件挺好的,泡个澡,我给您请了个按摩师,给您按摩按摩……”孟志体贴地说。

谢行长客气地推辞:“算了算了! 不需要什么按摩师……这样吧,你就让刚才那个李丽陪我聊聊天吧。”

孟志犹豫了一下,皱着眉头低声说:“谢行长,传说她有病……”

谢行长心领神会:“啊……那就算了。”

谢行长当晚没有离开招待所,享受了孟志的周到安排。

李丽在所长室看书,孟志走进来。

“给谢行长安排好了。”他高兴,喝了不少酒,并由衷感叹:“你今天立了大功啊!”

“没什么……孟厂长您坐!”

孟志坐到沙发上,感慨着,“你今天的表现让我刮目相看,我很感动! 平时没发现你有这样的才能啊……”

李丽不好意思:“真情实感,一时冲动……”

孟志欣赏地注视着李丽。

“今天,我突然感觉你有点儿像一个人……”

“谁?”

孟志没有回答,叹了一口气说:“为了追她,我跟着跑到华龙来,可最后她成了别人的老婆,使我终生苦恼,也让我终生不能忘怀……唉,我无论如何不能算是一个成功的男人!”孟志酒后感慨万千。

李丽敷衍:“这个女人这么值得你痴迷?”

“她很完美,气质优雅,品格高尚。”

李丽好奇:“这个人是谁?”

孟志沉默:“算了,没有必要说。”

“那……能得到她的男人,一定是个很优秀的男人!”李丽茫然而肯定地说。

“哼! 优秀? 怎么说呢……”孟志不以为然,“一个没有大作为、不成功的男人,恐怕不能算是优秀。”

“未必吧……”

“哦?”

李丽思索说:“一个人是否优秀,不仅仅取决于最终的结果,而是体现在人生的整个过程中。”

孟志无语,换了话题:“刚才谢行长打你的主意,我说你有病……”

李丽惊讶,她知道这话的隐讳含意,很生气:“说我有病? 你这是玷污我! 那个谢行长会怎么看我?"

孟志解释:"我这样说,是为了阻止谢行长……"

最后她理解了,不无感激地看着孟厂长:"为什么保护我?是因为像你说的,我长得有点像你的那个梦中情人?"说后羞涩地笑。

孟志点头:"嗯,有点像!"

按照谢行长的要求,孟志去了市政府,去找谷仲秋。

谷仲秋在办公室里接见了他,但不支持他的要求。

"我写条子也不好使!企业靠政府给贷款过日子的时代已经过去了,银行也在按市场规则独立运作……"

孟志坐在旁边的沙发上软磨硬泡:"好使不好使,您得给写一个!就等于帮忙说句话,起个搭桥引路的作用。给不给贷是银行的事,我不怨您!华龙厂现在没钱不行,我去跑,我去求……让您给写个条,像介绍信似的,这个忙您总该帮吧?再者说,钱是国家的,工厂是国家的,钱花在拯救企业上,这对谁都是问心无愧的事!也没什么大不了的……"

谷仲秋无奈:"别说了,我就给你写一个吧,好不好使我不管!"

孟志满意:"行!行!"

谷仲秋说着拿起笔写,嘴里念叨着:"这种不托底的条子我还没写过。"他把写好的条子递给孟志,孟志起身接过。

谷仲秋交代说:"王华山的眼睛成全了你,这对你是个机会,你要努力啊!天时、地利、人和你都占了。现在企业都不景气,要自己的梦自己圆。你现在是副厂长主持工作,但真干好了,六个月,我可以给你扶正!"

孟志感激:"哎!哎……"

厂部例行会议结束,参加会议的人离开会场。

钱斌过来亲和地坐到孟志旁边,拿出烟来,递过一支,自己也叼一根,又给孟志和自己点了火,两人抽着烟。

"咱厂热电站快没有煤了,春山市那边的煤矿我有人,我想给咱厂进一批煤。"厂子的情况比较乱,又是自己人当政,而且听说孟志在跑贷款,钱斌想借机捞一把。

孟志感谢钱斌支持他工作,问:"能搞多少?"

"10 万吨吧。我问过电站,一年正常的用量在 15 万吨以上。"

孟志沉默,似乎在考虑什么。

钱斌说:"价格不贵,包括运费,到厂 100 块钱一吨。"

"可钱是问题啊!而且是这么大个数目。"

"你不是在跑贷款吗?"

孟志诧异,强调:"贷款还没弄下来,就算弄下来,这个钱也是启动生产的资金,不能干别的用。煤款再另想办法解决吧。”

钱斌分辩：“难道煤就不重要吗？电站一停，没有电、没有气，你怎么搞生产？甚至连职工的基本生活都没有保障。打仗还兵马未动粮草先行呢！”

孟志：“现在电站还能维持一阵，当务之急是让厂子动起来！历史把我推到了这个位置，我不能让华龙厂垮在我手里！我头拱地也要把华龙搞起来！钱主任！不，钱书记！咱俩这么多年交情了，你应该理解我的难处，理解这笔贷款对我、对华龙厂的重要性！”

“有这笔钱华龙厂就能搞起来？”钱斌冷笑。

孟志叹了一口气，执拗地回答：“试试吧……”

王华山眼睛出事后，萧蓝很痛苦，也增加了她的负担。中午下班后，她要忙着赶回家给丈夫做饭。

桌上电话响，失明的王华山坐起摸索着去接电话……

萧蓝从厨房急忙走出来，在围裙上擦着手：“我来，我来。”她先扶丈夫坐到床上，然后去接电话。

“喂，我是萧蓝……怎么了大姐？……啊？现在怎么样？在市第一医院，我马上过去！”

萧蓝放下电话，紧急地说：“郑厂长爱人打来的。郑厂长昨晚上得了心梗，虽然抢救过来了，但仍然很危险。郑厂长指名要我去见他……”

王华山震惊：“我也去！”

“不行！我没有工夫照顾你，你在家吧。”萧蓝一边说着，一边慌忙地穿衣服，嘴里叨唠着：“郑厂长在华龙厂干了一辈子，奉献了一辈子……”

“我眼睛坏了，他很痛苦、很失望……”王华山说着眼里流出泪水。

市第一医院病房，郑清儒在输液，鼻子插着氧气管。

萧蓝赶到，坐在床边的凳子上，握着郑厂长的手流泪。老伴于静守在床边，儿女们都在，郑小龙尤其悲伤。

郑清儒衰弱无力地说：“我不行了……我有一个心愿向你们交代：我死后，要把眼角膜捐给华山！”

萧蓝惊讶，哭泣：“郑厂长……”

妻子于静流着泪点头。

郑清儒用了最大气力说：“华龙厂不能没有王华山啊！”他暗淡的眼神里闪烁着希望的光芒。

第二天一早，一辆出租车停在医院大楼门前，下来三个人。王华山戴着墨镜，萧蓝流着眼泪和儿子中民搀扶着他，紧张地走向台阶，走进医院……

凌晨,天快亮的时候,59岁的郑清儒因心肌梗死在市第一人民医院去世。王华山在家中失声痛哭……随后一家三口打了一辆出租车赶到医院,向郑厂长告别并进行眼角膜移植手术。

厂电站煤场,钱斌站在高处观看着煤场的进煤情况。

一列车皮正在卸煤,坡道上也有几辆卡车在卸煤。一台推土机在向小山般的煤峰推进……因为利益,钱斌还是选择了赊款进煤,他觉着虽然暂时付不了款,凭华龙厂家大业大,早晚也差不了事。

钱斌回到家中给谷仲秋打电话:"姐夫!听说华龙的款贷下来了,你能不能把它截下来,付我的煤款啊?"

"这不太好办,因为现在华龙是孟志主政,在手续上绕不过他这一关。"谷仲秋开导说:"你不要急!现在的问题是郑清儒去世了,据说把眼角膜捐给了王华山,弄不好王华山得上来。你想,这笔钱,孟志无论如何是不会留给王华山的……"

几天后,钱斌在家里盛情宴请孟志。一个期待、一个无奈,双方都心知肚明。

几杯酒之后,孟志失意地说:"我知道情况不妙,你请我喝酒不白喝……"

钱斌笑:"咱俩谁跟谁啊!也就多个脑袋差个姓。不过,王华山手术成功,厂长的位置恐怕没有悬念,他很快就会走马上任!"

孟志半天无语,之后沮丧地说:"贷款用来付你的煤款,明天咱们把手续办了。我要钱也没用了……"

钱斌卖关子:"那生产……"

孟志发牢骚:"贷款是我求爷爷告奶奶跑下来的,我不能给他王华山打基础。"

钱斌:"也是。"

小学操场上,课间休息,戴着红领巾的孩子们快乐地玩耍着。大喇叭里播放着歌曲《我们是共产主义接班人》。王中民闷闷不乐地走在操场上。

孟珍珍迎面跑过来:"中民哥哥,你怎么了?怎么不高兴?"

王中民:"昨天爸爸妈妈带我去医院了,跟郑爷爷告别,他去世了……"

孟珍珍:"你害怕了?"

王中民摇头:"郑爷爷把眼角膜捐给了我爸爸。他在华龙厂努力工作了一辈子,最后又献出了眼角膜……我妈说,郑爷爷的眼角膜是捐给我爸爸的,更是献给华龙厂的……"

孟珍珍听得懵懂……

王中民样子深沉:"你知道什么叫工人阶级、什么叫可歌可泣吗?"

孟珍珍摇头……

上课铃响,他们告别,跑向各自的教室。

涂装车间环境比较差，到处都是打扫不净的粉尘，尤其空气不好，总是雾蒙蒙的样子，仿佛粉末永远在空中飘浮不散，并弥漫着一股浓浓的化学品的气味。

郑小龙在给刮完泥子的车体打磨，麻利投入，整个人被笼罩在砂纸摩擦中飞扬的尘雾里……

车间主任走过来，颇有感触地远远看着他。郑小龙发觉后，主任向他招了一下手。

郑小龙走过来，不知主任什么事，摘下了防护的口罩和眼镜。

主任较胖，慈眉善目的样子，他心情沉重地拍了一下郑小龙的肩膀："我想给你调个工作……"

郑小龙不解："我……没干好吗？"

主任："你干得不错，很好……郑厂长是我尊敬的老领导，他走了，我不想让他儿子干这么艰苦的活儿……去当个安全员吧？"

郑小龙听明白了："谢谢你主任！你的情我领了。主任，你别惯着我！我不是以前的郑小龙了。我爸走的时候，我向他保证过：在涂装车间一定要当个好工人，争取成为一名共产党员……"

主任无话可说，感动地拥抱了一下郑小龙。

郑清儒墓地。

萧蓝献上一束花。王华山拿出一瓶酒，倒满一杯，一起放到墓碑前。

萧蓝噙着泪水注视着墓碑上郑清儒微笑的照片。

王华山心情沉痛，难忘的镜头在他眼前一幕幕浮现——

承包前，郑清儒情真意切地说："华山，祝你成功！"

选举时，郑清儒激励他："厂长非你莫属！"

落选后，郑清儒在电话中咆哮："不行！我豁出去了！"

病床上，郑清儒说："我死后，要把眼角膜捐给华山……华龙厂不能没有王华山啊！"

王华山转过身来，抬头望向苍穹，咬紧牙，一腔壮志未酬和勇往直前的豪情在他的身体内升腾。

王华山眼睛复明了，恢复他厂长职责天经地义，势不可当。市委李昆书记责成市政府副秘书长兼经委主任谷仲秋来厂召开了华龙厂中层以上干部会议，宣布王华山开始工作，履行厂长职责。

孟志主持会议，他言不由衷地表达了对王华山履职厂长的欢迎，也想借这个百人参加的中层以上干部会议，尤其在市领导面前，表现自己、抬高自己。他事先让人弄了一块大图板挂在厂部会议室的墙上，以显示其工作成绩，也想以此影响和左右王华山的工作思路。

孟志不无夸耀地说:“首先,把近期的工作做一个简要的汇报。本人主持工作以来,对管理体制进行了改革,华龙厂形成了现代化的管理体系。请大家看一下墙上的“华龙机车车辆厂现代化管理体系”图板。具体做法是:设两办、八处、十个分厂、五个公司。”

王华山皱起眉头。

孟志:“两办,即厂部办公室、党委办公室。八处:政工处、劳资处、财务处、保卫处、技术处、生产处、教育处、房产处。十个分厂:铸造分厂、冲压分厂、车体分厂、装配分厂、地加分厂、地装分厂、调试分厂、转向架分厂、动力分厂、修车分厂。五个公司:供应公司、销售公司、运输公司、服务公司、基建公司。”

最后,孟志说:“下面欢迎王厂长讲话!”说完带头鼓掌。

大家热烈鼓掌。

王华山从前排上台,坐到刚才孟志坐过的位置上。

“我们厂现在的状况,好比是一个奄奄一息的病人,要琢磨能用什么药、用什么办法来抢救他,而不是再折腾他了!”他语重心长,望着图板说,“搞这些冠冕堂皇的东西不叫改革!把科改成处,把车间变成分厂,形式上好像提升了档次,其实并不能改变什么,只能是添乱、雪上加霜……”

孟志表情露出不满。

王华山痛切地说:“同志们,我们不能再撒尿和泥玩了,我们没有退路了!精简机构、精减人员我们喊了很多年,到了今天这个份上,我们该动真格的了!”

他的话感染和打动了与会者。

王华山指了一下图板,平静而有说服力地说:“比如,第一个,政工处。它包括组织部、宣传部、纪检委、秘书科、信访办,再加上党办,这些部门至少要二三十人!我认为可以综合成一个由党委书记直接领导的政治部,十个人就可以了。厂长兼党委副书记,不设专职副书记。”

谷仲秋现出诧异的表情。

钱斌眼神中充满憎恨。

王华山干练有力地继续说:“今后,除副厂长外,其他部门一律不设副职。要加强生产、技术、研发、销售、供应等部门的职能;砍掉、合并与生产无关的多余机构。党组织、工会、团委人员要精,作用要大。这个办公大楼,要减员三分之一!”

王华山:“我要特别强调:地铁、铁路客车及高速列车的研发工作,只能加强不能中断。再困难也要保证工程技术人员的工资发放。”

会散了,孟志跟随谷仲秋站在王华山面前。

谷仲秋不满地责怪王华山:“精减人员、清理超编没毛病,可你不能乱来啊。”孟志给谷仲秋递上一支烟,点着火,谷仲秋吸了一口继续说:“有些机构和人员是国家规定的编制,不是你我说了算的!”

王华山笑了一下:“必须精简机构。”

谷仲秋火了："这是国企！不是你个人的买卖，你想怎么干就怎么干！"

王华山冷静坚定地说："怎么有利就应该怎么干。有一点请谷主任放心，对这个厂我会比你更负责任！"

是的，这个责任重大！为了华龙厂，他无所顾忌，也不能再顾忌了！

孟志尴尬地又搬回到他原来的副厂长办公室。人在屋檐下，不得不低头，面子上哼哈维持着，但他心里不服啊！于是，也就常待在办公室里，懒得管事。

王华山找上门来，克制着气愤："孟志！我刚从电站回来。电站烧不上来火，今天炉竟然灭了！你知不知道煤场都进些什么煤？煤质太次！还掺了大量的煤灰、煤矸石！"

孟志一脸窘态："是吗？……那……是钱斌把我坑了！"

"而且煤场的人说，根本就没有10万吨。"王华山说着坐在旁边的沙发上。

孟志理亏，窘态不语。

"如果工厂是你家的，如果你真对工厂负责任，你能放任他们这么干吗？"王华山较真儿地说。

孟志叹了一口气，掏出烟来，讨好地走到王华山面前递上一支，被拒绝后坐到旁边，自己点了火吸烟。

"华山！你眼睛的事，别对我有什么想法。请你相信我，绝不是我干的！我可以发誓，发毒誓……"

"算了，这事已经过去了。"

孟志虚伪地说："我怕你怀疑，影响我们之间的工作。"

王华山站起来，看着孟志，似乎看到了什么希望，或者是希望看到什么……他大度地说："好！为了不影响我们之间的工作，以事业为重，我绝不怀疑你，你也不要因为厂长选举对我心存嫉恨。今后咱们心往一处想，劲往一处使，同心协力，克服困难，把华龙厂搞起来——君子协定！"说完庄重地伸出手。

孟志心动，迎合地伸出手。

两手相握，那一刻都表现得真诚有力。

送王华山走出办公室，孟志表情阴沉下来，心想："把华龙厂搞起来，是你王华山的功劳，我给你跑龙套？"他不屑地"哼"了一声。

市委大楼。

王华山去找了李书记，因为有太多的想法和困惑想对他说，他们聊了很长时间。谈话结束后，李书记送王华山走出办公室，边走边谈……

"企业怎么改，现在也是在探索。总之，是为了求生存、求发展。你不等、不靠，难能可贵！现在工厂包袱大、负担重，企业社会化问题、非经营性资产问题亟待解决。我支持你的想法，这对尽快盘活企业，轻装上阵，很必要！"

王华山:“太好了!有了您的话,我就放心了。”

李昆:“你放心大胆地干!对别人我不敢说这样的话,对你我敢说,因为我了解你的人品,知道你是出于公心!”

王华山欣慰地笑了。

“李书记,听说您要去中央党校?”

“是的,去参加一个培训班的学习。市场经济、国企改革都是我们面临的新课题,不学习不行啊!市里的日常工作暂由胡副市长主持。”

厂部小会议室,王华山主持召开各部门主要领导会议,研究工厂面临的重大问题。女书记宋敏不时记录。

国外地铁招标,在总工程师姜克选的坚持下成立了投标组,具体工作都是他率领投标组在默默努力,如今王华山当了厂长,这件事成了华龙厂的重要议题。姜克选高兴,更充满自信,他说:“伊黑兰地铁项目目前还看不到曙光,但不是没有希望,我们务必要争取。打铁先得本身硬,我们现在就要着手准备。伊黑兰是个山地城市,坡度大,车辆在六公里的行驶区域内,要平地拔起300米。这样的地形特点世界少见,地铁建设难度增加。所以我们在行车制动和转向架的技术方面,必须有一个切实的提升……”

王华山说:“伊黑兰地铁项目的投标,关乎我厂地铁生产的命运,可谓是绝地反击,更是国内地铁产业首次‘走出去’,我们要尽最大的努力去争取!同时,要马上落实姜总的建议,引进转向架等关键技术,加强和开展研制工作,努力提高我们的车辆水平。目前我厂的情况是:地铁车没有订单,铁路客车有少量生产,有部分修车业务,资金入不敷出,摆在我们面前的最大困难是没有生产资金……”

这时,一个戴眼镜、穿着白大褂的医生走进会议室。

“柳院长,有什么事?说吧……”王华山打招呼。

柳院长胸前印有“华龙医院”字样。“王厂长,你得给医院想想办法!医院现在是要药没药,要钱没钱……”

王华山皱了半天眉头:“私人诊所不是活得挺好吗?我们职工医院,三层楼,设备也不落后,为什么守着饭碗没饭吃呢?”

柳院长:“我们跟私人诊所没法比,体制不同……现在企业公费医疗资金来源没有保障了,医院没钱进药了。要么实行看病花钱,要不就不行了。”

王华山:“那我们也可以改改体制嘛,医院要搞活,不应该再和工厂绑在一起。”他思索了一下说:“这样,你们能不能想办法自筹资金,独立经营,看病收费,按市场合理定价。医院先优惠租给你们一年试试看。”

柳院长振奋地说:“可以!这样我们就能使上劲了!”

王华山强调说:“保证两点:一是医院职工的开支,二是保障华龙厂职工和本地区的医疗服务。关于医保问题国家怎么改,将来会有政策性的说法,我们先这样试行一下，这样总比看不了病强。”

柳院长：“好！”

王华山：“你先回去搞一个方案出来，我们再具体研究。”

“行！”柳院长答应后走了。

坐在旁边的宋敏书记说：“厂子弟学校也成问题，几个月不开工资了，听说老师们要罢课……”

“哦？”王华山感到问题严重。

会后，王华山和宋敏书记去了学校。

在一间教室里，坐满了临时召集来的老师，有的两人一座，后边还有一些站着的。一些人情绪不恭。

王华山一脸严肃地站在讲台上，黑板上残留着粉笔的痕迹，宋敏书记站在讲台的一边。

王华山：“不是党员、不是团员、不是干部编制的老师请举手。”

无人举手，场面非常肃静。

“你们都不是普通老百姓！你们从事的是一种高尚的职业，每天都在给孩子们提供精神文化食粮。如果在旧中国，为了抗议侵略，不满丧权辱国的条约，我赞成你们罢课，去示威游行！今天为了你们的权益，你们也可以找领导发牢骚、表达不满、提建议，但如果罢课，这是不负责任的，也是不道德的！”王华山生气，但情真意切。

教师们受到震动，有的低下了头。

他继续说：“困难是暂时的，难道企业遇到的困难，不是我们大家的困难吗？”

教师们不无现出愧疚之色，一个校领导站起来：“王厂长，个别人会有这种偏激的想法，但我们不会那样做。”

“好！”王华山痛切又充满关怀地说，“当然，你们也要生活，领导们有责任解决你们的后顾之忧。工厂不景气了，但子弟学校不能倒闭！学校应该从工厂剥离出去，这里需要解决的是体制问题。”

教师们理解，关切地听着。

王华山诚恳地表示：“国企改革，我们面临这样的问题很多、很普遍，我们都在共渡难关，希望大家互相理解，克服困难，再坚持一下！上级很重视，已经在研究这些问题，我也会不断找教育局、市领导汇报情况，促成问题的早日解决。我向大家承诺：一个星期给你们明确答复。希望大家再想想办法，再坚持一下，拜托了！”

教师们的脸上表现出欣慰和敬意，有的在点头。

王华山沉默了一会儿，语重心长地说：“有两句名言，与大家共勉：‘天下兴亡，匹夫有责’‘位卑未敢忘忧国’！”

王华山和宋敏书记走出教室，身后的教室里突然响起热烈的掌声……

出了学校门口，王华山和宋敏走向不远处停着的一辆旧吉普车。

宋敏："我听到一句顺口溜：王厂长不摆谱，不坐奔驰坐吉普。"

王华山苦笑了一下："那几辆好车卖了可以暂时解决企业生产困难。吃饭都成问题了，厂长屁股底下还坐栋楼，不合适啊！"

两人在车旁站住。

"拯救企业，你抓产品、抓技术，抓到点子上了！"宋书记肯定地说。

王华山："现在是市场经济，产品没有市场，企业就完蛋了。"

"我感觉，华龙厂因你而充满希望！"

"谈何容易啊！"

宋敏感慨："从你身上，我看到了典型的'船长精神'。"

"什么'船长精神'？"王华山不解。

女书记望着远方，充满诗意地说："船要沉的时候，人们纷纷弃船逃生，而船长却力挽狂澜，与船同在。"

王华山表情庄严："每个真正的企业家都会有这种'船长精神'，即企业家精神，同时还要努力研发创新，打造技术领先产品，让船行稳致远。"

为了自救，盘活变现非经营性资产，华龙厂决定拍卖新建的贵宾楼。王华山让孟志负责这个事。于是发了消息，贴了告示。这天，20多个有意向者应邀来到贵宾楼的一个大厅里。

孟志坐在台上主持，他说："我们这个贵宾楼是刚建成的，设施高档，装修豪华，适合宾馆、饭店行业。造价1000多万，现售价800万。今天把有意向的各位请来，先进行一下交流，就算预拍吧。请大家给给价……"

有人左顾右盼后报价："300万。"

"400万。"

"450万。"

"500万。"

孟志见无人再出价，说："800万谁买谁便宜，企业启动生产没钱，不卖没办法……现在500万啦！继续……"

无人回应。

这时从外面进来两个人，一个30多岁，穿着华贵，是个公司老板，叫孙哲；一个20多岁，是随从，像个地痞，叫黑子。

黑子接话问了一句："500万啦？"

孟志："500万啦。你们能给多少？"

孙哲很有身份地坐下。黑子傲慢地回应："我们只能出200万。"

场上发出笑声。

孟志不满地说："胡闹！"

黑子诧异地反驳说："诚心的，买定了！"

王华山经过空荡荡的地加车间进入地装车间。因为地铁车没有订单，车间现处在停工停产状态。

地装车间很安静。一辆样车被拆得七零八落，姜克选带领着八九个工程技术人员在分别对拆下来的零部件进行检测、登记、研究，桌案上摆放着各种图纸。

王华山走到跟前，向大家点头致意，李海涛、丁燕、赵鹏、郑凯等人都在。

姜克选迎了过来。

"萧蓝没在？"

姜克选："我带这帮人研究车，她领几个人在重新设计投标方案。"

"姜总辛苦了！怎么样，难吗？"王华山问候。

"这不是国外最好的车，顶级的车他们对我们封锁，不卖给我们。"

王华山担心："知识产权没问题吧？"

"有技术转让合同，我们是花钱买来的！"姜克选说，"找我有事？"

王华山点头。两人离开现场，走到一边。

"您亲自去趟北京总公司吧！我们打了个报告，关于引进国外转向架先进技术，希望国家能给予支持。您是地铁专家，说话有权威性。"

"可以！"姜克选掏出一沓纸，"我给上面的关于地铁国产化的信也写好了，正好带过去。"说着凑近给王华山翻看："包括几个方面：我国地铁车辆工业的发展过程；我国地铁车辆的现有水平；国内地铁车辆工业的生产能力；地铁车辆工业当前面临的问题；最后建议地铁国产化！"

"好！"王华山赞赏。

姜克选："相关的部委我打算都递一份。"

这时，孟志找来。

"贵宾楼最高才给500万。后来了一个主，竟然只给200万，听说跟市里什么头儿有关系。"孟志汇报说。

"跟谁有关系也没用！"王华山态度强硬。

他们说话时，姜克选返回工作场地。

王华山一时陷入愁苦。

"资金紧张，可以压缩不必要的投入……"孟志说。

王华山关注地看着他……

"像伊黑兰地铁投标这种事，时间漫长，希望渺茫，投入这么多人力物力，飞机往返，劳民伤财！最后十有八九是竹篮打水一场空。"孟志一指现场，"包括这些人，还有地铁研究所，投入这么多经费不切实际，等于打水漂。"他表达了内心的不屑和不满。

王华山充满耐心地说："伊黑兰项目即使投标不成功，这个进入国际平台的参与过程，也有助于积累经验、增长见识，有利于我们技术的提升，从企业的长远发展看是必要的。还有，虽然现在没有地铁订单，但科研要继续，这是企业未来的希望和‘火种’啊！”

孟志无语：“我只是说说而已……”

“卖轿车的160多万也不好干啥。我看你再跟贵宾楼那个500万的买主联系一下，看看能不能再给涨点，实在不行，逼急了，也得卖！”王华山表示。

孟志点头。

孟志不得不面对和接受王华山作为一把手的现实，可心里始终别扭着，尤其岳父姜克选积极配合王华山工作，也让他心里特别不满。

晚上，孟志仰靠在床头沉思。姜晓妍躺下了，向外侧卧着还没有睡。

“跟你爸说说，挺大岁数了，消停点！还折腾啥啊？也当不了厂长了！”

姜晓妍听着不对劲，转过身来：“嘿，你这话说得……”

孟志数落：“国内城市都在考虑引进国外地铁，这是大势所趋，他上蹿下跳地呼吁国产化……”

“你怎么说话呢？”姜晓妍生气。

孟志不理会，继续发泄私愤：“哼，什么伊黑兰投标，还有什么地研所，天天像着了魔似的，跟王华山一唱一和的！”

姜晓妍爆发：“我爸就这样！他一辈子就是这么干工作的。别以小人之心，度君子之腹！不就是你当副厂长的时候没帮你说话吗？你至今怀恨在心……”

孟志争辩：“过去的事了，我不计较，你要不提我也懒得说。我是他女婿，他跟郑清儒关系好，副厂长提名了，他帮我说句话有什么不可以？最后是人家钱斌帮我找的他姐夫谷仲秋成的事。都不如外人！”

“我爸那叫任人唯贤、大义灭亲！”姜晓妍理直气壮。

孟志气急败坏：“你爸是正人君子！你爸是共产党员！”

姜晓妍反诘：“你不是？”

孟志哑口无言。

女儿珍珍裹着毛巾被不知何时从她房间里出来站在两人的门口：“你们把我吵醒了……”

“睡觉去吧……”姜晓妍撵女儿。

珍珍进来了：“我突然想起一个问题：什么叫工人阶级？什么叫可歌可泣？”

沉默了一会儿，姜晓妍较劲说：“你姥爷那样的人就叫工人阶级，就称得上可歌可泣！”

珍珍：“那我爸呢？”

姜晓妍：“你问他。”

孟志不耐烦地轰女儿：“去！睡觉去！”

厂长办公室，宋敏书记在。

王华山在接电话："嗯……好，抓紧时间！"

放下电话，王华山继续与宋敏交谈："我想对各部门、各车间的负责人进行考核，搞竞聘上岗，把那些工作平庸、不思进取的撤下来，让懂专业、有能力、有干劲的人上来。尤其不能让像销售科曲金昌、供应科陈赫这种人品不正的人继续当官、祸害工厂！"

宋敏："我同意！"

孟志走进来，说："那个给500万的主不但不涨，反而贵贱都不要了！"

王华山惊讶："哦？怎么回事？"

孟志："据我了解，上次报过价之后，几个买主都被那个出200万的人约到了饭店，软的也来，硬的也有。最后，大家都不愿惹麻烦，自动出局，不买了。"

"这不是欺行霸市吗？"王华山气愤。

"说是出这个'200万'的人有来头……"

王华山一拍桌子："狗屁！我们少钱不卖！"

他来回踱步后说："这个月全厂要确保生活开支！不能再不开了……部分客车生产和修车业务的利润难以养活全厂。伊黑兰地铁投标和科研经费一定要保证，转向架等关键技术的引进我们已申请国家投资，其他就只能靠自己了。怎么办？怎么办呢……"王华山踱步想了半天，突然停住，征询说："不行就发动大家凑凑？"

宋敏点头："可以！"

孟志不置可否。

王华山商讨地说："现在大家都有困难，有的也没什么积蓄，而且一些职工在放假……怎么办呢？也没别的办法。我看就采取自愿原则吧！每个职工一千，党员两千，中层干部五千，厂领导一万。党员干部要带头，没钱去借！等厂子有了效益，加利奉还。"

"我同意！"宋敏表态。

"厂子现在这样，职工有钱也未必肯拿出来。"孟志态度消极。

王华山思索后大胆地说："那……我们可不可以尝试用股份制的形式？"

10/ 第十章

钱斌约孟志在招待所201房间见面，两人谈得投机。

“想买贵宾楼的不是外人。”钱斌说。

“谁啊？”

“管我叫舅，仲秋的女婿，孙哲。”

孟志一拍大腿：“咋不早说呢？”马上又沮丧，“咳，早说也没用！有王华山，啥事也办不成。”

“以后看情况再说吧……”钱斌也是无奈。他现在被冷落，已不再是华龙厂权力中心的人了。

孟志抱怨：“你整的那煤把我害苦了，我在王华山面前总像有短处似的。”

“这我知道，我心里有你！”钱斌一副感激的样子。

“王华山没有钱，急得团团转。为了集资，要搞什么股份制呢……”孟志说。

“哦？股份制？”钱斌陷入思考，突然领悟说，“机会，机会啊！”

孟志狐疑地看着钱斌。

钱斌正视着孟志：“你想不想再杀回马枪？”

“什么意思？”孟志不解。

“你再上来，让王华山下去！”

孟志诧异：“没那么简单吧？”

“集资款怎么定的？”钱斌问。

孟志：“党员干部带头，中层干部拿五千，厂级干部拿一万。”

钱斌自信地说：“你拿五万！让王华山反不过来把。这个钱我给你出，上面的事我疏通。”

孟志心里没底：“行吗？……”

“当然！股份制改革嘛……即使有人心不顺，他也说不出来啥！他王华山牙咬碎了，也只能往肚里咽。”钱斌信誓旦旦，仿佛只要有抓手，就没有他办不成的事。

孟志满脸惊异和佩服地望着钱斌……

钱斌卖关子：“这叫借题发挥。”

宋敏书记向市里做了关于集资方案的汇报，并得到了上级领导的批准。“华龙厂入股集资动员大会”在厂俱乐部举行，会场座无虚席。

王华山在台上激昂地讲话：“同志们！市场经济以来，我们遇到了资金困难，为了华龙厂的生存和发展，我们不能袖手旁观，要继续发扬华龙人爱厂如家的光荣传统，为我们赖以生存的工厂慷慨解囊，齐心协力挽救我们的工厂，支持我们工厂的发展！”

会后，下班回到家的萧蓝为父子俩忙完了饭，就开始翻箱倒柜地找钱。

她拿着一沓钱和一个存折过来，放到桌上：“这是五千，还有一个存折也不多了，就这些钱了。”

王华山拿过存折看，皱起眉头，说：“你把你那五千交了。我这儿不够，再想想办法……”

“这根本不叫股份制，实质就是属于集资！”萧蓝说着一起吃饭。

王华山吃着饭，诙谐地说：“一下搞不了本质的，就先尝试一下皮毛嘛！咳，主要是考虑用股份制这种形式调动大家的积极性来帮助企业，将来用入股分红的形式回报大家，就算是我们向股份制迈出的第一步吧！”

“你们的铁路客车升级换代项目搞得怎么样了？”王华山问。

萧蓝：“在铁科院多家单位的参与下，设计方案已基本确定，下一步可以进行试制了……”

王华山：“前景怎么样？”

萧蓝：“那肯定好啊！车长25.5米，所以定名为‘25型车’。最新设计，大窗户、空调车，由绿皮车变成了橘红色车……”

王华山放下碗筷，忧虑地说：“这股份制集资也不能解决长久问题，如果伊黑兰项目不成，地铁车生产短期内没有可能……所以，我们务必要加快铁路客车的升级转型来开拓市场。”

萧蓝点头赞同。

“沿海地区搞得挺红火，投资者为什么不到我们这边来投资呢？我们这边‘等米下锅’呢……”王华山有些牢骚。

萧蓝笑了一下：“投资是经济行为，利益驱动，不是你想它，它就来的。”

王华山思来想去，突然对萧蓝说：“不行你去趟香港试试，看看你舅，也让他帮帮忙，看能不能找到给咱们厂投资的。”

萧蓝用心琢磨着……

中民吃着饭好奇地问：“妈！咱们家在香港真有亲戚啊？”

“嗯，我有个舅舅，在香港开着一家大公司，前一阵还来过一封信，说让我和你爸去帮他管理公司呢。”

中民不解地问：“那为什么不去呢？”

王华山：“我和你妈不想去。”

“香港有迪士尼乐园……”中民兴奋地说。

萧蓝：“将来内地也会建。”

王华山郑重地对萧蓝说："香港经济发达，资本雄厚，寻求投资很有希望！为了华龙，你就去一趟吧！"

"行！我去！"

王华山接到郑厂长妻子于静打来的电话，让中午去她家一趟，说是有事。

于静早早地等在门口。

"您身体还好吧？"王华山问候。

"挺好的！"

"小龙怎么样？"

"现在干得好！我省心了……"

说着，两人进了客厅。

"萧蓝去香港走了吗？"

"走了。"王华山说着坐到沙发上。

于静到抽屉里拿出一个信封交给王华山："搞股份制，我知道你家挺紧的，我也没有多的，这是五千，算是我对你工作的支持。"

王华山惊讶："让我来就是这事啊？"

于静点头。

"您怎么知道……"王华山不好意思。

"萧蓝常给我打电话，还抽空就来看我，你家的情况我清楚。拿着吧！"

"我正为入股款发愁怎么办呢……"王华山谢了于护士长，感动地离开了郑厂长家……

加上家里的存折，自己的入股款不用发愁了，但离厂领导一万块的要求还差一些，现在大家都生活紧张，跟谁都不好意思张口借……王华山想来想去想到了一个办法，也只好这样救急了！

他去了血站……

最后在结算窗口，他等到了一张票据和一沓钱。他没拿票据，把一沓钱揣在兜里赶回工厂。

厂办公大楼二楼，财务科门外走廊上排了一队人，门口墙上贴着"入股集资收款处"。

王华山从财务科交款出来，看到了装配车间的工人李祥，对他说："跟你们车间徐主任说，你还回地板班吧。"

李祥笑："我已经回去了！李建刚也回去当工长了。"

王华山欣慰："好，好！"

李祥小声说："就是……你当了厂长后，车间夏书记又病休住院了，一直没上班……"

王华山笑了一下向前走,突然用手扶墙站住了,一手捂头。

李祥赶忙过去扶:“王主任,不,厂长! 怎么了?”

“有点头晕,没事……”王华山说完走了。

他去了孟志办公室,惊讶地握住孟志的手:“我一万都费了很大的劲才凑够,听说你交了五万!”

孟志很不自然:“啊,啊……”

王华山情绪激动,感慨地摇动着孟志的手不放:“关键时刻,为了工厂慷慨解囊,你真让我感动!”

孟志心虚,皮笑肉不笑地嘻嘻哈哈应对着……

几天后,厂办的秘书小赵四处找厂长开会,她去了“25型车”设计室,值班的说都在工艺科呢,她又去了工艺科。

工艺科的门半开着,里面在开会,门口能听到王华山的讲话声。

“姜总赶往伊黑兰,萧工去了香港,我亲自来给大家开这个会。‘25型车’在铁科院的领导下,已经完成了设计方案,得到了专家们的好评,并通过了有关部门的审核。”

里面响起热烈的掌声……

秘书小赵站在门口。室内二十多位设计和技术人员在座,王华山站立讲话。

“接下来的工作就是抓紧试制,设计室和工艺科你们双方要搞好对接。工艺科要按设计方案马上制定落实工艺,尽快投入试制……”

“什么事?”王华山发现了门口的秘书。

小赵说:“找您开会。”

王华山非常奇怪:“开会? 谁开会?”

“市里来的领导。”

王华山交代了一下,疑惑地离开,来到了厂部小会议室。

小会议室,市经委主任谷仲秋坐在中心位置上,左右两排的首位分别是王华山和孟志。各部门主要领导二十多人参会,有摄像记者。

谷仲秋讲话:“国企改革面临的问题是复杂和艰巨的,市政府对任何改革尝试都是肯定和支持的。应当说我们没有搞过股份制,对股份制还不是很熟悉,但基本的一点是清楚的:那就是,谁投资,谁就是股东;谁投资多,谁就是大股东。大股东是企业责权利的最大拥有者。根据这样的原则,市政府确定这次华龙股份制改革投资最多的孟志同志为华龙股份有限公司的经理,王华山同志为副经理。请大家欢迎!”谷仲秋说完带头鼓掌。

王华山惊呆了,怎么会是这样? 他想说什么,又感到无话可说……

孟志为什么交了五万块钱,现在终于明白了。不是没怀疑过他的动机,却没想到如此居心险恶。这无疑是个借题发挥的阴谋!

王华山还是忍无可忍地抗辩道：“我们其实是集资救厂，如果说股份制，那么真正的大股东应是国家，是国有资产……”

谷仲秋：“没错，但国有资产还是要有人来管理嘛！孟志是个人大股东这是事实，没有疑问嘛。我刚才说了，市政府对任何改革尝试都是积极支持的，况且这是你们自己搞的，市里没有强加于人……”

王华山：“我是职代会选举、上级组织任命的厂长……”

谷仲秋：“这是改革，也是组织决定啊！”

王华山无言，也无力回天！市委李书记去了中央党校，他牙咬碎了也只能往肚里咽……

会散人去，只有王华山、孟志两个人相对而坐，各有心思，面面相觑。

孟志难掩胜利的喜悦，心里得意：笑到最后的还是我孟志啊，哈哈哈……

王华山隐忍情绪，沉重地站起来，与孟志握手。

孟志急忙站起来伸出手。

两手相握。

“孟志……你真有钱！说实话，我那一万是卖血凑够的。”

“啊！”

“我还曾感激你慷慨解囊救厂，没想到让你钻了空子！你等于借机花了五万块钱买个官。”

“华龙兴亡，匹夫有责。”孟志厚颜无耻。

“好！不久前我们握过一次手，订过君子协定。今天我们虽然位置变了，但承诺不能变！那就是以事业为重，同心协力，克服困难，把华龙厂搞上去！”王华山说完加重地抖了两下孟志的手。

孟志被感动，由衷地说：“好！好！”

松开手，王华山坐下。

孟志从容地离开原位置，得意地坐到刚才谷仲秋坐过的那个中心位子上。

王华山对孟志强调：“我们有了入股集资款，一定要保证伊黑兰地铁项目投标、‘25 型车’试制和地铁车研究的经费投入，否则我们就没希望了！”

孟志心不在焉地点头，注视着王华山，揣摩说：“华山！你不恨我？”

王华山看着孟志，心潮难平：“如果你孟志真像郑厂长那样为工厂着想，一心一意抓技术、搞生产，我王华山心甘情愿给你跑龙套！”说完激动地用拳头砸了一下桌子。

孟志震惊地望着王华山。

香港维多利亚港湾高楼林立，靠近海边的繁华路上，萧蓝推着一辆轮椅，轮椅上坐着一位暮年老人。

“蓝蓝，我还是劝你别走了，把家搬过来，帮你强哥管管事……”终于和亲人相见，老人无比高兴，终日沉浸在快乐中，亲情关爱溢于言表。

“谢谢舅舅！”萧蓝推着车，微笑着。

“我也可以给你一个公司，你们自己做……”

萧蓝亲切地低头对老人说：“舅舅，故土难离啊！”

按照萧蓝的想法，舅舅带她去商会，见见业界商界的大佬们。路不远，萧蓝坚持推着舅舅走走。

他们来到一座大厦，坐电梯到顶层。一间华丽的方厅里，坐了许多资深的商界人士。透明的玻璃墙外，依山而起的高楼和维多利亚港湾尽收眼底。

萧蓝推着舅舅走进来，大家热情地打招呼。

一位白发长者：“久违久违！”

一位头顶光亮、四周黑发的半秃男士：“欢迎欢迎。”

一些人鼓着掌。

白发长者：“老翁，你可有几次没来商会聚会了！”

萧蓝舅舅：“身体每况愈下，谢谢大家想着我。我的外甥女从内地来，想见见大家，我们就过来了。”

一个戴眼镜的男士问：“你外甥女是搞统战工作的？”

萧蓝舅舅：“不是，搞企业的，想寻求投资。”

萧蓝大方地说：“各位前辈你们好！我叫萧蓝，来自内地松江市。实行市场经济以来，我们的工厂遇到了困难，资金短缺，成为制约发展的瓶颈。欢迎大家到我们那儿去考察投资，帮助我们振兴企业……”

眼镜男：“企业是你自己的吗？”

萧蓝：“不是，国家的。”

眼镜男：“是政府派你来的？”

萧蓝舅舅：“不是，是她自己这样做，因为他们是工人阶级……”

眼镜男点点头又摇头：“我们对你们那边的情况不是太了解，很陌生啊……”

白发长者：“萧女士，内地虽然实行市场经济了，但你们那边可能还没有真正市场化。我听说，办事情手续很麻烦的，要盖很多章子……我们不感兴趣啊！”

半秃男：“现在生意难做，投资又有风险，没有赚钱的把握，是不会有人去的。”

眼镜男揶揄：“你们那边太冷了！听说上茅房要带锯子的……”

众人笑。

萧蓝也无奈地笑。

本来是王华山搞的集资救厂，结果却因此下台被孟志取而代之，群情哗然。装配车间工作台上，大家聚在一起，心情不平，沮丧困惑。

大涛发牢骚：“谁拿钱多谁就说了算，这是什么逻辑？我就不服这个理！”

“小不点”：“股份制可能就这样。”

李祥不解：“入股集资是王厂长搞的，他孟志凭啥上来当一把手啊？你钱拿得多，可工厂还是国家的呀！”

黄广厚：“改革的事不好说……”

吴建华寻思着：“让人家钻空子了！”

李建刚走来催促说：“干活儿吧，干活儿吧……”大家不情愿地散去。

两辆黑色轿车停在一个豪华酒店门前，黑子、孙哲、钱斌、孟志几个人下了车。

孙哲、黑子热情地礼让着孟志、钱斌走进酒店。

酒店的大厅里，马上要举行一个重要活动，背景横幅：“华龙厂贵宾楼转卖签字仪式”。

现场来了不少人，几台摄像机架好了对着台上，多家媒体到场。这是松江市国有资产首次转卖案例，因此备受各界关注。

孟志和孙哲上台，分别很正规地签字，然后站起来握手交换文本，众人鼓掌。

仪式结束后，他们进入了楼上的一个豪华包间，一桌高档宴席已准备妥当。

宾主落座，孙哲给孟志敬酒：“庆祝合作成功！感谢孟经理惠顾之恩！”他说：“这个饭店是我开的，以后贵宾楼我想搞个娱乐城。这些地方，欢迎孟经理常来，对你一切免费！干！”

孟志说着谢谢，干了一杯酒。

接着黑子敬酒：“孟经理！我叫黑子，往后就是朋友了，有事吱一声，好使！大了不敢说，在松江地面上没有摆不平的事……”

孟志感激地点着头。

孙哲端起酒杯伸向钱斌：“三舅，您为我这事操了不少心，谢谢您了！工厂现在也不行了，一个副书记不干就不干吧，也有养老的资本了，就算了……我敬您一杯！”两人干杯。

孟志对钱斌仗义地表示：“你不但还是副书记，将来还得当正书记。华龙厂就是咱哥俩的事了！”

钱斌兴奋：“好，好……谢谢！谢谢！”

大家高兴地喝酒吃菜，孙哲不时地招呼，还叮嘱：“三舅！你陪好孟经理。”

钱斌夹着菜：“好，好……”

孟志嘴里咀嚼着：“不客气，不客气……”

钱斌跟孟志私语：“贵宾楼你成全了这小子，也算帮了我的忙。仲秋来电话说，他不便来，让我们吃好喝好。”

孟志说：“咱俩你跟我还客气啥！这回股份制，还不是你把我托上来的……”是的，在钱斌的谋划帮助下，孟志钻空子当上了经理，而孟志入股的五万块钱是钱斌让孙哲出的。于是，贵宾楼满足了钱斌的愿望，成了孙哲的囊中之物。

钱斌很投机地对孟志说：“市场经济一搞，我看华龙厂怎么折腾也够呛，不破产也早晚得被外企兼并。像郑清儒那样……一辈子图个啥呀？想开了，能吃就吃点儿，不吃白不吃!”

酒后,孟志回到了招待所201房间。这个房间在贾昌浩下台之后变成了孟志的“行宫”,成了他休闲和开小会的地方。

李丽被唤来,无精打采地问:“什么事?”

孟志坐在沙发上,酒后显得气宇轩昂:“最近怎么了?像掉了魂似的。”

“没意思……”李丽情绪悲观。

自从发生了跟贾昌浩的事情,尤其通过潘富知道了外面的传言,这对她打击很大,李丽觉得自己名誉扫地、无颜面世,从此悲观至极、一蹶不振。

“怎么才有意思啊?告诉你个好事,让你高兴高兴!”

“没啥好事……”

“让你当招待所的正所长!”

“算了,我还是当我的副所长吧。”李丽高兴不起来。

孟志:“改革,副职取消。厂子都这样了,招待所也没什么事,一个所长就可以了。”

“那还是让潘所长干吧!”

“他拄个拐,瘸了吧唧的,让他管接待室就算照顾他了。”

“那……我不好意思。”

“你别想那么多,你就是所长了!”

“我不想干!”

孟志诧异:“有人想干还捞不着,你还不领情!”

李丽沉默……

这时,王华山怒冲冲地出现在门口。

李丽赶紧走出房间,并向王华山打招呼:“王厂长!”

孟志坐在沙发上端着茶杯望着王华山,知道他要说什么。

王华山走进来:“孟志!你怎么200万就把贵宾楼给卖了,而且还是赊账?等于送给人家了……”

“是按改革的精神处理的,盘活总比黄了强!”孟志狡辩。

“你这是糟蹋国有资产!你是不是得了人家的好处?”王华山发火。

孟志也急了:“你说话要有根据!我是企业法人……”

王华山义愤填膺:“法人更应该对工厂负责任!你这样祸害工厂,良心让狗吃了!胆大妄为,谁给你这样的权力?”

孟志刁顽而强硬:“我也不知道谁给我的权力,我就知道我说了算!”

潘富从所长被贬到一楼接待室,怨气十足。所谓接待室,现在就是看门的。他坐在冷清的破桌前,心绪难平。

他把李丽叫进来:“你是香饽饽,我成了臭、臭狗屎了……我也没得罪他孟志,你不能踩着我的肩膀往上爬啊……”

李丽难堪地站在屋中,有苦难言:“潘所长……我也不想这样……”

“你能来招待所,我是恩人! 你不知恩图报,也不能过河拆……桥啊?”

李丽委屈:“我没有……”

潘富对李丽误会了,也恨孟志。从装卸队工人到招待所所长,也算飞黄腾达了! 可好景不长,现在又跳楼摔瘸了……他很是不甘,也萌生了报复心理。

他发现孟志总爱接近李丽,没事或下了班常泡在所长室里,于是这天晚上,他往孟志家里打了电话。

很快姜晓妍风风火火地来到招待所,潘富鬼鬼祟祟地迎上去:“来了,大姐! 我给你打电话是怕孟经理出……事,为你们好!”

“谢谢你!”

潘富:“李丽是啥人你可能也听说过……我怕孟经理老和她在一起没、没好事……”

姜晓妍急不可待的样子:“是,他们在哪儿?”

潘富指点:“楼上所长室。”

姜晓妍奔向楼梯……

所长室里只有一张桌子了,李丽情绪低沉地坐在桌前,桌上有一本翻开的书。

孟志坐在对面的沙发上,取悦地调侃着:“升所长了,应当高兴啊,怎么还是愁眉苦脸的?”

李丽苦闷而疑虑:“外面是不是有人在说我啥啊?”

“说你啥啊?”孟志若无其事的样子。

李丽半天无话:“来招待所,我的名声毁了!”

“都什么年代了,还这么多封建思想……走自己的路,让别人随便说去吧!”

“这个路走错了!”李丽感慨。

孟志不屑:“啥叫对,啥叫错啊? 错了又如何?”

李丽悲观:“嫁不出去了……”

“开玩笑,你还能嫁不出去? 有的是人要……”

这时姜晓妍推门进来。

孟志惊住:“……你怎么来了?”

姜晓妍气愤地说:“我来不行啊? 干啥呢?”

“谈话呢……”孟志支吾。

“什么时候了还谈话? 谈什么呢? 再谈一会儿是不就该上床了?”

孟志尴尬:“别胡说八道!”

李丽难堪,站起向外走。

姜晓妍挡住:“这么晚了想干啥呀? 跟完了贾昌浩又想跟他啊?”

李丽无地自容,哭着夺路而逃。

孟志怒发冲冠地打了妻子一个耳光。

姜晓妍毫不示弱地反手还了孟志一个耳光。

两人像斗架的鸡,愣怔地仇视着……

第二天,招待所201房间的门开着,孟志气恼地坐在沙发上等人。拄拐的声音从走廊上传来。

潘富进来,站在门口,平静且不在乎地看着孟志。

孟志痛恨地看着潘富:"不让你当所长了,所以你报复我?"

"没有……让嫂子来喊你回家睡觉!"潘富不抵赖,不卑不亢。

孟志咬牙切齿地吼道:"我通知你下岗了!"

"我也不想干了!"潘富转身向外走,又回头不恭地说,"你也长不了!你以为你是华龙厂的真命天子啊?呸!"说完走了。

孟志沮丧,走廊上的拐杖声渐行渐远……

萧蓝从香港回来,特意让王华山去接她。因为去的时候只带了一个装衣服的小皮箱,回来却变成两个大皮箱。舅舅给带了不少东西,可谓满载而归。

回到家,听说了厂里的变化,萧蓝愤愤不平,坐在床上生气:"我去了趟香港,回来竟然变化这么大!孟志成了经理了!他当了一把手,厂子就黄得快了……"

王华山坐在沙发上,两手抱膀,凄苦无奈:"我们是想借用股份制形式集资救厂,没想到人家利用股份制堂而皇之地谋权……他出的钱多啊!咱是哑巴吃黄连有苦说不出。"

萧蓝较劲:"我们比他拿得还多!这次去香港,舅舅给了我一些钱……"

"事情过去了,已经定了。咱再这么弄,不成了拿钱争官了吗?"王华山不赞成。

萧蓝:"险恶啊!要是知道这样,我何必去香港呢?"

"去香港,一是看你舅,二是为了救华龙厂……快说说那边的情况!"王华山催促。

萧蓝叹了一口气:"你以为那些有钱的资本家会兜里揣着钱,喊着口号来帮你振兴?不可能!包括我舅舅对投资都不感兴趣,当然我们这种方式也没有公信力。"

王华山失望……

"话又说回来,如果真有来投资的,我们也不一定留得住人家……"萧蓝思考说。

王华山不得不认同地点头。

夜色中,灰暗的招待所二楼一个窗口亮着灯光。

李丽伫立窗前,望着万家灯火,眼神呆滞,表情悲伤绝望。姜晓妍的当面辱骂,给她本已悲伤的心灵以毁灭性的打击,她彻底绝望了……她喃喃着:"我的名誉毁了,活着还有什么意思……"两行泪水不停地流了下来。

孟志又坐到了一把手办公室的高背皮椅上。他悠闲地看了几眼报纸，又欣赏着近处的盆景花草，心想："还是一把手办公室的感觉好！而这个位置王华山还没坐热就轮到了我，真是妙不可言！想跟我争，没那么容易……"

电话铃响，孟志接电话。

"喂……哦！谷副秘书长！您好您好，有什么指示？……什么？退休工人闹事？没听说啊……"

谷仲秋："最近省长要下来视察工作，如果车队从省城来，华龙厂是必经之路。你们厂的情况不乐观，退休职工极有可能拦车闹事，那样对我市影响极坏！市政府要求你们一定要做好稳定工作，不能出现意外情况。"

孟志对着电话为难地说："光说稳定……不开支，空嘴说白话，咋稳定啊……"

谷仲秋："想想办法……这样，你们先给开一个月的。"

孟志申辩："谷副秘书长，华龙没有钱，您是知道的……"

"怎么能没有钱呢？华龙刚搞了入股集资嘛！可以先拿出来给他们开支。这个问题虽然市里已经落实解决了，也已下拨了两个月，但最近市里财政紧张，又出现了缺口……"谷仲秋在电话里很强势。

孟志犹豫："不会闹事吧……暂时中断，退休工人们能理解……"

"你能保证吗？"谷仲秋质问，"为了防止万一，必须做好安抚工作！特殊情况，你们先给开一个月，过后市里再补给你们！"

"谷副秘书长！华龙厂正处在关键的时候，集资款是生产的保命钱！马上需要投入啊……"孟志对着电话为难地乞求。

谷仲秋显然生气了，声音严肃："是华龙厂的生产重要，还是全市的稳定大局重要？你是要负责任的！现在'维稳'是头等大事，你想吃不了兜着走啊？"

孟志仿佛突然清醒，慌忙对着电话说："谷副秘书长！我不过说说……好！我一定按您的指示办，给他们退休职工开支！"

王华山在装配车间了解生产情况。

"生产任务本来不多，现在又马上面临停工……"主任徐臣说。

"怎么回事？"

"一些内装材料短缺，供应科说现在厂部无钱投入……"

王华山听后非常焦虑，掉头而去。他急匆匆来到一把手办公室，进门迎面碰上了财务科的女科长向外走，互相点头打了招呼后，他欣慰地问孟志："告诉财务科投了？"

孟志一愣神，玩世不恭地说："投了！"

"好！车间里已经材料短缺……"王华山释然。

这时工艺科长杨慧走进来，将一沓材料放到孟志桌上："这是'25型车'试制工艺方案和所需物料报单，需要审批投入。"说后走了。

孟志望着王华山，无奈地摊牌说："出岔子了！"

"怎么了?"王华山疑问。

孟志讲述了省长下来视察,市里怕工人闹事,要求用集资款给退休工人开工资的事。

王华山听了惊讶,大喊:"不行!坚决不行!孟志,你可不能这样干啊……"

孟志无奈,理解地望着王华山……

王华山痛苦急切地说:"现在地铁车没有订单,只剩下铁路客车这一块,国内众多厂家又竞争激烈,属于我们的市场份额在逐渐减少,如果再不能按期交车,失去信誉,我们的生产将会走向枯竭!无论如何也要保证这有限的生产啊!'25型车'是企业的转机,伊黑兰项目投标是企业的希望,地研所是企业技术的火种……要务必保生产、保试制、保投标、保科研啊!集资款是工厂的救命钱,是全体华龙人的希望……你不把这笔钱投进去,厂子就完蛋了!孟志!这个时候你不能不顾工厂啊!我向你保证,也可以立军令状,按照这个路子走,华龙不活,你砍我的脑袋!"他眼睛潮红,痛心疾首的样子。

孟志窘迫,有所触动:"你的'四保'说得好!保生产、保试制、保投标、保科研……可省长要来,市里强调稳定,我们能不服从吗?"

王华山极力争辩:"只有把华龙厂搞好了、发展了,才能从根本上解决稳定问题。以牺牲华龙这个大厂的命运为代价来制造稳定局面,只会造成更大的不稳定因素。我相信省长也愿意接近老百姓,愿意倾听群众的呼声……"

桌上电话铃响,孟志接电话。

"喂……我是,你是哪位?……噢!胡副市长啊!您好您好!您有什么指示?"说着恭敬地站起来。

孟志望了一眼王华山,向他传递了一个严肃的眼神。

胡副市长清晰、命令似的声音:"李昆书记去中央党校学习了,我主持松江市的工作,我要对松江市的稳定负责。你现在算是华龙厂的法人,如果省长下来视察,华龙厂发生闹事,给松江市抹黑,我拿你是问!"说完挂断。

孟志艰难地放下电话,向王华山:"你听见了吧?没办法!"说后坐下。

王华山急了:"我保证!退休工人不可能闹事!绝不会闹事!"

"你保证得了吗?你保证不了!出了事,我的乌纱帽就没了!"孟志态度分明。

王华山有些绝望:"是保厂,还是保官,这就看你了!孟志!你不能不顾工厂啊!我求你了!"说着痛切地弯腰鞠躬。

"华山!别,别……"

王华山抬起头来,泪流满面,唏嘘:"这笔钱是华龙的保命钱,孟志你不能不顾华龙厂啊!"

孟志受到震撼,心生恻隐地望着王华山,由衷地感叹:"在事业心上,我不如你,我承认!你的精诚和执着也让我感动!"

王华山离开后,孟志沉默了很久。办公室寂静无声,显得空荡落寞,他闭着眼睛,仰靠在沙发上，王华山泪流满面的脸不时在眼前浮现……

孟志心想：我知道这笔集资款对华龙厂有多重要，可我犯得着得罪胡副市长吗？"四保"是你王华山的想法，干好了也不是我的功劳。挪用集资款不论什么后果，不是我的责任；可如果不执行上级意图，得罪了领导，那我肯定"死"定了……

夜晚，家家户户荧屏上，华龙厂有线电视台男主持人在反复播报："通知，全厂退休职工同志们，明天上午 8 点，请到俱乐部开支，望互相转告。通知，全厂退休职工同志们，明天上午 8 点，请到俱乐部开支，望互相转告。"

这个声音在华龙厂的夜空久久回荡……

11 第十一章

华龙厂生产停了。

东区的租屋里，愁云笼罩，妻子刘玉霞坐在炕上哭泣……

吴建华沮丧地坐在他学习的小桌前："有什么哭的？干啥还不吃碗饭啊？"

刘玉霞急："干啥都吃碗饭，我跑到城里来找你干啥？在农村不一样吃饭吗？"

"厂子不行了，那没办法……"吴建华情绪低落。

刘玉霞懊恼："你一个破工人，要钱没钱，要房子没房子，现在又下岗了……我的命咋这么不好呢！回我们村，我没脸见人了！"

"那怎么办？"吴建华无奈。

刘玉霞哭："当时一心想奔城，结果现在还不如农村人！"

因下岗感情出现了危机，吴建华早就发现两个人价值观的差异，他不恭地说："你也别上火，能过就过，不能过就算了……你不是总羡慕你们村的熊大龙吗？正好你说他也离婚了……"

刘玉霞气急败坏："熊大龙就是比你强，人家现在打麻将都打十块的！"

吴建华无语，起身走了出去……

傍晚，王华山心情沉重地走在江边……

他忽然发现前面不远处有一女子向江里走去，水已过膝。王华山感觉不对，快步跑向女子。

水至半身，李丽见有人来救，急忙沉入水里。王华山见状向前猛跑，纵身跳入水中，奋然向前。

王华山拉起李丽，李丽挣扎，他强行将其抱起走回江边。李丽挣扎哀求："不要救我！不要救我……"

两人水淋淋地坐在江边，王华山疲惫气喘，李丽落魄抽泣……

"为什么啊？要死很容易，可你年轻轻的，不是白活了吗？"王华山责怨又语重心长地说。

李丽抬头望着这个她尊敬的领导，委屈地哭了起来……

坐在他的一把手办公室里，孟志有些百无聊赖，空虚得心里发慌。

电话铃响,他接电话:“喂……”

钱斌打来的:“仲秋女婿贵宾楼的‘狂欢娱乐城’今天开业,孙哲请你去喝酒!”

“算了,我就不去了,没心情!”

“怎么啦?”

“心里空荡荡的……”孟志感慨,“坐在一把手的位置上,却没有千军万马、呼风唤雨的感觉,倒是孤家寡人的味道……”

钱斌坐在家里的沙发上悠闲地打着电话,窃笑又故作真诚地说:“我没当过你那么大的官,可能官当到极致都是这种感觉吧。”

孟志听着电话摇头,关切地问:“这次省长来,对松江市印象不坏吧?”他对华龙厂付出的代价耿耿于怀。

“没来!听说去了春山市。”

“啊?省长没来?”孟志震惊,“那……我们职工的集资款不是白花了吗?我那笔钱花得冤枉啊!”说着一只手握拳捶了一下桌子,气愤至极。

“也瞎不了,市里早晚会拨给你。”

孟志苦不堪言:“可那是用于保厂的集资款呀!华龙现在停产了,毁在我手里……”他生气地把话筒扔到桌上。

钱斌的电话声:“你个人没啥遗憾的,在华龙厂官当到了顶点,就算厂子倒闭了,你也是华龙的‘末代皇帝’呀!”

孟志沮丧地呆在那里……桌上的话筒里传出钱斌“喂喂”的声音,后挂断。

孟志与钱斌的心理不同,虽然两个人都不择手段地追逐和维护个人名利,但孟志并不希望工厂垮掉,还想以此为事业尽可能干出成绩,有所作为。

随后,孟志接到通知,去市里参加一个会议。

经济体制改革声势浩大,尽管摸着石头过河,但势在必行。会上,胡副市长讲话:“我们要进一步解放思想,更新观念,加快我市国企改革的步伐。要把闲置的国有资产盘活变现,能重组的重组,该破产的破产,早日市场化,建立现代企业制度。”

孟志听得茫然,也不知所措……

孟志和姜晓妍的夫妻关系走到了尽头。上次的大打出手,让他们的感情最终破裂,婚姻画上了句号。其实,压垮这段婚姻的最后一根稻草不是姜晓妍去捉奸,孟志也没有实质性地出轨,而是长期的夫妻生活缺乏感情基础,人生理念和价值取向存在明显差异。爱人是可以崇拜的,而孟志在姜晓妍心目中却是失望,甚至鄙视。

这天,孟志拉着一个大旅行包,另一只手还提着一只箱子,身上还背着个包,走进招待所,打算寄住201房间。

经过所长室,孟志进来打招呼。发生了上次的事情之后,孟志还是第一次见到李丽。

李丽木然地坐在桌前翻着书。

"那天的事真对不起你,向你道歉!"孟志说着坐下。

"算了……"想到发生的噩梦般的一幕,李丽有些难过。

那日在江边被王华山救下后,她向他哭诉了自己内心的痛苦,王华山苦口婆心地开导她,她答应不再寻死了……

孟志:"我离婚了,常住招待所了……"

"跟我没关系吧?"李丽警惕起来。

"没有没有……我们本来就没有什么感情基础,性格不合。"

李丽释然。

孟志感叹讲述:"当年感情受到挫折,我从大学一直追到华龙厂的女同学跟别人结婚了。那天晚上,我在宿舍喝醉了,躺在地板上……宿舍管理员拿我没办法……"

孟志陷入回忆,现在他无所顾忌,不吐不快。潜意识中,他也愿意说给李丽听,以博得她的理解和同情,甚至是好感。

王华山和萧蓝结婚的那天晚上,孟志喝醉了,躺在宿舍地板上肆意发作,痛哭号啕:"她今天结婚了,她跟别人结婚了!我后悔啊!我不该跟她坐一趟火车到华龙厂来啊!"他两眼发红,狰狞地吼叫:"我恨……我恨比我强的人!我恨比我强的人!"

五十多岁戴红袖箍的女管理员进来大声嚷:"快起来!上床躺着!"可最终也拿他没办法。

也住宿舍的姜晓妍拿着脸盆去水房打水路过门口,管理员说:"姜晓妍,快来帮忙!你们技术科的孟志喝多了,躺在地上不起来……"

姜晓妍进来,同情地劝说:"孟志,快起来……"

喝醉的孟志见到了姜晓妍,误以为是萧蓝,拉住她的手说:"我要和你结婚……"

管理员俯到姜晓妍耳边说:"喝醉的人说话就像狗放屁,别往心里去,咱把他哄上床是目的。"

管理员扶起孟志说:"好!上床躺着……明天,明天去登记!"

姜晓妍羞笑着,帮着把孟志扶上了床。

也许是为了满足某种心理,或者是为了弥补感情创伤,第二天上班,孟志无精打采地坐在桌前,望着不远处工作中的姜晓妍,觉得她确实长得很漂亮,她爸又是技术科长,对自己的发展有利……

这时,有人敲门。

焊接车间工人张万军怯生生地站在门口,孟志问:"找谁啊?"

张万军:"姜晓妍……"

姜晓妍不情愿地迎过去:"张万军,我不是跟你说了嘛,以后别来找我了……"

张万军执拗地表白:"我知道我是个工人,配不上你……可我会努力的!"

孟志明白了,他就是那个死乞白赖追姜晓妍的工人,于是坐不住了,凑过去说:"你再努力也当不了工程师,没有文凭也提不了干,顶多前面加上'技术'二字成为技术工人,可也还是工人!”

张万军诧异不满:“工人咋了? 你谁啊?”

孟志傲慢:“我是姜晓妍的对象,交大毕业生……”又转向姜晓妍,煞有介事地说:“你姜晓妍不对啊,咱俩处朋友,你不能脚踩两只船啊!”说着偷向姜晓妍挤咕眼。

姜晓妍尴尬……

张万军惊愕,后说了句狠话:“姜晓妍,早晚我会让你瞧得起我这个工人!”转头悻悻地走了。

姜晓妍、孟志两人对视,都笑了……

姜晓妍嗔怪:“谁跟你处朋友了?”

“我是围魏救赵、见义勇为啊,要不他会总缠着你! 怎么……我配不上你?”

姜晓妍羞笑……她对孟志没有什么不好的印象,反而因为他是萧蓝和王华山的同学、是大学生,自然多了几分景仰。萧蓝还说过把他介绍给她呢,后来也没了下文……

看到她的表情,孟志大胆地搂住了姜晓妍……

回顾过去,孟志难免伤感,他对李丽叹息说:“结束了……”

李丽另有困惑:“让你痴迷的那个人到底是谁啊?”

孟志沉默了一会儿,历史的记忆交织着现实的烦恼,最终心情酸楚地说:“萧蓝!”

“原来是她!”李丽惊叹,“我知道她是技术科科长,都说她是华龙厂女杰,美貌、才华、人品无人能比……你与王华山磕磕碰碰,原来有这样的历史渊源……我明白了。”

孟志低头沉默。

李丽走到窗前,望着窗外,感慨地说:“恕我直言,你与王华山不是一个类型的人。我熟悉他,他当过我们装配车间的主任。王华山是个充满理想,执着于事业的人! 他身上的那种精神是男人中少见的……你说过,因为爱情失意,你觉得自己不是一个成功的男人,我倒觉得,是你的人生观和价值观与王华山有所不同,这才是影响你人生的根本原因。”

孟志惊异地看着窗前李丽的背影:“你怎么会这样说?”

她沉思地望着窗外,静如止水。

孟志换了怜悯的语气:“我听说你要自杀……虽然人言可畏,但也别想不开啊。”

“活着没意思了。”李丽转过身来说。

“好死不如赖活着! 以前我还以为你是个花瓶,其实你是个很有思想内涵的姑娘! 上次贷款的事你让我刮目相看……”孟志的话有讨好的意思,但也是实情。

李丽感慨:“上学的时候我学习很好,喜欢文学。入厂后,我没有把握好自己……”说着眼含泪水。

“人生的路还长着呢,心也不要太高了,怎么还不是一辈子啊!”孟志劝慰,又卑怯地说，“李丽，我离了……你能跟我结婚吗？我一定会让你幸福的……”

她惊讶地看着孟志，好一会儿才摇头冷静地说：“我不相信我们之间会有真正的爱情……”

孟志失望：“什么叫真正的爱情，不就那么回事吗？你都不想活了，还讲什么爱情啊！”

李丽悲观无言，转身望向窗外。

王华山手里提着个布兜子失意地走在街上，一辆破卡车在他身边驰过，跑到前面。车上拉着几个装卸工，有两个人挥手向王华山喊着打招呼：“王主任！王厂长！”

他茫然望着，没有认出是谁。车上的装卸工穿着不整、蓬头垢面，挥着手远去。

王华山路过立交桥，道边散漫地聚集着不少做小买卖、等活儿干的人，其中有华龙厂的下岗工人。他和他们待了一会儿。

李祥拿着一个长杆的刷墙滚刷，黄广厚空手抱着膀，吴建华拉着一个收破烂的车，“小不点”身前挂着一个兜子，里边装着花花绿绿的纸张。

王华山问眼睛青肿、满脸愁苦的黄广厚：“眼睛怎么了？”

黄广厚咧了一下嘴，没说什么。

李祥说：“昨天一天没等着活儿，这里还有人收一天两块钱的管理费。不给，挨了一顿揍。”

王华山痛心地叹了一口气，问吴建华：“听说你离婚了？”

吴建华：“下岗了，人家瞧不上咱了……”

“小不点”：“这样的女人离了也好！”

王华山：“孩子呢？”

吴建华：“上学了。我把她送上学，完了干这个，放学再去接。”

王华山：“你干这一行，行吗？”

“我比他们强！”吴建华一指旁边的人，很内行地说，“卖白菜掉帮，卖水果烂，卖鸡蛋打，就我这收破烂把握。易拉罐收一毛，卖一毛五；纸壳收一毛五，卖两毛；废铁三毛收，最低卖三毛五。挣多少不说，它不赔钱……”

王华山问“小不点”：“你这是什么行当？”

黄广厚嘟囔：“这小子鬼，腊月还没到，就开始给各家送财神。”

“小不点”抽出一张财神挥动着，顽皮地喊叫起来：“财神进门有金有银，财神到家越过越发。”

大家笑。

王华山去了郑清儒墓地，去看郑厂长。

他坐在墓碑旁，从手提的布兜里拿出香肠，放在墓碑座上，念叨着：“你是南方人，我知道你爱吃北方的香肠。”又打开一瓶酒，仰脖豪饮了几口，然后将大部分酒浇洒祭奠在碑前。

王华山望着郑清儒的照片，心情沉痛地念叨："郑厂长！华龙不行了……我没有办法了……这些日子我很痛苦，也想了很多……贾昌浩为什么会把华龙搞得一塌糊涂？孟志不是个真干事的人，为什么能官运亨通？钱斌不是个正派人，为什么在华龙厂却活得那么滋润……"王华山叹息，"你郑厂长奔波实干，结果是含冤下台。我王华山承包创利，提出深化改革，最终却被撤职。大家入股集资，华龙厂本来充满希望，可市里一个电话，却让努力付之东流……国企改革到了关键的时刻！"

厂门前那条大路上，三个退休老工人在路边散步。他们三个说得来、合脾气，闲着没事就聚在一起，成了亲密的伙伴。他们不练功打拳，也不喜欢下棋玩牌，就是走步溜达，边走边聊，天南地北，家长里短，国家大事，厂里趣闻，无所不谈。

瘦老头努嘴说："那不是王华山吗？"

胖老头看过去："嗯，是他。"

在路的另一边，王华山心情沉重地走来……

三个人有话说，就迎了过去。

"王厂长好！这是去哪了？"瘦老头首先打招呼。

"去墓地看看郑厂长。"

"华龙厂怎么搞成这样了？"瘦老头说出了大家的困惑。

胖老头："我们对你抱有很大的希望啊！"

拄拐棍老头："是啊，大家都相信你能把厂子搞起来……"

王华山心情痛苦地说："我不是一把手，厂子我说了不算啊！"

三个人理解地点头。

"也怨你们！说是省长要来视察，市里怕你们闹事，要稳定，命令孟志拿工人们的集资款给你们退休工人开了支……"王华山生气地说。

瘦老头和拄拐棍老头惊讶，异口同声地说："我们也没要闹事啊！"

"这笔集资款是华龙厂的保命钱啊！是你们要了厂子的命！"王华山说完痛心地转身走了。

三个老头像突然有了短处，怅然坐在路边……

"会是这样吗？怎么会是这样？"拄拐棍老头说。

胖老头："我也听说是这么回事……不论怎么说，是因为用集资款给我们开支，华龙厂才停产了。"

瘦老头发牢骚："这是市里哪个混账东西干的？你不能为了保官，不管工厂的死活啊！"

胖老头："他们跟工厂没有切身利益关系，只唯上，而我们不一样，我们在华龙厂干了一辈子，我们的后代还要靠这个工厂生存啊！"

"唉，这工资开得让人上火……华龙厂不能毁在我们手里呀！"瘦老头敏锐，"我觉得，我们也不能背这个黑锅，还是生产重要啊！我们怎么能花集资款呢？"

拄拐棍老头:“那怎么办?”

胖老头思索说:“咱们去找张劳模商量商量,看怎么办。”

大家赞同地一起走了……

退休工人们虽然离开了岗位,但主人翁的情怀和精神仍在,面对处于危难的工厂,只要有一线希望,他们都会竭尽全力……

地研所偌大的工作室里安静无声,李海涛、丁燕、赵鹏、郑凯等人都在电脑前埋头工作,他们执着和投入的状态仿佛置身事外。

姜克选除了他总工程师的办公室外,作为地研所所长,在这个工作室里也有一张办公桌,与大家朝夕相处,带领大家共同攻关。他的一头银发在这个年轻人居多的工作室里格外醒目,熠熠着,俨然是大家的精神之光。

孟志匆匆走进来,安静专注的现场氛围让他感到惊讶。

“你们怎么还像没事人一样? 厂子什么样你们不知道啊?”

大家抬起头来望着他……

孟志回避着姜克选的目光,现在他也不顾及姜克选的面子了,甚至心里不无怨恨。他直言不讳地说:“当前地铁市场的形势你们不是不知道,国内十多家要建地铁的城市,一边倒地都在与外商洽谈。中国的地铁产业大势已去! 就你们,就能赶超世界先进水平? 如果工厂有钱,你们研究就研究,可现在厂子已经揭不开锅了,保不了你们了! 别说我没告诉你们!”说后扬长而去。

姜克选心情沉重,表情呆滞……

大家受此干扰也都无心工作。

萧蓝进来,走向姜克选:“孟经理说地研所撤销,不再保了……”

姜克选思考后对萧蓝说:“开个会吧。”

萧蓝点头。

姜克选站起来说:“大家都出来,我们开个会吧。”

大家走出,站立在一起,有二十人左右。

“刚才,我们都听到了,最后通牒。”姜克选悲壮地说,“是,华龙厂现在极端困难,流动资金枯竭,已经难以维持正常的企业运转……当然,希望同在! 伊黑兰地铁投标方案不断调整改进,我们已往返伊黑兰谈判十多次;地铁转向架等关键技术的引进已获得国家贷款;‘25 型’新客车已着手试制,虽然启动资金短缺,但我相信国家会支持……是的,地铁市场面临严峻挑战,可我们心不甘啊! 有我们在,中国的地铁市场就不能拱手让人! 我们有信心有能力造出更好的地铁车! 面对当前严峻的困难,在呼吁的同时,我们要跟踪地铁先进技术,有针对性地研究攻关地铁尖端课题,补上短板,这些至关重要! 我们的地研所无疑将是中国地铁发展的燎原火种!”他按捺不住,激情至极:“地研所不能撤! 我不会离开地研所! 地铁一定要国产化!”说完,他突然晕倒……

大家惊慌，萧蓝等急忙上前搀扶……

姜克选住进了医院，输着液，姜晓妍和萧蓝陪护着，王华山也赶来看望。

他嘴角歪斜，流着口水，对王华山和萧蓝吃力、含混地说："地研所不能撤……"

话语不清，姜晓妍翻译："他说'地研所不能撤'！"姜晓妍说后抹了一下眼泪。

王华山、萧蓝悲伤地点头。

姜克选努力控制发音，清晰、激情地说："地铁要国产化啊！"这是他生命的本能发出的最大吼声。

王华山和萧蓝离开病房后，心情沉重地走在走廊上。

萧蓝脸上挂着泪水，念叨："中风不好治……"

王华山两眼发红，表情悲壮。

两个人都默契地有一个坚定的信念：决不辜负姜克选的期望，他的理想也是他们的理想。

两天后，地研所召开了一次会议。

大家都坐在各自的办公桌前，李海涛、丁燕、赵鹏、郑凯等大多数人都在，也有几个位置空着。

萧蓝站在姜克选的位子旁，神情庄严："姜总得了脑卒中，地研所的工作由我负责！在这困难的时期，为了生活，有人跳槽、有人转走，我理解。在座的同志们不计较个人得失，继续忘我地投入研究工作，我很感动！大家是华龙厂的技术精英，也不愧是精神楷模！中国地铁国产化会因为我们的坚持而充满希望！我萧蓝为有你们这样的同事而自豪！我承诺：大家的基本工资我垫付，有困难找萧蓝！"

大家激动鼓掌，有女生流下了眼泪。

晚上，厂区黑暗幽静。王华山每天吃完晚饭都要拿着手电筒进厂转一转，心情像忧伤的儿子守望着病危的母亲。

今天门岗里没人，他从开着的门缝里进了厂大门。没走多远，对面碰上门警回来。

"谁？"

"我。"

门警走近："王厂长啊！有事啊？"他裹着大衣。

"没事，转转……"王华山停住脚步。

"放心，回去休息吧！没事。"

王华山抬头望着不远处办公楼仅有的三个亮着灯光的窗口……

门警讨好地说："是地研所。那帮人是玩电脑的，听说打游戏上瘾啊，这些人肯定是玩疯了，天天到半夜……"

"胡说！"王华山斥责，"他们都是技术精英，是在为华龙厂废寝忘食地搞研发……"

门警尴尬无语。王华山向前走了几步，觉得不对劲，回头看了一下，跟着门警进了门岗。

门警奇怪，有些躲避地看着王华山。

王华山盯着他裹着的大衣："把衣服打开！"

门警无奈，从怀中取出一盘电线，辩解："我借用用……"

"你这是监守自盗！"

这时，一辆红色出租车从厂里开出停在门口，王华山疑惑地走出门岗。

副驾驶位置上坐着一个人，摇开了车窗。王华山问："出租车怎么开到厂里去了？"

那人说："找人。"

王华山发火："找什么人？晚上厂子根本没人！"说着走近出租车察看。

车后备厢打开着，一个张扬的鼓鼓的大编织袋露在外面。

"快开门！"车上那人紧急地喊门警。

王华山冲到车前阻拦，那人下车，两人拉扯……那人推开王华山跑过去推门，王华山奋力拉住他，回头对门警喊："快报警！"

那人夺下了王华山的手电筒，用力朝王华山的头部打去，随后奋力推开了门，王华山受伤倒地。

那人飞快上车，出租车冲出厂门。

王华山挣扎起来，车正经过身边，他猛地扑上去，抓住了那个编织袋，全力拉拽……东西从车上掉下，王华山也随之栽倒。

几天后，吴建华和葛强拎着水果登门看望。

头上贴着纱布的王华山开门后惊喜："葛强！你不是上南方了吗？啥时候回来的？"

"昨天刚回来的。听建华说你受伤了，就过来看看你。"

王华山："我没事……你在南方干得怎么样？"说着大家一起进了屋。

葛强："跟他们搞物流，挺好的！"

大家坐下后，吴建华问："伤啥样啊？"

"缝了几针。"王华山无所谓的样子。

"查着人了吗？"葛强问。

王华山："派出所正在抓。"

吴建华："偷的什么东西？"

王华山："电缆，有二百斤左右……"

吴建华担忧地说："万一你要把命搭上怎么办？"

"好啊！为了保护国家财产壮烈牺牲，这个结局，我还真高兴！"王华山乐观地说。

大家笑后，吴建华对葛强说："你不知道，厂长选举的时候，王主任的眼睛还让人给喷了硫酸，是郑厂长捐的眼角膜……”

葛强震惊，难以控制地望着王华山的眼睛：“啊！还有这事？”

王华山伤感地摆手制止说：“提郑厂长，我心里难受……我辜负了他！”

“谁干的？”葛强痛恨地问吴建华。

“公安局没查出线索，但我想肯定跟选举有关。”吴建华说。

王华山息事宁人：“事情已经过去了……”

葛强固执不服：“这事不能就这么算完啊！”

受人尊敬的主任有此遭遇，让葛强难以接受，他无论如何咽不下这口气，决心要找出罪魁祸首。

他跟吴建华分析和探讨了这个问题……

入夜，招待所201房间拉着窗帘，孟志穿着睡衣坐在沙发上看电视。离婚后，孟志占据了这个房间，这里成了他的固定住所。

响起轻轻的敲门声，孟志问：“谁？”没有回答，又是轻轻的敲门声。“是李丽吗？”他微笑着去开门。

两个蒙面人猛然冲进屋里扑倒孟志，没等他喊出声来，嘴里就被塞进了布团，手被反绑，腿也被捆上了。

一个人去关了门，回身又按住孟志。

另一个人揪住孟志的头发，拿刀逼在他的脸上：“想死想活？”

孟志吓得魂不附体，咕噜着连连点头。

拿刀的人唰地割下孟志一撮头发，扔在他面前，说：“你要乱喊乱叫，我一刀宰了你！”

孟志又是一阵点头。

拿刀的人把孟志嘴里的布团拿掉，将刀放在他脸上，凶狠地说：“王华山的眼睛谁干的？说！”

“我说我说，这事不是我干的……”

两个人回到了东区的租屋里。台灯开着，孩子在炕上睡着。

吴建华急忙掏出袖珍录音机放在桌子上，按下键，两人坐下关切地听着……

孟志的声音：“我说我说，这事不是我干的！是装配车间叫赵君的干的……是后来他告诉我的。跟我无关，我事先根本不知道……”

听完，吴建华气愤地说：“赵君为了讨好孟志，达到个人目的，竟然干出这种事来！”

葛强咬牙切齿：“这个赵君太阴毒了，我非把他的眼珠子抠下来不可！”

“这事还是得通过公安局来处理。”吴建华说。

葛强：“那我明天把这盘磁带给公安局送去。”

“不行！万一孟志不认账了，咱俩就得进去。”吴建华思索着说。

葛强：“你说怎么办？”

吴建华分析说：“这件事如果真不是孟志指使干的，那么孟志没有刑事责任。要是公安局直接拘审赵君，赵君毫无疑问会认为是孟志供出自己的，事已败露，他的心理防线肯定就会崩溃，必然招供。我明天再复制一盘磁带，写一封信，给公安局局长匿名寄去。”

葛强强调说：“把你的想法也写上。”

吴建华点头。

发生了那晚上被劫持的事情之后，孟志心里忐忑不安，待在招待所里终日不出。凭直觉他判断那两个蒙面的是王华山的人，但他不知道公安局的人会来找他，还是那两个人会去找赵君报复私了……

李丽敲门进来说，有人找。孟志紧张地问：“是什么人？”

“有个叫野田一郎的来见你，他说是日本人。”

孟志放松：“哦……他怎么来了？”

“说是日本人，可中国话说得跟东北人一样。”李丽疑惑。

孟志笑了：“这个日本人就是在东北长大的，是日本投降时的战争弃儿，中日友好以后回国了，现在是山郎公司市场开发部的副总。我是去日本他们公司学习认识他的，对我不错，像老乡似的……让他上来吧！”

李丽出去后，孟志自语：“这小子干啥来了？”

“孟经理，您好您好！”野田一郎一进门就非常热情，与孟志又握手又拥抱，身后还跟着一个拎包的随从。

孟志也很高兴：“野田先生好！多年不见了……”

野田对随从用日语介绍说：“这是我的朋友孟经理。”

随从说日语，然后深鞠躬。

野田对孟志说：“这是我的秘书，他说请孟经理多关照！”

孟志说：“不客气！不客气！”

“很想老朋友啊！当年我没说错吧，你肯定是个升官发财的人。”野田恭维。

“野田先生过奖了！”

“叫野田先生太见外了，你就叫我野田吧。”

两人笑着坐到沙发上。

“这次来中国什么事啊？”孟志问。

“是回国、回国，我生在中国，中国是我的故乡啊！”野田强调说。

“是，是……”孟志附和。

“来看看老朋友，中国改革开放，也顺便寻找一下市场商机。”

孟志点头：“现在一些车辆制造企业因经济体制转换面临经营困难，以山郎公司的先进技术，你们此时抢占中国市场，应该说是所向披靡！”

野田：“日本的汽车工业已经一马当先地进入了中国市场，我们轨道交通车辆制造业也不能落后啊！我们正在跟一些城市接触洽谈地铁项目，也想在中国建厂发展轨道车辆制造业……”

孟志领悟：“噢，黄鼠狼给鸡拜年没安好心，打华龙厂的主意……”

两人大笑。

野田：“中国到处都在搞招商引资，我们是来帮助国企改革啊！”

孟志：“什么想法？”

野田：“看看能否收购华龙厂……”

“想收购华龙厂？不太可能。”孟志说。

在野田的请求下，孟志带他看了华龙厂几个主要车间，然后又登上了发电车间的楼顶。

孟志扬手泛指了一下：“这是整个厂区……”

野田居高临下，视野开阔地望着华龙耸立的办公楼和鳞次栉比的大片厂房，满意地点头。

野田来到松江市，对于期待突破的国企改革似乎是一个契机，于是市里接见了野田，进行了意向性的会谈。

胡副市长：“欢迎野田一郎先生到松江市考察，寻求合作。听说您是在中国长大的，那我们的沟通就方便了。”

野田：“是的，中国人民给了我第二次生命，我的养父母在很困难的条件下把我养育成人。现在我吃再好的日本料理，也不及东北的大碴子、大饼子、酸菜猪肉炖粉条、小鸡炖蘑菇、小葱蘸大酱来得香！”

大家笑。

“山郎公司对华龙厂有何意向？”谷仲秋开门见山。

“据说，华龙厂已是债台高筑，举步维艰。华龙厂与山郎公司早有技术交流，也引进过我们的样车，还多次派员到山郎公司参观学习。作为友好的兄弟厂，我们不能袖手旁观、见死不救……”野田说得高调委婉。

谷仲秋笑说：“捞干的！谈谈你们的具体想法。”

野田：“我们想高价收购华龙厂，用日本的先进技术生产地铁车辆，以满足中国地铁市场的需要。”

“工厂卖给你不行！可以引进技术，联合生产。”胡副市长说。

谷仲秋补充：“长期合作，技术转让，利益共享。”

野田微笑着摇了一下头：“日本不会转让核心技术。现在华龙厂濒临倒闭，我们收购华龙厂能使其价值变现，发展生产又能给中国增加税收，还解决了工人就业……好处多多！”

“你们买下了工厂，我们的地铁产业就不存在了。”谷仲秋清醒地说。

野田：“即使我们不收购，华龙厂的命运恐怕也朝不保夕；中国的地铁市场也必然是国外厂商的天下。”

谷仲秋：“你就那么自信？”

“当然！邓小平先生访问日本都坐了新干线，我们的铁路时速已达到了270公里，你们才达到多少？差远了……技术没法比的！”

市领导沉默……胡副市长：“收购华龙厂，你能给多少钱？”

野田：“我个人会力主高价收购，以此报答中国对我的养育之恩。可这又是公司行为，也要看公司的决定……贵方先报个价看看……”

“至少六千万！这是在清产核资、财务审计、资产评估的基础上得出的合理优惠的价格。”胡副市长诚恳地说。

野田：“这个价格偏高，我们接受不了。”

胡副市长想了想：“那就再降一降。为了稳定，我们也想尽快解决华龙厂的问题。——五千五百万！”

野田摊牌：“我们只能出四千万，高了接受不了。”

谷仲秋：“野田先生是在说笑了，且不说华龙厂的使用价值，就是卖房子、卖设备也值这个价！”

野田：“问题不能这么看，华龙厂本身的价值不是市场价值，只有在交易中体现出来的价值，才是它最终的价值。如果四面八方都来投资办厂，它就是香饽饽；如果扔到那里没人要，就是臭货。十块钱的东西，能卖到一百块钱，也能卖到一块钱。再说，你卖房子、卖设备，卖不出增加税收和解决就业的附加值啊！”

胡副市长与谷仲秋交换了一下眼色，面露窘态，而后豁出去地喊道：“五千万！”

谷仲秋惊诧：“这可是跳楼价了！”

胡副市长坚定地说：“少了五千万不卖！”

野田想了一下，柔和地笑说：“超过四千万不买。”

胡副市长和谷仲秋一时呆住……会见无果而终。

晚上，王华山接到了老家大哥打来的电话：“华山！我是大哥……长途……你给我打过来吧。”说完电话就挂断了。

萧蓝不解。王华山解释说：“咱打过去，那边不花电话费……”萧蓝笑了一下。

王华山把电话打过去：“大哥，咱妈身体怎么样？”

“还行，血压高点，有的时候迷糊。用你们给的钱打针吃药呢，这都没问题……”大哥在电话里说。

“那还有什么事啊？”

“咱弟弟老三，想霸占咱妈的房子给他儿子结婚用，我不同意。这是老人的家产，应当咱哥仨平分才合理。可老三说以前老人跟他时间长，他应当多分……要那么说，我比他干的活儿还多呢,我更应当多分。你回来一趟吧,咱们商量商量怎么办！要不养老也成了问题,老人也不安宁……”电话里大哥情绪激动。

王华山有些生气:“好,我回去！家产我不要！把咱妈接来,我养着!”说完放下电话。

“正好现在厂子没事,你回去把老人接来吧。”萧蓝说。

王华山肯定地点了一下头。

野田不甘心,又来到华龙厂招待所201房间,跟孟志商量买厂的事。

“五千万太可以了！你们是越便宜越想便宜。”孟志说。

野田不避讳他的想法:“最低成本、最大利益是商家之道,争取四千万拿下是我们的目标。”

“这恐怕不可能!”孟志说。

“所以来找你这个老朋友帮忙啊！给走走后门,托托关系……”野田说。

孟志笑:“抬举我了！这是市领导们决定的问题,不是下边人说了算的事。”

“不让你白办……”

孟志看着野田,用心琢磨着:“给什么好处?”

野田郑重地说:“一个月之内,如果你让我四千万拿下华龙,我给你一百万好处费。还有,山郎公司收购了华龙厂,你就是中方的厂长!”

孟志眼睛亮了一下,甚至有些兴奋:“我试试吧……”

野田:“好！一言为定!”

孟志笑着:“野田,咱俩虽然是朋友,可你光这样说说我不托底……”

野田笑了,似乎早有准备地从秘书手里接过包,拿出一捆钱放在茶桌上。

孟志惊呆地看着……

野田:“这十万算订金,事成之后再给你九十万!”

孟志想了想,果断地说:“行！我试试!”

野田:“打个收条。”

孟志诧异,问:“怎么写?”

野田:“就写‘收到购厂订金十万元’。”

孟志认同地写了收条。

送走了野田,孟志坐在沙发上吸了几支烟,在屋里来回踱步,十万块钱摆在茶桌上。这件事来得意外,虽然难似登山,也像做贼,但诱惑使他心情兴奋,也充满憧憬。

李丽进来,“找我什么事?”然后规矩地坐在沙发上。

“李丽,我对你是真心的……如果我给你一百万,你能跟我结婚吗?”孟志情真意切地说。

李丽惊讶,摇头……疑惑地问:“你怎么能有那么多钱?”

“不是偷的,不是抢的,也不是犯法来的。”孟志说着从茶桌上的钱中拿出一捆放在自己一边，指着其余的钱说："这九万你先拿去。"

李丽摇头："不要。"

孟志说："华龙厂早晚会被人买下。你如果愿意干这个招待所，就可以把它租下或买下来。"

李丽摇头。

孟志有些尴尬："我年龄虽然比你大，也不是太大，我会保证让你幸福！你可以考虑考虑再回答我……一个月内，我把一百万交给你，再回答我也行……"

他已经想好了要把一百万合理地收入囊中，然后再用这一百万拿下李丽。

李丽摇了一下头，从沙发上站起来，走到窗前，把窗帘拉开，望着窗外灯火阑珊的夜空……

孟志走过去从后面轻轻地抱住了她。

李丽拒绝："孟经理，别这样……"

孟志住手，商量说："这样，我这里不安全，存银行也不方便……这九万你先替我保存一下。"

李丽迟疑，无奈地说："行吧。"

孟志着手实施他的计划。先在饭店请了以前分房子闹事的那个小个胖子。

胖子受宠若惊，有些莫名其妙："孟经理找我喝酒，我真荣幸得不知姓啥了！有什么需要我的地方您就尽管说……"

"胖子，你见外了吧……现在企业不行了，还分什么经理、工人啊，都是一根绳上的蚂蚱，跟你喝点酒聊聊天不行啊？"

胖子："求之不得！求之不得……"

孟志问："家里有困难吗？"

"下岗了，能没有困难吗？快混不下去了！"

"没干点啥吗？"

"没啥干的呀……"

孟志："那好说，以后跟我出去干！供应科那个刘娜，你知道吧？人家一看厂子不妙就走人了，在南方那边搞空车配货，现在干大了，挺火，在不少城市都有点儿，来电话让我去给她当副总，可我走不了啊……"

胖子："我听说华龙不是要卖给国外的公司吗？"

"没卖成。听说人家诚心买，可市里拿价！人家给四千万，市里要五千万！"

胖子："咱们这里也不是经济开发区，有人要就不错了！"

孟志："是啊，我也是这么想。工人们困难得都挺不住了，市里干吗还在那里拿价不卖呢？赶紧卖了，工人们买断分个一万两万的，好能谋个出路，我也好拍屁股走人。大家不能这么耗着啊……"

胖子："饱汉不知饿汉饥啊！孟经理，你可以跟市里的领导说说吗？"

孟志："我一个人说不顶用……要是大家一起去找市里，肯定好使！"

胖子来劲："那大伙就去找呗！"

孟志伸出大拇指抖着："上次闹房子，要没有你根本成不了事。你在华龙厂工人中是很有影响力的人物，如果再找几个有号召力的，在职工中做做工作，大伙一起去找市里，问题就能解决。"

胖子来劲："这是一呼百应的事，大伙都憋着劲呢，都急着等钱花呢！"

"你要能替大伙说话，就是帮华龙广大职工的忙了！"孟志说着掏出一沓钱来，"家里暂时困难不怕，这钱你先拿去花，以后跟我一起出去打工去……"

"孟经理，这……"胖子不好意思接受。

"你别客气，咱俩今后就当朋友处，揣起来，揣起来。"

胖子迟疑地最后还是把钱放进了兜里。

孟志鼓励说："如果华龙厂真被山郎公司收购了，他们搞生产肯定得用到我啊，到时候我提拔你当车间主任！"

胖子激情澎湃："好！感谢孟经理看重我！我发动大伙，用不了三天！"

孟志强调："人越多效果越好！"

胖子："明白！"

几天后，火车站。

王华山扶着老母亲走出车厢。

萧蓝带着儿子中民在站台车门口呼唤着，热情迎接他们……

此时，市政府门前广场聚集了几百人，声音嘈杂，标语牌上写着歪歪扭扭的字："生活困难，买断给钱"。

谷仲秋拿着喇叭就大家提出的问题向众人进行说明解释。

人群前面，胖子手比画着跟谷仲秋争论，众人也吵吵嚷嚷……

最终，迫于压力和社会稳定，市里妥协了，答应与山郎公司复谈。

在招待所201房间的孟志听到消息后喜出望外，情不自禁地笑起来，笑得有点变态。他陶醉地自言自语："成了！一百万到手！"整个人疯癫得乐不可支、得意忘形……

12 第十二章

夜幕笼罩下的华龙厂少有灯光，在寂静黑暗的转向架焊接车间里，一处电焊弧光时时闪耀……

董玲来到现场，默默地看着这一幕，走近说："歇一会儿吧！"

"你怎么来了？孩子睡了？"张万军看了她一眼，仍然埋头在废料上焊接练手。

"睡了，让咱爸看着呢。"

"你来，他没说啥？"

"他说大长夜，让你多焊一会儿。"

张万军停下手中的活儿："听着跟后爹似的。"

两人笑，并肩坐在料件上。

"我给爸介绍的工具车间退休的李阿姨，他同意处了！"董玲很有成就感地说。

"是被你忽悠得不好意思了吧？"

董玲自得地笑："那个李阿姨我看挺好的，是个热情体贴、通情达理的人。"

"你回去吧，我再焊一会儿。这次参加省里比赛肯定高手多啊，我得好好练练……"张万军催促。

董玲坚持："咱俩一起走。"

"你来耽误活儿……"张万军唠叨。

董玲笑，又忧虑："你说，厂子还能有希望吗？"

"有啊！怎么能没有希望呢！"张万军充满信心地说，"私企老板高薪聘请我，我都不去，就是因为充满希望。这车间晚上还有电焊光就是希望……"他拉着她走到窗前，指着办公楼三个窗口的灯光说，"地研所夜里还亮着灯光就是希望；退休工人们正在为工厂的命运奔走就是希望；从厂领导到广大工人心里都憋着一股劲儿就是希望……"

董玲感动得眼睛湿润了。

远处有手电筒光照过来，王华山的声音："这么晚了还不回家？"说着走来。

张万军回应："大长夜的……"

董玲感慨："此时此地见到王厂长，我更坚信了你说的希望。"

市里与山郎公司复谈，华龙厂真就到了生死关头。英雄末路的王华山焦灼地在家里来回踱步……

萧蓝坐在沙发上痛苦无奈。

“我去市里!”王华山决绝地说。

“干吗去?”

“我去搅局!”他愤然,按捺不住。

萧蓝忧虑:“不妥吧? 是不是违法? 会不会被抓起来?”

王华山吼道:“我豁出去了! 今天他们研究卖厂,我不能眼看着华龙厂没了……”

这时响起紧急的敲门声,萧蓝去开门。

一群神情严肃的退休工人拥了进来,门外的楼道上还有很多人。

王华山不知怎么回事,吃惊地望着他们……

张劳模在前,激动地说:“华山! 市里让孟志拿生产集资款给退休工人开支,我们当时不知道。现在生产停了,我们痛心啊! 想来想去,大家一致同意退还那个月的工资,来挽救我们的工厂……”

王华山震惊!

胖老头:“我们和华龙厂是一辈子的感情,我们的子女也都在这个厂子里工作,靠它生存! 无论如何不能让华龙厂黄了呀……”他拿出一本册子,翻着说:“这是三千多名退休工人同意退交工资的签名册,也有极少数特别困难的,交不出了,还有一些老工人除工资外愿意再拿出部分积蓄……总钱数共二百多万。如果华龙厂有希望、有救……你发句话,大伙就交钱!”

王华山感动不已,又顾忌地说:“我现在不是厂子的一把手啊……”

瘦老头:“我们也去招待所找过孟志经理,他不但不管,还阻止我们。”

胖老头焦急:“据说市里今天在跟山郎公司研究华龙厂收购的事,不知道我们还有没有挽回的机会啊!”

拄拐棍老头望着王华山急切地捣了几下拐棍说:“华龙厂不能黄啊,王厂长! 厂子有没有希望,大家就靠你了!”

“是啊!”众人异口同声,充满期待。

王华山激动地向大家鞠了一躬:“老师傅们的可贵精神让我深受鼓舞,有大家这份心情,有大家这份信任,我王华山为华龙厂死而无憾! 我马上去市政府!”说着便急切地向外走,萧蓝递给他一件外衣,他接过向外冲去。

王华山出门拦了一辆出租车,催促司机快开,出租车向市里飞驰而去……

市政府广场上,早有一些华龙厂的人聚在这里,举着几个标语牌:“反对贱卖工厂!”“国有资产流失,我们的心在流血!”

出租车开到门前,王华山急速下车,向市政府楼内跑去。

会议室里,“山郎公司收购华龙厂签字仪式”横幅醒目,仪式现场准备就绪。

胡副市长、谷仲秋等人与野田一行数人,仍在场下对协议条款进行着最后的交涉。

数架摄像机对准了仪式台，多家媒体人员手持“长枪短炮”候在现场。

双方结束了最后协商，步向仪式台，按序入位，签字仪式即将开始。

这时门外走廊上传来吵嚷声，随后门开，风风火火的王华山和阻拦的警卫拉扯着同时出现在门口。

谷仲秋感到奇怪，对身边的胡副市长说：“是华龙厂的王华山。他怎么来了？”

胡副市长“哦”了一声后发问：“你什么事啊？”

王华山挣脱警卫，紧急不安地向仪式台走来：“胡副市长！签字了没有？”

“还没有。”胡副市长不解。

“没签就好！”王华山放心地松了一口气，近前站住，焦虑不安地问：“华龙卖了多少钱？”

胡副市长：“四千万。”

“太惨了……”王华山痛心。

“这是市场价格，没办法。”

谷仲秋不无嘲弄：“如果你出四千万竞争，机会还来得及。”

野田一郎轻蔑一笑。

王华山恳切地说：“能不能不卖？”

胡副市长略想了一下说：“不能！华龙厂债台高筑，经营困难。卖掉华龙厂能使国有资产盘活变现，可用这笔钱对企业职工给予经济上的买断补偿，有利于社会稳定，也能解决部分就业……你什么意思？”

王华山严正、深切地说：“华龙厂不能卖！它不是没有希望啊……”

胡副市长一怔，在场的人也都现出惊异的表情。

谷仲秋不屑地说：“王华山，这么长时间华龙厂都没有起色，早干啥啦？”

“早我也尽了最大的努力！”王华山回敬。

胡副市长不耐烦：“是啊，正是因为经营无望……”说完坐下。

其他人也坐了下来。

单枪匹马的王华山此时感到寡不敌众的恐慌和悲哀，但他别无选择，只有拼死一搏，哪怕是粉身碎骨，也要力挽狂澜。

“华龙厂发展前景巨大，困难是暂时的。只是因为经济体制变革之后，我们的改革和有效管理没有及时跟上，企业的经营机制与市场经济不相适应，责权不明、政企不分……远的不说，即使现在，市里的领导还命令企业拿出生产集资款，用于社会所谓稳定开支，而不管企业命运如何……”

胡副市长和谷仲秋表现出不悦。

王华山慷慨激昂：“华龙厂是民族产业的根基，国有企业是公有制的基础，我们要致力于把企业改革得更好，而不是无所作为地一卖了之！”

野田不恭地说：“王厂长！别扯远了，我们还有正事。”

王华山蔑视："你死了这条心，华龙厂你是买不走的！字还没签，我还是华龙厂的主人！"

野田一笑："那咱们就看看谁是华龙的主人。胡副市长！咱们签字吧……"

胡副市长点头回应了一下，又看着王华山说："你到底想干啥？"

王华山坚定地说："华龙厂不能卖！退休职工们退回了集资款，我们可以马上启动新型客车样车的试制生产；地铁车转向架等关键技术的提升研发正在进行中；伊黑兰地铁项目我们也在继续投标；我厂的地研所卧薪尝胆、夜以继日，从没有中断和放弃对先进技术的跟踪和研究……华龙厂是大有希望的啊！"

胡副市长与谷仲秋对视了一下。

谷仲秋："你也许能启动生产，但你维持不了生产。到那时候，如果山郎公司再不要了，厂房设备荒废，工人闹事，你能负起这个责任吗？"

胡副市长："王华山啊！你这种精神是值得称赞的，但我们和山郎公司多次谈判，已事成定局，如果说变就变，有失信誉，也影响政府的形象……"

王华山悲伤地说："胡副市长！我可能胳膊拧不过大腿，没办法，但如果你们今天把华龙厂卖了，我明天就吊死在厂大门上！华龙人也不会饶恕你们……"

在场的人现出惊讶的神情。

一办公室人员进来报告说："外面广场上聚集了很多华龙厂的工人。"

胡副市长犹豫后对谷仲秋说："要不请示一下李书记？"

谷仲秋："也好。"

胡副市长掏出手机摁号，拨通后边说边离席走远："李书记您好！是这么回事……"说着进了旁边休息室的门。

不一会儿，胡副市长打着电话走出："嗯嗯……好！好！"把手机交给王华山，"李书记跟你说话。"

王华山接过手机："李书记！……哎哎，我是王华山！"说着眼泪流下。他激动地说："李书记，华龙厂不能卖！它承载着中国轨道交通车辆制造业的未来啊！我可以立下军令状，一定能把华龙厂搞好……"

一场博弈最终风平浪静。

中方人员客气地引领山郎公司的人去了休息室，进行解释性交谈。

胡副市长说："李书记说了两点意见：一是华龙厂是重要的民族产业，王华山要救活华龙，应当鼓励和支持，这也是政府的责任。国企改革不能竭泽而渔。二是没签字不违约，向你们表示歉意！"

谷仲秋安抚说："真是没想到啊……"

野田懊丧，嘴上说没什么，心里却恨死了王华山。

送别时，胡副市长安慰说："以后看华龙厂的情况再说吧……"

野田："好，好。"

谷仲秋与野田握手:“对不起了!对不起了!”

野田:“理解,理解……”

大街上,“小不点”胸前还是挂着上次那个兜子,但不送财神,改卖报纸了。他在快乐地叫卖。

“卖报,《松江晚报》!特大新闻,华龙厂转卖四千万,签字现场起波澜……”很多人围着买报,“小不点”边卖边喊:“卖报!卖报!王华山以死相阻拦,留住华龙一片天!今天给你们卖卖报,明天我就去上班。《松江晚报》,特大新闻,卖报!卖报!”

野田没买成华龙厂,虽然最后胡副市长留了活口,但听李书记的口风似乎以后也无可能。于是,野田到招待所201房间找孟志索要订金。

“孟经理,事没成,订金退给我吧!”

孟志诧异:“那一百万我就不要了,十万订金不能给你!”

双方没有了以前的客气和笑容。

“为什么?你事没办成,按规矩,订金应双倍返还!咱们是朋友,我不过分要求,你把本金十万给我就算了。”

“把订金给你,我白替你忙活,你好意思?”

野田强调:“事最后没成啊,我们讲的是结果!”

孟志急了:“我搭着钱鼓动几百号人去市里闹事,又私下跟上边领导打了招呼,事我给你促成了,是你运气不好签字的时候半路杀出个程咬金来。这不能怪我,不是我没办成事!”

“事没成,我不能白搭十万块钱啊!”

孟志理直气壮:“都决定签字了,事我办成了,发生了特殊情况不能怨我。我为你付出了,甚至消费了我的人格!一点儿订金你还好意思要?”

“钱你给不给?”野田质问。

孟志态度坚决:“不给!”

野田气急败坏地走了。

孟志不想屈服,但没想到野田会报警,两个警察来到招待所把孟志带走了。

厂办公楼财务科室内居中放了一张桌子,一个人收钱,一个人记账。返还工资交钱的退休工人们在走廊上排起了长长的队伍。

华龙厂保住了,大家兴高采烈,退休工人们都积极踊跃地来退款。

走廊上几个老头在接受记者采访,有人扛着摄像机拍摄。

“你们为什么要返还工资救厂?”

拄拐棍老头："我们对工厂有感情！"

瘦老头："工厂是国家的也是我们大家的，说啥也不能让它黄了！"

胖老头："我们这把年纪的人好说，我们的子女都在这个厂里，靠它生存啊！"

张劳模："没有了工厂，中国铁路上就会跑的全是外国车，我们就会受制于人。只有保住工厂，保住民族工业，才能生产出我们自己的车，将来生产更好的车！"

华龙厂恢复了生机，尽管这种生机是艰难的、顽强的。

经理孟志身陷官司，而此前的保官不保厂也让他名誉扫地，如今他在厂里的地位和权威已名存实亡。王华山和书记宋敏在厂部会议室主持召开了中层以上干部会议，部署落实"25型"铁路客车试制任务，要求工艺技术和物料供应各方面密切协调配合，保证所需材料及时采购到位，相关车间抓紧工艺落实，做好生产准备。

十几岁的孟珍珍懂事了，来到看守所探视爸爸。

她含着眼泪与孟志隔桌而坐，门口站着监管人员。

孟志担心地问女儿："你怎么来的？"

"同学陪我来的。"

"爸！你怎么欠人家那么多钱？"

孟志沮丧而气愤："都怨那个王华山，他要不搅和我能得一百万！"

孟珍珍懵懂："我妈说王华山是好人！"

"别听你妈的！"孟志不满。

孟珍珍追问："那十万块钱呢？还给人家不就行了吗？"

孟志："花了……"

孟珍珍关切："不行我给在美国的姑姑打个电话，向她借十万……"

孟志："算了，她留学嫁了个美国人，那个美国人还失业了，也不富裕。我和钱斌是多年的关系，已通过律师求他了……我答应他进的那批煤，他至少也赚了二三百万，他能帮我……"

孟珍珍走出看守所，王中民等在门外。两个少男少女一起走了……

葛强返回南方打工，好朋友吴建华背包拎兜送他到火车站。

"这趟不虚此行，回来得值！"葛强得意。

吴建华明白他的意思："是啊！听说赵君被公安局从省城抓回来了，也招了……"

葛强兴奋："太好了！这个势利小人要在里边待个十年八年的了。"

"赵君这种人啊，可恨、可笑、可怜！"

"为了达到个人目的不择手段，没有人性，这种人肯定不会有好下场。"

"还是做好人好啊！"吴建华感慨。

葛强："听着好像我是坏人似的……"

两个人大笑。

"哎,我说建华,上我那儿去得了,现在空车配货——也叫物流,挺火! 在哪个点儿当个小经理,一个月都不少挣,挺好!"

"走不了,有孩子……"

"把嫂子接回来得了。"

"人家已经结婚了,跟她们村一个姓熊的。"

"噢……"葛强无奈,但还是坚持说,"你还是应该出去,机会多!"

吴建华笑着:"不走了,我总感觉华龙厂将来错不了。只要王主任、王厂长在拼搏,我就舍命陪君子了!"

葛强点头:"理解!"

吴建华把葛强送上车,在站台上一直等到火车远去。

听说钱斌能帮爸爸,孟珍珍打听着找到了钱斌的家。小女孩流着眼泪说:"钱伯伯! 我爸说您能帮他! 借给他十万块钱,帮他把欠款还上,他就能保释出来了。"

"是,是,我知道……我和你爸是老铁,我不帮他谁帮他啊? 可这十万也不是个小数目,我现在手头又很紧……我一定想办法!"钱斌很诚挚地说。

孟珍珍恳求:"钱伯伯,您一定帮帮我爸……"

钱斌表示:"孩子,你放心! 我是能为朋友两肋插刀的人,你爸的事就等于是我的事。"

孟珍珍鞠躬:"谢谢您!"

"不用客气! 这是我应该做的!"

孟志的女儿走了之后,钱斌在屋里踱步思索。小女孩的懂事和救父的心情让他心动,但十万块钱不是个小数目,怕是肉包子打狗——有去无回,而且他孟志今后也没什么用了……

孟志在看守所里待得要崩溃了。

案子确定为两个人的经济纠纷,还款后就可以保释,孟志请求钱斌帮他,也相信钱斌会帮他。他在看守所里度日如年,困顿中怀着希望。

这一天等来了,门被打开,监管人员说:"孟志,出来! 办完手续可以走了。你的保释人在门外等你。"

孟志惊喜地站起来,仰脸长叹,闭着的眼里流出泪水,两手抱拳向上不停地作揖。他在心里说:钱斌,你够意思、够朋友! 今后我孟志给你当牛做马了!

他落魄地走出看守所大门,望向前方,吃惊地愣住了……

李丽木然地站在不远处。

孟志惊诧,感激地走过去:"怎么会是你? ……是你来保我?"

"听说了你的事,我想一定是跟你放在我那里的钱有关。怎么办? 不管也得管了。

钱本来就是你的，只不过我又借了一万，凑足十万。”李丽漠然地说。

“是那个野田把我害了！”

李丽转身自顾自走着，孟志跟在旁边，愤愤不平地边走边发着牢骚：“钱斌真不够意思……路遥知马力，日久见人心！在厂里，经我手他得了多少好处！现在见死不救！这回我非找他算账不可！……还有野田那个王八蛋，我本来是好心帮他，成全他买华龙厂，他却无情无义！等我见着他的……”孟志恨得咬牙切齿。

李丽抑郁地走着，似乎没有理会他在说什么。

一家人围桌吃着早饭，董玲一边吃一边照顾着孩子。

张劳模吃得有些匆忙。

“爸，你有事啊？”董玲问。

“嗯……”

董玲笑了：“跟李阿姨约会？”

老头不爽：“跟她约什么会？早就跟她断了！”

董玲和张万军惊异，对视着……

“那人不行！她家也不困难，别人都主动积极退还工资救厂，她没退！我怎么能跟这样的人相处？”张劳模说着很生气。

董玲和张万军感到理解。

“一开始我就对她持怀疑态度。作为工人，她一辈子没当过劳模、没当过先进，你说她能好到哪里去？”

董玲：“爸，您别生气，以后再给您介绍个好的。”

“算了，我不找。”

儿子问：“那您今天干吗去啊？”

“我们几个老头约好了去市里上访去，找那个谷仲秋。”

张万军惊诧：“爸，你们别去闹事了！”

老头不满：“闹什么事啊？我们是正能量的！听说市里开国企改革的会议了，那个谷仲秋讲，年底市里所有国企全部摘牌。我们有点儿想不明白，改制不能一刀切啊！改革是必要的，发展个体经济也是对的，因为是市场经济了嘛，应该多种经济成分并存，但你得必须坚持公有制为主体啊，都成了私营经济了，那还是社会主义吗？”

张万军领悟：“你说得也对。”

“所以我们几个老工人不理解，去找那个谷仲秋问问，交流交流。”

董玲：“改革是在探索，是在摸着石头过河，一些经济学家也提出了很多指导性的理论……”

“也得警惕打着改革名义的推墙派，国企改革不能把国企都改没了呀！国有企业是社会经济的顶梁柱，国企要做强做优做大才是正确方向。”张劳模说着喝完最后一口粥，起身准备走……

“去了好好说，别跟人家吵架！”儿子嘱咐。

老头不满：“吵啥架啊，我说话就是大嗓门。”

“别到那儿压不住火！”张万军模仿父亲，“老工业基地，整个城市都没有国有企业了，你们这不是胡整吗？”

张劳模执拗：“是啊，我肯定会这么说啊！”

小两口笑了起来。

货场的铁道线上，大牛、“络腮胡”、“挤咕眼”等装卸队的装卸工们，正匆忙地从车皮里往下搬运料件物资……

李丽在招待所闲着没事，也闷得慌，她听说车间恢复生产了，便跑到装配车间来找朱平说话。

朱平暂时没活儿，好久不见，两人快乐地靠着更衣箱聊天。

“真想这个地方，想回车间。”李丽满腹惆怅的样子。

朱平充满羡慕：“别不知足了，都当了招待所所长了！你的命多好啊！”

“路走错了，后悔也晚了……”李丽悲观，提不起精神。

朱平劝：“怎么还不是一辈子啊，有对象了吗？”

“名声在外，谁能看上我？”

“咳，现在的人听风就是雨……再说了，都什么年代了。”作为好朋友，关于李丽的传说朱平是知道的，也是理解和同情的。

“这次生产能干长吗？”李丽关心。

“不好说，没钱！听说是王厂长去市里硬把厂子给夺下来的，靠那些退休工人退还的集资款启动的生产……”

李丽感慨：“去了招待所，接触了不少领导，才知道当领导的也不一样。以前在车间的时候，对王主任只是很敬畏，觉得当官的就是那样。现在我才知道他们之间有多大的差别！王主任身上有一种事业高于一切的男人气概，别的当官的身上没有。”

“看把你崇拜的，要是王主任没老婆，看样你都能嫁给他！”朱平笑逗。

“恐怕人家不要我……拥有这样的男人是女人的荣耀，就是有这样的爸爸也是很自豪的。”

朱平看了一眼远处，惊讶地说：“王厂长来了！我得赶紧回工位，改天再聊……”说着跑走。

李丽看到车间远处王华山边走边向徐臣等车间人员交代着工作。

贵宾楼改成了“狂欢娱乐城”，灯光璀璨，门前停了很多车，不断有人进出，一派热闹兴盛的景象。

二楼的一个包间里，一桌很丰盛的酒席，三只酒杯正举起相碰……

钱斌心虚，格外热情："为孟经理接风洗尘!"

孙哲："干!"

三人仰饮而尽。

孟志放下杯子："谢谢!"

孙哲一边给孟志倒酒，一边强调说："就差一天！我三舅急得团团转，手里有点儿钱，让我给占用了。我是紧张罗，好不容易把钱凑齐了，准备第二天就立马去交钱保你，可听说你那天出来了……我们终于算松了一口气!"

孟志不动声色地听着。

钱斌："唯恐你误解，好像我不够意思似的。"

孙哲："是啊，我三舅都跟我急了！真看出你们的关系铁。这样，孟经理、三舅，你们先喝着，我就失陪了，还有不少朋友，我得过去看看。"

孟志："你忙你的!"

钱斌："孙哲你去吧，不用管我们。"

孙哲走出。

钱斌赞叹："这贵宾楼可让他整大了，火！一楼、二楼是餐饮，三楼、四楼是洗浴中心，五楼是棋牌中心。吃喝嫖赌全齐了!"

孟志心里有些不是滋味，若有所思地说："这是华龙厂的家产啊！如此说来，我孟志对你还是够意思的。"

钱斌听出孟志话里有话，说："你的意思……是我钱斌对你不够意思？我可是尽心尽力了！就是晚到一步……"

孟志干了一杯酒，仿佛不吐不快："你弄的那些煤，我背了多大的黑锅，人们背后都叫它黑心煤，量不够不说，掺杂使假，把电站的炉都烧灭火了……你至少也赚了二三百万，拿十万赎我，多大点事啊？你肯定心疼了，觉得我没用了!"

钱斌不满，虽然他心虚，但有底气："你孟志怎么变得小肚鸡肠了？好像我对不起你似的！远的不说，股份制没有我，你能当经理啊？五万块钱是我掏的腰包，你的一把手是我拿钱给你买的!"

"我要不当经理，贵宾楼能有你们今天吗?"

钱斌愤然："你孟志别丧良心！咱往前翻……厂长选举不说，之前，郑清儒是提王华山为副厂长第一候选人，你求我，没有我通过仲秋的关系，你能上来当副厂长啊?"

孟志泄气，没有反驳，又喝了一杯酒。

钱斌劝慰说："咱们这么多年交情了，都互有恩惠，翻那小肠没意思，不是爷们儿!"他自恃地喝酒吃菜。

孟志沮丧地低着头，半天后抬起头歉意地说："我喝多了。"

钱斌大度："没什么!"

孟志疑问："你真给我张罗了十万?"

钱斌："那能假吗?"

孟志恳切地说：“把它借给我吧，我还别人……”
钱斌一惊，马上说：“听说你出来了，又让孙哲干别的用了。”
孟志呆住……
钱斌安慰说：“华龙厂就这样了……心眼儿活点，弄钱容易。你这经理不能白当啊……”
孟志悲观：“我现在还算什么经理？就是走了个过场。”
“咦，出了点小事，上面也没下文说撤你，你还是华龙的经理啊！”钱斌说。
孟志惊疑：“是吗？……”
钱斌慷慨：“我保你没事！”
孟志脸上又浮现出了感激的表情。

王华山家的晚饭桌上，一家四口人在吃饭，萧蓝不时地给老人夹菜。
电话响，中民去接电话：“喂？……是，妈！快，香港电话。”
萧蓝过去从儿子手中接过电话：“喂……是强哥啊！……噢，我一定去！一定去……”
萧蓝放下电话，神情紧张地说：“我舅病危，让我马上去。”
王华山放下碗筷：“哦，那就抓紧时间去吧！”又接着说，“也顺便再看看能不能找到给咱们厂投资的……”
萧蓝点点头。

王华山穿着工作服从车间回到办公大楼，匆忙地走在走廊上。经过一把手办公室，发现门开着，他看了一眼。
办公室里，孟志正端坐在办公桌前。
“回来了？”
孟志回应：“啊……”
其实，他也没脸面坐在这里，但在钱斌的点拨和保驾护航下，他也觉得理所当然，心安理得。
王华山走进去。
孟志不无难堪地解释：“没啥事……野田没买成华龙厂，反咬我一口，诬陷我……现在搞清了，我是清白的。”
王华山半信半疑：“哦，那就好。”
孟志探问：“我的工作……上面没什么说法吧？”
“没听说。”
“没下什么文？”
“没有。”
“那我还是华龙厂的经理、一把手？”

王华山有些不恭："不清楚，这你得去问市里。"

孟志心理逆反："我没有必要去问市里。我是大股东，我是上头任命的经理，上头也没下文件说撤我，那我还是华龙的一把手啊！对吧？"

"你保官不保厂，华龙厂差点毁在了你手里！是退休职工们返还工资救厂，又从签字现场把华龙厂夺了回来！"王华山痛心地说。

孟志非常坦然："这不是我的责任！"

王华山义愤："你也没对华龙厂负过责任！还当官有瘾……你是能给华龙厂做出贡献，还是能把华龙厂领导好？"

孟志刁顽一笑："等急了？等急了也得按组织程序走啊！"

王华山嗤之以鼻地"哼"了一声，匆匆而去。

孟志不乐观，也有些不自信，想了想，给钱斌打了个电话……

第二天，谷仲秋来厂，在厂部小会议室主持召开了会议，王华山、孟志、宋敏、钱斌、萧蓝等十几位厂部领导参加。

这次会议实质是在钱斌的撺掇下为孟志撑场子的会议。

谷仲秋说："市里对华龙厂近期起死回生的生产变化给予高度评价，对王华山同志的工作也给予积极肯定。市政府对华龙厂的班子没做调整……孟志同志的问题已经清楚，性质也不严重，但也应当在工作中吸取教训。"

孟志诚恳地点头。

谷仲秋："上级组织认为，孟志同志是一个专业的内行的管理者，而且组织观念强，有大局意识，关键时候能够服从领导，以局部利益服从整体利益……"

这时门被推开，一个车间人员向王华山招手，王华山立刻起身迎出去。

会议暂停等待……王华山转身进来打招呼："谷主任！车间出了生产问题，我得马上去一下。"

谷仲秋不悦："马上就开完了……"

王华山急不可耐："不就是孟志还是华龙厂的一把手吗？"

谷仲秋点头"嗯"了一声。

王华山心气不顺地说："我跟孟志有过君子协定，齐心协力把华龙厂搞起来。还是那句话，如果他像郑厂长那样一心一意搞生产，我心甘情愿给他跑龙套！"说完转头向外走去。

谷仲秋说了句："那市里就放心了。"

晚上，所长室里，李丽坐在桌前淡漠地看书。孟志进来，心情自负而又高兴不起来的样子。

"李丽，你那一万着急吗？"

"是我借的……"她有些不好意思。

孟志懊丧:“给你的承诺没兑现,还让你搭了一万,真对不起……我说话算数,一定给你一百万!”他坚决地表示。

“千万别!我不要。你接受教训吧。”

孟志怔了一下,无奈地坐下唠叨起来:“没有资金,生产也挺不了多久。厂内也搞过集资了,银行债台高筑也不能再贷款了……华龙厂早晚还是够呛!当这个一把手也没意思了,王华山已经把我架空了……”

“患难见真情!对华龙厂,你没有挺身而出,却是趁火打劫,工人们能买你的账吗?”她直言不讳。

李丽拿钱救他出来,无疑对他有恩,所以对于她违逆的话,孟志能够接受。他感叹:“真没想到华龙厂能化险为夷,也让王华山赚足了面子。可当初我要不听市里的,肯定没有好果子吃,王华山也会捡我便宜,取而代之。现在虽然工人们不理解我、骂我,但上面认可我,我现在还是华龙厂的一把手,还排在王华山的前面,想想……还是利大于弊,我不后悔!”

“从哪方面说,你都不适合再当这个经理了。”李丽像是自言自语。

“人都是既得利益者,得到的就不想失去。再说,男人嘛,要面子,争的是一口气!”

“那你应当向王华山看齐,都争同一口气,齐心协力把华龙厂搞起来。”

孟志尴尬,也不满:“瞧不起我!”

李丽:“不是,这是我的真心话。你想的和他想的就是不一样,不信你这时候进厂,王华山肯定在车间里……”

孟志看着李丽,无言以对……后说:“我晚上睡不着也经常去车间……”

“那就好!”

孟志请求说:“今晚我还没吃饭呢,一起去喝点酒吧?去狂欢娱乐城,到那儿不用花钱!”

李丽摇头:“我吃过了。”

娱乐城二楼的一个包间里,一桌精致的菜肴备好,野田坐在桌旁。

黑子引孙哲进来,介绍说:“他就是山郎公司的野田一郎先生。”

野田恭维地迎上来握手:“孙老板,您好您好!久闻大名……”

孙哲:“你好!”

“今天借您的宝地,请您喝杯酒!”野田说着恭敬地请孙哲入座。

黑子给大家斟上酒。野田举杯说:“历史翻篇,中日友好!”

孙哲:“我们的说法是:前事不忘,后事之师。”

野田圆场:“继往开来,继往开来……”

大家笑着饮酒。

孙哲精明地铺垫说:“改革开放,我们需要学习日本的先进技术,日本也希望开拓中国的市场。”

“对，对……”野田进入正题，“兼并重组、盘活资产是当前的改革政策。上次收购华龙厂都已经谈妥了，马上要签字了，结果半路杀出个程咬金……最后，市政府让我一个月后再过来看看。我这次来，市里还是决定不了，因为华龙厂在鼓捣生产……我又白跑一趟！但华龙厂缺资金，生产肯定维持不下去。我知道孙老板是通天人物，特来拜访！想请您帮忙疏通，希望市里能尽快与我们成交。中国的大城市有几十个，地铁市场前景广阔，我公司急需在中国办厂……”

孙哲优雅地说：“好说，好说……上次讲到什么价位？”

野田：“四千万。”

孙哲笑了：“这个价格……以华龙厂的基础和规模，五千万都是便宜的！”

野田目瞪口呆。

孙哲进一步说：“国有资产流失现象已引起有关部门的高度重视，你再想四千万拿走华龙难度很大！再说，华龙厂王华山们也不会屈从。”

野田失意，又不懈争取：“请孙老板多帮忙！”说后，拿出一个厚纸包放到孙哲面前：“见面礼，一点小意思。”

孙哲想了想：“四千万……我争取吧！你得再等等。”

野田站起来举杯致意：“谢谢！谢谢！”

这时门开了，孟志一脸醉态地走进来……

野田愣了，赶紧客套：“孟经理！来来……正说哪天去拜访您呢。”

孟志面色阴森，仇视着野田：“冤家路窄啊！”

孙哲见状劝说：“孟经理，再喝点？”

孟志向孙哲客气地说：“不啦，刚在楼下喝完。服务员让我买单，我没买，对不起啦……”

孙哲正色道：“在我这里哪能让您买单呢！哪个服务员？我炒她鱿鱼！”

“我问服务员你们老板呢，她说陪日本人喝酒呢，我就上来了。”孟志说完看向野田，“你小子挺阴、挺狠啊！”

野田搪塞：“咳，这事不成，都被那个王华山给搅和了。”说着理亏地坐下了。

孟志愤恨：“你少扯！咱俩的事跟王华山没关系！我白替你鼓动几百号人到市里闹事，还落了个牢狱之灾！你真没良心！”说着猛然拿起桌上的啤酒瓶向野田的头上砸去。

野田躲闪不及，啤酒瓶在他头上开了花。他手捂着头，血从指缝里流出来，昏倒在地。

黑子喊：“来人！来人！……”

进来几个人。黑子：“快送医院！”

大家抬着野田慌乱地出了包间。孙哲也跟了出去，在走廊上掏出手机给钱斌打电话：“三舅，出事了！孟志在娱乐城把那个野田打坏了，你看怎么办？”

钱斌在家里都躺下了，披着衣服回话说：“别管他！报警！”

孙哲拿着电话欲报警，又想了想，把电话放进兜里回到包间。

孟志失态："孙老板，我喝多了，一时冲动……"

"没事！打死了多大个事啊！"孙哲无所谓地说。

黑子附和："死不了！打坏了，顶多包他点钱。"

孙哲不满："孟经理打人怎么能包钱呢？"又对黑子说："把孟经理送回去吧！野田如果报了警，等一会儿警察就得来抓人，这属于涉外案件，后果严重！"

孟志惊讶……

孙哲关怀说："孟经理，你刚出局子，如果再进去，你在华龙厂就完了！"

"是……"孟志后悔难过地点头。

黑子说："孟经理，走吧。"

孟志向外走，回头向孙哲乞求："别让他报警……孙老板，给我摆平！"

孙哲很仗义地一扬手："放心吧！有事我挡着！"

孟志出了狂欢娱乐城，酒醒了大半，想着刚才发生的事，愈加担心，便停住不让黑子送他，让黑子去医院，防止野田报警。黑子看他没事，也就没再送他。

因为正事还没谈，孙哲随后去了医院。黑子送完孟志也到了医院。病房里，野田头包着纱布在输液。

孙哲说："孟经理为你办事亏大了，让他打一下出出气也就算了！"

"那以后他不会再找我毛病了吧？"野田担心。

孙哲瞪眼珠子："他敢！还没完了呢！"

"孙老板！您得给我摆平啊！"野田求情。

"好！你放心，以后保证你没事！我说句话好使！"

野田感激："谢谢！谢谢！……"

孟志怕野田报警，野田怕孟志继续报复，双方都求孙哲摆平，孙哲不费劲就赚了两边的人情。

"收购华龙的事还拜托孙老板多费心！"野田不忘主题。

孙哲沉思了一下说："这事关口多，运作难度很大。但我既然答应你了，就能把这个事办成。不过，这需要一定的活动经费。"

"多少？你说吧！"

"你四千万拿下华龙厂，物超所值，对于山郎公司在中国的发展意义重大……你给我的经费不能少于二百万。"

野田沉默了一会儿表示："只要能成，也行！"

"先付一百万，我得打点。事成之后，那一百万补齐。"孙哲说。

野田有所顾虑地思考着……

孙哲："信不过就算了！"

野田："信得过！信得过！"

孟志路过厂门口，与从厂里走出来的王华山相遇。

“华山！回去这么晚啊？”孟志主动打招呼。

王华山以为孟志去厂里：“你……上厂里？”

孟志虚伪，毕竟自己名义上还是工厂的一把手，就说：“我也是睡不着啊……能不能把华龙厂搞起来，就看咱们俩了！”

“是，姜总得了脑血栓，宋敏书记又得了糖尿病……”王华山怀疑，“你真是这么想的？”

孟志坚定地说：“那能假吗？我不像你想象的那样……”

“但愿如此……”王华山说后右拐向回家的方向走去。

孟志没有进厂，他站了一会儿，看着王华山走远了，才向他住的招待所走去。

走在路上，孟志心里忐忑不安，如果打野田这事闹大了，再“二进宫”，那他就自毁前程了。他不放心地打电话给孙哲：“孙老板！野田那小子怎么样？”

“打得挺狠啊，缝了好多针。他说头晕！”孙哲在电话里说。

孟志顾虑：“他什么意思？”

孙哲：“他不服啊，一再要报警。我把他说了：孟经理也不是外人，打了就打了，有事跟我说！他就啥说没有了。孟经理，你放心吧，没事了！”

孟志如释重负，非常感激：“谢谢你了孙老板！谢谢！”

王华山回到家中，脱了工作服挂在衣架上，忙着喝了几口水。

这时电话响，王华山接电话，是萧蓝从香港打来的。

“舅舅怎么样？”

萧蓝说：“舅舅去世了！”

王华山劝萧蓝别太难过。

“什么？……”萧蓝告诉王华山一件事，让他十分惊讶，“这么多钱！真的吗？怎么这么多钱？咱要这么多钱干啥呀？”话音刚落，王华山又突然兴奋地喊道：“萧蓝！咱要这些钱有用！……对！对！你和我想的一样。”

放下电话，王华山激动不已：“我们有钱了！我们有钱了！”说着冲到窗前猛然拉开窗帘，望着厂区，狂喜地喊道：“这回华龙厂不怕了！”

窗外，厂区灯火点点。

中民穿着背心裤衩慌张地从他卧室开门出来：“爸，怎么了？”

王华山回头笑了：“你妈从香港来电话了！快把抽屉里咱家存折找出来，你妈要账号。”

中民忙去开抽屉……

13 第十三章

松江市机场停着一架飞机，又有一架飞机盘旋降落。

候机大厅出口，中民等到了妈妈，萧蓝臂戴黑纱箍走了出来……

“妈！妈……”中民挥手呼喊着。

“你爸没来？让你来接我，他也放心？”

“他忙！我长大了，”中民接过妈妈的背包，掩饰不住兴奋地说，“妈！你是名副其实的富婆了！”

“什么富婆。”萧蓝愉快地笑着，“不过，有钱的感觉真好！”

母子俩笑着走出了机场大厅。

“妈，你等着，我去打车。我爸特别嘱咐，咱们回去不坐公交车，打车回去。”中民说后跑去打车。

大厅外停着不少出租车。一个司机问：“打车？”王中民一看车，摇头。另一个司机问：“打车？”他还是摇头。又一个司机问：“打车？”他看了车又摇头。回头对妈妈喊：“妈！全是夏利车，坐不坐？”

萧蓝走过来，奇怪地问：“夏利车怎么了？”

中民不好意思地嘻笑说：“妈！咱不是有钱了嘛，得坐个好车！”

萧蓝笑：“这孩子……”

中民无奈地示意一辆出租车开过来，两人坐进车里，车开走……

一家四口人心情愉快地吃着晚饭，饭菜丰盛，气氛像过年一样。难以形容的喜悦和幸福感，在他们脸上像花朵一样盛开着。

“到了香港，我舅舅还能说话，见了我就哭了。他已经立好了遗嘱，把大部分家产交给了儿子。给我这份钱，折合人民币两千万。”萧蓝讲述着。

中民兴奋：“这么多钱！咱们怎么花呀？”

大家笑。

“开始，我说啥也不要！后来，我舅哀求我，他说他在香港成就的事业，有我母亲当年的财产份额，现在给我的这笔钱，其实是属于我妈妈的钱……我后来就接受了，就和舅舅的律师到银行把这笔钱打过来了。”

“舅舅也是一片苦心啊！”王华山慨叹着。

中民兴奋地对妈妈描绘说："这回你们啥也不用干了，到海边买个别墅，买辆轿车，雇上保姆，你和我爸打打高尔夫球、洗洗海水浴，过富人的生活。看着我奶，别让海水冲跑了……"他长大了，现在特别爱说、能说。

大人们都咧嘴笑着。

"我知道你们有事业癖，你们可以隔三岔五地把仆人召到一起开会。"中民模仿大人训斥状："你们吃着我的，喝着我的，工作不负责任，你们还想不想干了？"

王华山笑骂："你这个小混蛋，南霸天啊？"

儿子笑："有钱的人不都这样吗？"

"快吃，吃完了写作业去。贫嘴……"

中民收敛，赶紧吃饭。

晚上上床休息了，夫妻俩心里还在考虑着这笔钱的使用问题。亮着床头灯，两人靠在床头上。

"现在华龙厂虽然启动生产了，但没有资金还是难以维持。这回有钱了，可以放开手脚干了！"王华山心情愉快。

"这钱你打算怎么花啊？"萧蓝问。

"当然首先是保试制、保研发、保投标。着眼未来市场，在地铁车研发和'25型'新型客车生产的基础上，还要进行高速列车的研究。也要根据生产需要进行技术改造，引进先进设备……"王华山兴奋。

萧蓝："华龙是国家的工厂，我们的资金使用总得通过一定的方式和途径，不是我们自己从兜里拿出来就可以花的呀！"

"是，我明天就跟市里联系……"丈夫看了一眼妻子，"你是不是心疼了，舍不得了？"

"华龙厂这个样子，我们能见死不救吗？我的爱厂报国心不比你差！我只是考虑：怎样才能保证使这笔钱发挥作用，谁来对这笔钱负责任，别把它糟蹋了……"萧蓝说。

王华山点头，陷入思考。

"你对孟志放心呀？现在华龙厂还是他说了算……"

"他说了算也不能胡来啊！再说还有我在！"

"计划经济的时候华龙厂也不缺钱，光亏银行的就三个多亿，可是没人对这三个亿负责任！"

王华山触动，郑重地表示："这笔钱不能谁想咋花就咋花，必须约法三章，要保证钱花在刀刃上。"

萧蓝琢磨着："在市场经济的环境下，国有企业与经营者应该是一种什么样的关系，才能有利于企业的发展，让资产保值增值？"

王华山思考说："体制机制的改革势在必行。现在没有资产责任……资产是国家的，名义上是全民所有，可又不是具体哪个人的，所以干好了是运气，干不好没关系……”

“要不这样，”萧蓝建议说，“为了把握，咱们把这两千万投给华龙厂，条件是你当厂长。”

王华山顾虑：“这样不好吧？咱本来是一颗红心，会让人误以为咱有私心，是用钱买官……”

萧蓝无奈，沉默……

王华山和萧蓝受邀请来到胡副市长办公室，气氛喜悦。

萧蓝从包里拿出银行存折交给陪坐在旁边的谷仲秋，谷仲秋看后把存折交给坐在办公桌前的胡副市长。

“我也没想到突然就有钱了，沾了萧蓝的光。”王华山仍然兴奋不已，“这下华龙厂不怕了！我和萧蓝商量好了，这笔钱我们全部拿出来交给市委市政府，用于支持华龙厂的生产和发展。”

胡副市长说：“接到你们的电话，我把这个事向李书记做了汇报。李书记在省里开会呢，他很高兴，说这是华龙改制的助力，让我们着手对华龙厂实行股份制改革工作……”

“我们是无偿投资，没有私心！”王华山强调说。

胡副市长：“搞股份制是李书记的指示，也是改革的趋势啊。”

这时桌上的电话响起。

“是李书记的电话，我们约好的……”胡副市长看了一下电话，点头，按下免提键，“李书记！华龙厂的王华山和夫人来了，把存折都带来了……我让他跟您说话。”

王华山来到桌前对着电话说：“李书记，您好！”

李昆书记欣喜的声音：“王厂长，你好！华龙厂现在情况怎么样？听说恢复得不错。”

“开始生产了！”王华山掩饰不住兴奋。

李昆：“太好了！华龙厂恢复生产不但是民族工业振兴有望，而且大大减轻了我市下岗再就业的压力，从根本上解决了社会稳定问题，非常感谢你们！尤其萧蓝同志得到的这笔遗产，你们无私地拿出来支持华龙厂的生产，是华龙厂的福气，也是我们松江市的福气啊！我对你们的这种主人翁精神表示敬佩！也借机推动企业改革，建立适应市场经济的现代企业制度。”

王华山感慨：“是啊，我也深有体会，现在是市场经济了，企业不改革不行了。”

李昆：“实行股份制，体制机制变了，责权利明确，各方都有积极性，不但能使国有资产保值增值，你们的两千万也会像滚雪球一样越滚越大。”

王华山不好意思：“我和萧蓝没想那么多，就是想把华龙厂搞好，让咱们国家的轨道交通车辆制造业振兴起来。”

李昆："你们的心情我理解，但也要转变观念。你们投资了，华龙的资产就有了你们的份额。这样，企业的产权结构就变了，那么治理体系也应随之变化，才能更有利于企业的发展。"

王华山幽默地说："那我们就成了资本家了？将来戴着资本家的帽子去见马克思，心里还真有点别扭……"

胡副市长和谷仲秋笑。

李昆在电话中笑说："马克思会高兴地接纳你，因为你戴的是社会主义红色资本家的帽子！"

王华山不好意思地笑了。

"况且你不必担心，殊途同归，到了共产主义社会啊，我们还是要'共产'的嘛！"李昆说后哈哈大笑。

王华山和在场的人也都开心地笑起来。

王华山有些疑虑地问："还有……李书记！您说，我们渴望企业改革，可努力拼到最后，一些国有企业实行了股份制，有的甚至破产了……这算国企改革成功了吗？"

李昆欣然笑了一下："我理解你的困惑。国企改革是一个完整的体制机制转换过程；抓大放小，也是结构性的战略调整。实行市场经济之后，一些经营无望和资源配置枯竭的企业被兼并重组了，甚至变成了私企，也有僵尸企业因为破产退出了市场，而相当多的国有企业或独资或实行混合所有制，完善了公司治理结构，建立了现代企业制度，从而成为市场经济的主体，这正是改革的必然和成功啊！以公有制为主体，多种所有制形式并存，也是社会主义市场经济的必然要求。"

王华山领悟点头，又开玩笑说："李书记……这个股份制资本家的帽子我们戴了……但你必须保留我们的党籍啊！"说后大笑。

大家也都笑了。

与李昆书记通完话后，谷仲秋说："实行了股份制，除了国资股，你们就是华龙的大股东了，也毫无疑问成为华龙厂的经理人。但实行股份制还有许多工作要做，不是马上就能实行的。"

萧蓝顾虑："希望市里最好现在考虑调整华龙厂的负责人，让权力和责任相统一。"

谷仲秋显然对此不太认可，甚至心里有所抵触，他看了一眼胡副市长："这样欠妥，对你们影响也不好……所以需要点时间，等到真正宣布实行股份制，王经理自然顺理成章就是华龙公司的负责人！"

"我不是那个意思……我是考虑：谁来对这个钱负责任？"萧蓝说。

胡副市长笑了："当然是国家对这个钱负责任，再说华龙厂也很快就会实行股份制了。"

谷仲秋安抚："等到实行了股份制，老王理所当然就是华龙厂的一把手，现在先别着急！"

萧蓝无奈……

谷仲秋问："现在的问题是，你们这笔钱什么时候投？是等到实施股份制时再投，还是现在？"

"华龙厂等米下锅呢，当然是现在就投！"王华山表示。

萧蓝也点头。

胡副市长赞赏："好！高姿态、高境界！"

萧蓝有些不好意思地提出："为了更合理和有效地使用这笔资金，可否由市里和我们共同参与资金使用的审批？"

谷仲秋："华龙厂是国企，这笔钱你们现在等于投给了国家，到实行股份制时再转成你们个人的股份。既然已经成为国家的钱了，你们就不必担心了。"

萧蓝笑了一下："我担心的正是因为它成了国家的钱……"

胡副市长和谷仲秋有些莫名其妙。

中民长成大孩子了，越来越懂事，好奇心也强了。他虽然在工厂的环境中长大，却并不知道工厂真正是个什么样子，不知道铁路车辆是怎么造出来的，于是萌生了进厂里去看一看的想法。最近，他知道爸妈把一大笔钱都投进了华龙厂，从心里感觉工厂跟他更近了，走进工厂的愿望也更强烈了。

这天，中民放学后早早地完成了作业，晚饭后向爸爸妈妈提出了带他参观华龙厂的请求。

妈妈说小孩不让进厂，中民说："我不是小孩了，我是中学生了。"

王华山和萧蓝互相看了一眼，还是答应了孩子的要求。这不仅是为了满足孩子的好奇心，也是想让他感受一下工厂的环境和氛围，培养他热爱工厂的情感。

一家三口心情愉悦地走在厂里的路上，旁边是鳞次栉比的厂房。中民很兴奋，也不无困惑："爸！有钱了，你们不好好享受生活，为什么非要把钱往这破旧的工厂里投啊？"

"孩子，你不懂。如果是郑厂长郑爷爷，他也会像我们这样做的！"萧蓝说。

王华山开心地看着儿子："为什么？答案你应该知道。"

中民悟出，不情愿地说："我知道了，就是你常说的：国家兴亡，匹夫有责！"

三个人笑起来。

冲压车间，有工人在加班。

一台机器在剪切下料，成卷的钢材被裁成统一的钢板。

他们驻足观看……

王华山对儿子说："这是剪板机。工人师傅在根据工艺图纸进行剪切下料，冲压成型后转到车体车间组焊。这个冲压车间有不少特种设备，除了剪板机，还有校平机、折弯机、多点成型机等，被称作'钢铁裁缝'。"

中民好奇，也被感染："他们好有技术、好厉害！"

萧蓝:“这些国家的建设者,他们都是能工巧匠。”

中民:“从他们身上我感到劳动光荣、工人伟大!”

王华山欣赏地点头。

三人向成型机走去……

王华山由衷地对萧蓝感慨说:“我有一种天高任鸟飞、海阔凭鱼跃的感觉。建功立业,到了大展身手的时候了!”他豪情满怀的样子。

“爸!你的理想有多大?”儿子好奇地问。

“我的理想不大……就是尽我所能干事业,为国家、为社会做出贡献。发达国家已经有了高铁,我们这一代人一定要争取实现高铁梦想。”

中民满脸崇拜。

“你呢,你长大了的理想是什么?”王华山问儿子。

萧蓝笑着说:“他的理想多了,当兵、当校长,有一回领他上街,还说要当市长。”

中民不好意思。

大家观看成型机把钢板压制成车体组件……

中民赞叹不已,向妈妈郑重地说:“工人叔叔了不起!从今天开始,受我爸的影响,我的理想是当最棒的技术工人,当中国最好的企业家!”

王华山伸出大拇指称赞:“好儿子!实干兴邦!”

招待所201房间一片狼藉,茶几上有喝空的白酒瓶、用过的方便面碗筷、吃剩的花生米,烟灰缸里堆满了烟头……

孟志在沙发上倒着酣睡。

离婚后,他生活懒惰潦倒;事业上,虽然名义上自己还是华龙厂的一把手,实际却是王华山在掌控和支撑着工厂,他也打不起来权威和自信的精神了。

敲门声。

孟志惊醒坐起,样子凌乱:“谁啊?”

钱斌推门进来。

“来,老钱!”孟志打招呼。

钱斌掏出一万块钱交给孟志。孟志欠李丽一万块钱很久了,不好意思,于是向钱斌借一万块钱。

孟志接过钱说:“我借你的!”

“拉倒吧。”钱斌大度地说着坐到侧面的沙发上,“干啥用啊?”

“我还别人。”

钱斌看着孟志的样子调侃说:“咋的啦?华龙厂有钱了应当高兴啊!他王华山发财了,你心里不平衡?”

孟志感叹:“我的末日到了!真实行了股份制,王华山就该骑到我头上了。”

钱斌安慰:“还早呢!真正实行股份制,那得把全部资产、财务搞清,管理、分配等好多方面的关系理顺，形成方案……不是那么简单的，快了也得两三个月。”

“我现在是有其名无其实，已经被王华山架空了，没意思了！将来我怎么办呢？”孟志悲观地说。

钱斌也无奈，只能劝：“华龙厂有了资金，王华山很有可能把华龙厂搞起来，我看你就俯首称臣，在他手底下干吧。”

孟志心情苦闷：“是，人在人之下不得不低头。可我难以接受！”

“要么就远走高飞，可以上南方找刘娜去！刘娜在南方傍了个大款，干物流干火了，咱厂不少人都投奔她去了，听说潘富给她当保镖呢。”钱斌出主意。

“哼！我去给她打工？”孟志不屑。

“落配的凤凰不如鸡呀！你得想开点。”钱斌直言。

“瘦死的骆驼比马大！要打工我也上外国打工去，挣钱多，还有面子。”孟志偏激，想到了妹妹在美国。

钱斌不无嘲讽：“行，好主意！如果到国外干大了，弄个华侨领袖，回来国家领导人还接见呢，也不在他王华山之下。”

孟志沉郁……

钱斌走后，孟志拿着一万块钱去所长室还钱。

“借这些钱我费了很大劲，正着急想还人家呢。”李丽说。

孟志感叹：“你有一颗金子般的心！”

“拉倒吧，我的人生很失败。”李丽悲观地说。

“我现在也觉得人生暗淡。我想去国外看看，跟我出国吧？”

李丽惊讶：“出国？干啥去呀？”

孟志鼓惑：“挣大钱！几年就发……”

“不去！我想回车间。”

孟志失望，无趣地回了201房间。

傍晚，王华山敲门进入。

孟志感到突然。

“怎么了？”王华山问。

孟志落寞地支吾：“有点儿不舒服。”

“没上医院看看？”

“不用。”

王华山坐下：“见你没上班，就过来看看你。”

孟志：“没大事。”

“华龙厂有钱了，应当高兴啊。”王华山笑说。

“高兴，高兴……”孟志敷衍。

“还没吃吧？走，咱俩找个地方喝点去！”王华山不容分说地站起来催促。

孟志住招待所，餐厅已停了，也是食无定所。有人请，管他谁呢，不吃白不吃，也就起身跟随王华山去了酒馆。

要真正实行股份制了，孟志大势已去。王华山对孟志隐隐有了对弱者般的同情……回想过去，孟志做了很多对不住王华山的事情，王华山也清楚孟志的为人，但毕竟是同学，王华山不计前嫌，还是想与孟志一起携手工作。

两人喝着酒，王华山踌躇满志，孟志郁郁寡欢。

“华龙有资金了，应当制订一个发展规划，尤其是研发计划，还要加大技术改造投入，引进一些先进的关键设备……”

孟志应付地点头。

“但我们不能犯以前贾昌浩盲目引进的错误，买来的设备是人家淘汰下来的二手货。”

“你说了算。”

“你是一把手，又当过技术科长，咱厂的设备哪些该更新换代了，你比我清楚。”

孟志消极：“唉，啥一把手啊，马上就股份制改革了，你是天上掉馅饼，现在拔根汗毛都比我的腰粗！”

“现在不是还没实行股份制嘛，就是实行了股份制，我当了经理人，如果你说得对，我也会听你的。前两天在厂门口碰到你，你不还表示把厂子搞上去吗？”王华山不满且耐心地说。

“是。”孟志承认，也恢复了常态。

“如果真实行了股份制，除了国资股，我就是大股东。我也想当好这个经理人！”王华山表示。

“我不跟你争了，也争不过你。”

“可随着企业改革的深入、市场经济的完善，将来也许会形成职业经理人市场。就是说，我是大股东，可我未必就是经理人。股东参与管理是为了更好地创造效益，保值增值，可是有钱不见得就有能力，你能把十块钱变成十五块钱，而别人可能比你强，能把十块钱变成二十块钱。所以，股东会请更有能力的人来当经理人。如果现在你觉得怀才不遇，将来还会有竞争的机会，不过现在我是当仁不让了。”王华山说完笑了。

孟志一脸厌恶状：“干够了！”

王华山直言：“你想的是当官，我想的是干事，不一样。”

孟志反感：“别唱高调了！”

王华山笑：“喝酒！”两人碰杯而饮。

“大点儿口，多整点儿。”王华山说。

孟志指杯：“酒有数的，不比你少喝。”

“现在能喝多少？”

孟志虚张声势地说：“半斤没问题。”

王华山不信。

孟志较劲："真的，不信咱就来来！"

"来来就来来，我怕你啊！以前也不是没喝过！"王华山胸有成竹。

"好！"孟志说着给两个大杯倒满了酒，递给对方一个。

王华山觉得有些多，犹豫地看着孟志："我们喝了不少了，这杯没有半斤也有四两。"

孟志较劲："一口闷！"

王华山诧异："太急了！你以前喝慢酒，现在怎么改路子了？"

孟志诡异地笑着："就一口！"

王华山有些无奈……

孟志举杯一饮而尽。

王华山看着，有些震惊，也豁出去地一饮而尽。他赶紧夹菜，并向孟志示意："快吃菜，压压。"

"不用。你吃吧，我上趟厕所。"孟志说着离席，去了卫生间。

孟志面对便池蹲着，张着大嘴，手指头伸在嘴里抠搅着嗓子……

一人提着裤子急等着上厕所："占着茅房不拉屎，你干吗呢？鱼刺卡在嗓子里了？"

孟志："抠酒……"说着哇地吐了出来，然后冲了水。

那人蹲在孟志刚吐过的便池上，笑说："你这一招挺绝啊！"

孟志用手纸擦了嘴，得意地笑着出去了。

王华山喝多了，出了酒馆的门晃晃悠悠、里倒歪斜地走在路上。孟志陪同走着，有时担心地伸手扶他一下。

"你孟志厉害！喝酒比以前有出息了……"

孟志心里得意。

王华山喝多了，但心里不糊涂："咱们得抓紧时间，尽快把设备改造升级计划拿出来……你得多费点心……姜总也在带病制订新的技术研发方案。"

孟志清醒地走着，不情愿地回应着。

第二天，王华山牵头，与孟志还有设备科、技术科的人员巡视考察了各主要车间的生产设备。

王华山说："目前我厂的部分设备陈旧落后，已制约了生产的发展和提高，亟待引进一批国际上的先进设备，像车体的自动点焊和激光焊设备、涂装的自动喷涂机械手设备、机加方面的龙门五轴加工中心设备、冲压的大功率压床设备，等等。转向架的生产技术马上要引进了，也要有配套的先进设备跟上。所以，我们要马上制订设备引进方案。"

孟志疲惫地回到办公室坐下休息，耳边还萦绕着王华山的话："对铸造、锅炉、发电的污水处理设备也要进行技术改造，排污要达标，要实现节能和环保绿色生态指标。”

女财务科长走进来：“孟经理，两千万已经从市财政局打到我们账上了。”

“噢，这回有钱花了。”

“华龙厂多亏了萧蓝啊！”女科长感叹。

“也没有必要那么感恩戴德，他们也不是白拿出来的。”孟志阴阳怪气地说。

“听说这回真要实行股份制了？”

孟志没有吭声，女科长知趣地出去了。

孟志陷入沉默……两千万到账，股份制大势所趋，他也切实感受到王华山正气势磅礴地向他走来，自己当一把手的日子已屈指可数。

孟志郁闷地在办公室来回踱步……他突然站住，想了想，走向办公桌。他从抽屉里拿出电话号码本，翻页找到号，欲打电话，又忙去把门关上。

孟志拨通了电话：“老妹啊！你在美国怎么样？……噢，现在厂子不行了，我也不想干了。你那边怎么样？好不好混？我想过去……离了！我们始终性格不合，珍珍也不听话……”

晚上回到201房间，孟志陷入沉思……打了越洋电话，他去意已决。室内没开大灯，光线较暗。他坐在茶几前低头吸烟，烟灰缸里堆满了烟头，整个人被烟雾笼罩着。

厂长选举时，他曾发誓：“我在情场上输给了你，在官场上我是不会输给你的！”——可现在都输了，家也散了！他沮丧，感到窝囊……走吧！没意思了！

可就这么走了？

孟志昂然直起身子，面目阴险：“我给他来个顺手牵羊！”他坚定地摁灭烟头，起身踱步……

王华山家。

母亲拄着拐棍走出她的房间。

系着围裙在厨房刷洗的萧蓝探出身子，笑问：“不看电视了？”

老人说：“上趟厕所。”

“我扶您！”萧蓝忙走出，一手扶人，一手推开卫生间的门。

“不用，我能行！”老人走进去。

“吃药了吗？”萧蓝停在门口。

“吃了。”老人说着随手关门。

萧蓝返回厨房。

老人从卫生间出来，叨唠着：“岁数大了就得动，越不动越不行……”说着感到头晕，手捂头倒在地上……

萧蓝从厨房跑出来，俯下身子：“妈！妈！你怎么了？”

老人闭目，不省人事……

晚上，在职工医院，王华山和萧蓝守在病床前。老人在输液，诊断为脑出血，仍处在昏迷状态。

王华山让妻子回去休息。萧蓝说："还是你回去吧，明天还得上班。"

王华山："上班不耽误，我在这儿也能睡。你回去吧，家里还有孩子……"

萧蓝无奈地走了，王华山送到门口。

萧蓝："用不用通知老家的人？"

王华山："看看再说吧。"

送走了萧蓝，王华山守在床边。孟志来了，还提着很多水果。

"你怎么来了？"

"来看看。老太太怎么样了？"

"基本稳定了，但还没缓过来。"

孟志关切地走到床前，俯身看了一下，对王华山说："岁数大了……你也别太难过！你就安心陪老人看病吧，厂里的事有我呢，我多跑跑。"

王华山有些感激："谢谢！我尽量不影响工作。"

孟志异乎寻常地热心："没事，你多陪陪老人！我你还不放心吗？厂里的情况我每天晚上过来给你汇报一下。"

王华山有些不好意思："你是领导。"

孟志也不好意思起来："啥领导！说心里话，讲能力，我不如你，只不过运气比你好，先升上来了；论年龄你比我大，是兄长；在学校，你还是我的班长。所以，我听你的没毛病！再说，马上就实行股份制了，早晚你也是我的领导啊！"

尽管孟志说得违心，却也是实话。王华山也听着舒服。

孟志坚定地表示："引进设备的事，我尽快给你拿出一个方案来。"

"好！"

听萧蓝说姜克选身体恢复得不错，王华山高兴，特意抽空去家里看望他。因为华龙厂的技术研发和伊黑兰投标都需要他，离不开他。

姜克选家住在厂东区家属楼的二楼里，平时就老两口，清静。老伴性格内向，温柔善良，不爱抛头露面，默默地把家里打理得井井有条，把丈夫照顾得舒舒服服。姜克选在家就总待在自己的书房里搞学问，什么心也不用操。当年风度翩翩，具有浪漫和理想主义气质的姜克选，追求者众多，可他认为生活就是实实在在地过日子，毅然选择了一个普通女工为妻，两人幸福一生。因此，他曾希望女儿姜晓妍与电焊工张万军相处，可未能如愿。

姜克选拄着拐棍在屋里来回走动，极力给王华山演示，姜晓妍在旁边照看着。他勉强地行走，还不是很稳，说话还不太利索。

"你看，我好了吧……没问题了！"姜克选说完坐到椅子上休息。

“恢复得真不错!”王华山高兴地转向姜晓妍,“是你帮助照顾得好啊!”

“关键是我爸不甘心就这么倒下。”姜晓妍说。

姜克选对王华山说:“伊黑兰地铁招标的新方案萧蓝拿给我看了,很好!我还要亲自去竞标。中国技术进出口总公司、中国机车车辆工业总公司,他们也希望我去。”

“继续投标,你当然是最佳人选,非你莫属!可我也担心你的身体。”王华山不放心地说。

“身体会逐渐好起来,绝对没问题。”姜克选表示。

王华山信任地点头,又问:“您觉得投标有希望吗?”

姜克选:“很有希望!伊黑兰是发展中国家,我们北京牌地铁模式,经济实用、安全可靠,更适合他们。在此基础上,根据伊黑兰的地理条件,我们又提出了新的务实的先进技术设计理念……”

“好!我们志在必得!拿下这个项目对于华龙厂和中国地铁产业将具有里程碑意义。”

姜克选点头,深表认同。

晚上,在医院护理母亲的王华山从卫生间出来,手里拿着清洗过的便器。走廊上,他碰到了孟志。

“你又跑来了。”

“老太太怎么样了?”孟志关切地问。

“能说话了,但还没过危险期。”

“这么大岁数了,不可能恢复那么快,别上火!”孟志掏出几页纸,“我和技术科管设备的老马对咱厂的设备进行了全面盘点,列出了需要更新换代的设备,我又向总公司查询了国外相关先进设备的情况。这是详情名单。”

“好!”王华山接过,一手把便器放到地上,翻看材料……

孟志:“中国机车车辆总公司那边说,广州正在开一个这方面的设备进出口展销会,外国的厂家基本上都来了。”

王华山欣喜:“这是个机会啊,我们可以货比三家,直接跟厂家订货。”

孟志:“是!”

王华山问:“你去看姜总了吗?他身体恢复得不错。”

孟志摇头。

“应当去看看,毕竟是你岳父,又是老领导。”

“我没借上他什么光……”孟志不屑。

送走了孟志,王华山提着便器回到病房。

萧蓝在给输液的老人擦脸,问:“咋去这么长时间?”

王华山把便器放到床下:“孟志来了,在走廊跟他聊了一会儿。”

“感觉孟志跟以前不一样了。”萧蓝说。

“是，像变了个人似的，态度好，工作也积极了。”

“是不是要改制了，他知道日子以后不好过了，不变也不行了？”

“但愿如此……你回去吧！”王华山说。

萧蓝：“咱妈的病也不见好，柳院长说明天转院，上市里医院。”

“脑出血不好治，他们也尽力了，那就转院吧。”王华山来到床前看了一下母亲，坐下，掏出孟志给的那几页纸看。

“你白天晚上都在折腾，注意点儿身体。”

王华山点头，感慨：“华龙厂上了这些设备就上了个台阶。”

“这股份制什么时候开始啊？”萧蓝问。

“听说市里已经开会研究了。”王华山诙谐地说，“着急当大股东了？”

“不是当不当股东，替厂子着急。”

王华山：“过两天我得去一趟广州的设备展销会。”

孟志坐在办公桌前心事重重地发呆……

财务科女科长手拿单据走进来：“孟经理，签字。”

孟志看后签了字，问：“还有多少钱？”

“转向架引进是花的国家专项贷款。萧蓝的两千万，‘25型车’试制购原料花了一大笔，加上地研所、投标、技术培训等支出已花了八百多万……”

孟志：“剩下的一千万，王华山肯定要引进设备了。我跟他马上要去广州采购。”

女科长消极：“以前贾书记引进的那些设备也没太用上，基本上废了。”

“王华山主张引进，我不能反对。我虽然是一把手，华龙我说了算，但我现在得听他的，包括这买设备的一千万，按理说我签字就好使，可我也得让他签字，将来我不落埋怨。”孟志别有用心地说。

女科长理解：“也是。”

老人转到了市医院，做了一些检查，仍然输液。

“咱妈病得这样，你就别去广州了。”萧蓝商量说。

王华山犹豫：“引进设备太重要了，孟志一个人去我不放心。”

“有什么不放心？如果最后不合适，你不同意不就完了嘛。”

“现在人家还是一把手，最后我不同意不合适。还是亲自去考察，共同确定，心里才有底。”

中民对爸爸说：“我放假了，我可以帮妈妈护理奶奶。爸，你放心！”

王华山点头，俯身对母亲说：“妈，没办法，我今晚有事出趟门。你好好养病，我几天就回来！”

母亲睁着眼睛，呆视着，微微地点了一下头。

王华山心里愧疚。

广州进出口设备展销会规模大、厂家多，王华山和孟志到了之后参观洽谈，忙个不停。

晚上，孟志从住处溜了出来，到街边公用电话亭打电话。

“我在广州呢……给我找到工作没有？我的签证都快办下来了……”

“来了以后，你先到华人餐馆刷盘子吧。”

“老妹啊！你能不能给我找个体面点的工作，我可以帮人家管理企业……”

电话那边的妹妹说：“刷盘子怎么啦？你以为刷盘子是谁都能刷的？另外，企业管理，国内和国外不一样，你外语还不行。再说了，你在国内都没有把企业管理好，到美国你就能行吗？”

孟志无奈：“好……到那儿再说吧。不行我就先刷盘子，骑驴找马。”

“不像你在国企，能混半辈子，在国外是靠能力吃饭的。”

孟志听了有些沮丧，然后神秘地说：“把你那边的账号告诉我，我看能不能争取带点儿钱过去。”

王华山母亲转到市医院后病情有所好转，可上午突然出现昏迷，被立即送进抢救室，两位专家医生也随后赶到……

萧蓝焦虑地在抢救室门口的走廊上徘徊。中民也在医院，守在抢救室的门口。

“给我爸打电话了吗？”

“打过了。他那边也办完事了，正在往回赶呢。”

过了一段时间，抢救室的门打开了，一辆担架车推出来，母子俩奔过去。

医生无奈地告知：“没抢救过来……”

“妈——”“奶奶——”萧蓝和中民哭喊着扑向老人……

母亲去世后第二天，王华山赶了回来。

太平间，风尘仆仆的王华山跪哭在母亲的遗体前，撕心裂肺：“妈……儿子不孝啊！我对不起你啊……”

孟志背着包陪在旁边，不时相劝：“别太难过，节哀保重！”

哭过，悲痛的王华山抹去脸上的泪水，两眼红红地嘱咐孟志：“引进设备的报告要尽快给市经委送上去。”

“行！我这就去，之后再回厂。”

王华山说：“这两天厂子的事你就多辛苦了！”

“这是我应该做的！你放心吧！”孟志说后紧急地走了。

这一夜，招待所201房间，孟志几乎一夜没睡。他已精心谋划，为离去做好了准备，而王华山母亲的去世可谓天赐良机。

第二天上班，孟志坐在办公桌前，心情有些紧张不安。

财务科女科长进来："孟经理回来了？找我？"

"进设备的事已经定了，市经委已经批了。"孟志说着把两页批文递给女科长。

"够快的呀！"女科长接过来看。

标题是"华龙厂关于引进部分国外先进设备的报告"（附清单），落款华龙厂处盖了厂部公章，还有经理孟志、副经理王华山的签字，另有市经委的公章。公章下面是一行字，女科长读："马上汇款，抓紧签合同。王华山。"

"没想到市经委批得这么快，到那儿就盖章了！王华山催我明天就去签合同，所以今天务必去银行把款打过去。"孟志说。

女科长一愣神。

孟志抱怨："他性子急，干啥事马不停蹄，非让我今晚就走，真让人受不了！咳，赶上他母亲去世，没办法，要不是这种情况，我就让他去了……"

女科长："款往哪儿汇？"

孟志："广州。"

女科长："咱们不是引进的外国设备吗？怎么往广州汇款？"

孟志笑着解释："这个设备展销会是国家进出口总公司主办的，对买卖双方都负责担保。这毕竟是跟外国公司的交易，难免有风险。签了合同如果先付了款，我怕你设备发不过来；我设备发过来了，又担心你资金出问题。双方都怕。所以规定，买方必须先把款打到展销会的指定账户，然后双方再签合同。对方设备到位，钱也有保障；反之，设备出了问题，钱也跑不了。双方都有信托保障。"

女科长："这样把握！设备都看好了？"

孟志："都看好了。我们俩白天看设备，晚上跟厂商谈，吃不好睡不好的……最后都定下来了，多数是德国的，也有日韩的。款一汇到，就由展销会主持双方签合同。"

女科长随意地又看了一下批件："王副经理这字越写越难看了……"

"你以为他是在办公桌上签字呢？他是在太平间门口写的，手还有点哆嗦……"孟志解释。

"噢……"女科长理解。

孟志有些牢骚："我从市经委批完出来，想再去告诉他一声，他激动，又在上面写了一句话，把自己弄得跟已经实行了股份制似的，还总担心别人干不好。"

女科长问："啥时候汇？"

孟志："越快越好！你没别的事吧？"

女科长："这是大事啊！有那边账号吧？"

孟志："有！"

女科长："那咱们去银行吧，我去拿账本和支票。"

"好！"孟志又忽然问："你去过医院了吗？"

女科长止步回头："一听说，我们大伙就去看望了。我随了一百块钱礼。"

孟志放心地说："哦，不少！"

女科长和孟志去了银行，顺利办完了汇款。孟志是厂子的一把手，一切都顺理成章，女科长毫无怀疑。

他们出了银行，孟志为女科长拦了一辆出租车，两人道别。

孟志挥手送走了出租车后立在原地，兴奋、紧张、心情复杂……此去无期，也许是永别，他想起女儿，他要去看看女儿。

他去了学校。在课间的操场上，他看见珍珍在和同学一起跳绳。

孟志站在不远的一棵树后看着女儿，眼里噙满泪水。

孟珍珍跳着绳，无意中看到了爸爸。

孟志躲避，转身离开。珍珍追上去："爸爸！"

孟志站住回头，亲切地看着女儿……他很久没有见到女儿了。

"爸！你有事啊？"

"没事，来看看你。"孟志说完控制不住流出眼泪。

珍珍慌了，也哭了："爸！你怎么了？我没事……我学习挺好的！"

孟志更加难过，流着泪："没事，没事。你回去玩吧！"

珍珍不知所措："爸……"

上课的铃声响了，同学们都跑向教室。

孟志抚慰了一下女儿："以后听妈妈的话……快去上课吧！"说完毅然地走了。

孟珍珍莫名其妙地看着爸爸远去……

王华山母亲的遗体火化后，送葬回来的家人、亲友、同事一起在职工食堂用餐。

孟珍珍关切地等在门口，王中民戴着有小红布条的黑袖箍表情悲伤地走出来。

"找我什么事？"

孟珍珍问："我爸来参加葬礼了吗？"

"没看见。"

"昨天我爸突然去学校看我，哭了……有点怪怪的。"孟珍珍对王中民说。

王中民不解："你爸多凶啊，记得小时候我第一次上你家，被他吓哭了……他怎么会哭呢？"

两个孩子疑惑着……

处理完母亲的后事，王华山心情急切地去上班。他快步走在办公楼的走廊上，神情疲惫，但充满锐气。

王华山开门进了办公室，直奔电话。

"市经委吗？……华龙厂引进设备的报告批没批呢？……还没研究呢？请抓紧时间啊！我们已经考察了设备，制订了引进计划，就等着实施呢……"他不满地放下电话。

王华山走出办公室,碰到了财务科女科长。

“见到孟经理了吗?”

女科长感到奇怪:“他去广州了。”

“去广州干什么去了?”王华山诧异。

女科长惊疑:“你不是让他上广州签合同去了吗?引进设备。”

王华山震惊:“他这么说的?”

“是啊!还有市经委批回来的报告,上面还有你的签字。”

王华山紧急地问:“动钱了吗?”

女科长恐慌:“汇过去一千万!”

“啊——”王华山如雷击顶,昏倒在地。

此时,一架飞机从广州机场升空远去。……

14/ 第十四章

萧蓝病倒了，于静大姐每天来家里给她输液。

王华山晚上下班回家，一边忙着做饭，一边向萧蓝汇报情况。

“孟志是有预谋地卷款逃跑，借去广州考察设备之机，偷偷在那边立了账户，还伪造了市经委的公章和我的签字，利用他一把手的身份，以购买设备的名义，把款打到了广州的账户上。等到公安部门查封账号时，里面已经空了。”

“还是制度有漏洞……如果一把手变质了，侵吞公款很容易。”萧蓝受不了这样的打击，十分悲伤。

王华山：“公安部门根据线索已通过国际刑警组织在追查孟志。”

“这么一大笔钱，老辈人传下来的！让孟志拐跑了！”萧蓝说着流泪。

中民陪在身边安慰：“妈！你别太伤心。钱虽然是咱家出资的，但他拐跑的是国家的钱……”

萧蓝：“就算这个钱咱个人瞎不了，可你爸指望这个钱救华龙厂呢，这不落空了嘛！”

王华山痛恨地骂：“孟志这个混蛋！”

因为华龙厂的突发事件，市里来人在厂部小会议室召开了厂领导层紧急会议。

谷仲秋说：“孟志案件的发生令人震惊和痛心，尤其对华龙厂的生产发展危害极大，使我们提上日程的股份制改革无法进行……”

萧蓝面容憔悴，十分伤感：“这钱白投了……”

谷仲秋仗义地安慰：“萧蓝同志，你放心！你和华山投资的两千万一分都不会少，孟志他卷走的是国家的钱。”

“鉴于以前华龙厂亏损无人负责，我当时曾提出，谁对这两千万负责任？”萧蓝痛定思痛地说。

谷仲秋不快：“事情已经发生了，再说也没有必要了。”他转换话题郑重地说：“市政府做出决定，由王华山同志主持华龙厂的工作。”对王华山：“你谈谈华龙的情况吧，表个态！”

可谓临危受命，也乃实至名归，王华山责无旁贷。没有激情，只有沉重；没有荣耀，只是责任。他说：“华龙厂不会垮！但引进设备、技术改造方面的计划肯定是无法实现了，试制、研发、投标工作会继续进行。”

谷仲秋：“那就好！”

“企业要研发和创新，首要困难是资金……希望市里能给予帮助！”王华山请求。

“帮不了！你们别有这个依赖想法。”谷仲秋说，“现在我市工厂的烟囱没有几个冒烟的，市财政很紧张，又面临着全市下岗职工再就业、生活保障的巨大压力。现在市里的方针是：鼓励生还，政策支援；见死不救，做好善后。就是说，能在困境中自强不息、生还有望的企业，市里给予鼓励和各种优惠政策；对生还无望、必定破产的企业，别说财政没钱，就是有钱也不给，只能走破产重组程序，但对失业人员做好安置分流和社会保障工作。你们华龙厂不要对市里抱有幻想，银行也不可能再给资不抵债的企业贷款，企业的生存只能靠市场来决定，自己的梦就得自己圆。”

萧蓝说：“市里能不能把孟志拐走的一千万先垫付给我们？这对华龙厂的生产是个保障。”

谷仲秋无奈地想了想说：“既然已投资华龙厂，现在就无法变现了，只能到实行股份制的时候，从国资股切一块给你们成为股份。”

萧蓝失望……

小学操场上。

孟珍珍伤感地坐在秋千上流眼泪，王中民生气地站在旁边。

“你爸怎么能这样？偷了工厂那么多钱跑到国外去！”

孟珍珍流着眼泪，羞惭地沉浸在痛苦中……

在与工厂一路之隔的狂欢娱乐城顶层客厅里，孙哲和野田站在大玻璃窗前，眺望着华龙厂区……

工厂又陷入危难境地，对于觊觎它的人来说则是个利好的消息，他们又开始了幕后的计划和交易。

“华龙厂可是块肥肉啊！”孙哲说。

野田：“全是骨头就没人愿意啃了。”

他们回到沙发坐下。孙哲：“上回是华龙厂突然天上掉馅饼有钱了，没办法。可你的运气不错，这回机会又来了，华龙厂又等于归零了。”

“孟经理还真不简单，卷款跑到国外去了……看来华龙厂跟我有缘啊！”野田喜悦地感慨着。

“野田，按上次说的，钱带来了吗？”孙哲说。

“带来了。”野田向旁边的随从挥了一下手。

皮箱放到了茶桌上，野田打开，里边装满了钱：“一百万。”

孙哲看着，满意地点头。

野田：“多长时间？”

孙哲："少则一个月，多说半年。如果这个时间你拿不到华龙厂，这一百万退给你！"

野田想了想："好！另一百万事成后补齐。"

孙哲点头。

晚饭后，谷仲秋和缠身的外孙女在客厅的沙发上玩。谷仲秋的独生女儿谷粒和女婿孙哲也都坐在沙发上，有心没心地看着电视。

三岁的外孙女摸着姥爷的秃顶说："聪明的脑袋不长毛。"大家笑。

谷粒斥责："不能这么说姥爷！谁教给你的？"

外孙女说："我姥姥……"

谷粒："来找妈妈。"小孩不肯。

孙哲："听话！找妈妈去，让姥爷歇会儿。"

谷仲秋老伴从厨房出来："找姥姥，找姥姥……姥姥领你去看动画片。"说着把孩子抱走了。

孙哲给岳父倒茶："爸！有个项目……"

"什么项目？"谷仲秋淡漠不惊的样子。

谷粒配合地把电视关了。

"山郎公司的那个野田还要买华龙厂，说给你一百万。"

谷仲秋没吭声。

孙哲："华龙厂的孟志把钱卷跑了，这是个机会啊！"

女儿进言："企业破产处理是当前的改革形势，咱个人还有好处。"

谷仲秋："华龙厂比较特殊。一是大厂，处理慎重；二来，华龙厂现在还没有垮，王华山他们始终在支撑着。"

孙哲无奈……

台球室，孙哲表情凝重地和黑子打着台球，好久都不说一句话，若有所思。

"华龙厂不像我们想象的那么简单，厂子不垮，上面下不了手。"孙哲打着球，终于开口。

黑子："这好办，把它整停产就完了呗！"

孙哲琢磨："哪些部门管企业？"

黑子："好些部门都能管企业，工商税务、财政审计、公安消防、卫生环保……"

孙哲："对！在环保上给他做文章！"

两人放下球杆，进行了深入探讨，后驱车去了离厂不远的堤坝上。

黑子指着一道水沟对孙哲说："这就是华龙厂的排水口。"

堤坝下一条排水沟通向远处的江里。出水口低于水面，涌出的废水翻着水花，水质不浊，没有特别的颜色。

“想点办法把水弄黑。”孙哲谋划着说。

黑子:“好!”

第二天清晨,黑子开车又把孙哲拉到了堤坝上。

堤坝上有不少晨练的人。

透过轿车车窗,孙哲看到堤坝下的那条排水沟里的水呈现黑色,污浊不堪。

“怎么样?”黑子得意地问。

孙哲催促:“快打电话!”

黑子拿出手机打电话:“环保局吗?我是天天晨练的人,发现华龙机车车辆制造厂的污水未经处理,经常在夜间偷偷排放,现在我看到的水是黑色的,给附近和下游环境造成严重污染,希望你们快来查处!尽快关停这种污染企业……”

黑子打完电话,孙哲喜悦地说:“干得好!”

黑子得意地笑着把车开走了……

很快,一辆有“环保局”字样的小型面包车来到排污口现场,后又开进厂里……

黑子得到情况欣喜地回来报告:“听说环保局勒令华龙厂停产,还罚款十万。”

“好!”坐在沙发上品茶的孙哲站起来到窗前望着厂区:“我们要牵着华龙厂的鼻子走!”

堤坝上,王华山忧心如焚地和厂污水处理站女站长向排水口走来,还有一些相关的人员跟着。

女站长四十岁左右,一脸冤屈不服:“我们污水处理站根本就没有排放污水,也不可能排放污水。我们的污水处理采用的是专利技术,都是按工艺执行的,是经过化验合格才排放的。”

“有人举报,环保局来现场勘查了,还采集了标样,人家有证据。”王华山气愤地说。

女站长:“证不证据……昨天晚上我值班,我们根本就不可能直接排放污水,我以党性担保、人格担保!”

王华山急:“这没用!”

来到现场,他们望着眼前呆住了……排水沟里黑水依旧。

“这还有啥说的。”王华山懊丧痛心地蹲在地上。

女站长震惊地奔向排水口。

“不对,太怪了!从这里到厂子也就是一千多米,水流到这里用不了半小时,就算晚上排了污水,可现在已经大半天了,为什么还淌黑水?再说,这黑水和我们厂的污水根本不一样……”女站长疑惑地看着黑水,质疑着。

王华山近前观察琢磨:“看不到排水口……是里边的事还是外面的事?”对后边的人说,“找个长棍子来!”

有人拿来了一根长棍子，他接过来伸进水里纳闷地探着。“什么东西，有东西！”一个年轻人接过棍子探寻……

棍子把一个塑料桶拨到沟边，有人接应抬到岸上。先后弄出了两个塑料桶，都绑着石头，浓浓的黑水从桶身几个小眼儿里向外流着。

排水口水花泛清，水沟里的黑水渐渐远去。现场，大家的心情豁然开朗。

“是谁跟咱们过不去呢？”王华山困惑。

车体车间。新型客车的车体在拼接组焊，工人们在操作。王华山和宋敏书记在车间生产现场。

“铁路部门对新型客车非常重视，从设计方案到试制一直很关注和支持，铁科院专家也始终参与。如果试制成功，相信会成为路局客车升级换代的新产品。”王华山对宋敏自豪地说。

“黎明前的黑暗。”宋敏感慨。

“我们已看到了曙光！”

宋敏点头。

两人向前走着，王华山说：“姜总从伊黑兰回信儿，说地铁项目投标虽艰难不易，但也没有理由悲观，很有希望。”

“坚持就是胜利，华龙快挺过来了。”

“这个月我想给全厂开一个月工资，再不开，大家有点儿过不下去了。”

宋敏理解地点头。

王华山一阵咳嗽……

“你也要注意身体啊！”宋敏关心地说。

王华山：“没事……你的糖尿病怎么样了？”

宋敏：“唉，麻烦……来华龙厂也没帮上你做什么工作！”

孙哲因为有势力，行得通黑白两道，认为只要自己用心，在松江市就没有做不成的事。可华龙厂让他头疼，久攻不下。晚上，孙哲躺在床上睡不着，犯寻思。

媳妇谷粒躺在旁边，感同身受，叨唠：“收了野田的钱了，华龙厂的事能办成吗？”

孙哲失望：“排污这事整穿帮了，没想到华龙厂的污水处理真合格，让王华山躲过了一劫。”

第二天在娱乐城包房，孙哲又接到野田打来的电话。黑子在场。

“野田啊！你别着急，我正在运作。这个事虽然比预想的有难度，但只要我立了项，就不会落空的。你放心！”

挂了电话，孙哲无语。

黑子琢磨着提议：“不行……把王华山废了算了！树倒猢狲散，华龙厂自然就垮了。这到嘴的肉不能不吃啊！”

孙哲想了想："先摸摸情况再说。"

黑子："好！"

星期天上午，王华山去了厂里。萧蓝经历了老人去世和孟志卷款逃跑的打击，身体始终欠佳，躺在床上休息。孩子在写作业。

有人敲门，中民跑去开门。

姜晓妍和女儿珍珍一起拎着水果，来看望萧蓝。

"阿姨好！"中民礼貌地打招呼。姜晓妍进来亲切地摸了一下他的头。

萧蓝在床上坐起："你又跑来……"

姜晓妍："来看看你，别上火了。"

萧蓝："没事了……珍珍这孩子长高了！真漂亮！"

孟珍珍羞怯地笑着："萧阿姨好！"

"好，好……真快，他们长大了！"萧蓝欣然感慨，又对姜晓妍说："姜总有病还坚持去伊黑兰投标，让你跟他一块去照顾他，你怎么不去啊？"

"他不让，说自己能行。再说家里有孩子……"

"也是。"

姜晓妍坐到床上，话转到正题，又义愤地唠叨着那句不知说过多少遍的话："真没想到这个缺德的最后来这么一手……"

萧蓝顾及孩子，说："中民，你领珍珍去你那屋玩儿。"

两个孩子去了。姜晓妍看着他们的背影对萧蓝小声说："他俩挺合得来，青梅竹马！"

说完，两人笑……

中民带珍珍去了自己的房间。

最近珍珍很不快乐，也没有人关注和知道这个小女孩经受的心灵打击和痛苦。面对从小的伙伴，她无所顾忌地敞开了心扉。她心事重重地问："中民哥，如果我爸把钱拿回来，是不是大家就会原谅他？"这个问题她似乎考虑了很久。

王中民想了想："应当会吧……问题是你爸还能回来吗？"

孟珍珍伤感而自信地说："我有在美国的姑姑的电话，我一定要说服爸爸回来！我不想有一个犯错误的爸爸，也不想失去爸爸。"

黑子经过调查，向孙哲汇报："王华山没有其他活动，就是上班。晚上也来厂里，一般都是十点左右回家。这是个机会！"

孙哲站在窗前望着华龙厂区，不动声色。

黑子进言："不清除王华山这个障碍，二百万恐怕到不了手。"

孙哲："二百万不止……如果华龙厂倒闭了，我希望三千万从市里拿到华龙厂，转手给野田能挣一千万！"

黑子惊喜:“高! 那就下手!”

孙哲表情险恶地点了一下头。

夜,静悄悄。

一辆无牌吉普车停在厂外路边。王华山从厂里出来,经过吉普车旁,向回家的方向走去。

吉普车悄然启动了,徐徐冒着尾气。吉普车里,黑子戴着墨镜。

王华山的背影向前走着,黑子盯着前方开始挂挡,没挂上,黑子着急地反复挂,奇怪了,排挡失灵……

王华山的背影在前方消失。

早晨,一家人快速吃完早饭,孩子准备上学,大人准备上班。

“你晚上总咳嗽,吃点儿药再走。”萧蓝叫住王华山,又拿来了水和药片。

中民说:“去医院看看啊!”

“没事!”王华山吃了药急忙上班走了。

傍晚,李丽从寂寞压抑的招待所走出来散心,着一袭白色的连衣裙,忧郁地漫步在江边。她现在心情平复了许多,如伤口痊愈,尽管还有疤痕。

“这个姑娘真漂亮!”两个中年妇女从李丽身边经过之后交头接耳。另一个说:“就她,听说跟着贾昌浩……”

李丽听到了,震惊地站住,木然呆傻……凭栏面对江天,她又痛苦悲伤地哭了,刚萌生的信心又化为绝望。

萧蓝埋头桌上堆积的资料,写完作业的中民走出房间。

“妈,你还没睡?”

“你爸还没回来呢。”

“噢,那我去厂门口接接他……”中民说完欣然地出去了。

那辆吉普车停在厂门旁的路边,黑子在等候。

车外传来咳嗽声,王华山经过吉普车,不时咳嗽着向前走去。

黑子发动了车,他试了一下挡,没问题,他昨天修车了。车动,徐徐向前……这时,对面远处走来一个人,黑子把车停下。

中民迎到了父亲,两人向前走去,进了住宅区。

黑子失望。

“点儿真背!”两人下着棋,黑子还为昨晚的事沮丧。

孙哲:“车老停在一个地方守株待兔容易引起怀疑,不行就换招吧。”

黑子:“没事,今天晚上肯定完活儿!”

到了晚上,那辆吉普车又停在原处。

吴建华和“小不点”穿着工作服快步推着一辆车间的送货小车出了厂门,奔向不远的厂职工医院。王华山蹲坐在车里,一手扶着护栏,一手捂胸不时地咳嗽。

“咳嗽胸疼,就是感冒严重了。”王华山说。

吴建华:“不能拖了!让值班大夫先看看,该打针打针,该吃药吃药,明天休息吧!”

王华山:“没事……”

路边吉普车里,黑子的电话响起,他看了一下表,接电话:“喂……”

电话里孙哲的声音:“怎么回事?”

“都十一点了,目标还没出现。”

“别傻等了,可能今天在家没去厂里,回来吧。”

黑子无奈收起电话,车开走了。

珍珍虽小,但是个有心志的女孩子。在痛苦压抑的同时,她想做一件事情:跟爸爸通个话,劝劝他,即使人不回来,也希望他能把钱还了。

中午,母女俩吃着饭,珍珍若有所思,她请求说:“妈,吃完饭我想打个电话。”

“给谁打啊?”

“美国……”珍珍嗫嚅。

姜晓妍惊讶:“啊?你以为市内电话呢?那叫国际长途!一分钟很贵的……再说,咱们是白天,那边是黑天。干啥啊?想他了?”

“我想劝我爸回来,把钱还上……”

“你小孩子真是天真,他好不容易弄了那么多钱,你让他吐出来,他能听你的?想得美!”

珍珍无语。

昨晚的值班医生用听诊器认真听了一下,说王华山肺部有炎症,催促他第二天去市医院做个检查,说星期天也开诊。

市医院上午拍片下午就出来了。萧蓝取了片子,拿到医生办公室。中民跟在身边。

年轻的主治医生接过片子,放到灯箱上看了一会儿,说:“初步诊断是肺癌。”

母子俩吓傻了,萧蓝当即流出了眼泪……

走廊的椅子上,萧蓝泣不成声,中民扶着妈妈也泪流不止。

“你爸他太累了,厂子靠他扛着、顶着,加上你奶去世,孟志又把钱拐跑了……他太累了!太难了!”

他们擦干眼泪回到病房里,虽强装微笑,却难掩悲伤。

王华山半躺在床上输液,无所谓地说:“肺有点炎症,打针消炎就完了,多大个事啊,你们愁眉苦脸的……”

“不是心疼你嘛！又累又操心,折腾病了吧?”萧蓝掩饰地含泪说。

王华山:“人哪有不得病的。”

孙哲专有一个屋供佛,神龛考究,佛像硕大,每日跪拜,烟雾袅袅。早晨在佛堂上香时,旁边电话响了,孙哲接电话。

“什么事?”

黑子兴奋的声音:“王华山病了,在市医院住院呢,听说得了肺癌!”

“是吗?”孙哲高兴,“好啊！这样我们就不用费事了。”

黑子说:“我白等了他三个晚上,看来是有福不用忙啊!”

“我在上香,这是老天在帮我们呀!”孙哲幸灾乐祸。

王华山的病情震惊了华龙厂,大家闻之悲伤至极,仿佛倒了擎天柱,无不对本来岌岌可危的工厂命运充满了悲观和绝望。

一些人心急如焚地赶来医院探望。

装配车间来了一拨人,他们忧心忡忡地待在走廊上,只有吴建华和李祥代表他们进入了病房。

“工作挺累的,你们不用来看我!”王华山打着点滴说。

吴建华:“听说你住院了,大伙都惦记,都要来看你。”

王华山赶紧说:“别！回去告诉他们别来！我打两天针就回去了,也没什么大病。”

李祥劝慰:“借这个机会好好休息休息吧!”

王华山笑:“小病大养、无病呻吟,现在还不是时候啊！等华龙厂搞好了,以后退休了,咱们去旅游!”

“好!”李祥和吴建华附和。

告辞后,萧蓝送他们走出病房,见外面有很多人守在走廊上,她很感动:“你们大老远跑来……谢谢大家惦记!”

有人说:“大家听说王厂长得病了,都很难过……厂子不能没有他啊!”

有人说:“我们就不进去打扰王厂长了。祝好人一生平安吧!”

众人点头附和着。

吴建华:“萧工,我们走了。”

萧蓝挥手。

大家心情沉重地离开医院……

一辆轿车行驶在夜色中,孙哲驾车,谷粒坐在副驾驶位置上。今天他们是有目的地回家看看。

“贵宾楼到手了你还不知足，吃了蛋，还想吃鸡……”谷粒唠叨。

孙哲：“现在企业国退民进，王华山又得了绝症，是个机会啊！到你家跟你爸好好说说。”

“这也不是他自己说了算的事，上面还有胡副市长呢。”

“咱爸是经委主任，又是市政府的副秘书长，这事只要他运作，肯定能成。有权不使，过期作废。老胡那边咱也不白用他，给他一百万！”

“这还差不多，”谷粒思量，“但三千万拿下华龙厂是不是太过分了？”

孙哲不屑：“过啥分啊？现在处理破产企业也没有固定标准，也不用民主讨论……乱糟糟的时候，走市场，说卖多少就是多少。再说了，华龙厂王华山一倒，厂子就完了，没人要就是一堆废铁。”

谷粒：“都知道山郎公司出四千万买……”

孙哲：“我让那个野田退出，先以我公司的名义购买，然后再倒给他转手挣他一千万。”

谷粒顾虑：“会不会有人说是内外勾结，贱卖国有企业啊？”

孙哲：“谁说啊？说又有啥用啊？要怕说，什么也不能干了！再说了，走市场是光明正大的事！”

谷粒：“可也是。”

谷仲秋在客厅悠闲地看着电视，女儿女婿进门。

“爸，您吃完饭了？”孙哲热情问候。

“嗯，吃了。”

“爸，华龙厂那个王华山病了，得了绝症。”谷粒报告说。

“我知道。”

孙哲坐下，望着谷仲秋，肯定地说：“爸，这回华龙厂可是到期了！”

华龙厂命运多舛，像一个弱势猎物，随时会被捕杀。现在，他们心怀觊觎，又开始谈这个“项目”了……

谷仲秋很正式地去了市医院看望王华山。

他带着秘书走进病房的时候，打着点滴的王华山正在和张万军等几个前来看望的工人师傅聊天。

“谷副秘书长，您怎么来了？”王华山感到惊讶。

“来看看你啊！”谷仲秋很关切的样子。

张万军等几个人跟王华山告辞。萧蓝送他们到门口，又回头忙着招呼领导。

谷仲秋：“听说你病了，来看看你。感觉怎么样？”

王华山一笑：“没啥大病，咳嗽，肺有点炎症，打两天针消消炎就好了。还劳您大驾，让我受宠若惊啊！”

谷仲秋：“应该的……你就安心养病吧！不管华龙厂未来怎么样，你已经尽力了！你的精神也算得上可歌可泣了！”

王华山听着不舒服，笑道：“还没到盖棺论定的时候，听着像告别似的。我感觉你对华龙厂没信心……”

谷仲秋：“市场经济，优胜劣汰，顺其自然吧。”

一个护士进来查看吊瓶，拔针。

谷仲秋对萧蓝说：“有什么困难和需要跟我说，我会尽力解决。”

萧蓝：“谢谢！”

谷仲秋叮嘱：“不要让厂里老来人，要保证老王有个安静的治疗环境。”

萧蓝点头。

“没事儿，我过两天就出院了。”王华山说。

谷仲秋：“别逞能，听大夫的。”

王华山和萧蓝送谷仲秋走出病房。

走廊两边站着很多华龙厂来的人，表情凝重悲愁，还有人正慌忙赶来。有医生、护士经过，责怪他们影响患者就诊。

谷仲秋挥手说：“你们都回去吧。”

王华山看到走廊上来了这么多华龙人，且表情忧伤，感到惊疑：“你们……”

大家望着王华山欲言又止，不知说什么好。他们多是在职工人，也有退休职工，有的女工在流泪。

王华山疑惑地问身旁的萧蓝：“我到底得了什么病？”

“没啥大病。”萧蓝掩饰不住，两行泪珠滚落……

王华山明白了，心里悲哀焦虑，眼含热泪，叫嚷：“不能啊！我还有很多事要做呢！华龙厂现在还不行啊……”

大家难过地围过来，呼唤着：“王主任！”“王厂长！”……

按照和女婿孙哲预谋达成的共识，谷仲秋去医院看望了王华山，之后来到了胡副市长办公室。

“胡市长！王华山得了肺癌，华龙厂的工作应当提前考虑善后问题，不能像以前那样被动了，以免造成社会不稳定的情况……”谷仲秋说后坐到沙发上。

胡副市长坐在办公桌前，无奈地感叹：“天公不作美啊！真为华龙厂和王华山感到惋惜。他是好样的！以前我对他的了解不够……”是的，自王华山闯会议室从野田手里截下了华龙厂，又看到了他为华龙厂做出的努力，胡副市长从心里敬佩他。

谷仲秋敷衍：“我到医院看望了他，也给予了高度评价！人到这个时候了，还能说什么呢。”

胡副市长想了想：“对华龙厂早做打算也好。”

“华龙厂本来就是资不抵债的企业，王华山非要折腾。哼！早晚还是这么回事。”谷仲秋有些不屑地说。

“你说华龙厂真就起不来了吗?”胡副市长犹豫。

谷仲秋:“有王华山在还有点儿可能,没有王华山,华龙厂必定破产。”

胡副市长无奈:“那就跟那个野田联系一下。”

“我问了。”

“噢?”

“对方说暂时不考虑。”

胡副市长惊讶:“他们不是一心想要吗? 那到什么时候再考虑?”

“没说。”

胡副市长失意:“还没人要了?”

谷仲秋一副难言状:“那倒不至于……我女婿的公司就有意购买。”

“好啊!”

“但我不太赞成……”谷仲秋煞有介事。

“这有什么,举贤不避亲嘛!”

“不是……他出价三千万……”

胡副市长诧异:“这不行,太低了!”

谷仲秋:“是低点儿……我觉得那个野田也是在考虑价格,一定是想放长线钓大鱼,等华龙厂的情况一塌糊涂,到给钱就卖的时候再出手。”

“真是无商不奸啊! 给钱就卖,有这种可能吗?”胡副市长感慨并疑虑地问。

谷仲秋:“有!”

“哦?”胡副市长感到意外。

“因为我市不少企业都面临破产重组,闲置的设备厂房很多,而我市又不是什么经济开发区,缺少外来资本,所以是买方市场,到最后有人要就不错了。”谷仲秋包藏祸心地说。

胡副市长犹豫、琢磨,后探询地问:“你经委是什么意见?”

“仅供您参考,”谷仲秋说,“我认为长痛不如短痛,有买就卖。这也符合加快市场化进程,把闲置的国有资产搞活变现的改革精神,还算政绩!”

胡副市长一笑,无奈:“价格不高啊……”

谷仲秋:“价格随行就市,也无可非议!”

胡副市长难下决心,沉默思考着……

谷仲秋进一步“围剿”说:“同样的价格宁可卖给中国人,也不能卖给山郎公司,肥水不流外人田嘛!”

胡副市长:“那当然,有了问题也方便处理。”

谷仲秋站起来,走到跟前,小声说:“我女婿说,您辛苦工作一辈子了,也快退了,这事如果能定下来,他给您一百万,让您安度晚年。”

胡副市长样子严肃地说:“不行、不行,这不让我犯错误嘛!”

谷仲秋:“这犯什么错误? 您也没拿原则做交易,就是个私人感情嘛。”

“那也不行……我要真退休了，你给我一百万算你够意思！”胡副市长说后一笑。

谷仲秋仗义地表示：“这没问题，我这个女婿办事讲究！”

胡副市长感慨：“现在的人，你退了就没人理你了。无位见真情啊！”

谷仲秋：“他不能！这样，让他给您打个欠条，到您退休以后再兑现也行。”

胡副市长不好意思：“不用，不用……”

谷仲秋紧追不舍：“您要怕有问题，就写您儿子的名，他是搞工程的，没事……”

胡副市长心虚嘴硬：“那也不行。”后又郑重其事地说，“你看着办吧……但华龙厂问题复杂，要妥善处理好。”

谷仲秋：“我形成个方案给您。”

胡副市长点头：“我看看，行的话可以批。”

萧蓝坚持让王华山去省城做进一步的检查治疗，于是他们坐上了去省城的火车，中民也要求跟随。

火车开动，站台上许多来送行的华龙厂工人忧伤地挥着手。

晚饭后，孙哲陪岳父谷仲秋喝茶，谷粒在旁边嗑着瓜子儿，气氛愉快。

谷粒：“听说王华山上省城看病去了，很多工人到车站去送他。”

谷仲秋：“家属要求到省城做进一步治疗。”

孙哲：“癌症，上北京也没用。”

谷仲秋扯到正题上：“给钱的事，胡副市长说不要。我看他也不是不想要，就是有顾虑！你可以去找他儿子打个一百万的欠条，让他吃个定心丸。”

孙哲欣然：“行。华龙厂什么时候能签下来？”

谷仲秋思考说：“厂里的生产肯定有些收尾工作要做好，财政局和审计也要介入……过些天我去现场办公。”

“那么多工人怎么办啊？”谷粒不无同情地说。

谷仲秋：“重新就业，能干啥就干啥。卖厂的钱给他们分一分……”

孙哲：“以前国企，生老病死啥都管，以后没那好事了。”

谷仲秋：“也管，纳入社会保障。”

谷粒：“那还行。”

“你跟野田说好了？”谷仲秋弦外有音地问女婿。

“说好了，已经给我一百万订金了。”孙哲回答。

谷仲秋：“怎么定的？”

孙哲看了一眼谷粒：“上回我不是跟您说了嘛，我答应他四千万收购华龙，他给我二百万，已经先给了一百万。”

谷仲秋点头：“噢……”

孙哲领悟：“那一百万留给胡副市长，这一百万就孝敬您了！”

谷仲秋笑了一下："这一百万我不要，那一千万给我一半。"

孙哲和谷粒吃惊……

谷粒："爸，你够黑的！"

谷仲秋："我要五百万，你们剩六百万，还不知足啊？"

谷粒："你要那么多钱干吗用啊？"

谷仲秋："干不干吗用，这是道理……我花不完将来还是你们的！"

孙哲心里不快，嘴上却打圆场说："爸说得对！亲是亲，财是财。"

火车站广场人流如潮，出站口处，张劳模接到了兴高采烈走出来的王中民。

"中民！中民！……"

"张爷爷！"

张劳模迎上去牵起中民的手："你妈打电话让我来接你，怕你走丢了。"

王中民兴奋地笑着："我都多大了？张爷爷，我爸没事！过两天他们就回来了。"

"我知道了，太好了！"张劳模愉快地领着孩子向公共汽车站走去。

孙哲和黑子喝茶。

"啥时候能拿到华龙厂？"黑子问。

孙哲："快！方案胡副市长已经批了。"

"还给野田吗？咱自己留着得了……干啥都比给他强！"

孙哲："我不想太张罗，转手给他，省心。"

住宅区传来放鞭炮的声音。

孙哲疑惑："不是年不是节的，今天怎么老有放鞭炮的？娶媳妇搬家也不是这个时辰啊！"

"是啊，我出去转转去。"黑子说着出去了。

几天后，华龙厂很多来接站的工人在火车站出站口接到了王华山和萧蓝。现场一片热烈的掌声和欢呼声。

王华山高兴地挥着手向大家走来，宋敏书记迎上去和他握手，大家欢喜地把他和萧蓝围在了中间。

王华山无比兴奋地说："在省城做了进一步检查后确定不是肺癌，只是肺部霉菌感染。这么多天输液消炎也基本上好了！"

大家高兴地笑着，吴建华说："听说了这个消息，大家别提多高兴了，有的还放了鞭炮！"

王华山："感谢大家！我也觉得，我还有很多工作要干，阎王爷是不会让我去的！"

大家都笑了。

有位中年女工突然难过地说："王厂长！听说市里又要卖厂，我们怎么办呢？"

“我也听说了。”王华山心情悲壮地说，“我没有得不治之症，华龙厂也没有得‘不治之症’。只要我们大家克服困难、改革创新，华龙厂就一定会兴旺发展起来！我们要继续生产！”

大家热烈鼓掌……

孙哲和黑子蜷缩在沙发上，郁闷不快。

黑子念叨：“王华山真够命大的！他这一回来，这事恐怕要麻烦。”

孙哲默认，没有说话。

这时电话响，孙哲接：“喂……爸！”

电话是谷仲秋打来的。

“华龙厂的事暂时不行了，胡副市长支持王华山继续干，以后再说吧。”

孙哲放下电话，感叹：“真倒霉！”

黑子也感同身受。

孙哲不停地踱步，表情中充满憎恨，贪婪的欲望使他不甘认输。琢磨之后，他毅然决定：“不能让他把局搅了，还得按既定方针办！”

黑子点头：“我想办法……”

15 第十五章

姜克选住在简易的宾馆里,面前的办公桌上堆放着翻开的厚厚的投标书和很多资料。他刚吃完方便面,接着又分别吃了三种管中风的药。

跟随他的一个年轻同事进来说:“姜总,中国大使馆来电话,说下一步如需什么帮助,可与他们联系。”

姜克选点了一下头,年轻同事出去了。

电话响,姜克选接电话,是女儿姜晓妍的声音:“爸,干什么呢?”

“刚吃完饭……”

“身体怎么样啊?”

“没问题。晓妍,你们都好吧?”

姜晓妍愉快的声音:“我们都在我爷家呢。今天是我爷 84 岁生日,你跟我爷说两句啊?”

“好! 好!”姜克选感触,接着他听到了父亲苍老的声音:“克选啊! 克选……”

姜克选情不自禁地流下眼泪:“哎! 爸! 祝您生日快乐,健康长寿!”

“你在伊黑兰那边要吃好喝好,注意身体。我很长时间没见着你了……”父亲说。

姜克选哽咽:“爸……我不是好儿子……我回去就去看您……”

父亲:“我挺好,不用惦记我。我知道你的投标工作对华龙厂、对国家地铁产业很重要、很关键,要争取成功啊!”

姜克选泪流满面,连声答应:“哎! 哎……”

王华山在装配车间“25 型”新客车的车厢里察看内装生产情况。李祥对他说:“我师傅‘老报告’有病了,得了肝癌……”

“啊!”王华山震惊,“人在哪儿呢?”

“在家。没钱治,犯愁呢!”

“这有病得治啊!”

王华山焦急,下午他抽空让装配车间工会主席吴长顺陪他去了“老报告”家。

“老报告”家满墙都是不同时期的各种奖状。“老报告”躺在床上,面容痛苦。

王华山坐在床边的凳子上,劝说:“必须得去医院治病啊……”

“检查确诊过了,在医院还得花床费,在家治一样。吃点药,疼狠了就打止痛针,老伴会打。想整点偏方吃中药。”“老报告”说。

老伴站在床的对面向王华山和吴长顺诉说着：“自从他知道自己得了肝癌，说啥不想治了……没钱看病啊！看不起病啊！”老伴说完抹眼泪。

王华山深感无奈……

“老报告”：“我有两个儿子、一个女儿，全在华龙厂，他们也都有孩子，他们的日子也挺难！我不想再给他们增加负担了。”

王华山坚持说：“没钱想办法也得看病，一定要看病！大伙帮你，发动全厂的人给你捐款！”

“老报告”急了：“王厂长，千万别！大家都挺紧，可别搞让人为难的捐款，我也不会接受！”

王华山心酸，掏出身上的钱放在“老报告”手里：“你要安心治病，我想办法。”

“华龙厂现在这个样子，生产艰难、工资难开，我心里难过啊！”他对工厂的难过心情似乎超过了他的病痛。

王华山望着墙上“老报告”得的各种奖状，痛心地表示：“你在华龙厂工作了一辈子，华龙厂不能让你没钱看病啊！”

王华山回厂召开了中层以上领导会议，要求关心工人的生活和疾苦。他说：“我们既要讲改革的理，更要讲社会的情。决不能让一个职工生活不下去！决不能让贡献了一辈子的老工人看不起病！”

巧妇难为无米之炊，王华山其实也没有什么有效的办法。第二天，他去了厂职工医院，想找柳院长商量一下“老报告”治病的事。

在医院门口，他碰到了情绪低落的李丽。

“王厂长！您的病好了吧？”

“好了，我没事了。你怎么了？”

“总失眠，买点药。”

“得抓紧治，否则时间长了容易得抑郁症，那就不好治了！”王华山关心地说。

李丽眼睛湿润：“王厂长！您救了我的命，救不了我的心啊！”

王华山语重心长地说：“人这一生哪有不受点儿挫折的，没有什么大不了的！”

“可我过不去这个坎儿，我无力再爬上来了，也爬不上来了。”李丽忧郁地说。

“慢慢就好了。”王华山开导她，“要胸怀宽广，可以多关心关心工厂的事。”

李丽点头，问：“王厂长，华龙厂能搞上去吗？”

“困难很大，缺少资金！”他心情沉重。

李丽天真地说：“为什么不找银行贷款呢？找那个谢行长！上次孟志就是找的他。”

王华山愁苦：“现在不可能了。一个企业欠银行那么多钱，资不抵债了，银行不可能再贷款给你了！”

李丽："那怎么办呢？"

"想办法！困难是暂时的，办法总比困难多。华龙厂是大有希望的，华龙厂一定会发展壮大起来！"王华山语气坚定，神情悲壮。

李丽看着他出神，情不自禁地鞠了一躬。

王华山惊讶："你……"

李丽激动："王主任，王厂长！我在车间的时候虽然知道您的为人处世，但我们并不熟。自从我去了招待所接触的领导多了，我才真正懂得您和别人不一样，从内心里崇拜您！您刚才的话和神情像电影中的男主角，让我又一次感受到您的人格魅力和对事业的执着坚贞，向您致敬！"

"谢谢，你也要坚强起来！"王华山说后匆忙地走了。

"如果能帮上你，我愿意做一切事情！"李丽诚挚地向离开的王华山说。

她始终没有从忧郁中解脱出来，姜晓妍的当面辱骂、江边路人的窃窃私语，经常在她眼前闪过，让她不时伤心落泪、难以自拔，悲观厌世之心根深蒂固，从未改变。她在医院门口遇到了王厂长，回到招待所后心情久久不能平静。王华山的形象像电影中的镜头不时在眼前浮现，坚定的神情和悲壮的话语，让她印象深刻，感动不已。她忽然觉得自己死了，真就白活了，毫无意义，没有价值。何不帮助王厂长去求那个谢行长贷款？如能做成此事也不枉此生！这样想来，李丽内心豁朗，神情笃定。

是的，她是个有情怀的女孩，为崇敬的人做值得的事，她会竭诚而为，不惜一切……

第二天，李丽沉默地精心化妆，把自己打扮得优雅漂亮。她出门拦了一辆红色出租车，驰向市中心的银行大楼。

高耸的银行大楼前，她忧郁地下了车，抬脸望了一下，心情忐忑而执着地拾级而上……

谢行长办公室的门响起轻叩声。

"请进！"

门开了，李丽走进来。

"谢行长，您好！"

李丽微笑着，美丽中有几分冷艳。她记得他，样子看上去面善，头发略微秃顶，给人清爽的感觉中也混合着说不上是文化还是城府的气质。

谢行长坐在皮椅上点了一下头，来人面熟，却一时想不起来是谁。

"不认识了？华龙厂招待所……"李丽提示。

"噢！想起来了，想起来了，请坐。"谢行长开心地笑起来，华龙厂招待所的情景在他眼前闪过。当时李丽那番真情慷慨的话让他印象深刻，而孟志说她有病的事也随之记起。

李丽几分矜持地坐到旁边的沙发上，楚楚动人。

谢行长疑惑地看着李丽："我有职业敏感，到这里来找我的人，我都知道是什么事。你今天的身份一定是华龙厂的说客。"

李丽摇头："不！是我个人找你。我想跟你说两件事……"

"哦？什么事？说吧。"谢行长不无困惑。

李丽迟疑，又郑重认真地说："这里不是说话的地方。晚上到招待所去吧，那里清静。如果你信不过我，也可以你找地方。"

谢行长不知是福是祸，紧张地思考着，嘴里应付："信得过，信得过……"又揣摩地说："如果晚上忙，去不了，请你见谅。"

"不去你会后悔的。晚上见！"李丽站起来，嫣然一笑向外走去。

话说得虽有几分霸气或是任性，但不是要挟，也没有主观恶意。李丽求谢行长办事，太渴望与他以诚相见，又怕计划落空，她分析了对方的心理，制造了悬念，这让谢行长一头雾水。

王华山筹措到两万块钱晚上送到"老报告"家，嘱咐"老报告"好好治病。

"老报告"感动得流下了眼泪。

王华山对"老报告"的老伴、两个儿子和一个女儿说："抓紧时间治，该做化疗做化疗，该用药用药，钱不够厂子再想办法。"

家人无比感激，连说："谢谢王厂长……"

王华山走后，"老报告"开了家庭会，家人都围在床边。

他说："我这个病治也没什么用了，多活几天能咋的？还遭罪！厂子关心我，我就满足了。现在华龙厂困难，这两万块钱能买多少材料、能解决多少生产问题啊！我当了一辈子先进，最后我不能给厂子添累赘啊！"

忧伤的屋子里充满了悲壮的气氛。

当晚，谢行长谨慎且懵懂地来到华龙厂招待所。招待所没有人气，沉寂无声，甚至少有灯光，他一时有了孤身入险境的隐忧。

坐在所长室的沙发上，环顾着简洁温馨的房间，表面斯文的他心里仍不坦然，望着隔几而坐的李丽，不知她葫芦里卖的什么药。

李丽非常高兴，能把谢行长请到招待所来让她兴奋不已，她手里撕着一只烧鸡，掩饰不住满脸喜悦的表情。"能把谢行长请到这里来，真让我这个小女子受宠若惊，非常感动！没有什么好招待您的，权当打打牙祭了……"虽然心情激动，但她没有语无伦次、手足无措，而是清醒理性地把控着自己，使之多了几分端庄的大气。

李丽先给谢行长倒了一杯酒，自己又倒了一杯。端起来说："先干一个！"

谢行长看看酒杯，无动于衷，笑着对李丽说："先说事。"

李丽坚持："先喝了再说。"

谢行长看看面前的酒杯，又看了一眼李丽手中的酒杯，说："换换！"

李丽一怔："好好好……"便把酒杯换了。

谢行长想了想又说："你先喝！"

李丽端起酒杯一饮而尽。

她放下酒杯，看破红尘地说："怕我下药？我要真下药……"一指他面前的杯，"就下到我杯里，聪明人肯定换杯……"

谢行长发怵，更加犹豫，不敢端杯。

李丽见状，伸手抢过杯子，猛然饮下。

谢行长尴尬，忙说："别太急，慢点！"

"谢行长不信任我，把我当成坏女孩了！"李丽饮酒后，面色红润，更加楚楚动人。

谢行长掩饰："没，没有……"

"可能也没有人把我当成好女孩。"李丽眼睛湿润，流出泪水。

谢行长见状踏实了，心也软了，把纸巾递过去。

李丽动情地说："我母亲去世早，父亲找了后妈，我从小独自闯荡，发誓做个有出息的人，活出个样子来。上学的时候，我学习很好，喜欢文学，也读了很多中外名著，就差几分没考上大学。我本来心气很高，不是没有理想的人。可参加工作后追求虚荣、贪图享乐，没有把握好自己……后悔啊！感觉活得没有意思了……"

她抬眼看着谢行长："不说了，跑题了。"说完给两个杯倒满了酒，"喝一个！"

两人端起杯碰了一下，分别饮尽。

"找我什么事？把你的事说了吧！"谢行长善意地催促。

李丽迟疑了一下，抬头望着谢行长："第一件事，我很在意这件事，得为自己平反——我没病！"

谢行长对这个事有印象，听了李丽的辩白仍疑惑地望着她……

"上次孟志对你那样说是别有用心的，是为了保护我……希望你改变以前对我的印象。我是清白的！"

谢行长疑惑的眼睛合上了……许久，两眼睁开，眸子里一扫阴霾，祥和明亮。

他追问："第二件事？"

李丽肃然静默地看了谢行长半天，恳切地说："请你帮我一个忙，我也是帮别人！"

谢行长眉头一皱，肯定地说："王华山！"

李丽顽皮地笑着迎合："贷款！"

两人同时笑起来。

"你以为银行是随便贷款的吗？"笑后，谢行长说，"现在不是以前了，是市场经济了。上次给你们华龙厂贷那笔款，我是担了很大的责任、冒了很大的风险的！搁现在，也贷不了。"

李丽惊呆地听着……

谢行长眼前浮现出上次招待所李丽敬酒的画面："其实，上次给你们华龙厂孟志贷款，是你那番关于'羊脂球'的话开始让我动心的……"

“那五十万的回扣是让你最后动心的?”李丽直率调皮。

谢行长震惊,顾忌地望着李丽,心想:“不出所料,你果真知道内情。我今天能到这里来,正是基于这方面的考虑。”

李丽见谢行长现出尴尬不安之状,赶紧补救:“对不起,谢行长!我不是有意的。今天请你来,我是把你当作朋友的!”

谢行长佯装镇定:“没什么,没什么……我不是不帮你,贷款的事确实是不可能的。”

李丽无奈,感叹:“王华山是我见过的最让我感动和崇拜的领导,他为工厂拼死拼活,是最需要帮助的人。我和他之间没有私人交往,是他的高尚精神和人格魅力感染了我,我很想帮他!这样做的同时,我也觉得自己很高尚。如能帮上他,也就等于帮了华龙厂!”

谢行长默不作声地看着李丽,听她说。

“我相信你说的是实话,但以你的地位和能力,我觉得办法总会有的。我不是让你做坏事,是让你做义事!”李丽情真意切。

谢行长眼珠转着,反复想着……身为行长,他算不上是个清廉的人,但是绝对谨慎。回扣的事泄露了,他需要消除隐患,况且李丽的诚心和侠义也确实让人感动。

“说实话,我真想帮你!”思考后,他聪明地表态。

“那太感谢了!”李丽无比激动。

谢行长异样地看着李丽……消除了早前的疑虑,眼前这个曾打动过他的女孩子确实秀色可餐。他话里有话地说:“怎么谢我?”

“只要你能帮忙,我怎么谢你都可以!”

李丽明白谢行长的意思,她也做好了不惜一切代价的思想准备。

“今晚不走了,”他笑着指了一下床,“和你在一起。”

李丽羞涩地低了一下头,抬脸注视着谢行长,悲壮地点头:“行!”

“你的诚心和侠义让我感动!盛情难却,我也只能完璧归赵了,把上次那五十万回扣退回去……”

“不!谢行长,我不是这个意思!”李丽慌忙说。

“这个钱在我这里是炸弹,我也不赞成孟志这样做!正想找机会退还呢。它回到华龙厂,我也放心了。也算我对你不是帮忙的帮忙吧!”谢行长满怀无奈和感慨地说。

李丽不知如何是好,感激地望着谢行长……

“条件是……”谢行长思考着强调。

“和你上床,我同意。”李丽羞涩地接话。

谢行长摇头一笑:“给我一张有厂财务公章、收款人王华山盖章、你经手人李丽签字的收据。还要保密,不准对任何人说是我退回的钱。”

李丽坚定地说:“行,请你放心!”

谢行长轻松地叹了一口气。这样处理,他心里坦然了,还落个李丽的人情,万一以后败露也有据为凭,可以解脱,他觉得这样最圆满不过了。

“这个忙这样帮,你满意吗?”他很朋友的样子,卖关子说,“我也只能这样帮你了!”

李丽抿嘴点头,激动含泪,端起酒杯,相邀碰了一下,然后一饮而尽。她放下杯子,深情地望着谢行长,开始解胸前的扣子……

谢行长见状,虚伪地说:“李丽!别,你还当真了……”

李丽逐一解着扣子:“我无以报答,只有这样谢你……”她走到床前,上衣自上而下缓缓脱落,裸现出美丽的脊背……

娱乐城。

黑子进来,向孙哲低声汇报说:“我安排好了!让人晚上在王华山家楼头等着,一下就报废他。但我说最好别把他弄死。”

孙哲拒绝地摆手:“算了!有变化。”

黑子诧异:“咋啦?”

“野田那边出事了,被停职召回了。他们公司换了总裁,认为野田对中国市场开发不力……”

“嘿!那,华龙厂他不要了?”

“说项目暂停。他老婆,一个日本女人来找我,刚走,拿着一封野田的信……”

黑子猜测:“是想要回那一百万吧?”

孙哲轻蔑一笑:“那我能给吗?不是我不办事,是他毁约啊!”

“就是,吃了也不能吐出来啊!那,华龙厂这事怎么办?”

孙哲深谋远虑地说:“先放放,以后有下家再说吧。虽然华龙厂是块肥肉,但我也不想自己掏腰包,我怕万一有变化砸进去,况且以华龙厂现在的情况,咱们也很难得手!”

李丽提着沉甸甸的皮箱走在厂内的路上……她在厂办公大楼没有找到王华山,他去了装配车间。

资金短缺导致料件告急,王华山跟着装配车间主任徐臣在库房察看料件库存情况。王华山双手叉腰,望着不多的料件愁思……

李丽双手提箱出现在过道口。

王华山回身看见了,奇怪地问:“李丽,你怎么来了?”

“找你!”

李丽罕见的豪迈和自信的语气让王华山刮目相看。

徐臣借口离开,回了车间。

“我看车间在生产!”李丽向里走着,几分欣然。

王华山现出愁苦:“料件短缺。”

“进啊!”

“站着说话不腰疼,你给钱啊?”王华山责怪。

李丽从容地说:“我给钱!”

王华山惊讶。

李丽把皮箱放到一个料件箱上,拨弄卡扣,箱盖掀开,现出里面满满一箱钱。

“啊!”

王华山惊疑地望着李丽……

珍珍的想法已经萌生很久,心事时时缠绕压抑着她。这天,趁妈妈不在的时候,她终于鼓起了勇气,跟爸爸通了电话。

她痛哭流涕:“爸!钱就那么重要吗?要那么多钱干吗呀?你把那么多钱都拿走了,工厂怎么办?大家会怎么评价你!我在同学中都抬不起头来呀……我太难过了!我的爸爸怎么能是这样的人啊?我不要这样的爸爸……爸,我求你了!知错就改,我不会嫌弃你!我不能没有爸爸啊……你回来吧!把工厂的钱拿回来,大家会原谅你的!爸,我求你了!……”

姜晓妍回来,站在门口听到了这番话。

孟珍珍泣不成声地挂了电话,回头看着妈妈解释:“我约的,是那边打过来的。”

姜晓妍被触动,没有责怪女儿的意思,但还是忍不住说:“你想得天真!他好不容易弄走了那么多钱,能听你的把钱拿回来?”

孟珍珍沉默无语。

装配车间最后的落车工序,新型客车车厢正在吊装,从空中向轮轴底架上调整降落。

朱平慌张地跑来,对在现场的王华山说:“王厂长!李丽自杀了!在医院抢救呢……”

“啊?”王华山吃惊,赶紧跟朱平赶往医院。

抢救室里,医生和护士们刚结束了一场紧张的抢救,仍在对病人进行观察。王华山赶来,身后跟着吴建华、朱平等人。

躺在病床上的李丽输着液,穿着洁白的上衣,身上盖着白色的单子,神态安然如睡。

“怎么样?”王华山急切地问。

“还没醒过来,已经洗过胃了,正在输液,有脉搏……”柳院长说着从白大褂兜里拿出一个好看的彩色信封:“这是她留给你的遗书。”

王华山接过写着“王厂长”字样的信封,走到床前,俯身哽咽:“李丽!你为什么这么想不开啊……你给工厂帮了大忙啊!”

此时,装配车间料件存放处,装卸队工人大牛、“络腮胡”、“挤咕眼”等一班人正陆续把新采购的内装材料搬运进来,码放整齐……

从医院回来,王华山在车体车间巡视生产,心情难以平静……工人们在忙着,处处焊花闪烁。他表情沉重地走在车间里,李丽自杀躺在抢救室的苍白面容在眼前时隐时现,耳边响着她遗书中的话。

"我告别人生,你们肯定不理解,但我感到自己活着已经没有意思了……是我亵渎了它,后悔已晚,就把这看作是我的凤凰涅槃吧!感到欣慰的是,我最后做了一件有意义的事情,帮了您和工厂一把!为办成这件事我发誓不惜一切代价……破罐子破摔了,但觉得非常值!钱是华龙厂的钱,是物归原主,只是来自何处暂时保密。您是我崇敬的人;萧蓝工程师我虽不熟悉,但她的口碑让我倾倒。你们为理想执着奋斗,活得充实精彩……我羡慕你们的人生!"

李丽抢救过来了,王华山专门安排朱平在病房里护理她。朱平给她梳理头发,不时聊天安慰她。

李丽虚弱地半躺在病床上,沉默地流着眼泪。

几天后的下午,朱平慌张地闯进厂长办公室,手里拿着一张纸。

王华山正忙,放下电话问:"怎么了?"

"您让我护理李丽……趁我睡着,她走了……"

"走多长时间了?"

"有一会儿了……"朱平充满自责。

"这……会不会再出事啊?"王华山着急。

"不能,这是她留的信。她说她不死了!不让找她,说是去出家了……"朱平说着递上手中的信。

"出家?"王华山诧异地接过信。

厂里还是派了一些和李丽相熟的人找遍了她可能去的地方,包括汽车站、火车站……

晚上回到家中,王华山心情郁闷。

萧蓝劝慰:"既然李丽说不寻死了,要出家……可能是真的!但愿她换个环境能安宁快乐……"

厂医院后院,院门旁边一个简陋孤独的房子是太平间。

装遗体的灵柩停放在屋中,"老报告"的大照片摆在前面。门口处儿女们在守灵,还有一些亲友、同事在场,李祥、吴建华、李建刚、黄广厚也在。

王华山匆匆赶来,只听哭声一片。"老报告"的大儿子迎上来,感激地握住王华山的手……

"怎么走得这么快?"王华山悲叹。

大儿子哭着从兜里掏出两沓钱:"王厂长!我爸让我把这两万块钱交给你……"

王华山惊呆……

“这两万块钱他不让用，他说现在厂子困难，华龙的发展比他治病重要！”

王华山流泪，手捧两万块钱向“老报告”的遗像三鞠躬。

遗像后面的灵柩陈旧不堪，寒酸而冰冷地停放在那里，岁月沧桑，已分辨不出它原来是什么颜色，也无从知晓它在太平间与火葬场之间循环往复了多少回。“老报告”的遗体躺在里边，平凡中透着沉重……

在装配车间，市委书记李昆带领一群人观看着走近“落车”工序现场。

王华山发现，欣喜地迎上去。

“李书记！”

李昆问候：“你辛苦了！”两人握手后又高兴地介绍他身边一位领导：“这是新来的市长，彭市长，是从南方调过来的！”

王华山热情地说：“彭市长，您好！”

“您好，您好！”彭市长伸出手，两人握手。

彭市长兴奋地说：“我们已经转了几个车间了。听说了你和华龙厂的事迹，很受鼓舞，给我们振兴国有企业树立了信心啊！”他开朗，神情坚定，一看就是个有魄力的领导。

王华山由衷地笑着：“领导一来我们更有信心了！”

大家笑。

参观结束，一行人走在厂内的路上。

彭市长对王华山说：“国有企业，不论是资金问题、管理问题，还是技术创新问题，归根结底是人的问题。如果我们逢山开路、遇河架桥，动脑筋、想办法，努力进取，就没有过不去的火焰山……”

王华山：“您说到我心里去了，就是这个理儿！”

晚饭后，钱斌悠闲地坐在沙发上看电视。

市电视台女主持人正在播报本市新闻：“我市公安民警在狂欢娱乐城打掉了一个集凶杀、贩毒、走私、赌博、色情于一体，具有黑社会性质的犯罪团伙，娱乐城被查封，请看报道。”

钱斌震惊，探出身子专注地盯着电视屏幕：电视上，戴手铐的七八名男子被公安民警押着走在走廊上，第一个是黑子。很多女孩排着队，低头捂着脸，被看押着走下楼梯……

钱斌慌张地打电话：“姐夫，孙哲出事啦？”

谷仲秋神秘的电话声：“没事，孙哲提前走了。”

不久，贵宾楼举行了拍卖仪式，横幅醒目，众多媒体到场。

在掌声中，上次出五百万的买主与王华山分别签字后交换文本。

王华山握着对方的手说：“崔老板！希望你在贵宾楼发财！”

崔老板：“谢谢！我打算还用贵宾楼的牌子，搞一个洗浴、餐饮、客房齐全的酒店，面向华龙，服务社会。”

“好！将来华龙厂兴旺发展了，你贵宾楼肯定也会生意兴隆！”

“那当然！我已经考虑到这个未来的潜在市场，所以先给你投资六百万啊！”崔老板说后大笑。

王华山说：“我们应当感谢市委、市政府，如果不是市里扫黑除恶，收回贵宾楼，防止了国有资产流失，就没有我们今天的成交啊！”

崔老板：“那是！”

市委会议室。横幅高悬：“市委招商引资扩大会议”。有各方面领导和企业负责人参加，王华山出席了会议。

市委书记李昆和彭市长面向大家坐在前面的长桌前。

彭市长在讲话：“并非国企就搞不好，国有企业也一定能够搞好！因此，不论是股份制改革，还是完善公司治理结构，都是国有企业在市场经济环境下必然的发展要求。”

彭市长：“为什么我市的企业改革举步维艰，进展缓慢呢？除了观念上的问题，需要大力解放思想外，主要原因还是市场化程度不够。没有外部资本的介入，实现混合所有制是不可能的。此外，我市私营经济缺乏应有的发展，在市场经济中的比重不足，对国企改革没有拉动能力。所以，我们必须要招商引资，以加快我市国有企业的搞活和重组……”

李昆书记说：“市场经济是多种经济并存的经济。我们以前思想解放不到位，对这个问题认识不够。私营经济发展了，不但促进了国民经济的增长，还能参与国企改革，解决下岗人员就业。所以，招商引资是我市今后一项很重要的工作，要把它提到战略的高度来认识。关于吸引外来资本参与国企改革，我们以前的工作做得不实。我们是为了振兴，人家来投资是为了赚钱，我们要用市场经济的观点来重新考虑这个问题。要制定一系列优惠政策，还要改善政府职能，提高办事效率，从经济和人文两方面优化投资环境。”

李昆：“当然，我们是社会主义市场经济，是以公有制为主体的。国家改革的目的不是取消国有企业，而是完善治理结构，建立起适应市场经济的现代企业制度，从而使企业更好地向前发展。”

松江市的招商引资吸引了八方来客，其中就有因郑清儒而到访过华龙厂的黎老板和慧慧小姐。

他们旧地重游，王华山像见到老朋友那样高兴，陪同他们进厂参观。

黎老板："之前我听说华龙厂不景气，很是担忧，没想到你们又把它救活了！"

"我们工人有力量！"王华山诙谐地说。

大家笑。

"现在资金是制约企业发展的瓶颈。"王华山说。

黎老板："资金只是暂时的困难，企业长远发展的决定因素是技术进步和科学管理。"

王华山："您说得太对了！我们正为此努力。"

参观完工厂，王华山在贵宾楼宴请客人。他热情举杯："欢迎黎老板和慧慧小姐第二次来华龙厂！"

黎老板和慧慧小姐连声感谢，大家碰杯而饮。

"上次来见过一面，您当时是在车间加班呢。"慧慧小姐说。

王华山笑着点头。

黎老板感慨："这次来松江市参加招商引资，听了市领导介绍你们挽救工厂的事迹，非常钦佩！"

"您的人格魅力吸引了我们。黎老板是个有民族情怀的人，他已决定投资华龙厂！"慧慧小姐欣然地说。

王华山起身与黎老板握手："谢谢！我承诺，你们的投资不会打水漂儿，还要保值增值！"

黎老板："如果是那个贾厂长，打死我也不会投资的。"

大家笑，共同饮酒。

"我是因为认识了你们的郑厂长而关注华龙厂的，也由此对轨道交通车辆制造业有所了解并充满期待。"黎老板说，"改革开放，我也认为中国未来的地铁市场和铁路产业孕育着无限的商机，必将会有一个跨越式的大发展！"

这时，王华山的手机响起，他接电话："喂……"

传来姜克选急切的声音："华山！王厂长！"

"哎！姜总你好……"

姜克选兴奋的声音："我们中标了！伊黑兰地铁项目我们中标了！"

"啊！太好了！"王华山听着电话，激动幸福的笑脸上流下了两行泪水。

寒冬过去，春回大地。海外中标对于华龙厂仿佛是一个垂危的生命又满血复活。

"伊黑兰地铁项目中标庆祝誓师大会"在华龙厂俱乐部隆重举行。主席台上方横幅醒目，会场上座无虚席，气氛喜庆热烈。

台上坐着长长的一排接受表彰的人，胸前都戴着大红花，有萧蓝、李海涛、丁燕、赵鹏、郑凯……

王华山和姜克选坐在中间位置上，姜克选佩戴着红花在讲话。

他的中风还有后遗症，说话不是很流畅，但清晰有力："华龙厂虽然有 30 年地铁生产的历史，先后为我国的北京和天津以及朝鲜首都平壤共研制和生产了 20 个品种的 500 多辆地铁客车，可近年来我们却没有了地铁订单！国内一些要建地铁的城市，都纷纷与外商接触洽谈……中国地铁的民族产业面临生死挑战，如国歌中的那句歌词，到了最危险的时候！可我们华龙厂没有气馁，肩负起民族工业的大旗。一方面，呼吁地铁国产化，同时成立地铁研究所，提高技术、练内功；另一方面，勇敢地走出国门，积极努力参与伊黑兰地铁项目的招标。”

跟随他的那位年轻同事从旁座端着保温杯过来，从后面递上，姜克选会意，接过水杯，随即吃药喝水。

“姜总始终在带病工作……”王华山插话。

吃过药，姜克选讲话继续：“伊黑兰地铁项目是面向全世界招标，世界上著名的车辆制造商像欧克尔公司、阿奇达斯公司等都参与了竞标，难度可想而知。但我们锲而不舍，在长达三年的时间里，我们先后做了十几个投标方案，往返北京—伊黑兰 17 次，双方进行了几十轮会谈和几百次联系，编制、打印、翻译各种中英文资料达 300 多万字……最终，我们拿下了这个 217 辆地铁客车，价值 1.3825 亿美元，约合人民币 11.7 亿元的国际大单！”

场上响起热烈掌声。

王华山讲话：“在接到姜总从伊黑兰打回的中标电话时，我激动得流泪了，来之不易啊！这是华龙厂的转折点，也是中国地铁车辆制造业的转折点！曾经，老厂长郑清儒心系华龙死不瞑目，张劳模等老工人为了工厂忧心如焚……今天，应当说我们最困难的时候过去了，我们迎来了曙光！”

场上又一次响起热烈掌声。

王华山：“今天坐在台上的这些戴大红花的同志是参与竞标和地铁技术研究的优秀工程技术人员，这个以姜总为首的精英团队，在最困难的日子里，为中国地铁和轨道交通车辆事业忍辱负重，枕戈待旦。还有焊接车间的张万军，私企老板高薪聘请他，他不走，默默地苦练焊接技术，并获得了全省比赛第一名。很多这样的同志，他们以产业报国为己任，砥砺前行，我们向他们致以崇高的敬意！”说完带头站立鼓掌……

全场起立鼓掌……

王华山拿起麦克风站立讲话：“我们呼吁地铁国产化，是要走民族自强的精业之路。因此，我们要承认差距，要虚心学习和追赶世界先进技术，努力提高国产车辆制造水平，向世界一流迈进。当前，我们首先要全力以赴为伊黑兰用户生产出一列高水平的样车来……”

仍然站立着的全场与会者，激动兴奋地鼓掌。

16/ 第十六章

前有萧蓝和王华山的投资，现有黎老板的鼎力加盟，华龙厂的改革提上日程。市委李书记和彭市长约了王华山，商讨华龙厂实行股份制的问题。

两位领导按时走向小会议室，走廊上他们听到了鼾声，二人奇怪，推门进入小会议室，见王华山歪在沙发上睡着了。

两人理解地对视而笑。彭市长说："华龙厂在为伊黑兰赶制样车。"

王华山听到声音醒了："对不起！睡着了。"

两位领导笑。李书记关心地说："你要注意休息啊！"

彭市长给王华山接了一杯水，然后大家进入会议正题。

李书记说："股份制是企业改革的主要形式，责权利明确，好比人体，董事会是大脑，负责决策；总经理是心脏，执行决策，辖管五脏六腑；监事会是免疫系统，实施监管。功能完备，互相制衡，有机运转。"

"改制后华龙厂还是国有企业！"王华山肯定地说。

李书记："国家控股，混合所有制。"

彭市长："股份制是普遍被采用的一种改革形式，利益攸关，各方都有积极性。但在股份制中，国有资产谁来负责，这个问题因所有者缺位没有得到很好的解决。"

王华山冲动地站起来："不缺位，我负责！我以党性保证！"

两位领导笑了。

彭市长："不可能都像你王华山啊，这必须有制度做保障，还有待于深化改革。就是说，国有企业改革，一方面要政企分开，自主经营，建立适应市场经济的体制；另一方面，也要完善国资监管的有效机制。"

李书记："国企要防止国有资产流失，要做到保值增值。总之，国企改革的最终目的，是要把国有企业做强做大做优。"

王华山赞同地点头。

一晃，王中民上大学了。

站台上，王华山和萧蓝与探出车窗外的儿子话别，亲情依依，兴高采烈。

"大学生了，男子汉了！今后一切要自己面对了。"爸爸叮嘱。

"到了大学，生活要自理了。相信你是最棒的！"妈妈鼓励。

儿子笑着："你们放心吧，没问题！"

萧蓝看着列车："当年我们就是坐着这样的绿皮车来到华龙厂的，现在火车头已由蒸汽机换成了内燃机，列车也会很快用我们研制的新型客车更新换代了。"

王华山对儿子笑说："好好学！中国铁路列车将来再由你们换成流线型、子弹头式的高铁。"

王中民意气风发："是'我们'！相信我们一定会实现这个梦想！"

这时一个女孩跑来，急切地呼喊着王中民的名字。"珍珍！"王中民伸出双手，与跑来的女孩相握。

列车开动了，大家互相挥手告别。

女孩跟车向前跑着与王中民挥着手……

"这女孩谁啊？他同学？"王华山问。

萧蓝："晓妍的孩子！从小在一起长大的。"

王华山皱眉："孟志的女儿……"

葛强从南方回来，在华龙厂门口的贵宾楼订了包间，约请好友吴建华一聚。

吴建华急匆匆地赶来，非常高兴："回来干啥来了？"

"看看老妈。"葛强满脸欣喜，"再一个，听说你升了，给王厂长当助理了，太高兴了！说啥也得来喝你的酒啊！"

吴建华笑："好，我请！"

葛强给吴建华杯里倒酒："算了，你没有我有钱，还是我请你吧。"

吴建华笑，两人碰杯，干了一杯白酒。好友相逢，桌上六个菜，还摆着不少啤酒，像一片森林。

"听说咱厂现在行了？"葛强高兴。

吴建华兴奋："特别忙！技术改造项目也多，一天跑不完的事。以前地铁车没有订单，地加车间和地装车间停了，伊黑兰地铁中标以后，现在这两个车间都恢复了，正在赶制样车。铁路客车这边，'25 型'新客车的试制完成了。转向架那边新上了从国外引进的生产线，还聘请了国外先进企业的技术专家。"

"还请老外了？"

"嗯，这有利于我们借鉴国外的先进技术和管理经验，尽快提高我们的市场竞争能力。"

葛强点头："有道理！"

"虽然觉睡得少，很累，但高兴！刚才跟王厂长请假，我说你回来了找我吃饭，他说，放我半天假，还说替他给你带个好儿！"

葛强笑了："那咱俩今天就好好喝喝，完了在这里接着洗个澡，做做足疗，让你享受享受。"

"咳，一天能好好睡一觉就满足了。"吴建华笑。

“孩子呢?”

“办住校了,挺好! 有空我就去看她。”

葛强问:“没碰着合适的?”

吴建华:“不着急。”

葛强义气地说:“有的是。咱也算厂级干部了! 选个漂亮的,让前妻后悔去吧!”

“漂亮不重要。”吴建华说着给葛强倒酒,两人对饮。

“听说李丽走了,跑到什么山出家了?”葛强关切地问。

“是,后来知道的。”

葛强感慨:“如花似玉的女孩,可惜啊!”

“她最后走的时候不知从哪里给华龙厂弄了五十万,为厂子做了大贡献!”

葛强震惊:“是吗?”

两人默默喝酒。

李丽在他们心中越来越像一尊维纳斯雕像……两个人都感慨万千。

吴建华说:“李丽是个好姑娘! 谁都有年轻的时候,她离开车间去招待所很后悔。”

葛强仗义地表示:“回头我去找她! 出什么家啊,让她上我那儿去! 我那儿正好缺个管账的。”

吴建华:“那太好了!”

酒后,他们去一楼洗浴部泡了澡。这对于整天忙碌的吴建华来说,确实是一次难得的放松和享受。他们穿上浴服,葛强带吴建华进了休息室的包房。

葛强对样子疲倦的吴建华说:“快躺下吧。”

“太乏了,要不行了……”吴建华说着躺下。

两个按摩女随后进来,分别近前,伸手做足底按摩。

吴建华不太习惯地有所回避……葛强笑说:“你困了就睡一会儿吧。”对按摩女:“给我吴哥好好按!”

葛强口气凶,样子看上去也不是个善茬,按摩女有些紧张,手法无序。葛强看着不满:“你走吧! 再换一个!”按摩女扫兴地退去。

吴建华倦怠欲睡,抬头说:“算了……”

葛强说:“你睡你的,甭管了。”吴建华倒下。

给葛强按脚的女子讨好地说:“大哥! 我按得怎么样?”

“行。”

“有小费吗?”

葛强:“你要几角(脚)?”按摩女不好意思地沉默了。

吴建华发出鼾声,葛强看了一眼,笑了。

另一个按摩女进来,竟然是刘玉霞。

葛强愣住,以前他去吴建华家,见过这个嫂子。

刘玉霞也认出了葛强，不好意思，但还是进来了：“是你呀，成了大老板了？”

葛强摇摇头，还有些发呆。

刘玉霞讪然又很职业地走到空位的吴建华脚前开始按摩。

葛强困惑：“嫂子，你怎么干这个了呢？我听说你不是跟你们村有个姓熊的有钱人结婚了吗？”

刘玉霞伤感：“不是正经人！赌博把家产都输光了，还欠了一屁股债，我跟他离了，也不能在那边待了，就又回来了。干这个还不少挣……”

“嫂子，不是我说你，吴建华是正经人啊！你究竟喜欢什么样的？”

刘玉霞的手始终没有停止工作，问：“你看见吴建华了吗？”

葛强想了想，伸手拍吴建华：“起来起来……嫂子给你按脚呢！”

“嗯……嗯？”吴建华惊起，睡眼惺忪。

刘玉霞傻了，跌坐在地上。吴建华看清了前妻，惊诧不已。

她坐在地上流泪了……

“孩子挺好的，你放心。”吴建华平静后说。

葛强躺下，闭着眼睛，享受着按脚。

刘玉霞嗫嚅：“你没再找？”

“不想再找‘上等人’，合适的‘下等人’还没遇到。”

她羞愧地低着头。

转向架生产线，王华山在外国专家的陪同下，在机器前召开现场会。身边围着一圈人，是车间领导和相关技术人员及重点岗位的工人，其中有张万军。

他强调说：“为适应伊黑兰50%长大坡道运行的特殊需求，我们要保证转向架技术国产化研制成功，勇克构架压型、焊接和加工难点。”

一个戴眼镜的女孩小声用德语向外国专家翻译。

外国专家点头后讲话，女翻译用中文告诉大家：“构架、轴箱、中心销和牵引梁是转向架加工的四大关键，一定要满足精度要求和焊接标准。”

大家点头。

车间主任表示：“为了保证进度，车间在加班加点。龙门铣、立车、落地镗等关键设备停人不停机，操作人员实行四班三倒……”

王华山点头肯定。

此时，在车体车间生产现场，萧蓝和大家围着一张图纸在研究探讨，姜克选一手拄着拐棍也不时指点讲解着。不远处悬挂着醒目的标语：“打好地铁攻坚战，努力造出好样车！”

车体正在组装中，四处各个岗位都在忙碌着，焊光闪闪。

厂大门口彩旗飘扬，六挂长长的鞭炮在燃放，门前人山人海，场面宏大。

两个礼仪小姐扯着一束长长的红绸,红绸上结缀着几朵大红花。

市委李书记、彭市长和王华山走向彩带,两位领导把王华山让到中间,三人剪彩。

大家热烈鼓掌,群情沸腾。与此同时,黎老板和萧蓝也揭下了“华龙轨道客车制造股份有限公司”牌子上的红绸。

姜克选、宋敏书记、张劳模、郑厂长夫人、张万军、吴建华、慧慧小姐,还有很多优秀工程技术人员和工人代表在人群前面兴高采烈地不停鼓掌。

作为华龙轨道客车制造股份有限公司董事长兼总经理,王华山现场激昂讲话……

寺院幽静,殿堂佛像高大。陆续有游客进出,也有虔诚者捐钱投币,旁边有一削发尼姑站立值守,静如止水。

游客中葛强进来,走了几步呆住了,他认出这个尼姑是李丽。此时的她低眉闭目,两手合十,嘴里念念有词,状态安然。

葛强看着这一幕心里难过,他熟悉的女孩竟落到如此地步,他下定了拯救她的决心!

他走近几步,艰难地叫了声:“李丽……”

李丽惊异地抬头,呆住,又喜出望外:“葛强!你怎么来了?”说着泪水簌簌地流下来。

葛强走近,抚慰她,李丽像遇到了久别重逢的亲人……

在葛强的真诚坚持下,李丽终于同意下山。

他帮她提着箱子,两人走在下山的台阶上,他们的共同话题仍然离不开华龙厂。

“现在咱厂搞得挺好!王厂长当了董事长和总经理,生产搞得热火朝天,地铁车中标了一个国外大单,听说在研发高速列车呢!”

李丽欣慰:“我挺崇拜王华山的!”

“我也是!就是因为这,我把赵君打了,被车间夏书记给开除了……听说孟志跑到美国去了?”

“幸亏没上他的当……”

李丽提起吴建华,说他因为承包还在车间写过“大字报”。

葛强笑:“这哥们儿现在也行了,自学有了文凭,上厂部给王厂长当助理了!”

“是吗?”她听了高兴。

“他是个有想法的人,说是将来的梦想是当个工人作家,写写华龙厂,书名都起好了,叫什么‘华龙颂歌’。”葛强语气不无嘲讽。

李丽欣然:“好,告诉他,我是第一读者!”

“嗯,我催催他,让他抓紧写,就说村头厕所没纸了。”葛强幽默地说。

李丽笑。

葛强:“听说郑小龙也干得不错,当先进了。”

李丽："那挺好。朱平怎么样？"

葛强："不知道。"

"挺想车间的……"李丽伤感。

葛强感慨无奈："属于我们的只能是回忆了……"

墓地，郑清儒碑前，王华山摆上了香肠和酒。他来向老厂长汇报，告慰他在天之灵。

"郑厂长，华龙厂实行了股份制，建立了现代企业制度，明天的华龙厂会更好！但我清楚，改制不是万能的，企业发展的根本问题是核心竞争力。只有不断创新，技术不断进步，生产出领先的产品，企业才能立于不败之地。"

萧蓝从生产车间回到办公室，打开电脑查阅资料，有人敲门。

"请进！"

孟珍珍怯怯地走进来："萧阿姨……"

萧蓝惊讶："珍珍！你怎么来了？"

孟珍珍哭了……

萧蓝慌了，起身过来："快坐下！"陪珍珍坐到旁边的沙发上。

"怎么了？"萧蓝关心地问。

"我爸……我想劝我爸回来，让他把钱拿回来。我想对他说：知错就改，大家是会原谅他的！"孟珍珍哭着说。

萧蓝肯定地点头："嗯！嗯！"

"如果萧阿姨和王伯伯能原谅我爸，我就告诉他，劝他回来……"

"孩子！你放心，如果你爸能回来，我们一定会原谅他的！"萧蓝说着给珍珍擦拭脸上的泪水。虽然她没有孩子想得那样天真，但她没有理由不安慰一个可爱的孩子，满足她的美好愿望。

晚上，萧蓝上床休息，王华山还斜靠在沙发上，在记事本上记着什么。

"睡吧，十一点了。"

王华山应着合上本子，脱衣上床。现在一天虽然很忙、很累，但他们兴奋充实。

萧蓝想起，说："孟珍珍去找我了。"

"哦，干什么？"王华山不经意地问。

"这孩子想得很天真！她要我们答应原谅她爸，她好劝她爸爸回来，把钱还给厂子。"

"好啊！可他能回来吗？"

"她说她一定努力说服他！"

"唉，这个孩子还是挺可爱的。"王华山感慨。

萧蓝说："摊上这样的爸爸也真难为她了，珍珍经常以泪洗面，也没考大学，进了咱厂幼儿园当幼师了。"

两人躺在床上，共同盖着一床被子，都沉默着……

"最近我特别累，感到浑身乏力。"萧蓝手抚着胸部。

"厂里这么忙，能不累吗？注意休息！"

萧蓝抚摸着胸部说："我乳房这里摸到有个小东西，以前没有……"

"哦？我看看……"王华山关心地侧过身去，伸手去摸："在哪儿？"

萧蓝拿着丈夫的手引导……

"嗯，我摸到了，"王华山说，"明天去医院检查一下吧！"

萧蓝："没事，也不疼。可能上火了，过些天就消了。"

王华山体贴地催促："睡吧。"又给她拉了一下被子。

王华山念叨："新研制的转向架在蒋厚生他们的江洲电力机车研究所做完了滚动试验，指标出来了，通过了专家鉴定。侧梁制造优于原产国的产品，其他各项指标均达到进口架子的水平。"

"构架组成、轮对组成都是我们自主设计改进的，看来还不错……"萧蓝欣慰。"哎，蒋厚生在江洲所怎么样？"

王华山："挺好的，升副所长了！他在电话里说，铁科院的康哲，还有东方机车厂的薛天阳，都张罗着同学聚会呢。"

萧蓝感慨："大学毕业一晃多少年了……"又问王华山："你怎么说的？"

"我说哪有时间去跟你们聚会呀？除非你们来华龙厂。"

因为约了电话，晚饭后孟珍珍等候在电话旁，她相信父女亲情能够打动爸爸，决心用最大的努力争取他，只要有一线希望就锲而不舍。

姜晓妍理解女儿的心情，但也免不了不抱希望地唠叨："打了好几次了！算得上动之以情、晓之以理，该说的都说了，你也尽到心了，何去何从就是他的事了。以后就算了，这可是最后一次啊！"

电话响，孟珍珍赶紧接电话。

"爸……"

"珍珍！你好吗？"孟志情绪低落的声音。

孟珍珍眼睛湿润："爸，你做了这种事，我能好得了吗？我要崩溃了……"

姜晓妍抢过电话吼道："你可以破罐子破摔，可你这样做把孩子害惨了！你要是有良心，就替孩子想想！"说完把电话还给珍珍。

孟珍珍抹了一下眼泪："爸，听说国际刑警组织也在通缉你，法网恢恢，疏而不漏，你躲过初一躲不过十五，与其早晚被抓，不如投案自首好。我跟萧蓝阿姨他们都讲了，他们说只要你回来，他们都能原谅你……爸，你在听吗？"

"在听……"孟志在电话里一声叹息，"美国也不是什么天堂，我活得也不踏实……”

“回来吧，爸！你就我这么一个女儿，我不相信你不关心我的幸福。你不回来，不把钱还上，我无法心安理得地生活，我一辈子都不会安宁啊！都说父债子还，在道义上我不可能无动于衷。可那么多钱，我一辈子也还不上啊！你不还上人家的钱，法律不会放过你，你也毁了你女儿一辈子的幸福啊！”珍珍说着痛哭流涕，“我请求你回来，是为了救你！也是为了我自己能安宁地生活……爸！你好好想一想……如果你执迷不悟，不想回头，那以后我就不打电话了，从此我没有你这个爸爸，你也没有我这个女儿……你考虑吧……”

孟珍珍泣不成声地挂了电话，姜晓妍在旁边也流下了眼泪。

华龙厂沉浸在喜庆的气氛中，门前彩旗飘扬，厂大门上悬挂着横幅标语：“热烈欢迎国家有关部委、各路局和部分城市领导来厂参观指导工作！”厂门前的大道上，着装鲜艳的秧歌队在排练，鼓乐飞扬，舞动欢腾。

“夕阳红”秧歌队是张劳模组织厂里的文艺爱好者成立的，厂工会也支持，鼓乐器材从库里找出来，大家又置办了红红绿绿的服装、彩绸、扇子，七八十号人的秧歌队就拉了起来。他们排练了几天，今天正式登场，人人还都化了妆。

张劳模打头，又是队长。歇息停下来，他强调说：“厂子好了，我们高兴！大家扭的时候再美一点儿、再浪一点儿！今天是华龙厂大喜的日子，不让你高兴都不行……听说来的不但是上面的领导，还有全国各路局和一些要建地铁的大城市管事的，还有新闻记者，一百多号人呢！他们来我们厂参观开会，是因为我们的新型客车试制完成，尤其出口伊黑兰的地铁样车成功下线，华龙厂打了一个翻身仗！以前我们为没有订单犯愁，今后啊，我们会因为订单太多‘犯愁’……”

大家喜笑颜开。

“客人们马上就来了，咱们扭起来吧！”

张劳模说完入列在前，鼓乐齐鸣，大家欢快地扭起来，人人笑得灿烂、扭得豪放……华龙厂的气氛像节日一样。

几节崭新的橘红色新型客车赫然停在厂内环线的线路上，参观的人陆续从车厢下来走在车旁。李昆书记陪同着上面来的领导。

铁道部运输局领导贺强参观后回头对大家说：“有了这款新型客车，今后各路局在绿皮车的基础上，将实现升级换代！”

众人欣然。

铁路车辆工业总公司领导刘保中，感慨地对身旁的王华山说：“华龙厂自强不息，在困难中挺起了民族工业的脊梁，今后国家对你们要重点投资扶持，助力你们向世界级企业发展！”

王华山握手感激。

来参会的同学蒋厚生、康哲向王华山表示祝贺，薛天阳调侃："华山，你小子以后日子好过了！"

大家开心地笑。

浩浩荡荡的一行人参观完了新型客车，转场到列调车间参观地铁样车，并在现场开会，这里是这次现场会的重头戏。

车间上空标语醒目："热烈庆祝出口伊黑兰地铁车首列成功下线"。一列新颖漂亮的地铁客车停在旁边线路上。站台上铺设了红地毯，现场布置了一排排椅子，前面竖立着麦克风。会场简朴务实，但气氛喜庆热烈。

国家发改委领导，也是这次全国现场会的牵头人张建国讲话。他五十多岁，中等偏高的个子，短发花白，性格硬朗。

"刚才大家参观了这列出口伊黑兰的地铁车，它让我们为之喜悦，也为之振奋！华龙厂把振兴民族工业的希望变成了现实，更加坚定了我们自主创新、走国产化道路的决心！说到这儿，我要向大家介绍一位关键人物，他就是华龙厂的总工程师、地铁专家姜克选同志！"

坐在前排的姜克选站起来向大家施礼致意。他旁边左右坐着的是王华山、李昆书记等主要领导。

张建国："改革开放以来，面对地铁国内市场的严峻形势，姜克选同志忧心如焚，多年来为地铁国产化奔走呼号，同时卧薪尝胆，潜心地铁研究，追赶世界先进技术，并努力参与国际投标，积极争取中国地铁'走出去'……让我们向姜克选等为中国轨道交通车辆制造业做出不懈努力的广大科技工作者表示崇高的敬意！"张建国说完带头鼓掌。

全场响起热烈掌声。

张建国："今天，国内要建地铁的各大城市都来了代表。我国千万级以上人口的大城市有十几个，500万人口以上的城市有近百个，未来地铁市场的蛋糕很大。我们建地铁不要总盯着国外的产品，国外的地铁成本是我们的几倍甚至几十倍……要把价格降下来，要带动民族工业的发展，我们必须走国产化的道路。首先要转变观念，华龙厂研制的'北京'牌地铁用了30年了，每天担负着北京120万人次的交通运输任务，既安全又经济实用，用得很好嘛！人家伊黑兰世界招标都买我们的车用，我们为什么非要用国外的车呢？当然，我们制造业要争气，要努力造出质量最好的车！总之，今后不论哪个城市上地铁项目，都必须坚持国产化原则。为此，国家要确定一批像华龙厂这样有实力的厂家，作为地铁国产化的依托企业！"

大家由衷地热烈鼓掌。

贵宾楼包间里灯火辉煌，欢声笑语。王华山和萧蓝宴请来厂参会的同学。

王华山举杯致辞："欢迎各位老同学！难得一聚啊！如果没有这次全国现场会，我们还不容易碰到一起……来，干杯！"

大家非常高兴，喜笑颜开地碰杯，一饮而尽。

江洲电力机车研究所蒋厚生：“华龙厂干出了名堂，八方来贺，恭喜！”他样子文雅，头发已经稀疏见顶。

东方机车厂的薛天阳个子不高，性格直爽。他感慨：“我张罗好几年同学聚会也张罗不起来，都忙！”

“还是号召力不行！”铁科院的康哲不屑。他看上去有几分侠义之气，样子睿智，爱跟薛天阳斗嘴。

薛天阳不服：“你行，你张罗试试！”

康哲：“我也不行。你让咱们校花萧蓝喊一嗓子试试，女生我不敢保，全班男生肯定一呼百应！”

大家认同欢笑。

萧蓝胸有成竹地笑着：“不能，孟志来不了。”

大家笑。蒋厚生说：“他就不能算数了，他跑到美国也不敢回来了。”

康哲调侃：“我们借参观的机会，正好来看看班长和校花！华山，不怕你笑话，这些年我们这些男生你知道是怎么过来的，唱着《在那遥远的地方》，以泪洗面啊！”

大家欢笑，又起哄地唱了起来：

在那遥远的地方，
有位好姑娘。
人们走过她的毡房，
都要回头留恋地张望。
她那粉红的笑脸，
好像红太阳。
她那活泼动人的眼睛，
好像晚上明媚的月亮。
……

萧蓝羞笑着制止：“算了算了……咱们是同学聚会！成了给我唱堂会了。”

大家欢欣无比。

薛天阳摆出玩味的样子：“萧蓝！我们今天都这把年纪了，也不害臊了，有个问题总没机会问你……班长也不会吃醋，还能给他增加优越感。”大家笑。“你交个实底，当年咱们班有多少男生追你，给你写过情书？”

萧蓝羞涩、开心地笑。

康哲挑衅：“你先说，你写没写？”

薛天阳不在乎：“我写过，你没写啊？”

康哲心虚：“我没写啊……”

“你没写……那你脸皮厚，是当面表白的。”薛天阳回怼。

大家笑。

蒋厚生:“确实应该感谢萧蓝,她影响了大家。记得老师都说过,最近我们班男生的作文整体水平有所提高啊……”

薛天阳:“班有校花,有自信的男人哪有不写情书的?萧蓝,你说句实话,全班男生是不是都给你写过情书?”

萧蓝美好地笑着摇头:“有一个人没写……”

康哲揶揄薛天阳:“怎么样,全班还有没写的吧?”

薛天阳针锋相对:“有一个人没写,那个人也不是你!”转问萧蓝,“可能他有病……谁啊?”

萧蓝说:“最后我嫁给了他!”

大家恍然大悟,不约而同地将酒杯举向王华山,起哄喝酒。

蒋厚生:“真是有福不用忙啊!”

王华山悲情作态:“萧蓝当时多难啊,面对这么多‘自信男’,都那么优秀,选谁啊?最后没办法了,只好退而求其次,就嫁给我了。”

大家起哄。

康哲:“得了便宜还卖乖。”

薛天阳:“大家一看没戏就撤了。就孟志最自信,不知天高地厚地追到华龙厂来了。”

王华山举杯,转移话题:“走一个!”大家响应,欢乐饮酒。

“天阳,你们东方机车厂搞什么呢?”王华山问。

“大功率内燃机车啊!也刚下线,正好牵引你们的新型客车。”

“电力机车呢?”

“也在搞啊!”

王华山点头:“蒋厚生,我知道你们江洲所在攻关交流电传动技术……”

蒋厚生:“何止啊!电力牵引系统最关键的IGBT(绝缘栅双极型晶体管)电子控制技术也在研制中。轨道交通车辆,包括高速动车组,离了IGBT芯片就跑不起来,我们不拿下这个技术就永远受制于人……哎,我们这是汇报工作啊?”

王华山笑:“铁路在提速,线路在改造,车也得跟上啊!所以,应当抓紧研制开发高速列车!华龙厂已经在进行这方面的工作,今后我们要多合作。”

康哲说:“别的厂也在琢磨。我们铁科院也设了专门的研究中心,也有这方面的计划和项目。记得华山在大学时就有高铁情结,还有人给他起了外号叫‘梦班长’。”

王华山笑:“改革开放,看现在的发展,高铁不是梦想,而且也不会遥远。让我们共同努力吧!”说着兴奋地举杯。

大家干了一杯酒,此时都心情激荡。

蒋厚生感慨:“谈何容易啊!中国发展高铁是大势所趋,铁道部也早有设想和规划。不但要有车,也得修路啊!京沪高速铁路就提上了议程,可这么多年过去了,没有结果……专家们观点相左,有‘建设派’、有‘缓建派’,各有道理,是建还是不建,争论不休……最终是口水成河，进展无果。”

康哲感叹：“……论证十多年了，太耽误事！”

薛天阳调侃：“听说双方争论得很激烈，就差没打起来了！”

大家笑。

王华山：“他们争论着……我们先干着！”说着举杯。

大家赞同地共同举杯。难得相聚，今夜无眠……

姜克选的病始终没好利索，最近又复发住进了市医院。

姜晓妍休息，用轮椅推着挂点滴的父亲来到医院后院休闲晒太阳。这里是个小花园，亭台花树，阳光明媚。

姜晓妍把轮椅车停放在理想处，关照父亲后，自己坐在旁边的长椅上。

“退休了，以后就不要再管厂里的事了，别参与动车组设计了……又新分来不少大学生，硕士、博士都有，您就休息吧！”女儿劝。

姜克选笑着：“停不下来啊……”

“忙完地铁忙动车……”姜晓妍叨唠。

姜克选欣慰：“我终于遂心了，地铁国产化了，在国外也中标了。咱们国家的高速列车研发也已经起步了。最近我参与的‘希望之星’设计方案通过了技术审查，并获得国家批准立项。下一步，将会同铁科院、江洲所等科研单位和各生产厂家合力开发研制。”

姜晓妍：“听说它是动力集中型，但据说动力分散型是高速列车的发展方向。”

“不能一口吃成胖子，一步一步来嘛……”姜克选关心女儿：“你也要考虑考虑自己的问题，有相当的再处一个，总这样也不行啊！”

“哪有合适的呀！看过几个也不理想，一朝被蛇咬，十年怕井绳了。”

“你这个孩子太拗，当初张万军那小伙子多好，你嫌人家是工人……人家现在是省劳模了！”

“跟他没感觉……”

姜克选愠怨：“跟孟志就有感觉？”

姜晓妍无奈地笑了：“跟孟志也没什么感觉……其实我当时是倾慕王华山的，可人家喜欢的是萧蓝姐啊！后来，觉得孟志和他们是同学也不会差到哪里去，就……唉，命不好！”

姜克选看着女儿：“郑厂长爱人，你于静阿姨要给你介绍一个，说人挺好。”

姜晓妍没说什么。

萧蓝下班后在厨房里准备晚饭，门口传来王华山高兴的叫喊声。

“好消息！好消息……”

萧蓝：“又有什么好事了？”

王华山走进来，兴高采烈："孟志在国外被抓着了，说是他主动去的大使馆，应当算投案自首。"

萧蓝惊喜："是吗？那，是珍珍这孩子立了大功啊！"

王华山："据说国际刑警组织已经锁定他了，他可能也感到形势不妙，加上女儿的劝说，觉得只有回头是岸……听说他在国外刷盘子，一千万没有挥霍！"

萧蓝激动得流下眼泪："太好了！珍珍的努力没有白费，太感谢这孩子了！"

王华山提醒："你该给晓妍打个电话告诉她们……"

"对对！"萧蓝说着忙去打电话。

"晓妍！你们知道吗？华山说，孟志到中国驻美国大使馆投案自首了！"萧蓝兴奋地打着电话。

"噢，是吗？那就是真的了！之前他给珍珍来过电话，答应去投案自首，我没太信，以为他是骗孩子呢。"姜晓妍在电话里说。

萧蓝："真不知道该如何感谢珍珍……哪天咱们聚一下，好好谢谢孩子！"

站台上，雪花纷纷，刚下车的旅客人流如潮。

孟珍珍在张望寻找着……

她发现了刚下车的他，跑过去……王中民拉着箱子，他们牵着手，快乐地走在站台上……

"你们留的寒假作业一定很多吧？"孟珍珍好奇地问。

王中民笑："你以为是中学生呢？大学以自学为主。"

"我以为越是大学，越应该多留作业呢。"孟珍珍笑着说。

"当幼师，哄小孩，画个小狗啦，唱个歌什么的，一定很快乐吧？"

"当然……"孟珍珍说后快乐地唱起来：

丢、丢、丢手绢，
轻轻地放在小朋友的后面，
大家不要告诉他，
快点快点捉住他，
快点快点捉住他……

孟珍珍欢快地唱着歌，与王中民牵手走向出站口，歌声在雪花间飘荡……

萧蓝张罗做东，两家人亲热、快乐地在贵宾楼聚餐。

姜总当然坐主位，右边是女儿晓妍、外孙女珍珍，左边是王华山、萧蓝、中民。服务员关照布置，已有两道凉菜上桌。

姜克选疼爱地与中民聊天："你们西南交大很厉害的，它的前身是当年铁路领域著名的唐山工学院。"

王中民兴奋："是的！"

王华山对儿子说："你姜爷爷很了不起，是中国轨道交通车辆制造方面的专家，是既仰望天空又埋头苦干的知识分子。"

王中民敬仰地站起："向姜爷爷学习！"

姜晓妍对王华山说："怎么能叫爷爷呢？应当叫姥爷。"

大家怔住……

姜晓妍："珍珍叫姥爷，中民不能叫爷爷呀，也应当随珍珍叫姥爷才对。"

萧蓝："也是，那就叫姥爷！"

中民改口："姥爷好！"

大家笑。姜克选："叫啥都行。"

王华山对儿子说："你有张爷爷，又有姜姥爷，你这都齐了。"

中民笑。

又上来几道菜，萧蓝开场："菜上得差不多了，我先说几句！"

萧蓝郑重其事："早就想把两家人聚在一起吃个饭，可真的是太忙了！正好中民这孩子也放寒假回来，两家人都齐了……我和晓妍这么多年的好姐妹，需要感谢！尤其姜总，德高望重，从我和华山大学毕业入厂到现在，关爱、帮助、支持……让我们心怀感激、感恩！但今天的主题、主角是珍珍！"

孟珍珍羞涩快乐地笑着。

姜晓妍："一个孩子，你们还拿她当回事了。"

萧蓝："珍珍作为一个孩子，在她爸爸这件事上忍辱负重，坚强地挺过来了，很不容易！尤其她明事理、懂大义，努力做爸爸的工作，最终成功地说服爸爸投案自首，不但挽救了亲人，也挽回了国家损失，真的是做了一件了不起的事情……有志不在年高！在珍珍这个孩子身上，我看到了人性宝石般无私高尚的光芒，让我们由衷地感谢珍珍！"说着举杯，"让我们大家为可爱的珍珍干杯！"

孟珍珍被感动，眼里水盈盈的，不知说什么好，喃喃着"谢谢……"和大家一起举杯，喝了一口饮料。

萧蓝给珍珍夹菜。珍珍："谢谢萧阿姨！"

王华山举杯："珍珍是个好孩子！这也是妈妈、姥爷教育的结果，向你们表示敬意！"大家共同举杯，姜晓妍说："谢谢！"

喝了一口酒，王华山对珍珍说："人都会犯错误，改了就好，以后还要爱爸爸……"

珍珍点头，流下眼泪。

王中民抽了纸巾及时递过去。

姜晓妍看在眼里，欣喜地对王华山、萧蓝说："这俩孩子从小一起长大，挺要好的，也算青梅竹马。"

大家会心地笑。

珍珍擦着泪，还在伤心，萧蓝过去抚慰。

姜晓妍对萧蓝说："没事，一会儿就好了。"

萧蓝继续亲昵哄劝:“伤心的事已经过去了,今后要快乐起来！这么可爱的女孩怎么能不快乐呢?”

姜晓妍跟萧蓝吃醋地开玩笑:“你这不是跟我这亲妈过不去吗? ……真喜欢?”

“当然喜欢！又懂事,又漂亮……”萧蓝说后疼爱地拂拭珍珍脸上的泪痕,珍珍羞笑。

姜晓妍半疯地对女儿说:“萧阿姨好不好?”

“好!”

姜晓妍命令说:“好就叫妈！改口。”

珍珍脸红……

姜晓妍:“叫啊,叫妈!”

女儿被逼无奈,羞怯发声:“妈!”

萧蓝亲切地把珍珍搂在怀里,气氛热烈。

姜晓妍霸气地宣布说:“今天就算会亲家了啊!”

大家欢笑,其乐融融。

雾凇雪地的江边,孟珍珍和王中民相挽漫步,心情愉快。

“没考大学是我的遗憾,但我会努力自学的!”

“也没必要那么辛苦!”

“都说知识差距拉大,会没有共同语言……”

“骗人！我觉得人好,永远都会有共同语言的。”

孟珍珍感动,深情地望着王中民,两人拥抱在一起。

萧蓝看到了本市新闻,电视上孟志戴着手铐在警察的看押下走下飞机,让媒体拍照后押上警车。

萧蓝心情不好,孟志做出这种事她是痛恨的,可现在他回来了,工厂的钱也没有损失,她开始对孟志的下场有所同情。尤其是她答应过珍珍,从这个角度说,她没有理由不原谅孟志,甚至应当关照他。于是她决定去看守所看望孟志。

数天后得到允许,萧蓝拎着两大袋食品来到看守所,坐在会见室的桌前。

孟志穿着黄马甲走进来,愣住……

萧蓝站起来。

孟志尴尬后强颜作笑:“怎么会是你? ……你什么意思?”

“来看看你!”萧蓝说完坐下。

孟志刻意强调:“萧蓝！我没拿你的钱,那钱是国家的！别好像我对不起你似的……”说着坐下。

“孟志！你对不对得起我不重要,你对不起华龙厂啊!”

“我没花……一分钱没少！全退还了!”他心虚嘴硬。

“这还值得原谅……”

面前的孟志有些老了，显得沧桑，没有了以前的骄傲和矫情，呈现出了真实的状态，有些令人同情和可怜。

孟志关切地问：“华龙厂现在怎么样？还能坚持下去吗？”

萧蓝一笑：“前不久全国现场会刚在华龙厂开完，现在华龙厂的形势已超过历史最好时期，朝气蓬勃！”

孟志惊愕……

萧蓝：“新型客车试制完成，已成为各路局的升级换代产品。伊黑兰地铁中标了，是个十多亿的大单！国内要建地铁的城市也纷纷来厂洽谈合同。高速列车也在研发中……现在车间饱和生产，加班加点。”

孟志听呆了，后垂头丧气：“王华山赢了！我是倒霉的命，还不知道能判多少年……”

“孟志！作为老同学，我真的为你痛心！但珍珍和我儿子两个孩子很要好，将来我们可能还要做亲家……”

孟志惊叫：“你说什么？你们不要赶尽杀绝！以为我到了这一步了，又打我姑娘的主意，你们休想！休想……我死也不会同意！”

萧蓝不生气，语气依旧平和：“华山说，你需要什么帮助，我们不会袖手旁观。”

孟志低下了头……许久，他沮丧痛苦地对萧蓝抱怨：“我婚姻不成功，事业也失败，老天为什么对我这么不公平？”

萧蓝诚挚地说：“人各有志，价值观不同，结果自然会不一样。种瓜得瓜，种豆得豆。”

“命该如此啊！”孟志悲哀流泪。

站在门外的监管人员说：“到时间了！”

萧蓝站起来，拿起两个食品袋走过去放在孟志面前。

孟志沮丧地站起来：“谢谢你能来看我……”说着抽泣起来。那一刻，他内心的感动油然而生，美丽的萧蓝在他面前像一尊女神……他泪水涟涟地乞求说：“萧蓝！让我抱你一下吧！”说着卑微地过来轻抱了萧蓝一下，之后哭声加剧，拿起萧蓝带来的东西转身离去，嘟囔着：“我认命了……”

萧蓝落落大方地站在那里，看着孟志离去，眼里含着同情的泪水。

17/ 第十七章

转向架焊接车间生产繁忙，工人们都在各自的工位上埋头工作。

张万军停止焊接，摘下电帽子，大声告诫地喊："电流要稳，要焊匀焊实，不能有一点瑕疵。"

烟雾蒙蒙的焊接车间像硝烟弥漫的战场，各工位堆积如山的料件如前沿工事，四处焊光闪闪，仿佛阵地上火力全开，张万军的喊声俨然在战斗中发号施令。

王华山除了开会、研究和布置工作，他的身影总是在生产一线的车间里，穿着工作服、戴着安全帽。不锈钢、铝合金材料的开发，是轨道车辆高速化、轻量化和高档化发展的必然要求。这些天，他亲临车间生产现场参与不锈钢车体的组装，跟设计、工艺、制作各部门一道奋战，参与处理和攻克新产品试制中的一系列难题。

萧蓝在技术研发中心召开技术会议，有近百人参加，李海涛、丁燕、郑凯、赵鹏坐在前排。

姜总退休之后，作为总工程师的萧蓝更加忙碌，干练中透着沉稳，神情上多了几分疲惫。她讲话说："越忙越要有条不紊，越要认真，越要把工作做扎实。目前，国内九大城市的地铁项目，我们已签订了八个。每个城市方案不同，技术要求不一样。北京'复八线'、天津四号线、上海一号线、广州二号线，还有重庆、武汉、深圳等地铁，设计风格、标准各异。北京复兴门到八王坟 174 辆地铁车，我们采用了国际先进水平的 VVVF（变频调速）交流传动方式，填补了国内技术空白。天津四号线 116 辆车，我们开发了轻量化的不锈钢材料……总之，每个项目组要把各自的方案研究好、落实好。技术难点要组织攻关……"

萧蓝中断讲话，手捂胸部……

身为资料员又负责会务的姜晓妍急忙上前关照。萧蓝胸口疼得厉害，无奈只能休会。姜晓妍和同事们立即要车送萧蓝去了医院。

一番检查之后，萧蓝住院了。姜晓妍安排完之后走出病房，坐在走廊的椅子上，眼泪止不住流下来……

王华山风风火火地赶来。

姜晓妍抹了一下眼泪站起来，陪王华山进了病房。

萧蓝在闭目输液，表情痛苦……见王华山进来，坐起。王华山走近搂住她，哭了："怎么得了这个病……"

她流泪，又擦去，忍住说："没事，没事……"

姜晓妍在一旁也哭了。

王华山到医生办公室咨询医生，灯箱上片子醒目。医生语气平和中带有责备："耽误了……怎么才来看？"

"忙！忽略了……"

"忙也不能不要命啊……现在乳腺有肿块，腋下淋巴结肿大，各种检查结果证实，是乳腺癌。目前尚未发现有转移迹象，要立即手术，还要做化疗。"

突然的噩耗让人猝不及防，王华山悲伤绝望地低着头……

张劳模看完电视后兴奋地在本上记了半天，又激动不已地给工友打电话："老李啊！告诉你一个好消息。你看新闻没有？电视里刚播的，国家刚通过了发展高速铁路的《中长期铁路网规划》，将来全国要建12万公里的高速铁路，叫'四纵四横'！我都记下来了……"说着他表情冷淡下来："什么？你退休了怎么没正事了呢？就知道打麻将啊……"说后失意地放下电话。

他拿着小本看着，唠叨："四纵四横，太好了！"他高兴地在屋里来回踱步，突然他望着空白的墙寻思着，眼睛发亮，接着翻了半天抽屉找出一支粗笔，然后脚踩着凳子，又不断变换着位置，在墙上摹画出一幅中国地图的轮廓。

他一手拿本，一手拿笔，面对地图琢磨说："四纵四横，要先画四纵……"然后他看一眼本，嘴里念叨着，用笔按位置画出线条。

"京沪，北京到上海。"

"北京至广州、深圳，以后肯定通到香港。"

"北京至沈阳、哈尔滨，包括沈阳到大连。"

"杭州至宁波，至福州，到深圳。"

"四横……"他看了半天本，嘴里念叨着开始画。

"徐州至郑州，到兰州，应当通连云港。"

"杭州至南昌，到长沙。"

"青岛至石家庄，到太原。"

"南京至武汉、重庆、成都。"

张劳模画完，欣赏着："好！四纵四横，高铁时代即将到来！"又特意在上边写了"四纵四横"四个字。

电话响，张劳模接电话："喂……噢！刘老师！对不起……我马上去！"放下电话急忙走，唠叨："坏了，孩子放学了，忘接了！"

他匆匆忙忙出了门。

没多久，孙子放学进屋，爷爷提着书包随后。

小磊看着墙上吃惊："爷爷！你真能作。你怎么在墙上画个大蜘蛛网啊？"

张劳模不悦，指着墙说："你好好看看，这是大蜘蛛网吗？这是高铁网。"

"噢！"小磊端详……

晚上，姜克选在书房看资料，女儿晓妍进来。

"萧蓝病了，得了乳腺癌。"

姜克选震惊："哦？怎么得了这个病！"

姜晓妍坐下，两人都非常惋惜地沉默着。

"医生建议做切除手术，她不做。"姜晓妍说。

姜克选急切："为什么？不能耽误啊！"

"她不同意做，爱美呗！"

"还是命重要啊！你要好好劝劝她。"

"怎么劝都没用，坚决不做……"姜晓妍十分无奈。

姜克选叹息悲愁。

医院病房。

萧蓝穿着病号服凝重地站在窗前。经历了最初残酷绝望的打击后，她渐渐变得理性和冷静，也越来越坚定了自己的意志……

作为丈夫，面对从天而降的病魔，王华山像天塌了一样，在无比悲伤的同时，也为萧蓝拒绝手术感到焦虑、痛苦和不安。此时，他陪在她身边，不厌其烦地说着多天以来几乎同样的话。

"不能再耽误了！癌细胞是顽固的、活动的，我们要争分夺秒！切了就一刀两断，不切后患无穷啊！"王华山迫切、耐心地劝说。

萧蓝听惯了，已波澜不惊，喃喃着："切了，我的身体就破败疮痍，仿佛大地没了风景……我无法接受这样的现实！我宁可做化疗，掉光头发，经受磨难，也绝不手术……"

王华山急得发疯："萧蓝！你要知道，生命没了，什么都没了！"

萧蓝沉浸在自我中："一个人的生命有长短，没办法。可即使走到生命的尽头，我也不能失去完美！你曾赞美我的身体是艺术品，说我的胸美……

王华山含泪哀求："萧蓝！你不要固执了，没有什么比活着、比生命更重要啊！"

萧蓝转过身来："华山！你怎么能说出这么糊涂、庸俗的话来？难道没有比生命更重要的东西吗？比如说正义、信仰、爱情……"说着她流下眼泪，"我无论如何不能接受我的身体残缺！为了美好，为了我的爱人……"

王华山哭了，抱住萧蓝："萧蓝你不能这样！不能这样啊……"

地装车间各工位上布满了正在生产的车体，景象欣欣向荣。标语横空醒目："建设国家一流企业，打造世界一流产品，实现民族地铁工业腾飞！”

王华山和宋敏书记在车间巡视，吴建华随同。

“生产上有什么问题吗？”王华山问在场的车间主任。

“没有。以前配合协调不好，现在成立材料采购中心以后，料件都及时到位，供求顺畅。”

王华山对大家说：“我们创新体制机制，成立了地铁制造中心、客车制造中心、材料采购中心、市场开发与服务中心，上面设立技术研发中心和生产工艺中心。明确分工，强化责任，奖罚分明。每一份合同从签约订单开始，实行项目经理负责制。”

宋敏书记补充：“我们还加强了党建工作！”

王华山点头：“将来我们还会成立高速车制造中心！”

大家无比欣慰。

“全国铁路机车车辆现代化会议”在北京召开。主席台前排坐着多位领导，发改委领导张建国居中发表重要讲话。

“国家刚公布了《中长期铁路网规划》，这是个以‘四纵四横’客运专线为主要内容的高速铁路发展计划。有了高速铁路，高速列车的发展也就迫在眉睫。根据目前国内车辆制造业的实际情况，为了尽快缩小与发达国家高铁的差距，加快发展，我们决定引进国外的先进技术。为此国务院会议已确定了动车组‘引进先进技术，联合设计生产，打造中国品牌’的方针政策。”

会场济济一堂，来自全国各地各方面的与会者有几百人。王华山看了一下表，把保温杯递给旁边的萧蓝，提醒说：“吃药！”

萧蓝接过水杯，拿出药来吃了药。

“怎么样，没事吧？”王华山关心地问。

萧蓝：“没事。”

铁道部领导史成志讲话。

“新中国成立后，我们铁路的最高时速停留在110公里，全国铁路的平均运行时速只有49公里。改革开放以来，我们不断进行线路和车辆的升级改造，又搞了五次大提速，但仍然落后于社会的发展。铁路运输不堪重负，货物积压，人满为患。买票难、乘车难、货运难成了社会的突出矛盾。”他充满激情地说，“中国铁路该有一个怎样的发展？国家《中长期铁路网规划》指明了方向，绘制了建造高速铁路的宏伟蓝图！任务重大，时间紧迫！当然，这些年我们修了秦沈高速客运专线，也研制了‘希望之星’等多款动车组，为中国高铁事业的发展打下了一定的基础，但我们的车辆稳定性和技术性尚不完善和不成熟，也未形成规模，自主研发还有漫长的路要走。我们等不起啊！在国家‘引进、消化、吸收、再创新’的战略指引下，中国铁路必须得有一个跨越式的发展！这样才无愧于改革开放的伟大时代！”

会后，汽车驶过天安门广场。康哲开车，王华山坐在副驾驶位置上，萧蓝坐在后排。

"这会开得有意义。"康哲感慨。

"动车组技术引进是个大动作啊！"王华山兴奋。

萧蓝："这对尽快缩小差距很必要。"

"去哪个医院？"王华山问。

康哲："协和。"

萧蓝："号不好挂吧？"

康哲："约好了！"

在"男士止步"的提示下，萧蓝进去看病，两个男人便坐在候诊区等候。

"怎么得了这个病……"康哲痛苦感叹。

"死活不做手术！我拿她没办法啊……我甚至想过跟医生沟通，打上麻药，背着她强行给她做手术……可这行不通啊！"王华山十分悲愁。

康哲："听说有保乳手术啊。"

王华山："不是所有患者都能做保乳手术。这次来开会也是想顺便看看病，我想让她留在北京治疗，她说啥不肯。"

"她知道你忙，华龙厂离不开你们。"

王华山感慨流泪。

萧蓝看完病，三人走出医院。

"跟市里看的一样。"萧蓝说。

康哲停下郑重地劝说："萧蓝！别上火，要听医生的话，该做手术就做手术吧。留在北京治，总比当地的条件要好！"

"厂里太忙了，华山也脱不开身，我不忍心他因为陪我而影响工作。"

康哲表示："他忙他的，北京这边我管！"

萧蓝："谢谢你了，康哲！你也忙，你是铁科院项目负责人，也正在搞'希望之星'的测试呢。"

王华山提议："去你们环形试验线看看吧。"

康哲："好，我这段时间就在那里泡着呢，之后还要转到秦沈专线上进行线路试验。"

北京铁路环形试验线上停着一列鸭嘴形的动车，车上车下前后左右，三两人一组，在不同的部位检测察看着，有人记录。姜克选拄着拐棍也在现场。

康哲的车停下，王华山下车后打招呼："姜总好！身体怎么样？"

姜克选："没问题。"

"姜总！这么大岁数了就不用上一线了。"萧蓝关心地说。

"我没事。"姜克选说着拉萧蓝到一边，私语说："我咨询了，你这种病手术了就没事了！抓紧，听人劝吃饱饭。"

"好,谢谢姜总!"

王华山打量着车,姜克选回身问:"会开得怎么样,什么精神?"

"引进先进技术,联合设计生产,打造中国品牌。"王华山复述。

姜克选思索,心里不爽:"我们有了'希望之星',为什么还要技术引进?"

法庭上,全场起立,孟志站在被告席上,接受法庭的宣判……

旁听席上有很多人,孟珍珍坐在前排。她的故事被报道,感动了社会。

最后法庭以贪污罪从轻判处孟志有期徒刑三年、缓刑三年,当庭解除羁押。

华龙厂新建了一座技术大楼,挂着两块牌子:"技术研发中心""生产工艺中心"。

郑厂长的爱人于静来到技术大楼,等坐在一楼大厅候客区的沙发上。

电梯门开,姜晓妍走出来,远远地打招呼:"于静阿姨好!"

于静站起来赞叹说:"这技术大楼真漂亮!"

"是,现代化了……您快坐下! 又替我操心了?"姜晓妍说着两人坐下。

老太太于静热情得意:"你爸催我好几次了,我终于物色到一个合适的,市科委的。媳妇出国不回来了,跟老外结婚了。这男的人好、善良,长得也端正,工作努力……哪天约个时间见见看看,你肯定会满意!"

姜晓妍没有心思的样子:"谢谢于阿姨,我不找了……"

"哦? 为什么?"于静诧异,后想起,"对,孟志回来了……"

姜晓妍摇头。

于静诧异……

"我是答应你原谅他,可我并没说要跟他复婚啊!"

母女发生了争执,作为乖孩子的珍珍,第一次与妈妈的意见如此分歧,截然不同。

"妈,求你了,我爸怪可怜的! 王伯伯挺照顾,给批了招待所一个房间让他住着……你就跟他复婚吧!"女儿哀求。

姜晓妍生气:"他是什么人啊,你让我跟他复婚? 罪犯不说,卷款逃跑,什么品行啊? 卑鄙肮脏,我厌恶死了! 你让我跟这样的人复婚在一起生活,你妈还有没有人格可言? 还有没有尊严? 在华龙厂,我也算大家闺秀。"

孟珍珍无奈。

市里一个高档小区的住宅楼前,孟志状态落魄地来到楼门口,有些犹豫,他问一个正要进门的妇女:"请问,谷副秘书长、谷主任住几层? 我忘记了……"

妇女回头扫了一眼院子,指着不远处花草簇拥的亭子说:"那不,在那儿呢!"

孟志望过去,见谷仲秋在楼群中央的亭子里逍遥喝茶,他欣喜地奔过去……

谷仲秋不愿闷在家里,常提着一壶茶水下来到小区亭子里喝茶闲坐,打发光阴。

“谷秘书长、谷主任好！您胖了……”孟志见到谷仲秋，像见着了久别的亲人那样高兴。

谷仲秋愣住：“哦……是孟志啊，孟经理！你……”

几年不见，孟志有些不好意思：“判了个缓刑……来看看您！”说着坐在旁边。

“咳！你看你这个跟头栽的……”谷仲秋表现出同情，“听说你女儿挺优秀！她要不劝你回来，恐怕你至少要判十年啊！”

孟志点头感叹。

“以后怎么打算啊？”谷仲秋故作关心地问。

“我还想回华龙厂，哪里摔倒再从哪里爬起来！”

孟志觉得到哪里重打锣鼓另开张都不容易，思来想去还是应当回华龙厂，熟人和关系都在，且瘦死的骆驼比马大，日子会好混些。虽然面子也难堪，但挺一阵儿也就过去了，所以他来请谷仲秋帮忙。

谷仲秋摇头：“你这种身份，不太可能了。”

孟志有些尴尬：“这不来找您嘛……”说后期盼地望着谷仲秋。

谷仲秋犹豫了半天：“你女儿多大了？”

“好像二十了……”

“咱俩轧亲家呗？我小儿子到现在还没选到相当的呢。有文凭，干部编制，还是个单位的小头头儿。”

孟志兴奋：“好啊，那我高攀了！”

谷仲秋表示：“这要成了，我们就是亲戚了。那，你回华龙厂的事我找人，我头拱地也得给你办成！”

“那太好了！我也有自知之明，就不到领导层任职了，当当顾问就可以了。”孟志说。

谷仲秋煞有介事地点头。

张劳模自从在家里的墙上画了“四纵四横”“地图”后，没事就总爱对着墙观看和欣赏，他越看越得意，越看越激情澎湃。那情景仿佛一位将军在作战地图前运筹帷幄，信心满满。

孙子张磊从房间里走出来。

爷爷问：“写完作业了吗？”

“写完了。”

这时电话响，张劳模接电话：“喂……是二啊！我挺好的，你大哥昨天还来电话问我呢。”

二儿子张万力正在山里红旗飘扬的大型桥梁建设工地上，身旁基坑很深，空中架构宏伟。他穿着工作服、戴着安全帽，忙里偷闲地给父亲打个电话，问候一下。

张劳模说：“万军两口子加班呢，华龙厂现在没有星期天，客车、地铁车订单老多了，忙得不得了。你怎么样啊？干什么呢？”

“我在桥梁工地呢，我们正在建一座大型铁路交叉桥，赶工期。反正我们中铁没闲的时候！现在国家又开始建高铁了，更忙了。”

张劳模嘱咐：“注意安全啊！”

张磊抢过电话：“二大爷好！什么叫高铁啊？”

张劳模急：“问我就行了，这是长途，挺贵的。”说着抢过电话跟二儿子说：“好了，没事了。”说完挂了电话。

张劳模训孙子：“上一回你不是问过我了吗？”

“你也没说清楚啊！”

“怎么不清楚呢？后来我又问了：新建运营时速达250公里以上的铁路就是高速铁路；既有线路，升级改造运营时速达200公里以上也算高速铁路。光有路不算，还要有能跑这个速度的车和相应的电力控制系统。简单说就是，运营时速达200公里以上的铁路和列车，就叫高铁。”

张磊怀疑：“你说的不一定对。”

张劳模拍了一下孙子：“我说的不对谁说的对？”

张磊：“你和我爸我妈都是造列车的，我二大爷是修铁路的，我大大爷是铁路局的，他应当知道。”

“我就是问的他。”张劳模说后爷孙俩笑起来。

孟志住进了招待所一层最里边的一个普通房间里，这是王华山念同学之情和“退款有功”，照顾他借住在这里的。

华龙厂旁边建了贵宾楼之后，招待所就冷清了，平时只有个看门的，基本上属于闲置状态。

珍珍来看望爸爸，买了香蕉和苹果。

“我正在做我妈的工作……”

孟志悲观：“她现在更瞧不起我了！算了，强扭的瓜不甜。”

珍珍坐下，父女俩沉默。

孟志落叶归根，心里也踏实了。他接受现实，但也对未来抱有希望。

“珍珍！爸求你一件事。”

“什么事？”

“爸想给你介绍个对象。”

孟珍珍诧异：“爸！我不找。”

“前天，我去见了个市里的老领导，他儿子还没对象，主动提出要轧亲家。我想这是好事啊，咱也不是什么金枝玉叶，能攀上这样的家庭就不错了！”

孟珍珍执拗：“我不找！”

孟志无奈地叹了一口气：“我也是求人家办事，我还想回华龙厂。”

孟珍珍："我可以找王伯伯给你问问。"

孟志自信："不用！你以后别王伯伯、王伯伯的，我不想求他，也不会向他低三下四！我要让上面的领导发话，有尊严地回来。"

孟珍珍沉默为难。

孟志恳求女儿："即使你不同意，也得走走过场，见一面，接触接触，给我圆上这个场……就等于帮你爸一个忙了！"

孟珍珍难以接受："爸！这事怎么能……"

"爸求你了！"

孟珍珍低下了头。

孟珍珍按约定来到市宾馆，敲了房间的门。为了不伤害父亲，她决定应付一下。她从幼儿园来，穿着幼师的白大褂。

开门的人留短发，肥胖，两眼发直，一脸鬼笑。他自我介绍："我叫谷杰。谷仲秋副秘书长是我爸。你是孟珍珍吧？请进！"

孟珍珍谨慎地进屋后坐在了沙发上，两只手插在大褂的兜里始终没有拿出来，表情冷傲，也有些不自然。

"你怎么穿个白大褂？我小时候打针打怕了，一见白大褂就害怕！"谷杰有些腼腆，像个大孩子。

孟珍珍笑了一下："胆子这么小，那你能干什么工作呀？"

谷杰："我有单位，但什么也不愿意干，给开支就行。"

孟珍珍不屑："你这样，谁能跟你处对象啊？"

谷杰诧异："有的是，我还相不中呢。我爸说你挺优秀的，让我跟你好好谈谈。"

"谈什么呀？"孟珍珍装糊涂。

谷杰惊疑："谈恋爱呀！"

"我也不会谈啊！"

谷杰呆了一下："我教给你。你说'你爱我吗？'我说'爱呀！'咱俩这样反复说，不就谈起来了嘛，这是我妈告诉我的。"

孟珍珍厌恶："不会！"

谷杰尴尬，不高兴，质疑的眼神有点让人可怕："你啥意思呀？我告诉你，你别敬酒不吃吃罚酒！还没人敢对我态度这样呢……咱俩谁跟谁啊，听我爸说，你爸在华龙厂当领导的时候，我爸没少照顾他，当然，他也没少给我们家钱。咱们都是干部子弟，怎么能这么没有素质呢？"

孟珍珍觉得完成了自己的使命，站起来说："再见！"欲扬长而去……

"你给我回来！"谷杰恼火，并威胁地抄起一把椅子。

孟珍珍站住，掏出手机拨号。

谷杰："你要干吗？"

“打 110。”

谷杰立刻服软：“那你走吧。”

孟珍珍转身离去。

孟志心急，又来到那个亭子拜会谷仲秋。他无颜，也觉得不便去市政府，只好选择星期天来这里，因为上次谷仲秋说喜欢在这里喝茶。

“我女儿答应我了，两个孩子也见面了！”

谷仲秋表情冷漠：“你女儿挺任性啊！”

孟志赔笑：“是，是……都是她妈惯的！我让他们继续处。”

“算了，别为难孩子了。”

谷仲秋喝了一口茶：“你回华龙厂的事我无能为力啊，退了就人微言轻了，说话不好使了！”

孟志惊讶：“你……你退了？”

谷仲秋：“是啊，我退休了！”

孟志醒悟，这才明白他常在亭子里喝茶是退休了。巨大的失望让他目瞪口呆……

谷仲秋样子诚恳地感慨：“胡副市长也下去了，他在市人大会上被人大代表给了‘差评’。我也是先下后退的……咳，受了女婿的牵连。话说回来，你回华龙厂的事，我们不退也办不了。以前企业有时与地方双重领导，困难不景气的时候甚至归地方托管，现在不一样了。据我所知，车辆工业从铁路系统分离出来之后，又成立了南车、北车，强化了行业管理，据说将来还会成立全国统一的中车集团公司，根本跟地方没关系了，市里管不着人家了……”

孟志又傻了，悲观：“市里说话也不好使了？”

谷仲秋：“不归你管了，你说话能好使吗？现在华龙公司是国家的大型企业，发展强劲，如日中天！”

孟志绝望，站起来自顾自走了。

谷仲秋理解地笑了：“孟经理，再坐一会儿？”

孟志头也没回地摇了一下头，心里说：“哼，搭理你还有什么用？”

发改委办公室。

办公桌后的高背椅空着，张建国离桌踱步思考着，史成志和贺强坐在旁边的沙发上，气氛凝重。

“引进……怎么引进？很复杂。国内车辆制造企业众多，谁都想在技术引进中分得一杯羹；国外行业巨头觊觎中国市场，又不想转让核心技术。”“引进办”主任贺强分析说。

场面沉默……

许久，张建国止步，胸有成竹地一锤定音：“战略买家，捆绑式招标。”

史成志思考后赞赏:“好!”

那列鸭嘴形的动车一身风尘地停在厂内停车线上,姜克选拄着拐棍感慨地走在旁边,姜晓妍推着轮椅跟在后面。

“这么脏!”姜晓妍说。

“刚完成了50万公里的路考,现在返厂进行解体拆检。”姜克选不无伤感地叹息:“我们自己能造车了,还要搞什么技术引进!”

“资料显示,故障率很高。”

“考核试验阶段这很正常!”姜克选不服。

“我推着您吧!”女儿催促。

“我自己走可以。”

“坐上吧!”姜晓妍坚持。

姜克选被迫坐上轮椅,埋怨着:“我能走非让我坐车,车能跑偏说不行。”

姜晓妍笑了一下:“听会议传达,上面的决策还是很有战略性的。”

“自主创新才是真正长远的战略!我看王华山也昏了头了。”

“怎么了?”姜晓妍诧异。

“他对技术引进很热心。”

姜晓妍愕然……

犹如舍弃自己的孩子,他于心不忍,更是鉴于汽车行业的现状,姜克选对技术引进忧心忡忡,自然发自内心地抵触。

医院病床上,萧蓝非常难受,不时呕吐,姜晓妍随时拿盆接着、照顾着……

“这化疗也太厉害了……”姜晓妍心疼地说。

“最后头发还会掉光,难看死了!可没办法啊……”萧蓝无奈,但也想得开。“方便的时候你去给我买个假发套,选好看一点儿的!”

“好……”姜晓妍应着,眼睛却湿了。

萧蓝又一阵呕吐之后,姜晓妍去了卫生间,冲洗完了出来。

“晓妍,你回去吧,华山一会儿下班就该来了。”萧蓝躺在床上,虚弱无力。

“我没事,他没准时候!”

萧蓝抱怨:“找这样的男人也指不上……”

姜晓妍嗔怪:“那当初你还不让给我呢。”说后笑起来。

萧蓝也笑了:“我要真不行了,就让给你。”

姜晓妍:“呸呸呸……别胡说八道!做完化疗就好了。”

白天厂里有事脱不开身,王华山只能晚上在病房陪伴萧蓝。看着躺在床上痛苦虚弱的妻子,他抓着她的手,心里愧疚:“你有病我还不能陪你,真对不起了!”

“你忙你的，我不会怨你，有晓妍在就行了。你陪我也是这么回事，厂子离不开你。当我难受的时候，想到你在忘我地工作着，我很欣慰，真的！我知道，你不仅属于我，还属于华龙厂，属于我们热爱的这个事业。”

王华山感动得紧紧握着萧蓝的手，又俯身吻了她一下。

王华山叹息：“姜总现在对我有意见，他对技术引进有不同看法。”

“慢慢就理解了……”萧蓝说着又开始恶心呕吐，王华山手忙脚乱地照顾着。

华龙公司最终被国家确定为这次技术引进的国内投标企业，公司随即在技术中心大楼会议室召开了落实技术引进会议。

企业高层和技术领导共五十多人参加，围着长形会议桌坐满了人。会议室的横幅标语，也是会议的主题：“引进先进技术，联合设计生产，打造中国品牌。”

王华山讲话：“这次国家时速200公里以上动车组技术引进是大举措，是为中国铁路的大发展打基础，是为全国铁路第六次大提速用车做准备，也标志着中国的高铁时代即将到来。技术引进140列，是个巨大的蛋糕！国外著名企业纷至沓来，跃跃欲试。这是国家招标！谈判的筹备工作在积极推进。这次技术引进对企业来说无疑是一次重大的发展机遇，但全国有几十个厂家，不是每个企业都能利益均沾的！国家实行战略买家策略，只选定我们华龙厂和洪川厂两家作为引进企业，国外投标企业选定三家。就是说，国外的企业不能单独投标，国内的企业也不能随便‘拉郎配’，必须是被选定的国外企业与被选定的国内企业结成对子，进行捆绑式向国家投标才可以。这样做，就是要通过技术转让，使我们国内企业真正掌握和拥有世界一流的高速列车制造技术，从而实现‘引进先进技术，联合设计生产，打造中国品牌’的目的。”

姜克选沉默地听着，满腹疑问。

王华山：“我们马上要组建团队，对参与投标的国外企业欧克尔公司、阿奇达斯公司、山郎公司的产品，进行技术分析和研究，进行投标谈判的准备工作。姜总年纪大了，还在不辞辛苦地带病给我们当顾问；萧蓝总工在住院……这项工作就由副总工程师李海涛同志和副总工程师丁燕同志负责。”

两个年轻人点头。

王华山说：“这次技术引进是华龙的机遇！也是挑战，更是责任……”

会议结束后，姜克选在会议室没有走。王华山知道姜总的心情，礼貌尊敬地走近他……

姜克选情绪激动，宣泄不满：“国家也是……我们自己能造车了，为什么还要引进？‘希望之星’是花费了大量的人力物力研发出来的技术成果，现在还要搞技术引进，这不是胡闹吗？”

王华山耐心、客气地说：“姜总，我们都对‘希望之星’有感情，但我觉得国家进行技术引进也是对的。”

姜克选不快："对的？华山，你变了！以前，我们对自主研发，走国产化道路是志同道合的！王华山，你变了！"

"姜总，情况不同。况且'希望之星'的成果也不会白费，以后它可以根据实际能力上线运营。更重要的是，通过研发我们培养了人才、积累了经验，为国家下一步技术引进打下了必要的基础……是功不可没的啊！但也得承认，我们才刚刚起步，尚处在研制阶段，故障率高，技术还不成熟、不稳定，离世界先进水平还有很大的差距……"

姜克选生气，不服："我承认差距，但我们必须坚持自主研发的道路，而且我们也有能力追赶上世界先进水平！"

王华山有些激动："您说得没错！可这需要漫长的路要走啊！已经有了快速的代步工具，我们为什么非要自己步行呢？'四纵四横'高速铁路的发展等在那里，中国铁路运输的巨大需求等在那里，我们等不起啊！学习借鉴世界先进技术，是每个发达国家的惯例。把先进的国外技术引进过来，搭建起属于我们自己的技术平台，能尽快整体提升我国机车车辆制造的现代化水平。我相信有三年的时间，中国通过引进、消化、吸收、再创新，就能够掌握和拥有成熟先进的高速列车制造技术……在此基础上，我们再不断研发创新，将来领先领跑世界也不是没有可能……"

姜克选怒怼："想得美！引进、引进……最终就是国产车废了，铁路上跑的都是外国车！"

王华山："不会的！"

"有前车之鉴！中国汽车就是例子，就能最好地说明这个问题……当初也是打的'技术引进'旗号，以市场换技术，最后怎么样？市场让出去了，国外汽车的先进技术没换来，落个竹篮打水一场空，现在中国满大街跑的都是外国牌子的汽车，核心技术还是人家的！悲哀啊！动车组技术引进，说白了就是走汽车引进的老路！"姜克选愤怒至极，拐杖在地上捣得咚咚响。

王华山也激动起来，辩驳："正是因为这样的教训……"他愣住，看到姜总愤然离去。

姜克选气冲冲地走了……

王华山沮丧，也生气了，刚才没说完的话一发难收，有些义愤填膺地向着姜总的背影嚷道："当时汽车市场各自为政……今天我们实行集中采购、战略买家，体现的是国家意志，能够保证技术引进落地，毫无疑问打造的是中国品牌！"

晚上下班，孟珍珍来到招待所，收拾爸爸的脏衣服，准备明天休息洗衣服。

"我没事，自己洗就行。"孟志说。

"还是我给你洗吧！"

孟志看着女儿收拾衣服，心中狐疑："坐下，我有事问你。"

"啥事啊？"珍珍坐到爸爸对面的椅子上。

"你有对象了吗?"

珍珍低头沉默没有回答。

孟志郑重地说:"你大了,处对象爸同意。但跟谁处,你爸不能不管!我就明告诉你,我跟王华山成不了亲家!"

珍珍不满,站起来拎起要洗的衣服:"我走了!"

孟志看出了问题,心里隐隐作痛:"你岁数小,不懂事……我明天去家里,必须得跟你妈说清楚这个问题!"

女儿对市里领导的儿子无动于衷,萧蓝也曾当面提过"亲家"的事,这引起了孟志的警觉,今天珍珍的状态让他看出了端倪……他绝不会接受那样的事情发生!

第二天,孟志去了家里。

这里曾是他的家,如今踏足却是串门人,心情怅然。但女儿是他的,没有人能剥夺他做父亲的权利,这一点最后让他理直气壮。

今天休息,都在家,三人各自坐着,心理对峙,气氛别扭紧张。

"珍珍大了,处朋友要慎重,以后我给她介绍个好对象。"孟志表明立场。

"不用你操心,你别害孩子了!"姜晓妍知道了他的来意,毫不客气。

"我是他爸!我怎么会害孩子呢?"孟志不满。

姜晓妍愤慨:"你干的缺德事,孩子连大学都没考……你回来又给孩子介绍个智障,拿姑娘送礼!你还想怎么害孩子啊?"

"胡扯……市里领导的孩子怎么会是智障呢?你不懂,那叫大智若愚!"孟志反驳。

"大什么智?就上到小学三年级!我见过,一看就不是正常人!"

孟志坚持:"我也是好心!"

"你要是好心,就得希望孩子好!"姜晓妍索性摊牌:"她有个同学,也可以说是对象。"

"谁?"孟志急切地问。

"王华山和萧蓝的儿子。"

孟志态度坚决:"不行!坚决不行!"

姜晓妍忍耐地说:"那孩子我了解,在上大学,珍珍的选择不会错。你和王华山老同学加亲家不也挺好吗?"

孟志吼叫:"我和王华山没这个缘分,坚决不行!"转对女儿:"珍珍,你爸坚决不同意!你必须给我表个态,保证以后不再跟他来往!"

珍珍哭了:"爸!我做不到。我们从小就认识,他很好……我求您了!"说着跪下。

姜晓妍急了,过去把女儿拉坐到沙发上,叫嚷:"起来,你找对象你做主!那孩子多优秀,才貌双全,打着灯笼难找!处!你妈支持!"

孟志气愤:“孩子不听话,都是你这个当妈的混蛋!”说后向外走。

姜晓妍:“你才混蛋呢!”

孟志出门后转身强调:“珍珍！听爸爸的话,我一定给你介绍个比他优秀的!”

18 第十八章

技术引进碰头会在北京一大型宾馆会议室举行。

长方形会议桌，“引进办”主任贺强坐在顶端位置上，旁边是女翻译。

右侧是国内企业，分别是华龙公司王华山带领李海涛、丁燕，洪川公司的李总和两个助手。

左侧是国外企业，分别是欧克尔公司、阿奇达斯公司和以野田为首的山郎公司。各方代表三五人不等。

“大家好！我是技术引进办主任贺强。”

大家礼节性地鼓掌。

贺强作为召集人主持会议并讲话：“我们的技术引进方案想必各方都已仔细看了并认真研究过。这次中国时速200公里以上动车组技术引进招标，国内我们选择了华龙公司和洪川公司两家有实力的企业作为投标主体，国外我们选中了具有先进技术的欧克尔、阿奇达斯和山郎三家企业作为技术引进对象。”贺强说后分开两手示意了一下两侧。

双方企业互相点头致意。

贺强强调：“规则是，国内和国外企业必须结成对子，双方签订技术转让协议，符合具体要求后，共同投标。双方谁跟谁结对子，通过谈判竞争，自由选择。对于国外企业，一是关键技术必须转让，二是价格必须合理，三是必须使用中国品牌。”

外方人员表情无奈。

贺强补充说：“我们最后还有一道‘防火墙’，就是对技术转让实施评价。国内企业对引进的国外技术必须达到消化吸收、弄懂学会、具备国产化能力，否则双方谁也拿不到钱。”

欧克尔首席代表用生硬的中文说：“这样的游戏规则不好玩儿，转让关键技术，还要价格优惠，还必须使用中国品牌……”说后做了个无奈的手势。

野田跟着起哄：“强按牛头硬喝水……”

贺强：“市场原则，公平交易，选择自愿。被中国市场选中是幸运的，因为想进入中国市场的外国公司有很多……”

野田略窘：“开玩笑……当然是你们的市场你做主！”

欧克尔首席代表幽默地说：“不担心我们退出？”

贺强："你们不会退出，而且会争先恐后。因为尽管全力争取，还会有一方出局。"

三方看看对面，又顾虑地彼此对视，都感到了"三比二"的隐忧。

各方进行了充分的探讨和交流，会议结束已是晚上。王华山和李海涛、丁燕去了附近一家老北京火锅店。洪川公司的三个人散会后早一步到此，正吃得热火朝天。

洪川公司李总看到王华山一行，挥手热情招呼："王总！来来，正好，一起吃。"

李总看上去比王华山年龄大一点儿，性格爽朗，快人快语。

两个助手从邻桌搬过三把椅子。

"我们买单！"王华山说着，三人欣然入伙。

"难得跟王总聚在一起！服务员，拿餐具！"服务员过来添加了餐具，李总交代："按刚才点的，再加一份！"服务员应答着走了。

洪川公司的人分别给倒了酒。李总举杯："来来，走一个！"

大家举杯。王华山："谢谢李总！幸会！"

大家愉快地喝酒涮肉。

李总难掩喜悦之情："这次技术引进，虽然非我们两家莫属，但也得偷着乐啊……对于未来市场，这可以说是一次决定命运的机会！我听说，别的厂意见老大了，说凭什么让咱两家引进，不让他们引进。有的还私底下找国外企业联络。没用，他们不是上面指定的投标企业啊！技术引进不能随便引进，这'战略买家'就是国家！避免了企业只打自己的小算盘。当年汽车技术引进不就是吗？企业各自为政，不研究'核心技术'，合资生产赚钱就行，于是纷纷效尤……"

王华山："我国跟外企的铁矿石价格谈判也是如此。中国的钢铁产量世界第一，却在铁矿石进口价格上没有话语权……屡战屡败。"

李总充满感慨："这次招标如果是那种局面，主动权势必掌握在外方手中，你想拿到他的关键技术，门儿都没有！"

王华山："那是……"大家也认同点头。

李总："你看这次的技术引进方案多绝，双方结成技术转让对子才能投标，还不考核评价你外国企业技术传授得怎么样，就评价你国内企业学得好不好……你没学会，谁也得不到钱！这样一来，咱要学不好，老外都不高兴……"大家笑。"战略买家、捆绑式投标，设计得太高明了！反映了国家意志，体现了中国人的智慧……"

大家高兴举杯，热情高涨。

"接下来的谈判，结对子恐怕是艰难的，是硬骨头。"王华山说。

"欧克尔的技术是公认的这个，"李总说着伸了一下大拇指，"听说铁道部希望华龙公司能与欧克尔结成对子，那我们洪川公司就只能在阿奇达斯和山郎中间选其一了……"

王华山："谈判的事难以预料，谁是谁的'新娘'，现在还不好说啊。"

大家欢乐举杯。

山郎公司下榻的酒店房间里，野田团队在开小会，也不是正式开会，是那种共同关切、自然而然的深度交谈。

野田："新干线技术是我们的骄傲，可我们国土有限，生产能力饱和，再不拓展国外市场，还搞技术封锁，企业就没有出路了！中国是个潜力巨大的市场，我们绝不可以放弃，尽管我们面临国内的反对声。"

代表甲："国内反对向中国出售高铁技术，有政治的因素，也有竞争的担忧。"

野田："那些人站着说话不腰疼。企业要生存、要发展……我们向中国出售技术，最终是为了我们自身的发展利益！好在多方沟通，达成了共识，我们只向中国出售时速200公里技术，不转让更高等级的技术。可世界是圆的，你不转让，别人会转让，欧洲企业的技术市场是开放的，欧克尔的300公里技术比我们先进，这就使得我们在激烈的中国市场竞争中处于劣势。"

代表乙轻蔑："我们不必担心！我相信中国的高铁技术未来几十年都不会对山郎公司形成竞争威胁。"

野田摇头："中国人的韧劲和学习精神不可低估！"

代表乙："哼，曾经的'东亚病夫'……"

野田："这条龙真的醒了！"

阿奇达斯公司下榻的酒店房间里，首席代表和副手A手端着葡萄酒杯临窗欣赏着北京的夜景，微醺惬意。首席代表瘦长脸，副手A是个胖子。

首席代表："北京的夜晚很美，中国很温馨。"说完很陶醉地喝了一口酒。

副手A："是的……可你不觉得，三比二，我们阿奇达斯是最有可能出局的那一方吗？欧克尔和山郎公司的整体水平优于我们，而且我们的动力集中型不符合中国动力分散型的技术引进要求。"

首席代表："这未必就决定成败。我们可以按照中国市场的要求调整技术方案。别忘了我们是世界上出口高铁技术最多的国家……欧克尔傲慢、山郎保守，而我们是那个最真诚、最热情地拥抱中国市场的公司，怎么会出局呢？"

副手A点头："是这样！中国市场无论如何不能失去。我们公司正陷入困境，已向法院申请了破产保护，中国市场是拯救我们的唯一希望！"

首席代表："适者生存。中国文化讲究'够意思'，我们就来个一切条件好商量。在我们走投无路的时候，是中国市场给我们带来了机遇，我感到成功在向我们招手……"他深情地向窗外喊，"中国，我爱你！"

副手A也深有同感地向窗外抛了个飞吻。

两人得意地碰杯仰饮。

欧克尔公司下榻的酒店，在套房客厅的沙发上，两个人悠然自信地交谈。

欧克尔首席代表是个健壮的高个子，黄发秃顶，给人一种优越感和傲慢之态："中国这次动车组技术引进是个大单，而且中国市场前景广阔。总裁已发话，欧克尔公司一定要占领中国市场，志在必得！"

欧克尔助手："据可靠情报，山郎公司不向中国转让高等级技术。我们欧克尔公司设计时速 320 公里的高端技术是中国最中意、最想引进的，以实现他们未来 300 公里至 350 公里高速铁路网的运营。"

欧克尔首席代表："是的！欧克尔的技术毫无疑问是中国技术引进最看好的'新娘'，因此一定会卖个好价钱！未来我们在与华龙公司结对子的谈判中，要做到心中有数，争取公司利益最大化，以不变应万变。"

欧克尔助手认同地点头。

根据技术引进程序安排，外国三家企业集体来到华龙公司进行参观考察。忙于投标准备工作的李海涛和丁燕走出备标组，负责接待和陪同。

生产中的地铁车和客车布满了装配车间各个工位。考察团一行二十多人，野田缠着王华山走在后面。

"王总！请您不计前嫌……"野田非常谦卑，他知道以前的事会给王华山留下不好的印象，担心影响接下来的结对子谈判。

王华山："当年你要是把华龙厂收购了，恐怕就没有我们的今天了。"

"我们也是助力国企改革嘛。"野田掩饰。

"说的好听，我知道你与孟志的勾当。"

野田窘然，后转移话题问："那个孙哲现在怎么样？就是谷副秘书长的女婿，他还欠我一百万呢。"

"活该！他不会还你了。"

"这次来，我想找他谈谈。"

王华山："他已经因黑社会性质犯罪被枪毙了。"

野田呆住……

"投标结对子的事以后就别跟我提了，我们只跟欧克尔和阿奇达斯谈。"

野田急切地说："王总！我们山郎公司的技术是世界公认的，条件、价格都好商量，跟山郎合作应该是华龙的最佳选择啊！"

"有两家谈就够了，我不想和你打交道。"王华山说完向前走去。

野田呆了……

考察的队伍经过车间一边的角落，有一辆拆解中的动车头车，关键部位被打开，周围放了一地拆下的部件，有人员在现场工作。

王华山："这是我们自主研发的动车，进行了 50 万公里的上线运行考核，现正拆解检验。"

欧克尔首席代表："原来你们不是一张白纸，你们是有技术基础的。"

“当然，不引进你们的技术，我们的动车制造也会照常发展，只不过时间可能会晚一点儿。”王华山自信地说。

大家点头，表情不同地向前走去。

姜克选从车后走出，不满地望着参观考察的人群，心里说：“王华山，你这是引狼入室啊！”

深夜，王华山回到家中。

他先悄悄地去了厨房，喝了口水，回头发现桌上有剩余的生日蛋糕，突然醒悟，后悔不已……

这时，萧蓝出现在门口。

“对不起！把你的生日给忘了……太对不起了！”王华山说着愧疚地拉住萧蓝的手。

萧蓝眼里闪着泪光。

“技术引进的三方外国企业来厂考察，参观之后又开会、讨论，没有一点儿闲工夫，忙忘了……对不起了！”王华山说着拥抚妻子。

萧蓝的眼泪流下来：“这可能是我最后一个生日了！所以我多么希望你能陪我过这个生日啊！我前天去做了检查，医生说我的癌细胞转移了……”

王华山惊愕，难以接受：“不可能！不可能！”猛然抱住萧蓝，又放开，流着泪：“萧蓝！对不起，对不起……我现在给你唱歌……”他悲婉深情地唱起生日歌：“祝你生日快乐！祝你生日快乐！祝你生日快乐……祝你生日快乐！”泪流满面。

萧蓝忍住泪水，抱住王华山：“没事，没事……你忙！我理解。姜晓妍和珍珍给我过的生日，珍珍还给我唱了《丢手绢》，歌很好听……”

铁道部办公室里，史成志坐在办公桌前，务实严肃地讲话。相关方面分管领导五六个人坐在两边的沙发上，认真地做着记录。

“提高‘客运高速、货运重载’的能力，不但要按规划推进高速铁路网建设，还要加大对既有线路的扩能改造。像大秦铁路这样的运输干线，就必须在现有1亿吨的基础上，扩能改造到2亿吨、3亿吨。高速动车组、大功率电力机车、大功率内燃机车，这三款产品的技术引进，是中国铁路装备现代化水平的有力保障。动车组方面，欧克尔的技术平台是首选，谈判前要做好研究和考察工作，技术转让条款一定要制定得扎实详尽，价格也要有底线。”

贺强提出：“对技术引进，下面有疑问，也有争论……”

史成志：“国家战略，我们只行动，不争论。”

王华山咨询完医生走出医院，手里拎着片子和检查资料，他愁苦茫然地坐在医院门口的台阶上，为萧蓝的病情心痛绝望。

家里，萧蓝身穿睡袍站在窗前望着窗外的厂区，她的头发已经差不多掉光了……

响起敲门声，她赶紧戴上假发，整理一下自己去开门。

是对门张万军两口子。董玲："萧蓝姐……好些了吧？"

萧蓝把他们让进屋里，也过意不去："你们很忙，别总过来看我了。"

"是这么回事，我爸四处打听偏方，还告诉西安我大哥了。我大哥听说有个民间老中医，挺有名，说是宫廷祖传，看病得排大队……就去说了你这个情况，老中医给开了个方子。"张万军说着把一张纸交给萧蓝，"我爸在电话里记的，字不一定准确，说是到药铺一看就明白。"

萧蓝："太感谢张叔和你大哥了！"

张万军："谢什么啊，应该的。"

董玲："这样，萧蓝姐，王总也没时间，让万军去抓药，我在家给你熬。"

"别别，你们都很忙！转向架车间那边任务又重，万军是挑大梁的……"萧蓝对董玲说，"你现在干机械手了，又业余研究编程……"

董玲："没事，抽时间，治病要紧！"

"这样，你先给我抓三服试试，姜晓妍常来，我让她熬！"萧蓝说。

"也行！"张万军说后拿过方子转头走了。

车间里几台焊接机械手在工作着，董玲自在地走在旁边。对面不远处，张万军在俯身焊活儿。

董玲逗趣地喊："张师傅，歇一会儿！"

张万军放下电帽子，董玲得意地向他笑着。

"看把你嘚瑟的。"张万军走向媳妇。

董玲："我这机械手就比你那先进啊！"

张万军不屑："你这就能焊简单的几条直线，我那才是真正的手艺活儿！"

"没有更多的编程，外商不可能告诉你那么多，就自带一项编程。问题是只要设计出来程序，机械手就能干，关键是咱们自己得开发编程。这是个高大上的难题！我已经开发成功两项了！"董玲自豪地说。

"再怎么开发也离不了我的焊枪！"张万军自负。

"那倒是，不过你焊枪独打天下的时代结束了。"

张万军无法否认地走了。

董玲："萧蓝姐的药还买吗？别忘了。"

张万军回头："我买了三服，她说不吃了，不让我买了。"

董玲嘟囔着走向操控台："三服怎么能行！"

萧蓝又住进了医院。

她穿着病号服半躺在床上。面对病痛，她已经冷静了。这些天，她常若有所思，眼神深邃……

有人敲门。

萧蓝振作精神坐起来："请进！"

一男一女穿西服工装的人走进来，很职业和严谨的样子："你好！"

萧蓝："你好！"

中年男子递上名片："我是大明律师事务所的律师康成。"

萧蓝接过看了一眼："请坐吧。"

康成律师坐下。

一条不大的河经过松江市，上游来自于远处的大山，它在城市里分了几个汊子，最后流向城外的江里。

在城中河的一段僻静处，一个人坐着轮椅天天在河边钓鱼消磨时光，状态静默，一副沦落后与世无争的样子。

孟志闲着无事四处溜达，来到了钓鱼人旁边无聊地观看。

钓鱼人扬竿钓起一个手指头般的小鱼。

孟志感叹："这河里也没大鱼吧？"

钓鱼人听着声音熟悉，转过脸来认出了孟志。孟志看了一眼钓鱼人，惊讶："老钱？……"

钱斌后期在厂里郁郁寡欢，得了半身不遂，腿脚不便，最后落泊地坐到了轮椅上。他转过头去，摘鱼放食，又把竿甩到水里，这才漫不经心地咕哝了句："回来了？"

孟志窘然地"嗯"了一声。

钱斌拿出烟来，抽出一支，又把烟盒放进兜里，点上火。孟志看着，有些尴尬，搭讪说："盒里还有呢……"

"是吗？……"钱斌不过意，掏出烟来给了孟志一支。

孟志点上火，大吸了一口，好奇地问："钱主任，你原来近视，戴个眼镜，很精神，又斯文……现在怎么不戴眼镜了？"

钱斌冷笑："你落后时代了，这都不懂，现在时兴隐形眼镜了。"

"噢……"孟志惋惜地说："多年不见，怎么坐上轮椅了？"

钱斌不悦，仿佛受了污辱，回怼："那也比你服刑人员强！"

孟志伤了自尊，低头连吸了几口烟，扔掉，悻然走了。

钱斌毫不理会。

岁月无情，时过境迁。当年的钱斌和孟志沆瀣一气，如今他们离开了"官场"，没有了利益关系，无须伪装，且又都陷入了人生的窘境，于是现出了真实的本性，相见也就形同陌路。况且眼下的孟志已令人不齿，当初钱斌就瞧不起他，只是互相利用；孟志当年有求于钱斌，也对钱斌心存怨恨。

公司党委书记宋敏、工会主席及女工委员又来医院看望萧蓝，带来了鲜花和水果。

萧蓝在输液，宋书记坐在床边，握着萧蓝的一只手："公司的同事们都非常关心你，我和工会张主席，还有女工委员何翠是代表大家来看望你的。你要好好养病，别总惦记厂里的事……最近，李海涛和丁燕他们备标组去欧洲厂家考察了。现在这一茬年轻的工程师个个出类拔萃、堪当重任……工作上你就放心吧！"

萧蓝欣慰："是！走之前他们还来看过我。"

工会张主席："萧总，你对工会有什么要求，需要我们工会做什么尽管说。"

"谢谢你们！厂里忙，领导们就不要总来看我了，我挺好的！"

宋书记："晓妍就留在你身边照顾你，具体有什么事让她处理。"

一直在身边的姜晓妍积极地点头回应。

萧蓝："还跟晓妍说呢，这样总闲着不行啊，厂里这么忙，我得琢磨干点事，方便的、能相对独立的。后来想，试试为将来动车组设计车头吧！我知道以后会有专人去搞……我弄不成，可以给他们做个参考也好啊！"

女工委员何翠两眼泪光："萧蓝姐，你就别再操心受累了。"

萧蓝笑着："闲着也难受，做点事还踏实！"

宋书记叮嘱："听医生的，别累着！晓妍，你要照顾好萧总。"

姜晓妍难过地点头。

"也急不得。晓妍，你先给我找几本空气动力学方面的书，我得先充电，还要查阅和研究有关资料……"萧蓝喜悦地说。

姜晓妍点头。

深夜，病房里，王华山陪床睡在萧蓝旁边的临时加床上。他侧了一下身，下意识地抬头发现萧蓝的床是空的，他回身，看到萧蓝投入地坐在桌前。

病房靠墙加了一张桌子，成了萧蓝的工作台。桌上有《空气动力学》等相关书籍和一些动车组车头的草图。萧蓝在电脑前研究设计着动车头型。

王华山埋怨："半夜了，你怎么不睡觉啊？"

"我睡不着，你睡吧！"

王华山："你不睡，我怎么能睡得着啊？"

萧蓝忙着未动。

王华山起身过来催促："睡觉、睡觉……医生一再说，要休息好，劳累会加重病情的！"

"我真的不困。"萧蓝眼睛不离电脑上的三维设计图。

王华山上手操作："保存，关机。"电脑停了。

萧蓝不情愿，王华山把她抱了起来，向床走去。萧蓝索性两个胳膊搂着丈夫的脖子，享受着说："再抱一圈。"

王华山多绕了一圈，吃力地把萧蓝放到床上："好好睡觉！"并体贴地照顾她盖好被子。萧蓝心情不错地闭着眼睛，听任摆布。

王华山闭了灯，躺下。

室内安静。

"儿子快放暑假了吧？"萧蓝说。

王华山："再有一个月就回来了。"

萧蓝梦呓般地说着："最近常想起在大学的生活，想到我们坐的那趟来华龙厂的绿皮火车，想到我们结婚的那个小屋，想到江边的沙滩……"

王华山安慰："睡觉吧……"之后他回避地转过身来，眼睛湿润……

姜晓妍回父母家，上楼时碰到王华山下楼。

"王总，你来找我爸？"

王华山点头："话不投机，被轰出来了。"

姜晓妍惊讶："啊？这老头，怎么能这样呢！我说说他……"

"别……萧蓝没事吧？"

"没事，她让我到我爸家找一找设计方面的书。"

"好，我先走了……"王华山说着下楼走了。

姜晓妍急速上楼。

"爸！怎么了？我刚才碰到王华山下楼。你怎么把人家轰走了？"父亲在书房里，姜晓妍进门就问。

"听不进我的意见，还要跟我商量……你跟我商量干吗？我不愿听！"姜克选满腹怨气。

"一个万人企业的领导登门，您这样不客气，太过分了吧……"

"是他过分！不一心搞技术研发，却热心技术引进！"

姜晓妍争辩："技术引进是国家行为，也不是他王华山搞的。再说这是企业发展的机遇啊！想成为投标主体的企业多了，脑袋削出尖了都没有机会……如果按你说的，华龙厂不搞技术引进、闭关自守，将来的产品落后于人，那华龙厂还有出路吗？"

姜克选言之凿凿："问题是技术引进取代自主研发最终会伤害民族工业，中国铁路会成为外国车的天下！现在又提出什么要建高速车制造中心，还说是世界最大的高速车生产基地，好大喜功！这不就是官场上政绩形象工程那一套吗？企业家就怕官员化，好多企业都是这么垮的……"

姜晓妍："现在车间生产饱和，生产能力不足已经制约了企业的发展，高速车又要上，我觉得新建一个高速车生产基地是有远见的。"

姜克选不悦："我发现你现在总站在王华山一边说话，上次你于静阿姨给你介绍个挺好的对象，你也不搭茬儿……我知道你那点心思，你不就是看萧蓝得了绝症，打算等王华山吗？"

姜晓妍惊诧，恼羞成怒："爸，你说什么呀！"愤然地到书架上去找书。

"以前我也佩服王华山，现在啊，有待观察，说不准是个官场现形记呢……"姜克选唠叨。

孟珍珍去了技术大楼，来到技术中心会议室的门口。她隐约能听到会议室里王华山的讲话声。她在走廊上等待……

没多久，门开了，散会的工程技术人员拿着笔记本潮水般意气风发地涌出会议室，填满了走廊。孟珍珍靠边逆向走进会议室。

会议室的人在逐渐散去……

吴建华对王华山说："涂装车间主任说，郑小龙体检指标超标，复查后仍然超标，给他调转工作换个岗位，他说啥不走……"

"哦，"王华山感动，赞赏地连连点头，"这样，工会有职业危害疗养指标，先让他去疗养。"

吴建华："好！"

王华山接着说："今后我们要加大对涂装技术设备的升级改造，改善环境，争取车间实现无毒无害目标。"

吴建华赞成地点头。

孟珍珍走到王华山面前。

"珍珍！你怎么来了？"

孟珍珍不好意思，恳切地说："王伯伯，我找您有事……"

"好，你说。"王华山说着拉过一把椅子让珍珍坐下，自己也坐下来。

"我爸想回华龙厂，求您能不能照顾给他安排个工作……"

"可以，"王华山问道，"他有什么要求？"

孟珍珍："没有要求，有份工作收入是生活来源，再说他还不老……"

王华山想了一下："高速车制造基地马上要动工了，让他去当个巡视员怎么样？现场不安全、不规范的事都归他管……"

孟珍珍欣慰："好！"

病房墙上挂着三张动车头型设计草图，萧蓝踱步思考，不时驻足端详比较着……病痛发作，她抱胸忍耐着，后躺到床上休息。

病魔折磨着她……

晚上，萧蓝坐在床头的椅子上，王华山端来一盆热水放在她脚下，取出水盆里的毛巾，拧了，让她把脚放进去。

萧蓝把脚泡进水盆里。

王华山用热毛巾细心地给萧蓝擦脸、擦手……"宋敏书记调走了，她糖尿病挺严重，需要病休。"

萧蓝叹息："你会更累了……忙了一天，晚上还要来照顾我，难为你了，也耽误了你不少工作。"

"我要没工作多好，全天候守着你，一定会把你照顾得舒舒服服的。"

"谢谢你！这也挺好了。"萧蓝情感复杂而认真地说，"将来你要找个体贴的疼你的女人替我照顾你……"

"别胡说了！"

"真的，我不自私……"

"没有你，我不会再娶别的女人！"王华山深情地说。

萧蓝流泪……

王华山为萧蓝拭泪安慰："别难过，别难过……"

萧蓝抱住丈夫："我谢谢你！可你那样我不放心啊！"

技术引进谈判在即，公司开了最后一次碰头会。王华山坐在办公桌后的高背椅上，李海涛和丁燕坐在旁边的沙发上。

李海涛汇报说："我们备标组对三家国外企业提交的产品资料都做了分析研究，又对欧克尔和阿奇达斯公司进行了实地考察，并与对方进行了深入接触和交流，做好了谈判的准备工作。"

王华山："按规定，明天你们就要移师北京，正式开始与外方的谈判。谈判内容很复杂，包括技术、工艺、价格、供货、售后等方方面面。毫无疑问，谈判是艰难的，要斗智斗勇！'引进办'希望我们与欧克尔公司结成投标对子，所以在战略上，我们主攻欧克尔公司，阿奇达斯公司作为备标，不接触山郎公司。总之，为了国家和企业的利益，我们一定要取得谈判的成功，把世界最先进的技术引进过来！"

李海涛和丁燕坚定地点头。

华龙公司谈判团队一到北京，野田就带着山郎公司的谈判代表甲和乙，来到其下榻的酒店，等坐在大堂的茶厅。

李海涛、丁燕及一位助理走出电梯来到茶厅，山郎公司三人起立鞠躬。

野田先后与李海涛、丁燕握手，热情幽默地说："李总！北京欢迎您！""丁总！北京欢迎您！"

大家笑，礼让后坐下。

野田："我们山郎公司特地来华龙公司代表团驻地拜访李总和丁总！"

李海涛说："谢谢！"丁燕也点头致意。

"据说华龙公司已经跟欧克尔和阿奇达斯公司联络接触……你们不应当放弃山郎公司啊！"野田心情恳切。

李海涛："欧克尔公司向我们出售时速300公里技术，当然是我们的优先选择。你们可以与国内洪川公司结对子嘛！"

代表乙起身笑着在现场拍照。

野田："华龙公司多一个选择不好吗？这也扩大了山郎公司的生存空间，回旋余地大，对你我谈判都有利。"

李海涛："我们时间、精力有限，不想面面俱到，有两家谈就够了。我想这也有利于山郎公司与洪川公司的谈判，专心致志，心无旁骛啊。"

野田失去热情，琢磨着："都有选择余地，就是山郎公司没有退路……你们华龙公司王总这一决定高明，一是表达了对我的不友好，二是策应了洪川公司的谈判，因为我只有洪川这一条路了……"

"野田先生！我们还忙，咱们以后再谈……"李海涛起身，中方人员友好地告辞。

山郎公司的人起立，客气地道别。

野田失意，有策略地对手下说："你们去一趟洪川公司谈判代表团驻地，就说我们山郎公司正与华龙公司谈判，两天以后再与洪川公司洽谈，并将刚才的照片给对方看一下……"

两人领会地点头。

代表甲关切地说："我们不能再失去洪川公司了……"

野田："是，如果我们不能与洪川公司结成对子，就失去中国市场了。洪川公司要志在必得！但也要讲究策略，不能让他们知道我们只能在他这一棵树上吊死。"

手下点头。

野田踱步，表情充满仇恨："我要去一趟华龙公司。"

上次见到钱斌，对孟志心理打击很大，加之现实中太多冷漠的目光，使他意识到自己在别人心目中形象不佳，感到悲哀。最近，他百无聊赖地躺在招待所的房间里，很少出门。

有人敲门。

"谁？进……"孟志坐起来。这里除了女儿珍珍常来，没有人光顾。

野田进来，摘下墨镜："孟经理……"

"你怎么来了？你来干什么？"孟志吃惊。自从上次打了野田之后，孟志就对野田心存戒心。

"听说孟经理从国外回来了，来看看您！"

"看我？黄鼠狼给鸡拜年——没安好心吧……"

野田十分诚恳："您多虑了！当年孟经理为了帮我买华龙厂确实费心了，每每想起，深感过意不去！也很想弥补一下。"

孟志释然相看……

后来，他们去喝了酒，冰释前嫌。酒后，野田又带孟志去了洗浴中心。

两人相邻并排做着足疗，亲和愉悦。野田问孟志："还想回华龙吗？"

"谁不想东山再起啊？"

“可你起不来了。有王华山在，你注定是倒霉的命！”

“我承认无力回天了，但我还是不甘心啊！”

“你还有什么想法？”

孟志怀恨在心，没有说什么……

野田伸出手：“我可以帮你。”

孟志看到了希望，两人握手。

野田恨王华山、恨华龙厂，但他没有抓手。他想利用孟志替自己出气，尽管知道现在孟志能力有限，可能也翻不起多大的浪花，但总比没有强，况且他相信一粒老鼠屎也能坏了一锅粥。

北京。

技术引进谈判在双方不同的企业之间交叉轮流进行，紧张而有条不紊。

以李海涛和丁燕为首的华龙公司白天与欧克尔公司谈，晚上接着与阿奇达斯公司谈；以李总为首的洪川公司与阿奇达斯公司谈完，接着与野田为首的山郎公司谈。

两个谈判地点设在两家居住的不同的酒店会议室。出席谈判的各方代表，五六人、七八人不等，隔桌而坐，时长不限。所谈内容复杂，条款众多，这个谈判无疑将是艰苦的、漫长的。

医院病房里，萧蓝坐在电脑前投入地研究着动车头型，墙上除了三张动车头型草图，还有一张涂色的形象图片。

姜晓妍走过来给萧蓝按肩：“歇一会儿吧，你不都设计完了吗？我把你设计的方案送到研发中心头型组，他们很欣赏，还说萧总人美，设计出来的动车头型也美……”

萧蓝一笑：“他们比我专业！我的理念只供他们参考……我还得再琢磨琢磨，要充分考虑到它的气动性能和工程可实施性，还要考虑它的文化性……”说着病痛发作，又抱胸难受起来……

“又疼了？快上床休息吧……”姜晓妍说着搀扶。

萧蓝躺在床上疼痛难忍：“我受不了了，给我吃止疼药！”

姜晓妍忙拿药瓶倒药，嘴里念叨着：“刚吃了不长时间……”

晚上，华龙公司谈判团队驻地，十多人挤满了房间，大家为领导的到来感到兴奋。

从公司赶来的王华山关心慰问同志们：“大家辛苦了！听说你们谈判没有时间概念，有一次竟然三天三夜没合眼。”

大家笑。

丁燕现出为难表情：“不好谈……”平时英姿飒爽的她，此时是一脸疲倦、不修边幅的样子。

“肯定不好谈。你买我卖，怎么个买法，转让到什么程度，什么价格，等等。这些都关系到自身利益，当然会斤斤计较、寸步不让……”王华山肯定地说，“但有个大前提，他们的产品都想进入中国市场，不会放弃这个机遇。所以不到最后一刻，他们不会轻易让步。”

李海涛：“欧克尔公司出价太高！每列车的价格是3.5亿人民币；技术转让费是3.9亿欧元，相当于39亿元人民币，而且寸步不让！阿奇达斯出价虽然低于欧克尔，但也超出了我们的预期，对方也不肯退步。”

王华山思考后说：“这样，先不跟欧克尔公司谈，晾着他，要先把阿奇达斯拿下。”

大家点头。

萧蓝仰靠在半摇起的病床上输着液，虚弱无力地闭着眼睛，沉思冥想……

她睁开眼睛，嘴里喃喃自语：“人固有一死，我不想病到奄奄一息、狼狈不堪的样子，更不想拖累华山。现在还好，我要挥挥手，作别西天的云彩……”说着泪水从她的眼睛里流下来。

姜晓妍进来：“萧蓝姐！我把你设计定稿的动车头型交到研发中心了。他们说将来要在技术引进的数据基础上，优化改进时做参考。”

萧蓝喜悦：“这是我的一个心意，仅供参考。将来生产时，他们还要根据设计方案按比例做成模型，拿到四川绵阳风洞试验基地做风洞试验……”她望着墙上的动车头型图片感慨，“它是华山和我们的梦想！无数人在为它付出智慧和汗水，相信在不远的将来，我们自主创新的高速列车会奔驰在祖国的大地上，充满灵性和神奇，惊艳世界！”

窗外夜幕沉沉，洪川公司谈判会议室里却亮如白昼。

双方谈判僵持，陷入停止状态。两边各七八人，人人倦怠，精神萎靡，却无意结束，都这样耗着。

山郎公司一方年长者居多，头发花白，尤其精力不支，或瞌睡或伏案，“溃不成军”。中心位置上空着。

洪川公司多年轻人，虽疲倦但坚持着。李总居中，喝着茶水。

野田外出回到谈判桌，脸色不悦。他索性摊牌说：“谈判以来，山郎公司本着最大的诚意，在各方面都做出了极大的让步，如果最后在售后服务方面达不成共识，我们将退出谈判！”说着站起来，收拾了一下东西，移步要走的架势……

现场气氛陡然紧张。

李总摔了一下茶杯，毫不含糊地站起来，怒发冲冠地指着野田说：“你如果走出这个房间，就不要再回来！”

大家都呆住了……

野田愣了半天，尴尬地笑了：“玩笑，玩笑……”说着又回到谈判桌坐下，恭维地说，“继续谈，继续谈……”

在另一个谈判地点的会议室里，华龙公司与阿奇达斯公司的谈判也处于胶着状态。王华山说："我方最后确定的条款和价格，是做出充分让步的，应当是我们的底线了，请阿奇达斯公司认真考虑。如果还不同意我们的方案，我们就没有必要再谈了。"

对方代表们互相看了一眼，思考着，最后还是无动于衷的样子。

王华山见没有希望，就说："好，再见！"起身告辞。

华龙公司的人走了，阿奇达斯的人茫然地望着他们离开会议室。

第二天，阿奇达斯代表团没有接到谈判时间安排的通知，他们感到情况不妙，便一起找到华龙公司谈判人员下榻的酒店。

酒店前台一位服务员说："华龙公司的人已经退房了。是临时回厂，还是改住别处，不清楚。"

阿奇达斯公司一行人听了愣住，有了失落感。

阿奇达斯公司首席代表拿出手机按键，拨号后听到："您所拨打的电话已关机……"他深感不祥："他们关机了！"

这群人现出恐慌，无所适从……

其实，华龙公司谈判团队没有退房，他们正在房间里酣睡。

阿奇达斯公司的人没有离去，聚坐在大堂茶厅里，沮丧笼罩着他们。

"这是不是他们的谈判策略？"首席代表质疑。

代表A："不像是开玩笑。"

代表B："在三对二的格局中，我们本来就不占优势，应当接受中方的条件，避免出局。"

代表C："公司债台高筑已向法院申请了破产保护，中国市场是我们生存发展的希望，绝不可以失去啊！"

代表D："是的，中国市场是拯救我们的福音。"

首席代表站起来踱步，后无奈地拨打电话："贺强先生，您好！我是阿奇达斯公司的首席代表，是这样，请您转告华龙公司王总，我们阿奇达斯公司完全接受华龙公司的谈判条件，希望我们合作成功！"

终于等到了儿子暑假归来，病房里其乐融融，萧蓝最后享受着跟儿子在一起的幸福时光。

星期天这天，萧蓝穿了她最喜欢的衣服，打扮得非常漂亮。

她和两个孩子坐在同一个沙发上，一边抓着珍珍的手，一边和儿子亲昵。

"儿子，快毕业了吧？"

"嗯，实习呢。"

"以后回华龙公司吗？"

"也可以留校和出国……我还是听我爸的，回华龙公司来！"

萧蓝自豪:“现在华龙公司发展壮大了,是国家轨道交通车辆生产的骨干企业,动车组技术引进正在北京谈判,高速中心制造基地也即将开工建设,我们已提出建设世界一流企业的目标……你们大有作为啊!”她感慨,“当年,也像你们这么大,我们是怀着‘到最艰苦的地方去,到祖国最需要的地方去’的一腔热血,来到华龙厂的……”

珍珍天真地问:“萧阿姨!都说人往高处走,你们却往低处跑,这样的人生是不是最有魅力?”

“当然!回首往事,你会因为这样的经历和为社会做出的贡献而感到自豪和光荣。但人生观不同,也会有人因选择了苦难而懊悔。”

珍珍好奇:“萧阿姨!我知道您和王伯伯是志同道合,我想知道你们是怎么认识的,不,是怎么……”

“相爱的?”萧蓝笑着说出珍珍羞于出口的话。

珍珍笑着点头。

萧蓝陷入回忆,讲述:“当年你王伯伯不爱说话,是个内向的人。有一次学校春游,公园里一个小孩不慎从桥上掉到河里,他二话没说就跳到河里救人,可他自己还不太会游泳,在大家的协助下孩子得救了,他差点没淹死。在那一瞬间,一个人毫不犹豫地挺身而出,不顾个人安危,让我看到了他身上人性的光辉。就想,这样的人在国家面临危难的时候,同样也会义无反顾、赴汤蹈火。后来事实证明,他是有大格局的人,所以我追随他一起来到华龙厂。曾有人问我:有权有势的公子哥儿你不屑一顾,却为什么倾心于一个穷学生?后来我想,我是被他的纯真、正义和社会责任感感动了、吸引了。他是我们班最有远大理想的人,而这种理想又是和国家的前途命运连在一起的。比如高铁情怀,他还因此有个外号叫‘梦班长’。”

大家笑。

珍珍关照:“萧阿姨!您要难受就躺一会儿吧。”

“没事,我吃药顶着呢,我想和你们过一个美好的星期天!”

王华山提着水果进门,抱歉地说:“对不起!刚从厂里回来,来晚了。”他看着萧蓝,赞叹:“今天好漂亮啊!”

“是吗?”萧蓝强颜欢笑,心里一酸,眼泪险些没出来,“你以后也要注意身体啊!”

手机响,王华山接电话:“喂……明天开会定……”收了手机,他剥了一个香蕉给萧蓝,又对中民说:“给珍珍,你们吃香蕉!”

萧蓝接过咬了一口。王华山坐在床边,两手握着萧蓝的一只手,看着她吃香蕉。

“你把手机关了,好好陪我。”萧蓝不同寻常地要求。

“好!”王华山关了手机。

萧蓝注视着王华山,眼睛湿润,回避地转头:“中民!跟妈贴贴脸……”

中民亲热地搂抱妈妈……

“好儿子!以后要听你爸的话,做一个优秀的人!”萧蓝嘱咐。

中民难过:“妈!你怎么了,别想那么多,你放心!”

珍珍拿纸巾给萧蓝擦眼泪。

萧蓝去了卫生间，她拿出一个小药瓶，把很多药片倒到手上，放进嘴里，喝了一口水咽下，随手把药瓶丢进垃圾桶里。

她望着镜中的自己哭了，又马上擦去眼泪，补了补妆，样子美好地走了出去。

萧蓝出了卫生间，中民和珍珍陪着她。

她在挂着动车头型的桌前注视了一会儿，说："我困了，我要睡觉了。"

大家说："睡吧……" 王华山整理了一下床铺，珍珍和中民照顾她上床躺下，她自己细心地整理了一下自己，感觉完美地闭上了眼睛。王华山给她盖好被子。

王华山和儿子坐守在床的两侧，珍珍守在脚边。

萧蓝睁开眼，两手分别握着两个人的手，她留恋地左看看、右看看……

"睡吧，我们陪着你……" 王华山安慰。

萧蓝闭了一下眼睛，又睁开："珍珍给我唱《丢手绢》吧，我喜欢听这首歌。"

"好！" 珍珍唱起《丢手绢》。

歌声里，萧蓝最后一次艰难地看了一眼儿子和丈夫，闭上眼睛，眼里溢出泪水……

中民给妈妈擦去眼泪。

萧蓝样子完美地睡着……

珍珍反复唱着：

丢、丢、丢手绢，

轻轻地放在小朋友的后面，

大家不要告诉他，

快点快点捉住他，快点快点捉住他……

许久之后，大家慌张地发现不对，医生护士赶来……哭喊声充满了病房……萧蓝走了！她美好地告别了这个世界……

在医院前边的一片绿色草坪上，康成律师和助理向当事人履行法律程序。

他们自然站成一排，王中民和孟珍珍居中，王华山和姜晓妍在两边，胸前都戴着白花。

"根据萧蓝女士的生前愿望，授权大明律师事务所康成律师，将华龙股份有限公司萧蓝名下两千万元股权更名赠予孟珍珍……" 康成律师宣布后从助理手中接过文本，展示："这是股权证书。"

大家意外、吃惊……后王华山和儿子中民鼓掌。

康成律师："还有录音。"

助理按键，举起电话，响起萧蓝的声音："亲爱的华山、亲爱的儿子中民：珍珍是个善良、懂大义的女孩，她为工厂追回了巨资，也挽救了她的爸爸。这件事她吃苦了，也受到了伤害……我赞赏她，也心疼她，她小小年纪做了一件了不起的事情，在她身上有着我们向往和追求的人性的美好……我决定把两千万元的股权赠予珍珍，以表达我的敬意，也慰藉我的心灵。我没有跟你们商量，但我相信你们会赞成我这个心愿——这个美好的心愿！”

王华山、王中民由衷地鼓掌……

康成律师将股权证书交给孟珍珍，珍珍感动流泪，不肯接受……王中民接过股权证书，塞到珍珍手上。

王华山也上前握住珍珍的手祝贺。

姜晓妍站在一边呆傻着，不敢相信这一切是真的。

19/ 第十九章

一处向阳的山坡上，绿草茵茵，山花绚烂。

萧蓝葬在这里，墓地由大理石构筑，四周有白色花岗岩的护栏，墓碑上照片里的萧蓝楚楚动人。

此时，碑座上摆放着萧蓝设计的动车头型图片和一束新采的山花。王华山颓丧地躺在旁边的草地上，依恋的感觉像躺在萧蓝的身边。他仰望天空，泪眼蒙蒙，一幕幕难忘的记忆在他眼前浮现：

——那列蒸汽机车牵引着绿皮车，喷着烟雾在奔驰……

——“你变了……为什么回避我、躲着我？我放弃了上海留校，追随你一起来到华龙厂……你不能这样对我啊！”萧蓝说着眼泪流了下来。

——面对孟志，她说：“我爱王华山！他是我崇拜的男人！”

——他出了拘留所大门，萧蓝盛装走来：鲜红的裙子，嫩黄的绸衫，神情娇羞妩媚，楚楚动人。

——她在江边即兴咏诗：“一块方正的石 / 擎起高楼大厦 / 一尊品格的碑 / 如风雨中的灯塔 / 你是一块方正的石 / 肩负家国天下 / 你是一尊品格的碑 / 为世界增添光华。”

——新婚之夜，沙滩上两人面江私语，她依偎在他的臂弯里……

——“中国地铁国产化会因我们的坚持而充满希望！我萧蓝为有你们这样的同事而自豪……我承诺，大家的基本工资我垫付……有困难找萧蓝！”在地研所她大义凛然。

——她慷慨地把两千万的存折交给市政府。

——他流着泪为她唱生日歌，两人相拥……

——病中，她穿着病号服坐在电脑前坚持设计动车头型，为热爱的事业尽最后一份心意。

……

王华山望着墓碑上萧蓝的照片情不能已、悲痛欲绝。他抱着墓碑号啕痛哭：“萧蓝啊……萧蓝……”

这时手机响，他平复了一下心情接起电话。

李海涛的声音：“王总！我是李海涛。投标截止日期临近，跟欧克尔公司的谈判还没有进展……”

王华山听着电话起身下山，回头又望了一眼萧蓝的墓，抹了一下眼泪：“嗯，我马上去北京！”

他收起电话，匆匆走下山去。

在招待所孤寂的房间里，孟志伫立窗前，心情沉重。

他喃喃自语：“听说萧蓝死了……可惜了！哼，当初要是跟了我，也许不致如此……”

北京的谈判进入白热化，也到了关键时刻。充满心机的野田把欧克尔和阿奇达斯的首席代表约到了酒吧，密会私聊。

一番热情地品尝后，三人绅士地端着红酒杯，惬意中各有心思。

“投标截止日期快到了，越到这个时候我们越要挺住，坚持原则不退步。虽然我们希望进入中国市场，但中国也必须引进我们的先进技术，所以我们要结成盟友，不要被他们各个击破……”野田把话引入正题。他鼓励别人，其实是为了保全自己，最终让别人成为牺牲品。

阿奇达斯首席代表保持清醒：“总会有一方要出局的……”

野田：“你们阿奇达斯公司应当向欧克尔公司学习，坚持价格不动摇。据说中方的态度是，能谈下来最好，谈不下来也必须引进欧克尔的技术，因为他是这个！”说着伸出大拇指。

欧克尔首席代表傲然地喝了一口红酒表示：“我们不会低下高贵的头颅。”

“这就对了！”野田赞赏。转过头来对阿奇达斯首席代表说：“价格决定品质。价格让步，说明产品差，反而不被看好，可能最终就会出局……”

阿奇达斯首席代表茫然地点头。

洪川公司与阿奇达斯公司的谈判正在进行。走廊上，野田来了，久久地等在门外。

李总开门出来，野田鞠躬：“李总您好！”

“什么事?”

“今晚我请您喝醇正的清酒……”

“算了，喝过，不如二锅头……你就说什么事吧，我们正跟阿奇达斯公司谈着呢。”

都在命悬一线的时刻！野田认为，华龙公司最有可能与欧克尔结成对子，那么如果洪川再与阿奇达斯谈成了，山郎公司就没戏了。所以他来搅局：“我担心贵公司会迷失方向。我们比阿奇达斯的技术成熟稳定，洪川选择我们才是对的！他们公司都要垮了，提供给你们的技术不成熟，是应付中国市场的，价格还不低……你们千万别上当啊！”

李总：“嗯……我们都不会上当。”

引进办贺强办公室。王华山率李海涛、丁燕来汇报情况，坐在一侧的沙发上。

“欧克尔公司滴水不进，华龙公司的谈判已没有突破的可能，放弃欧克尔公司的技术又于心不忍……实在不行，为了技术进步，我们是否考虑接受欧克尔公司的条件？”王华山探讨说。

贺强离开办公桌来回踱步……最后表态说：“以国家利益为重！”

大家点头。

贺强：“欧克尔自恃技术先进，摸准了我们的心态……我们再做一次争取！”

王华山：“好！”

阿奇达斯公司谈判代表下榻的酒店房间里，首席代表心情不佳地来回踱步：“我们上当了！在与洪川公司的谈判中，我们坚持价格，山郎公司却做出了让步。现在洪川宣布放弃与我们谈判，与山郎公司结成对子已成定局……好在我们接受了华龙公司的条件，还有立足中国市场的希望……”

代表A端着红酒杯站在窗前：“华龙公司在争取欧克尔，我们还是命悬一线。如果他们谈判成功，我们势必出局！”

首席代表：“欧克尔的要价高得惊人，如不让步，中国会低头吗？欧克尔说他们不会低下高贵的头颅……”

代表A：“哈哈，这就看谁的头颅更高贵了。我认为中国人不会屈从于欧克尔的傲慢，但我们更希望欧克尔不要低下他们的头颅，最后头撞南墙……”说着兴高采烈起来。

“那样，我们阿奇达斯才有胜算！”首席代表也兴奋地倒了杯葡萄酒，与代表A碰杯，“愿欧克尔不要低下高贵的头颅……”

代表A：“但愿！”

华龙公司谈判团队入住北京西客站附近的一个酒店里。一楼大堂茶厅，外观隐秘，入内空间开阔。今天，欧克尔谈判团队应约悉数到场，华龙公司王华山、李海涛、丁燕等人员全部出席，中方引进办主任贺强亲自出面，在这里进行最后的谈判。

沙发一侧呈半环形，相对一侧则错落有致，均座无虚席。贺强与欧克尔首席代表单独坐在一个双人座的圆几两边。

欧克尔首席代表强调：“欧克尔公司设计的时速320公里动车组，是目前最优秀的动力分散型动车组，出口多个国家，享誉世界！我们出口中国的价格是物有所值的，请你们认真考虑我们的条件，希望双方合作成功！”

贺强诚恳地说：“明天就是投标日了。在这最后的时刻，我们还在争取欧克尔，这说明了我们的诚意！中方很欣赏欧克尔公司的技术，很希望欧克尔成为我们的合作伙伴，但你们提出的价格实在不像是伙伴，像是打劫。我可以负责任地最后表明我方的态度：每列车的价格必须由 3.5 亿元人民币降到 2.5 亿元人民币以下，技术转让费必须由 3.9 亿欧元降到 1.5 亿欧元以下，否则免谈！”

欧克尔首席代表傲慢地一笑：“这可能吗？”

贺强：“跟中国打交道要摈弃西方思维，我不希望看到贵公司出局。何去何从，给你们 5 分钟考虑。”

欧克尔的人迟缓地站起来走了出去……

最关心这场谈判的莫过于阿奇达斯公司了，因为这场谈判的成败决定着他们的命运。此时，在大堂二楼的围栏处，两个人席地而坐，首席代表用长筒望远镜对着茶厅谈判现场窥探。

首席代表窥视后说：“谈判中断，没有握手，像是不欢而散。”

代表 A 高兴地与首席代表击掌：“耶！”

酒店外的草坪上，欧克尔公司的一群人在商议。

有人担心：“他们摊牌了，我们……”

欧克尔首席代表自负：“欧克尔产品在全世界畅通无阻，我们没有谈判失败的记录。我相信中方不会放弃欧克尔的技术！这是他们的谈判策略。”

代表 A 顾虑：“他们有孔孟之道，有孙子兵法，还有毛泽东思想，又熟悉三十六计……”

首席代表：“中国文化博大精深，你虽有千条妙计，但我有一定之规……坚持就是胜利！”

阿奇达斯公司的两个人挎着望远镜、嚼着口香糖坐在酒店门前花坛旁边注视着草坪上欧克尔的人。

欧克尔的人走回酒店……

阿奇达斯代表 A 挥手打招呼：“祝你们好运！”

欧克尔代表 A 对首席代表说：“阿奇达斯着急了，来等我们的结果呢。据说他们已经接受了华龙公司的条件……”

欧克尔首席代表傲慢地向阿奇达斯的人大声说：“中方对欧克尔的技术垂涎三尺，我们不但是他们的梦中情人，还是他们必娶的新娘！你们阿奇达斯就是个垫背的……”

阿奇达斯首席代表关切地叫嚷：“请你们不要低下高贵的头颅！”

欧克尔的人不理会地走向酒店，阿奇达斯的两个人看着他们的背影……

“傲慢不等于高贵，”阿奇达斯首席代表问代表 A，“你看他们的头颅高贵吗？”

代表 A 不屑地望着：“哼，高贵？用中国人的话说，就是一根筋的傻狍子！”

两个人自娱自乐地笑，随后也进了酒店。

欧克尔公司的人回到大堂茶厅现场，坐下。

中方人员都在。贺强燃着一支烟，静待对方的回答。

欧克尔首席代表迟滞片刻，仍然赌一把地说：“我们仍然坚持原有的方案，原型车的价格 3.5 亿元人民币，技术转让费 3.9 亿欧元，请贵方尊重和接受我们的条件。”

贺强把烟按灭在烟灰缸里，站起来：“各位可以订返程的机票了，祝你们一路顺风！”说后毅然离去。

中方人员随之离席。

欧克尔首席代表拉住王华山的手：“王总！谈判嘛，这也正常。你们回去再商量一下，我晚上等你们的电话。非常期待与你们合作！”

“你等着吧。”王华山和中方人员离场回了酒店房间。

在大堂二楼围栏处窥视的阿奇达斯首席代表放下长筒望远镜，难掩兴奋：“他们没谈拢，我们的机会来了！通知我们的团队，马上来酒店大堂与华龙公司会面。”

代表 A 激动得立即拿出手机拨号。

阿奇达斯首席代表也打电话向王华山发出邀约。

还是老地方，晚上华龙公司和阿奇达斯公司全体谈判人员在酒店大堂茶厅相聚，气氛轻松愉快。

阿奇达斯公司首席代表热情地说：“我们向中国输出的动车组，具有最先进的大功率牵引控制系统、最先进的防寒降噪系统，以及先进的摆式车体和转向架，又为中国新设计了流线型车体造型，使用寿命 30 年，而且价格合理。中国是个通情达理的国家，我们同意中国提出的任何条件。”

王华山满意地点头。

代表 A 胖乎乎的脸上笑容灿烂：“今天的夜晚多么美好！应当是我们喜结良缘的时刻。”

大家笑。

“我们已经拒绝了欧克尔，可他们不死心，还在等我们的电话……”王华山卖关子，“我们是与欧克尔破镜重圆呢，还是和你们阿奇达斯公司牵手呢？”

首席代表极力表示：“中国是个伟大的国家，是不会倒插门的……我们才是你们应当迎娶的新娘！”

王华山笑了，高兴地站起来：“好！我宣布，华龙公司与阿奇达斯公司谈判成功，结成对子，共同投标！”

大家欢呼鼓掌，阿奇达斯的人手舞足蹈。代表 A 和两个人去吧台端来摆满酒杯的托盘，递给每个人一杯酒。

首席代表兴奋激动地高举酒杯高声说道：“庆祝！庆祝！庆祝合作成功！”大家

也都举起酒杯。他索性走向王华山:“我应当和王总喝交杯酒……”说着示范交叉胳膊喝了交杯酒。

大家欢呼,兴奋饮酒。此时,有人用手机播放歌曲《我是你的新娘》,又为现场增添了特殊的欢乐气氛。

兴奋浪漫的外国人豪饮狂欢,场面喜庆热闹……至深夜,他们横七竖八地倒在沙发上、地毯上,仍然陶醉地笑着,梦呓般地唱着……

华龙公司谈判团队早早地离开了聚会现场,为了明天的投标,他们来不及休息,也没有时间休息。王华山、李海涛、丁燕带领团队成员一起紧张忙碌地核对资料、整理标书,打印、装订。三台打印机哗哗地不停出纸,直到天亮……

投标大会如期举行。

“时速200公里以上动车组投标签字仪式”横幅赫然悬挂在庄重的大厅里。主席台上坐着很多领导,有张建国、史成志、贺强等。

主席台前面是签字台,王华山与阿奇达斯首席代表、李总与野田分别在技术引进协议上签字。

众多媒体的“长枪短炮”对准他们,现场红地毯上的来宾济济一堂。

这时,大厅门口,欧克尔首席代表抱着资料带领一众成员从旋转门中匆忙进入,被门口的保安挡住。

欧克尔首席代表急切地说:“我们要与华龙公司一起投标……”

现场的丁燕见状赶过去:“先生!我们已经与阿奇达斯结成对子,你们欧克尔出局了。”

欧克尔首席代表呆住……

这时,他们看到华龙公司与阿奇达斯公司、洪川公司与山郎公司签字后手持标书,在接受现场的掌声……

欧克尔首席代表感到绝望,怀抱的材料失控地掉到地上。身旁的代表A赶紧蹲下收捡材料。

保安将他们请出,欧克尔的人失魂落魄而又不舍地退回旋转门,走了出去。

大厅里,掌声热烈。

北京国际机场航站楼。

欧克尔公司的一群人落魄地背包拖箱走进候机厅,厅内座无虚席,他们站在落地窗前的栏杆旁。

欧克尔首席代表两手扶着栏杆,失望地望着窗外,机场不时有飞机起降……

代表A站在旁边叨唠:“失去中国高铁市场,欧克尔股票狂跌,我们谈判团队被全部撤职……”

首席代表感叹:“记住,不要跟中国人叫板!”

原来的厂俱乐部改建翻修后焕然一新，也增加了新功能，并更名为“文化中心”。华龙公司在这里举行“200公里动车组技术引进实施动员大会”，会议空前隆重，千余人参加，座无虚席。

党委副书记、副总经理李海涛主持会议。

公司董事长、党委书记王华山讲话，他说：“这次国家引进时速200公里技术，我们华龙公司中标了60列动车组，总价值137.9亿元人民币。每列八辆编组，五动三拖，运营时速200公里，最高试验速度250公里。洪川公司也中标了60列。按照我们与阿奇达斯公司签订的技术引进和国产化方案，这60列，其中3列国外原车进口，6列国内散件组装，其余51列国内生产。这三个阶段可以概括为：一、3列进口原车是你干我看；二、6列国内组装是我干你指导；三、51列自己干，实现国产化。阿奇达斯公司在这个过程中逐步完成向我公司转让动车组总成、车体、转向架、牵引控制系统和列车网络控制系统技术。我们要选派员工到国外学习培训，还要派技术人员到阿奇达斯公司，参与引进产品的联合设计。同志们！在此我要强调，技术可以引进，能力是引进不来的，中国高铁事业未来的发展最终要靠我们自身的制造技术和自主研发能力的提高。我们要在全公司掀起崇尚技术、钻研技术的热潮。公司现有工程技术人员2000多人，其中博士18人、硕士460人、教授级高工63人、高级工程师720人。我们要继续推进人才培养战略，要进一步完善激励机制，重奖有突出贡献的工程技术人员；在工人中实行技师晋升制，并按等级提高岗位津贴，让工匠精神深入人心，成为我们刻骨铭心的追求！”

大家欢欣鼓舞，掌声热烈。

最后，王华山宣布了公司任命：“根据公司董事会和党委会提名，经总公司批准，李海涛任华龙公司总经理兼党委副书记，丁燕任华龙公司总工程师，赵鹏任技术研发中心主任，郑凯任工艺技术中心主任，孟珍珍为华龙公司董事会董事。”

萧蓝墓地，碑座上摆放着各种水果，姜晓妍蹲在碑前念叨：“萧蓝姐，你放心，我会按你的意愿去照顾华山……可他未必能接受我呀！”

在松江市郊区的原野上，华龙公司高速车制造中心基建开工。上级领导赶来视察，王华山陪同来到工地。

现场竖立着基地建设图板，领导们察看着。王华山指着上面的图景介绍说：“新基地面积约150万平方米，相当于现在的两个华龙厂区。这一字排开的是车体制造、表面处理、组装调试、仓储物流等现代化厂房，旁边是高速车国家级工程实验室大楼，还有12公里长的动车组试验线。”

李昆感叹：“好啊！”

王华山自豪：“李副省长！华龙已经不是以前的华龙了！”

李昆副省长："这是我国轨道交通车辆制造业的大手笔啊！"

中车总公司领导刘保中欣然点头。

他们回身远望，工地四处红旗招展，到处是大型挖土机和机械设备在施工，一派大型工程开工的场面。可见横幅标语："打造世界一流高速车制造基地！"

王华山说："高速车制造中心建成后，我们将拥有高速动车组、城轨车、铁路客车、转向架四个专业化制造基地。将具有年产1000辆动车组、500辆铁路客车、1200辆城轨车，以及6000个转向架的生产能力。"

刘保中叮嘱："高速车制造基地的设计建设，要保证30年不落后，要向生产规模世界一流、产品水平世界一流、研发和试验能力世界一流迈进！"

"我们一定努力做到！"王华山信心坚定。

王华山很晚才回家，进门开灯，换拖鞋，正欲回手关门，这时姜晓妍跟进来。

"哦，晓妍！你怎么来了？"

"在外边等你半天了，你回家真没个点儿！"姜晓妍说着也换了拖鞋。

王华山疑惑："有事啊？"

姜晓妍叨唠："没事不能来吗？受人之托，没办法……"

王华山感到奇怪："什么事啊？"两人进屋，开了客厅灯。

屋里很乱，墙上挂着萧蓝的照片。

"你瞅这屋造的，这哪像是董事长的家啊！没有女人是不行！"姜晓妍感慨着，也有几分故作情态。

这时电话响，王华山忙去接电话。

"喂……是中民啊！你快毕业了吧？好好……我正要给你打电话呢。你在你们交大号召一下应届毕业生，让他们到咱们华龙来工作，越多越好……动车组技术引进，我想派他们到国外学习，为华龙公司培养新一代技术员工……"

王华山打电话期间，姜晓妍麻利地整理客厅，把换下的脏衣服收在一起，又到各屋搜寻了一番，拎出一个装满衣服的大包，又把客厅的脏衣服装进大包里……长期陪伴萧蓝，姜晓妍对这个家熟悉得跟自己家一样。

"你……"王华山放下电话惊讶。

姜晓妍埋怨："这脱下的衣服都堆成山了，我拿去洗吧！"

"别别……我自己洗。"王华山劝阻。

"你有时间吗？那么忙！"

"我会洗的……找我什么事？"

姜晓妍理直气壮："就这个事！萧蓝姐嘱咐过我，让我关照你。我不来看一眼有失托付……"

"不用不用……我自己洗，"王华山坚持。

姜晓妍不容分说："这都放臭了……我走了！"说着背包向外走。

王华山无奈地说："那谢谢你了！"

姜晓妍回头："不用谢，你对我态度好点儿就行了。"

王华山歉意地笑了一下。

高速中心基建工地，孟志戴着"安全检查员"红袖标，在临时搭建的办公室房前，面对广阔的工地，闲散地踱着步……

他几乎已经习惯和接受了失落，也不无劫后余生的庆幸。

卫生间大盆里泡着衣服，洗衣机在转动，客厅里扯了绳子晾着洗过的衣服，姜晓妍回家后忙得不亦乐乎。

自己在婚姻上走了一段弯路，如今似乎天赐良机，她不知道未来会怎么样，但充满希望地向往着。

姜晓妍分拣抖搂着接下来要洗的衣服，一个粉色信封从裤兜里掉落出来。

"呀，还有东西呢！"她拾起一看，"是信，还封着口呢……一定很重要，得抓紧还给他。"说着把信封放到一边的桌上。她忽然觉得可疑，若有所思："像是女人的信……打开看看，管它呢！"说着打开信封……

姜晓妍读着信，表情惊慌失措、痛苦悲哀……

珍珍回来，看到妈妈拿着一封信在流泪，奇怪："怎么了！哭什么呀？"

"王华山有外遇了……"

珍珍惊异："王伯伯不能，萧阿姨刚走……"

"不能什么！白纸黑字写着呢！"

"谁啊？"

"不知道，情书没署名，从裤兜里掉出来的……"

"王伯伯这样优秀的男人肯定会有很多追求者，这也正常。"

姜晓妍急了："不正常！"

珍珍不解："你……哭什么呀？"

姜晓妍："这不正常！我呢？我的希望呢？"

珍珍诧异："你的希望？你……你怎么会这么想呢？这合适吗？"

姜晓妍理直气壮："怎么不合适？王华山是我的初恋，当初还是你爸给我介绍的呢……"

珍珍震惊："啊！这……怎么会是这样？再说了，你这样，我爸也不能接受啊？"

姜晓妍诧异、气愤："我跟他离婚了，跟他有什么关系啊！"

"这……"珍珍无言以对，拿过那封信看……

望着满屋已经洗过和正在洗，以及还没有洗的衣服，姜晓妍委屈流泪、悲愤难平："这封情书是谁写的呢？跟我争……不行！我得站出来，主动出击！"

珍珍放下信，为难地劝说："妈！这不好吧，千万别！我看写这封信的人不一般，思想和文化素养很高……感情的事不是打仗抢山头,你的想法不合适!"

听女儿这样一说,姜晓妍又悲观地哭了。

王中民大学毕业回到家中,站在妈妈的照片前,眼含泪水:"妈妈!我毕业了……"

王华山站在儿子身后,抚慰他,拉他坐到沙发上。

"我拉来了十个同学,有机械制造、网络工程等不同专业,过些时候他们就会相继来公司报到。"

"好啊!这是华龙的新生力量、新鲜血液。除了你们西南交大,我们又分别从上海交大、西安交大、北京交大、北方交大、兰州交大,还有省职业学院,共招了800多名应届大学毕业生。"

王中民不理解:"我们同学的梦想都是将来当工程师、当专家,你却让他们当工人?"

王华山笑:"先当工人并不影响将来当工程师啊!理论固然重要,实践更伟大!"

"你说得对,可一线工人为什么非用新毕业的大学生呢?"儿子疑惑。

王华山解释:"动车制造是高端产业,我们要求必须由掌握了专业技术知识的、具有大专以上学历的人去操作实施,以保证品质。另外,这样的考虑,还基于一个用工理念……"

"哦,什么理念?"

"我给你讲个故事。说是以前有一家服装公司承揽了一批高档西服,要求规格很高,而这家服装公司不具备这个水平。于是老板三顾茅庐请了一个著名的老师傅,挑选了公司优秀的员工跟老师傅学艺。一个月后老师傅提出辞职,理由是徒弟带不出来,因为他们已经养成了操作习惯,很难改变。老板再三挽留,最后老师傅提出这些徒弟都不要,自己重新招工,挑选一点儿都不会手艺的新人,结果很快就培养出徒了……"

王中民思考着:"嗯,有道理。"

王华山起身踱步:"高铁车生产是全新的技术理念和操作方式,需要一丝不苟、严格规范。而在我们以往的车间里,生产粗放、操作不认真、'差不多'的思想很普遍,形成了习惯,并且很难改变。而新工人像一张白纸,没有不良习惯的影响,一开始就形成标准规范的操作方式和理念,从而能有力地保证产品的质量。"

王中民点头:"是这样!"

王华山关照儿子:"这段时间,你先到各车间走走看看,从基建工地开始,了解了解我们华龙公司未来的发展规划和生产情况。之后,会分期分批地把你们这些毕业生派到阿奇达斯公司培训学习。"

王中民欣然:"好!"

第二天,王中民就去了高速车制造中心基建工地。他骑着自行车在展板前停下,把自行车放到一边，到展板前认真观看……

孟志穿工装、戴安全帽、佩红袖标走过来，装腔作势："干吗的？"

"师傅您好！我是新来的大学生。"王中民彬彬有礼地回答。

孟志走近，打量着王中民……

王中民一表人才，气质不俗。

"是来实习的？"孟志心生好感地问。

"算是吧。"王中民笑着。

"听说这回招了很多大学生？"

"是。"

"说是让你们当工人，这不大材小用了吗？"

"先从基础干起也好。"

孟志欣赏地点头："怎么就你自己来了？"

"我报到早，待不住，从基建工地开始，各车间先看看。"

孟志指着展板："整个高速车制造中心的规划都在这里呢。"

王中民认真投入地看着，孟志仔细地左右打量他。

"按规矩，来工地的人必须进行有关的安全教育，要填表，要答安全知识题……我看你小伙子不错就不为难你了，等一下进入工地戴个安全帽就行了。"

"谢谢您！"

王中民戴着安全帽进入工地，孟志也跟随着。

"师傅！不用陪我，您忙您的，我自己走走看看。"王中民不好意思。

听珍珍说她爸在工地当安全员，所以他猜这位可能就是。

孟志执意："我也没事，难得有个说话的……"他对这个年轻人有好感，很欣赏，愿意跟他聊天。"其实，我原来是华龙公司的经理，知道的人都叫我孟总。"

王中民内心惊讶，更加确定："噢，孟总好！"

孟志吹嘘："现在的董事长是我老同学，当初坐一趟火车来的华龙。我这个人低调，不喜欢当领导。这多好！无官一身轻。"

"是，当领导确实很累！"

"当然，你们年轻人要努力争取啊！"

王中民笑着点头，两个人边聊边在工地转着……

幼儿园的庭院里，孟珍珍愉快地接听王中民的电话。

"……问我有没有对象，我也不敢说啊，就说没有。"

孟珍珍笑："让他知道得越晚越好。"

"我爸也说，到厂里工作别提是他儿子。"

孟珍珍愉快："看样子我爸喜欢上你了，也许会改变想法。"

"但愿如此……哎，你爸会不会把我介绍给你呀？"

珍珍大笑："也有可能。"

果不其然，孟志看上了王中民。他邀请小伙子星期天来家里坐一坐，王中民不好回绝，也就答应了。出乎孟志意料的是，这个提议竟得到了姜晓妍的同意和配合，这让他又重新找到了家的感觉，他甚至看到了破镜重圆的希望。

姜晓妍在灶前忙着炒菜，另一个锅里也炖着菜。桌上已摆上了炒好的几个菜，孟志心情舒畅地在桌边摆放着碗筷。

珍珍佯装不知："爸！你请的到底是什么人啊？"

孟志："不是请，是让他到家坐坐，顺便吃顿饭……是一个刚毕业分来的大学生。"

珍珍与姜晓妍窃喜地偷偷交换了一下眼色。

"珍珍！这小伙子不错，很优秀。让他来的目的就是让你们见个面，你见了肯定满意，爸爸希望你能跟他处朋友。我问了，他说没对象。"

孟志的想法确实是出于对女儿的关心，更是为了让女儿断了跟王华山儿子的念想。

珍珍装模作样："爸！你这不是引狼入室吗？"

"爸是关心你啊！"

珍珍逗趣道："那市领导谷仲秋的儿子可能还没选到合适的，我真有点儿同情他。"

孟志嗔怪："这么大了，别没正经的。"

珍珍愉悦地笑。

姜晓妍看着锅，心里美着，这个事她跟珍珍正好乐见其成、顺水推舟。

孟志欣赏地评价说："这小伙子不但一表人才，而且很有才华！我跟他探讨了一些问题，他都很有自己的见解。而且在他身上我看到了我们当年不怕困难、到祖国最需要的地方去的那种报国热情……"

姜晓妍故意呛他："你把他夸得那么好，看样子你同意了？"

"我看不上能让他来家里吃饭吗？"

珍珍顾虑地问："你搞没搞清楚他爸是干什么的？"

"问了，他说他爸也是工厂的。"孟志无所谓地，"他爸爱干吗干吗的，跟他爸有什么关系啊！"看了一下表，"六点了，该到了。"

敲门声响起。

孟志示意女儿开门，珍珍却躲进了里屋。

孟志去开了门。

"孟总好！"

"来来，进来进来！"孟志热情客气。

王中民提着水果进了屋："阿姨您好！"

姜晓妍望着王中民高兴地笑着："孩子，快坐！"

孟志故意向屋里喊："珍珍，吃饭了！"

"哎！"珍珍答应着走出来，趁爸爸不注意，与王中民异样地对视着，还调皮地使了个眼色。

孟志介绍："这是王中民。这是我女儿珍珍。"

珍珍假模假样地伸出手："你好！"

王中民也伸出手，两手相握。

珍珍绷着脸问："你洗手了吗？"然后又忍俊不禁地笑了。

大家欢快地笑着。

孟志开心招呼着："吃饭吃饭，坐坐！"

大家坐下，孟志开了啤酒瓶，欲给王中民倒酒。王中民赶紧起身接过酒瓶，先给孟志斟满。此时，珍珍也给妈妈倒了饮料。

王中民给自己杯里倒酒。

"你爸是哪个单位的？"孟志问。

气氛紧张起来……

王中民若无其事地说："也是咱们厂的。"

"谁？"孟志急问。

王中民平静地回答："王华山。"

屋里的气氛一时凝固……孟志惊呆了，目不转睛地看着王中民。

珍珍和妈妈都心情沉重，不知如何是好。

"孟总！您和我爸，还有我妈，都是老同学吧？"王中民冷静，想化解尴尬。

孟志脸色难看，强忍恼怒："是！我们是坐一趟火车来的。"说完起身离开餐桌，去了客厅。

王中民窘迫……

"孩子！不管他，咱们吃！吃……"姜晓妍急忙打圆场。

珍珍含着眼泪，同情地看着王中民。

他站起来："阿姨、珍珍，我先回去了。"说完就离开了。

姜晓妍发作，冲着屋里喊："你神经病啊！把人家请来，又闹这么一出！"

孟志从屋里冲出来，愤怒地挥着手："你们把我蒙在鼓里，合着伙地骗我！"

姜晓妍怒怼："是你相中的，是你让人家来的，我们怎么骗你了？"

孟志吼道："那好，算我瞎眼了！你们答应我，从今以后跟这小子没关系，一刀两断！"

"凭什么呀？人家多好个孩子啊！找这样的对象是珍珍的福气！"姜晓妍嚷着。

孟志怒不可遏："他是王华山的儿子，我就是不同意！我承认这小子不错，优秀……可我跟王华山有情仇，我不能再把女儿搭上！"

珍珍抹着眼泪说："爸！你们上一辈人的恩怨，跟我们下一代没关系，不能让我成为你的牺牲品！"

孟志怒瞪着眼睛:“那你就给他王华山当战利品?”

珍珍不满地坚持:“我追求的是我个人的幸福,你不能剥夺我选择的权利!”

孟志咆哮:“你不是我的女儿!”说着打了珍珍一个耳光,又掀翻了桌子……

姜晓妍冲上来,愤怒地指着孟志:“你给我出去!”

孟志愤恨难平地站在那里……

姜晓妍转身进屋取来股权证书,拍到孟志旁边的椅子上,吼道:“萧蓝、他们王家,把两千万赠给了珍珍,珍珍现在是华龙公司的股东!在高尚面前,你的小肚鸡肠是多么没有人性!”

孟志拿起证书看,惊愕万分……

“你给我出去!”姜晓妍再次吼道。

“珍珍!爸一时冲动,爸对不起你……但,他们肯定是别有用心啊!”孟志说完懊丧地走了。

20/ 第二十章

张劳模在家没事看他墙上的“地图”，敲门声响起。

“谁啊？进来。”

王中民推门进来：“张爷爷好！”他身后还站着很多年轻人。

张劳模兴奋：“哎！中民。”

“张爷爷！上次我跟您说过，我有十个同学选择到咱们厂工作，他们已经来报到了！我说我有个张爷爷，讲了您的故事，他们很崇拜，都希望来看望您。”

张劳模激动：“好啊！欢迎欢迎！快进屋。”

七个男生、三个女生欢快地进门，异口同声地喊着：“张爷爷好！”

张劳模高兴得合不拢嘴：“好！好……坐、坐，挤挤坐。”

“张爷爷，您坐……”中民扶着老人坐下。“我跟您介绍一下……”然后逐一介绍他的同学：“他叫康成伟，他叫李光磊，她叫陈丽华，他叫苏健，他叫荣建成，他叫吴可超，他叫刘洋，她叫宋雅，他叫孟圣友……”

介绍时每个同学都说：“张爷爷好！”张劳模高兴地笑着点头回应。

“她叫詹杰。”

“张爷爷好！”詹杰站起来，眉目清秀，眼睛里透着英气。

张劳模半开玩笑：“好……你是詹天佑的后代啊？”

詹杰笑：“算是……广东南海人。”

张劳模格外高兴：“好！”

王中民说：“这两天我们正打算去一趟北京八达岭青龙桥火车站，去参观詹天佑纪念馆！”

老人兴奋：“好啊！算我一个，我领你们去！”

詹杰和大家鼓掌欢迎。

“张爷爷！”中民继续说，“我们这些同学各有所长，来自车辆工程、计算机、通信控制、机械设计、电气自动化等不同的专业。马上我们就要去引进技术的国外厂家进行学习培训了。”

张劳模：“你们刚二十出头，毕业就到外国学习，一入厂就造高铁，你们赶上了好时候，真为你们感到高兴啊！”

墙上的“地图”吸引了同学们的目光。王中民给大家介绍说：“这是张爷爷画的，他每天没事就看这幅图,像一个研究作战方案的老将军。”

大家笑着,敬佩地看着“地图”……

老人不无得意地看着墙上的“地图”:“照葫芦画瓢,就是个意思。国家中长期铁路网规划,这是计划新建的‘四纵四横’高铁线路。”

王中民对同学们说:“张爷爷快80岁了！他是华龙厂的老工人。很少有人知道他的名字,可一提‘张劳模’无人不晓。他爱给年轻人开会,我从小到大得益于他的很多教育。他身上那种工人阶级爱厂敬业、无私奉献的精神影响和鼓舞着华龙人,尤其是青年工人。”

陈丽华:“张爷爷！我们都是慕名而来啊!”这个女同学圆脸,两个大眼睛亮晶晶的。

康成伟笑说:“以后您家就是我们的爱国主义教育基地了!”

大家笑。

王中民:“我们欢迎张爷爷给我们讲话!”

同学们热情鼓掌,像在学校教室欢迎老教授讲课。

张劳模不好意思:“你们是大学生,满脑瓜子都是知识,让我给你们讲话真是赶鸭子上架了！我是解放后扫盲才学了点儿文化……不过,对你们年轻人我真有话要说,担心啊……市场经济以来,利益第一、金钱至上的风气盛行,理想信念有所滑坡……值得你们警惕！我觉得:一个青年人,如果没有正确的信仰,没有艰苦奋斗的精神,没有以国家兴亡为己任的使命感,就如同没有灵魂,就会迷失方向。你想啊,一个国家、一个民族,如果精神溃败,没有人愿意奉献,只追求金钱,那就会成为一盘散沙,必然走向灭亡。所以,希望你们一定要树立正确的理想信念,为把国家建设得繁荣富强而努力奋斗……”

同学们由衷鼓掌。

不久,一群年轻人簇拥着一位老者来到八达岭崇山峻岭中一条古老的铁路旁。大家心怀朝圣之心,兴致勃勃。王中民和詹杰一左一右照顾着张爷爷,老人家身体硬朗,走路不输年轻人。

“张爷爷,这就是詹天佑1905年开工修建的北京到张家口的京张铁路吗?”王中民兴奋地问。

“是,这就是当年的京张铁路!”老人感慨万千地对同学们说,“你们知道,那时候我们是半封建半殖民地国家,中国版图上的铁路都是外国人修的,他们在华筑路圈地,扩张利益。有英国人监修的唐胥铁路、德国人修的胶济铁路、俄国人修的中东铁路、日本人占领的“南满铁路”……当时他们都激烈争夺京张铁路的筑路权,后来又要求任用他们的工程师。詹天佑断然拒绝说:此路决不任用任何一个外国人。所以,京张铁路是中国人修的第一条铁路,詹天佑也被誉为‘中国铁路之父’!”

大家上行不远,到了“人”字形铁路的岔口处。

“这就是詹天佑发明的‘人’字形线路……”张劳模说完又指着高山远处，“八达岭隧道还采用了‘竖井开凿法’。”

同学们实地来到这里，望着脚下交叉伸向山脉的铁路，心情激动。

詹杰：“这里山高坡陡，火车真的无法直接爬过去！”

“就是！”王中民伸手指点着，“只能用两个火车头，一个在前面拉，一个在后面推，爬一段后，再折返向前……以‘人’字形线路，向上攀爬。”

张劳模感慨：“在当时简陋的技术条件下，修成这条铁路是多么不容易！外国人根本不相信中国人能在高山深壑的八达岭修通铁路，等着看笑话。詹天佑鼓舞大家：我们必须成功！京张铁路的成功与失败，是国家的成功与失败。他们克服了千难万险，终于用中国人的智慧和能力，提前两年修成了京张铁路，还给国家节省了大量白银……”

站在路基上，大家敬慕无言地望着眼前连绵逶迤的高山。

前行不远到了青龙桥火车站。这个大山深处人迹罕至的古老火车站，虽然早已不通火车了，却修缮一新，成为中国铁路的纪念地。

在詹天佑纪念馆里，一幅幅照片和一段段文字把人们带入历史。大家驻足参观，神情凝重。

“我国地大物博，而于一路之工，必须借重外人，引以为耻。”詹杰不时读着图片上的文字，“此路早成一日，公家即早获一日之利益，商旅亦早享一日之便利，外人亦早杜一日之觊觎。”

青龙桥火车站旁边矗立着詹天佑铜像。

同学们聚拢过来，把临时采的山花和折下的松枝摆放在基座上，仰头注视着詹天佑……

张劳模说：“詹公是我国民族铁路事业的开拓者，是振兴中华的民族英雄。他跋山涉水，亲自设计、亲自施工，不辞辛劳……不仅成功完成了中国人修建的第一条铁路，更为我们树起了奋斗自强、爱国创新的民族精神丰碑！”

“詹天佑自幼赴美留学，学成回国后决心以创造性建设推动社会进步，是我们后人的楷模！”詹杰似乎比别人更了解詹天佑，她拿出小本子，读着她的记录：“他在担任回国留学生主试官时对考生说：自国外学了些知识回来，要为国家做些贡献，要做事，不要只当官。他任汉口欧美同学恳亲会会长时发表演说，号召青年‘各出所学，各尽所知，使国家富强，不受外侮，足以自立于地球之上’。”

个子不高、胖胖的孟圣友说：“据记载，詹天佑建成京张铁路的成就引起了西方工程学界的极大关注。美国决定授予他工科博士学位，要他亲自去参加授衔仪式。詹天佑因忙于铁路建设，放弃了这一荣誉。”

“向詹天佑致敬！”王中民在詹天佑雕像前激动地举起右手说，“我们这些后人，在您的精神感召下，一定会努力的！”

大家纷纷举起右手，表情庄重，无言宣誓……

办公大楼走廊上，干部们散会，陆续走出会议室。王华山、李海涛、丁燕走在后面。

王华山向总工程师丁燕交代：“明天出国培训学习的人员，你要代表公司去送一下，让大家一定要有强烈的使命感和责任感，务必把技术学到手。”

丁燕点头：“嗯，好！”

“我们派往阿奇达斯公司的技术设计团队已经完成任务回国了，要根据图纸对转让技术抓紧进行生产技术的研究和攻关，为国产化做好准备。”王华山进了办公室坐到办公桌前，对跟进来的丁燕说。

“我们正在落实和推进。”

“还有事吗？”王华山问。

丁燕迟疑，不好意思：“董事长，我给您的信……您看了吗？”

“信……什么信？”王华山发蒙。

丁燕失望：“上次在装配车间，我给您的。您当时忙，揣到裤兜里了……”

他突然想起：“噢，对不起！忘了……回去一换裤子，也不知弄哪儿去了，对不起！什么事啊？还给我写信，你直接说嘛。”

王华山期待着……

丁燕难以开口：“算了，以后再说。”转身向外走。

这时姜晓妍走进来，手里拿着那个粉色信封。

珍珍的劝说使她的想法有所收敛，但也感到压抑。她思前想后，觉得不能沉默，尤其感到现在自己没有什么优势，天上不会掉馅饼，幸福是争取来的，于是她今天来找王华山，就是想跟他当面锣对面鼓地挑明。

“晓妍姐！”丁燕打招呼。

姜晓妍回应：“丁总！”

丁燕停步，姜晓妍手中的信封让她惊异，伸手拿过来：“这是什么……”她看后震惊：“它怎么会在你手里？”

“啊？”姜晓妍立刻醒悟，也十分诧异，“是你写的？”

丁燕疑惑不解地看着姜晓妍：为什么这封信会在她手上？

姜晓妍明白了……如同在战场上侦察的士兵发现了敌情，明确了目标，她的嫉妒和敌意油然而生：“丁燕！你……你真让我刮目相看！”

丁燕困惑而气愤：“姜晓妍！你没有资格这样跟我说话！”

姜晓妍抢过信封：“我是来还董事长的，这是他裤兜里的东西。”之后，上前把信拍在办公桌上：“王华山！你不能这样！”

丁燕见状也愤慨地质问王华山：“董事长！你跟姜晓妍是什么关系？”说后悻悻而去。

王华山平静地打开那封信，姜晓妍坐到旁边的沙发上哭泣流泪。

他看完信，起身抽了几张纸巾递给姜晓妍，又关了门，提醒说：“这是办公室！”

王华山回坐到椅子上，感叹："像一场突如其来的戏……"

"萧蓝姐刚走不久，你不应当这样花心。"

王华山解释道："丁总的信我忘记了，不知道……一个人的正常表达没有错，也不应受到指责。"

姜晓妍不满："你还是心里有鬼，这不就是半推半就吗？"

王华山生气地拍案而起："我说过，除了萧蓝，我不会再娶第二个女人！"说后背身面向窗外。

姜晓妍呆住，傻了半天，反劝："为什么不能娶第二个女人？你不能这样……这样，萧蓝姐都不会答应……丁燕年轻，跟你根本就不般配，她就是看你是董事长巴结你，那不是真正的爱情……"

"不要说了！"王华山转身制止。

姜晓妍继续："我和她不一样，你是我的初恋！"

王华山惊讶，跌坐到椅子上……

"真的，难道不是吗？当年是孟志把我介绍给你的，后来我只能暗恋，因为你是萧蓝姐的菜，我没办法……虽然我后来跟孟志结婚了，可我身在曹营心在汉……那次厂长选举，我为什么一清早冒雨跑去你家通风报信，难道你不理解？"

王华山眼前浮现出当年与姜晓妍在宿舍楼门前相见的一幕和下大雨的早晨姜晓妍上门的情景。

姜晓妍："我们现在走到一起顺理成章。反正不管你怎么想的，我就可你这棵树吊死了！"

"别别别……我谢谢你的好意！但这个事是不可能的。"王华山惶恐而坚决，"现在公司非常忙，动车组技术引进工作复杂艰巨，我没有精力考虑别的问题，也不可能考虑别的问题！"

"丁燕你绝对不能考虑，我会等……"姜晓妍知趣地站起来准备走。

"丁总的信我没有拆开看……以后就不要再给我洗衣服了。"

姜晓妍感到委屈，赌气说："你以为我愿意给你洗？萧蓝姐有圣旨，没办法。哼，还有圣旨没拿出来呢……"说着走出门去。

王华山烦恼地叹了一口气。

火车站，华龙公司出国培训人员约二百人统一行装列队站台，站台旁边停着一列橘红色列车。

总工程师丁燕站在队前，左右是郑凯和吴建华。斯文而内向的郑凯说："大家安静，下面请丁总工程师给我们讲话！"

大家鼓掌。

丁燕严肃地面对大家，一贯的英姿飒爽、精明强干，此时更多了几分大将风度。她说："大家马上就要登车远行了，到北京转乘飞机去阿奇达斯公司学习。我们这个团队由副总工程师郑凯带队，副领队是吴建华，包括若干个组，涵盖了工艺技术、车体、涂装、装配、调试、转向架等各个工序。我们是中国第一代高铁工人！到国外学习，董事长特别让我告诉大家，要有使命感、责任感。我们要虚心学习、刻苦学习、努力学习，按我们以前讲的，先僵化，后固化，最后形成习惯化，真正把技术学到手！我们这次去阿奇达斯公司主要是学习3列原装进口车的组装，回国后在外国专家的指导下再亲手散件组装6列，从第10列开始共51列由我们自己组织生产，就是所说的国产化。所以高铁技术能不能引进成功就靠我们大家了！大家有没有信心？”

群情激昂：“有！”队列里有王中民和他的同学们，还有郑小龙。

大家都已上车，仍有零星旅客赶来。车窗前，孟珍珍与王中民话别……

车门处，郑凯还与丁燕站在站台上。他讨好地搭讪：“你需要什么？回来我给你买法国香水吧？”

丁燕不买账：“别那么‘娘’了，快上车吧！”

郑凯扫兴地扭头登车。

丁燕向开动的列车挥手……

华龙公司与江洲电力机车研究所合作研发磁悬浮列车，老同学蒋厚生带领一个团队来公司几天了，王华山今天下班早这才抽空去现场看看他。

经过车体车间，他停留在铝合金车体焊接作业工人旁边观看……

“董事长好！”工人停下手中的活儿。

王华山问候：“加班辛苦了！”

“没事，习惯了。”

“现在铝合金焊接技术没问题了吧？”

工人自信地笑着：“没问题了，已经成功掌握了！这铝合金受热后容易变形，变形了肯定无法组对，所以先焊哪儿、后焊哪儿，都要全面平衡考虑。”

“好！你忙吧。”王华山向前走去，工人继续焊接。

在装配车间一角，一辆磁悬浮车头在安装中，一些人员在作业，旁边蒋厚生蹲着在看一张图纸。

“蒋厚生！辛苦了……”王华山走来。

“哎呀！见你真不容易啊！”蒋厚生说着站起来打了王华山一拳。

王华山拍了他一下：“对不起，哪天请你吃饭！”

“算了，萧蓝不在了，你又太忙……”蒋厚生摇摇头。

王华山沉默，看向安装中的车头：“还顺利吧？”

“嗯，可以。这磁悬浮是国家科研项目，又与我们江洲所联合开发，不会有大问题！”蒋厚生回答。

“还不休息啊？”

“还要处理一个问题。”

“好，那你忙吧，我在这里也耽误事。”

“好，忙完了见！”蒋厚生说后看图纸。

这时丁燕从车里走出来：“董事长！”

“哦，你也在这里啊。”

“当然。”丁燕又向蒋厚生打招呼，“蒋所长，我撤了。”然后与王华山同行。

丁燕得意：“磁悬浮列车研发成功，填补了国内空白。”

王华山点头：“但研究表明，轮轨更适合中国国情。”

出了车间，两个人走在厂区路上。夜幕降临，华灯初上。发生了上次的尴尬事情，还没有机会解释，他们心里似乎都有话想说。

“我给你写的信为什么会在姜晓妍手上？”

“她洗衣服时发现的。”

丁燕醋意：“她洗衣服？你跟姜晓妍是什么关系？”

“她是萧蓝多年的同事、姐妹，还有……挺复杂的，说不清楚。”

丁燕：“有点儿暗度陈仓的味道。”

王华山严肃：“不要这样说话。”

两个人默默走着……

王华山若有所思：“姜晓妍曾是孟志的妻子，这样‘定位’她，也许不公平。”

丁燕不耐烦：“说我……”

王华山站住，沉默良久：“信看了……这是我人生收到的第一封情书，真的！我和萧蓝的感情自然真挚、水到渠成，甚至没有说过‘我爱你’……谢谢了！”

“我入厂时去你们车间参观，你当时是装配车间的主任，正在搞承包，气魄非凡，给我留下很深的印象。这些年华龙风风雨雨过来，我更加崇拜您！如今萧总不在了……我来照顾你吧！”丁燕坦诚表白。

王华山挥了一下手制止丁燕，郑重地说：“以后不要再给我写信了！就此打住，就当开了个玩笑。你多大？我多大？……胡闹，根本不适合！而且我说过我不会再娶第二个女人。”

丁燕怔住……

“回家吧！”王华山说后径直走了。

丁燕没想到王华山会拒绝她，站在那里，望着他毅然决然离去的背影，有了被“抛弃”的哀伤，眼泪簌簌而下……

吃过早饭，收拾完，两口子正准备去上班，张万军接到了大哥打来的电话，说二哥张万力出事了……放下电话，张万军眼圈红了。

董玲紧张地问：“二哥怎么样？”

“不好。”张万军说着哭了，“去给我收拾东西……”

董玲难过：“告诉咱爸吗？”

张万军没有回答。

这时父亲从屋里出来，念叨："我去溜达溜达。"疑问："咦，你们怎么还不去上班啊？车间那么忙……"

张万军眼睛红红地低着头。

"怎么了？"老人急问。

张万军把父亲扶到沙发上坐下，迟疑后说："爸，出事了……"

"出啥事了？"

"我大哥打来电话，说我二哥出事了……"

张劳模着急："啊！什么事啊？快说……"

"铁路隧道工地塌方，很严重！我大哥已从西安赶去现场……"

"人怎么样啊？"

"还不知道……"

张劳模哭了："二啊！万力啊！"

董玲劝慰："爸，您别难过！也许没事。"

张劳模抹了一把眼泪："怎么办？我们得抓紧去啊？"

张万军顾虑："您年龄大了，能行吗？"

"我没事，能去！"

张万军起身："那我马上订飞成都的机票，然后再倒车进山里。"

建设中的铁路穿山隧道。一辆担架车上躺着伤员，盖着白布，几个医护人员护送着紧张地向洞外推去……

山坡上。

张劳模和儿子张万民、张万军站在山坡上，身后是张万力的新坟，花圈围绕。处理完亲人的后事，父子三人来向他告别，久久不愿离去……

他们一脸哀容，望着对面群山峡谷间火车进出山洞，一幕幕场景在眼前呈现：施工中的大型桥梁工地，隧道施工中的掘进现场，万众一心的铁道线路改造场面，壮观的现代化铁路铺轨情景……

老人感慨："铁路建设者们逢山开路，遇河架桥……他们风餐露宿，为国家铁路建设吃苦耐劳，甘于奉献，甚至献出生命……没有他们，就没有中国铁路的发展！他们在难于上青天的蜀道上修通了宝成铁路；在悬崖峭壁上修通了成昆、湘渝铁路；穿越秦岭，修通了西康铁路；穿越一望无际的大沙漠，修通了兰新铁路、南疆铁路；在世界屋脊上，修通了世界海拔最高的青藏铁路……每一条铁路的修通，都千难万险，都不乏牺牲者……"

一列火车在眼前呼啸而过，张劳模深情地举起右手敬礼，两个儿子也随之举手致敬……

河边，轮椅上的钱斌在钓鱼。

孟志悠闲地走来，开玩笑：“老钱啊！钓几条大鱼了？”说着掏出烟来递上一支。

钱斌不情愿地接了烟：“在哪儿高就呢？心情不错啊。”

孟志分别点了烟：“我又回华龙了。”

“又当经理了？”钱斌不无嘲讽。

“不稀罕……我当个安全员多好！溜溜达达的，不操心，不出力。”

“不想东山再起了？”钱斌漫不经心地奚落。

“我肯定不服气！但认命了……老曲、曲金昌怎么样？”

“曲胖子高血压死了。”

“噢……”

钱斌奉承：“你现在行了，两千万的身价了！”

孟志不屑：“跟我半毛钱的关系都没有。”

“在你女儿名下，还不是跟你的一样嘛！”

“唉，那就是个幌子，也不顶钱花。”

钱斌不怀好意地感叹：“你跟王华山斗来斗去，最终还是靠人家赏你口饭吃。女儿毫无疑问已是人家的人了，你媳妇我看早晚也是王华山的菜。”

“瞎说！”孟志气愤。

“有传言，姜晓妍在追王华山。”

孟志呆住，难以接受：“不可能！”

钱斌口吻挑衅：“人家离婚了，不算给你戴绿帽子。”

孟志恼羞成怒地走了。

钱斌开心地看着孟志离去的背影。

听到敲门声，姜克选拄着拐棍去开门。

孟志提着水果，笑容可掬：“爸，您好！我来看看您。”

姜克选迟疑了一下，还是让他进来了。

“爸，您身体最近怎么样？”

“还可以。”姜克选懒得搭理。

孟志坐下卑微诚恳地说：“爸！我没听您的教诲，人生失败，追悔莫及！我辜负了您，也对不起晓妍和孩子。我不奢望晓妍能原谅我，但求她别跟王华山走到一起。现在华龙公司满城风雨，都说晓妍跟着王华山……我来就是求您劝劝她。”

姜克选沉默，心情不爽：“你们离婚了。”

“是，我知道我没有权力干涉她……”

“再说，这是她的私生活，晓妍做何选择是她的权利，我也不好干预。传言是不可信的，你也不要想太多。”

“我就是求您劝劝她。她找谁我都没意见，可是她如果跟王华山，我实在接受不了。请她给我留点儿面子！”

姜克选沉默不语。

“我听说王华山现在也不尊重您了，有权力了，就为所欲为了。他本来就是个专横跋扈的人，您终于看清他的本质了吧？其实，我今天走到这一步，都是他迫害排挤的结果！原来跟我争萧蓝，现在又打晓妍的主意……他是多么恶劣的一个人！”孟志说得气愤难耐。

姜克选听不下去了：“好了，你不要再说了。”

孟志知趣：“那好，爸，我走了，您好好劝劝晓妍，让她千万不要上了王华山的当啊！”

孟志走了，姜克选情绪不平地来回踱步，之后打电话：“晓妍啊，关于王华山，你不要感情用事，要慎重啊！不要搞得影响不好，孟志都找到家里来了！”

姜晓妍气愤：“这跟他有什么关系啊？他这不是耍无赖吗？”

公司领导例会，各方面负责人参加，与会者不时记录。

王华山：“高速动车组涉及九大关键技术和十项配套技术。作为中标的主生产厂家，我们要攻克和拿下高速转向架、轻量化铝合金车体、系统集成三大关键技术。其他方面，如变流器主变、牵引电机、制动器等技术，包括轮轴等关键部件和全部配件，我们已分别与多个供应厂家签订了协议。为了满足动车组生产的需要，我们要立即对现有生产条件和设备进行必要的升级改造，做好生产准备，还要安排好仓储，做好迎接在国内组装的6列进口动车组散件的到来。”

李海涛：“继派出技术团队、生产团队之后，我们马上还要派出管理团队去国外厂家学习。”

丁燕：“按联合设计生产的原则，我们派出的技术设计团队，与阿奇达斯公司共同就引进车型进行了国产化设计。根据我们的国情，对车体适当加宽加长，座位由“2+2”改成“3+2”，对动力、牵引部分也有所改进，编组由6动2拖调整为5动3拖，以求降低成本、提高效率。我们引进的这款动车组，是阿奇达斯公司推出的新车型，尚没有进行充分的运营验证，我们可能会面临艰巨的挑战……”

处理完二儿子万力的后事，张劳模被大儿子万民留在西安住几天。

儿子陪老父亲游览散心，爷爷牵着孙女的手，古都风景尽收眼底……

张万民介绍说：“西安是十三朝古都，尤以唐代最盛。这里还是历史上著名的‘丝绸之路’的起点。”

老人望着远方，表情凄然。

在兵马俑博物馆，他感慨：“古代帝王挺可怕的，要这么多随葬品！”

张万民：“这是封建制度的产物，它体现的是那个时代的历史和文化。”

父亲不屑："我看到的是奢侈和腐败！"说后领着孙女向前走去，张万民跟随。老人叮嘱："你来西安工作有年头了，又在铁路局管车皮，有一定的权力，千万不能腐败犯错误啊！"

"爸！您放心，我不会的。"

"万力走了，因公牺牲。万红我不用操心。万军更没问题，现在是省劳模。你不在我身边，我真提着心呢！"

"没事，您放心吧！我是个合格的共产党员。"儿子笑说。

"我是给你敲警钟。你要努力工作，时刻记住你是张劳模的儿子！"

张万民诚恳点头："没问题！爸，您放心！"

孙女："爷爷！我爸是个好爸爸。"

张劳模俯身夸奖："我大孙女也是个好孩子！"

孙女高兴地笑了。

那天晚上，孟志喝醉了。两个塑料袋分别装着买来的小拌菜，还剩半瓶酒，孟志在住处自斟自饮。他内心痛苦，喝多了。在这个无人问津的房间里，他歇斯底里地发泄着，仿佛向全世界宣告。

"不管怎么说，姜晓妍是我媳妇！虽然现在离婚了，但她也是我媳妇！你王华山想霸占，夺妻之恨啊……我这辈子和你没完！决一死战。"

此后在工地，他没断了琢磨："我就不信你王华山是无缝的蛋。"

终于，他想出了道道儿。

中午，李二陪着中天建筑公司的刘总走过来，走向旁边停着的奥迪轿车。李二是建筑工地的监工。

孟志迎上去："刘总回去啊？"

"哎，我回去。"刘总五十多岁，样子务实低调。

孟志："李二这小伙子监工挺负责任！您就放心吧。"

"是。"刘总心情不错。

李二高兴："谢谢孟总夸奖！"

孟志说："刘总，中午方便吗？我请您！感觉您这个人不错，想跟您说说话。"

传说这个工地安全员有背景，不一般，刘总也不敢小觑："好啊！上车吧，我请你。"

孟志上车。李二向车不停地挥手，车开走。

刘总带孟志去了一家不错的饭店，两人闲谈慢品。

孟志试探地说："拿到这个活儿，表示没有？"说着用手做着捻钱的动作。

刘总理解，强调："我们是招投标的，不需要送礼。"

孟志颇有深意地笑了："你是招投标的，可谁怕钱扎手啊？公私兼顾不更好嘛。高速中心工地不是你一家公司，我听说别的公司都表示了。"

刘总摸不着头脑："哦？是吗？"

孟志卖关子："我原来是华龙厂的一把手这就不用说了，跟现在的董事长什么关系你也应该知道。他家两千万的股权都更名在我女儿的名下了，昨晚上我还在他家喝酒呢。"

刘总："是亲家？"

孟志不情愿："差不多吧，我这个人不愿攀亲。"

刘总琢磨着："你是说，王董事长挑理了？我应该表示一下？"

"你们拿到这么个大项目，将来还有辅助工程……再说了，完工验收的时候找你别扭，你也受不了啊！"

"是这个理儿！我也愿意表示……孟总你看这个事怎么办？需要多少？"刘总很诚恳。

"王董事长这个人不黑，你拿个十万意思意思就可以了。"

"十万块，不少吗？"

"不少！表示个心意就行了！不过这事不能说出去，你也不用出面，让李二送过去，我领他去。"孟志热心帮忙。

刘总高兴："太谢谢你了，孟总！"

"咳，就是提个醒，我这个人心善，想暗中帮你一下，但千万不要说是我说的！"

刘总："能说你说的嘛，我谢你还来不及呢。"

晚上，孟志仰靠在行李卷上打电话。屋里杯盘狼藉、穷困潦倒的景象并不影响主人酒后兴奋的心情。

"野田先生！你还在中国吗？"

"是的，孟经理，我还在中国。我现在是山郎公司亚洲区的总裁。"电话里野田声音响亮。

"祝贺你高升啊！干得不赖，你们的动车已经通过洪川公司成功打入了中国高铁市场，你下一步还有什么打算啊？"

北京的高层写字楼里，野田站在窗前望着窗外北京东三环的璀璨夜景与孟志通话。

"孟经理！你是我在中国最可信赖的朋友，我跟你都是实话实说，从不避讳。我们的高铁车虽然中标了，但由于中国实行'战略买家'和'捆绑式招标'，我们的发展空间有限；还因为我们的高等级技术对中国实行封锁，所以我们在中国高铁市场不具有大的发展前景。我们的战略关注点是未来中国可能的市场竞争性，我们要尽可能抑制中国的自主发展能力，防止中国将来成为我们的竞争对手。所以华龙公司的王华山，是中国高铁的重要领军人物，于公于私我都想打败他。"

陋室中的孟志酒后轻狂："王华山是咱俩的公敌。野田，我有个计划，这回我一定要让他马失前蹄，栽倒在地！"

野田："好啊！说……我支持你！"

孟志："这个计划我需要十万块钱做诱饵，引他上钩，然后把证据做实……这你得帮我！"

野田迟疑了一下："可以，但我必须看到结果。"

"你知道我跟王华山的矛盾，我不是为了骗你的钱花，事不成我把钱退给你！"

"好！把账号发给我，这事儿我支持！"

孟志满意地放下电话。

王华山很晚才下班回到家中，喝了一口水，疲乏地倒在沙发上。

有人敲门。"谁啊？"王华山去开了门。

"晓妍，我要休息了！"王华山拒绝。

"你不还没休息吗？"姜晓妍说着进来，麻利地换了拖鞋进屋。

王华山不爽，跟进来坐到沙发上。

"我还能吃了你啊？不让我进来！"姜晓妍站在客厅中间，喧宾夺主的架势，"给我找找该洗的衣服。"

"我已经让洗衣店的人洗了，以后别来了，不用麻烦你了！"

"想跟我一刀两断是吗？看上丁燕了呗？"

王华山烦恼："晓妍，你别瞎说。好了，快回去休息吧！"

"我刚进屋……"

"这么晚了，男女有别，尽量避嫌。"

"避什么嫌啊？现在都知道我追你……你太铁石心肠了！多伤我自尊啊！"姜晓妍说着哭了。

"我不找！我的态度是明确的。好了，请你回去吧！"王华山严正地说完站了起来，摆明逐客的意思。

姜晓妍无奈欲走，又不甘心，纠缠："跟我告个别。"

王华山挥了一下手。

姜晓妍上前欲抱住王华山，王华山制止了她。她抹了一把眼泪，撂下狠话："你不找便罢，你要找第二个女人不找我，我跟你没完！我等……"说完悻悻地走出客厅，关门而去。

李二提着装钱的简易小兜子跟着孟志走在华龙公司办公大楼走廊上。李二穿着工装戴着红色安全帽，像办事的样子。孟志刻意包装，戴了墨镜，看不出本来面目。

孟志交代："进门后你就说：'王董事长，您好！我是高速中心工地中天建筑公司的，我们刘总让我来给您送点儿东西。'他要问什么东西，你说：'我也不知道。'放下兜子你就可以走了。"

李二顾虑："他要不收怎么办？"

“不可能不收，你们都招完标了，一点儿人情，也不违法，他没有理由不收！”

“就是，不收白不收！”李二说。

孟志：“我怕刘总不放心，再拍张照片给他。”

离一把手办公室的门不远，孟志指给李二：“去吧，就前面那个门。”李二提着兜子前去，敲门，然后进了王华山的办公室。

孟志从衣兜里拿出一个很小的袖珍相机拍下了全过程，他回避地等在走廊里……不一会儿，李二空手出门，孟志又迅速拍了照。

两人得意地下楼走在楼道上。

李二神秘地说：“按你说的，我说完，正好这时候桌上电话响了，他接电话，我就出来了。”

孟志：“这就没事了！你给刘总打个电话说一声。”

李二打电话：“刘总！您交代我的事办完了，送到董事长办公室了。”又把电话递给孟志。

孟志牛哄哄地说了句：“放心吧，刘总！”电话里刘总说：“谢谢孟总！”

“你先回去吧，我顺便去资料室看个人。”孟志对李二说。

“好，孟总！我先走了。”

李二高兴地出了办公大楼，向公司大门口走去。

董事长办公室里，王华山接连打了两个电话，李二提的那个兜子放在办公桌上。

一个保卫处的中年人进来：“董事长有什么指示？”

“刚才高速中心工地来了一个人，”王华山指了一下办公桌上的兜子，“送来一些钱，说是中天建筑公司的刘总让来的。我知道有这么个公司，但具体是由基建处在跟他们打交道，我也不熟悉这个刘总。来的这个人戴红色安全帽，我已通知门岗拦下了。你去把这个钱让他拿走。”

“好！”保卫处领导拿起兜子走。

“让他写个收条。”王华山交代。

“好！”

李二和保安在门卫室闲聊，保卫处领导提着兜子进来，把一捆钱掏出来：“这钱是你拿来的吧？”

李二不好意思地点头。

“请你拿回去！”

“好。”

“写个收条。”

“行。”

保卫处领导在抽屉里拿出纸笔，交给李二。

“怎么写？”李二问。

“收条。收到退款十万元。收款人公司，姓名，电话。”

李二写收条……保安摆弄着钱，玩笑："给钱怎么能不要呢！"

保卫处领导："行贿受贿违法，给你你敢要啊？"

保安严肃："不敢！"

李二将收条递上，保卫处领导看后说："拿走吧！"

李二将钱放进兜里，难堪地走出门卫室。

久违的办公大楼，物是人非，孟志心情复杂。没有人能认出他来，他想借机去一下资料室，看一眼姜晓妍，其实也不想跟她说话，就是好奇地想看一看。

阅览室很多人在看图纸、翻资料。孟志在门口观望……一位女管理员进门，孟志打听姜晓妍，对方说，组长有病了没上班。

孟志离开。

李二提着兜子走在马路边，十字路口车水马龙……他突然停住，打开兜子看了一眼钱，想入非非……对于来自穷山沟的他，这笔钱不是个小数目，打工也得几年才能挣到。

他坐在马路边，胸前抱着兜子，吸烟思考，心里艰难地抉择着……最后他坚定地在地上摁灭了烟头，站起来，摘下安全帽毅然扔进不远处的树丛里。他把钱兜子裹紧，夹在腋下，急速向另一个方向走去。

李二边走边打电话："刘总！我家来电话说我爸得病住院了，我着急，就直接走了……啥时候回来不一定。"

李二去了火车站……

孟志在工地门口溜达，刘总从工地里走出来。

"回去啊，刘总？这两天我怎么没看到李二啊？"

"李二回老家了，说家里人有病了。"

"噢，他什么地方的？"

刘总不屑："我也不太清楚。电话都不通了，可能山里没信号。"

"谢谢孟总！您是真帮我。"刘总到了跟前，感激地说。

孟志得意："没什么，应该的！"

"我想跟董事长通个话！下面还有配套工程，让他想着我。"刘总不好意思地说。

"可以啊，打他办公室电话！"孟志十分慷慨。

刘总掏出手机，孟志流利地说号。

刘总惊讶："这么熟！"

孟志很自负的样子："以前就是我的办公室，能不熟吗？"

刘总一脸谦恭崇拜地打电话。

"千万别提我！"孟志强调。

刘总点头，说话：“王董事长，您好！我是高速中心工地中天建筑公司的老刘……”

王华山的声音：“噢，就是你啊？让人来给我送钱……”

“就一点儿小意思，不成敬意！”

王华山声音严厉：“你怎么能这么干呢？搞工程不能来这一套啊？要保质保量把活儿干好才是正道！我记住你了，咱们工程验收的时候见！”

刘总：“是！是！……董事长您放心！我一定保质保量干好工程……”那边电话挂了。

孟志笑：“就是打官腔。听到没有：‘我记住你了’！”

刘总高兴地与孟志击了一下掌：“走！我请您喝酒。”

孟志欣然上了刘总的车……

晚上，酒后的孟志回到住处，兴奋异常地拿出两张照片端详。一张是李二提着兜子进入王华山办公室的照片，一张是李二空手走出王华山办公室的照片。他自言自语：“哼，王华山你这回跑不了了……我还赚了野田的十万块钱花！”

孟志又得意地打电话：“野田先生，您好！我给你发的照片你看到了吧？证据完整确凿。你的钱不白花，这回他死定了！不过我现在不想动他，再让他嘚瑟一阵，等到关键的时候再出手。”

大跨度的仓储库房里，大货车在卸货，外面还有车在排队。都是大件包装箱，吊装卸车，有外方人员手持资料在核查。

李海涛关照提醒：“要小心，这都是宝贝啊！漂洋过海来的……”

王华山接电话走向旁边：“喂……”

“爸！我回来了，丁总去接的我们……”儿子王中民的电话。

“我知道。”

“爸，你在哪儿呢？”

“在厂里，引进的动车组散件到货了，我在库房这儿呢。”

“您什么时候回家？”

“一会儿我就回去。你在外边吃点儿饭吧，要不回去自己下点儿挂面……嗯，好……”

王中民在孟珍珍的陪伴下拖着行李箱回到家中。

进到客厅看着妈妈的照片，中民说：“妈！我出国学习回来了。”

屋里杂乱，珍珍惊讶：“你们家现在成这样了？”

“我爸太忙了，没办法……坐！”王中民无所谓的样子。

珍珍忧心地坐下：“这怎么能行啊……生活好才能更好地工作呀！”

王中民脱下外衣扔到沙发上，坐下：“我爸吃食堂，看来我今后也要以厂食堂为家了。”

珍珍难过而真诚地说：“要不……我们结婚吧！我来照顾你们！”

王中民笑：“我刚毕业，还一事无成呢，现在结婚……太早了！”

珍珍不好意思。

“再说，我们结婚也不能在这破房子里，必须住商品楼啊！可我爸死活不愿离开这里，给分新楼也不要……”

珍珍望着萧蓝阿姨的照片：“理解……”

“还有……”王中民郑重地说，“我们结婚，一定要得到你爸的同意才行啊。没有得到他的允许，和他的女儿结婚，我不能那样做……”

珍珍钦佩点头：“可这个家怎么办？不能没人管啊……”她不好意思起来，羞于开口：“……我妈可能喜欢上你爸了，要是由她来照顾这个家也挺合适的……”

王中民：“嗯！是。”

珍珍赧然：“她说很早就喜欢你爸了，你爸还是她的初恋……”

王中民惊讶：“不会吧？噢，可能是暗恋。”

珍珍不好意思地拍了王中民一下。

王中民思考说：“成不了……你想啊，我爸和你爸是同学，又是不和睦的同学，以我爸的品性，他不可能接受你妈……”

珍珍认同地点头。

“再说了，如果他俩真成了，你爸得多恨啊！那咱俩这事还有希望吗？”

珍珍感到了问题的严重，深切点头。

“那……只能这样，你和王伯伯早晨、中午吃食堂，我每天下班后来收拾屋子，给你们做晚饭！”

王中民点头：“行！”

21/ 第二十一章

技术中心会议室，“时速200公里动车组项目国产化誓师大会”横幅高悬。台口一侧，7人登台从总经理李海涛手中接过红色的责任书，列队等待签字。王华山坐在主席台中间的桌前，分别与各部门负责人共同签署责任书。

中层干部和技术骨干几百人参会。

之后，李海涛讲话：“刚才董事长分别与研发中心、工艺技术中心、供应采购部、车体分厂、转向架分厂、装配分厂、调试分厂的负责人签订了责任书，就是要明确目标，落实责任！之后公司要跟踪考核，扎实推进，严明奖惩！下面请董事长讲话！”

掌声中，王华山说：“一状在手，重任在肩。同志们！高速动车组技术引进是上到国务院、下到发改委和铁道部都高度关注的重大项目，是‘国字号’工程！我们要充分认识到使命的光荣、任务的艰巨、责任的重大。军令如山，没有退路。我们要确保国家动车组技术引进目标的兑现！确保按合同交车！确保铁路第六次大提速用车！摆在我们面前的，没有客观理由——只有以成败论英雄！”最后一句话王华山激昂地一挥手臂，握拳的胳膊有力地停在空中。

台下热烈鼓掌，群情振奋。

王中民的同学根据各自所学专业去了不同的车间。李光磊、宋雅、苏健、刘洋分在了装配车间，荣建成、孟圣友分在车体车间，陈丽华和吴可超分在了转向架分厂的轮轴车间和总成车间，康成伟和詹杰去了调试车间。

联合设计生产的前期准备工作基本完成，接下来的生产是先从散件组装开始，公司各环节都投入到了紧张有序的工作中。

车体车间车体组对现场，内端墙和侧墙接触不严，工人们反复琢磨调整都没有解决……外国厂家人员和翻译也在场。

丁燕来到现场了解情况。

荣建成：“丁总！内端墙与侧墙组对接触不严，阿奇达斯公司的专家主张用工装设备拉紧，可是我们没有现成的工装设备，进口肯定来不及……”

丁燕近前观察：“打算怎么办呢？”

荣建成：“去找李主任了，他是高级铆工出身，也许会有办法。”

这时，孟圣友带着李主任进来。李主任直奔现场察看车体对接的缝隙……嘴里说着:“活人还能让尿憋死？想办法……”说着截了两块木方块,把它靠到缝隙处,分别用锤子敲打,两墙就夹紧了。

外国专家兴奋:“OK！ OK！”

丁燕在小本上记了一下,对李主任说:“我们要尽快完善工装设备。”

李主任:“这个夹紧的工装设备我们自己可以搞。”

丁燕:“好!”

李主任对大家说:“外国引进的技术,不可能都给你弄得四眼齐,我们等不起,缺这少那的就得自己想办法!”

大家赞成点头。

转向架焊接车间。罗主任把张万军等五名焊接高手召到动车组转向架环口部件旁开会,同时在场的还有外国厂家的专家和翻译。

罗主任说:“这个动车组转向架横梁与侧梁的接触环口,是承载整车约50吨重量的关键受力点,也是决定列车能否实现速度等级提升的最关键部件,所以焊接成型要求极高。据阿奇达斯的专家讲,这个600毫米周长的环口,焊接无法一次性完成,但必须保证两次焊接成功。否则多段焊接,易出现接头不熔合的缺陷,质量无法保证,所以这是摆在我们面前的一大难题！把你们几个高手调到这个工序,就是希望你们虚心向外国专家学习,完成好这个任务。”

阿奇达斯的专家讲,翻译及时说:“这个环口焊接段数越多,质量越糟糕,所以必须保证两次焊接完成。我先给你们示范一下。”

专家操起焊枪分两次完成了环口的焊接。他不自信地看着自己的焊活儿,大家也围拢观看。

专家:“最近手生了,焊得不理想。焊接是否合格,最后要经过探伤检测确定。”

大家一脸为难和迷茫。

张万军琢磨:“要是能一次焊接完成就完美了。”

“这不可能！我们还没有做到,你们能两次焊接好就不错了。”专家不屑。

大家沉默。

涂装车间,工人在给车体刮泥子。郑小龙在现场观看,他对一个工人的操作不满意,接手示范,动作专业洒脱。他边示范边说:“要拉开,刮实刮匀。”

工人佩服地点头。班长走过来说:“我师傅的活儿就是漂亮!”

一个办公室女孩走来:“郑主任,开会时间到了。”

郑小龙边走边对班长和工人叮嘱:“一定要严格执行工艺标准!”

班长说:“您放心吧!”

靠自己的努力,郑小龙在涂装车间站稳了脚跟,后来带了徒弟,还当了工长、副主任,出国学习归来又当上了车间主任。

晚上下班了，张万军还在环口部件旁边琢磨着，不时有工人打招呼："张师傅，走啊！"他头也不抬地回应："马上马上……"

董玲换完了衣服走过来："下班了，还琢磨啥呢？环口两次焊接你不是做到了吗？"

"你先走吧，我再等一会儿……"张万军专注地看着环口料件。

董玲理解地走了："我先回家做饭去。"

丁燕在办公室电脑前忙着。郑凯进来，亲切恭维："丁总……"

丁燕不高兴："你怎么不敲门就进来了？"

郑凯返身去敲了敲门。丁燕面无表情地说："进来！"

"丁总！还不下班？一起走吧，我送你！"

丁燕眼睛盯着电脑："不用，你先走吧。"

"我特意给你带回来的香水你也不要？"郑凯磨叨。

"我用不着。"

"丁总……"

丁燕不耐烦："丁总、丁总……你烦不烦啊？"

郑凯扫兴地转头走了……

"哎，装配车间动车组工艺标准搞完了吗？"丁燕追问。

"已经落实下去了。"

郑凯走了没多久，丁燕也心绪不宁地关了电脑下班。

走在走廊上，她顺便去了董事长办公室。室内在开会，供应采购部的三位领导在聆听并认真记录。丁燕进来坐在一边。

王华山神情紧迫严肃："动车组国产化，物资供应采购是个大问题，任务非常艰巨！部件材料千千万，而且对应的是阿奇达斯公司提供的、欧洲采购的，国内国外方方面面六个供应渠道。进口件多，配件档次高，生产周期长。面对时间紧、供应形势复杂的局面，希望你们供应采购部提前运作，按照公司生产计划严密确定配套期，对重点物资和交货难度大的厂家要派人盯催，死看死守。要克服一切困难，全力组织动车组生产料件的及时交付，保证生产！"

丁燕一直等到散会，才和心事重重的王华山一起下班回家。

下着楼梯，她雀跃至前，回头向他扮了个鬼脸逗他开心。

"你不愁啊？"

丁燕顽皮："我妈愁！这么大了还没嫁出去……"

"我是说生产……"

丁燕正色："愁啥啊？"

王华山诧异："动车组国产化困难重重，有你哭的时候！"

"上刀山、下火海，本姑娘也不会哭的！"

王华山："听说郑凯始终在追你啊，该结婚了，不要再让你妈愁了。"

丁燕率真："我不喜欢郑凯。"

王华山疑惑："郑凯和你都是博士学位，不对，他是博士后，长得也帅，工作努力，科研成果突出，是多好的工程师啊！"

丁燕沉默不语。

"差啥啊？"

"郑凯不是不好，可他磨磨叽叽，太娘了！看不上他……"

王华山不解："文明、和气、认真、低调，是好男人啊！"

丁燕站住，深情地望着王华山："我更喜欢你这样的男人，意志坚定、阳刚果敢、睿智大气，更爷们儿，更有男人魅力！"

王华山呆住……严肃认真地说："以后别胡说八道了！我上次已经跟你说清楚了，我不会再找第二个女人！再说我比你年长，也根本不适合。"

"在爱情面前年龄不是问题。再说我们差十多岁不算差，我妈说也是可以接受的……我觉得我配得上你！"

王华山无语，看着年轻漂亮的丁燕，不无理解之心，也萌生一丝柔情，但他理智地移开视线，抬头仰望……他仿佛看到萧蓝就在眼前，清晰生动……他永远爱她，没有人会超过她！他更坚定了自己的信念。

霎那间飘忽的情愫，相对于坚实的大山，仿佛只是春天里一缕轻柔而过的风。

她看到了他的沉默，期待着，甚至有些激动得想去拥抱他……

"华山董事长！你……同意了？"

王华山回避地转过身去，他知道自己虽然没有闪烁其词，可再这样缠绵下去，肯定会深陷其中、难以自拔，而且也是对丁燕的不负责任。最后他下定了决心，猛然转过身来，怒目圆睁，吼道："以后不要再提这个问题了！"说后愤然回身上楼，又怒不可遏地向丁燕嚷道："你缺父爱啊！"

丁燕惊呆，傻了，最后哭着跑下楼去……

王华山停在楼上楼梯口处的窗前，心情复杂……他看到楼下丁燕因羞愧疯也似的出了办公楼奔向厂门口。

"对不起了……"他心里默念着，掏出手机转过身来打电话。

"郑凯！下班了吗？"

"还没呢，有几个工序的技术引进标准与实际生产不相符，在进行研究调整……董事长！有事啊？"

"跟丁总的关系处得怎么样了？"

郑凯不好意思地磨叽："嘿嘿……董事长，您啥意思啊？"

王华山有些不耐烦："你不是在追丁燕吗？"

"她看不上我啊……"

王华山有些生气:“为什么?你堂堂一个博士后,工艺技术中心的主任,人也帅,怎么就看不上你呢?你能不能再爷们儿一点!”

对方哑然无语,王华山挂了电话。

最近张万军像着了魔,晚上下班也不回家,在一个类似环口部件的废料上反复焊接练习……昏暗的车间里只有他这一处弧光闪烁。

董玲送饭走来,嚷着:“啥时候了,还不回家吃饭?”

张万军放下电帽子,疲劳地坐在料件上。

董玲从拎兜里拿出饭盒来。蛋炒饭,一壶水。“又跟环口较上劲儿了?外国专家能焊的,你不也能焊吗?”

张万军狼吞虎咽地吃着饭:“我比他焊得好!”

妻子不解:“那你还较什么劲儿啊?琢磨啥啊?”

“这个环口要求分两次焊完,但这样有接头,容易出现质量隐患。我想能不能一次焊接完成。”

董玲摇头:“环口是圆的,枪要转,人要动,一次根本焊不了!要能行,外国人早就实现了。”

张万军大口大口地吃完了饭,放下饭盒,又摸起焊枪,说:“外国人实现不了的,我们就不能实现吗?”

董玲:“快半夜了,别干了,回家吧!”

“我再焊一会儿……”

“哎,你说……机械手要能干环口,质量会更有保证……我开发编程试试!”董玲说。

张万军不屑:“机械手干直线行,拐弯它干不了。”

董玲不服:“谁说的?机械手潜在的可能性极大,只要开发出编程……”

张万军有些不耐烦:“就算你能开发出来,那也是猴年马月的事。现在问题就摆在面前,我需要马上解决它!”

妻子无语。

焊花闪耀。

轮轴车间的陈丽华和几个员工在阿奇达斯专家的指导下,在试验台上进行轮对轴箱跑合试验。停止后,陈丽华赶紧上前察看跑合测试结果,“温度高!”她表情惊讶沮丧。

专家亲自触摸:“温度高证明有问题,不合格!”

“那怎么办?”陈丽华不安。

专家:“只能拆解重装,但拆解也会造成报废。”

“我们是在您的指导下,严格按图纸组装的呀!”她困惑。

专家解释："动车组齿轮箱组装，间隙调整是一件非常重要而关键的工作。间隙大了会产生运行的不稳定，间隙小了会使轴承发热，造成研轴、热轴等重大安全事故。"

后来，几个人打开齿轮箱，陈丽华投入地调整琢磨着……

午间休息，人们都离开了岗位，有的去食堂，多数还是到休息室或僻静处吃自带的饭。

张万军还沉浸在工作状态中，地上焊条头成堆。

董玲提着饭盒走来，喊着："吃饭了！"

董玲坐下，打开饭盒，张万军也凑过来。

"焊接试验得怎么样了？"

"有点门道了。"

董玲叨唠："环口焊接，人要跟着转，360 度圆滑过渡是很难掌握的技巧……"

张万军窃喜："我已经成功一次了！"

董玲高兴："是吗！"

"但还不成熟，还要继续摸索。技能的运用、电流电压的把握、体位的变化、气息的调整，都要协调一致才能成功！"

来华龙公司的同学中，吴可超与陈丽华走得近，恰巧又都分在了转向架分厂。轮轴车间紧挨着吴可超所在的总成车间，两个车间有的地方有间隔，有的地方是连通的。所谓"总成"，顾名思义，就是转向架各部件的最后合成车间。

吴可超手拿一本资料在一台转向架前对照观察，陈丽华走来。

"吴可超，你吃饭了吗？"

"吃了……有事啊？"吴可超见陈丽华来找，表现出高兴的样子。

"今天我组装的齿轮箱没有合格……走，去我们轴承班说。"

吴可超放下资料跟陈丽华走。

"我们轮轴车间，尤其轴承班，比你们总成车间复杂多了。"

吴可超不认同："各有难点。"

"公司确定的 110 个 A 类质量项点中，轮轴车间就有 61 个，占 55.4%！"陈丽华强调。

到了轴承班，在打开的齿轮箱前，陈丽华对吴可超说："齿轮箱间隙调整很关键。这个技术的掌握是个难题……你是学机械制造的，这次去阿奇达斯公司又是实习的车辆钳工，能不能设计个'齿轮箱轴向间隙检测表座'？有了这样的工装，就能快速准确地测出间隙，提高和保证间隙测量的准确性。"

吴可超反复观察触摸后说："可以！"

陈丽华兴奋，与吴可超击掌："好！咱们抓紧弄！"

焊接车间，张万军身边围了很多人，车间主任和外国专家也在场，大家充满兴奋和期待的目光。

功夫不负有心人，他的试验成功了，今天正式给大家验证和展示。

张万军开始环口焊接。弧光中，他稳操焊枪，屏气凝神，身平步缓，一气呵成。

大家热烈鼓掌。

专家察看了焊得光滑圆满的环口后，伸出大拇指，连声称赞。

主任无比高兴："万军，你太棒了！"

工友们兴奋地用各种方式向张万军表达着祝贺，有的拍一下，有的推一把，有的打一拳，喜笑颜开……

装配车间，班前例会，200 多名员工列队在动车组车体旁。

主任吴建华点名："塞拉门系统。"

有人举手喊："到！"

队列中有李祥这样的老技术工人，更有王中民和他的同学李光磊、宋雅、苏健、刘洋等这样的新生力量。

点过空调系统、内装系统、设备系统、制动系统、车顶高压系统、车内线系统、车内电气系统、车下电气系统、落车系统的名，分别有人举手喊"到"。

"有个通知，各系统的工段长，下班后到党支部，李书记找你们开会。"吴建华说。站在旁边的车间书记李群笑着插话："根据吴建华主任的提议，车间党政工团制定了一个争当先进班组的技术竞赛方案，我们要搞一场比学赶帮超的活动！"

大家鼓掌欢迎。

吴建华主任正式讲话："动车组生产已经全面展开了，今天的班前会强调三点：一、生产过程中，要严格执行工艺标准，一丝不苟；二、有问题要主动请教外国专家，要在外国专家的指导下工作；三、严格落实实名责任制，严格执行自查、互查等'五关'质量检查制度。"

此时，王华山、李海涛、丁燕穿着工装来到车间。

"正好，公司领导来了。欢迎董事长给我们讲话！"

大家热烈鼓掌。

王华山站到大家前面，感慨激动地说："我们是第一代高铁工人，你们动车组装配车间 90% 的员工不到 24 岁，希望你们在这张白纸上画出最美的图画，让青春无悔！"他指了一下身后的车体，"一列动车组，仅使用的各种电缆电线就有 100 种之多，有 5 万根线、10 万个头，总长约 40 万米。最粗的如碗口，最细的像绣花针。几万条线路啊，复杂得就像人体的血管，哪怕有一根线接触不良，都会造成严重后果！动车组的质量就是生命，责任重于泰山，要做到一点儿也不能差，差一点儿也不行！最近，转向架焊接车间的张万军，苦练技术，勇于攻关，发明了环口焊接七步操作法，解决了动车组生产的难题。我们要学习张万军的劳模精神、工匠精神，讲责任、干细活儿、造精品！”

大家热烈鼓掌。

巡视中，在预组装车间的剪线下线现场，丁燕与操作工人交流。

李海涛对王华山说：“董事长！总公司通知，明天我和丁总去北京参加一个技术引进的研讨会。”

王华山略作思考：“这样，你让丁燕和郑凯去，多给他们创造机会。”

两人会心地笑。

“现在生产很忙，问题很多，尤其是动车组技术引进这一块儿充满未知和挑战！铁路客车、地铁车，再加上动车组，公司项目多、任务重。高速中心还没有建成，现有的车间比较拥挤，管理工作一定要加强！”王华山走着，郑重交代，“生产上，要落实好项目经理负责制，车间抓片儿，项目经理抓线，你总经理抓面儿，要宏观掌控好各方面的工作。技术方面，丁总抓研发中心和工艺技术中心没问题，赵鹏和郑凯各自独当一面也很出色。”

李海涛认真听着，不时点头。

王华山强调：“动车组生产是目前工作的重中之重。采购部要保证料件的供应。工程技术人员要建立工艺工序责任制，与操作工人实行双保组合，及时攻关，解决生产中的技术问题。公司上下要齐心协力，把技术引进消化吸收好，保证铁路第六次大提速用车。”

李海涛坚定表示：“请董事长放心！”

“我们还要筹备开好公司职代会、党代会。”

“好！”

装配车间成立了以宋雅为首的女子接线班。

宋雅如她的名字，聪明俊雅。她带领着七名女工在动车车体下做插头，她指导说：“我们接线班就是负责动车组的接线和插头制作。要把每一根电线都精确无误地接到设备或端子排上，做到无毛刺、不虚接、线号正确，不能有一丝马虎。制作插头最关键的工具就是压接钳，而且种类繁多，要求我们在工作中熟练掌握各式压接钳的使用方法。”说着宋雅展示手中的插头和压接钳。

刘洋经过，搭讪：“宋雅，你厉害呀，当了‘七仙女’的班长了！”他性格开朗活泼，总是嘻嘻哈哈的，像个大孩子。

“刘洋，你干吗？选美来了？”宋雅也开玩笑。

“路过，我们内装的工长让我去材料库领个件。”刘洋扫了一眼女生，“你先给海选着……”说着笑呵呵地走了。

“以后你少来，女子重地，男士止步！”

刘洋不服，又折回来：“李光磊来行，我来就不行，这不公平啊！”

“他是分线的，工作需要，你属于串岗。”

刘洋无话，威胁：“好，等你们结婚的，我不给你随份子！”

宋雅撵他：“你快走吧！”

刘洋没走，磨叽：“都说男女搭配干活不累，你说车间干吗要成立个女子接线班呢？”

宋雅振振有词：“接线工作很重要，是个细活儿，需要认真，适合我们女生！因为我们女生具有认真、仔细的品质，大家说对不对？”

众女生起哄：“对！”

刘洋撇嘴：“你还认真仔细？”他面向大家：“我给你们爆个料。你们班长在大学的时候，有一次，她忙三火四地去参加考试，有人发现说，你上衣后面怎么出了两个包啊？结果是她着急把内衣穿反了……”说后跑走。

大家狂笑……宋雅哭笑不得：“他胡说！”

王中民手拿记录本夹来到接线班，观察着说：“制作插头要使用好压接钳，要按你们班长要求的那样去做，保证质量！”

宋雅：“你这质检员什么都得懂啊！”

“是啊，我要掌握所有的工艺标准！”

“佩服！”

王中民转身登上车体。

车内棚顶和侧墙上布满了密密麻麻粗细不等的电线，李光磊在电柜处分线，身边围着几个徒弟。

“李光磊，线分完了吗？”王中民问。

“还没呢，交验的时候找你。”李光磊回头说了句话，又转过头去忙起来。他的工作服上沾了许多灰尘，浓眉大眼的脸上满是汗污。

“接线班等着接线呢。”

“我知道，宋雅还催我呢！”他头也没回地说。

王中民观察着走了。

“你们内装干完了吗？”王中民走上另一个平台，问在车体门口的刘洋。

“干不了了！地板磨光机坏了！这不，技术部维修的师傅来了。”刘洋用手一指。

王中民回头，见一位四十多岁的师傅背着工具兜走来，他们一起进入车内。

主任吴建华和工长李祥在，还有两名工人围在旁边。一台进口磨光机放在新铺好尚未打磨的地板上。

“师傅！干活儿着急，就等你妙手回春了。外国专家看了，也没办法。”吴建华客气地说。

师傅上手试了试，又打开护盖观察，说：“组合开关损坏，没有配件，废了！”

吴建华着急：“修不好了？”

师傅摇头："修不了！这是进口的，国内件不匹配，又没有原理图。"

"那怎么办？"

"没办法，这个东西价格上万！从欧洲采购得三个月。"师傅说后无奈地走了。

吴建华跟出，念叨："这完了！还指它干活儿呢。"大家也都跟出来。

王中民蹲下来，观察着磨光机，琢磨起来……

车外的平台上，大家一时无奈……王中民走出车体："我修修试试。"

吴建华和李祥不约而同地质疑："你？"

"我就是学电气工程的，死马当活马医吧！试试！给我准备一套工具、一个万用表，让电工师傅再找一些国产的开关电器件。"

吴建华高兴："好！"

晚上，车体内吊着一个临时的灯。磨光机被拆得七零八落，配件摆放了一地。王中民坐在地板上，一会儿看看这个配件，一会儿看看那个配件，不时用万用表测试一下，又不时趴在地板上琢磨着，望着配件出神……

"中民——王中民——"传来孟珍珍的喊声。

他走出车体，站在平台上喊："在这儿呢！"

车间光线暗，静悄悄的。听到孟珍珍说："真难找！"

她走上平台，提着饭，还有一盒蛋糕。

王中民迎过去："还不饿呢……怎么？还拎个蛋糕？"

"今天是你的生日！"

王中民惊喜："啊！是我生日！"

他接过蛋糕，揽着珍珍走进车厢。

"进口设备，你能修好吗？"

他坐在地板上继续投入地拆解一个配件，改动处理后，又组合上。

珍珍安静地坐在一边看着，饭和蛋糕放在一边。

王中民测试了一下配件，满意点头，开始组装。磨光机装好了，试开，机器转动……他兴奋地喊叫起来："我成功了！"

他马上打电话："吴主任！地板磨光机我修好了，明天生产可以使用了！"

王中民狼吞虎咽地吃着饭菜……蛋糕盒打开，珍珍给他戴上了生日帽。

珍珍唱生日歌："祝你生日快乐……"

王中民也兴高采烈地合唱，后来他把生日帽戴到磨光机上："它是我今天最好的生日礼物！"

珍珍同感："成功、有成就，是人生最大的快乐！"

王中民："是的。你自学英语、计算机，这回去了项目部就派上用场了吧？"

"是，完全胜任工作！尤其英语会话水平还得到领导和外国客户的肯定。"珍珍自豪。

王中民兴奋："进步这么快吗？说说看。"

珍珍迟疑了一下说："Why do you love me ?"（你为什么爱我？）

他笑着赞赏地点头答："You are beautiful，kind-hearted and pure."（你美丽、善良、纯真。）

珍珍："Your father is a respectable man."（你爸爸是个令人尊敬的人。）

王中民："I will be better than him."（我会比他更优秀。）

珍珍欢快地说："Brag !"（吹牛！）

王中民大笑……

晚上，王华山泡脚，疲惫地靠在沙发上。

响起敲门声，他赶紧擦了脚去开门："来了……谁啊？"

开门见是姜晓妍，他说："珍珍没在这儿，去车间了！"

"我知道。"姜晓妍不客气地径直进来。她察看着房间，惊异："珍珍这孩子还真行，这家收拾得还挺利索！"

"是啊，辛苦这孩子了，每天下了班还要往这里跑。"

姜晓妍看到水盆："洗脚啊？"

"洗完了。"

姜晓妍不容分说，端盆去倒水。

王华山阻止："我来……"

"你歇着吧！"姜晓妍执意端着水盆去了卫生间。

王华山看着姜晓妍的背影有些无奈，也不无感动。

她回来，看到王华山还站在那里："你怎么不坐下，想赶我走啊？"

王华山坐下，姜晓妍也沉默地坐到一边。

"你忙，孩子们也忙。将来他们结婚了，再有个孩子……这个家没人照顾不行！我是珍珍的妈，以后有了孩子我也是亲姥姥，没有谁比我更死心塌地、更适合这个家了……"

王华山低头不语，心里认可她说的是实话。

姜晓妍索性说："你真的是我的初恋。我虽然跟孟志结婚了，可在我心里始终对你情有独钟，我敬佩你这样的男人！"

"为什么？"王华山敷衍。

"你是大男人，大格局的男人！追求的是事业，想的和做的都是为了公家的事，属于'天下兴亡，匹夫有责'的那种男人……不像有的男人，整天就琢磨个人的利益，处处事事都为自己盘算，好像天底下除了自己的事就没有别的事了。"

"谢谢你的夸奖，但我已向你表明了我的态度。"王华山郑重其事。

"除了萧蓝姐，你不想再娶第二个女人，这我理解。可这不现实，萧蓝姐也不赞成！她让我照顾你，对我有过交代……"

王华山看了一眼姜晓妍，皱眉琢磨了一下她的话，坦诚地说："我跟孟志是同学，又心有隔阂，我怎么能……再说，也不想去伤害一个已经处于弱势的人的感情。"

姜晓妍似乎理解，可也不服："我们离婚了！我是有独立人格的，这事儿跟他没关系！"

"咱们是不可能的。"

姜晓妍沉默了一会儿："你暂时想不通，我不勉强，我等！但你必须答应我一个要求！"

"什么要求？"

"如果你再婚，不能选择丁燕！"

王华山毫不犹豫地说："我和丁燕绝不可能！"

姜晓妍惊喜激动，眼睛湿润了。

王华山见状为难，劝说："我的态度是明确的，等我没希望，有相当的找一个，别耽误了自己。"

"我非你不嫁！"

深夜，姜晓妍睡不着，推开女儿的房门，亲和小声地问："睡了吗？"

珍珍开了床头灯："妈，怎么了？"

姜晓妍穿着睡衣进来："我上你被窝……"说着愉悦地上床，躺进珍珍的被子里。

"干吗啊？大半夜的，什么事儿这么兴奋啊？"珍珍觉得奇怪和好笑。

姜晓妍沉浸在得意中："好消息！"

珍珍看着妈妈幸福的样子："号外？"

"那当然！"

珍珍思索着："是把王伯伯扑倒了？"

姜晓妍拍了一下女儿："我是母老虎啊？"

珍珍笑躲："快说啊！到底是啥好消息？"

"你王伯伯承诺了，不选择丁燕！"

"选择你了？"珍珍追问。

姜晓妍窘迫："也没说选择我……"

珍珍泄气："那不还是一样嘛，谁也不选择，还是不再娶第二个女人的基本原则，没有动摇啊！你高兴什么啊？"

姜晓妍一时语塞，又急切地辩解："不，不对！他答应我不选择丁燕，我相信这话是真的，说明丁燕被淘汰了，就等于没有人跟我竞争了。是等额，不是差额，我是唯一候选人了，这难道不是好消息吗？"

珍珍不耐烦："好了、好了，别自作多情了，快回你屋睡觉去吧，明天还得上班呢！"

姜晓妍扫兴，下床走，叨唠："不懂得分享……"

调试是生产的最后一个工序,先单调,后列调。单调就是单一车厢的调试。在单调车厢里,面对应急锤底座发生的断裂,詹杰和一个工人在现场琢磨着……有人把外国专家找来了。

詹杰:“皮克先生,我们在安装应急锤时,底座发生断裂。”

康成伟也来了。

叫皮克的外国专家看了看说:“这种情况是不会发生的……”他环顾了一下上空:“安装对环境是有要求的,肯定是厂房温度低,导致材料变脆,所以将应急锤压进底座的时候发生了断裂。”

康成伟独自仔细观察,认真比对。

“康班长,停止安装,等到温度合适时再干,否则会有更多的底座断裂。”皮克说后转身欲走。

康成伟拉住皮克:“皮克先生!不是厂房温度的问题。”他拿起两个锤子比对着,“是这个锤头不合规格,长了 1 至 2 毫米,把底座的卡板挤断了。”

皮克惊异,认真比对两个应急锤,最后点头承认:“这不是你们的问题,我签字……”说后拍了一下康成伟的肩膀,笑着,“你很用心!”

装配车间,车体下。配管班班长苏健手拿一根制动管,坐在地上望着车底愁思……身边还有三位工人。

有两个工人拿着一根新做的管走来,比试后仍不理想。

女工小张说:“班长!找外国专家解决吧!”她是个白净朴实的女孩。

苏健摇头:“找他们也没什么用,还得是我们自己想办法解决……”他感慨,“制动管必须无应力连接,管路的回弹和延伸变形是最大的难题!生产以来,进口管角度误差大、问题多,给我们造成了很大的麻烦,虽然我们克服了困难,解决了一个个问题,但成本高、浪费大。可这不是常事啊……我们不能总这么干啊!关键是制动管这一项没有国外技术参数的支持,我在数控机床里也没有查到补充数据……”

小张:“那……这事儿大了!我查资料了,一列动车组要 1100 多根管子,总长超过了 2400 米,90% 是立体弯管,有的管子有 16 个弯儿,而且管壁只有 1.5 毫米厚。”

苏健:“即使有了现成的国外数据也不顶事,因为不同厂家、不同批次的管材弯出来误差都在 10 毫米左右,而动车组要求精度在 1 毫米。”

几个人无奈地看着班长。

苏健最后下了决心:“没办法,只能自己试验摸索,找到正确参数,建立起自己的数据库。我们得自己干!”说着站起来走了,大家跟随。

总经理李海涛来仓库察看物资材料储备情况,供应采购部刘经理陪同。

采购供应仓库里,各种物资摆放有序,有叉车和人员在忙着出入库。

李海涛:“为了保证动车组国产化生产,采购供应工作一定要跟上,早计划、早准备。还有什么问题?”

刘经理汇报说:“李总!第二批二等车座椅没有按期到货,我们追问了,是厂家因下属厂一种材料出现断供造成的,我们已要求他们尽快交货。”

李海涛听了警觉,感到问题严重:“立即派人!”

“好!”刘经理向远处发货现场喊,“崔浩!崔处长——”

四十几岁的崔浩赶过来。

李海涛命令:“立即去座椅生产厂家催货,死看死守,让厂家抓紧生产,保证按期交货!”

崔浩坚定表示:“好!”说后立即走了。

姜晓妍相信王华山说的话,但还是不自信,于是下班后悄然无声地来到丁燕办公室门口窥探,见丁燕埋头于电脑工作,就又去了董事长办公室,她远远地若无其事地站在走廊窗前观看厂区夜景,不时瞄着那个办公室的门口。

珍珍下班,在楼梯转弯处看到了走廊上的妈妈。看状态,她明白了妈妈的心思,珍珍有些生气地走过去:“妈,你在这儿干吗呢?”

姜晓妍一惊:“吓我一跳!没事儿……你快回去给他们爷俩做饭吧。”

珍珍拉了她一把:“妈,走吧,这样人家会笑话你!”

姜晓妍不加掩饰,索性小声对女儿说:“虽然你王伯伯不选择丁燕,可我不能掉以轻心。听大楼的门卫说,有一天晚上丁燕是哭着出去的,这明摆着是没得好脸啊!所以我相信你王伯伯会坚如磐石,但丁燕难保不会死缠烂打,我得盯着点儿!你先走吧!”

女儿生气地把妈妈拉到楼梯口,郑重其事地说:“妈,你愁死我了!你不能这样天天像个醋坛子似的疑神疑鬼的。大家都在加班加点忙技术引进国产化的事,你这样下去不但达不到目的,还会把自己毁了。像王伯伯这种事业型的男人,能喜欢你这样世俗的女人吗?”

姜晓妍怔住……

珍珍语重心长:“想上位,你首先得善良贤惠,对他的事业有帮助,让他需要你,离不开你……”说后珍珍下楼走了。

姜晓妍呆在那里,女儿的话击中了她。最后,她沉思着移步下楼……

王华山在装配车间巡视,吴建华陪同。车间到处是繁忙的生产景象。

一个工人面壁站着,位置上有“反思台”字样。

“这是怎么回事?”王华山奇怪。

吴建华:“这是我们设立的质量反思台,凡是车间检查被公布在公告栏上的质量问题,操作者要主动站在反思台上反思半小时,并记下反思感想。这个员工是因为制动阀板处的标记涂打不规范……”

王华山点头说："要自愿，不要强制。"又问："跟李丽、葛强有联系吗？"

吴建华兴奋："有啊，他们的物流公司干大了，还催我写'华龙颂歌'呢！"

王华山笑。

苏健在弯管机上进行弯管操作，几个人协助，小张拿着本夹记录数据。工艺技术中心主任郑凯带人也来现场参与。

王华山和吴建华走进这个操作间。

郑凯来到王华山身旁，两人走向一边："制动管配装是动车组一个很重要的环节，国产化必须要有属于我们自己的技术。配管班班长苏健很有想法，在对不同的管材进行试验，建立我们自己的数据库。"

"好！"王华山欣慰点头。又严肃地问："听说你们工艺技术中心昨天出了一个严重事故，下发的工艺文件搞错了一个小数点？"

郑凯羞愧："是，后来发现了，没有造成后果。"

"怎么回事？"

"这个助工有背景，工作马虎，上班时间还玩游戏……让他停职反省了。"

王华山火了："要严肃处理，教育大家！"

郑凯："是。"

王华山冷静了一下，突然看着郑凯。

郑凯莫名其妙。

"你可以利用这件事顺便演一场戏。"王华山微笑，眼含深意。

"演戏？演什么戏？"

"你开个现场会，我让丁燕参加。让她对你改变'娘'的看法。你要绝对强势，甚至粗鲁，不怕过分，表现得越强烈越好！"王华山明显怂恿。

郑凯似有所悟，又不知所措的样子。

王华山："你听我的……"

史成志站在办公桌前，不时踱步。

贺强坐在旁边的沙发上汇报说："各厂家都在努力推进动车组国产化的生产，保证第六次大提速用车的目标十分明确。"

"我们仅仅引进了时速200公里技术平台是不够的，我们还要考虑第二次招标，把世界上最先进的300公里平台也引进过来才算圆满。京津城际高铁已经开工，我们要为2008年北京奥运会用车做准备。"史成志深谋远虑地说。

贺强："是！我们抓紧落实。"

"欧克尔是我们的梦中情人啊！"

"我们想她，她也惦记我们呢！"

两人笑。

史成志："北京奥运会，京津城际高铁是中国面向世界的一个重要窗口。欧洲最快的高铁时速是 320 公里，日本新干线时速是 300 公里，我们应当考虑把京津城际高速铁路打造成中国也是世界上第一条运营时速 350 公里的高速铁路，领先世界！"

贺强兴奋点头。

王华山打电话交代："郑凯，那个一样规格的电脑显示屏，是我让人从废品站花五块钱买来的，你要按我说的好好使用……"说完放下电话得意地笑了。

工艺技术中心在一工作室举行会议。

工作室很大，众多网格。大约三十人列队站在一边，丁燕在现场。郑凯主持。一个年轻人站在前面做检讨……

"我没有很好地珍惜这份工作，做事不认真、马马虎虎，给我们这个集体造成了不良的影响，对不起大家……"

丁燕心想："我看你今天这事儿怎么处理！你郑凯搞技术、搞研究是把好手，可你太'娘'了！要不是董事长指示，我才懒得参加你这温水煮青蛙的会。"

最后郑凯讲话，他很生气，异乎寻常地激愤："动车组是高端技术产品，是一项非常严谨、精细的工作。董事长反复强调，一点儿也不能差，差一点儿也不行！你却把下发的工艺文件数据弄错了一个小数点，幸好审核发现，没有造成事故……作为一个工程技术人员，你工作不认真，竟然上班玩游戏！"郑凯气急，吼道，"电脑是干工作用的！你竟然把游戏弄进来，太不像话！"

郑凯说着怒不可遏地顺手操起旁边桌子上的显示屏猛然摔到地上，显示屏在地上爆响碎裂……

全场震惊……

丁燕愕然……

郑凯气愤不减："你以为你是总公司领导的亲戚就没人敢惹你了吗？我决定，工艺技术中心开除你！去涂装车间找郑小龙主任报到，去当打磨工，不干就走人！"说后摔门而去。

丁燕惊呆……

郑凯在办公室看着电脑心情仍然不能平静。他是真生气，以前受性格限制，遇事收敛压抑。这次，他冲破了束缚，尽情释放了。

丁燕进来，一脸刮目相看的样子……

"怎么不敲门就进来了？"郑凯惯性地冷着脸，"你以为是领导就不管不顾啊！"

丁燕惊诧，却又心情不错地乖乖去敲门。

"进来。"

丁燕走到近前，郑凯也没理她。

她纳闷又惊喜地看着他："郑凯！你今天疯了？"

“怎么了,不对吗?”

丁燕喜不自禁:“很对!郑凯,你今天惊到我了。让我在你身上看到了董事长的范儿,够爷们儿!真男人!”说着竖起两个大拇指。

“我原来也不是太监……”

丁燕笑:“今天你让我改变了对你的印象,让我刮目相看、肃然起敬!”她说着,满眼柔情。

“没事儿你走吧!”郑凯煞有介事地说。

“嘿,你还撵我?”丁燕惊异。

“我要写封信,最近收到不少情书……”郑凯说着打开抽屉拿出一把颜色各异的信封一晃,又放进抽屉,“也老大不小了……我得挑中意的回复人家。”

丁燕醋意大发:“好你个郑凯,你敢背着我搞这一套!”

“工作归你管,我的私事你管不着,对吧?”

丁燕义愤填膺又无言以对,傲慢地扭头就走。到了门口又回头,歇斯底里:“郑凯!我就问你,你还追不追我了?”

郑凯沉默,伤感自语:“追了这么多年,我快绝望了!”

丁燕被郑凯的话触动,意识到自己的无情,心生愧意。

办公室里安静无声。

“我觉得我够优秀,却被人无视……”

丁燕缓步走近:“郑凯……对不起!是我不识庐山真面目……从今天开始……我爱你!”

郑凯幸福感动,看着丁燕,两眼湿润……

22 第二十二章

贺强来公司视察，董事长王华山、总经理李海涛、总工程师丁燕、技术研发中心主任赵鹏、工艺技术中心主任郑凯等人陪同。

在转向架分厂，贺强对大家说："动车国产化可不是农民工挖土方啊，不是有力气就行。技术研发和创新能力是关键！但首先要消化吸收好。"

大家赞同点头。

"丁总，你们在生产中都遇到了哪些技术问题，又是怎样克服和解决的？"贺强问丁燕。

丁燕近前汇报，与贺强边走边谈，大家跟随着。

王华山抽身后退，凑近郑凯："你小子戏演没演砸啊？也不告诉我一声。"

"董事长导的，我又真情出演，怎么会演砸呢？"郑凯很开心的样子，又附耳小声说："丁燕不但正眼看我了，还俯首称臣了。"

王华山高兴地拍了郑凯一下。

郑凯半真半假："不过，我挺心疼那个显示屏的。"

王华山："丁燕说你'娘'没冤枉你！那是个废品你心疼啥啊？"

两人笑，王华山赶到前面。

姜晓妍上床休息了，但还没有睡着。

听到珍珍进门。

姜晓妍："才回来？"

"还没睡啊？"

"等你啊！"

珍珍脱下外衣放到沙发上，对卧室里的妈妈说："以后你困了，该睡睡你的。听说以后车间要加班，保第六次大提速用车，要赶工期。我们也得参与，啥时候回来没准了！"珍珍说着去了厨房。

"还好，我们资料室没什么大事。"姜晓妍欠身向厨房喊："你说，要是我去给他们做饭多好，你省多少事……这个王华山真是不识好人心！"

珍珍端着一杯水进来："喝水吗？"

姜晓妍："不喝。"

女儿喝着水坐到床边的沙发上："妈，告诉你个事儿，对你来说算是好消息。"

"啥好消息？"

"丁总名花有主了，处对象了！"

"谁啊？"姜晓妍赶紧坐起来，"你王伯伯可是答应过不选择她的。"

"是工艺中心的郑凯，关系已经公开了。"

姜晓妍喜形于色："郑凯追她好多年了，丁燕不干。看来是你王伯伯这条路给她堵死了，她才回头是岸的。"

珍珍："也许吧！"

姜晓妍感慨："王华山真是个好人！不像有些男人就喜欢找年轻的。"

"你也不老啊！"

"是啊，有句歌词说'最美不过夕阳红'！"

两个人笑。

车体车间，台位上机械手正在铝合金大部件上直线焊接，孟圣友走过来用心观察。

操作工问："班长，端墙焊完了吗？"

"没有。"孟圣友说着又观察了一会儿走了。他来到车体端墙，操起焊枪开焊。

荣建成在不远处的车体上打磨，火星四溅。稍后，他来到孟圣友身边说："这端墙你焊了两天也没焊完，要是机械手能干就好了。"

孟圣友："是，我正琢磨开发自动焊接程序呢，车间也很支持。这端墙焊缝多，又复杂，不好干，而且质量难以控制，要是能上机械手就好了！关键是开发编程需要时间，试验也麻烦，现在生产又忙……"

荣建成："是，哪有时间啊？"

孟圣友："只能业余时间干。"

刘洋兴致勃勃地进了贵宾楼，上到二楼，选了个理想的包房，喊："服务员，点菜！"

"来了，来了……"服务员拿着菜单进来，"您好！几位？"

"算我，11位。万一谁有急事来不了呢……反正必保10位！"刘洋得意洋洋。

"好，这是菜单。"

刘洋接过菜单看："把你们家的招牌菜都上来，八荤四素，全来硬菜。"

服务员："好！您点吧，我帮您参考……是同学聚会？"

"今天我过生日！"刘洋挺豪迈的样子。

服务员热情："祝您生日快乐！我们会赠送您一份长寿面！"

"好！"刘洋翻看菜单，在服务员的建议下点完了菜。

他接电话："我说李光磊，我过生日你和宋雅不来，说不过去啊！你不就是想跟宋雅单独约会去吗……得得，以后不理你们了！"

李光磊在电话里说："刘洋，我太想去给你过生日了，白吃白喝，多好的事啊……真加班！你也应该加班啊，没通知你吗？"

"没有人通知我啊……"

李光磊："那对不起了！祝你生日快乐！"

刘洋不高兴地收了电话，手机不断响起短信声，他翻看着……惊呆，念叨："荣建成……行，有媳妇的人，找个加班的借口，不来就不来吧。王中民不来了，苏健不来了，康成伟不来了，詹杰不来了，孟圣友不来了，吴可超不来了。"

刘洋沮丧困惑："都加班……"

又响了声短信，他查看是陈丽华，念："祝你生日快乐……"他生气地关了："你不来了还整什么生日快乐！"

电话响，刘洋接电话："喂……"

"我是李祥。"

"李工长，您好！"

"怎么没加班啊？"

刘洋恐慌："今天加班吗？没人告诉我啊！我请假早走了一会儿，不知道。今天我过生日！"

李祥说："我这个年龄都不过生日，这么忙，你一个小屁孩过什么生日？快来加班来！"

"好，好……"刘洋收了电话，心情失落。他突然反应过来，赶紧喊："服务员！服务员！……"

服务员匆忙进来。

"对不起，我退单！都加班，人来不了了……"

服务员很和气："刚下单……可以！"

刘洋沮丧："这生日过的……"他想了想，"这样吧，服务员，你只给我上一碗长寿面吧，也算我过生日了。"

服务员："好，15元。"

刘洋吃惊："你不说赠送吗？"

"先生！你没点餐，我们怎么能赠送呢？"

刘洋索性："算了，这生日不过了！"怫然而去。

晚上，车体车间工人们纷纷离开自己的岗位准备回家。孟圣友一身焊工服坐在地上望着端墙还在琢磨着……

"加班到点了。"荣建成经过，招呼。

孟圣友："你先下班走吧。"

荣建成关心地走过来："干吗呢？琢磨自动焊？那是猴年马月的事了。编程不说，还得有工装设备……走吧！回去休息。"

“睡觉我就没有时间了……”

“以后天天加班，你不能不睡觉啊？”

“困了我就眯一会儿，明天接着上班。你快回去吧，家里还有媳妇等着呢。”孟圣友笑说。

荣建成无奈一笑：“可不，一毕业家里就非让结婚，参加工作就带个媳妇，比你们多了一档子事……不能陪你了。”说着走了，又回头：“需要我帮忙说一声！”

“好！”孟圣友说后拿出笔记本电脑，打开，投入地看起来……

加完班，三十多人列队工位平台，李祥站在队前，身后是车厢。

“刘洋出列，过来！”

刘洋懵懂地走到工长身边，样子疲惫。

李祥说：“今天加班，大家表现不错，辛苦了！尤其是刘洋，今天是他的生日，他仍然坚持加班，值得我们学习！”

李祥和大家鼓掌。

这时车间响起了吴建华主任的广播声：“今天是内装工段刘洋的生日，祝他生日快乐！”随后整个车间响起了生日歌。

与此同时，车间书记李群提着一盒生日蛋糕走上平台，走向刘洋。

李书记与刘洋握手，并送上蛋糕：“我代表车间，祝你生日快乐！”大家随着车间的歌声共同为刘洋唱起生日歌……

刘洋眼睛湿润。

加完班，苏健惦记着建立数据库的事儿，还想继续干一会儿弯管。他来到操作间的弯管机前拿起一根管子开始琢磨……

小张跟进来：“准备再干到几点啊？”

“你别管了，加班挺累的，你快回去吧！”苏健撵她。

“我得给你记录数据啊！”

“我自己记也可以。”

“又顾这又顾那不行，容易出错。再说这些数据都是经我手，我也不放心啊！”小张执着。

苏健念叨：“一个女孩子，大半夜的，再说明天还得上班呢！”

“别说了，只要你搞试验我就不走，舍命陪君子！”

苏健不再说什么，开始操作，小张取出记录本夹上前。

皮克和另一位外国专家进入驾驶室里处理“调试”故障，康成伟和詹杰跟随。皮克张开双手阻拦，将两人拒绝在外边，嘴里说：“Get out!”并拉上了隔离带。

两个人吃了闭门羹，心情不快。

“他们技术封锁，不让我们看。有故障，他们负责处理，给你弄好，但什么原因、怎么调的不告诉你！”康成伟不无抱怨。

詹杰：“是，我在做牵引电制动静态试验时，他们只要求电脑上呈现出的波形与试验文件上画的波形一致就可以了，但具体每个波形代表什么意思，试验文件上并没有说明。”

“所以说，技术可以转让，能力是转让不来的，还得靠自己！”康成伟感慨。

詹杰赞同点头。

车体车间的外国专家对李主任的想法强烈质疑，并力图阻止他的决定，两人争辩着向车间的数控加工中心走去。

“侧墙工序人员和台位不足，生产进度缓慢，所以考虑将原来由人工完成的钻孔、铣型腔，转到加工中心完成。”这个铆工出身的车间主任经验丰富，性格也倔强。

“这样肯定不行，太冒险了，必须由人工完成！”外国专家坚持。

车间的所谓加工中心，是一个单独间隔起来的封闭空间，内有大型数控机床，对适宜进行机械操作的车体处理项目实施加工。

李主任和外国专家来到加工中心，看到侧墙在设备上，荣建成在计算调试。

“托马斯先生！我经过计算，是可以的。”荣建成对外国专家说。

托马斯坚决反对：“机械设备在弧形的侧墙上钻孔开槽，是无法做到的，尺寸精度根本无法保证，侧墙会报废！”

“行吗？侧墙价值几十万啊……”李主任犹豫。

“主任！我已经计算好了，是完全可以的！出了问题我负责！”荣建成态度坚定。

李主任沉默，踱了几步：“好，干吧，有事我担着！”

荣建成操作机器，开始加工……完成后，托马斯几步上前，弯下腰，用卡尺反复测量……最后他直起腰来，不得不伸出大拇指。

李主任高兴地鼓掌。

王中民手拿本夹例行在车体下面检查，孟珍珍跟随观看。

车底管路排列整齐，螺栓标记规范。

他认真察看着对珍珍介绍说：“在装配环节，这种紧固件极普遍。一台车，仅制动工序就有两万多个，而必需的防松标记则是车辆检修时校验的参照。所以标记要求打得准确、清晰、整齐、美观。”

珍珍不时点头。

“找我有事吗？”他们走出车底。

珍珍赧然郑重：“我们结婚吧！”

“为什么跑到车间里跟我说这事儿？”王中民笑着。

“现在动车组生产赶工期，连续加班，你们的生活是个问题，看来还不是短期的事儿。家里没个人不行，结了婚，可以方便我很好地照顾你们的生活。”

“是啊，半夜回家，想喝点粥都没有，家不像个家……真不知道我爸是怎么将就过来的。”王中民感慨。

“成功男人的背后，离不开伟大的女人。”

“所以你想上岗当这个伟大的女人了？”

珍珍真诚地说：“就是想照顾好你们，让你们更有力地工作。”

王中民感动：“行！可关键是你得去做一下你爸的工作，让他同意才行啊。”

珍珍点头。

听了女儿的想法，孟志气急败坏地在屋里来回走动，暴躁地说：“你想没想过你爸的感受？你为什么这么执迷不悟！那两千万股权就让你鬼迷心窍、死心塌地了？”

珍珍愁苦地坐在那把破椅子上：“爸！这跟两千万没关系！”

“那两千万就是个圈套！它不是你的，你也花不着，你有权利支配它吗？他们想的是让你嫁到他家，两千万只不过在你名下保管一下罢了，你还感恩戴德！”

珍珍据理力争：“不是这样的，不是你想象的那样……”

“你怎么证明不是这样的？”

珍珍不知如何回答：“本来就不是这样的……反正我要结婚了，你必须得同意！”

孟志沉默了一会儿说：“谢谢你来征求你爸的意见。我也说服不了你，要结你结，但你爸死活不会同意！”

“你不同意我怎么结婚啊！”珍珍悲伤嚷叫。

僵持之下，孟志理亏妥协：“我不挡你行了吧？”

“你必须同意！你不同意我结不了婚，王中民说你不同意他不会娶我。”

孟志愣住：“还算有良心……”

珍珍流泪哭泣……

孟志索性：“好，这样，那两千万到底是你孟珍珍的钱，还是他王家的钱，怎么才能证明？如果这钱能更名到我名下，我就同意你结婚！”

珍珍惊讶：“为什么呀？平心而论，我不认为那是我的钱！”

孟志厉声说：“所以我要戳破王华山的虚伪！你给我问个明白，两千万更名到我名下行不行？”

珍珍悲愤：“我不去问！我好意思去问吗？”

孟志孤注一掷：“好，那我去问！”

珍珍气急：“爸！你不要去问啊！这样太无耻了！你为什么这么认钱啊！”

孟志吼叫：“钱能测出人心！”

珍珍目瞪口呆。

两旁是家属区的万家灯火，珍珍苦闷地走在路上，打着电话：“跟我爸说了……他还是老态度。不过，提出一个条件……那两千万股权更名在他名下，就同意我结婚。”

那边半天没回声，王中民显然是诧异地愣住了……后嘀咕：“这彩礼要得有点儿大……”

此时，王中民坐在车厢内的高脚凳上，眼前是待检查的复杂繁密的线头。他慷慨地对着电话说：“你答应他！”

珍珍痛苦地走在路上，流着眼泪……

车内无电，康成伟在车厢司机室电柜前逐一用万用表排查故障，詹杰在旁边打着手电。车间的灯光透过车窗照进来，车厢里侧躺着两个顶不住了临时睡觉的工人。

詹杰：“这个皮克真懒，一点儿力都不愿多出，我让他和我们一起排查，他说他到下班时间了，说他不是中国人……”

康成伟：“他们爱拿人权说事儿。在欧洲调试一列车需要一个半月的时间，我们现在只需要 20 天，就是因为我们加班加点，‘白 + 黑’‘5+2’。”

詹杰打了个哈欠：“天快亮了，眯一会儿吧！不行等皮克上班了再说。”

康成伟坚持：“再查查，最好能让他惊讶！”

詹杰：“是，西方人就那样，你不如他，他就瞧不起你，你比他强，他就伸大拇指。”

康成伟愁思：“主断路器、主变压器、牵引变流器、辅助变流器、中压负载、低压负载的绝缘线路和继电器都查了……”想着他换一个位置继续排查。

詹杰说：“我昨天做总线母线电压试验时，出现直流接地故障，我依次断开每辆车的 BN1、BN2、BD 主开关，然后逐级分段断开、闭合地查找，最终确定了是导流罩打开电磁阀存在接地故障。由此我想到了电影，好像是《永不消逝的电波》，这类似于敌人为了发现我地下电台的位置而进行的分区停电排查，最终找到了目标……”说后笑。

“终于找到了，这个件坏了！”康成伟埋头处理，詹杰拿手电筒贴近……

车内豁然明亮，詹杰与康成伟兴奋击掌。

董事长办公室里，王华山在看文件。孟志进来。

“哦，孟志！坐坐……挺好的？”

“没有你好。”孟志索性坐下。

“找我有事儿？”王华山笑着。

孟志开门见山：“珍珍跟我提出要和你儿子结婚。”

“好啊！可他们还没跟我说。”

孟志：“我的态度你们是清楚的，所以我提出一个条件，就是把珍珍名下两千万所谓股权更名到我的名下，我就同意她结婚。”他不得不赤膊上阵了，觉得这一招肯定能将住王华山，从而达到拉住和争取女儿的目的。

王华山惊异，关心地问：“孟志！你有困难吗？你缺钱吗？”

“我不困难！我不缺钱！我就问你同不同意？”

“噢……”王华山靠在椅背上，“你搞错了，两千万股权是珍珍的，更不更名是你们父女之间的事儿，跟我没关系啊！”

孟志惊讶、尴尬：“那好。”说着站起来走了，开门后又回头，“王华山，你也兔子尾巴长不了！”

王华山笑了。

王中民加完班回到家，珍珍扎着围裙从厨房迎出来：“下班了？我做好饭了。”

“什么伙食啊？”他欣然问。

“米饭，西红柿炒鸡蛋，又做了个汤。不知你爸啥时候回来？”

“我爸出差了。动车组线路运行试验，听说故障挺多，总出事，丁总也带人上去了……”

珍珍解下围裙：“你快吃饭吧，我回去了。”王中民拥抱了一下珍珍：“辛苦了！”

珍珍转身欲走。“你爸的事儿怎么样了？”王中民问。

珍珍站住：“股权更名的事儿我不会同意！”

“为什么？他是你爸，也不是外人。”

珍珍心情沉重：“萧阿姨当初把这么一大笔钱赠予我，这份美好的感情深深震撼了我！我不能亵渎了她。而且这笔钱是公司的血脉，关系到企业的生产，我更感到是一份责任！”

“那……我们就结不成婚了。”

珍珍激动：“他要永远不同意，我们就一辈子不结婚了吗？我们结婚！不管他！”

王中民沉默良久：“不可以。”

珍珍悲观。

一列新出厂的动车组停在野外的线路上。跟车路检的王华山、丁燕，还有铁科院的康哲几个人守在车旁，车下有工人在检修。

下雨了，有人拿来一把伞举到王华山头上。

“给丁总！”王华山拒绝。

丁燕感激地看了一眼董事长，犹豫后不客气地接过雨伞，因为现场就她一个女生，她欣然也乐意接受男士们这种温馨的礼遇。

几个人表情凝重地淋在雨中。

“动车组系统复杂，出一个故障，可能会有一千种原因。”康哲说。

王华山点头。

丁燕蹲下察看，车下几个检修工人在工作……

晚上，孟志等在厂门口路边。他看见珍珍匆匆走出厂大门，上前喊：“珍珍！”

“哦，干吗呀？”

“给你打电话,你也没接……”

女儿沉默不语。

“我找过王华山了。”

珍珍震惊,气急:“爸,你太过分了！你简直……”

孟志也叫嚷起来:“我这也是为你好！两千万只有更名到我的名下,才真正是你的钱!”

珍珍怒吼:“我从来也没有想过把它据为己有!”

孟志惊呆:“更名的事,他王华山都说跟他没关系,你……”

珍珍大叫:“我不同意!”

孟志傻了……

珍珍泣诉:“萧蓝阿姨为什么把这么一大笔钱赠予我？这是比金子还要贵重的美好情感！我绝不能亵渎它！你想利用股权更名满足你的私心,要挟我……我不结婚了行不行？我不结婚了！爸,是你葬送了你女儿的幸福!”说后愤然离去。

孟志望着女儿远去,五味杂陈,没有比这样的骨肉离心更让他悲伤了,他歇斯底里:“你是我的女儿……你还是我的女儿吗？我是你爸爸……我还是你的爸爸吗？……王中民那小子也许真的挺好,可他是王华山的儿子！我永远都不会同意!”

公司在文化中心隆重集会,各级领导、全体技术人员,下至车间班组长,约千人与会。会标醒目“公司开展‘一口清’‘万万千’活动动员大会”。

主席台上,王华山讲话。右侧是总经理李海涛、技术研发中心主任赵鹏,左侧是总工程师丁燕、工艺技术中心主任郑凯。

“我们的动车组上线运行试验以来,牵引系统、网络控制系统故障频发,轴温居高不下,半路趴窝经常发生……这样下去我们就干砸了!”王华山心情沉重激昂。

全场肃静。

王华山:“发生一个故障,可能会有一千种原因,排查起来很困难。我们还处在一知半解的阶段,我们的消化吸收、对技术的掌握还远远不够！我们反复说过:技术可以引进,但能力是引进不来的,能力的提高要靠我们自己！比如,车下动力部分有个叫牵引变流器的,在运行过程中,因为过压、过温等多种原因会产生保护性反应,最后就锁死了,车走不了,必须用一个叫加密狗的软件,通过电脑连到牵引变流器的控制器上进行解锁,车才能走,没它不行！就一个像小 U 盘这样的东西,八万块钱,人家还不愿卖给你。没有这个加密狗,不掌握这个技术,车出了故障我们就受憋,就受制于人！类似这样的问题太多了。所以,挡在我们前进道路上的技术大山不是一座、两座,可以说是群山万仞……”

王华山:“我希望公司技术研发中心的同志们再接再厉,针对动车组技术的各项难点,配合铁科院和国家有关科研单位努力攻关,早出成果!”

赵鹏认真记录。

王华山:“希望工艺技术中心的工程技术人员更加深入一线解决生产问题,严把质量关!”

郑凯认真记录。

王华山:“昨天,我在装配车间问一个操作工人,你凭什么操作?他支吾了半天也没有回答上来。这怎么能行啊?这太可怕了!工艺文件是生产的法条,是每个操作者的工作准则,必须烂熟于心、规范于行,才能干出高品质的产品来!因此,公司决定,要在全公司深入开展‘工艺文件一口清’和‘万万千’活动。每个岗位的操作者必须把本工序的工艺文件准确流利地背下来,熟记在心,达不到‘一口清’,不准上岗!‘万万千’活动就是要做到:万个螺栓无松动!万根线束无差错!千根管路无异常!”

丈夫侧身背对,呼噜山响地睡着……妻子坐着,疑云笼罩,最后她下决心推醒了他:“哎!哎……”

荣建成睡眼惺忪地转过身来:“干吗呀?”

“咱俩聊聊。”

“我困死了,大半夜的聊啥啊?”荣建成不耐烦。

媳妇委屈得眼里含泪,荣建成关切:“怎么了?啥事啊?”

“你最近怎么了?”

荣建成莫名其妙:“我怎么了?没事啊!”

“没事你怎么天天半夜回来……”

“咳!我不跟你说了吗,我加班。”

“也不能天天加班啊?”妻子怀疑。

“不信,你明天跟我上车间看看,还有住在车间不回来的呢。孟圣友这些天就不分白天黑夜地在车间里……”

“我等了你大半夜,你回来倒头就睡,连话都不愿跟我多说。你是不是变心了?”妻子流下眼泪。

荣建成哭笑不得:“变什么心啊!我加班,又累又困……好了好了,快睡觉吧!”说着体贴地帮媳妇脱衣服,安抚她躺下,关了灯。

媳妇是村里从小和他一起长大的,算得上青梅竹马。老家传统,守信重义,上大学前家里就给他订了婚,大学毕业又张罗给他结了婚,所以荣建成一参加工作就带上了媳妇。

人不是铁打的,需要睡觉休息,于是就有了夜晚,而夜晚并不是所有的人都在休息……

安静的车体车间,在靠墙的一个工作台上,孟圣友投入地坐在电脑前;弯管机旁,苏健和小张还在不知疲倦地工作着,一个操作,一个记录;技术中心大楼,深夜仍有窗口还亮着灯光;装配车间某个角落,横七竖八睡着加班的工人,身下垫着一块纸壳或泡沫板,他们嫌回家耽误事儿,困了就找个地方睡一会儿,醒了接着干……

华龙公司的夜晚，满天星斗。

上午，装配车间的门口聚集了十多个人，大多是年轻女子，其中有一个约五十岁的母亲，还有一个大男孩。门卫阻拦，不准进入。

领导赶来："大家好！我是车间书记李群，大家有什么问题跟我说。"

那个母亲挤上前："我儿子最近总是很晚才回家，甚至夜不归宿，孩子年轻，我不放心啊！是真加班，还是没加班啊？我来问问。"

"你儿子叫什么名字？"李群和蔼可亲。

"宋小宝。"

"他确实在加班！小伙子干得不错，您放心吧！"

"那就好，那就好……"母亲笑着放心地走了。

"田英最近在加班吗？"那个男孩子有几分羞涩地问。

"加班，天天加班！女子接线班很忙。她能做到万根接线无差错是很不容易的！有机会你看看田英的手，肯定有老茧，指甲也是劈的……"李群书记微笑着像答记者问。

男孩儿听了深情地点头："你告诉她我来看她了！"说后释然而去。

李群书记答应："好！"又转问大家："你们找谁？给我报报名……"

姑娘们七嘴八舌："张士海""王福来""李一魁""赵斌""刘喜文""杨树青""夏森林""朱强"……

李群书记频频点头："这些都是我们车间的优秀员工，最近他们始终在加班。你们可能是他们的女朋友，我代表车间向你们表示歉意！年轻人谁不愿意花前月下啊，可他们在为高铁事业夜以继日地拼搏着。有的人生病了医生让他休息，却仍然坚持工作……"

一个女孩儿拿着一枝花走到李群书记面前："我有些天没见到我男朋友了，以为他变心了，今天来是探个究竟。他确实在加班，说明我误会他了。请把这枝花交给我的男朋友张士海！"

"好！谢谢！"李群书记接过花，又解释，"他们加班到半夜，有时一两点钟，回家睡几个小时觉，一早又来上班了，确实忙得没时间啊！"

女孩儿点头，理解地退去。

一个染了酒红色头发的时髦女孩儿惊讶失意："嘿，人家有心，准备了一枝花。我们什么也没有……这多掉面儿啊！"

"是啊！"姑娘们感叹。

时髦女孩儿率真地向李群书记示强："我比她爱我男朋友，真的！我男朋友叫赵斌，这些天没看着，我都哭了……我现在见着就想拥抱他，献上一个吻！"

大家笑。

时髦女孩儿执着地对李群书记说："要不我亲你一下，你捎给他？"

李群书记连连摆手："这个捎不了，这个捎不了……"

笑声中，一聪明女子说时髦女孩儿：“你缺心眼儿啊！不是一回事啊……”

大家笑。

时髦女孩儿：“也是……那怎么办啊？人家有花，我们不能白来啊！也得表示个意思、证明我们来了呀！”突然想起，对李群书记说：“对，您拿张纸来。”

“这样好！写句话。”李群说着从门卫那里拿来笔和一张纸，交给时髦女孩儿。

时髦女孩儿接过白纸，捂在唇上，扬起……

白纸上现出一个鲜红的唇印，大家欢呼。

时髦女孩儿又写上：“我爱你！”

“我们都签上名字，算我们大家的……”聪明女子提议。

时髦女孩儿：“好！”

姑娘们一一签完字，将那张纸交给车间李群书记。之后她们愉快地离去，不时回首道别。

李群书记感动得一手举着那张带有红唇印和签名的纸，一手举着那枝花，两手挥舞着高喊：“再见，美女们！感谢你们对我们高铁工人的理解和支持！”

车厢里，李光磊在分线，宋雅和几个女孩子在不同的位置上接线。

吴建华进来：“今天就到这儿吧，下班！加班别弄得太晚了。”说后看了看，走了。

田英喊：“宋姐，我们洗脸去了。”

宋雅：“你们先走吧。”

李光磊停止工作，坐着小憩。宋雅走过来，亲昵地坐到李光磊旁边：“忘没忘，今天是什么日子？”

李光磊佯装不知：“平常日子呗。”

宋雅责怪地拍了李光磊一下。

“你闭上眼睛！”

“干吗？”宋雅欣然闭上眼睛。

李光磊从工作服兜里掏出一个小盒子，打开，拿出一枚白金戒指戴到宋雅左手的无名指上……她的手皮肤粗糙，几个指头上缠着创可贴。

“哇！你真有心。”宋雅惊喜。

李光磊煞有介事：“我定的结婚日子能忘吗？婚没结成，结婚戒指不能忘了给你戴上……”

他们在大学就恋爱了，后响应了王中民的号召，一起来到华龙公司。

宋雅幸福地欣赏着戒指：“是不是戴上这个，我就成了你的人了？”

“嗯，这就相当于紧箍咒。”

宋雅羞笑：“美得你……”又后悔地说：“请假好了。我妈还不太相信，说再忙也不能不结婚啊？好像咱们感情不好了似的。”

“生产这么忙，咱好意思请假吗？”李光磊许愿，“等忙完这阵，回我们山东老家，咱们办一个隆重的传统婚礼!”

宋雅兴奋憧憬:“好!”

“然后再回你们重庆老家‘扫荡’一番,绝不放过任何一个红包!”

宋雅笑……

地铁装配车间,工位上都是车辆,生产景象繁忙。珍珍推着轮椅走出车间,上面坐着姜克选。

在家终于忍不住了,姜克选让珍珍陪他到车间转转。

“姥爷,地铁我们看完了,去看看高铁吧?”

姜克选没有回答,珍珍理解地笑了,推着他去看高铁。

走着,珍珍说:“姥爷,您是中国轨道交通车辆制造方面的专家,尤其为中国地铁的国产化贡献巨大,我非常崇敬您!”

“该说‘但是’了……”姜克选心情深沉敏感。

珍珍停住窘然大笑。

“我知道你想说什么,”姜克选微笑后郑重,“汽车工业技术引进是有教训的。我担心高铁技术引进空心化,市场让出,自主品牌缺失,自主创新能力丧失……我的想法有错吗?”

“没错,没错……可这种现象您觉得在高铁身上还会发生吗?”

“我担心……”

“担心是对的。那么,是吸取教训,还是因噎废食?”

姜克选难住:“你怎么也学得咄咄逼人了?”

珍珍赔笑安抚:“没有,没有,我是在跟您探讨。”

珍珍推车前行:“引进先进技术,打造中国品牌,且不说国家的战略明确无误,就是像您和王伯伯这样爱国敬业的知识分子们,也不会允许那样的事情再发生……”

“你也是王华山的粉丝?”

珍珍笑:“姥爷,我首先是您的粉丝!”

进到调试车间,线上分别停着几列动车组。

姜克选坐在轮椅上冷静地观看,感叹:“这款车是阿奇达斯公司专为投标中国市场设计的,没有经过运行试验,很不成熟。据说上线后故障频发,前景不容乐观啊!”

珍珍:“是,我去了项目部后也了解到这种情况。但这不一定就是坏事,这个磨炼的过程,正好有利于我们的技术消化和深度提高啊!”

姜克选惊异,思之:“但愿,但愿……”

珍珍看到远处王华山和几个人从动车上下来,说:“董事长在那边,我们过去吧!”

姜克选:“咱们走,我不愿见他!”

珍珍笑着推车走……

动车组国产化生产在如火如荼地进行中。放眼世界,着眼未来,考虑到2008年北京奥运会高铁用车,也基于更高目标的突破和追求,第二次技术引进提上日程,也进展顺利。

北京,一个大酒店的会议室。最后象征性的也是具有决定意义的谈判在这里进行。双方隔桌而坐,各七八人。中方贺强出席,另有王华山、丁燕、赵鹏等。欧克尔公司一侧还是上次的首席代表,这次又被起用,披挂上阵。

贺强客气热情:“时间过得真快,一年后我们在第二次招标中又见面了。中方始终对欧克尔公司情有独钟,希望有情人终成眷属啊!”

大家发出笑声。

贺强:“双方已就欧克尔公司时速300公里动车组技术引进的各项具体条款进行了接触和谈判,进展良好。接下来,我们将进行最后的价格谈判。先请贵方谈谈你们期望的成交价格……”

欧克尔公司首席代表非常诚恳:“我们欧克尔公司接受第一次招标时中方提出的价格,即车的价格从3.5亿元人民币降到2.5亿元人民币,技术转让费由3.9亿欧元降到1.5亿欧元。”

贺强摇了一下头:“这是一年前的事情了,已经时过境迁。如今我们引进了阿奇达斯公司和山郎公司时速200公里技术,再加上我们原有的技术基础,我们正在向研发更高等级的动车组进军,相信在不远的将来,我们会迎头赶上。但我们欣赏欧克尔公司的技术,也希望博采众长,甚至可以说这次招标就是专为迎娶你们欧克尔公司这个新娘!”

大家笑。

欧克尔公司首席代表:“我们欣赏你们的文化,也想抓住中国改革开放给我们带来的机遇。中国这个庞大的高铁市场如果没有欧克尔公司的技术是不完美的,我们也会遗憾!”

贺强:“是啊!但此一时彼一时,过了这个村就没有这个店了。因为若干年以后,我们的研发能力提升了,欧克尔公司的技术也就失去优势了。”

欧克尔一方有人认同地点头。

欧克尔公司首席代表无奈而恳切:“希望贵方给出合情合理的价格。”

贺强:“我们认同欧克尔公司的技术,也充分考虑到你们的利益,我方提出的价格是:原型车每列2.5亿元人民币不变,技术转让费8000万欧元。”

欧克尔公司首席代表呆住,全场安静。

欧克尔公司首席代表左右看了一眼,最后望着贺强:“什么时候签字?”

贺强:“如无异议,现在就可以签字。”

欧克尔公司首席代表思之良久,横下心一拍桌子:“OK!”

全场起立鼓掌。

欧克尔公司晚进入中国市场一年,由傲慢到和顺,技术转让费从3.9亿欧元,降至8000万欧元,成为国际贸易谈判的一个奇迹。

23 第二十三章

自动焊操纵台前,董玲在讲解,身边围着三个徒弟,两男一女。

她突然咧嘴"哎呀"了一声。

"怎么了?"一个徒弟关心地问。

"肚子疼……"董玲说着捂腹难以支撑。

女徒弟发现董玲脚脖处有血迹:"怎么流血了? 快去喊万军师傅!"

张万军正在焊环口,风风火火跑来的徒弟着急地等在一边。

"什么事儿?"张万军焊完环口摘下电帽子。

"董师傅肚子疼,还流血!"

"啊? 早晨不让她上班,非得来……"张万军埋怨着紧急跑去。

张劳模接到儿子万军的电话,告诉他董玲住院了,让他带点儿钱去。

他赶到医院,在走廊上迎面遇到三十多个华龙厂穿工作服的工人,大家"张师傅好""张爷爷好"地打着招呼。张万军站在门口目送大家。

"怎么回事儿啊? 来这么多人……"张老头困惑地走向前问儿子。

"听说董玲要输血,大家就都来献血了……用不着!"

"啥病? 咋样啊?"父亲焦急地问。

"宫外孕,当时大出血……手术了。"

"啊!"老人惊讶。

"不是像过去那样,现在是微创手术,简单!"

"我去看看!"两人进了病房。

董玲虚弱地躺在病床上输着液,张劳模关切地问:"怎么样啊? 没事吧?"

"没事,爸,您放心吧!"

老人心疼地说:"这可得多住些日子,一定养好了!"

张万军说:"微创,很快就出院了。"

"说什么话呢? 你以为是你呢!"张老头急了。

董玲说:"爸,我歇几天就没事了。"

张万军笑着向父亲申明:"是她急……机械手这块儿她是挑大梁的,下边徒弟还不成,她不放心啊!"

"不能急！一定得把身体恢复好了。"老人坚持。

王华山来了，走进病房，张劳模惊讶："你那么忙还跑来了！"

"听说了，来看看！"

张万军："没事了！"

王华山问候："要注意身体！"

"谢谢董事长！"董玲很感动。

"这几天就不舒服，我说请个假，她说能坚持……"张万军说。

王华山叮嘱董玲："不能带病工作啊！要好好休息，把身体恢复好！"

"你看，董事长也发话了吧。出了院也得在家养着，我给你熬鸡汤，好好补补！"张劳模说。

张万军对王华山笑说："老头偏心，我有病快挺不住了，他还让我坚持工作！"

张劳模："这能比吗？男人是铁打的，女人是泥捏的。"

董玲不甘地笑说："可他已经是全国五一劳动奖章获得者了！我今年才当上市劳模啊……"

张劳模劝："咱不跟他比，他的军功章上不是还有你的一半吗？"

大家笑。

"张师傅！正好有个事儿告诉你。50年代，咱们厂有过苏联专家吧？"王华山说。

"有啊，好几个呢。有个叫安德涅夫的工程师还病死在中国了，就葬在咱厂西大墙那边的树林里。他跟我关系好，我每年清明都给他扫墓……"

王华山："就是他！公司接到通知，说过两天他的夫人带着孙女来扫墓，说跟你是朋友，要到你家做客。"

张劳模兴奋："是吗？好啊！热烈欢迎！哎呀，这多少年了……中俄是传统友谊啊！"

"我们要热情接待她们。"王华山说。

"那当然！当年苏联专家帮助我们，也是起早贪黑地干，都是社会主义国家，同志加兄弟！这个安德涅夫就是有病了还坚持工作，住院了还关心工厂的生产，临终要求死后埋在中国。"张劳模感慨，"不像现在有的外国人……有一天我溜达，在一个外建工地上看见几个外国人在用吊车吊件，吊在半空停在那儿不干了，说是到点吃饭，下班了。你就差那么一会儿了吗？说是到了休息时间，这是他们的人权……把我气的！"

大家笑。

厨房，灶上开着火，锅里炖着鸡汤。张劳模用勺子搅了一下，往碗里盛汤。

董玲在电脑前工作，桌上放着一些翻开的书籍，墙上有一张张万军戴奖章的大照片。

"鸡汤来喽。"张劳模先声夺人地端着碗进来。

"才喝完多大一会儿啊。"董玲无奈地笑着。

老爷子："这也撑不着，歇一会儿！快趁热喝了。"

董玲接过碗放到桌上："谢谢爸！"

"董事长让你休息，你也不闲着，还琢磨自动焊编程。"他看一眼书，"这都是英文啊！"

"爸，您坐。机械手是进口的设备，资料肯定都是外文啊。"

老人坐在一边的凳子上感叹："你自学英语真有毅力啊！"

董玲笑："我每天中午休息都读半个小时英语，他们说我'念经'呢。"

老人感动："要强啊！真是'不是一家人不进一家门'啊！"

董玲半开玩笑："咱家是劳模之家，我不能给您丢面子啊！"

"这对！工人就得心里有'工匠精神''劳模精神'，那才能当一个好工人！"

董玲赞同地点头。

老人感慨："当工人看似平凡，实际上并不平凡。你看工人的'工'字，上面一横代表天，底下一横代表地，中间一竖代表我们顶天立地！所以工人阶级是最先进、最伟大的阶级！"

董玲笑："那是！"

资料室，不少人在阅读和查找资料。姜晓妍巡视，不时整理一下架上的书籍。

丁燕拿着一本资料向外走。

"丁总！以后需要什么资料你打个电话，我给你送过去！"姜晓妍上前热情搭讪。

丁燕不愿理她，脚步没停地走了。

姜晓妍舒心地笑着。

列调现场，车上车下，各处都有忙碌的人。

车厢驾驶室里，詹杰在专注地进行调试工作。外国专家也在。"皮克先生！我想跟你多学点技术。"在现场的康成伟谦恭地笑着说。

皮克的脸毫无表情："什么技术？"

"前些天我上线跟车维护，感觉加密狗软件挺重要的，我想弄懂它。"

皮克冷漠地摇头："它不在我们技术转让的范围内。"

康成伟无奈："晚上我请你喝酒！"

皮克笑了："OK！晚上见！"说后走了。

康成伟愉快："晚上参加？"

詹杰："不会喝酒。"

"一些调试难点在外国专家的协助下我们都攻关解决了，假以时日，我们有能力掌握这些技术。"康成伟很自信。

詹杰："动车组技术引进，现在很多东西我们还是知其然不知其所以然……"

一列橘红色列车徐徐进站。

站台上,华龙公司来了不少人,欢迎远道而来的友人。

安德涅夫夫人和孙女走下火车。张劳模欢笑着迎上去:“安德涅夫夫人你好啊!”

一头卷曲白发的安德涅夫夫人惊愕着:“你就是那个小张师傅?都变成老头了!”

“你也由大美女变成老太太了!”

夫人激动地拥抱张劳模,热泪盈眶。

张劳模介绍说:“这是我们公司的一把手,公司党委书记、董事长王华山同志!”

王华山上前握手:“欢迎你们回到华龙厂!”

“你好、你好!”

张劳模继续介绍说:“还有我们公司的工会主席,还有当年跟安德涅夫工程师相熟的工友们都来欢迎你们了。”

三十多位七八十岁的老人们鼓掌欢迎。

两个少先队员献花。

安德涅夫夫人激动地说:“中国的同志们!我和安德涅夫在华龙机车车辆厂工作了三年时间,这是我们人生非常美好的时光,我非常想念你们!”

随后公司为安德涅夫夫人安排和组织了扫墓活动。

厂区树林里,一处坟墓两边摆放着鲜艳的花圈,石碑上刻着:“苏联专家安德涅夫之墓”。

安德涅夫夫人和孙女站在前面,夫人默哀祷告。

王华山、张劳模,以及十多名穿工作服的年轻工人,还有众多退休老工人,共百余人默立致意。

晚上,姜晓妍歪在沙发上看书,并不时与另一本核对……珍珍从房间里出来,一脸郁闷,她奇怪地问:“看什么书呢?”

“菜谱。”

“你怎么研究上菜谱了?”

“你不是说那爷俩,尤其你王伯伯最爱吃宫保鸡丁嘛!”

“噢,你开始做功课了。”

姜晓妍感慨:“你说得对!像王华山这种事业型的男人怎么能喜欢上婆婆妈妈的女人呢?学无专长,文凭又低……我得像你说的那样,做个善良贤惠、对他的事业有帮助、让他需要我的人。所以我决定先从宫保鸡丁开始。有句话不是说嘛,要想抓住他的心,必须先抓住他的胃。”说后很得意的样子。

珍珍兴味索然地回了房间。

姜晓妍诧异,生气地说女儿:“你怎么了?天天愁眉苦脸的……他说股权更名,你不同意不就完了吗?上什么火啊?本来就不应该拿你这个爹当回事!该结婚结婚不就完了嘛……”

“他不同意我怎么结婚啊?”珍珍回头坐到沙发上伤心流泪。

“他不同意就不结婚了?不是还有我吗?我做主!不管他,我根本就没把他放在眼里……”姜晓妍气势汹汹。

“可是,中民不同意。他说,没有得到当爸的允许,怎么可以跟他的女儿结婚呢?”

姜晓妍愣住,无奈:“这孩子……”

车厢外的平台上,李祥和刘洋在吃饭,旁边还有两个吃空的饭盒。

李祥说:“下周就不用带饭了,董事长说公司免费为工人提供午餐。”

刘洋:“那太好了!”

车间里悬挂着标语:“万个螺栓无松动!万根线束无差错!千根管路无异常!”在中午休息时间,四处可见拿着纸片默背的人。

刘洋放下勺子:“我也得找个地方背工艺文件了……工长!你背下来没有?”

李祥不乐观:“还没有。”

“工艺文件背不下来,达不到‘一口清’是不能上岗的,你工长还想不想干了?”刘洋调皮地说。

“你快去背吧!我岁数大,能跟你们年轻的一样吗?”

刘洋走了,李祥也从上衣兜里掏出一张纸默背起来……

晚上,张劳模全家隆重招待安德涅夫夫人和孙女,万军两口子弄了一桌子菜,气氛温馨热烈。

张劳模端着酒杯满脸喜悦地站起来致辞:“今天是家宴!我们全家都齐了,这不容易啊!往常不是上学的,就是加班的……今天我让孙子张磊从学校回来了,让儿子他们也别加班了,我们齐聚一堂,欢迎我们尊贵的客人安德涅夫夫人和孙女!来,为中俄友谊干杯!”

安德涅夫夫人和孙女连说:“谢谢!”大家喝酒吃菜,亲和热情。

张劳模喜爱地问孙女:“中国菜好吃吗?”

孙女:“好吃!”

安德涅夫夫人:“我孙女叫沙娃,受我的影响很喜欢中国,中文也说得不错。”

沙娃问张磊:“你叫什么名字?”

“我叫张磊, 16 岁,高二学生。”

沙娃:“我也 16 岁,在铁路学校读书。我奶奶年龄大了,你能陪我去看你们中国的长城吗?”

张磊犹豫:“我得向老师请假……”

爷爷慷慨:“请假!领着沙娃去看长城。”

沙娃欢呼雀跃,张磊也高兴。

张万军、董玲站起来敬酒:“阿姨!欢迎你们常来中国,这里就是你们的家,你们和我爸的友谊就是中俄两国人民的友谊，我们敬您一杯！”

安德涅夫夫人：“谢谢！你们工作那么忙，还招待我们！”

“应该的，应该的……”

张劳模：“当年苏联援华专家为中国的社会主义建设贡献了力量，我们永远不会忘记！”

安德涅夫夫人举杯致谢：“这些天我受到华龙厂中国同志的热情招待，像回到家一样。昨天董事长约了那么多老同志，为我们举行了盛大的宴会，让我很感动，真的太谢谢你们了！”

大家尽情吃喝。

张劳模陶醉在回忆中：“想当年，物资紧缺，生活比较困难，你们做点儿好吃的就把我叫去，我在乡下弄到酒也找安德涅夫一起喝，喝完就和你们一起唱《莫斯科郊外的晚上》。”

安德涅夫夫人感慨激动：“是啊，是啊……”说着情不自禁地拍手哼唱起来。

张劳模带领大家随之合唱，放情欢歌，沙娃即兴而舞。

深夜花园里，四处静悄悄，
只有风儿在轻轻唱；
夜色多么好，心儿多爽朗，
在这迷人的晚上。
……
长夜快过去，天色蒙蒙亮，
衷心祝福你好姑娘；
但愿从今后，你我永不忘，
莫斯科郊外的晚上。
但愿从今后，你我永不忘，
莫斯科郊外的晚上……

车间里，弯管机前，加班的苏健在认真投入地操作着，小张协助打下手。

苏健加工完最后一个制动管，仔细察看和测试，小张也凑近观看。

苏健欣慰：“我们已经完成了所有试验！”

小张兴奋地看着记录：“是啊，我们进行了四千五百多次试验，建立了管路加工回弹和延伸精确的补偿数据库，填补了公司这方面的技术空白。”

苏健：“我们的试验，使我们完全掌握了这项装配技术，保证了动车组制动管路弯管角度的公差控制在 0.1 度、长度控制在 1 毫米以内的工艺要求。”

小张抑制不住内心的激动：“我们成功了！我们成功了！”

苏健高兴地回应，与小张击了一下掌。

“快回去休息吧,好好睡一觉。我送你!”

小张犹豫:“这个点了,回宿舍还影响别人,还是在这里将就睡一会儿吧。”

“也好。”苏健从柜子里拿出几件防寒大衣。

两个人铺盖好分别躺在了两侧相隔约十米的长椅上。

“小张,你是哪个大学毕业的?”

“兰州交大,我也是那边的人。”

“黄土高坡。”

“对!”

“我是西南交大,俺家是东北那嘎达的……”苏健说后笑。“你喜欢这个专业?”

“是有点儿小愿望,我们大西北交通不发达,我从小就希望为家乡修铁路、造火车……”

“好!”

“你选这个专业,该不是铁路世家吧?”

苏健笑:“什么世家……但也确实是受我父亲的影响。我父亲参加过抗美援朝,负过伤,回国后又参加了国家的三线建设,在大西南修铁路、打山洞,轰轰烈烈、可歌可泣……建设好中国铁路就成了他的梦想,也影响了我。”

“你爸真是好样的!”

苏健自豪:“我爷爷更厉害!”

“噢……”

“他是东北抗日联军,跟杨靖宇、赵尚志、赵一曼熟。”

小张惊讶坐起:“是吗?”

苏健也坐起,感慨:“当年东北抗联太悲壮了!他们在严酷的冰天雪地里坚持抗战!别说抛头颅洒热血,就是忍饥挨冻也是常人无法坚持的……”

“我爷爷后来牺牲了。”

“对不起!”小张歉意。

苏健感慨:“东北抗联的英雄们,他们坚持到最后,坚贞不屈!后来敌人剖开了杨靖宇的遗体,胃里面竟是草根和棉絮……什么叫共产党人的坚强意志,什么叫铮铮铁骨……”

小张由衷感叹:“我们不能忘记他们!”

“我们后人,没有理由不把我们的国家建设得更加强大!”

“是啊!”

“睡觉吧!”苏健欲躺下。

小张笑:“也没觉了。”

苏健高兴:“是啊,我们进行了那么长时间的试验,终于成功了……哎,睡不着你唱个歌吧,从没听你唱过歌呢!”

小张笑:“我唱歌不好听,哪敢唱啊!但我喜欢歌词,我给你朗诵一段歌词吧!”

苏健欣然："好！"

小张说着站起来，像置身舞台一样，深情地吟咏起来：

我家住在黄土高坡，
大风从坡上刮过。
不管是西北风还是东南风，
都是我的歌，我的歌。
我家住在黄土高坡，
大风从坡上刮过。
……

苏健走近："改一下应该更符合你的心声。"

小张期待地望着苏健……

苏健略作思考后朗诵：

我家住在黄土高坡，
高铁从那里驰过。
不管是"5+2"还是"白＋黑"，
那是我的歌，我的歌。
我家住在黄土高坡，
高铁从那里驰过。
献给我的父母，还有我的祖国，
都是我的歌，我的歌……

苏健眼睛湿润，小张潸然泪下……她走上前，两人相拥在一起。

北京站站台。

站台两边分别停着洁白的动车组，上空是红色横幅"热烈庆祝铁路第六次大提速"！

多家媒体在拍摄采访。

进站的旅客欣喜地赶来，奔向列车。有人惊呼："哇！这是火车吗？我从没见过这样的火车……"

张劳模和安德涅夫夫人、珍珍推着姥爷姜克选一起走来。大家喜形于色，兴奋不已。

姜克选表情严肃，目光专注。

"我们终于有了自己的动车组！"张劳模感慨。

"中国的同志太棒了！"安德涅夫夫人赞叹。

珍珍介绍说："此前我们进行了大量动车组技术的研发和试制，今后在技术引进的基础上，我们会更加注重自主创新能力的提高！"

安德涅夫夫人赞赏地点头。

张劳模："作为动车组首发代表，我们很荣幸！"

姜克选盯着车上的字母"CRH"，珍珍停下轮椅，过去指着字母说："姥爷！看到了吧，这是中国高速列车的英文缩写。CRH，中国高速列车。"

姜克选从轮椅上下来，拄着拐棍来到车身前凝视，与王华山激烈争论的场景在眼前浮现……他转过身来，感慨万千，心情激动："这是中国品牌！是我们自己的车！"

珍珍说："来来，我给你们照张相，合个影！"

三人聚在动车前，孟珍珍拍照。

站台中部，王华山和洪川公司的李总作为车方代表站在各自一侧的动车旁等待发车。

两人打招呼，互相走近，握手……

"动车组首发仪式激动人心啊！我们终于迎来了这一天！"李总说。

王华山感慨："艰苦卓绝！"

李总："是啊，是啊！为了铁路大提速，我们不但造了车，国家这几年还进行了大规模的路网升级改造。这次京哈、京沪、京广、陇海、浙赣、胶济、武九、广深等铁路时速大面积提高到 200 公里，总里程达到 6 000 余公里，其中京哈、京沪、京广、胶济等线路部分区段运营时速最高可达 250 公里。"

王华山："真不容易啊！"

哨声响。

两人挥手告别，回到各自的列车，进入车厢，车门关闭。

两列动车组平稳快速地分别向南北不同的方向驰去。

张磊向学校请了假，在大人的指导下，和沙娃一起来到长城，满足沙娃看中国长城的愿望。

长城上，两个少年像出笼的小鸟，兴高采烈。张磊蹦蹦跳跳在前，沙娃不甘落后追赶。陡峭处，张磊顾及回头，沙娃伸手求助："拉我一下！"他伸手拉上她一起前行。

角楼上，天高地阔，两人相依远眺……

"看，我们的动车！"张磊手指远处。

山下的大地上一列动车组在快速行驶……

"真美！像一条白龙。"沙娃赞叹。

张磊自豪："我爷爷说，我们将来会有更多更快的动车，会修更多更好的高速铁路！"

沙娃天真地问："你们的高铁能修到莫斯科吗？"

"你喜欢吗？"

"当然喜欢！"

"你喜欢我们就会修到！"张磊站在雄伟的长城上，祖国的壮丽河山给这个少年平添了气魄，他稚气英俊的脸上第一次有了这样坚定的神情。

姜克选拄着拐棍走在办公楼走廊上。

前面，董事长办公室的门开着，传出王华山打电话的声音："动车组上线运营了，售后服务是个大问题，要选派精兵强将，保维护、保畅通……"

他走进办公室，王华山放下电话惊喜地迎上来："姜总！来来……"

"我不是来跟你吵架的，"姜克选讪讪地停住脚步，"以前我多虑了，对不起了！"

"咳！没有什么对不起。郑厂长和您是我最尊敬的人！您就是骂我打我，也改变不了您在我心中的位置。况且您是真心为国家好！快坐……"

"我不坐了。我来是想找点事干，我这个顾问不能老闲着啊！"姜克选诚恳地笑着。

王华山高兴："好啊！丁总他们毕竟年轻，太需要您出山把把关了，但要注意身体！"

"科技报国毕生志，暮年虚度心不甘！"姜克选感慨。

王华山抱拳致敬。

高速车制造中心厂房建筑已完工，基础设施在安装中，现场到处是材料物品。总经理李海涛来现场指导工作，和一些相关人员巡视谋划着。

孟志臂戴红袖标在不远处若无其事地吸着烟，李海涛转头看到了，告诉身边的人："去把他叫过来！"

那人去到孟志面前，孟志扔掉烟头，在地上踩了一下，不知何故地走过来。

"孟总，我叫你一声孟总……你身为安全员，不知道厂内禁止吸烟吗？"李海涛非常生气地斥责。

孟志原以为总经理跟他打招呼，诧异后敷衍："噢，这事啊？我忘了。"

李海涛愤怒："现场到处都是材料，不是一再强调，吸烟等于放火吗？你被停职了！认识不上去不能上岗。"

孟志不服气："你装啥啊！吸烟不对，你也不能对我这个态度啊？我当总经理的时候，你还不知道干吗呢！"说后悻悻离去。

姜克选养了一段时间病，也走出了心理抑郁期，拄着拐棍又一如既往地投入到公司的工作中。

他在轮轴车间巡视，时走时停，观察着车间的生产情况。突然，他发现三根加工过的大轴未加保护地随便放在地上，就严肃地问旁边磨床上的工人："这是怎么回事？加工完的车轴怎么能这样存放？"

"这是今天报废的轴，临时放在这儿。"磨工说。

"什么原因？"

"车了、磨了，还是不合规格。"

“不合格率这么高吗？”姜克选疑惑。

“以前没有这个情况，就今天……好像不是一批货，我看轴上打的标记不一样。”

“你们主任知道吗？”

“知道。他交代跟以前的轴搭配处理。”

姜克选疑虑：“哦？为什么？”

磨工说：“那肯定是没有原来轴的质量好啊！我们加工时就能感觉出来。”

“探伤的结果怎么样？”

“不知道，好像还没有听说不合格。”

“你去把你们探伤工找来！”

磨工走了。姜克选蹲下观察轴，看了一下轴头，站起打电话：“丁总，轮轴车间加工的车轴有问题，你马上来一趟！”

30多岁的探伤工和磨工走来，姜克选：“你是探伤工？”

女工点头：“是。”

“这批轴探伤情况怎么样？”

“还可以。”

这时40多岁的车间主任也来到现场，他叫李山虎。

姜克选皱眉头：“还可以？有这么回答问题的吗？我问你，成品车轴的横向和纵向发纹允许存在的限度是多少？”

“发纹单个长度不得超过30毫米。”女工回答完毕后望着姜克选。

“完了？”

女工点头。

姜克选发火：“横向发纹在成品车轴上是不允许存在的！”

女工目瞪口呆。

车间主任解围：“姜总！您放心，我们轮饼压装使用的车轴肯定是探伤检测合格的，问题不大！”

丁燕赶来：“姜总！怎么回事？”

姜克选斜视了车间主任一眼，严肃交代丁燕：“这批AM符号的车轴，不是我们招标的指定产品。”

丁燕吃惊：“哦？”

姜克选指令：“要立即停止加工使用，并对采购中心的库存进行查封。要报请董事长查清来龙去脉！”

丁燕气愤：“好！”

姜克选：“还有，今天已过检的轴，要重新进行一遍探伤检测，决不允许有一根不合格的轴上车使用！”

“好，我马上落实！”丁燕转身边走边打电话。

姜克选对沉默紧张的车间主任怒吼：“你身为车间主任，什么叫问题不大？车轴的质量直接关系到动车的安全，是人命关天的大事！探伤检测是有严格标准的，你们难道不知道吗？”

灶上开着火，姜晓妍在厨房里颇有大厨风范，有条不紊地忙着，旁边放着菜谱，各种配料齐全。

珍珍慵懒地走进来：“难得休息，还没到中午呢，你那么早做饭干吗啊？”

姜晓妍兴致勃勃地把大勺里的菜倒进盘子里，端到桌上。三盘同样的菜，都贴着编号。

珍珍看着桌子，惊叫：“你这是干吗呀？三个菜全是宫保鸡丁！”

“试验！”姜晓妍摘下围裙，拿过菜单，指示女儿：“坐下尝尝！看哪个最好吃。”

珍珍饶有兴趣地坐下拿起筷子逐个品尝。

姜晓妍一副胸有成竹的样子：“我练了很长时间了，都拿给你姥爷他们吃了，他们宫保鸡丁都吃够了！”

珍珍品尝了一遍，兴奋：“都好吃！”

姜晓妍自我感觉良好地说：“我终于体会到什么叫台上一分钟，台下十年功。我查了很多菜谱，不断试验、比对、调整，最后确定这三个方案。”她指了指旁边的三页纸：“它们是不同的工艺配方，我要优中选优。”

珍珍笑：“弄得跟高铁技术方案似的。”

“你看哪个最好吃？1号还是2号、3号？”

珍珍吃着：“我感觉3号更好！”

“我也觉得是！”姜晓妍高兴地翻看了一下第三页配方：“这样，你洗脸换衣服，我再做一个3号，中午你给他们爷俩拿过去吃。今天我姜氏宫保鸡丁正式登台亮相！以后你就每天晚上下班先回家，我给你做个宫保鸡丁拿过去。先别说是我做的。”

珍珍笑着走出，姜晓妍系上围裙开始操作。

晚上，爷俩吃着饭，王华山提醒儿子：“当了车间副主任了，要加强学习和提高管理能力。”

“嗯！”中民点头，同时夸赞地说，“中午和晚上的这个宫保鸡丁好吃！”

王华山认同，喊：“珍珍！宫保鸡丁哪来的？”

珍珍出现在门口：“好吃吗？”

王华山：“好吃！是我吃过的最好吃的宫保鸡丁！”

珍珍笑着：“在一家新开的饭店买的。”

王华山：“每天都要一个！”

珍珍：“好！”

爷俩回来得晚，珍珍在家吃完饭又过来帮他们做饭。其实她也炒了两个菜，可爷俩都喜欢吃宫保鸡丁，这让她为妈妈厨艺的成功感到窃喜。

公司在文化中心召开“时速300公里技术引进实施动员大会”,会场座无虚席。王华山讲话。主席台上分别坐着李海涛、丁燕、赵鹏、郑凯、姜克选。

“时速200公里技术引进我们干得很辛苦,可以用艰苦卓绝来形容!车虽然上线运营了,但问题还是层出不穷,售后维护压力很大!现在我们迎来了更高等级的欧克尔公司时速300公里的技术引进,我们要再接再厉,在阿奇达斯公司的专家撤走的情况下,把第一单剩余的国产化任务完成好!要总结经验,迎接挑战,在接下来的欧克尔公司的时速300公里技术引进过程中,攻坚克难,再立新功!为2008年北京奥运会京津城际高铁用车做出新贡献!”

王华山的讲话充满激情和力量,全场掌声雷动。

“下面宣布公司决定,”王华山严肃地说,“企业绝不允许腐败存在!企业发生腐败,祸国殃民!车轴,对于动车是多么关键的一个部件!它采用的是国家招标产品。公司纪检委通过调查核实,供应采购中心个别领导利欲熏心,暗自购进车轴的替代产品,串通车间主任和探伤工,降低检测标准,与正品搭配使用。这是犯罪啊!幸亏姜总发现及时,没有造成严重后果。动车制造我们一定要高标准严要求,一点儿也不能差,差一点儿也不行!任何对质量和标准的亵渎都是不能容忍的!对此,公司党委研究决定:对供应采购中心经理刘义给予开除厂籍处分;对轮轴车间主任李山虎给予开除厂籍处分;对质检部轮轴探伤组组长苗惠英给予开除厂籍处分。同时对高速中心基建处安全员孟志,厂内吸烟,给予开除厂籍处分。”

会场响起热烈掌声。

董事长办公室,孟珍珍敲门进入。

“董事长,找我有事?”

王华山打开抽屉,拿出一张储蓄卡给珍珍,交代:“拿着这张卡,以你的名义,每月支出3000块钱,给你爸做生活费……不要提我。”

珍珍难为情:“王伯伯……”

“好了,你去吧。”

珍珍无奈服从地走了。

孟志在住处喝酒,郁闷气愤。

珍珍来看他,从包里拿出一沓钱放到桌上:“爸,你别上火!歇着更好,休闲养生……我每月给你3000块钱,也够生活了。”

孟志喝着酒自言自语:“你不仁,别怪我不义!你以为我现在治不了你了?哼!我就不客气了。”

“爸,你得承认你不对。都知道厂内禁止吸烟,你身为安全检查员还带头吸烟,如果我是领导,我也会开除你。”

孟志不以为然："这就是找个借口治我！好，看谁能治了谁！"他胸有成竹地对女儿说："我抓着他的把柄呢！"

"爸，你别胡来啊！"

"胡来？我有证据！我让他马上下台！"

珍珍疑惑……

厂办公大楼门前，一辆黑色公务车停在门口。车门开着，一个人庄重地等候在旁边。

王华山一边一个人陪伴着坦然地走出办公楼，后面还跟着一个人，都面无表情。

进出办公楼的人都投来奇怪的目光。丁燕迎面碰到，疑惑："董事长，干吗去？"

王华山："市纪委找我谈话。"

丁燕感到问题严重："纪委？……"

"有人实名举报。"

"啊？"丁燕提醒，"下午，跟欧克尔公司还有个重要的会呢……"

王华山回头说："你们开吧！"

王华山上了车，门关上，车开走。

晚上，孟珍珍下班回家，姜晓妍在厨房探出头来说："稍等一会儿。"

"妈！别做宫保鸡丁了，没人吃了！"珍珍一脸不快地坐到沙发上。

姜晓妍诧异地从厨房出来："我这一炮打响了，都吃得好好的，怎么又没人吃了呢？"

珍珍沉思不语。

"怎么了？"姜晓妍不解，坐下追问。

"王伯伯被市纪委的人带走了。"

姜晓妍吃惊："啊？发生什么事了？"

"不知道。"

两人不解地沉默着，姜晓妍唉声叹气。

"你说……王家把两千万都舍得给你，你爸要股权更名人家也不反对，这足以证明他们不是看重钱财的人。我坚信王华山不会有腐败问题！"

珍珍感到问题严重："说是实名举报啊！"

姜晓妍思忖："华龙公司谁会实名举报他呢？"

珍珍："会不会是我爸呀？"

"他离开多少年了，他举报什么呢？"姜晓妍不信。

"反正我觉得这个事好像跟他有关……"珍珍揣摩着。

"野田啊！我终于亮剑了！王华山已经被抓了！"孟志酒后仰靠在行李卷上打

电话。

野田电话声："好啊！干得漂亮！这不亚于华龙厂发生了地震！"

孟志感慨："我这一生，山河破碎，都跟他有关！现在又把我开除了！"

"是啊，借这个机会你一定要痛打落水狗，一雪前仇！要呼吁有关部门深挖，这肯定是冰山一角啊……"野田在电话里鼓噪。

"我终于看到他的末日了！"孟志兴奋。

第二天，孟志在厂办公楼门前两手举着一个牌子，上面写着："王华山腐败落马，罪有应得！"他放肆地狂叫着："王华山伪装得一身正气，实际上腐败透顶，他收受建筑公司贿赂，必将受到法律的严惩……"有些人围观。

孟珍珍闻讯赶来，生气难堪："爸！你不要这样，影响不好！"

孟志无所畏惧："这是正义的呼声！他王华山已经被执法部门带走了，我们拍手称快！"

这时，那辆黑色公务车开来，停在门前。一人快速下车打开车门，王华山笑着和几个纪委的人下了车。

孟志愣住……

王华山看了孟志一眼，对在场的人说："大家回去工作吧！我没事儿。"

在场的人欣喜鼓掌，珍珍含泪走到王华山面前问候："王伯伯……"

孟志指责纪委的人："怎么把他放了？他受贿铁证如山！你们不能包庇他啊！"

"你谁啊？"

"我是孟志！"他理直气壮。

纪委人员："好！我们就是来找你的。孟志，你是实名举报人，我们经过调查取证，是你策划了这起诬告事件！"

孟志惊恐："啊！这是事实啊！"

纪委人员："王华山同志没有受贿。行贿人李二还没有走出厂大门就被拦下，由厂纪委的同志把十万块钱在门卫室返还给他了，有收据、有证人、有监控录像。我们通过对中天建筑公司刘总的调查，证明是你策划了这起事件。"

王华山不再理会，向办公大楼门口走去。

身后传来一声孟珍珍的呼叫："爸！"王华山回头，看到孟志被纪委的人欲带走，珍珍站在车旁焦急无助……

王华山迟疑了一下走了过去。

那位讲话的纪委领导问道："王董事长有什么事？"

王华山恳切："我们是老同学……虽然他做了这个事，我觉得对我来说也没什么伤害！请求让我们先内部批评教育吧。"

纪委的人想了想："好吧！"

王华山表示感谢后，转身向办公楼里走去。

纪委的车开走。孟志沮丧狼狈地站在那里。珍珍目睹这一切,感激地望着董事长离去的背影。

晚上,珍珍下班一进门就喊:“妈!做宫保鸡丁!”

姜晓妍从厨房探出身子:“我正做呢,马上好了。”

珍珍情绪低落地坐到沙发上,陷入悲伤。

姜晓妍在厨房激情感慨地大声嚷着:“我就说嘛,像王华山这种有坚定理想信念的人是不会腐败的!没想到结果是孟志搞的,多么卑鄙!我听说,这回要不是王华山大度,他又进去了……”

珍珍坐在沙发上流泪。

“王华山真的让人敬佩!”姜晓妍拿着装好的饭盒走出来,兴高采烈,“我也不能总当无名英雄啊,你就说是我做的!别辜负了我的一片心意呀……”

珍珍点头,接过饭盒。

孟志躺在他住处的床上,无比失意,内心复杂……手机响,他看了一眼,是野田打来的,他放到一边没有接……电话不停地响着,他闭上了眼睛。继续与野田沆瀣一气害王华山?他动摇了,也感到有些自惭形秽……

24 第二十四章

晚饭桌上,王华山让珍珍和他们一起吃。珍珍说:“我吃过了,你们快吃吧。”她欣然坐在桌边看他们吃饭。

父子俩吃着宫保鸡丁赞不绝口。“这宫保鸡丁真好吃,百吃不厌!”中民说。

“我跟欧克尔公司的驻厂代表提起过,老外馋得直流口水,我说哪天领他们去那家饭店品尝一下。珍珍,在什么地方?”王华山问。

珍珍得意地笑着:“今天大揭秘,当当当当……是我妈做的!”

父子俩惊讶。

“哇! 姜阿姨还有这么厉害的手艺。”

王华山冷静:“谢谢你妈!”

珍珍眉飞色舞:“听说你们爱吃宫保鸡丁,她很是下了一番功夫……”

王华山转移话题:“你们什么时候结婚啊?”

中民说:“他爸不同意!”

“他什么时候能同意啊?”王华山温和地问。

“他说到死都不会同意。”珍珍伤感。

王华山吃完,情绪低沉地离开,回头说:“珍珍! 谢谢你妈。我不吃宫保鸡丁了,以后别让她做了。”说后走出。

珍珍和中民愣住……

车体端墙工位上,孟圣友几个人在操作台前工作,机械手在对端墙进行焊接。

车间李主任陪着王华山和欧克尔公司的驻厂代表走来。

“端墙焊接你们都能用机械手了?”欧克尔公司的代表惊讶。

李主任介绍孟圣友:“是我们这位大学生工人搞出来的自动焊编程。原来端墙焊接需要干两个班,现在一个班就完成了,而且质量稳定!”

“中国工人了不起!”欧克尔公司的代表赞赏。

孟圣友:“向欧克尔学习!”

欧克尔公司的代表:“你们的学习和创新能力令人惊叹!”

大家笑。

王华山握住孟圣友的手:“祝贺你!”

“董事长！我叫孟圣友，是中民的同学。”

王华山拍了一下孟圣友的肩膀：“好样的！”

车站动车检修处。

深夜，一列动车正在检修。康成伟干完活儿从车上下来，坐到地上，喊：“你们还没干完啊？”

车底下有人答：“马上就完了。”

康成伟接电话：“詹杰！这么晚了还加班呢？”

电话里詹杰无奈地说：“卡住了，愁了我三天了。”

“什么问题啊？”

“餐车厨房水系统不给水。电气线路、管路、电机电压查了都没问题，专家会诊也没有得出结果。再有几天就联挂编组了……愁死我了！”

“查没查电气原理图和管路图？”

“都分析过了，电机也是常见的三相异步电机。”

“那就可能是电机内部的问题，也许是反转上水。你把电机盖打开，将 U 相与 W 相调换一下试试。”康成伟说后关了电话。

荣建成和吴可超从车下地沟里爬出来，荣建成坐到地上，吴可超躺在地上休息。

“白天跟车添乘，晚上修车，受不了了！”吴可超念叨。

“下一列检完，白天可以睡觉了。”组长康成伟说。

听到了刚才的电话，吴可超问：“老康！詹杰搞定没有？”

康成伟笑：“没像你想的那样……你怎么样？跟陈丽华谈上了？”

“陈丽华是才女，心气儿高啊。”吴可超说着坐了起来。

荣建成开玩笑：“隔着几千里地，一提陈丽华就来精神了。”

吴可超报复：“你个小老爷们儿，没事儿想你媳妇得了！”

一道白光由远而近……

康成伟：“动车组 501 回来了，晚点了两个小时，有动力丢失现象。再过 4 个小时，它还要投入下一次运营。我们必须在有限的时间内把它修复好！”

吴可超：“这可能吗？一列车有 2.4 万个电路接点，4 个小时能完成这么大量的排查吗？”

动车驰近，康成伟起身：“行动！检查一下背包，万用表、手电别落下。”

大家起身，向动车走去……

一夜忙碌后，晨光中，三个疲惫不堪又精神抖擞的高铁检修工在站台上欣慰地向清新灵动的动车组车头挥手。

一声短笛，司机向他们点头致意，之后动车组启动，快速滑过，远去……

康成伟、荣建成、吴可超三个人疲惫地走出站台，沿着铁路向前，走回住处休息。

“哎呀，又累又困，走着都能睡着。老康！你背我回去呗？我这个月奖金全给你。”

吴可超说。

康成伟:“你背我呗? 我工资不要了。”

吴可超笑了。

荣建成有意振作,吼叫:“大河向东流,天上的星星参北斗啊……风风火火闯九州啊!”

康成伟:“得了得了,你闯江湖的啊?”

荣建成笑,激情不减地改唱:“咱们工人有力量,嘿!”康成伟、吴可超加入同唱:“咱们工人有力量……”

荣建成电话响,站住接电话:“喂! 媳妇……”康成伟、吴可超守在旁边。

电话里传来媳妇气急的喊声:“荣建成! 你还管不管我了? 我现在怀孕反应大,难受得不行,吃一口吐一口,我快折腾死了……”

“对不起了! 我过些日子就回去了……”

“公司那么多人,离了你不行啊? 你就不能请假回来吗?”

荣建成为难:“售后人员是轮换的,是有期限的,现在故障多,我走了人手不够。你再坚持几天!”

电话那边媳妇气急败坏地喊叫:“我一天都不想坚持了! 你不管我,我就把孩子做掉,不遭这个罪了……咱们离婚!”说后把电话挂了。

荣建成沉默无奈,向前走……

“跟公司说说换回去吧。”康成伟劝说。

荣建成最后摇头:“谁家没个事儿啊! 我老爸经常说,别为了私事,耽误了公家的活儿!”

大家有所感触。吴可超:“你爸是干啥的? 什么干部啊?”

荣建成讲述:“他是铁路的巡道工,在大山里的铁道线上风雨无阻地跋涉了一辈子,竟然都没坐过火车! 他要求去世后埋在山坡上,好能看到铁道线……”

大家沉默地走着,心情悲壮……

吴可超深情唱起,随之大家同唱:

咱们工人有力量,嘿!
咱们工人有力量。
每天每日工作忙,嘿!
每天每日工作忙。
盖成了高楼大厦,修起了铁路煤矿。
改造得世界变呀么变了样!

他们远去的背影,歌声袅袅……

咱们工人有力量,嘿!
咱们工人有力量……

深夜，姜晓妍难以入睡，悲观绝望，喃喃自语："宫保鸡丁我白练了，看来王华山真的不能接受我！"

泪水湿了枕巾……

孟志的人生早已输了，可他不甘心，最后又居心不良地折腾了一把，险些身陷囹圄……终于想开了，认命了，于是购买了钓鱼用品，学着钱斌，到河边打发时光。

钱斌坐在轮椅上钓鱼，似睡非睡，时光静好。孟志拿着渔具走来："老钱啊！以后我天天来给你做伴。"

"添乱！"钱斌冷漠不快地哼了句。

孟志咳嗽着在他旁边做钓鱼准备。钱斌烦："你离我远点儿，感冒别传染我！"

"没感冒。"

"没感冒你咳嗽什么？你这样都把鱼吓跑了，还怎么钓鱼啊？"钱斌很生气。

孟志不屑："哼，你真为了钓鱼吗？不就是找个营生消磨时光嘛。"

钱斌烦："离我远点儿、远点儿……"

孟志知趣地远离了钱斌，安营扎寨。两人互不理会，垂钓河边，打发余生。

轮轴车间轴承班，大家在各自的岗位上工作着。

陈丽华精心擦拭着待组装的轴箱，白净的脸上不小心沾上了一块油污。她对旁边的徒弟小李交代说："轴箱后壁和防尘板无摩擦是关键的控制项点，因为迷宫槽的配合间隙不足一毫米，又是相对运动的，所以对清洁度要求非常高。同时，划伤或粗糙的表面也会增大过盈量，必须消除。这些稍有不慎就会产生过度摩擦，造成热轴事故。"

小李点头接手处理。

陈丽华到轴承前察看，逐一审视着轴承。

小李说："班长！这轴承是国外的著名品牌，是免检产品。"

"免检产品就不会有万一吗？不能因为它是免检产品就放松警惕！"

"应该不会吧……"

陈丽华反复观察一个轴承："巧了，我觉得它有问题！"

"啊？"小李不相信地走到近前观看。

"拿去质检部检测一下。"

陈丽华将轴承交给小李，小李接过轴承半信半疑地走了。

不一会儿，小李跑回来："班长，你真是火眼金睛！经仪器探测，轴承果然存在裂痕。这要是不发现，装到动车上，将造成严重事故啊！"

两个欧克尔公司的技术人员来到现场，接过轴承看："我们的产品是知名的免检品牌，绝不可能有问题！"

"那咱们再去检测。"陈丽华和他们向外走去。

公司为工人们提供免费午餐，主食有米饭、馒头、花卷、糖三角等，菜有鸡鱼肉蛋，荤素搭配，品种很多，还有水果。工人们吃得饱、吃得好，生产积极性高涨。

李光磊和宋雅吃完饭走出装配车间食堂，宋雅拉住着急走的李光磊："干吗去？"

"上午分线还有点活没干完……"

"下午再干呗，中午休息一会儿啊。"

"吃完饭了，还休息啥？"

"你怎么打算的，婚啥时候结啊？"宋雅不好意思地说。

李光磊无奈地笑了："我妈打电话也一直催，着急抱孙子呢。"

宋雅羞涩为难："现在又忙奥运车，更没时间了！"

"其实吧结婚并不难，是人为把它搞麻烦了、搞复杂了！"李光磊狡黠地说。

宋雅不解："啥意思啊？"

"你说，什么叫结婚？"

宋雅一时不知如何回答。

李光磊："结婚，说白了，就是两个人生活在一起，很简单的事情！白天上班，晚上结婚，不就完了吗？"

宋雅娇羞："不带那么草率的。"

李光磊补充说："结婚典礼可以什么时候有时间什么时候办嘛。"

"那不行！我要穿上漂亮的婚纱，举行隆重的仪式，通过庄严神圣的典礼成为新娘！不能不明不白地上了你的贼船。"

李光磊开玩笑："你是想大张旗鼓地上我的贼船？"

宋雅拍打，李光磊跑走。

车体车间，三个焊工在焊件前分析着，有人叫来了孟圣友。孟圣友有专业理论，肯钻研，是车间的能人。

"孟师傅！铝合金厚板焊接，气孔和焊不透的问题一直解决不好，找你帮我们研究研究……"焊工甲说后注视着孟圣友，惊异，"你怎么了？脸色这么难看，病了？别太累。"

孟圣友："没事，最近恶心、呕吐、浑身乏力……没找欧克尔公司的专家吗？"

焊工甲："找了，没用。他就要求按欧克尔公司的工艺标准执行，而我们就是按他们要求的温度、湿度等标准操作的。"

焊工乙："焊接的预热温度要求不超过 100 摄氏度。"

孟圣友现场焊接试验，结果相同，也无奈，但他执着地表示："我琢磨琢磨！"

一家人吃晚饭，张万军匆匆吃完准备走。

"去车间啊？"父亲问。

“嗯，加班。”张万军对媳妇说：“你今晚别去了。”

外面有人敲门。“谁啊？”张万军说着走出去。

“张师傅您好！打扰了。”门口传来带南方口音的说话声。

“吴老板，你怎么又找上门来了？”张万军的声音。

董玲小声对张劳模说：“外国的，南洋造船厂的老板，白天还去车间参观了……想挖万军！”

张劳模严肃：“不能答应他啊！”

董玲：“那肯定！”

张劳模放下碗筷走出去。

“老先生好！”头发梳得锃亮的吴老板打招呼。来客是两个人。

张劳模哼了一声，坐到旁边的沙发上。

吴老板继续说服张万军：“您是大工匠！焊接技术高超！我们太需要您这样的人才了，条件绝对优厚！”

张万军：“吴老板，我已经明确告诉你了，这是不可能的！”

吴老板：“给您现在十倍的工资，全家都迁到国外去，怎么样，还不可以吗？”

张劳模插话：“你给个金山也打动不了我们！”

“为什么？”吴老板不解。

“子不嫌母丑，狗不嫌家贫。我们自己的国家正需要我们建设呢，我们能去给你们打工吗？你给多少钱也不能去啊！”

吴老板愣了……沉默后起身走了，到了门口他回身感慨：“我虽然没有请到张师傅，但我向你们表示敬意！”

爷俩不解……

吴老板：“我祖上也是中国人，以前山河破碎，民不聊生，人们纷纷去南洋讨生活。现在中国强大了，是因为有无数的人为她流血牺牲、为她奋斗……你们的爱国精神令我敬重！”

张劳模：“如果光认钱，不爱国，那是啥人啊！”

夜晚的车间里，台位上，孟圣友一边在笔记本电脑上查阅资料，一边反复进行焊接试验。

黎明时，孟圣友昏倒在焊接现场……空旷的车间里寂静无声。

早晨，第一个来到车间的李主任发现了孟圣友，跑过来抱起他呼喊：“来人！来人！……”几个人跑来。“叫车，快送医院！”

一个电焊工感慨：“他这是加班干了一夜啊！”

有人说：“他脸色那么黄……”

孟圣友在主任怀里醒了，睁开了眼睛：“……告诉欧克尔公司的人，他们……铝合金厚板焊接预热温度不允许超过100摄氏度的工艺标准需要改。我经过反复试验，我们的环境温度、湿度等方面的条件与他们不同，预热温度需要超过100摄氏度……”

一焊工惊喜：“你把气泡和焊不透的问题解决了？太棒了！”

李主任催促：“赶紧把人背上……”一焊工背起孟圣友，大家护送他们紧急向外走。

医院抢救室里，孟圣友闭目在输液输氧，仿佛睡着了……为了工厂，他少睡了多少觉！他太需要休息了。王华山闻讯赶来，俯身握着他的手，无比感动……

王华山对医生说：“他是一个非常优秀的员工！不遗余力地为高铁事业做贡献，请一定要全力抢救他啊！”

医生：“来得太晚了！尿毒症已累及其他器官引起严重的并发症，出现心力衰竭……”

“张师傅，吃饭了！”有人招呼。

“你们先去吃，我等一会儿。”张万军继续焊活儿。

人们陆续离开岗位去食堂吃饭，车间安静无人，张万军工位上仍是弧光闪耀。董玲走过来，手拿一瓶水：“该吃饭了！”

张万军暂停，念叨：“现在吃饭人多排队，这工夫还能多干点活儿。”

“喝口水！”董玲递上一个好看的塑料瓶。

张万军接过喝了一口，感觉不对，吐了：“你这是什么水啊？”

“汽水啊，好喝！我可喜欢了。”

张万军一脸严肃：“我不能喝汽水啊！喝了汽水就打嗝，一打嗝手就哆嗦，那这活儿还能干了吗？”

董玲醒悟：“对啊！”

张万军揶揄：“我们拿焊枪的跟你们不同，你们干机械手是大爷！我们这干手工的不容易！饭都不能吃饱，吃饱了蹲不下，更不能打嗝，还不能大喘气，连屁都不敢放……”

董玲笑。

张万军：“你快去吃饭吧！我再干一会儿……”说完埋头继续。

医院抢救室，哭声凄厉，悲情动天。孟圣友像睡着了，被盖上了白布单，医务人员准备推走。母亲哭喊着，大家人人流泪。

车间李主任陪伴，还来了很多工友。同学王中民、荣建成、李光磊、宋雅、康成伟、詹杰、陈丽华、苏健、吴可超、刘洋全部在场。

众人让开，遗体车向外推走。母亲悲痛欲绝：“圣友，我的儿啊！你走了，让妈怎么活啊！……圣友啊，我的儿啊！……”

孟圣友生前的话仿佛在空中回响：“妈！您别太难过……我也没想到我能得这么严重的病，但我不遗憾。您让我做个好工人，我做到了！在有限的生命中，我努力工作，解决了一些生产上的难题，为中国高铁事业贡献了我的一份力量。妈！您别太难过……”

车向外走，母亲昏厥，众人安抚。

李主任和几个同学护送车前行……

王中民脸上流泪，表情沉痛，耳畔回响着孟圣友的声音：“中民！我们来世还做同学……”

詹杰抽泣流泪，望着车远去……孟圣友病中最后的声音在耳畔萦绕：“詹杰！去参观了八达岭青龙桥火车站，瞻仰了詹天佑铜像，那是中国铁路人的朝圣之地，从此在我心中永不磨灭。我很向往那个地方，麻烦大家把我的骨灰埋在那个山坡上，让我看到铁路、看到詹天佑的铜像，那样我会很欣慰和快乐的！”

河边，两个钓鱼人相隔二十多米，互不理睬，老死不相往来的架势。

钱斌猛然起竿，一条比平时稍大点的小鱼飞出水面，他情不自禁地惊叫：“好大的鱼啊！”兴奋地站起伸手去够，却没够着，身体失衡栽进河里。

孟志见状惊愕，起身欲上前，后又停住……“钱斌，别怪我无情。当年我当政的时候，你给华龙厂进的那批黑心煤没少赚钱！后来因为野田买厂的10万订金我进去了，你竟然见死不救……现在我为什么要管你呢？哼！”

孟志这样想着收拾东西迅速离开……

电视里在播报京沪高铁开工典礼的新闻，张劳模兴奋欢呼：“好啊！好啊……”

孙子张磊睡眼惺忪地走出来：“爷爷，你喊啥啊？星期天睡个懒觉都不成。”

“快来看新闻！京沪高铁动工了。”

张磊不屑地坐到沙发上：“修个铁路，您至于那么兴奋吗？”

张劳模激动不已：“那是普通的铁路吗？那是高铁！北京到上海要修高铁这都嚷嚷了多少年了……终于动工了！能不兴奋吗？预算投资两千多个亿，超过三峡工程，是目前国家规模最大的建设项目……空谈误国，实干兴邦啊！太好了……”

张磊逗爷爷：“要不你拿把铁锹，我挑一副土筐，咱们上工地支援去？”

爷爷拧了一下孙子的耳朵：“走吧！”

张磊笑。

爷爷认真起来：“我们过去真就是那样，有空就去参加义务劳动，支援国家建设。电影里，雷锋出差遇到工地就参加义务劳动，那都是真事。北京建人民大会堂的时候，据说参加义务劳动的人不计其数……”

张磊认真地给爷爷敬礼。

张劳模催促：“抓紧复习，考上交大，别忘了你答应人家沙娃的那件事。”

张磊：“没忘！马上学习！”

孙子走，爷爷笑。

晚上,父子俩饭后坐在沙发上。

“那个同学的后事处理完了吗?”

“嗯。按他的愿望,把骨灰埋在八达岭青龙桥火车站对面的山坡上了。”

“要以华龙公司的名义给他立碑,写上:优秀的高铁工人孟圣友之墓。”王华山感慨,“我们永远不会忘记他!”

中民点头。又说:“还有,我的同学因为车间生产忙,已经三次推迟了婚期。这次家里给他们选了日子,说啥也得让他们结婚,双方父母现在都来到了本市,给他们安置了新房,可我这两个同学坚持结婚不休假,继续上班……所以,我们决定利用中午休息时间给他们在车间举行一场婚礼!”

“好啊!我一定参加。多好的工人啊!青年强则中国强!”

李光磊和宋雅举行车间婚礼的日子到了。

中午休息时间刚到,刘洋就过来喊:“大家中午抓紧时间吃饭啊!尤其李光磊和宋雅,王中民让我告诉你们不能拖拉,抓紧收拾换衣服。李光磊你要磨蹭,我就上了……”说后笑。

工人们从不同的岗位走出,几个接线班的女孩簇拥着宋雅从车厢走出,李光磊也从车下钻出。

这事由王中民策划组织,得到了公司各方面的积极支持。装配车间中心区场地布置得简单隆重,现场回荡着歌曲《最浪漫的事》。台上铺了红地毯,“李光磊、宋雅结婚典礼仪式”大字横幅高悬。双方父母坐在台上,后面背景是一辆动车组头车,有气球点缀。车间四周可见醒目标语:“一点儿也不能差,差一点儿也不行!”“努力到无能为力,拼搏到感动自己!”现场约有五百人,喜庆热烈,还有摄像。公司和车间领导、同学等站在前排。

婚礼准时进行,王中民激情主持。

“今天是个好日子,是双方父母选定的好日子!是我们大家不愿错过的共同庆贺的好日子!今天是李光磊和宋雅结婚的好日子!”

大家热烈鼓掌。

“结婚典礼开始!下面请新郎闪亮登场!”

大家鼓掌,目光顺着主持人手指的方向看去……

李光磊西装革履地从台后的动车中挥手走来,伴郎是穿着工作服的康成伟。

“下面请新娘,仙女下凡!”

掌声中,大家不知新娘在哪里,四处张望……

一台升降车从旁边开来,一身白色婚纱的宋雅在空中向大家挥手致意,仿佛仙女下凡!身后是穿着工作服的伴娘詹杰。

大家兴奋欢呼。

近前，新娘落地，走向新郎，两人牵手。

掌声不断。

王中民："新郎新娘是我的大学同学，他们郎才女貌，志同道合，正在为中国高铁事业的发展忘我工作着。他们是国家的好后代，是爹妈的好儿女！当然，他们也怀着一颗感恩的心！值此机会，（口令）新郎新娘向后转。一拜父母！尊老尽孝，不忘养育恩。"

新郎新娘向父母敬礼。

"向后转。二拜领导和同事！不忘栽培和友情。"

新郎新娘向来宾敬礼。

"夫妻对拜，一生牵手永相爱！"

新郎新娘互致敬礼。

王中民："下面是最重要的时刻——真情告白！让在场的亲朋好友、领导同事都听到你们爱的声音。让天地做证！让高铁做证！"

响起大家热烈期待的掌声。王中民拿着麦克风走过去，递上。

全场安静。

李光磊："我爱你！"

宋雅："我爱你！"

全场鼓掌欢呼，有两个人上前向新郎新娘喷了礼花。伴郎、伴娘、吴建华主任、李群书记把准备好的喜糖抛撒向大家。

王中民："下面请董事长讲话！"

大家鼓掌欢迎。

王华山上台，先向双方父母鞠了一躬，转身讲话："首先，我代表华龙公司全体员工，向远道而来的新郎新娘的父母表示感谢！向今天这对新人表示最热烈的祝贺！"

大家热烈鼓掌。

"也感谢车间为他们举行了这场特别的婚礼。今天公司各方面的领导全来了，公司为有无数个这样的优秀员工而感到骄傲和自豪！新郎新娘为了铁路第六次大提速和北京奥运会京津城际高铁用车，三次推迟婚期。我听说他们今天上午还在正常上班，下午还要照常上班……这不行！我命令你们下午必须休息！用我的车把你们送到新房去。"

大家鼓掌。

王中民快乐高喊："新郎新娘入洞房！"

在热烈的掌声中，在礼花中，新郎抱起新娘在大家的簇拥下向外走去。

列调中的驾驶室里，詹杰和一个徒弟在监控屏幕前。她突然"哦"了一声，盯着屏幕，屏幕显示牵引系统冷却失效。詹杰有些恐慌："要出厂了，怎么会出现这个问题？牵引冷却失效，将会导致失去动力。去把老外找来！"徒弟去了。

欧克尔公司的专家来了。詹杰说："牵引系统冷却突然失效……"

这个专家看了一会儿屏幕："去车下，更换牵引单元的控制板卡。"说后傲慢地走了。

詹杰思索了一下，出了驾驶室打电话："干吗呢？"

康成伟电话声："正在单调这边忙呢，有事啊？"

詹杰："列调车突然出了个故障，牵引系统冷却失效。欧克尔公司的人说，是牵引控制板卡的问题，我觉得不是。"

康成伟："应该是控制冷却启动的 IFU 主板的问题。"

詹杰兴奋："英雄所见略同！"

詹杰关了电话，对等待的徒弟说："换 IFU 主板！"说完进入驾驶室。

两人在工作着，那个外国专家进来察看："牵引单元在车下……"

詹杰："我们在换 IFU 主板。"

"为什么？"

"我觉得应该是它的问题。"詹杰说着更换完毕，开启。

监控屏幕显示正常，老外竖起大拇指。

詹杰走出驾驶室到站台上打电话。

站台上，康成伟匆匆地向车头走来，电话响，见前面詹杰打着电话走出车门，他收起电话向前方喊："我来了！修好了吗？"

詹杰看到康成伟，兴奋地说："药到病除！"

"好！"康成伟停住欲回，"单调那边一个事接一个事，我抽空过来看看。"

"来都来了，不差这一会儿……"詹杰挽留地走过来。

其实，康成伟也不想马上走，想见见詹杰说几句话。

"你老康现在厉害了，升为调试车间高级诊断组组长了。我是有山靠山，无山独立了。"

康成伟笑着走近："你够厉害，绝对能独当一面！"

"我们搭档了那么久，你走了还真觉得没有个依靠了。"

"习惯就好了！"

詹杰情意绵绵："你不留恋啊？"

康成伟不好意思："我也没走远，还是一个车间，抬头不见低头见。"

"我不想带徒弟，就愿意和你做搭档！"詹杰几分怅然。

"那不可能啊！"

"李光磊和宋雅结婚了，你没啥感想啊？"詹杰羞答答地说。

"唉！好几天心里不舒服……那天，他俩光鲜亮丽，让咱俩穿个工装灰头土脸地陪着，这多不公平啊！"康成伟故意笑说。

"人家是新郎新娘啊！咱俩要是新郎新娘也绝对漂亮！"詹杰突然感觉失言，不好意思地笑，"就打个比方……"

“当真……不行啊?”康成伟深情地问。

詹杰脸红:“我也没说不行啊……”

康成伟高兴地笑了:“好,我回去忙了!”

詹杰样子甜蜜:“再见!”

北京,大酒店会场。

铺着地毯的豪华开阔的走廊上,铁科院的康哲、江洲电子研究所的蒋厚生、东方机车厂的薛天阳三人相遇,握手言欢。

前面,庄重的会场大门敞开着,陆续有参会的人经过走廊进入会场。王华山走来,后面跟随着丁燕、赵鹏、郑凯。

“三位早!”王华山打招呼。

“华山!”“班长好!”四人欣喜地握手拥抱。

“我们又要协同作战了!”王华山兴奋地说。

薛天阳:“我们从来就不是一个人在战斗!”

大家笑。

康哲:“这次岂止是我们协同作战,是科技部、铁道部联手,是国家级的重大科研行动!”

蒋厚生:“走! 参会去。”

大家议论着走进会场。

会议进行中,发改委领导张建国在讲话:“刚才科技部与铁道部共同签署了《中国高速列车自主创新联合行动计划合作协议》。这是国家战略,表明我们在巩固发展既有引进、消化、吸收、再创新成果的基础上,要进一步加大自主创新力度。目的就是要建立和完善中国高速列车制造、运用与创新能力体系,研制出属于我们自己知识产权的新一代高速列车。”

会标醒目:“中国高速列车自主创新联合行动会议”。主席台上领导十多位,台下几百人,会场气氛庄严隆重。

散会后,大家兴奋地议论着走出会场。

王华山:“好家伙! 自主创新,不惜重金啊!《中国高速列车关键技术研究及装备研制》项目,研发总投资30个亿!”

康哲:“何止不惜重金啊,中国高速列车关键技术的研究和创新,汇聚了相关领域的顶级专家、全国重点高校、科研院所、国家重点实验室和工程研究中心。产学研,联合舰队!”

蒋厚生:“举国体制啊! 这是我们能办大事的优势。”

王华山:“将来京沪高铁,跑我们自己的新一代时速350公里动车组,不是梦!”

大家兴高采烈。

产房内传来婴儿响亮的啼哭声。护士抱着刚出生的婴儿出来，等在外面的荣建成和孩子的奶奶、外婆喜悦地迎上去看孩子。

护士说："是个男孩！"

"别哭别哭……""好可爱哟！"奶奶和外婆喜爱得不行。稍后，护士将孩子抱去另一个房间，两个长辈跟随。

听着孩子的哭声，荣建成幸福地笑着，合不拢嘴。

新建成的北京南站锣鼓喧天、鼓号齐鸣，站台上一列新型动车组，披红挂彩蓄势待发。

标语赫然夺目："热烈祝贺北京—天津城际高铁开通运营！"

张建国、史成志、贺强、王华山、李总等众领导与纷至沓来的旅客们一起登车。很多媒体记者在拍摄。

一列动车向东驰出北京南站……

动车组快速平稳，车厢内旅客心情喜悦。

记者随车采访。

一位女士说："太高兴了！我家住天津，在北京工作，高铁让天津和北京实现了同城化，太快捷、太方便了！"

一位老者感慨："从天津到北京，古时候坐马车得两天半的时间，有了火车也得几个小时，现在高铁也就一袋烟的工夫！"

一位男士兴奋地说："我的公司在北京、天津两边都有业务，两头跑，高铁一开，一趟才 30 分钟，太快了！我准备以后不开车了，卖掉奔驰，就坐高铁了！"

野田也来试乘，心情复杂。

记者把话筒移到他面前，野田忙不迭地说："祝贺！祝贺！没想到中国的高铁发展得这么快。之前，世界上最快的高铁时速 320 公里，而现在中国达到了 350 公里！太快了！没想到……"

众多外国旅客热情高涨，纷纷向记者和镜头伸出大拇指高呼："OK！"

头车车厢里参加通车仪式的领导们多数站着，兴奋地关注着显示屏上的数字……显示屏上显示出 350 公里的数字，大家欢欣鼓舞。

一位外媒女记者现场进行采访："中国高铁先后成功引进了阿奇达斯公司、山郎公司时速 200 公里技术，和欧克尔公司时速 300 公里技术。请问：将来京沪高铁中方准备再引进哪家技术？"

张建国笑了，一指显示屏："我们的高铁速度已经领先世界，你说我们还应当引进何方技术？"

大家笑，记者窘态。

张建国："我们引进高铁技术是为了在原有基础上消化、吸收、再创新，京津城际高铁的成功运营就是证明。京沪高铁我们无须再引进技术，也无更先进的技术可引，我们自主创新的更高等级的新一代高速列车 CRH 380 正在研发中！”

大家鼓掌。

停了几天，孟志照常去河边钓鱼，且得意地占据了钱斌的位置。这个位置是这段河边最好的位置。垂钓中他安然看着河面，虽然感觉钱斌的阴魂在水里憎恨他，也毫不在乎，甚至还有那么一点点儿满足后的惬意。

他最近咳嗽得厉害，一咳嗽就捂着胸，有一段时间了，好像不是感冒那么简单。今天在河边又不断地咳嗽起来，他感到问题严重，不得不打了电话。

“珍珍！我有病了，你得管我呀！”

王中民接到了珍珍的电话，她在电话里哭了。王中民着急地问：“怎么了？哭什么呀？”

“我在医院呢。我爸有病了，检查结果是肺癌。”

“啊！”王中民吃惊，“那抓紧治！我过去！”

“不用，你忙吧！已经办住院了。”

晚上，王中民买了水果去医院探望，进病房正遇珍珍举着点滴瓶陪着父亲去厕所。

“孟叔！好些了吧？”

孟志尴尬窘迫。

“正好！你来了，快陪我爸上厕所。”珍珍说。

“我来，我来……”王中民急忙进去放下东西，回头接过输液瓶，陪孟志进了旁边的卫生间。

卫生间狭小，两个人挨得很近。王中民随手关上门，在他身后举着药瓶。

孟志感动：“中民……谢谢了！我得了绝症……”说着哽咽。他现在真正感到了绝望。人生至此，其心也善，他后悔过往，开始对亲人依恋。

“孟叔！您不要太担心，这种病不是不可治愈的。我和珍珍会全力护理您！您要有信心。”王中民安慰。

孟志感动抽泣。

“孟叔别难过！”

孟志一只手提裤子，行动不便。“我来我来。”王中民将药瓶挂到墙上的挂钉处，赶忙帮他整理裤子。

孟志两眼流泪，由衷感慨：“多好的孩子……对不起，是我糊涂，让你和珍珍受委屈了！”

“没有，没有……您是长辈！我们尊重您的意愿。”

“唉！想想这一辈子，其实是我想不开，自私，心胸狭窄，是我对不起你爸。可你爸从没跟我计较,现在还通过珍珍每月给我三千块钱生活费……”孟志泣诉,懊悔不已。

“孟叔！过去的事情就让它过去吧。”

孟志伤心痛哭:“我对不起珍珍！不是个好父亲!”

“孟叔！别难过了。”

孟志转身渴望地看着王中民,期求:“孩子！我已经走到了人生的尽头,你叫我一声‘爸’吧……”

王中民激动,立马鞠躬敬礼,喊了一声:“爸!”

孟志应了一声:“哎!”哭着说,“我死而无憾了!”

25/第二十五章

高速车制造中心建成投产，在总装车间举行剪彩仪式。

偌大的现代化总装车间，开阔壮观。空中标语醒目："热烈庆祝高速中心建成投产！""建设国际一流企业，打造世界动车精品！"千名工人整齐列队。前面几位礼仪小姐托着彩绸，后面有乐队奏曲，气氛热烈喜庆。吴建华、王中民、李群现场组织。

王华山陪同刘保中、贺强、彭市长等上级领导走来，还有姜克选、李海涛、丁燕、赵鹏、郑凯等随同。

大家鼓掌欢迎。

乐声中四位领导剪彩，礼花飞扬，掌声热烈。

中车领导刘保中讲话，他说："祝贺华龙公司高速列车制造中心建成投产！这个制造中心，设施先进、装备一流、现代化厂房宏伟，是集车体制造、表面处理、组装调试、仓储物流和工程试验于一体的高速车生产基地。华龙公司从此将具备年产1000辆动车组、1200辆城铁车、500辆普通客车及6000个转向架的生产能力。这个规模毫无疑问是世界第一。我们更要做到产品水平世界一流！自主研发能力世界一流！"

热烈的掌声。

王华山讲话："自主创新是我们的生命，我们要不断创新，完善谱系，向着更好更高的目标努力！"

大家群情振奋，热烈鼓掌。

接下来进行高铁工人宣誓。大家举起右手，像一片庄严的森林。

王中民领誓："我们是中国高铁工人！"

全体高亢宣誓：

> 我们是中国高铁工人！
> 忠诚企业，恪尽职守。
> 精工细作，创新争优。
> 产业报国，不懈奋斗。
> 让中国高铁世界一流！

气壮山河，场面震撼！

王中民下班进门，珍珍从厨房出来："我做好饭了，你吃饭吧。"

"辛苦你了！还要照顾你爸。"

"他治疗效果不错。"珍珍颇感安慰地说。

"这病不好治,你要多关心他。"

"他也想开了。自从你叫了他'爸'之后,他心情不错。"

王中民笑:"哪天休息,我们抽空请你爸一起吃个饭吧,看看咱们什么时候结婚,征询一下他的意见。"

"好！王伯伯回来吗?"

"我打电话了。他有事。"

"那你吃饭吧!"珍珍说着准备走。

"你吃完饭再走吧?"

"不啦,回去陪我妈吃。"

王中民跟送。

"高速中心那边的管理人员都到位了吧?"珍珍说。

"嗯,郑凯从工艺技术中心调到高速车制造中心当主任了,李群升任高速中心的书记了,吴建华调到公司当宣传部部长了。我现在是总装车间的主任。"

"更累了吧?"

"还好。"

珍珍开门后挥手告别:"快吃饭吧!"

王中民深情拥抱,在她脸颊上亲了一下。

听说了孟志的病情,王华山毫不犹豫地去了医院看望。

孟志在输液,坐靠在病床上,样子落泊,感动得眼含泪水。

"什么也不要想,安心治病!"王华山坐在旁边的椅子上劝慰。

孟志无比感慨,他让中民叫了他"爸",接受了女婿,说明跟这个老同学的恩怨也就放下了,或者说化解了。

"谢谢你能来看我！……现在有病了,总是往回想……华山！我这一生,是不是太坏了？现在我最想跟你说的一句话就是:对不起!"

"一切都过去了,没什么……"王华山淡然一笑。

"原来不服气,总觉得我比你强,也嫉妒,现在我不得不佩服你！你理想比我高,胸怀比我宽,格局比我大,能力比我强,工作比我努力……我自惭形秽！如果有来生,我下辈子一定做你这样的人。"

王华山不好意思:"我没有那么完美,也有很多缺点和不足。"

孟志输完液,两人凭栏窗前,望着夜空,感慨满怀。

孟志:"仔细想想,扪心自问,我追萧蓝,迷恋她,那不是真正的爱……是因为漂亮而喜欢,是一个男人疯狂的自私欲望。我好像没有真正爱过别人,包括自己的女儿。我不是没有情感,我的情感是自私的、自我的……"

王华山理解地看着孟志,为他的真情坦露感到欣慰,也愿意留下来多陪陪他。

孟志调侃:“人生如戏,也不公平!你扮演了高大上的角色,我却演了一个自私卑鄙的人……”

王华山笑:“这是导演的事儿。”

“谁导的呢?我不信上帝,是老天爷吗?”孟志不无困惑。

王华山:“不关老天爷的事儿。我觉得是人生观、价值观导的!有什么样的人生观、价值观,人生就会上演什么戏。”

孟志思索后认可地点头。

住了一段时间院,效果不错,孟志的病情得到控制,就决定出院观察,配合药物治疗。他在招待所待着闷得慌,就又去河边钓鱼。

一竿垂钓,万籁俱寂,孟志愿意沉浸在这样的时光里……

一个人鬼祟地在他周围徘徊观察了一会儿走向他……那人拍了一下孟志的肩膀。

孟志回头,愣住……

那人神情冷峻:“孟厂长,不认识我了?”

“噢……”孟志惊慌地站了起来,“是赵……赵君……你出来了?”

赵君:“我出狱了,咱俩的账该算算了!”

孟志心虚抵赖:“这事你不能怨我,我对你是有、有恩的!你当初是装配车间的团支部书记,你求我批准你上省里的干部进修学院,我批准了,你达到目的了!”

“你为什么批准我啊?我要不给王华山眼睛泼硫酸,帮你除掉对立面,你能批准我吗?说白了,咱俩就是互相利用,可最后你出卖了我!”

孟志强词夺理:“这事都怀疑跟我有关,公安局也调查我,我也是受害者!你好汉做事好汉当……怨不着我!”

赵君怒不可遏地抓住孟志的衣领:“这事就咱俩知道,你若不出卖我,没有人知道。你害我蹲了十年大狱!毁了我一生!”

今天周日,恰好休息,王中民约了珍珍买了水果去招待所看望孟志,并打算到外边一起吃个饭。孟志患病转变心态之后,低调随和,也值得同情。在珍珍和中民眼中,他就是个需要关心也必须关心的父亲。

没在住处,知道他去钓鱼了。两个人难得清闲,也想走走路,就决定去河边找他。一起陪他钓鱼,说说话,再就近找个饭店一起吃个饭,也是不错的选择。

王中民提着水果和珍珍春游般并肩走在路上。

“我们终于可以结婚了!”珍珍心情愉悦。

“把我们定的日子跟你爸商量一下。”

“他肯定没意见了!”

王中民认同地点头。

他们发现河边有两个人在扭打……

珍珍望着："不好，是我爸和谁打起来了！"

就见孟志被推进了河里，那人逃走。

"快……你从那边拦截，别让他跑了！打电话报警！我去救人"王中民说着紧急向河边跑去……

孟志形态狼狈地躺在河边的地上，刚从水里捞上来身体湿漉漉地淌着水，周围一汪水渍；王中民浑身湿淋淋地在给孟志按压胸部做人工呼吸。

远处，几个警察押着赵君走来，还跟着一些帮忙的群众。河湾是绕过来的，在孟珍珍拦截喊叫下，是几个过路人见义勇为把赵君按住的。

经过一番努力，王中民摸脉后无奈地停止动作……珍珍哭喊着奔过来："爸！爸呀……"

孟志走了，生命结束得有些匆忙和意外，也毫无体面和尊严。

"研发中心新一代高速列车自主创新项目落实会议"在技术中心会议室召开。约二百位高级技术人员参加，丁燕出席。

研发中心主任赵鹏讲话："刚才丁总就创新型国家战略高铁研发方面的目标和任务谈了上面的部署。作为轨道交通列车制造的主机厂，攻关创新是我们的职责所在。我们要有紧迫感、使命感，埋头苦干，把研发项目完成好，早出成果！我们中心技术实力雄厚，研发能力强，在前期动车组国产化和自主创新的基础上，我们必须要在整列车电气控制原理、总体集成技术、网络控制技术、牵引电传动控制技术、制动控制技术、转向架设计、车体设计、空气动力学、轮轨关系、弓网关系等技术研发方面有所突破，才能制造出更高水平的动车组。"

王华山在总装车间巡视，郑凯主任和李群书记陪同，吴建华和王中民跟在后面。

迎面走来一位女工，手上拿着电器配件。

"你是什么工种啊？"

女工："董事长好！我是车辆电工。"

"你工作时所遵循的操作工艺能背下来吗？"

"能啊！背不下来不能上岗。"

"你背一下我听听。"

女工流利背诵："每列车有近十万个接线点，端子排的接线工艺是：第一，先将剥线钳调到指定的刻度，将待接导线进行剥线，完毕后用卷尺测量其剥线长度是否准确。注：黑色导线剥线时必须去除绝缘皮与线芯之间的塑料保护层。第二，根据接线表所示的接线位置，将专用接线螺丝刀贴操作孔的内壁插到底，将卡簧顶平，顶开弹簧，然后将剥好的导线插入到接线孔内，插到底后松开螺丝刀，导线接线完毕。第三，导线送入后要仔细观察是否有毛刺，若有则重新输入，直到杜绝毛刺合格为止。然后顺势拔一下已接好的导线检查是否接好，再将线号推到接线点处，线号的方向为末尾数字远离接线端子方向。第四，如端子排较大，接线导线较多，待所有导线送入后，用白色小扎带把导线分组捆扎在一起，整齐、美观。"

王华山满意："好！做到了'一口清'，不错！去忙吧。"

女工笑着走了。

他们向前走着，一个工人从车下出来。

王华山问："你是什么工种？"

"车辆钳工，负责制动管路安装。"工人回答。

"给我们背背你的'一口清'，能背下来吗？"

工人笑："没问题。"说着郑重地背诵起来："制动管路安装，首先是工作准备，要对照工装工具清单，检查所需工装设备工具及辅材，确保齐全。然后按照图纸尺寸进行车体画线，画线时要用画线笔尽量一次性画完，避免造成积累误差。安装固定夹、固定码、压力开关，将固定夹依次穿入固定码上，按照图纸尺寸进行定位，安装时要注意垫片的反正，检查滑块是否入槽。现车配管安装管路时，要遵循从上到下、从里到外的原则，避免重复施工，且安装的管路要横平竖直，各处无应力，管端垂直度小于0.5度，内外倒角0.2×45度，安装前要清洁管路，安装过程中要对所有的开放管端用外套管堵进行防护。加扭矩，对所有的螺母进行紧固，紧固时要先用扳手紧固到力矩激增点后再拧紧四分之一圈，紧固时要均匀用力，不能用力过猛。涂打防松标记之前，要先用无纺布进行清洁，去除表面的油脂和灰尘，涂打的位置要便于检查和观看，涂打的长度为4~10毫米，宽为1.5~3毫米。最后清理工作现场。"

王华山："好，不错！"

工人高兴地走了。

王华山回头问王中民："你说一下，'万万千'活动的具体内容是什么？"

王中民笑："万个螺栓无松动！万根线束无差错！千根管路无异常！简称'万万千'。"

王华山"嗯"了一声。

"这连车间门口的保安都知道！"儿子不屑。

大家笑。

来到总装二车间，过道上设置了好几块展板，是生产进度情况和质量方面的通报。还有一块展板题目是"心里话"，上面贴着各种不同颜色的心形纸片，纸片上写着各种"心声"。

王华山停在"心里话"展板前，盯住一个黄色的纸片看。吴建华注意到，也移目注视……

上面写着："没有女朋友！没有时间处对象！"

王华山看后心情沉重："这句话让我感到愧疚……"他嘱咐吴建华，"要让公司工会和团委的领导来这里看看这句话。”

“好!”

王华山:“工人们越是干劲高涨,我们越是要关心他们。”

大家认真点头。

“高铁工人有知识、有技术,很优秀,工资也不低,绝不能因为忙就没有女朋友啊!”王华山坚定地说,“我们必须采取措施。这样,请市总工会和市团委协助,公司要定期举行‘年轻的朋友来相会’大型联谊活动,邀请全市的女孩子来参加……公司提供服务,牵手有奖!联谊会召开时,公司不安排加班。”

“好!公司宣传部会同工会和团委,一定创新方式方法,研究细则,落实好这个事情。”作为公司宣传部部长,吴建华表态。

王华山走着:“我考虑,公司还要定期给那些忙于工作、无暇结婚的人举办集体婚礼!让他们感受到组织的关怀和集体的荣耀。”

吴建华:“太好了!我落实。”

高速中心总装车间门口拉出了一条横幅标语:“欢迎美国客人来公司参观。”

王华山和李海涛等在门口。三辆轿车开来,下来五个美国人,还有一位中文女翻译,前车下来的是一个华人面孔。

李海涛嘀咕:“这面孔一见如故啊。”

王华山:“华裔美国官员。”

李海涛迎上去:“欢迎!欢迎!我是总经理李海涛。”双方握手,又引领介绍:“这是我们公司董事长、党委书记……”

“我叫王华山。欢迎!欢迎!”王华山与客人一一握手。

身后的大门徐徐启动……

“我坐了你们的京津城际高铁,太棒了!快速、平稳、舒适,你们的高铁发展得真快,堪称中国的名片!”美国官员对王华山说。

王华山自豪:“以后的京沪高铁,更是中国高铁的主角。”

大门敞开。王华山示意:“请!”

一行人走进宏伟的总装车间。

客人们被眼前的景象惊呆了,情不自禁地发出赞叹。有人说:“如此现代化的工厂,太令人感到震撼了!”

他们站在总装车间的瞭望台上,赞赏不已……车间广阔,排满了动车,井然有序,气势磅礴。

美国官员由衷感慨:“这里的人如果不是黄皮肤,我还以为是在欧洲……”

王华山骄傲地笑了。

早晨,王华山下楼去上班,身后张劳模也走出家门下楼,还穿着一身新衣服。

"张师傅！一大早穿这么精神，干吗去啊？"王华山停在楼梯下面的平台上。

"我外孙女结婚，就是万红的闺女。她妈一早给我打电话，说孩子在家作呢，让我早点去劝劝！"张劳模下着楼梯。

"怎么了？结婚作啥啊？"

"说好了的，让他爸送她。这不，她爸回不来了，就又哭又闹，生气了……"

王华山下着楼感慨："公司生产忙，他们采购部保料件、保供应，压力大啊！"

张劳模边走边说："是！我这个女婿崔浩是个老采购员了，为了公司物资采购，全国各地没日没夜地跑，没少出力，尤其有些急难紧缺材料，为了保证生产，他挖墙打洞、头拱地也想办法弄回来，是个有能力的人，我挺为他自豪的！前年，在厂家催料，阑尾炎疼了三天没时间去看，最后不行了，厂家把他送到医院做了手术，阑尾炎穿孔、腹膜炎，厂家都被感动，号召他们的工人向他学习！"

王华山停住："姑娘结婚也是大事！万红该急了……"

张老头也停住，无奈："是啊，也打电话催他……前一阵忙着采购电焊条、不锈钢板，说一定能参加女儿的婚礼。现在铝合金材料告急，家里等米下锅呢，在厂家蹲催，发货离不了人啊……所以，他说女儿结婚是大事，可对公司生产来说是小事……没办法，得舍一头！"

两人下着楼梯，王华山感动："几点接亲？"

"九点。"

王华山看了一下表对张劳模说："告诉孩子，她有个好爸爸！别生气！我去送她……"

"别，别！不用，你太忙……"

"我先去公司处理一些事情，一定抽时间去！"

张劳模感动。

李光磊在车下分线，不放心地打电话。

"肚子还疼吗？"

宋雅回话："小疼不断……能坚持。"

"驾驶室的线最不好接了，地方小，别扭、窝身子……不行，你让别人接吧！"

"我是班长，我好意思把最难的活儿让别人干吗？"

"你不怀孕了吗！"

"你小点儿声……干活儿吧。"宋雅挂了电话。

李光磊继续干活儿。

宋雅在驾驶室里忙着接线，因位置不同和设计精当，她需要一会儿蹲下，一会儿跪着，有时身子俯进电柜里，有时躺着仰头探进去……

宋雅接完一处线，挪出扭曲的身体，满头大汗……她突然发现裤子上一片殷红，肚子此时也剧烈疼痛，她慌了，捂着腹部打电话。

“光磊，我可能流产了……”说着哭了。

董事长办公室，王华山在伏案工作。

姜晓妍敲门进来。

“哦，晓妍……”

“我不是特意来找你的，是去收发室取资料路过。”姜晓妍心虚地特别申明。

“有事儿吗？”王华山温和友好地问，唯恐有一点儿不当会伤害到她。

姜晓妍沉默了一下开口：“现在孟志没了，你思想上应当没有顾虑了吧？我理解你的想法和心结……”她觉得孟志没了，为她未来扫清了障碍，希望更大了。

“我说过，我不会再娶第二个女人。”王华山说得清晰明确。

“我就那么不招你待见？”姜晓妍悲哀，流泪而去。

王华山沉默……

医院输液室，人很多，一片座椅几乎坐满了人。有小孩不停地哭，人们避而远之。

宋雅在输液，安然地闭着眼睛。

“护士，快！孩子滚针了！”那个在哭的孩子的妈妈喊。

宋雅听着声音熟悉，望过去，她认出是荣建成的媳妇，同学聚会时，她们见过。宋雅起身，提着输液瓶走过去。

护士赶来处理完走了。

宋雅把输液瓶挂到邻座的输液架上，挨着坐下：“嫂子！孩子怎么了？”

荣妻惊喜：“宋雅！你也输液啊？孩子发烧……”

宋雅伸出一只手逗孩子，孩子竟然不哭了。

“你怎么了？”

宋雅小声说：“我流产了……”

“你怎么这么不小心啊！”荣妻心疼地责怪。她样子朴实俊秀，心直口快，十足一个可爱的村姑模样。

宋雅笑：“工作……没办法。”

荣妻自以为大地教导说：“是工作重要啊，还是孩子重要啊？怀孕了该歇就得歇，该养就得养，女人要对自己好点儿……”

“荣建成没来？”宋雅换了话题随便一说，可说完就后悔了。

荣妻马上气上心头：“哼，他来？他太不知道体贴人了！之前上售后不在家，我不说。现在回来了，也不顾家，总加班，好像这孩子不是他的似的……这日子没法过了！”

宋雅诧异，立即劝：“嫂子，别生气，工作忙！好男人都那样……”说后笑。

“气死我了……还好男人？”

“当然！”宋雅一本正经地说，“我有个男同学，整天围着媳妇转，媳妇头上戴个什么颜色的发夹他都操心，工作上却不积极，挑肥拣瘦、避重就轻，从不愿做奉献，还总是怨天怨地，聪明透顶，斤斤计较。去市场买肉就买二两，买香菜就要一棵……卖菜的说，一棵香菜咋卖啊，送给你吧；他说，那就送给我两棵吧……”

荣妻惊讶：“这男的也太会过日子了！”

宋雅：“啥会过日子啊！就是个精致的利己主义者。这样的男人我都想打他一耳光！”

荣妻笑。

晚上，研发中心很多人还埋头在电脑前，姜克选拄着拐棍进来，欣慰、感慨地望着大家……

主任赵鹏正俯身与同事共同看着电脑探讨问题，抬头看见姜克选：“姜总！您怎么来了？”他惊喜地迎过去。

“我看你们研发中心的灯光还亮着，就上来看看。”

赵鹏：“大家在忙‘380’的研发项目。”

姜克选感慨：“是啊，只有自主创新才能搞出属于我们自己的技术。看到你们挑灯夜战，我就想起当年我们搞地铁国产化时的情景……”

赵鹏兴奋：“当年‘地研所’我是您的兵！今非昔比啊，现在咱们有博士后工作站，博士、高级工程师……人才济济，已经具备了高速列车世界最强的研发能力和试验能力！”

姜克选欣慰：“中国高铁领跑世界不是梦！好了，不打扰了。”说着走了。

“姜总，您慢走……”赵鹏送。

姜克选叮嘱：“你们也别太累！要注意身体！”

张万军干干净净、西装革履地走进转向架焊接车间，他是参加全国技能大赛归来。这身打扮在天车凌空吊件、焊光到处闪耀的灰蒙蒙的车间里，显得特别亮丽和抢眼。

有人发现，惊喜地叫：“张师傅回来了！”

张万军走着，微笑点头。

有人高喊：“张师傅从北京回来了！”

大家兴奋地放下手中的活儿奔过来……

张万军被围住，董玲欣喜地走过来：“人白了……奖牌呢？”

张万军：“在兜里呢。”

董玲急切地伸手掏出来：“咋不嘚瑟呢？”说笑着把奖牌给他挂到脖子上，“这多光荣啊！”

有人激动地喊：“张师傅得中华技能大奖了！张师傅得中华技能大奖了……”

大家兴奋鼓掌，人越聚越多，有个强壮的工人蹲下钻裆把张万军扛起来，众人护卫着欢呼。

身下的工人说："师傅！说两句。让张师傅给大家讲话！"

大家鼓掌，张万军笑得合不拢嘴。

张万军："我想说……大家都知道，转向架是高速列车的行走部分，相当于人的腿。动车走得快不快、好不好，很重要的因素是我们的活儿干得好不好。我们一定要做到'一点儿都不能差，差一点儿也不行'！精益求精！接下来我们要干'380'了，这是更高标准的动车，希望我们做得更好，把工件干成艺术品！"

大家鼓掌。

张万军手持奖牌："这个中华技能大奖，是我们行业的光荣！是高铁工人的荣耀！作为工人，不想当工匠的工人不是好工人！我觉得，当工人就要当工匠，当大工匠，这应当是我们的梦想和职业追求！如果我们每个工人都弘扬了工匠精神，中国制造就会享誉世界！"

大家鼓掌，欢欣鼓舞。

荣建成后院起火，夫妻矛盾升级，媳妇要闹离婚。知道媳妇跟宋雅熟，荣建成打电话让宋雅劝劝她。宋雅感到问题严重，向高速中心领导做了汇报。

李群书记特别重视，和宋雅一起来到荣建成家。

夫妻在吵架，荣建成低头坐在小板凳上，媳妇抱着孩子站在地上气愤异常。

"这个家是你的旅店啊？困了来睡，醒了就走！你太不把我和孩子放在眼里了！我没有奶，孩子从生下来就喝奶粉，还总有病……你对这个家太不负责了！我非和你离婚不可……"

荣建成委屈地解释："我不是忙嘛……"

媳妇义愤填膺："你少跟我说忙！你卖给华龙厂了？"

荣建成哑然无奈……

宋雅劝："嫂子，别生气！今天高速中心的李群书记听说了特意赶来，我们就是想劝劝你……"

荣建成的电话响，接电话："喂……我知道了。"放下电话说："我得去车间……"

李群书记："……今天别去了！"

荣建成为难地强调："李书记！车体车间在干'380'，在进行组对，我是工长，我不能不去啊！"说后毅然走了……

李群感慨，站起踱了几步："建成媳妇，对不起了！今天来最想说的就是这句话。作为家属，你们同样为高铁生产做出了牺牲、做出了贡献！中国高铁发展得这么快，确实是我们一个会战接着一个会战地干出来的。广大工人和科技工作者舍小家为大家，日夜奋战在高铁生产第一线，很多人是几天几夜不回家，甚至有人晕倒在工作现场……"

荣妻听着李书记的话……

“还有，分布在全国各地的售后服务人员，为了保障高铁的安全运行，夜以继日地工作着，春节也不能与家人团聚。”

宋雅：“原来装配车间的吴建华主任，会战的时候曾经19天没回家！”

荣妻惊讶……

李群：“你自己带着孩子不容易，确实辛苦了！我们也会考虑让建成尽可能照顾家……对你的付出和对建成工作的支持，我代表公司向你表示敬意！”

荣建成媳妇哭了……

宋雅拿了纸巾为她擦拭。

荣妻拿出手机，打电话：“妈！你来帮帮我吧，孩子我自己带不了了……你先放放别的事儿……建成他忙，顾不了家……”

宋雅流泪，李群感动。

轴承班，大家在各自岗位上专心工作着。

陈丽华在拆解一套整体压装轴承，突然她震惊地高叫：“太不可思议了！怎么会这样？”

大家聚拢过来，有人问：“怎么了？”

“我就觉得这套进口免检整体压装轴承不正常，轴承侧面太干，打开一看，一个轴承竟然没有注入油脂！我们从来没有遇到过这种情况啊！”

有人惊讶：“啊？轴承里没有注油？太可怕了！这如果被安装上车，肯定会发生重大事故！”

“大家都过来看看，这再一次给我们敲响了警钟！”大家走向陈丽华，她强调：“免检产品，在我们这里绝不能免检过关！也要认真检查……”

技术研发中心主任赵鹏的办公室里，到处是书籍、资料和图纸。他是个热爱事业、喜欢研究的人，也是个工作狂，乐此不疲，废寝忘食……人到中年，早生华发。他坐在电脑前，常常没有时间概念。

晚上妻子打来电话：“还不回来休息啊？明天还得上班呢！”

“一会儿回去。”

妻子埋怨：“你这吃不好睡不好的，别把身体弄垮了……胃还疼吗？”

“没事儿，媳妇！放心吧！”

妻子：“抽空儿去医院检查一下吧。”

“好！好！……”

关了电话，赵鹏又专注地看着电脑……

江洲机车电子研究所。

在一个器件繁杂的半导体电子研究工作间里，不修边幅的蒋厚生专注地工作着。

响起轻轻的敲门声，“进来”，蒋厚生头也没抬地回了句。

王华山小心地走进来。

蒋厚生淡漠地问：“什么事儿？”转头惊讶，“华山！你怎么到江洲来了？”

王华山笑着：“副所长！打扰，打扰……”

“没有没有，你董事长大驾光临，我太高兴了！怎么不告诉我一声啊？”

“给你个惊喜啊！”

“坐，坐……有什么事儿？”

王华山十分喜悦：“你们的 IGBT 技术搞得很成功啊，可喜可贺！我来看看，高铁离不了你们的芯片啊！”

蒋厚生兴奋：“是啊！我们有了自己的芯片，打破了国外企业在中国的垄断。”

蒋厚生带王华山去了产品展室，他指着芯片样品说：“就这么个小小的芯片，是高速列车牵引控制的核心产品，没有它不行！国家曾经想花 100 个亿引进这个技术，人家不卖……说来也巧，后来我们只花了一个亿收购了外国的一家电子企业，使我们拥有了这个平台。其实，之前我们在这方面的研究已经累积了一定的技术，在收购了 4 英寸 IGBT 芯片线的基础上，我们把它研发升级到 6 英寸，现在又升级到了 8 英寸！”

王华山：“太好了！”

蒋厚生陪王华山参观了芯片生产线车间，他们边走边看。蒋厚生介绍说：“自从世界上有了晶体管，半导体在现代工业中就朝着两个方向发展。在微型化信息电子发展方面，如手机等通信技术领域，我们与先进国家还有差距；而在大功率的电力电子方面，即 IGBT 芯片，我们则处于世界领先水平，具备完整的产品结构，可为国内外的电力电子装置制造企业提供大功率半导体器件的全套解决方案！”

“江洲所太牛了！”王华山赞叹。

蒋厚生感慨：“这是我们几代科学家努力的结果啊！”

“芯片价格不菲吧？卖给我们得便宜点儿！”王华山玩笑。

蒋厚生哈哈大笑：“一片 IGBT 模块以前外国卖给我们是几万元，还受制于人，现在我们售价才九千！”

“我们的高铁，装上我们自己的芯片，没有谁再能阻挡我们的发展……”王华山激动自豪。

“是啊！”

电话响，王华山看后对蒋厚生说：“薛天阳。”

“天阳！什么事？”

“没事！高兴，想聊聊天。”薛天阳在电话里声音很大，状态亢奋。

蒋厚生听到了，冲着电话说：“升副厂长了，还在兴奋呢？”

“谁啊？我听着是老蒋的声音……”

王华山笑：“是！我在江洲所呢！”

“去江洲干吗去了?”薛天阳问。

“参观啊……”

“你回来也到我这儿看看！我现在就在我们东方机车厂的出车场这里呢,身后就是‘和谐号’新型机车。蒋厚生他们的IGBT芯片确实厉害！可我们东方机车厂的产品也绝对牛！继4660千瓦大功率交流传动内燃机车、7200千瓦大功率交流传动电力机车驰骋青藏高原,成为我国铁路客货运输的主型机车之后,我们研制的六轴9600千瓦大功率交流传动电力机车又成功下线。这个机车是世界上单机功率最大、技术水平最高、性能指标最先进,拥有完全自主知识产权的中国品牌机车!”

王华山听着薛天阳的电话,兴奋:“太好了！三军过后尽开颜啊！我们都做出了成绩,取得了可喜的成果。康哲也在为国家高速列车自主创新项目进行攻关呢……”

“薛天阳！祝贺你!”蒋厚生在旁边高兴地笑着说。

“咱们这些同学都不赖!”薛天阳在电话里回应。

蒋厚生恭维:“除了班长华山,你是最棒的!”

“你少来……”

王华山和蒋厚生笑。

是的,他们不负年华,如今个个仿佛久经沙场的将士,一身硝烟,功勋卓著……

晚上,下着雨,轿车送王华山回家行驶在路上,车窗上的雨刮器不停地摆动着……进入住宅区,车行缓慢,车灯的两道光芒照得很远,像两只明亮的眼睛。

后座上的王华山远远地发现楼门口站着一个人,他探头注视……姜晓妍打着伞伫立在雨中,守望在楼门口,雨中的她呆默凄然。

“靠边停下。”

司机迅速靠边停车:“董事长！是前边那个楼门……”

“先停到这儿吧。”

车熄火。路灯下,前面姜晓妍的身影清晰可见。

王华山无奈地仰在靠背上,一声叹息。她说他是她的初恋,他懵懂不得而知。但她毕竟曾是孟志的妻子,这让他心生隔膜,无论如何产生不了爱意。况且他的承诺不会改变。可同时姜晓妍也是姜克选的女儿、珍珍的妈妈,他内心又不可避免地对她有着尊重和怜悯……真拿她没办法。而她的执着和痴情,也确实让他有所感动和不安……

在厂门前的路上,姜克选去厂里遇到了张劳模。

“张师傅你好！身体还是那么硬朗……八十多了吧?”姜克选问候,像见到了老朋友。

张劳模笑着:“姜总你好！可不是……你也七十多了?”

“我们都老了!”

"可现在高兴啊！我们的高铁发展得好啊！"张劳模抑制不住内心的喜悦，"听说美国有个官员来，看了我们的高速车总装车间，说他以为这是在欧洲！又听说欧洲一个著名大公司的总裁来参观后感慨，说他们欧洲大工业的梦想让我们实现了！"

两个人开心大笑。

姜克选："京津城际高铁开通后，大长干线的武广高铁也开通了。武汉到广州一千多公里，由以前的约十二个小时缩短到三个多小时，武汉到长沙直达仅需一个多小时，长沙到广州直达仅需两个多小时，太便捷了！后又连续开通了郑西高铁、沪宁城际高铁、沪杭高铁。中国一下子拥有了两千多公里时速350公里的高速铁路，无论是里程还是速度，我们都领先世界了！而且全国各地我们还有无数条高速铁路在开工兴建……"

张劳模很兴奋："据说美国都羡慕了，总统在国情咨文里说：我们国家向来走在世界前列，我们没有理由让欧洲和中国拥有最快的铁路。"

"是是……"姜克选问，"你这是去哪儿啊？"

"我溜达着想去高速中心看看，我还没去过呢！"

"太远了！不行不行，这个年纪了不能走着去……这样，我也去！咱们让厂里派个车。"姜克选说着掏出电话。

"不用不用，别麻烦……"

姜克选仗义地说："应该的，你是公司的老劳模，我现在还是顾问，都这个年纪了……他们派个车是应该的！"

"海涛啊！我和张劳模去高速中心，你让他们给派个车，我们在公司门口呢……"

姜克选收了电话感慨："你教育得好，万军那孩子多有出息啊！全国五一劳动奖章获得者，又得了中华技能大奖！当初我就喜欢他……我女儿晓妍命不好啊！"

张劳模得意："咳！这小子是不赖！也是我经常开会的结果嘛……"

一辆小车开来停在旁边，二人上了车。

广阔的大地上，一列16编组的运营试验动车组奔驰在线路上……

列车在快速运行。驾驶室里站着史成志、刘保中、贺强、王华山、康哲、蒋厚生、丁燕等相关人员。

显示屏上的数字在不断变换增加，大家凝神静气。列车平稳飞速向前，470、480……

史成志："列车状况如何？"

现场的技术检测员回答："各项指标正常。"

显示屏上时速达到了486.1公里，列车飞驰，车厢内大家兴奋鼓掌。

动车组停在站台上，车门打开，人们兴奋异常地走出来，热烈鼓掌，兴奋欢呼，激情拥抱，有人面带泪水……多家媒体现场拍摄。

记者在现场激情直播："各位观众！我们怀着激动的心情现场向您报道，中国自主研发的新一代动车组 CRH 380，在京沪高速铁路上创造了时速 486.1 公里的世界铁路运营试验最高速！486.1 公里，这是令人振奋和自豪的中国速度！”

欢乐中，丁燕拿着签字笔索性在王华山的白衬衣后背上写下“486.1”并签名。王华山惊喜快乐着。接着史成志、刘保中、贺强、康哲、蒋厚生等人也都欣然争相签名……

王华山笑说：“你们赔我的衣服……”

康哲：“你收藏吧，值钱了！”

大家欢笑。

晚上，在北京的高层酒店里，野田望着窗外北京繁华的夜景，心情懊丧。他转过身来，对三个沉默的同仁说：“第七届世界高速铁路大会明天在北京召开……没想到中国高铁发展得这么快，仅仅六年时间，他们就由追赶者成了世界高铁的领跑者！成了我们可怕的竞争对手！早知今日，何必当初……当然，当初我们也是慎重的，可世界不是我们一家啊……没办法！”

野田踱了几步坐下，坚定地说：“中国会利用世界高铁大会这个平台，积极推进他们的高铁‘走出去’，我们不能等闲视之，必须不惜一切努力与他们争夺世界高铁市场……”

大家点头。

国家会议中心卫生间，陆续有人匆忙进出，脖子上都挂着蓝色带子的会议证。

一阵冲水声，一个格子门开，野田走出来。

这时王华山走进卫生间，与野田相遇。

“王董事长好！幸会，幸会……”野田虚伪地客气。

“哦……野田先生！听说你挺忙啊？又开座谈会，又召开记者会……”

“宣传我们新干线，理所应当。”

“你宣传没问题，但你不能抹黑中国高铁啊？说我们建成的京沪高铁是盗版你们的新干线，说中国高铁是偷窃你们的技术……”

野田窘迫……他胸前挂着的“第七届世界高速铁路大会”的卡牌不知是故意还是不小心翻成了背面。

王华山对野田说：“如果中国的高铁技术侵权了，你可以到国际法庭去告我们！我们从市场引进多国技术是互惠互利的，你们的技术是通过双方签署的转让协议我们花钱买来的，而且也没有发生任何知识产权上的纠纷……”

王华山站在小便池前：“中国新一代动车组是我们自主创新的结果，是当今世界最先进的动车组，有数据为证……被人超过了就心里不服气？科学技术是全人类的共同财富，互相借鉴学习是正常的。你们在高铁技术方面也曾向欧洲学习过。中国也早有四大发明惠及世界……我们不发明火药,你们能放枪吗?”

野田心虚理亏地向王华山鞠躬:“是!”

参加京沪高铁首发式的姜克选一回来就来到董事长办公室,兴奋地对王华山说:“我坐过欧洲的高铁,也考察过日本的新干线,我们绝对是这个!”他伸出大拇指,“380这款车确实又提高了一个档次,先进豪华,舒适平稳。”

王华山:“科技部、铁道部联合行动,以举国之力,进行深入研发和正向设计,能不先进吗?”

他们无比欣慰地笑着。

“刚才我看公司门口怎么候着那么多大客车啊,是有什么活动吧?”姜克选问。

王华山兴高采烈:“30台车!今天全公司不加班,下班后送我们的单身青年去市文化广场,参加我们华龙公司与市总工会和市团委联合举办的‘年轻的朋友来相会’大型联谊活动。说白了,就是为我们忙于工作的单身青年找对象!”

“好!好……”姜克选说着沉默了……他恳切、关心地说,“华山!你也单着呢,晓妍也单着呢……她对你是真心的!我担心她抑郁了过不了这个坎啊……作为父亲,我真的希望你能接纳她!”

王华山感动,恭敬地站起来:“姜总!谢谢您的好意。我承诺过,除了萧蓝我不再娶第二个女人……对不起晓妍了!”

小会议室里,公司管理和技术部门主要领导在开会。门开了一道缝,张劳模探了一下头,又急速离开。

王华山发现,喊:“张师傅……”对旁边的丁燕,“他好像有事儿,请他进来。”

丁燕快速出去,把张劳模请了进来。

“张师傅,有事儿吧?”王华山问。

张劳模不好意思:“顺便找你聊两句,你们这儿开会呢,都是重要的事儿……”

王华山笑说:“你来肯定也是重要的事儿!”

大家笑。

丁燕搬过一把椅子,张劳模边坐边说:“是这么回事儿,我前两天送孙子去上大学,坐高铁,赶巧车半路出了故障,走不了了,说是还挺严重,是什么受电弓出了问题。列车长向路局请示救援,据说有备援车辆,但救援不了……不是一个车型,线路系统得需要调整,连座椅号都不一致……好在售后技术人员查到了原因,使动车组恢复了运营。我就想,这是个问题啊!来跟你说说,应当向上反映,高铁车型全国应当统一最好……”

王华山哈哈大笑:“国家也想到了,已经做出了部署。我们今天开的会就涉及这个事儿。”

张劳模喜出望外:“是吗?那好啊!”

王华山说："我们国家动车组引进了多个技术平台，都自成体系，现有17种型号的动车组，车型规格、控制方式、技术参数不一，不能互联互通。这给运营管理和维修带来诸多不便，包括不能相互救援，对高铁未来的发展十分不利。同时，因为属性限制也制约了高铁'走出去'参与国际市场的竞争。为此，国家确立了'中国标准动车组研制项目'，并列入'十二五'发展规划。就是要最终实现统一标准、中国标准、世界领先、完全自主知识产权的目标。"

张劳模高兴地鼓掌，大家也笑着鼓掌。

26/ 第二十六章

华龙公司青年集体婚礼在高速车制造中心总装车间里的“中心广场”隆重举行。

南北方向大面积铺着红地毯，西侧搭起的彩色背景墙上，左右镶嵌着硕大的双喜字，中间大红灯笼高悬；背景墙主题大字赫然：“情定高铁，挚爱今生——华龙轨道车辆制造有限公司青年集体婚礼”。乐队演奏着乐曲。身穿工作服的工人们站满了四周的操作平台，或出现在车厢窗口。南侧出口方向红地毯旁边停着长长一大溜儿崭新的红旗轿车。现场喜庆、华彩、隆重。车间高处标语醒目：“全力打造‘中国标准动车组’！”“走向世界，牵引未来！”

北侧，一辆洁白光亮的380动车组头车，系着红绸，在气垫船的驱动下，自西向东缓缓驶入婚礼现场，在红地毯边缘处停下。热烈逼真的鞭炮声响起……

20对新人依次从动车组中走出，牵手走上红地毯。他们是：王中民和孟珍珍，康成伟和詹杰，苏健和小张，吴可超和陈丽华，还有刘洋和新娘……最后是郑凯和丁燕。鼓乐齐鸣，掌声热烈，礼花飞扬。

他们无比喜悦地款款走在红地毯上……

男女主持人声音高亢，激情澎湃：

女：他们来了！

男：他们向我们走来！

女：20对青年伉俪。

男：华龙公司的俊男靓女！

女：今天他们在这里喜结良缘！

男：今天他们在这里牵手走向人生新的浪漫！

女：他们来自转向架制造中心，

　　飞舞的焊花书写着人生的精彩！

男：他们来自客车制造中心，

　　浑身充满了地铁车城际列车走向世界的气概！

女：他们来自高速车制造中心，

　　脸上洋溢着中国新一代动车组自主创新领跑世界的豪迈！

男：他们来自售后服务中心，

　　披星戴月废寝忘食心中装着保安全保畅通的无限情怀！

女:他们来自研发中心,

长夜明灯绘就了中国高铁神奇的未来!

男:高铁青年!

女:高铁青年!

男:你们闪光的青春无愧于时代!

女:中国高铁因为你们而精彩!

男:我们期待……

女:我们期待……

男:未来“中国标准动车组”更加惊艳世界!

新郎新娘全部到位,站立在台中。

女主持人:“情定高铁,挚爱今生,华龙公司青年集体婚礼现在开始!”

男主持人:“首先请公司总经理、工会主席、团委书记、宣传部部长和各部门领导向新郎新娘献花祝贺!”

领导们分别上前为每一对新人献上一束鲜花。新娘挥动花束致意……

女主持人:“天地做证,高铁做证,我们大家做证,真情告白说出来……声音太小单独来。”

男主持人:“新郎,真情告白说出来! 3、2、1……”

全体新郎:“我爱你!”

全场鼓掌欢呼。

女主持人:“新郎声音响亮,我们新娘当仁不让!真情告白说出来! 3、2、1……”

全体新娘:“我爱你!”

全场鼓掌欢呼,鼓乐齐鸣,礼花飞扬……

王华山讲话:“祝贺20对新郎新娘喜结连理!你们是奋战在企业一线的骨干力量,为了高铁生产忘我工作,有的一再推迟婚期……所以,我们组织了这场集体婚礼。祝大家工作进步,生活幸福!”

在热烈的掌声中、乐曲声中、飞扬的礼花中,新郎新娘依次坐上挂有彩色气球的红旗轿车驶出车间。

女主持人声音:“你们是最尊贵、最幸福的新郎新娘,乘最先进的动车来,坐最好的轿车走……”

轿车旁,王华山与每对新人握手,送他们上车。轿车陆续开出车间……

最后轮到郑凯,他激动地向王华山敬礼:“谢谢董事长!”

丁燕情感复杂:“你也该成个家了……”

王华山微笑着回避:“你们上车吧!”

郑凯为丁燕拉开了车门,丁燕向车走去,礼花缤纷……

“根据中国标准动车组项目的顶层设计和分解方案,我们在进行相关的技术参数和指标的研发落实……”赵鹏向来技术研发中心巡视的董事长汇报工作,又陪同观看了三维立体设计程序和车型设计短片。

在一个较大的工作间门口,王华山停住……研发人员都在电脑前工作着。一个桌旁挂着一幅书法:“欲穷千里目,更上一层楼。”桌上一边还有笔墨纸砚。

王华山被吸引,走过去欣赏:“嗯,写得不错。”

戴眼镜的女孩子站起来笑说:“休息的时候练练书法,换换脑子。”

王华山欣然:“好!我也手痒痒了,写几个字。”

大家欢喜,张罗纸笔……

王华山想了一下,挥毫书写,并不时讲话。

“这次中国标准动车组项目,完全自主设计。车体总成、转向架、牵引系统、网络控制系统、制动系统,全部采用中国标准,兼容国际标准。”

写完一张,赵鹏和戴眼镜的女孩儿协助移开,再铺纸。几十个研发人员围观。

“项目集结了全国该领域68位院士、200余位研究员、600多位教授级高级工程师和上万名工程技术人员,还有25所一流高校、11个科研院所、51个国家实验室和工程中心参与,是集中优势,举国之力……”

王华山描述着“中国标准动车组”的蓝图,很有气势地写完最后一笔。四个人每人手持一张,并排展示。

大字赫然纸上:博采天下,自主研发,中国标准,世界一流。

大家兴奋鼓掌。

公司文化中心彩旗飘扬,门口上方挂着鲜艳夺目的横幅:“热烈祝贺华龙股份公司第三次党代会召开!”

散会了,代表们潮水般走出会场,他们胸前佩戴着党徽,喜气洋洋,意气风发。

人群中,有张万军、董玲、王中民、孟珍珍、李光磊、宋雅、康成伟、詹杰、陈丽华、苏健、荣建成、李祥、郑小龙……

总装车间。

车头前端裸露着繁杂的器件,赵鹏探身其间与丁燕探讨研究着出现的问题……王华山也站在旁边。

一位聘请的外国专家向王华山走来,他招了一下手,王华山会意地走过去。公司仍然保留了聘用少数外籍优秀专家的规定,以期参考借鉴技术、生产、管理上的有益经验。

“你好,董事长!”外国专家从工作服上衣的口袋里拿出两页纸,态度不恭:“我是车间聘请的顾问。据我统计,他们这些人已经有很长时间没有休息了,你必须安排他们休息!给他们休息的权利。”

王华山接过名单,翻看了一下,密密麻麻两页纸。他深切感慨:“谢谢你的关心!

是啊，这次我们公司党代会也提出，企业的发展要保持职工的收入持续增长，不能以牺牲职工的健康和愉悦心情为代价来完成工作任务。确实，这些年大家太累了！太辛苦了……可中华民族、中国工人靠的就是这种拼搏精神！我们的‘两弹一星’是怎么搞出来的？还有‘石油会战’‘开垦北大荒’‘三线建设’等等。铁人王进喜‘宁肯少活二十年，拼命也要拿下大油田！’按你们西方的价值观是无法理解的……”

外国专家皱着眉头。这时有一位工人经过。王华山说：“你问一下这位工人，看他对休息是什么态度。”

外国专家欣然上前：“你好……周日，你愿意休息吗？”

工人不知怎么回事：“现在忙！没空休息啊！”

外国专家：“如果车间安排你休息呢？”

工人不解：“大家都在加班，我也没什么特殊事，安排我休息干吗？”

外国专家：“你有休息的权利啊！”

工人笑：“是啊！我也有工作的权利啊！”

外国专家一时无语。

工人：“我明白你的意思了……我们和你们不一样！如果我们之间技术差距 30 年，你工作 6 小时，我们也工作 6 小时，那我们就永远差距 30 年。中国高铁为什么 6 年超过了你们几十年，就是我们这样干出来的！‘白 + 黑’、‘5+2’、24 小时随叫随到……”说后笑着自豪地走了。

外国专家难以理解地走到王华山身边，伸出大拇指：“中国工人，这个！”

晚饭后，赵鹏走进技术大楼。

他习惯了每天晚饭后再回到办公室工作几小时，也常到深夜，有时不知不觉竟然至天亮，招致妻子打电话“兴师问罪”。

大厅里有加完班才回家的技术人员跟他打招呼。

技术大楼一楼大厅与二楼是透空的，大厅空间显得敞亮通透。迎门可见二楼的护栏上，董事长王华山的题字已做成醒目的大字标语——

“博采天下　自主研发　中国标准　世界至尊”

走在大厅里，在这样的感召下，赵鹏内心充满自豪，耳边萦绕着出门前与妻子的对话：

“老公！你们这研发工作什么时候是个头啊？从地研所到时速 200 公里动车组国产化、时速 300 公里到‘380’、再到中国标准动车组，‘中国标准’搞完了还搞什么？”

赵鹏：“‘一带一路’可跨国联运的时速 400 公里可变轨距高速列车已经提上日程；还有时速 600 公里磁悬浮列车，还有智能高速列车项目……创新无止境。”

赵鹏的办公室不拘一格，除了满满当当的书架和卷柜，在放电脑的办公桌旁边又延伸加了一张大桌子，上面摆放着最新研发项目所需的资料及图纸。

赵鹏在电脑前投入地工作着……又开始胃痛，他吃了药坚持着，但没有出现以前那样的缓解。

他停止工作回家，刚走出办公室，疼痛难忍，蹲下，吐了一口血。相邻大工作间里加班的人发现了走廊上的赵鹏，他们跑出来："赵主任……"

赵鹏说："病了，送我上医院……"

爷孙俩去看交工的新房，张磊带爷爷进了电梯，按下10层按键。

"爷！还是新房坐电梯好！你不用爬楼梯了！"

张劳模："还是爬楼梯锻炼人。"

"你老了就爬不动了！"

"我这身体没事儿！"

到了10层，张磊打开房门，二人进去。

"爷！你看，这是精装修的！"

张劳模惊讶："漂亮！这房子太大了！"

"190多平米，三室一厅两卫……"张磊兴高采烈地领爷爷看了一圈儿，他们站在大阳台上。

老人羡慕不已："你知道你为什么能住上这么好的房子吗？"

"知道！我爸是大工匠、全国劳模！"

爷爷点头："现在国家特别重视科技人才和工匠精神，鼓励技术创新和进步，公司还对工人技师、高级技师、操作师等有能耐、有水平的技术工人，每月给予500元到数千元不等的技术补贴！现在在车间，当个技术大拿，一个月开个万八千的，牛！"说着还伸了一下大拇指。

"你现在退休了，是不是后悔了？"

"后悔啥啊？你爸给我撑面子了，我特别知足！"

两人笑。

上级领导来厂视察"中国标准动车组"生产情况，王华山陪同史成志和刘保中在车间参观。

在铝合金车体头型前，王华山介绍："这个标准动车头型是在'380'头型基础上的进一步优化。'380'车头是在原有基础上加长了2.3米，阻力比原型车减少了12%。中国标准动车组的设计性能更加优良，空气阻力又降低了10%！"

两位领导赞赏点头。

王华山汇报说："按照铁路总公司的部署，我公司正在积极落实和推进中国标准动车组项目的研制和生产工作……"

"铁道部改制了，成立了铁路总公司，但我们全国'一盘棋'的思想不能变……"史成志说。

"那当然，我们是国有企业。"刘保中诙谐，"怎么变，我们造的车也都是给你们铁路总公司造的，你还是‘铁老大’啊！”

大家笑。

史成志：“你们中车公司不仅要满足国内市场的需求，通过“一带一路”，你们还要走向世界，任重道远啊！”

刘保中：“我们会担负起这个历史使命，有能力把中车的产品打造成中国名片！”

“京津、京沪高铁开通以来，很多国家的政要和国际组织官员纷纷乘坐和体验，中国的高铁已经享誉世界。”史成志颇感自豪。他对王华山说：“现在华龙公司的市场订单很多，不能只忙于生产，还要把眼光放远，盯住市场前沿的新技术、新材料的应用，以确保我们在高铁技术上的领先地位。”

王华山诚恳点头。

“还有，”史成志强调，“中国标准动车组项目，时间紧任务重，要如期完成。”

王华山郑重表态：“请铁总和中车领导放心，我们一定会高标准、严要求地完成任务！”

公司几位领导来医院看望住院的赵鹏。

赵鹏在输液，微笑着。妻子忧虑地对大家说：“严重胃溃疡，伴有上消化道出血。没早没晚地工作，也不注意身体啊……”

丁燕：“以后管着他点！不能再废寝忘食了……”

妻子：“不听啊！”

赵鹏：“问题不大，过些天就好了。”

王华山叮嘱：“工作要努力，身体也要注意！身体是革命的本钱啊！”他对李海涛说：“要保证一线员工定期体检，尤其不允许带病工作！要尽可能安排和保证他们的休息。”

李海涛认真点头，对赵鹏说：“好好养病吧，再不‘大修’就该‘报废’了！”

大家笑。

其他工位的人都去食堂吃饭了，张万军还没有停下手上的活儿。董玲走过来催促：“差不多了，该去吃饭了！”

张万军停下，用袖子抹了一把脸上的汗污。

董玲：“哎，咱啥时候搬家啊？”

张万军想了想：“看看‘十一’假期能不能有时间。”

“离‘十一’假期还好几个月呢，我都着急了。”董玲不情愿。

两个人向外走着，张万军说：“这批活儿不知道‘十一’能不能完成，标准动车组项目是国家订单、政治任务，必须保证……”

车厢里空气闷热，布满了密密麻麻成团成扎的电线，繁多而有序，有人在不同的位置上工作着。

头车观光区电柜处，李光磊用校线器在核对线路，他脸上流着汗，大声喊着所校线的编号：“311。”

司机室传来女声回应：“响了。”

李光磊：“312。”

“响了。”

“313。”

无回应。

李光磊重复：“313！”

无回应。李光磊疑惑：“田英？”

无应答。

李光磊起身去司机室。

司机室里，田英坐靠在线路旁，一手拿着校线器，一手拿着线头，晕过去了，一脸汗湿。

李光磊见状蹲下喊：“田英！田英……你怎么啦？”

田英慢慢睁开了眼睛。

几个同事也都围上来。

田英有气无力：“刚才就觉得忽悠一下……”

“这司机室有40多度，可能是中暑了。要不要去医院？”李光磊问。

“没事，现在就是有点儿头疼、恶心。”

“快扶她到外面找个凉快地方休息！”

两个女工搀扶田英走出驾驶室。

高速车制造中心主任郑凯陪同总经理李海涛和总工程师丁燕视察工作，他们从内装操作平台上走下来。

“中国标准动车组的研制和推出，时间性很强，不能在我们这个环节耽误了，只能往前赶。总装之后还要调试，调试完还要上线运行试验，时间上要争取余量。”李海涛强调。

郑凯说：“我们现在就是宁可人等料，不能料等人。很多工序、很多工人都是连续奋战在车间里，困了就找个地方临时睡一会儿。”

丁燕对李海涛：“技术人员也都和他们一样日夜奋战在生产一线。”

郑凯表示：“生产进度不会在我们这里受影响！”

李海涛满意：“好！辛苦！”又问，“听说你父亲有病了你也没回去？”

郑凯：“回不去……”

他们向前走着。

丁燕为难和无奈地对郑凯说：“你哥又给我打电话了，说你爸已经病危……回一趟上海吧！”

李海涛回头:“你回去看看吧!”

郑凯悲痛为难:“走不了啊……”

车厢里多道内装工序在施工。

一个工人在局促的卫生间内长时间俯身安装着设施,他起身后晕倒了。在旁边配合的徒弟喊叫着:“班长！班长!”又向车内大声喊:“主任！班长晕倒了!”

在现场的王中民赶过来:“快扶他出去休息一会儿!”他和工人架着缓过来的班长向外走。

“怎么啦?”郑凯走进车厢。

王中民:“卫生间工序的班长晕倒了。”

徒弟说:“他连续38个小时没合眼了!”

郑凯关切:“要不要去医院?”

班长疲惫不堪地说:“没事儿,我睡一会儿就好了。”

“我安排他去车间会议室休息。”王中民说着扶班长走出车厢。

车厢内大家工作照常,郑凯说:“大家累了就休息一会儿!”

有人应答:“放心吧,主任!”

手机响,郑凯接电话走出车厢。

“哥！爸怎么样?”

“爸走了……”电话里传来清晰沉痛的声音。

郑凯眼泪“哗”一下就下来了,失声痛哭:“爸呀！爸……”

电话里,郑凯大哥说:“爸最疼你了！临走也没看到你,你怎么也得回来送送他吧!”

郑凯手扶着平台的护栏仰天哭泣。厂房广阔的网格状穹顶仿佛深邃的夜空,他觉得父亲在空中看着他,在一如既往地鼓励他……郑凯痛哭:“爸！忠孝难两全啊……标准动车组生产正是关键的时候,我走不了啊！我不能走啊！儿子对不起您了！等我忙完了一定回去向您谢罪！爸！儿子不孝,对不起您了!”

宏大的车间里,车体排满了各个工位,一派蓬勃景象。

张劳模手里拿着一支粗笔在他的地图前琢磨着,跃跃欲试的样子……

张磊从房间走出来,见状问:“爷,你要干吗啊?”

“你说我要干吗……历史上,张骞出使西域知道吗?”

“这我能不知道吗？书上有,都学过。噢……你是要画‘一带一路’啊?”

“对啊……你知道‘一带一路’吗?”

“当然知道。”孙子张嘴就来,“历史上,张骞两次出使西域,商人们由此沿着这条路开始贸易往来,形成了一条东西大通道,将中原、西域与阿拉伯、波斯湾、地中海紧密地联系在一起。由于当时中国的丝绸名声较大,所以得名‘丝绸之路’。这是陆地。

在海上，我们的祖先从东南沿海城市出发，将丝绸等商品运往南洋和阿拉伯海，甚至远达非洲东海岸。据此，我们现在提出了共建‘丝绸之路经济带’和‘21世纪海上丝绸之路’，简称‘一带一路’。”

爷爷乐了：“懂得不少，不赖！”又感慨：“共建‘一带一路’，是个大格局、大倡议，高铁将发挥重要作用啊！”

“爷！您年纪大了不方便，哪天，我给您画‘一带一路’线路……再说，咱们该搬家了，您还没想通啊？”

老人坐下，磨叽：“不愿走，还是老窝住着舒服……再说，我这地图怎么办啊？没法挪啊！”

张磊笑：“这不难，到新房，我给您弄张大纸，把中国高速铁路网‘四纵四横’，还有‘一带一路’都画上，也可以去文印社制作个规范的大图给您挂上。”

“这还行！”老人满意。

“据说国家马上要公布《中长期铁路网规划》升级版了，中国高速铁路网由原来的‘四纵四横’扩大到‘八纵八横’，可以说是遍布全国了！”

张劳模兴奋：“太好了！这些年国家的发展变化太大了！像我们的高铁，竟然领跑世界了，有时想想都难以置信，多么令人自豪啊！你说，我们为什么能在短短几十年内就取得了如此举世瞩目的成就？”

孙子自信：“这你难不住我，首先是党的坚强领导。”

爷爷点头：“嗯！”

“还有，我们有集中力量办大事的社会主义制度的优越性。”

“嗯！”

“还有，我们深知落后就要挨打，所以努力创新，拼搏奋斗！”

“嗯！”

孙子似乎没有什么可答了……

“说得都对！我们为什么能在短短几十年内就取得了如此举世瞩目的成就，还有一个重要原因就是我们实行了改革开放！”

张磊欣然。

张家搬进了新家，大客厅崭新明亮。墙上有一幅大挂图，标题是：“中国高速铁路网‘八纵八横’和‘一带一路’”。

大屏幕液晶电视在播放新闻，张劳模兴奋地看着电视。

电视中，习近平总书记在视察高铁生产车间，向欢迎的工人们挥手……他在讲话中指出：高铁动车体现了中国装备制造业水平，在“走出去”“一带一路”建设方面也是“抢手货”，是一张亮丽的名片。希望高铁建设再接再厉、创新驱动，继续领跑、勇攀高峰，带动整个装备制造业形成比学赶帮超的局面。

张劳模无比激动，眼睛湿润，同电视中的工人们一起鼓掌。

之后，他抑制不住激动的心情，拿出电话本拨打电话。

“喂……谁啊？”

“爷爷，您好！”是孙女的声音。

“哦……大孙女啊！你爸呢？”

“他还没下班呢。”

“你没跑车啊？”

“我休班……”

“噢，你还在高铁上当列车员呢？”

“我现在是列车长了！跑京沪高铁！”

爷爷高兴：“好啊！我大孙女有出息！你刚才看新闻了吗？习近平总书记来我们高铁企业视察了！”

“我看到了！”

张劳模兴奋感慨：“习近平总书记说，我们国家的发展已经进入了‘高铁时代’，实现新型工业化，装备制造业要起中坚作用。说得太对了！没有先进强大的制造业，就没有国家和民族的强盛。我们现在与世界先进水平相比，在一些领域还存在差距，有弱项、有短板，有时还要受制于人……所以我们还要加把力！按照《中国制造 2025》的战略规划，努力实现制造强国的奋斗目标！”

“哇，爷，你好厉害啊！你怎么知道那么多啊？”孙女赞叹不已。

老人自豪：“我天天看新闻，关心国家大事，我什么不知道啊！”

“我爸还说呢，到您九十大寿的时候，我们一定回去给您过寿！”

“我都快九十了？”老爷子说后哈哈大笑。

晚上，贵宾楼一个包厢里，李光磊和服务员看着菜单点菜，宋雅逗婴儿车里的孩子玩儿。

康成伟和詹杰来到。李光磊热情打招呼：“快来……终于盼到人了！”

“宋雅，快让我看看孩子。”詹杰喜爱地到孩子旁边坐下，亲昵端详，“你好，你好……”

宋雅：“叫阿姨！”

“你说，我刚百天，还不会叫呢。”

詹杰问李光磊和宋雅：“叫什么名字？”

李光磊：“她给起个小名叫‘标动’。”

詹杰和康成伟大笑……

“干标准动车组生的嘛！”宋雅解释。

李光磊：“我起的大名叫‘李铁’，高铁的‘铁’。”

"这两个名字都有意义。"康成伟肯定。

詹杰从包里拿出一个红包:"阿姨给你个红包!"说着放在孩子旁边。

宋雅:"拿什么红包呀!就是想借孩子百天这个理由大家聚一聚。"

"昨天说得好好的,今天这事儿那事儿又都来不了了,这红包也收不上来了!"李光磊说笑。

康成伟:"你知足吧!你忘了那年,刘洋过生日请大家吃饭,一个也没到,最后他还让工长给拎回去加班了……"

大家笑。

说话间服务员陆续上菜。

詹杰郑重地说:"最近一个好消息令人鼓舞!为了2022年北京冬奥会,北京到张家口要修高铁了,并且已经动工。北京到张家口由过去的四五个小时将缩短到五十分钟左右。京张铁路百年之后变成了高铁,'铁路之父'、我的先人詹天佑若天上有知,该是多么欣慰啊!"

康成伟:"100多年前詹天佑修京张铁路,何其艰难!如今都不在话下了,据说高铁八达岭隧道15公里长,八达岭长城站也建在地下。而且京张高铁是要建造一条智能化高速铁路,包括智能化列车,是中国高铁的新标杆!"

宋雅张罗倒酒:"也让我不由得想到了孟圣友……"

詹杰:"是啊,2022年冬奥会,京张通高铁了,他该多高兴啊!"

服务员上菜:"菜齐了。"

李光磊举杯:"来来,感谢二位光临李铁同志的百日宴!"

大家笑着。康成伟高举酒杯:"为孩子百天,为京张百年建高铁,干杯!"

大家仰饮。

王中民穿着工装和孟珍珍急急忙忙地赶来,嚷着:"来晚了,来晚了……"

大家惊喜。李光磊:"你不是说车间有事儿不来了吗?"

王中民笑说:"直接从车间忙里偷闲来的。这第二代高铁人百天,这么重大的活动说啥也得来啊!"

王中民喜爱地关注孩子,珍珍拿出红包:"小帅哥!给你红包。"

小孩笑着,欢快地张扬了一下小手,手抓住红包。

王中民幽默地赞赏:"这孩子遗传……你们俩一个分线工、一个接线工,手好使啊!"

大家欢笑。

虽然新建了技术中心大楼,资料阅读室还在老的办公大楼里。此时,一些人在阅读和查找资料,姜晓妍整理着书架上的刊物。

突然停电,人们愕然……有人问:"怎么回事儿?"有人说:"可能短路了吧……"

走廊上有人喊:"资料库失火了,冒烟了!"

姜晓妍闻讯向外跑。

资料室旁边就是资料库，门关闭着，有烟从缝隙中冒出来。

姜晓妍从资料室冲出来……

丁燕听到喊声从走廊的另一头跑来："怎么回事儿？"

姜晓妍紧急对旁边的人喊："快！快找灭火器！"她迅速打开资料库的门。室内火光闪耀，一股烟雾涌出，她不由自主地退了一步。

丁燕提着灭火器向里冲，姜晓妍夺下灭火器："里面危险！我来！"推开丁燕冲了进去。

门口烟雾弥漫，丁燕紧急打电话："消防科！消防科，你们快来人！技术中心的资料库着火了！"

又有人拿来灭火器，在门口呛咳难耐蹲下……姜晓妍冲出来，拿过灭火器又冲回资料库……

室内没有了火光，门口烟雾渐淡，走廊上三名消防人员赶来，他们冲入室内。

两位消防员将姜晓妍架出门口。她被烟火熏烤得面目全非，已晕厥过去……丁燕热泪盈眶："晓妍姐……"并对身边的人急喊，"快送医院！"

大家围上来，有人背起姜晓妍跑走……

医院，几个同事守候在治疗室门口。

走廊上，丁燕情绪激动地在给董事长打电话，脸上还有几道烟灰。

"资料库线路老化引起火灾，万幸的是先引燃了旁边存放的描图纸，没有造成资料损失……如果没有姜晓妍奋不顾身灭火，资料库的资料就会被大火吞噬。那里边可是我们公司各种车型至关重要的技术档案和图纸啊！是姜晓妍保住了这些宝贵的资料！她在现场的表现令我非常感动……她是英雄！很了不起！我们公司应该大力表彰她！只是，她的脸毁容了，可能难以恢复，这对于一个女人来说是莫大的损失，让人痛心和遗憾！我甚至突然觉得，此前，你没有理由不选择她……"

办公室里，王华山站立着感动地听着丁燕的电话……放下后，王华山表情肃穆、心情复杂地站到窗前……

晚上，医院里。姜晓妍躺在病床上，脸上缠满了纱布，只露着眼睛、嘴和鼻孔。珍珍和姜克选坐在床边，王中民站着关注着输液的情况。

大家心情难过。

珍珍寻开心地由衷赞叹："真没看出来，我妈关键时刻还真行！"

姜晓妍："你以为你们都是党员，就我啥也不是呗！"

珍珍笑："你是我们学习的榜样！"

"别逗我……"

"你做得非常对！可是……受了这样的伤，以后……"姜克选忧伤叹息。

珍珍安慰:“皮外伤,没大事！就是不好看了……也无所谓！我们养你就行了呗!”

“又气我……”

珍珍笑后认真地说:“问题不大……过后美美容,比现在还好看呢！真的……”

姜晓妍悲观:“该着啥样就啥样吧。”

“我爸打电话,说一会儿来看您……”王中民说。

姜晓妍抵触:“别让他来,我现在已经毁容了,以后不想再见到他了……”

“我来了……”王华山走进来,表情关切。

“哦……”姜晓妍惊讶。

王华山特别恭敬地向站起来的姜克选握手致礼:“姜总……”然后走近病床,心情凄然:“晓妍！向你致敬!”

姜晓妍哭了……

姜克选走了出去。

珍珍:“爸！您坐……”说后示意中民也走了出去。

王华山仍然站在床前,看着受伤的姜晓妍,心里不是滋味。

“你这个人铁石心肠……我现在又毁容了,以后就死心了!”

“你毁容了很可惜,但你展现了另一种美,让我肃然起敬!”王华山诚挚地说。

“我救火是一种本能,受伤了也心甘情愿,不想听你打官腔……以前我死心塌地地对你,换不来你的真心,现在我毁容了更不指望了……今天我就做个了结,把话说清楚。我追你,一是我的本心,二也是萧蓝姐的本意……”姜晓妍现在无所顾忌。

王华山坐下,比以往任何时候都有耐心地听姜晓妍说话。

她索性拿出手机翻找:“我给你听听萧蓝姐的话。”

声音从手机中传出:“华山！我有病,你辛苦了！人不一定都白头到老,我肯定是先走一步了。”

是萧蓝说的话！王华山呆住……

“你说除了我不再娶第二个女人,我感谢你！但无论如何我不赞成。我知道你对我有感情,但我更希望你好,希望你幸福！你忘我工作,事业高于一切,如果没有人照顾你,生活上不幸福,你让我怎么安心？华山,你要听话！晓妍是姜总的女儿,和我是多年的姐妹,她很爱你,会比我更好地照顾你。希望你接纳她！我会含笑九泉……”

听到久违、亲切的萧蓝的声音,王华山泪如泉涌……

姜晓妍触动,伸手抓住了王华山的手。这时,王华山也郑重地将另一只手覆在了姜晓妍的手上……

姜晓妍流出眼泪。

“晓妍！你好好养伤,我等你……给我做宫保鸡丁!”

姜晓妍激动地点头,失声痛哭。

王华山珍重地紧紧握住姜晓妍的手……

家人们待在门外的走廊上，悲哀的情绪中也有几分期待，尽管这样的期待似乎更加渺茫了。

珍珍机灵地说："我好像听见我妈哭了……"说着扒门探视。

中民试图劝阻。

珍珍回身激动相告："我看到他们的手握在一起了！"

王中民高兴地笑了。

姜克选流出眼泪。

中国标准动车组命名揭幕仪式在北京南站举行。

一列崭新的中国标准动车组停在站台上。现场彩旗飘扬，红毯铺地，乐队演奏着乐曲，嘉宾众多，气氛隆重。

铁路总公司和中国中车的领导在掌声中走向动车组，共同拉下覆在车身上的红绸。

"复兴号"三个大字映入众人的眼帘。

此时，礼花飞扬弥漫，掌声热烈，乐声高亢。

"中国标准动车组"有了属于自己的名字！"复兴号"首发，奔驰在京沪线上……

不久后，两个特殊的旅客，带着他们的孩子，乘坐了这趟高铁。

葛强脖子上挂着金链子，心情兴奋，赞不绝口："这'复兴号'真棒！舒适、高端、大气……"他转头看了一眼旁边玩手机的儿子，"充电上网都方便！"

李丽靠窗，心情复杂，不时向外望着。她好奇地拿出一枚硬币在窗台立着，惊喜地说："你看，硬币不倒！"

葛强感慨："厉害了，我的华龙厂！"

如今他们事业有成，孩子也大了，但却很怀念当年在工厂的时光。得知吴建华新书出版，星期天在市新华书店签字售书，便特意赶回来。

第二天，他们早早来到市新华书店。

书店里已排起长长的队伍，每人拿着一本书在等待签名。

郑小龙和朱平手里拿着书排在队尾。葛强和李丽走来，儿子手里捧着三本书。

葛强发现："这不是郑小龙吗？"

郑小龙惊讶："葛强！李丽！你们怎么回来了？"说着与葛强拥抱。

葛强笑："回来捧场啊！"

李丽和朱平互相惊叫着抱在一起，泪目。

朱平说："我们多少年没见了……"

"是啊，太想你们了！当年咱俩形影不离……"李丽感慨。

"这是你儿子啊？"郑小龙问。

葛强："我儿子！"

孩子礼貌地说："叔叔阿姨好！"

朱平："真帅！取你们两个优点了。"

葛强调侃："我们两个哪有优点啊……有优点能离开华龙厂吗？"

大家笑。

李丽说："儿子明年大学毕业，现在放暑假了。"

"将来想干啥啊？"郑小龙问孩子。

葛强："干啥？上的是交大，我们是定向培养，肯定来华龙公司干高铁啊！弥补我们两个的遗憾。"

郑小龙："好！到时候跟我干！"

朱平自豪地说："你叔现在是涂装车间的主任！"

葛强拍了一下郑小龙："真好！"

郑小龙："我不干好朱平能跟我吗？"

大家笑。

郑小龙思忖："你被开除是因为替我打架吧？"

葛强说："不是，我被开除是因为我把赵君打了。你那次……为你打架是我被拘留了。"

李丽笑说："过去的破事就别提了……"拿过一本书翻看，"吴建华实现当作家的梦想了！不是说叫《华龙颂歌》吗，怎么又叫《中国名片》了？"

郑小龙："还是这个名字好！"伸大拇指，"中国高铁已经成了享誉世界的中国名片！"

他们排着队陆续向前走。

吴建华忙着签字，将书递给读者时抬头看到葛强他们，无比惊喜地走出来："啊！你们怎么来了？"

葛强："来捧场啊！"

李丽："我们在'朋友圈'里看到的消息，特地回来祝贺你！太为你实现理想而高兴了！"

"也不告诉我一声。"吴建华埋怨。

葛强："给你个惊喜啊！晚上聚！一定叫上王主任！咱们喝个一醉方休……"

郑小龙："董事长他特别忙……"

葛强："咱们王主任始终都是那么忙！"

吴建华："今天香港的黎老板来，公司要开董事会。过两天，董事长还要去北京……他是党的十九大代表！"

李丽兴奋："太好了！"

吴建华："我约他！听说你们回来了，他一定很想见你们的。"

"好！你先给别人签吧！我们等一会儿再签……"李丽说着，几个人退到一边。

“好,你们稍等!”吴建华回桌忙不迭地继续给读者签字……

张劳模90岁生日,在贵宾楼一个豪华大包间里,公司和家人共同为他举行隆重的祝寿宴。

背景墙红色横幅、金色大字:“祝贺张劳模九十大寿!”空中布置了彩色拉花,四处飘着气球,气氛喜庆热烈。

三张十人餐桌座无虚席。中心桌是张劳模的家人,有远道回来的大儿子张万民夫妇和女儿、张万红两口子及女儿、董玲和儿子张磊,大孙女着高铁列车长服装格外精神;公司领导桌有李海涛、丁燕、姜克选、吴建华、工会杨主席、孟珍珍、郑小龙,以及劳模代表等;另一桌是王中民和他的同学:李光磊、宋雅、康成伟、詹杰、苏健、荣建成、陈丽华、吴可超、刘洋。

菜品丰盛,陆续上齐。

公司宣传部部长吴建华站到中央高兴激昂地说:“今天是张师傅、张劳模、张老爷子九十大寿!董事长和张万军师傅去北京参加党的十九大会议了,董事长临行前特别关注和安排公司为张劳模过好90岁生日。今天除了家人,还有公司的领导和部分劳模先进代表共同为张老爷子祝寿!”

大家热烈鼓掌。此时,两个服务员将一个大型塔式生日蛋糕送进来,放在了老爷子面前。

在董玲、张万红、大孙女、张磊的关照下,张劳模戴上了寿星帽,蛋糕上的蜡烛点燃……

灯闭,全场唱起生日歌。“祝你生日快乐,祝你生日快乐……”歌声响亮。

董玲提醒老爷子:“许愿,许愿……”

烛光闪耀,朦胧中张劳模合手默愿,沉浸在幸福的海洋里……

他吹灭蜡烛,灯亮,礼花飞扬,一片欢呼声。

吴建华:“请公司总经理李海涛同志致祝寿辞。”

大家鼓掌。

李海涛站到中间:“张师傅、张劳模是华龙公司建厂以来,艰苦创业、拼搏奉献的楷模,退休以后仍然关心着企业的发展和年轻人的进步,德高望重,是华龙公司工人精神的活化石!我代表公司,代表董事长,祝张老福如东海,寿比南山!干杯!”

大家共同干杯。

张劳模很感动:“谢谢公司领导!谢谢大家!吃菜,吃菜……”

王中民高举酒杯:“祝张爷爷身体健康!”同桌全体一致说:“永远健康!永远健康!”

大家沉浸在欢乐的气氛中。

张磊站起来,嬉笑着:“下面请我爷爷给大家‘开会’!这么重要的时刻不发表演说不是我爷的风格……”

全场热烈鼓掌欢迎。

张劳模笑着站起来:“谢谢大家给我祝寿!华山董事长和万军正在北京参加党的十九大会议,这些天大家也都在看党的十九大新闻,党的十九大把习近平新时代中国特色社会主义思想确立为党必须长期坚持的指导思想,中国特色社会主义进入新时代,我们要撸起袖子加油干!”

大家鼓掌。

张万红起身恭敬地扶着父亲:“您坐下说。”

张劳模坐下:“我今年 90 岁了,有幸看到改革开放以来中国取得了举世瞩目的发展成就,感到非常自豪!尤其为我们中国制造取得的辉煌成就无比高兴!据我所知,现在中国的地铁客车、城铁客车还有牵引机车出口到了美国、澳大利亚、巴西、伊朗、沙特、阿根廷等,还有非洲国家。中国高铁也开始走向世界,与不少国家签订了项目或达成意向……”

大家高兴鼓掌。

“我让我孙子张磊学俄语,他跟当年的苏联专家安德涅夫的孙女沙娃处对象了……中俄友好啊!”大家笑。“他马上要随团去俄罗斯参加高铁项目的前期考察。我听说中民也要去华龙在美国的公司当经理了,太好了!祝贺我们中国中车的产品‘走出去’,为‘一带一路’,为世界更多国家做出更大贡献!”

大家热烈鼓掌。

“现在请大家边吃边看党的十九大新闻回放……”吴建华摆弄机器,对面墙上的大液晶电视开启。

电视中,一列“复兴号”动车组缓缓停在北京站台上。

兴奋的女记者报道:“各位观众!‘复兴号’动车组停在了北京站的站台上,今天我们迎接的党的十九大代表中,恰有两位就是来自‘复兴号’动车组制造企业的党员代表……”

大家高兴鼓掌。

王华山、张万军戴着党的十九大代表胸牌走出车厢。

“您好!您好!”记者拿着话筒上前采访,问张万军:“请问您来自哪个企业?做何工作?”

张万军:“我是华龙轨道交通车辆制造股份有限公司转向架制造中心焊接车间的工人。”

记者:“您是普通工人?”

“是,我是生产一线的普通工人,全国五一劳动奖章获得者、中华技能大奖获得者、全国劳模。”

“哇!您太了不起了!您在工厂具体做什么工作?”

“动车组下面的走行部分叫转向架,相当于人的腿,是高铁的关键技术。我是焊工,‘复兴号’的转向架就是我焊的!”

"作为一线工人,您对工匠精神怎么理解?"

"装备制造业拼的是技术,工匠精神是企业的灵魂。我们当工人就要立志当工匠,当大工匠,这样中国制造才能走向世界!"

"说得太好了!"

记者转问王华山:"听说您是企业的领导?"王华山点头。

"坐着自己生产的'复兴号'来参加党的十九大会议,是不是很自豪?"

王华山情绪激扬:"那是肯定的!'复兴号'是新一代中国标准动车组,牵引、制动、网络控制、车体、转向架等九大关键技术和十项配套技术,都是我国自主创新研发的,具有完全自主知识产权!"

记者:"在技术进步的道路上,您最想说的话是什么?"

"自主创新,埋头苦干!中华民族伟大复兴的'中国梦'一定会实现!"王华山说着激昂自信地挥起拳头。

大家情不自禁地热烈鼓掌。

饭后,大家围在老寿星张劳模身后合影。服务员给大家拍照,说:"茄子……"

"不说'茄子'。"张劳模站起来对中民他们说,"我去过高速车制造中心总装车间,听了你们的班前宣誓,很震撼!不如你们拍照时宣誓,那多给力啊!我喜欢听!"

总经理李海涛说:"好!"

"张爷爷,我领誓。"王中民说着举起右手。

"好!"张劳模高兴地坐下,也举起了右手。

大家全体举起右手。

王中民:"我们是中国高铁工人!"

大家齐声:

我们是中国高铁工人!
忠诚企业,恪尽职守。
精工细作,创新争优。
产业报国,不懈奋斗。
让中国高铁世界一流!

现场情绪高昂、气壮山河……此时,全国星罗棋布的高铁枢纽站编组场上,整装待发的动车组如条条银龙有序排列,蔚为壮观;神州大地纵横交错、四通八达的高铁线路上,无数列动车组在风驰电掣地来往穿梭……

后　记

王延才

描摹高铁辉煌成就，歌颂中华民族的奋斗和创新精神，是我创作《中国名片》的初衷。

工业题材不好写，高铁更是硬骨头，诱惑和挑战巨大。而我对这个行业又完全陌生，深入生活自然是非常必须的。看到过电视上习近平总书记视察“长客”（长春轨道客车股份有限公司）现代化总装车间的画面，印象深刻，也令人向往。当时已近年底，但我还是抑制不住好奇的心情想先去厂家看一眼，看看实际的高铁生产车间是个什么样子，于是匆忙而自信地从北京坐高铁去了长春。虽是不速之客，但自以为熟悉工厂情况，且持有介绍信，仅是进厂参观一下，想来也不会有什么问题。在高铁上恰好遇到了北京一家大报驻长春记者站的一位退休老站长与我邻座，他说以前跟“长客”经常打交道，关系熟，有问题可以给他打电话。有了老同志的话，心里就更托底了。夜里到长春，寒冷彻骨，那位老同志还热情地让开车来接站的儿子把我送到了“长客宾馆”。

第二天早晨，厂里有大客车来宾馆接外地的实习人员，我正好顺便搭车进了“长客”。大客车从侧门进厂后停在一个路口，司机热心地指给我左边不远处的公司办公大楼。“长客”是中国高铁动车组生产的主要企业之一，它的前身是“长春客车厂”，最早的“北京牌”地铁就出自这里。

走进办公大楼，一番周折，最后来到一间只有一张写字台的办公室。年轻的部门主管正在打电话，他穿着工作服，没有养尊处优的样子。记得过去只有车间一线的生产工人才穿工作服，而这里办公人员却统一着工装，分不清谁是领导谁是员工，颠覆了我原来对工厂的印象。我向这个年轻领导递上盖有大红章的中国作协介绍信和会员证，说明来意，强调只是进厂参观。他笑了一下，毫不犹豫地拒绝了，意思是公司不接受个人来访。于是，我无奈地离开办公室，到楼道拐角的平台处给那位高铁上遇到的老同志打电话。冬日，窗外是近雪远雾的苍茫景象，可见楼下整洁的厂区里有几个员工排着队在行走，远处的高架铁路上不时有白色的动车组驶过。这时，那个年轻领导走下楼来，看到我后礼貌地向我微笑着点了点头，他下楼后楼下的保安就立刻上来站到了我面前。此时那位老同志回话，说认识的人已经不在位了……之后我被保安请出了大门。后来想，如果不是搭车，我可能连公司的大门都进不去。自己以前工作过的工厂也是万人企业，进厂找个人或办什么事打个招呼就可以——如此严格的工厂又颠覆了我的印象。

第一次冒昧来长春，就这样无功而返、沮丧而归。

我当然不会死心，创作需要，过完年后我再次来到长春。这次有贵人相助，一切顺利。后来我理解了，作为一个大型的科技生产企业，无关紧要的参观和来访是给他们增加额外负担，是一种打扰和添乱。进了车间，也不是想象中的可以随便走走看看，而是有专人陪同，当转入下一个车间时，他们还要互相交接。因此，一想到我给他们带来的麻烦，就感到不安，也深深地感恩！

到厂后我领了工作服，办了厂门卡和通勤车卡，和工人们一起上下班，按计划深入各车间。这一切事宜都是由公司宣传部孙书慧部长亲自关心安排的。在办公室里，他讲述了习近平总书记来公司视察的详细情景，也自豪地说起美国官员参观总装车间时的感慨："这里的人如果不是黄皮肤，我以为是在欧洲！"而欧洲一个大公司总裁参观后感慨："我们欧洲大工业的梦想你们在这里实现了！"孙部长作为曾经的车间基层领导，说起高铁生产艰苦卓绝的经历时，我看到了他眼里激动的泪光。

深入生活中，我被"长客"宏伟的现代化总装车间所震撼，更为拼搏奋斗的高铁工人的事迹深深感动。

当我走进转向架焊接车间，第一个遇到的竟然是多次被习近平总书记接见的全国劳模焊接大师李万君。让我惊讶的是，他竟然穿着一身旧工作服、戴着防尘口罩，仍旧工作在车间里。他现场进行轴梁的环口焊接，说不干活儿手会生的。下午，他去长春电视台做节目，约我同行听他讲故事。后来，我还去了李师傅的父母家，采访了他已经退休的一头白发的劳模父亲。

通过查阅厂史资料和实地采访，我了解到工人师傅们在轨道交通车辆生产，尤其是动车组制造过程中，关键时刻舍小家为大家，拼尽全力，日夜奋战：有带病工作的，有推迟婚期的，有不能为父奔丧的，有连续加班晕倒的……总装二车间主任吴建华就曾在"会战"中十九天没回家。置身于生机勃勃的动车组生产线上，感受着蕴藏在工人群体中的无数动人故事，我被人人争先的忙碌氛围感染着、感动着。当我看到车间展板上的一句口号"努力到无能为力，拼搏到感动自己"时，禁不住泪目……中国高铁 6 年的发展速度，相当于西方国家 30 年的发展，这是我们广大工人和科技人员"5+2""白 + 黑"拼搏奋斗的结果，是铁人王进喜"拼命也要拿下大油田"的主人翁精神的传承。我不能不真实地记述他们的事迹，不能不崇敬地为他们歌唱！

我住在公司附近一个叫杰西卡的旅馆，白天进厂"上班"，"下班"后就抓紧时间研读厂里提供的《砥砺奋进六十年》。这部两大厚本近千页的厂史，记载了"长客"建厂至今的发展历史和人物事迹，详尽而浩瀚。晚上看饿了，我就吃几块从旁边商场买来的小酥饼，记得前后买了十斤之多，虽然爱吃甜食，可最后也吃得胃里反酸。

结束了在“长客”的深入生活后，我去了沈阳，想顺便看看一个老机床企业的改革沉浮，结果倒了几路公交车也没有找到，便抓紧时间去了沈阳西边的苏家屯。苏家屯有个铁路展览馆，我见到了众多不同类型的蒸汽机车。那些古老的火车头安然地陈列在那里，像胸前挂满勋章的老人，令人肃然起敬。曾经的一路风尘和嘶吼的汽笛声依稀浮现，犹如走进了中国机车沧桑而漫长的历史之中。

从北京出发前，一路去哪儿我是做了功课的，并又去中国作协开了好几份介绍信。离开沈阳，我又去了大连，傍晚时找到了大连机车厂，认了门后便在附近找个旅店住下。第二天上午来到机车厂大门口拿出介绍信，保安让先打电话联系。门卫室有厂内各部门的电话号码，我拨通了厂宣传部……沟通了半天，进厂参观未能如愿。最后里面出来人给我送了一些资料算是打发了我。这些宣传产品的资料是我了解工厂所需要的，尽管没能进厂参观，但也心满意足了。

最后一个目的地是青岛四方厂。四方厂和“长客”一样，是中国高铁动车组生产的主要企业之一，对我而言，同样有必要去参观它、了解它。大连到青岛的直线距离很近，但中间隔着海，坐火车要绕一大圈儿，而飞机只需一小时。当我飞行在渤海上空的时候，依窗俯瞰，心中又是茫然。第一次来青岛，会不会像第一次去长春那样无功而返呢？为了创作，需要去一些地方深入生活、了解情况，但又不可能都有相当的人脉和时间把一切事情都预先沟通好，时不我待，只能靠作协的介绍信独自闯关了。

到了青岛，找到四方厂已是下午。四方厂因所在地而得名，可现在已经搬迁了，在城外30公里的棘洪滩建了现代化的新厂。拉着行李箱，面对沉寂的老厂区，听门卫如是说，我惊呆失望……棘洪滩在哪儿？我一时不知所措。在保安的提示下，我走进门卫室拨通了厂宣传部的电话。接电话的是一个女生，她对我的贸然来访不看好，表示向领导汇报一下。稍后，我得到了明确拒绝的答复……但我执拗，向她说明、商求……是的，既不是组织安排，也没有上级领导的指示，人家怎么可能轻易地接纳我呢！知道“理亏”，可我千里迢迢而来，不甘心自己的愿望化为泡影。好在对方没有像一般对待陌生人的电话那样说清楚了就挂断，而是理解地听我磨叽，爱莫能助地陪我忧愁……在老四方厂门口那个安静无助的下午，那通始终没有放下的电话让我感到温暖，令人难忘！我问了她的名字。这个叫姜晓妍的善良女孩我至今没有见过，但她却成了我心目中美好青岛的名片。

我不死心，当晚就近住下，第二天一早在老厂附近搭乘厂里的通勤车奔向新厂。一个企业送工人上下班的大客车竟然有200多辆，定点发车，浩浩荡荡，让我震撼！棘洪滩厂区很大，不同方向有很多个门。我坐的班车停在了一个厂门口，司机说按规定不能带人进厂，只能在门口打电话让厂里来人接。下了车才知道，人员来访必须走正门，而这个门离正门还有绕工厂半圈儿的距离。门卫室窗口的电话名录上有宣传部领导办公室的电话，我忐忑地打了那个电话。昨天已知情况，今天又找上门来，电话那边的部长虽然没有答应，但“有朋自远方来”，似乎也不太忍心拒绝。我绕着厂区找向正门，脚下时而有路时而荆棘，走了几里地。其间不停地打着电话，喋喋不休，讲述我的想法和深入生活的情况，表示要努力为高铁创作，希望能得到他的理解和支持……部长最后答应接待我，令我欢欣鼓舞！

找到了厂正门，有人出来接我。登了记，领了挂在脖子上的参观证，还发了一个白色的安全帽。厂区像花园，路边满眼都是花草树木，在初春里绽放着鲜艳的花，一望无际。办公楼一楼里边是个阳光大厅，玻璃穹顶倾泻着明亮的阳光，小桥流水、绿树亭台间点缀着几处桌椅，深邃清幽。

我见到了电话中的邬群亮部长，青岛口音，高个儒雅。他安排了车，拉着我一个车间一个车间地参观，办公室孙楷陪同，不时进行讲解……中午，邬群亮部长还请我吃了饭。

回到北京，在西客站旁的一个五星级酒店大堂里，我采访到了“长客”原副总李丕庆。李总全程参与了中国高铁技术引进、国产化制造和生产管理，是资深高铁人。他说：“你知道为什么把你约到这里见面吗？因为技术引进过程中颇具传奇的与西门子最后一次谈判就是在这里进行的！”他指着旁边的一个位置说，当时我方领导就坐在这里……关于技术引进谈判的过程和细节，我们聊了三个多小时。

我还去了八达岭，在高山深壑中徒步跋涉，寻访“中国铁路之父”詹天佑。站在古老的“人”字线上，回望百年京张，仿佛一切就发生在昨天。

之后坐下来，我便开始了紧张的创作。这无疑是个复杂而庞大的工程，采访笔记和收集来的各厂家的资料很多，摆满了案头，也尤其需要一个安静的创作环境。可家里偏有个聪明的淘孩子，说不听、打不怕，常常把我桌上的东西扔一地。后来我索性不捡了，任它在地上，像农民“铺场”，需要看资料就到地上找。把门锁上也没用，他会不停地在外面敲门，放他进来还可爱地笑着叫你“姥爷”，其实是“鬼子进村”。气急了我真打，可他又“宁死不屈”，拿他没办法。想过离开换个环境，可家里需要我接送孩子、去市场买菜，又走不了。后来跟物业商量，在小区地下室找到了一个杂物贮存间，清理出一角，接上电，拼凑了桌椅，从家里拿来一株绿色小盆景，在墙上贴了一张《文艺报》，这里就成了我的临时工作间。地下室昏暗无光，始终要点着灯，头上是密布的各种暖气管道，四周堆放着几十辆无主的破旧自行车和物业闲置的垃圾桶，气味不佳。

在这个杂物间里待了几个月，痴迷忘我。创作中，我与工厂的朋友们保持着密切联系，对于我的各种困惑和咨询，他们有问必答、不厌其烦，继续给予了有力的帮助！为此，书中一些人物借用了他们的名字，以示永记。除了提到名字的，我要感谢的人还有很多：耿志修、刘海涛、王瑞、王士尢、姚丹、王阳、郭宏伟、齐志新、李明远、金万腾、李桐、杨艳旭、刘大明、王越、祁军宇、王卓、孟圣淇、熊孝平、黄孝广、侯赛，等等。

随着创作的深入，我仍感认知欠缺，生活抓手不足，于是带着问题又去唐山“唐车”（唐山机车车辆有限公司）深入生活一周，得到了“唐车”宣传部宋焕民和吴可超等同志的热情帮助。“唐车”历史悠久，也是中国高铁动车组主要生产企业之一，厂区里展示着最早的“龙号”机车。深入生活结束后，他们还送给我一个“复兴号”动车组模型，又派车从唐山送我回北京。当时为了配合采访、便于协调，他们建了个“中国名片编剧群”，至今仍然保留着，这让我时时惶窘，不敢懈怠。

也很想去湖南株洲看看令人景仰的“株洲所”。高铁的核心技术“芯片”是株洲电力机车研究所生产的，具有世界领先水平。虽未成行，但在资料认证上得到了“株洲所”宣传部邓石华老师的帮助！

2018 年 6 月 20 日，《中国名片》剧本创作完成，那一天我发了朋友圈：“终于完成了！熬干一腔血，捻断万根须，两次病倒，几近崩溃。向工人阶级致敬是我的情怀！写出最好的工业题材作品是我的理想……我尽力了！”

《中国名片》时间跨度 30 年，记述了以动车组为代表的中国轨道交通车辆制造业的发展历程，从国企改革写到“复兴号”诞生，紧紧围绕铁路第六次大提速、京津城际高铁、京沪高铁，直至京张高铁等中国高铁的重大事件，反映了技术引进和自主创新，没有地域性、片面性，可谓是高铁题材的正宗之作。“华龙厂”是中车的集中代表，不是具体哪一个企业。历史上中车企业具有体制上的特殊性，作品融合了国企改革的普遍性问题，以期成为整个国企改革的一个缩影。作品也关注到党的十八大以来关于国企改革的最新思想，并融入其中。

中国太需要一部能够代表高铁这个伟大题材的电视剧。

在朋友们的鼓励下，《中国名片》被改写为长篇小说，并得到了国家和省市各级作协的支持，入选中国作家协会 2021 年度重点作品扶持项目。同时感谢中宣部、黑龙江省委宣传部和黑龙江教育出版社的重视，作品入选中宣部 2022 年主题出版重点出版物。特别感谢著名评论家贺绍俊老师为本书作序，他还把我不成熟的三部小说《王破烂》《厂魂》《中国名片》定义为国有企业“三部曲”，让我感到惊喜且赧然。

习近平总书记考察京张高铁时指出，我国自主创新的一个成功范例就是高铁，从无到有，从引进、消化、吸收再创新到自主创新，现在已经领跑世界。这段话准确客观地概括了中国高铁的发展历程，也为文艺创作确定了遵循。《中国名片》的情节与这一脉络完全一致。

身为工人作者，我对工业题材情有独钟。我理解真正的工业题材应是以工人、工厂、工业为主题故事，人物的情感和命运都围绕这个主题产生和发展，有宏大的叙事和鲜明的行业特色，故事真实，思想昂扬，而不是概念化攒出来的、假借名义的情感戏、浮华的偶像剧。

举世瞩目的中国高铁成就是科技创新和工人群体拼搏奋斗的伟大壮举，艰苦卓绝，可歌可泣！此书付梓之际，有幸与中国中车集团宣传部高亢部长两次相见，高部长表示:“宣传高铁,歌颂中车,我全力支持!”

因为“业余”,不甚懂什么“流派”和手法,我的创作全凭敬畏生活、一腔真诚。面对宏大和深奥的高铁题材,我深感所撷取的只是沧海一粟,为自己的笨拙和肤浅汗颜,但却执着,即使仅从大海中捧起一滴水,也要力争真实而闪亮。

谨以此书——

向中国高铁致敬!

向为中国高铁拼搏奋斗的科技工作者和广大工人致敬!

2022 年 1 月 18 日,完成于北京东直门

2022 年 7 月 12 日,修改于佳木斯

2022 年 11 月 13 日,再改于北京